春天的故事　梦开始的地方

深圳口述史

AN ORAL HISTORY OF SHENZHEN

上卷 1980~1992

主编／王穗明
副主编／林洁

海天出版社（中国·深圳）

图书在版编目（CIP）数据

深圳口述史：全2册 / 王穗明主编，林洁副主编. -- 深圳：海天出版社，2015.3
 ISBN 978-7-5507-1336-9

Ⅰ. ①深… Ⅱ. ①王…②林… Ⅲ. ①深圳市—地方史 Ⅳ. ①K296.53

中国版本图书馆CIP数据核字(2015)第056841号

深圳口述史（上卷）
SHENZHEN KOUSHU SHI

出 品 人	陈新亮
责 任 编 辑	陈 军　张绪华
责 任 技 编	梁立新
装 帧 设 计	越众文化传播

出 版 发 行	海天出版社
地　　　　址	深圳市彩田南路海天大厦（518033）
网　　　　址	www.htph.com.cn
订 购 电 话	0755-83460293（批发）0755-83460397（邮购）
内 文 排 版	深圳市越众文化传播有限公司 Tel：0755-82498112
印　　　　刷	深圳市华信图文印务有限公司
开　　　　本	787mm×1092mm　1/16
印　　　　张	57
字　　　　数	702千
版　　　　次	2015年3月第1版
印　　　　次	2015年10月第2次
定　　　　价	68.00元（上下卷）

海天版图书版权所有，侵权必究。
海天版图书凡有印装质量问题，请随时向承印厂调换。

《深圳口述史》编委会

主　　编：王穗明

副 主 编：林　洁

成　　员：赵燕民　蓝镇强　万国强
　　　　　丁时照　南兆旭　周智琛

采编人员：谢颂泉　王囡囡　郭　倩
　　　　　黄晓天　丁雯婕　梁　坚
　　　　　赖丽思　闫　坤　伍晓丹
　　　　　陶　琪　施展萍　胡琼兰
　　　　　苏　静　李　飞　许娇蛟

深圳：梦开始的地方

□ 王穗明

深圳，曾经南国的边陲小镇。35年前，四面八方的一群人来到这里，并不清楚自己有梦，也不知道自己身在大时代的何处。只感到留下来，干！坚守下去，创造铸造！如今，回首往事，方知原来是处在梦开始的地方，那点点滴滴的述说像淬火、像涌泉……百感交集。仿佛还在梦里？仿佛又在现实？她，没有时过境迁。

广东深圳1980年到1992年，这是春天故事的原点时代。我们的记忆记述从这里起步，一路走来苦苦寻觅，人们撬动着当年的思绪，诉说那尘封在铿锵岁月里的往事：一个洗涤观念、撞击内心、开创未来的年代！一个汗水泪水交织、喜悦痛苦并存的年代！一个只事耕耘不问收获的年代！……如今，大家复盘着存在内心深处的个人故事，没想到却是恢弘年代的集体记忆。这每每的刻画无疑都是历史的瑰宝，理当让现在和后来者追溯传承。

66篇口述者的亲历、亲见和亲闻，娓娓道来。在这些故事背后，每个人都是坚强鲜活的生灵，在大时代来临之初，痛苦间执着探索，矫健时难免跟跄；希望中夹着迷惑，前行里总有羁绊。他们把梦想的种子撒在深圳经济特区，耕作不止，继而草木繁盛，杜鹃花开；继而创业创举，垒起新城；继而点墨篇章，书写历史。

在这里，他们的故事浓缩成精华，点点滴滴都表达着人们从心灵上、骨子里对这座城市的追怀与眷恋。他们讲述如何魂牵梦萦地把荒凉野地筑成繁华之都，用艰难磨砺换来幸福之都，拿聪明才智化为创新之都，以酬志创业铸就圆梦之都。这些精彩故事和传奇经历，不仅构成一篇篇可读性强、品鉴性高、启发性大的悦读美文，组合成一幅幅无声感人的美好的城市画卷，还刻录着深圳这块神奇的土地创造的伟业与辉煌，刻录着以深圳为代表的经济特区承载的中国民众的集体梦想，刻录着当今深圳形象、深圳共识、深圳品格和深圳精神，刻录着改革开放敢为天下先、为国家锐意探索不断奉献的火焰般的史诗！

　　文以载道、史以存真。深圳之所以能够成为梦开始的地方，深圳人的奋斗之所以能够梦想成真，最根本的原因在于党的十一届三中全会以来，我们党的领导人坚定不移地领导着人民走出一条具有中国特色的社会主义道路。文史工作是人民政协的重要职能，我们理当编写出版一部真实反映深圳各界人士当年寻梦、追梦、圆梦的故事。一年来，深圳市政协与深圳晚报社、深圳市越众文化传播有限公司和海天出版社等一道，同心协力，携手前行，共同编辑了这部见证深圳"活历史"的《深圳口述史》，为这座以梦为马的城市呈现一部"深圳版"的光荣与梦想。

　　读史使人明智。我们期待，在深圳再出发的征途上，每一个口述者的奋斗故事能够永远铭刻在这座城市的历史丰碑上，给今人和更多的后来者以源源不断的精神动力和梦想伟力！

　　深圳，承载新的梦想再起航！

　　深圳，给予未来更多希望！

目录 | CONTENTS

>> **上卷** | Volume I

2 / **廖虹雷**
这不是我的本事,是生活赐予我的回报

12 / **邓志标**
就算有八抬大轿抬我,我也不离开深圳

22 / **张信安**
对我的事业忠诚,对我的病人忠诚

34 / **李 定**
我从不后悔,因为我干的都是实事

48 / **马成礼**
我们无愧于这个时代

62 / **张灵汉**
我是第一个提出经济特区立法权的人

76 / **罗昌仁**
你别叫我副市长,我就是个大工地主任

94 / **乔胜利**
要记住当年经济特区的"开荒牛"们

108 / **刘禹堂**
困难再多,我也只能硬着头皮上

120 / **王发祥**
我一直怀念那个时代

134 / **吴松营**
尽自己的能力做到最好

150 / **禹国刚**
证券很大,我们很小

168 / **李小甘**
是热血青年就该来深圳

182 / **汪顺安**
深圳将是个永不落幕的书城

192 / **韦洪兴**
我是一个深圳的建设者,也是一个记录者

210 / **赖元楷**
为深圳争"气"

222 / **梁 富**
破了案我们就像小孩过年一样高兴

246 / **刘炳和**
既然他们能干,我也能干

258 / **祝希娟**
我来深圳,就像开始了另外一个人生

272 / **黄华坤**
这是一座让你置之死地而后生的城市

288 / **金式如**
去深圳把耽误的时间找回来

298 / **孔爱玲**
做梦都想不到会有今天的成绩

308 / **马介璋**
家乡要我做的，我一定做到

322 / **宋　钢**
我的"深圳梦"跟钱关系不大

336 / **谭浩辉**
以前我是香港人，现在我是深圳人

348 / **王　萍**
工作是我的命

356 / **陈棠颐**
春风又绿江南岸，期盼早归好种田

370 / **戴　杰**
我们不仅仅见证、记录历史，也在创造历史

386 / **陆　江**
在深圳我实现了个人的所有梦想

398 / **王　鉌**
如果人生可以再选一次，我还会选择做老师

410 / **王喜义**
行不行都得试，不试怎么知道不行？

426 / **王子昂**
激情燃烧的岁月

438 / **巫景钦**
生命中最温暖与美好的事

1980
~
1992

廖虹雷

这不是我的本事，是生活赐予我的回报

廖虹雷，1946年生于深圳宝安，1968年初从惠阳地区文化部门调回宝安县，曾任深圳市罗湖区委宣传部副部长等职，现为深圳市本土文化艺术研究会会长。

一

我是老宝安人了，作为一个生于斯长于斯的本地人，我对深圳本土文化有一种天然的热爱。我庆幸从羊台山走进文化部门，在深圳从事了一辈子自己喜爱的文化工作。

1946年，我在宝安羊台山（古称"阳台山"）下的一个山村出生。1966年从学校毕业后，我在惠阳地区干了3年文化工作。当时的惠阳地区，包括了宝安、东莞、增城、龙门等多个地区。3年里，我跑遍了东江两岸13个县的城乡了解客家文化。1968年初，因工作需要调回家乡宝安，被安排到宝安县文艺宣传队，民间俗称"文艺轻骑队"，开始到全县的农村、渔港、工厂、部队和学校等基层进行文化宣传演出。

1970年以前，我们下乡演出全靠一双脚，还得背着背包、扛着乐

器、服装、道具，甚至挑着演出需要的照明汽灯、舞台幕布、锣鼓钗钹等。最初那几年，我们下乡除了要背着各种器材道具，还要挑着大米、油盐和一些鱼干、腊肉等生活物资。

那时候，我们白天在当地采访先进事迹，编写节目，当晚就演出。除了演出，我们还要帮贫下中农插秧、割稻、施肥、晒谷、挑水、劈柴、打扫卫生等，和农民"三同"（同吃同住同劳动），与工农群众打成一片，接受贫下中农再教育。

数年间，我们东从大鹏半天云村、南澳东西涌，西到茅洲河的塘下涌、楼村、光明农场碧眼村，北至龙岗诸鼓石村、平湖山厦村，南到盐田、蛇口渔港和南头南山村及大铲岛、内伶仃岛等，一步一步地行走完宝安19个公社、2个镇，190多个大队，有的甚至走过三四遍。

山村的炊烟、渔船的帆影、蚝民的笑声、梧桐山哨所的雾霭以及边防线上军民巡逻的脚步声，一点一滴地印在我的脑海中。他们的平凡而有趣的故事、欢乐而动听的渔歌山歌、美味的客家和广府人家饮食，深深地融入了我的生活，为我以后从事民俗文化研究工作打下了基础。

二

1972年，宝安县文化馆需要文艺创作干部，我便被调到馆里文艺创作组。我们一边自己创作文艺作品，一边去各公社文化站辅导创作演出。直至1979年宝安撤县建市，我从宝安县文化馆副馆长的职位顺任深圳市群众艺术馆副馆长。

1980年，深圳经济特区建立后，行政区域划分为经济特区内的罗湖区和经济特区外的宝安县。我随市文化局一批干部调去罗湖区工作，不久任罗湖区委宣传部副部长。其间脱产两年到北京鲁迅文学院进修，直到1986年入职市台办。

在一般人看来，宣传部的工作就是闷在办公室写写文章、动动嘴皮子。但因深圳处于改革开放前沿，宣传部每天面对很多新鲜事物，特别是如何让全区党员干部冲破"文革"遗留的各种思想禁锢，结合罗湖边境农村的实际发展生产，改善群众生活。

在宣传上，我们要把原来无形的纯理论的宣传，变成有形的生动活泼的事迹宣传。比如发现、总结农村干部群众创造出来的新经验、新观念，像渔民村、罗芳村以及蛇口渔业一大队等，因地制宜，发展渔农生产、开展小额贸易、引进外资、兴办工厂，带领群众集体致富等事迹。

有一件事让我印象非常深刻。1984年的一天，《人民日报》记者来罗湖区采访，我带着他去罗芳村陈天乐书记家里。因为我和陈书记很熟，所以没打招呼，直接带着记者闯进书记家。谁知陈书记正准备出门，看到我带着记者来，他表露出一副很不情愿的表情，把我俩迎进屋里。整个采访期间，我注意到他一共看了6次手表。最后他说："廖副部长你不要以为只有蛇口的同志的时间才是金钱，我们农民的时间就不值钱。我们的效率也是生命啊。"原来，他不是脱产支书，他跟罗芳村里群众一样，在村铁丝网边上的香港新界"飞地"①承包了好几十亩菜地。由于区和街道连续开了好几次会议，已经耽误了他好几天收割蔬菜的时间。他家只有夫妇俩，要收割数十亩的蔬菜。耽误了一天，菜就老了一天，菜价也会往下掉。他当时掐指算了算后不客气地对我们说："现在又没了一个上午，我损失可大了。"

一周后，我在《人民日报·大地副刊》发表了一篇文章《时间在田野里》，宣传了经济特区农民的时间观念、竞争观念和新的价值观，体现了经济特区人的精神风貌。

1975年初冬,廖虹雷(右)在位于深圳东门老街的家里从事文艺创作。

1976年,宝安县文化馆和展览馆的工作人员合影。

1995年廖虹雷的居所：深圳东门上大街32号。当时这一街区即将被拆迁。

三

深圳处于粤港"黄金珠链"上，一头靠着时尚的香港，一头又挨着传统的广州。东西方两种文化在深圳交流碰撞。

我的父辈们曾经挑着家乡的土特产去香港卖，再换回香港的胶线、洋蜡、洋布和人字胶拖等，所以东门很早就出现了洋货。上世纪五六十年代，内地经济困难，商品贫乏，深圳家家户户几乎都与香港有着千丝万缕的联系，香港的亲属会寄回来一些物品，探亲的时候也会带回来一些油、糖、面包、饼干等食物，还有衣服、毛巾、鞋子等日用品。寄回的港币可兑换成侨汇券到华侨商店购买紧俏物品。

为加强与港澳同胞的联系，1960年，深圳建成深圳戏院、新安酒家、华侨大厦等一批对外接待设施。为充分利用这些设施进行对外宣传，至改革开放前，先后有40多个中央与省级的著名演艺团体来深圳戏院演出，包括中国京剧院、东方歌舞团、中国芭蕾舞团、河南豫剧团和沈阳杂剧团等。全国著名的表演艺术家、中国第一代小提琴音乐作曲家与演奏家马思聪，艺术家钱浩、常香玉、红线女等都来深圳演出过。

香港同胞通过港中旅的组织，从红磡坐火车到深圳看演出，上午来看，下午购买宝安特产回香港。

利用旅游、看戏，宣传祖国；利用香港资源为家乡建设服务。时任宝安县委第一书记李富林曾提出"利用香港，建设宝安"的口号，积极开展边境小额贸易，实行"三个五"政策，即一个农民一个月可以去香港五次，每次可以带回五元钱的东西，可以带五斤重的物品。

早期的对外开放风险很大，没多久就遭刹车，宝安一批干部还因此遭到批判。但是，老百姓心中却大赞这办法好，认为这恰如"臭豆腐"，批起来臭，吃起来香！在一系列对外活动中，我感到组织香港人过来看演出，宝安本地也受益匪浅，特别是我们搞文化的，比其他地方的人有更多机会看到国家尖端的文艺演出，对宝安的文化发展有很大的促进作用，对我们个人的艺术修养也有提高。

深圳经济特区成立之后，市里组建了交响乐团，建设了大剧院、图书馆、博物馆等八大文化设施。我们在罗湖区也建起了罗湖文化公园、图书馆、体育馆和罗湖业余艺术团等。为加强香港新界乡亲与罗湖区的经济文化交流，罗湖文化体育界和新界联合开展体育比赛、书画展览和文艺演出等。

1985年5月，罗湖艺术团首次到香港新界演出，7天一共演了8场，这是内地首个业余艺术团体赴港演出，产生很好的影响。随后，深圳对外文化交往日益频繁，文化建设迎来大发展。

四

截至2014年2月，深圳已发掘出240个非物质文化遗产项目，其中23个入选市级保护名录，22个入选省级保护名录，7个入选国家级保护名录。而我有幸是第一批参与深圳非物质文化遗产普查工作的文化工作者。

2005年前后，深圳市开始普查非物质文化遗产，北京和广东省的专家来深圳给我们培训非物质文化遗产的有关知识。当时有人说，深圳是一个现代化新兴城市，没有多少文化沉淀，没有非物质文化遗产。我说不对，经济特区建立时间不长，但深圳的历史很悠久，非物质文化遗产很丰富。民间舞蹈、山歌、音乐、文学和民俗在全市各区都有很多，我在上世纪六七十年代就知道有客家凉帽、麒麟舞、渔灯舞、草龙舞、石岩山歌、龙岗皆歌和沿海咸水歌等等。

在普查工作中，我参与了深圳麒麟舞、客家凉帽、大鹏清醮等5

个非物质文化遗产的普查、文本编写和申报工作。其中我印象最深的是"三进凉帽村",坚持寻访和挖掘客家凉帽。

客家凉帽是深圳非常有特色的手工艺品,只流行于东江地区,在宝安、香港、东莞、增城、惠州一带才有,并且只有女性戴,男性绝不戴凉帽。

上世纪70年代我写过关于甘坑凉帽的文章。甘坑村是宝安乃至广东最著名的凉帽村,全名是甘坑凉帽村,据说是全国唯一一个以工艺品命名的村子。在上世纪五六十年代凉帽制作最兴旺的时候,甘坑全村都是做凉帽的,一年编制近万顶出口到东南亚,是广东的名牌产品。

非物质文化遗产普查开始,我联系甘坑凉帽村进一步了解凉帽的历史、工艺和目前生产情况。但村里负责人并不愿意接受访问,推托说村里做凉帽的老人大多已经去世,年轻人又多不会;村后原来有一座凉帽山,山上种有单竹,是做凉帽的原材料,现在凉帽山已被推平,做了房地产项目,没有做凉帽的材料单竹了;多年不做凉帽,编织凉帽的工具包括削篾条的十几种刀,也无法找到。

甘坑村不接受访问,我想起石岩凉帽店,可以通过它"曲线寻访"。我记得石岩有一户郑姓人家,祖祖辈辈做凉帽,我和这家人的孩子是同学,这位同学的母亲就是做凉帽的高手。当我带着几家报社的记者去采访她时,她已经82岁了,然而,高龄的她说起凉帽来毫不含糊。几天之后,深圳几家报纸发表了有关深圳凉帽的大幅报道,对将要失传的客家凉帽工艺深表担忧。

报纸刊登凉帽的文章,引起甘坑村领导的震动。我第二次进村时,他们十分欢迎。在联系织凉帽师傅座谈时,意外了解到石岩凉帽店我的那位同学原来娶了甘坑凉帽村一位师傅的女儿。当年这两个青年人因为凉帽的关系,成就了一段美好的姻缘。

甘坑村人见我认识他们村的"女婿",在我第三次进甘坑村采访时特别热情。凉帽村村长请来了五六位工艺师,准备了各种原材料、工具以及一些半成品,一边讲述历史,一边进行33道编织工艺流程操作,全程让我们拍摄照片并做影像记录。

回去之后,我将整理好的凉帽工艺的材料上报到市里。之后,甘坑村的客家凉帽成为深圳市首批非物质文化遗产之一。2013年,客家凉帽又入选广东省第五批非物质文化遗产保护名录。接着,我和省里两位专家又多次到大鹏古城,挖掘"大鹏清醮习俗"和"大鹏山歌"等,并成功将它们申报为省、市级非遗保护项目,我个人还被市文化部门评为首批非遗保护工作先进个人。

为了更好地研究、保护及弘扬深圳的本土文化,2002年,我们经市文化局、民政局批准,注册成立了深圳市本土文化艺术研究会。最早发起成立的100多人,都是老宝安文化人,从民间角度研究本土历史文化艺术。

据我所知,除了我们的研究会,现在深圳正式注册的关于本土文化研究方面的组织并不多,深圳大学有一个客家文化研究所和杨宏海客家文化与艺术工作室等。2013年,宝安又新成立一个宝安传统文化协会。

五

10多年来,我喜欢寻访古村落,看祠堂,看家谱……尤其是对当地客家人、广府人的生活习俗寻根究底,其间研究并写出500多篇共100多万字的民俗文章,发表在全国、省、市级民俗、史志、档案报刊上。结集出版了《深圳民俗寻踪》《深圳民间熟语》等民俗著作,分别获得广东省鲁迅文学艺术奖和广东省民间文艺著作奖。

我觉得这不是我的本事,是生活赐予我的回报。我们扎根生活,扎根人民,才有饱满的果实。有了生活的深度,才有眼界的广度、作品思想的厚度和与人民息息相关的温度。

常听人说深圳是一夜之城,从城市建设史来说,确实令人自豪;但从传统文化的传承来说,又很令人担忧。我总觉得我们在快速向现代化都市前进的同时,我们的传统生活方式也发生了巨大的变化,我们身边世世代代流传下来的大量鲜活的物质民俗、精神民俗和社会组织民俗在一点点地流逝。

一种乡土情结驱使我寻找、挖掘和记录远去和即将远去的民俗文化。我曾走访好些深圳的百年古镇老村,然而,再过几年重访时,那些古镇老村却所剩无几。300多年前,清代康熙年间留下上千座村落,如今除了少量列入省、市、区级文物保护单位以外,其余村子大多支离破碎、面目全非。

作为一个土生土长的深圳人,可能无力留下古村旧宅,但可以坚守深圳民俗这块领地,研究、整理,甚至通过举办一些大型民俗活动,如宝安千人沓饼节、千人裹粽节,以及办展览、开讲座、出书画等,把这些民俗留下来,告诉子孙后代,他们的祖辈们是如何生活的。通过年复一年的民俗文化浸润,维系族人和海外亲朋的血缘联系,营造和谐而美丽的家园,这,就是我们这一代坚守本土文化老人的心愿。

注释:

① "飞地":飞地是一种特殊的人文地理现象,指隶属于某一行政区管辖但不与本区毗连的土地,即只能通过"飞"过其他行政主体的属地抵达的区域。

邓志标
就算有八抬大轿抬我，我也不离开深圳

邓志标，1957年来深，深圳市罗湖区渔民村老村长。

一

我们渔民村就在深圳罗湖。整个村的村民，都是上世纪四五十年代，也就是新中国成立前后，陆续从东莞过来深圳河打鱼的，到现在已经半个多世纪了。那时候东莞是重要的渔业出产地，渔民很多。但由于"渔霸"①欺压，大部分人都吃不饱，生活非常艰难。

后来一些东莞人路过罗湖桥时，发现这里有一条深圳河，水美鱼肥，非常适合生活。而且深圳当时人很少，渔民也少，所以东莞桥头镇一批渔民一路从东莞沿东江等河流顺流而下，最后在渔民村所在的这一带水域停留下来。渔民们日常以打鱼、养鱼、卖鱼维持生活，虽然生活也不宽裕，但比在东莞受"渔霸"欺压好多了。

其实深圳也不是没有"渔霸"，只是没有东莞那么严重。而且新中国成立后，这些"渔霸"大都在内地待不下去，跑到香港去了。

1950年，我的父亲带着我的几个弟弟妹妹，和其他渔民一起从东莞划船来到这里。我是1941年在东莞桥头出生的，出生才9个月，母亲就离世了。家里兄弟姊妹太多，父亲一人养不活，我就跟随祖父祖母生活，一直在东莞打鱼、养鱼。1957年，我快17岁了，我的祖父祖母年龄也大了，渐渐力不从心，没办法继续养我了，就告诉我："我们养不动你了，你还是去深圳找你父亲吧。"于是在那一年，我辞别年迈的祖父祖母，从东莞石龙坐火车来到深圳。

其实在上世纪60年代以前，我们村不叫"渔民村"这个名字，最开始叫"船埗头"，意思是停船的码头。原来我们都不算定居在这里的，因为大家都生活在船上。我们一家几口，吃喝拉撒都是在船上。船也不大，大概两三平方米。我来到深圳后依旧是做打鱼、养鱼的事，捕上鱼来送去集市卖，一斤能卖几毛钱。

1953年，政府在岸上帮我们搭建了茅棚，我们开始到岸上生活。1962年前后，我们把茅棚改成平房，才正式到岸上定居，后来大家就叫我们这里为"渔民村"了。最初的渔民村村民并没有特别稳定，因为大家都是讨生活自发聚集到这里的，人来人往比较自由。自从建了平房之后，村民就差不多稳定下来了。刚开始渔民村有70多户人家，基本全是东莞来的，后来慢慢减少到30来户，这也就是后来渔民村成为全国第一个万元户村之后，大家所说的"渔民村30户人家"的由来。

减少的那四十多户人家，除了部分迁到其他地方外，大部分都到香港去了。上世纪60年代，从深圳"逃港"的人不少，我们渔民村的人天天晚上看到那些人游水渡河，他们掉了东西，我们就给捡回来。他们之所以要走，是因为物资匮乏。那时我们村在深圳算比较富的村子了，一个月发40斤大米、二两油、半斤糖，还有边防区域的救护费用，但是因为没有油水，总感觉吃不饱。

结婚之前，我从没想过"逃港"。因为我已经是村里的主任，如果连我都有这样的思想，渔民村要如何管理？后来实在饿得不行，也动了想去香港的念头,最后依旧没能成行,原因有两个:一是我在香港那边没有亲戚朋友,就算自己过去了也不知道投靠谁;二是当时我已经结婚,爱人还怀孕了,如果我过去了回不来,留下这孤儿寡母该怎么办呢?于是想来想去我就放弃了。

现在看来这个选择还是对的,因为改革开放之后,渔民村的发展是所有人都没有预料到的。如今,我们家家户户都有自己的住房和产业,每个月有分红,还有租金收入,这些都很可观。

二

从上世纪50年代一直到70年代末,我们和国内其他地方差不多,都是维持着计划经济的生产生活模式。大约是从1958年前后,群众选举了我做生产队的队长,我每天的工作就是安排居民的生产生活:谁负责去打鱼,谁负责在池塘里养鱼,谁负责后勤等等。日复一日,年复一年,日子就这么艰难地挨着。

1978年十一届三中全会之后,改革开放的氛围开始浓厚起来。1980年,全国人大在深圳设置经济特区,而我们渔民村,也迎来发展的转折点。

随着改革开放政策的铺开,深圳从香港引进不少港资企业,主要是"三来一补"的来料加工厂,最初来了六七家。虽然厂的规模都不太大,但也有成百上千的岗位需要用人,老板便来渔民村招工人。我是生产队的干部,不可能去厂里做工,只能给他们出谋划策,先在村里,后来又去东莞帮他们招聘了一大批工人。老乡们的确也愿意来,因为收入比在东莞好很多。

不久,就出现了一个问题——投资来了服务配套跟不上。所以,很多人开了茶餐厅自己经营,我们渔民村也开设了茶餐厅。为了增加收入,我们还利用靠近香港的地缘优势,倒卖香港的二手汽车,以及做运输等等。

大家都知道上世纪80年代的深圳，整个都是大工地，到处一片热火朝天的基础建设场景。既然在建设，那就肯定需要大量的基建物资，比如水泥、砖头等。于是我们就抓住这个机会，购置了一些运输设备，大力开展陆上和海上的运输业务。陆上运输主要是用汽车从东莞太平，也就是现在的虎门镇，拉来红砖、水泥等，直接卖到工地上；此外还从深圳河挖淡水沙，拉沙子到工地，再从工地把挖地基挖出的泥巴运走等等。海上运输主要是用我们的船，到中山等地把红砖拉回深圳，带到工地上卖。因为基建物资需求量大，我们跑运输的人整天都很忙碌。

改革开放大幕一开，那种场面真是太振奋人心了。当时生意好到我们都不用去找买家，几乎每天都有人来村里找我商量买红砖、水泥等物资。看过我们拉的红砖的质量，满意了，大家就成交。我们有几条船，几个人跑一趟大概能挣3000块钱。那时候进行工程建设的程序也比较简单，有钱就可以。当时深圳的很多建筑都用我们运输的材料。

就这样，我们靠餐厅、汽车、运输，以及少量的打鱼，每年都能赚很多钱。当时我们渔民村人也不多，才90多人，能劳动的有几十人，一年下来每人都能分不少钱。以我自己为例，我家就我们夫妻俩在工作，一年能分到9000多块钱。其他人家劳动力多的，分得更多。因此，上世纪80年代初，渔民村大多数人家的收入都突破了1万元，成为全国第一个"万元户村"。这个"万元户村"是我提出来的，其实那时候我们平均下来，两万元都有了，但是我还是比较保守地说平均1万元。

三

自上世纪80年代我们利用改革开放的伟大时机，开展多种经营

上世纪90年代初,渔民村进行了农村城市化股份制改造,成立渔丰实业股份有限公司。

2001年,渔民村旧村改造拆除现场。

并迅速发展致富之后，渔民村迎来了无数关注者，其中包括邓小平、杨尚昆、王震等党和国家领导人。在这诸多来访的领导人之中，1984年邓小平的来访，对渔民村的影响最为深远，当时我正是渔民村的村长。

1984年1月25日一大早，我们突然接到通知，说有中央领导要来视察渔民村，要赶紧到村委会准备接待工作。记得当时，先是把村里武装队的枪收归区武装部，我家的地毯都被掀起来检查，村里一户杀猪人家的杀猪工具都暂时被收起来了。那时我们并不知道即将来访的是邓小平同志，只是看接待的阵势很大，觉得应该是个大领导。

当天上午10点多，前来视察的人从中巴车上走下来时，我们才知道来访的居然是邓小平同志。区委书记带着我跟邓小平同志握手，并介绍我说："这是我们渔民村的村长，他也姓邓，叫邓志标。"

听到我也姓邓，邓小平就笑了，身后的邓榕拍着他的肩膀说："500年前还是一家的哦。"说完大家都笑了。

邓小平在村里的活动主要是看和听——看渔民村的变化，听村民的汇报。他下车之后，先在渔民村走了一圈，接着来到我家。看到我们住的房子之后，邓小平说："这种房子如果在北京的话，要部长级的高级干部才能住。"他还跟杨尚昆说："等到全国人民都住上渔民村这样的房子，恐怕要100年时间。"当时有人说可能用不了那么久，邓小平同志则表示："我国人口多，至少也要70年。"

当时我们住的房子，是1981年村里依靠集体力量投资70万元，请来设计院统一规划、设计、建设的33栋米色小洋楼，有花园，还有喷水池。村民家家户户都有了当时刚刚开始流行的三大件——电饭煲、电冰箱、电视机，都是从香港买回来的，有的家里还有了音响和空调。

看完村里的大致情况之后，邓小平同志就坐下听我们书记汇报。邓小平来访的时候，我们全村人均年收入已经接近6000元，平均每户收入超过3万元。听到我们的收入这么高，邓榕怕年纪大了的邓小平没听清，特意大声说："老爷子，比你的工资还高呢！"大家又都笑了。

整个过程中，我记忆最深的是邓小平说的几句话。听完我们书记的汇报之后，他问我们书记："现在你们生活这么好了，还有什么需要吗？"我们书记回答："需要是不敢了，但是我们现在过上这样的生活有点害怕，害怕党的政策会变化。"

其实这个担心也是我们所有人的担心，我们书记对这个问题更是有切身的体会。书记的年龄比较大，经历过的运动也比较多，什么"三反五反""反右""文革"等，他曾经被打成"走资派"，受尽折磨。我们这些人都经历多了，见识多了，知道普通人一旦被打成"地主""走资派"，戴上"帽子"，连老婆都找不到，更别说幸福生活。那么，现在先致富的我们会不会又被戴上一顶"帽子"？

听到这个担心之后，邓小平哈哈大笑，他拍着我们书记的肩膀说："不要害怕，党的政策一定会变的，但是只会向好的方面变，不会向差的方面变。"

事实证明，从改革开放至今，村民们从来都说"改革开放好"，说不好的我一句也没听见过，可见党的政策真的都是向好的方面变，邓小平同志当年说得没有错。

邓小平同志来访之后，经过媒体的大量报道，渔民村开始广为国内外所熟知，渔民村的名声越来越大。后来我也应邀去中央电视台参加节目，我上台时说："我叫邓志标，我是渔民村的村长，我们是全国第一个万元户村！"

名声扩大也为渔民村吸引外资、扩大生产提供了很多便利。一提到渔民村，大家都知道这是邓小平去过并得到邓小平肯定的村子，去那里投资肯定不会错。也就是在这一年，渔民村全村年收入首次超过百万元。

1985年前后，我们继续借着改革开放的东风，引进了好多企业，例如表带厂、宝石厂、家具厂等等，村民厂房的租金收入和在工厂里打工的收入就更多了。

四

上世纪90年代初，渔民村进行了农村城市化股份制改造，成立股份公司，我们村给自己的公司取名叫做"渔丰"，"渔"是指我们是打鱼人，"丰"就是丰收。

1992年，邓小平同志第二次南方视察，虽然这次他没有来渔民村，但我们发展的势头依旧很好，已经不是"万元户"而是"几万元户"了。

但是，随着经济特区的不断发展与外来人口的大量增多，渔民村也像深圳其他的城中村一样，开始了无序建设，把两层高的漂亮小洋楼加盖到五六层，甚至七八层。一时间，"握手楼""接吻楼"占据了整个渔民村，密集的房屋完全不符合消防要求，加上工厂不断壮大，污水被排入深圳河，渔民村过去环境优美、生活舒适，后来变得污水横流，居住环境不断恶化，成为一个"脏、乱、差"，安全隐患、治安隐患严重的社区。

由于外来人口多，管理混乱，治安严重恶化，村里入室盗窃案件时有发生，居民没有安全感。在这种背景下，2001年，渔民村被列为全市城中村改造的试点，开始破土动工重新改造。

经过3年时间，渔民村于2004年8月正式改造完成。改造后的渔民新村建了一栋20层高的综合楼，以及11栋12层高的小高楼，共1000余套单元房。还把村口三角用地和长达300多米的防洪堤改建成一条具有艺术观赏、广场灯光走廊和防洪防护三个功能的"文化艺术长廊"，还设置了很多介绍村史的浮雕。大家的生活环境比起当年小洋楼时代又提高了几个档次，收入也更多了。

这半个多世纪以来,渔民村伴随着深圳同步发展。从居无定所、一条船一个家,到全国第一个万元户村,再到后来家家户户都有小洋楼、别墅……大家的生活发生了天翻地覆的变化。渔民村村民能有今天的幸福生活,与改革开放政策以及整个深圳的发展,是绝对分不开的。毫不夸张地说,没有改革开放就没有渔民村的今天。我们村民都将改革开放的总设计师邓小平同志当作自己的恩人,1997年,从广播里听到小平同志去世的消息时,大家都很悲恸,在村里的工厂为他召开了追悼会。

我思考过渔民村为什么会发展得这么好。我发现当初我们之所以那么穷,是因为在旧的计划经济体制下,只能遵照上级指令进行生产,我们打鱼的只能继续打鱼,手脚都被束缚了,发挥不出来。改革开放之后,邓小平同志说,让一部分人先富起来,我们才松开手脚,能者多劳,开始搞多种经营,打鱼的除了打鱼、养鱼之外,还开起了餐厅,发展运输事业。

那些去香港的村民也经常回来看望我们,甚至还有被香港公司派驻深圳工作的。他们中的一些人后悔了:"早知深圳有今天的发展,我就不去香港了!"我也赞同他们的说法,现在,就算有八抬大轿抬我,我也不去香港。退休后,我在深圳有社保和退休金,加在一起每个月有6000多元的保底收入,村里的企业还给我们分红。年轻时,我们的日子过得辛苦,每日奔波,还挣不到几口饱饭,而现在在渔民村的生活,我可以自豪地说,我很满足。

注释:

① 渔霸:泛指占有并出租渔船、渔网等捕鱼工具或开办鱼行剥削和欺压渔民的恶霸。

张信安

对我的事业忠诚，对我的病人忠诚

张信安，1967年来深，在深圳市人民医院工作至退休，曾任深圳市人民医院护理部主任。

一

我是东莞人，1957年从中山医学院护士学校（现为中山大学护理系）毕业后，被分配到中山医学院附属第一医院（现为中山大学附属第一医院）急诊室。在那里，我一待就是10年。

我的爱人是宝安人，原来在江西医学院读书，毕业后就被分配到当地一个县城工作。1965年，因为他的母亲生病需要人照顾，他就申请调回了宝安县人民医院。为了一家团聚，我就需要从广州调到宝安。

中山医学院附属第一医院在当时是卫生部直属医院，在广东乃至全国都非常有名，而宝安县当时还是一个"化外之地"——宝安属于边防地区，出入管理非常严格，进来需要公安部门的手续。所以对于我要来宝安工作这个想法，我的同事们都不理解。我去人事部门办手续时，工作人员告诉我："小张，你要知道这是你自己要求去宝安的，不是我们赶你去的。"甚至我去派出所迁户口时，派出所工作人员都好心提醒我："你自己去宝安可以，但如果你在广州有亲戚的话，最好还是把孩子留在广州，这样以后孩子读大学、找工作都方便。"

当时我大儿子才一岁多，家人一致要求把孩子带到身边。虽然未来孩子读书、就业等不确定因素很多，我还是把孩子带到了宝安。幸运的是1980年深圳经济特区成立之后，深圳的发展一日千里。等我的大儿子要读大学时，深圳大学正好成立，我的两个孩子都是从深圳大学毕业的。

就这样，为了一家人团聚，1967年1月，我义无反顾地来到了宝安县人民医院。

宝安县人民医院的前身是国民党宝安县政府于1946年3月设立的卫生院，位于南山镇南头城的中山公园里。宝安解放之后，卫生院就改名为宝安县人民政府卫生院，1956年正式更名为宝安县人民医院。

我来医院时在任院长是一位老革命，他知道我在全国著名的大医院的急诊室里工作了10年时间，是一名非常有经验的护士，便告诉我想要我帮忙组建宝安县人民医院急诊室，我答应了。然而当时适逢"文革"，我来后不久，原有的院领导被打倒，新的"革命派"占据了领导岗位，并称"当权派当时答应了什么我们不认的"，于是把我分配到内科病房做普通护士。

我在的内科病房就是后来的留医部，这是一片本来要作为宝安县政府新址的建筑，但由于地处郊区，被认为是脱离群众，于是最终被分配给人民医院使用。

1969年前后，毛主席表示，要把医疗工作的重点放到农村去。于是卫生系统响应号召要下放干部,我和我先生都在下放之列。当时医院所有的重点医疗骨干都被分配到沙井、西乡、南头等偏远地方,我被分到最远的大鹏。现在大鹏是深圳最有名的景点之一,但当时可不是。当时大鹏有一个别称,叫做宝安的西伯利亚。每天只有一趟班车从县城发往大鹏,路上要走3个多小时。如果遇到大雨,葵涌等地海水倒灌没法通行,就只能等第二天潮水退了才能回来。

不过还没等我们出发,这次下放就被叫停。后来我才知道,这次下放是卫生系统自己组织的,没有上报县革委会。有人把情况反映到县革委会之后,县革委会很快就把事情叫停了。

没有下放,我就继续在医院好好工作。1974年,我被提升为外科护士长,这为我之后主持医院的护理工作打下基础。

二

1976年,"四人帮"被打倒,医院的工作趋于正常。1977年底,我担任了人民医院的总护士长,主持整个医院的护理工作。这时候的护理工作也开始脱离医院的医务股,慢慢成为直接在院长领导下的职能部门。

其实刚开始被医院找出来主持护理工作的人并不是我,而是我的两个师姐。但是由于种种原因,她们两个都不愿意做,最后院长就找到我了。当时我也不想做,但是我们领导说:"你还是出来主持这个工作吧,你年年都是先进分子,你不做就没人做了。"于是我就要求让我的师姐来辅助我,最后院长答应了我的要求。

1979年,国务院批准宝安县改名为深圳市后,宝安县人民医院更名为深圳市人民医院。1980年,全国人大常委会批准在深圳设置经济特区,建设大军陆续云集深圳。1982年,广东省卫生厅指示广东省人

上世纪80年代,深圳医疗设施简陋,医疗水平也相对落后。

1985年,张信安(前排右二)带队赴香港镜湖医院学习交流。

1987年,张信安(右三)在澳门参加第一届国际护理研讨会。

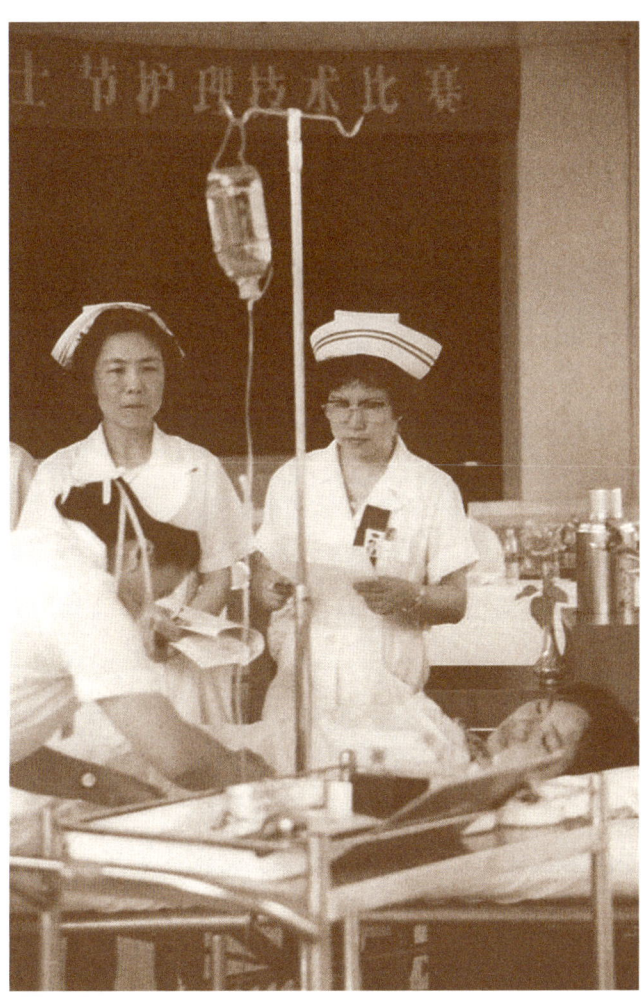

上世纪80年代末,深圳市人民医院组织护士进行护理技术比赛。

上世纪80年代末,张信安在医院办公室工作。

民医院派出医疗队，全面帮助深圳经济特区医院提高医疗技术水平。当时共有临床等专业技术骨干20余人来我们医院指导业务，每半年轮换一次。

1983年，我们正式设立护理部，有了一间12平方米的小办公室。因为此时省人民医院的护理部专家正在我们医院指导工作，所以护理部主任由省人民医院护理部主任轮流挂职，我担任护理部副主任。

1984年12月，省人民医院挂职专家撤离后，我正式担任护理部主任，实行护理部主任、科护士长、护士长三级管理体制。在此前的一年，为了迎接医院4号楼的建成，应对病房的扩大，经过我的申请，我们从全省的护士学校一下子招进了83名护士。这些新护士来了之后，我们按照实际工作的要求，第一次对护士进行岗前培训一个星期。之后上岗培训慢慢成为惯例，不管新来几个护士，都要进行至少一周的岗前培训。培训内容从仪表仪容到业务知识，还有深圳经济特区、医院的情况介绍。

1985年之后，我们的护理工作都是按照这个程序发展，不断完善。1990年，我们设立了护理示教室，组织全院的护士进行各项技术操作学习及训练，对护理人员进行培训。

值得一提的是，在很长的一段时间，整个深圳都只有我们一家医院有专门的护理部，同时我们的护理部也是深圳最高护理水平的体现。市内其他医院的护理部门，多是从我们这里参观学习之后组建的。

从1984年到2005年，护理部接受深圳各级医院护理人员进修、培训800多人次，为深圳市护理事业发展做出了我们的贡献。

三

自1983年起，广东省医药学院开始办护理的成人教育大专班，参加学习的护士，全部脱产学习3年。为了提高护士的业务水平，我们医院派了四期一共10名护士去学习，是全省所有医院里面派去人数最多的。因为我们以前的护士多是中专学历，所以我很珍惜这次机会，借此提高护士的业务水平与能力。

另外我们还与德国不来梅医院建立了交流合作关系。当时是德中友好协会邀请不来梅医院的护士到广东省人民医院来工作交流，省人民医院就把这个信息通知了我们医院，因为我本身就是做护士的，专业上比较对口，因此医院就派我过去和她们联系。

可是我不懂德文，于是就找了一个翻译，这翻译是省人民医院的一个医生，我们3个人一起谈，总的来说就是希望不来梅医院能够接收我们的护士去德国学习。这个德国护士非常支持我们的建议，回去就和德国的一个医院商量，最后同意我们派护士过去学习。我们一连派了几批人员到德国学习，包括医生和护士。他们也派了几批人到我们的医院，为我们的工作做一些指导。

在护理工作实践中我慢慢意识到，我们的护士不能只局限在做具体的工作上，她们还要学会怎样总结经验，推动护理事业的发展。于是，我就和国内护理方面的刊物联系，如武汉的《护理学》杂志。因为我们院长就是武汉来的，我就邀请他们主编过来讲课，指导我们的护士怎样写论文等等。我们也去武汉参观，大家的交流很多。此外还有吉林的国外医学护理分册的编辑，我们也都有联系。那边有国外的关于护理的文章，他们介绍给我们；我们院内英语比较好的护士，查到好的护理方面的资料，就翻译了寄过去，他们就在那边发表……这样大大提高了我们医院的声誉，也提高了护士的地位和大家学习的热情。

经过这样对内对外护理工作交流，我发现其他医院有很多先进的地方需要我们学习。比如她们的工作态度、专业仪器的操作技术等，我们都可以学习。我记得香港一个教会医院的护士，曾经来我们医院交流。她们每天一早过来在我们病房上班，下午返回香港。交流的过程中，她们会指出我们在一些工作上的不足，为我们提供了很好的指导。

从1990年到1994年，我们要创全国三甲医院。对于三甲医院，卫生部有很多要求，我们都要一一落实。于是，我做了大量的前期工作，比如统一的表格、护士的记录、病情记录等等，一套套的都按照卫生部的规定进行。

过去我们的护理记录很不完善，一般只有一个交班记录，没有病情记录。从那时开始，我就要求大家做好病情记录：病人进医院是担架抬进来的，还是走进来的；接手的时候病人的情况怎样；做手术的病人，是什么时候进入手术室的，手术前的准备是怎样的，什么时间送回的，用的什么药，抢救过程中用的什么药；在护理过程中有没有特殊情况，呼吸是否平稳；白天用蓝笔写，晚上用红笔写；等等。这些都有非常详细的规定。

1994年，医院通过"三级甲等"医院的验收，护理以93.46分的成绩达标。

1997年初，全院实现电脑联网后，我们将各项医嘱输入电脑，取消护士转抄医嘱，减少了转抄引起的差错。随后的2003年，护理部开始了护理信息化管理的研究，在借鉴国内外成功经验的基础上，充分利用医院信息系统，对护理系统实施全面计算机信息化管理。

我的想法是病人交到我们的手上，我们就要把病人的一切情况摸清楚。这样就要提高护士的医务俗语使用、描写，需要护士加强学习。

四

我之所以想到要成立护理学会，是因为省人民医院来支援我们的专家里有一个是省护理学会的理事，她觉得我们深圳也应该成立护理学会。当时我们人民医院已经有了护理部，科委也有这个意图，卫生局也很重视。具体的成立工作就是我来牵头，我们创建这个学会的宗旨，就是办一个纯业务学习团体，只做业务，不参与行政；只是培训、学习，提高护士的业务水平。

1984年，工程兵的建设大军来了。当时除了深圳市人民医院之外，其他医院也开始慢慢起步，比如康宁医院，刚开始只是一个慢性病院；还有东湖医院，只是一个传染病医院；妇儿医院只是一个妇幼保健站等等。它们都很小规模。与之相比，我知道深圳的建设肯定是大规模的，几万工程兵加上他们的家属，人数庞大。当时，工程兵有一个工程兵医院。1984年成立护理学会的时候，我就想除了学会的理事长由我出任之外，学会的副理事长一定要给工程兵医院的总护士长。因为既然工程兵医院来支援深圳的建设，她又是深圳建设大军中的一员，并且保证了工程兵这支建设大军的健康，就凭这点，她就当之无愧。卫生局和科协都同意我的观点，尽管当时我都没见过这个人。她来了之后很感动，告诉我说没想到自己一来就担任副理事长。

与此同时，我把全深圳医院的护理部都团结到护理学会中来。有了这些人之后，我就可以开展工作。如果我要办一个学习班，我就发通知给下面的医院，他们就组织自己的护士们来培训。反正我一个人讲课，10个人听也是讲，100个人听还是讲。越多人参加培训，就越有助于提高整个深圳市的医疗服务水平。

护理学会成立不久，我们就开始和香港的护士协会有交流了，有时候我们会办一些培训班，邀请她们来讲授香港的护理及管理等方面的组织架构。我们办的培训班基本上都是面向全省医院的护理部门的，比如新会、云浮、潮州等，他们都会派人来。当时其他地方和香港的交流都不多，我们就利用深圳和香港距离近的优势，把香港的先进经验引进来，因此这种机会非常难得。

与此同时，我们也有人去香港进修。当时我们已经有了重症监护室，重症监护室里有很多仪器，比如有心肺复苏、呼吸机等等。我们刚刚接触仪器，没有多少经验，就派人过去学习他们对机器的管理、操作等方面的经验技术。香港护士协会也会邀请我去香港参加交流活动。

五

在我的职业生涯中，我一直坚持两个"忠诚"：对我的事业忠诚，对我的病人忠诚。这两个原则我坚持了一辈子。

来到深圳后，我有幸创造了深圳护理事业的三个第一：深圳第一个总护士长；深圳第一个护理部主任；深圳第一个护理学会理事长。其实坦白说，当初我来深圳只是为了照顾家庭，从来没想过以后要做出些什么成绩。但是时代把我推到了前台，我也就顺着时代的方向，努力做好自己的工作。要感谢深圳给我提供的平台和机遇，让我能够发挥自己的才能，在实现人生价值的同时，也推动了深圳护理事业的发展。

现在回想，如果当初我不来深圳，我的工作可能也还好。因为虽然做急诊很辛苦，但是我很勤快，发展应该不会太差，但是我绝对无法开拓一个城市的护理事业。所以后来我经常和我的朋友们说："我走运了，当初选择来深圳，我来对了。"

李 定

我从不后悔，因为我干的都是实事

李定，1976来深，历任深圳市财贸办主任、深圳市政府秘书长、深圳市政协副主席等。现任深圳市老年协会执行会长。

一

我算是较早一批来深圳的外地人。

1976年还没有深圳经济特区，那时候只有宝安县，管辖现在的宝安区加原深圳经济特区范围。当时的宝安看起来很像农村，虽然跟我老家梅州五华的农村比起来稍微好一点，但我是从广州调来的，一下子就看到了落差：在广州做饭用的是蜂窝煤；来到宝安后，我的大孩子每天都要早起，上山去捡树枝树叶回来烧火做饭。

来深圳前，我在广东省军区保卫处任副处长，那时候单位给我们分了一套二室一厅的房子，生活各方面都比较好。有一天，省委组织部找我谈话，说省公安厅原副厅长、深圳口岸办公室党委书记蔡诚要调回省公安厅了，所以要在省军区找个人接他的工作。省军区一开始推荐了4个人，最后我被选中。

为什么偏偏选中我？这要从我早年的经历说起。我出生在一个贫下中农家庭，记得儿时，家里常常受到村中恶霸的欺凌。有一次，我父亲在砍竹子，村里恶霸的狗突然向他狂奔过来，狗却被刚砍完的竹尖刺穿肚子，刚好死在他的脚下。恶霸出来一看，立即带几个人冲上来，把我父亲按在地上，灌他喝尿……这一幕我看在眼里，十分愤怒。从那时起，我恨透了这个让人屈辱苟活的旧社会。16岁高中刚毕业，我就加入了中国共产党，从做地下工作开始，一直都在军队里，一辈子听党的话跟党走。当时组织部想选一个政治可靠的人，便看中了我。我二话没说，就答应了。

组织让我10天内去报到。我岳母在广州帮我带孩子，她对我说："宝安太荒凉了，你们先去安好家，我晚些时候再过去。"我就把小的孩子留在广州，和爱人带着大孩子来到宝安。一年后，岳母和孩子才过来。

刚来的时候，我担任深圳口岸党委书记兼宝安县委副书记。1979年，深圳市成立，被定为地级市。同年，我被任命为深圳市委常委、革委会副主任兼财贸办主任。这个时间正是深圳改革开放的时候，到香港参加商贸等商务活动的公职人员不断增加，但按照港英政府要求，去香港必须持有港英政府事先签证的护照。虽然那时也有来往港澳的通行证，但只发给在香港有亲戚的人。因此，当时就呈现了香港同胞拿着回乡证可以直接来深圳，但内地同胞去香港必须办护照、先签证才行的情况。对一方方便而对另一方不方便，我觉得这样并不平等。所以在1979年，时任港英政府政治顾问助理欧义恩来深圳访问，我和市外办主任刘杰接待他时，我就提出，加强深港的交往有利于双方的繁荣，希望香港允许深圳公职人员持往来港澳通行证就可赴港。欧义恩回香港后不久即告知：香港方面同意了这个建议。

很快，我就和当时的海关、边检、卫检等单位领导12人，第一批持往来港澳通行证去香港，那是我生平第一次去香港。香港的繁华也让我震惊，我就想，人家是怎么搞的？为什么这么繁荣？我盼望着能多学香港的经验。不久，市外办主任组织第二批公职人员持往来港澳通行证赴香港考察。现在因公持往来港澳通行证去香港就是从那时开始的。当时每天是二三十人，现在可能每天几千人了。从那以后，深圳与香港的往来更加方便，更加密切，对于学习香港经验，发展深圳经济，起到了重要作用。

按照当时的规定，外事无小事，对外谈判的权力只有外交部才有，因此有人提议要给我撤职处分。我就说深圳经济特区"特事特办"，在这方面有自主权，我的处理是合法的。当时外交部一位副司长给领导报告时也说，过去我们想做而没做成的事，现在做成了，这样反而给处分，不好吧！后来外交部给深圳市外办来电话说，虽违反外事纪律，但念初犯免予处分。

二

1981年，深圳升格为副省级城市。同年，我担任市政府副秘书长兼财贸办主任。

当时中国的外贸体制是国家统一计划，统一管理，外汇创收也全上交国家，因此深圳是没有外贸自主和外汇收入的。我作为财贸办主任，深深地觉得深圳有这么好的条件，没赚到钱很可惜。于是，我向时任市委书记梁湘提出深圳是否可以成立一家进出口服务公司赚取外汇，书记同意了。我立即开会研究决定，深圳经济特区应当有自己的外贸自主权。于是，我批准成立了一家进出口服务公司，任命当时财贸办副主任叶振中担任总经理。

公司成立之初，经济条件可谓捉襟见肘。总经理叶振中只有一张桌子、一个凳子和一台电风扇。结果第一年，他就给我们财政上交了3000万港币。公司第一单生意就是卖电风扇，当时台湾产的电风扇非常吃香，全国都到我们这里来买，一下子就赚了一大笔钱。尝到甜头后，我相继又批准成立了蔬菜公司、粮油公司、水产公司等，全部放开搞外贸，为建设深圳经济特区提供了一些外汇。

按照当时的规定，所有出口商品在到达香港后，必须经过香港的公司转手，让这些公司先赚一笔钱。于是我就想，如果我们能够在香港成立一家自己的公司，把到香港的商品交给我们在香港的公司，我们不是又能多赚一笔钱吗？于是，我立即批准深圳在香港成立一家兴业公司和一家伟业公司——这两家公司应该是内地在香港注册的头两家公司，它们的效益都很好。但是外贸部说，没有外贸部特批是不能在香港设公司的，因为"外贸无小事"，他们质问我为什么要这么做，还怀疑我从中渔利。1982年，外贸部就派人来调查我有没有贪污，要撤我的职。结果查来查去，只查到我为官清廉的证据。当时我从口岸办调到财贸办时，两个部门都在给我发工资。我得知后，主动退回了原单位的工资。所以调查我的人不但没批评我，反而表扬了我。

深圳最初的口岸免税店也是我们做起来的。那时我有个熟悉的朋友在泰国，他来香港时告诉我们，口岸可以开免税商店，过关的人都会愿意来消费免税商品。在他的帮助下，我们把免税店做了起来，模式是"香港买单、深圳提货"，非常方便，各类产品销量很好。现在免税店已经很普遍了，当时国内却几乎没有，深圳是最早一批开始经营的。

1982年，我率领财贸办工作组的同志到沙头角做调查。我们发现新界那里的香港公司生意很好，所有的商品开放陈列，想看可以直接拿起来看，售货员还会主动递给顾客。而且，这些公司通常很早就开门，很晚才打烊，生意一派红火。相比之下，我们沙头角综合公司却冷冷清清。所有的商品都摆在柜台里，顾客要求才会拿出来，看完又会被马上收起来。上午10点多钟，工作人员吃过饭后才会开门，下午4点多就会早早打烊。

这样的经营方式导致一年上缴财政只有88万元。我对比研究后得出结论：如果按照香港的经营方式，沙头角综合公司一年可以上缴600万元。大家都吓了一跳，连我带去的工作组同志都说："这个办法不行，过去从来没有搞过。上缴利润一下从88万元跳到600万元也根本不可能。"于是，我就宣布："谁自认为能实现一年上缴600万元的目标，不走私，不逃税，谁就报名做总经理。总经理的工资可以从原来的83块涨到350块，普通员工的工资也可以从30多块涨到200多块。"过了一个星期，只有一个副经理叫何能胜，表示愿意试试。他的想法得到了工作组的认可，3天后我当场宣布何能胜任综合公司总经理，原来的总经理则被任命为公司党支部书记，工资待遇按总经理标准。

为了实现一年600万元的上缴目标，平均一个月就要完成50万元的上缴利润。结果头一个月，综合公司就赚了70万元，上缴利润以后还剩20万元。公司上下备受鼓舞，员工全都干劲十足。就这样，综合公司第一年就创造了奇迹——利润近千万元，上缴市财政600多万元后，用剩下的几百万元在沙头角建了一座商业大楼。

综合公司经营方式的调整取得了"想都不敢想"的成功，这件事在整个深圳市引起了轰动。梁湘书记知道后说："你其他经验都很好,但是一个公司总经理的工资都超过了省委、市委书记的工资,这不行。"我说:"书记,其他经验都不算经验,只有这个才是最重要的经验。公司员工增发的十几万工资,换来却是深圳市几百万的财政增收。这样的好事你干不干?"他连连说:"干!干!当然干!"

就这样,沙头角的经验吸引了全国各地的人前来学习。我搞完沙头角公司的经营改革后,又把经验推广到蔬菜、粮油、水产食品公司。

真正惊动上级的物价改革还是1982年的荔枝出口。当时,财贸办已经连续几年收购不到荔枝出口,因为外贸公司的荔枝收购价格每斤只有8分钱,而深圳农贸市场每斤收购价为3毛钱,到香港则可以卖每斤1块多。在这种情况下,任凭市政府"软硬兼施",果农就是不把荔枝卖到外贸公司。

当时荔枝是出口换汇的重要商品,收购荔枝是国家计划。眼看完不成收购计划,我就打起了价格的主意,我向当时分管财贸的副市长周溪舞提出:"我亲自到南山收购荔枝,价格由我来定。"周溪舞当时就同意了。

我就带着财贸办和市果菜公司的十几个人到南头收购荔枝,决定按质论价,荔枝收购价是每斤6毛钱,好荔枝每斤8毛钱,最好的每斤1.2元。结果,不仅深圳果农把荔枝卖给我们,东莞、惠阳等地的果农闻讯也把荔枝带到南头卖给我们。我们一下子就收购到了十几吨荔枝,是历年来收购最多的一次。当年荔枝出口赚了十几万外汇,也是深圳外贸头一次赚这么多钱。

可是我们还没来得及品尝成功的喜悦,就被省有关部门指责违反国家物价政策。当时事态很严重,省里又是开会又是发文又是登报,批评我擅自提高收购价格,明确指出要制止这种行为,我当时压力真

上世纪70年代,李定(右)与妻子(左)初到深圳时的合影。

深圳、香港部分肉食、水产、蔬菜价格对照表			
	深圳		香港
品名	国营价格	集市价格	中环街市价格
生菜	0.25	0.30	2.4
番茄		0.35	2.9
白菜	0.15	0.10	1.9
菜心	0.26	0.20	1.9
生鱼		6.00	21.7
鲩鱼		1.90	19.3
鲮鱼	1.80	1.80	19.3
瘦猪肉	3.20	4.00	24
排骨	2.80	3.00	24
腩肉	1.20	1.40	10
牛肉		3.00	23

注：1、深圳采价时间为4月8日
香港采价时间为2月15日
2、单位：深圳 人民币元／斤 香港 港元／斤

上世纪80年代初，深圳、香港两地的物价对比表。

1988年，李定（后排右一）在"深圳市扶持梅州市和两市加强合作的协议暨深圳市投放第二批贷款签字仪式"上。

的很大。

后来省里专门派工作组来调查,给市里施压说要撤我的职。调查组找到周溪舞,周溪舞对调查组说:"这个事情我知道,跟我汇报过,责任不在他,要撤就撤我的职。"调查组见周溪舞把责任揽下来了,只好不了了之。有了市领导的支持,我和同事们就继续高价收购荔枝。第二年,省里默认了深圳的做法。到了第三年,省里就号召全省学习深圳经验。

三

随着经济特区的发展壮大,人们从四面八方涌入深圳。到了1983年,深圳人口已从原来的2万多人增加到30多万人,市场上的蔬菜供应空前紧张。

梁湘书记敏锐地觉察到,蔬菜供应不足是一个很大的问题,老百姓没有菜吃是绝对不行的,他指示我一定要解决蔬菜供应的问题。当时我没有相关经验,书记就说:"你去汕头找5000人来深圳种菜。"我就去找汕头市委书记,他很高兴地答应我,派了5000名菜农来。谁知,这些人没到两三个月都跑光了。原来,当时蔬菜价格由国家统一规定,一斤青菜是5分钱,而按照深圳的实际情况,种菜的成本一斤高达三四毛钱。当时流传一句顺口溜:"种菜不如捞虾,捞虾不如拉沙。"所以,原来的菜农嫌种菜的收入少,全都改行出海捞虾或者去拉沙供应建筑商了。梁湘书记得知后,就说:"汕头的人不行就去广州找。"但没过多久,新一批从广州来的5000名菜农又都跑了。后来,市政府对菜价进行了财政补贴,但当时微薄的财政收入根本无法长期支撑这么巨大的亏损。

面对这种困境，我和深圳市副食品公司老总廖汉标意见一致。我俩主张不能一味靠政府补贴，要提高菜价，让种菜可以盈利，让菜农能够赚钱维持生计。但是，提高菜价牵涉的面太广，一开始书记坚决不同意。后来过了好长一段时间，深圳吃菜难的问题还是解决不了。一次市委开常委会，再讨论吃菜问题，意见还是不一致。当时，市委秘书长邹尔康就说："李定的意见有点道理，是不是可以让他先试一下？"于是市委同意了。

我就去湛江招了菜农来深圳种菜，按照当时菜价的四成收购。实施这个办法以后，我每天早上6点多骑着自行车去市场观察。一开始菜价是8分钱，后来一下子涨到8毛，眼看着就飙到了1块2毛了。最初，蔬菜公司自己贴钱，后来贴不起了就由财政贴钱，再后来连财政也贴不起了。人们开始怨声载道，我也觉得头皮发麻。书记下结论说："李定的办法不行，菜虽然有了，但价格太贵。"市委准备再过两周开会，取消我放开蔬菜价格的办法，还要当场宣布如果再解决不了吃菜问题，就要撤掉我所担任的财贸办主任的职务。我心想，撤就撤吧，我也没有办法，但我还是要这样执行。

没想到，收购蔬菜在达到1块2毛一斤的价格顶峰后，开始逐渐下降。原来，由于深圳的菜价高，不仅本地种菜的人开始增多，而且东莞等周边菜农也开始运菜来深圳卖。卖菜的人多了，菜价自然就降下来了。最终，菜价降到4毛钱左右就稳住了。事后别人总结说："这是市场的价值规律在起作用，你很有经济学头脑。"其实，当时我哪里懂什么经济学，我只是凭自己的经验知道这样做能够解决问题。

"吃菜难"的问题解决了，"吃饭难"的问题又出现了，原因就在于"粮票"。当时全国买肉要肉票，买粮要粮票，买油要油票，但深圳经济特区很多人是有钱、没粮票的，这样就算你去了饭店，还是吃不上饭。我记得我特地从广州请来的饮食服务公司，那位总经理对我说，我们饭店做得这么好，但来的客人（没粮票）吃不上饭，骂着走出去，说："什么经济特区？连饭都吃不上！"我听了特别痛心，这要怎么处理呢？

我就和总经理说，你能不能做一些"高价饭"卖？普通粮票饭如果卖5分钱，"高价饭"就卖5毛钱，价格一下子上去了，却保证了没"票"也能吃上饭。没过多久，别的饭店也慢慢这样做起来，效果还不错。后来，饭堂也开始卖起"高价饭"，粮票便逐渐没有人用了。两年之后，深圳市委才宣布取消粮票，而全国全部取消粮票又是好几年之后的事了。

虽然我是财贸办主任，但我不光要解决"吃"的问题，"说"的问题也是我去管。早年，在深圳和外商谈生意特别麻烦，必须带上四个翻译——一个懂普通话，一个懂潮州话，一个懂客家话，还有一个得懂广州话。我们遇到过一位印度来的合作方，对着四个翻译沟通半天后说，这样怎么行，就去向梁湘书记提建议，说应该推广普通话。书记于是找到我，要我来抓，我说好，我们就成立了推广普通话办公室，我做办公室主任。

当时我写了一系列报告，说推广普通话一定要强势，列出了一系列硬性要求，比如所有政府工作人员必须说普通话，普通话没达到三级要求的不能当公务员；公共汽车报站的售票员要讲普通话，普通话不到三级不能当售票员；老师要讲普通话，普通话考试不及格不能当老师，在职老师如果要升职也必须参加普通话考试，不及格就不能升职，也不能升工资。当时就是这么强势，因为市委市政府都非常支持普通话的推广，所以这些要求政府全部发文规定了，我们还要去监督、检查。这样搞了两年时间，大家都按要求学习普通话，之后参加考试。我们被评为全国推广普通话先进单位。要知道广州推广了十几年都没拿到这个先进，深圳市两年就有了。所以我每次说自己是推广普通话办公室的主任，都特别自豪，但就是我自己的普通话太普通了。

因为当时我是市政府副秘书长兼财贸办主任，所以几乎所有需要市政府协调的事情，也是汇在我那里。事情多，我经常一天要开五六个会，领导的指示我怕忘记了，专门备了一个小本子，他们说了什么我全记下来。有时候睡觉睡了一半突然想到什么，就立刻开灯做记录。那个时候工作不容出错，所以我滴酒不沾。时任市长知道我不喝酒，我们如果需要去哪里慰问，他都会给我找两个酒量特别好的同事同行。

有人统计，我在深圳参与的几十项事务里，包括了贸易、民生、民政、城管、还有现在"发改委"等等各个领域的内容。当时深圳就是这样，发现建设中的问题就立刻解决、改变，从而发展，事情来了抓着谁就谁干，说一不二，雷厉风行。贸易中出现语言问题了，我们就抓普通话——成立推广普通话办公室；来深的年轻人才工资不高，解决不了住房问题，我们就搞保障性住房——做小型住房，让人才先在深圳能安家；公交车系统因售票员全部按公务员待遇，带来过高成本，我们就协力推行公交车无人售票——马上派队伍戴着袖章监督乘客排队上下车，一条条线路挨个查；发现砍倒的树躺在路边有碍市容，我们就抓城市管理——成立新机构城市管理办公室，就是"城管办"，我还是城管办的第一任主任……

当年的深圳，类似这样的事情不胜枚举，很多对其他城市而言的"天方夜谭"，在深圳经济特区却能因为"特事特办"成功实施，并且最终闯出一条新路，还创下无数个"全国第一"。

为了做好工作，我们办公厅的同事个个都像战士一样，经常需要上前线、去谈判、维护秩序等等，大家从不怕艰难困苦，才七八个人，却能干现在七八个处干的活。

四

我1994年办理离休。离休后曾任深圳经济特区促进深港经济发展基金会会长，后来又加入深圳市老年协会、老年体育协会，现任深圳市老年协会执行会长。

现在，我们社区里所有老年协会的活动都搞得非常活跃。其中，最让全国羡慕的，是我们深圳市的门球。一般来说，打门球需要一个至少400平方米的场地。而在寸土寸金的城市里，找一块400平方米的土地太难了。面对这样的困境，我提出搞"小场地门球"，最小的可以80平方米甚至60平方米。现在，深圳市已经有几十个门球场了，分散在各个区。后来，全国都借鉴我们小场地门球的经验。还有我们深圳老年人的柔力球活动也很有名，得过全国冠军。2010年8月21日，当时的国务院总理温家宝来深圳视察时，还参加过我们的柔力球活动。

如果我当初没有来深圳，继续留在军队的话，现在可能就是一名离休军人。但来深圳后，我觉得自己做了很多实事，特别是在当时经济特区"特事特办"的条件下，我敢干，不去计较个人得失，没有考虑会不会被撤职。这里有很多敢于承担、鼓励实干的领导，只要做出对深圳经济特区有贡献的事，就不会因打破陈规而受到处分。

深圳总是鼓励我们突破，很多事只要你有毅力，敢尝试，就很有可能做成，这在内地是完全想不到的。就连我自己都没有想到，在不到40年的时间里,深圳可以发生这么大的改变。最初来深圳的很多人看到这儿百废待兴,都不愿留下,但如果他们看到现在的情景,很可能就留下来了。

现在回头看看,从1976年调来深圳,到1994年离休,我见证并参与了深圳跌宕起伏的18年改革进程。我今年84岁了,有38年是在深圳度过的,能为深圳经济特区的建设出点力,我感到自己实现了人生价值,虽然受过争议,也冒过风险,但我不后悔,因为我干的都是实事。在离休之后,我还能发挥余热,为深圳的老年事业出一份力,我感到很满足。有人问我:"你现在84岁了,身体怎么还这么好呢?"我说:"心情愉悦,身体就好。"

马成礼

我们无愧于这个时代

马成礼，1979年来深，曾任基建工程兵00019、00049部队（师）副参谋长，1983年转业后，曾任深圳市物业公司经理、董事长兼党委书记以及深业集团总经理、副董事长等职。曾被国务院军转办、人事部、总政评为"全国模范军队转业干部"。

一

前段时间，我中了一次风，半只脚踏进了鬼门关。身体恢复后，我细细思量往昔，平生浮沉的记忆竟也像被淘洗过一般，有些被洗得模糊不清，有些却愈发清晰、历历在目。

从1979年来深圳打前站算起，已经整整35年了。刚来时，深圳缺水少电、缺油少煤，基本上没有施工队伍。考察完了之后，看到条件如此艰苦，其实我自己也不想留下来，但军令如山。我没想到这一留，就从此在这里扎了根。

在当兵之前，我在冶金部下属的第四冶金建设公司当技术人员。为了适应国家经济建设和国防建设的需要，由周恩来总理提出、经毛主席批准，将冶金部、化工部、交通部等部委的施工队伍改编为基建工程兵。抽调出年轻力壮和出身成分好的干部、技术人员及技术青年工人改编为军人，原企业施工队伍中四级以上的技术工人为随军职工，再从解放军中选调了一部分军队骨干，于1966年8月1日建军。部队宗旨是"劳武结合、能工能战、以工为主"，人数近50万。

由于我出身成分不好，在工改兵时，部队按照党的"有成分，不唯成分，重在表现"的政策将我接纳，分在第四冶金建设公司改成的第一支队（也就是一师）第五团。入伍后，我入了党，先后任主任工程师和作训科副科长、支队副参谋长。

1979年3月，为了实行改革开放政策，中央和广东省设立了深圳市。小镇改市首先要搞基本建设，但市内没有多少基建队伍，只有来自海陆丰的搭棚队和开平县的建筑施工队。省里的施工队伍又有自己的工程在身，也不愿意到这个缺水缺电的边陲小镇来。

当时深圳的领导与基建工程兵的有关领导相识，想请基建工程兵的队伍来建设深圳。经基建工程兵总部报请中央军委批准，同意派基建工程兵到深圳参加建设。

1979年6月，由兵总总部、冶金部指挥所和一支队等有关领导组成的考察小组到了深圳，我是考察组的成员之一。当时的深圳市其实还是原来宝安县深圳镇的规模：只有一条小马路贯通200多米街道的镇，大载重车开不进去；只有一个供本地2万人用水的小自来水厂；通信方面只有区区几百门小交换机；原来的镇医院也只有十几个床位。

一支队共有18000多名军人和干部要到深圳，一下子全都过来是不可能的，只能一步步来。因此在深圳市建立了一个师的指挥所，直接领导从一团抽调出的三个土建连、一个基建连、一个土方连、一个机械连、一个汽车连和卫生队以及第三十一支队的一个连等，共计2000多人。

1979年11月，第一列军列从大雪纷飞的鞍山装好设备后，战士们穿着厚厚的棉衣裤，头戴绒帽，穿着3斤重的大头鞋出发了。到了韶关只能穿绒衣了。过了韶关之后，只穿单衣了。

到了深圳站台，迎接战士们的既不是鲜花，也没有欢迎的群众，而是似火的骄阳。在蔡屋围卸猪牛羊等物品的站台，大家有的穿单衣、有的光着上身卸了车。在驻地上，我们把行军锅往垒好的砖头上一放，把柴火一点，将自己带来的东北大米、高粱米一煮，简单地吃了饭。米和咸菜，我们自己带了，当时没有煤，只有买柴。深圳蔬菜短缺，很难再供应上千人的部队。对此，每个连配了一辆生活车，每天到淡水和虎门等地拉菜。

二

当时新园招待所前面的一条排洪沟，也是原来深圳镇居民数十年来的排污通道。晴天一暴晒，就会臭气熏天，蚊子、蚂蟥大量滋生，那时俗称的"深圳的蚊子，蛇口的苍蝇"也是由此而来。

1980年初，市领导决定请部队来清理这条排洪沟。这是为老百姓做好事，部队就承接了下来。我们共用了3个连，战士们忍着恶臭，顶着被蚂蟥、蚊虫叮咬的痛苦，下沟里，工具不够就用自用的脸盆和竹筐把污泥和垃圾运出去。有战士被熏得晕倒了，被扶到安全地带，清醒了又接着干。最终我们提前10多天完工，共节约了几十吨水泥。我们把臭水沟清理完了后，在上面加了盖，成为休闲地，老百姓竖起了大拇指。

1981年夏天的一个早上，下了暴雨，罗湖一片积涝。市领导心急火燎打来电话："老马，你的大吊车能不能借来吊一下闸门？"原来，位于蔡屋围的排洪桥有8个闸门，由于变电房被淹，其中六个半

1981年,当时的"深圳第一高楼"——20层的电子大厦动工建设。基建工程兵部队首次接手如此大规模的工程,经过精心组织,日夜施工,最终提前一个月于1982年8月完成了建设任务。

上世纪80年代初,在深建设的基建工程兵生活条件艰苦。1983年9月的一场台风过后,基建工程兵平日居住的竹棚倒塌,一片狼藉。

1983年9月的强台风过境后,在深基建工程兵重整"家园"。

1983年,在基建工程兵的努力攻坚下,深圳国贸大厦的建设速度不断创下新高。

1984年9月4日,深圳国贸大厦封顶。建设者们采用滑模工艺,创造了3天建一层楼的"深圳速度"。

1985年，马成礼在深圳国贸大厦施工现场。

都开不了，导致洪水倒灌市区，到了建设路火车站那里，水位最深的已经淹到胸口了。

我为难地说："我的吊车也泡在水里开不动了。"他追问道："有没有别的办法？"我说看看再说。于是我开着一辆大克拉斯翻斗车涉水过去，到现场看了之后，我心里有数了。我用手摇电话打给正在友谊商场施工的一个连，请他们派出一个架工班，带着能吊5吨重物的倒链①过来。战士们不畏闸门上的蛇，顶着被蚂蟥咬以及掉进湍急水流的危险，挂好吊钩。桥上的战士用力拉起了闸门，被阻的洪水畅通地流了出去，市区内的水位慢慢退了下来。

干活时不觉得饿，干完才发现一个上午粒米未进。此时有人给我们送来吃的东西。战士们虽然很饿，但没有一个人吃。我心想："现在有水阻，自己人送饭过不来。既然人家已经送来了，干活的战士又十分饥饿，我就带头吃，那大家都会吃。"同时我派参谋给人家把钱送去，结果参谋回来讲："这是群众自发的，没法找到人收钱。"1980年年底，深圳经济特区成立后，市领导打算初整市容迎接春节回乡的香港同胞。从香港回到内地，必经罗湖口岸，但从火车站一出来，有一个大坑，路面也很泥泞。春节前夕，我接到市领导的电话，说之前找了民工施工队来修这段路，现在民工都回家过年了，但路必须在春节前修好，还要求7天完工。紧急之下，我们接下了任务。

原来民工用的是树桩，一根接一根地在中间把桩打下去，不仅要花比较长的时间，而且质量也很难保证。我和工程师研究后，决定实行"分段包干"。我们调来三个连队，一天三班倒，用挖土机把路上的淤泥全挖了，然后用土方车从山上挖土回来填，再用推土机和压土机压得结结实实，然后再铺路。

修路时，对面就是港英政府，为了避免引起军事上的误会，除了指挥所的领导，战士们都把领章和帽徽摘了下来，不穿军装。最后我们提前3天把路修好了，香港同胞那年春节回乡过年，惊喜地发现深圳路况（如今的爱国路）变好了，有了新气象。

三

1981年，中国电子公司要修20层的电子大厦，一开始他们找了开平的建筑队。为了给部队找任务，我主动找到电子公司的周总经理，希望他把电子大厦的工程交给我们部队。我说："盖6层的厂房搭架子可以，盖20层架子就不行。他们有塔吊吗？"见他愣了一下，我继续说，"但是我们有。而且我们在鞍钢建过多座百米高的烟囱，超高塔吊还不止一台。"最后他被说服了。随后我们从鞍山调了5吨的塔吊。1981年初，电子大厦破土动工，并赶在1982年之前就正式竣工，比原计划提前了半年。

电子大厦是当时深圳的第一座高楼，也是深南大道边唯一的高楼。汽车在深南路上行驶时，看电子大厦会有歪斜的错觉。因此，市委领导找到我说："参谋长，你盖楼盖偏了。"我说没有偏，我请他们找市里面的技术部门来测。测了之后，证明近百米的大楼垂直误差不超过5厘米，而国家容许误差为10厘米。这证明我们基建工程兵的技术是过硬的。

由于深圳经济特区的发展，1981年文锦渡的停车场要扩建，需要大量的土方回填。不仅任务量大，时间也非常紧迫。我们土方连有十几台7吨载重的自动卸货车，就接下了这任务。施工时，一台车一天只能拉6趟，按照这样的速度不可能按时按量完成任务。因此我们决定下定额为每天8趟的指标，多劳多得，超过指标有奖。

此举发动了战士们动脑筋想办法的积极性。战士们不按照正常上班的时间，晚上先把土装到车里，早上五六点就开始卸车，为避开骄阳和塞车，中午休息，下午、饭后和晚上接着干。这样一来，一般都能拉12趟左右，最高能拉18趟。工程提前完成后，战士们来问我："参谋长，奖金发不发？"

我和副师长等领导研究后认为：不发吧，会失信于战士；由于超额很多，全发的话又太多。最后决定发一半。战士们得到了十几块的奖金，相当于当年一个月的津贴了，都很开心。

有战士给鞍山那边的战友写信时，提到了发奖金的事。消息传到了支队的领导那里，支队向我们发来电报询问此事，要我们注意在解放军内部的影响。对此我和副师长给支队回电报告：深圳是经济特区，此地实行多劳多得，我们没有搞特殊。支队对此没有再追究下去。

在1983年之前，我们一支队深圳指挥所的全体战士和职工，按照基建工程兵北京总部、冶金部兵办以及一支队师部的要求，作为建设深圳经济特区的"排头兵"，在深圳经济特区度过了困难的时期，切切实实当好了垦荒牛，为深圳经济特区建设做出了贡献，也为此后深圳容纳两万名基建工程兵在此集体转业打下了良好的基础。

四

1983年，两万名基建工程兵在深圳就地集体转业，成立了党政合一和建设管理合一的建设公司，统管全市的规划和建设。转业时，市里有关同志建议我到物业公司去建国贸大厦，我同意了。于是，我被分配到物业公司当第一任经理，承担建设国贸大厦的任务。在没转业之前，基建工程兵承担了国贸大厦基础的挖土方工程，所以到物业建国贸大厦也是我的心愿。

深圳建立经济特区以后，各个外贸单位和有关单位都要来深圳参加建设，纷纷向市委要地建办公楼等。时任市委书记梁湘决定，由深圳市出地，各家出钱，集资建国贸大厦作为有关公司的办公地点，并成立了物业公司主管国贸大厦的建设。

在市委市政府各部门的支持下，物业公司打破了过去计划经济时代以设计为主体的建设方针，我们组织了中南设计院、中建三局一公司和市质量监督站一起成立了甲乙丙丁四方领导小组，由甲方的我担任组长。深圳特区报也派人住在国贸附近及时报道国贸大厦的建设情况。

最先我们到广州的白云宾馆参观学习。原本国贸大厦在设计上是想比30层的白云宾馆高几层，考虑到深圳的发展速度太快，我们按照"特事特办"的政策，主动加到了53层（地下3层，地面50层）。现在来看，说国贸大厦30年不落后也不为过。

深圳市批准我们出国考察，我们到先进国家取了经。回来后，我们决定把国贸大厦的外墙改为玻璃幕墙，并选用了当时最先进的奥的斯电梯——可供聋哑人使用。顶层增加了中餐旋转餐厅，它是当时国内最高的旋转餐厅。而且，它使用的大玻璃至今还是世界上最大的玻璃，能承受200公里/小时以上的风压。除此之外，我们还在顶层增加了直升机停机坪。

由于集资的钱不能满足改进国贸大厦设计后的建设需要，后续资金和外汇是由物业自筹的。为筹集到足够的资金，我们想尽了可行的办法。请求市政府批准我们物业公司所建的其他楼宇、住宅可以外销换外汇，以此作为引进外国先进设备所需的资金。比如我们通过筹建红岭大厦卖楼花换外汇。当时外贸单位要买房子没有钱但是有钢材，我就用房子换钢材，再用钢材到市场上去换钱……我们采用种种灵活的办法，最终为国贸大厦的建设筹得上亿资金。

1984年邓小平第一次南方视察时，曾在深圳市委书记等陪同下，站在国商大厦看正在建的国贸大厦。1985年，国贸大厦正式封顶，成为当时全国第一超高层建筑。

国贸大厦建成后，一度成为深圳最显著的地标，中外领导来深圳经济特区，都会来国贸大厦看看深圳的全景。国贸大厦先后接待过邓小平、江泽民和胡锦涛等国家领导人，深圳国际贸易中心的牌子是胡耀邦同志亲笔题写的。著名的1992年小平南方谈话，就是坐在国贸大厦旋转餐厅上，纵观深圳经济特区全貌后发表的，从此掀起了改革开放的新高潮。

我们还接待了美国前总统尼克松和老布什。我在物业工作的10余年间，国贸大厦共接待了国内外政要以及部级以上的领导600余人，是当时当之无愧的市"第二接待办"。

五

基建工程兵是中国人民解放军大家庭中的一员——从1966年建立，到1983年撤销、集体转业，一共存在了17年的时间。从1979年进深圳到在深圳集体转业，至今已经35年了。全国的各兵种都有自己的军史，唯独基建工程兵撤销得快，没有写军史。为此，北京总部的老领导向总政治部报告，要求补写基建工程兵的军史，经过总政治部报请军委同意批准，要抢救基建工程兵军史。

由此，"基本建设工程兵回忆史料编辑委员会"在北京成立，委员会以原各师为单位，编写各师的基建工程兵军史。深圳有两个师集体转业，共两万多名干部、战士，被批准成立基建工程兵军史领导小组。当时由我担任组长负责这件事，撰写了基建工程兵在深圳的军史，即《转战南北，扎根深圳》一书。在深圳的史料中，为深圳经济特区做出突出贡献的有从战士到企业家的华强集团总裁梁光伟，还有华为集团董事长任正非，还有50余名深圳的局级干部。深圳各行各业都有基建工程兵干部和骨干，他们大多都成为行业的中流砥柱，为深圳经济特区建设做出了应有的贡献。可以说，我们无愧于这个时代，也无愧于春秋。

注释：

① 倒链：又名"手拉葫芦"，是一种使用简易、携带方便的手动起重工具。

张灵汉

我是第一个提出经济特区立法权的人

张灵汉，1979年来到宝安，1981调入深圳立法部门主持经济特区立法和政府法制工作，曾任深圳市法制局局长。

一

我本科就读于中国政法大学法律专业，之所以选择学法律，和我的成长背景有关。我父亲曾参加农民运动，哥哥16岁已经是地下党的通讯员，在他们的影响下，我对政治比较感兴趣，中学时就是团支部书记。大学毕业后我选择留校，却正好赶上"文革"，学校被迫迁到安徽，正常教学被打乱。看到自己的专业知识在学校没有用武之地，我便跑回了广州。

那时候，我有一个高中同学在广东省侨务办公室工作，他知道我是学习法律的，就告诉我，十一届三中全会之后，国务院侨办联系了改革开放后第一批引进外资项目，准备安排到宝安的光明华侨畜牧场去。他想让我帮忙看看这四个项目的合同，因为他和他的同事没有一个懂专业的法律知识。

我拿到合同后研究了一个星期，发现了一些问题。因为合同全部是外商草拟的，许多条目都对他们有利，比如对于违约责任，合同只规定了我方违约要承担什么责任，而对于对方违约责任则没有说清楚，这不公平。我在合同内容、表达形式等方面向省侨办的领导谈了自己的意见，领导非常认同，还邀请我去做华侨农场管理局政治部主任。而且这位领导告诉我，宝安已经开始引进外资，准备对外开放了，今后珠三角、海南等地肯定也会通过引进外资来改善经营条件。

虽然当时我没有全面查找关于中国要开放的资料，但是我看到了国家形势，认为应该会继续推进对外开放的进程。在这个进程中，连审查几个项目合同都能用到我的法律知识，宝安将来改革开放，引进更多外资，我的法律知识就更能派上用场了。经过一番考虑，我决定干脆直接去光明华侨畜牧场。鉴于刚引进的几个项目比较复杂，需要组织落实，合同细节也需要人来跟进，华侨农场管理局局长最终同意我去了。于是，1979年3月中旬，我来到了宝安，主要抓这些项目的落实。

上世纪70年代末期，对越自卫反击战后，越南开始排华，10万华侨被迫回国。在中央的指示下，其中5000名华侨被安排到光明华侨畜牧场。其实安置这些难侨很不容易，尤其是大部分难侨文化程度很低，但是我们还是想方设法充分利用这几个项目带来的就业机会。

1980年，光明华侨畜牧场党委开会表示要总结4个项目以及完成难侨安置工作。会后我写了一篇总结，认为4个项目安排得不错，外商和国家都非常满意，对5000名难侨也进行了妥善的安置，这两项工作都取得了阶段性的成果，证明国家引进外资的政策是正确的，改革开放的政策也是正确的。总结写完之后报给广东省侨办，最后通过国务院侨办一直报到时任中共中央总书记胡耀邦那里。胡耀邦看到后非常高兴，就安排了他的秘书来光明华侨畜牧场了解详情。那时我们畜牧场还归广东省管，深圳并不了解情况。胡耀邦的秘书来深圳后，深圳市委才知道自己眼皮子底下已经有单位开始引进外资了，并且发展得还挺好。

当时胡耀邦的秘书是深圳市委组织部部长欧阳杏带着来的，畜牧场这边由我来接待。他们问了很多问题，我还带他们参观了4个工厂，访问了回来的难侨。难侨表示对生活和工作都十分满意，在这里比在越南好太多了。胡耀邦的秘书走了之后，欧阳杏找我长谈了一次，问了我为什么会来深圳等一系列问题，我就把我的经历和想法告诉了他。他说："你在这里正好！深圳要成立经济特区立法工作组，已经调来了4个干部，还缺一个领导组织工作负责人，你是否愿意过来？"

当时我犹豫了一下：我刚来农场一年多，项目进展非常好，我也得到了重用，光明需要我，我舍不得离开。欧阳杏劝我说："立法工作组将来的工作更专业，能够发挥的作用更大，光明的工作肯定会有人继续做的，你不用担心。"考虑到有机会重拾自己的专业，我答应了。

二

到了立法工作组，我们的任务就非常多了。长时间的各种政治运动导致中国法制废弛，只有《中华人民共和国宪法》（下文简称《宪法》）《中华人民共和国治安管理处罚条例》《中华人民共和国惩治反革命条例》等少数几部法律。尤其在经济领域，法律更是空白。在旧的计划经济体制下，一切基本上靠政策，都由国家统一安排。但是改革开放后，外商开始进入中国，他们对法律的需求非常迫切。

1981年11月，全国人大常委会授权广东省和福建省人大及其常委会，制定所属经济特区的各项单行经济法规，使其在经济体制改革方面起"立法试验田"的作用。同年，深圳经济特区立法工作组正式成立，由我担任组长。

按照中央文件的要求，我们的任务是把深圳经济特区的特殊政策制定成单行经济法规，第一批制定了5个单行条例。当时我们工作组每人负责一条，人手一份条例草拟任务。这其中便包含了有关深圳"二线关"设立的法律依据。当时的进出口业务，原材料在深圳经济特区内使用免税，但是又要防止免税的原材料冲击国内市场，所以就要建一条管理线，这条管理线怎样管理需要立法。1983年，国务院就来人勘察了二线，我跟着走了一趟，勘察了整个宝安县，之后便在南头、梅林、布吉设了三大关，还在别处开了几个小口。

还比如外商进来要建设厂房，使用土地有政策优惠。但是《宪法》规定我们的国土不能出租，不能买卖，我们也不能白白送给外商用，于是就想了一个名词——使用费。不叫租金，所以不是买卖，也不是低价出让。这样的话，每平方米使用费要丈量，具体如何使用土地也需要法规。

此外还有税收问题。外商在深圳办厂需要纳税，我们便与税务部门研究厂家该如何纳税、纳几种税。当时外商对营业税有很大的意见，因为无论企业是否盈利都必须交税，投资者压力非常大。我们就这个问题研究了很久，最后和税务部门的同事一起去北京向税务总局请示，总局回复说营业税收取标准全国统一，不能改，但在深圳可以有一定比例的优惠，最终达成了共识。

这几项立法方案提出后，经过了一个相对漫长的审批流程。因为深圳没有立法权，经济特区的法规是由全国人大授权广东省来制定

上世纪90年代,张灵汉在办公室里办公。

1993年,深圳取得立法权之后,张灵汉(中)在人大参与会议,该会议主要议题为"深圳如何更好地行使立法权"。

的，因此，只有省政府才有权向省人大提出议案。所以我们的立法项在市委讨论通过后，首先要提交省政府，再报给省人大。省政府往往非常谨慎，对每项条目都审批很久，不敢贸然上报。在这样的流程中，我们的五条特殊政策立法总共花费了五年时间才正式通过。

1984年，我有机会去香港了解他们的法律体系。多次交流后我发现，改革开放后我们还有很多法律需要制定，尤其是经济法。进行商品经济改革，需要建立与其相适应的一整套法律体系。因此，从1985年开始，我们立法工作组就拟定了一个立法计划，即在5年内拟定135项法规，使我们的各项工作基本做到有法可依，使市场经济建立在法制的基础上。然后再用5年时间逐步完善，做到依法实施，所有工作按照法律来推进。

计划拟定之后我就到香港去征求意见，香港的立法局、律师们很支持我们的工作，还组织专家进行讨论。回来后我就去市里汇报，得到肯定后，《借鉴移植香港和国外经济立法经验，加快深圳立法的工作方案》就出炉了。

正好这时候省人大发文说按照中央计划，特殊政策立法已经完成，让我们提出下一步立法计划，我们就把做好的计划报过去了。上报之后，我专门前往省人大讲解为什么要立这些法律，并听取省人大的意见，没想到却遇到了来自一些老同志的阻力。比如我们有一个《深圳经济特区抵押贷款管理规定（草案）》。1983年，我去银行调查，发现本来是中资在香港办的银行，作为外资银行来深圳办，要发放贷款出去，不知道贷款企业诚信度怎么样，所以需要有东西作担保，例如房产等，这样银行有保障，企业借款也方便。但这个条例省里没批，反对声非常强烈，一些老同志认为土地是国有的，不能作抵押。一年多后，虽然通过了，但适用范围仅限于涉外企业。

参照之前五年通过五项条例的经验，我预见到立法进程将会被拖延，当时我就向市领导提出：要实现5年之内制定135项法规的艰巨任务，深圳要有立法权。市领导认为这个问题太敏感，只是在内部讨论了。

为了进一步实现立法诉求，1985年，我又提出在深圳召开一个经济特区立法研讨会。经过差不多两年时间的筹备，1987年，经济特区立法研讨会终于在深圳召开了。我们邀请了法学专家，珠海、汕头、厦门经济特区的代表以及国务院法制局、全国人大法工委领导前来与会。在会上我总结了深圳之前的立法情况，并汇报了下一步"135项法规"的立法计划，表示为了深圳的发展，为了完成这样的任务，深圳需要立法权。当时省委和省人大一些同志明确表示反对，并批评我们："要立法权是违宪。"也有人说我们是要"争权"。其中一名老同志认为，广东已经被授予立法权了，深圳没必要再有立法权，否则就是"多头立法"。而且还有人担心，把立法权交给深圳，会用坏了。当时深圳还没有成立人大，只有一个立法委员会，所以还有人称深圳"没娶媳妇想抱孙子"。但是与会专家学者和经济特区代表都认为应该给立法权。

会议争论了很久没有答案，后来市委领导就说："不要和他们争论了，直接写报告给中央。"所以会后我就给全国人大和中央写了报告。

1987年8月份中央就派人来深圳调查情况，当时由我来汇报。汇报时省里主持立法工作的领导也来了，他们重申了深圳立法是想"争权"，属于"违宪"这一观点。针对他们提出的问题，我反驳说："办经济特区《宪法》也没有规定，广东省获得立法权也不是《宪法》规定的，都是中央决定的，而且把立法权给深圳，我们是能够用好的。"

1988年底，中央领导来深视察。听取了我们的详细汇报后，他表示中央同意给深圳立法权。之后还派体改办领导来深圳具体研究。

1989年3月，七届全国人大二次会议召开，审议了国务院关于授予深圳立法权的议案。会上反对的声音很强，尤其是上海市和广东省。但是国务院和全国人大法制部门都很了解我们的情况，委员长会议上也已经统一了思想：要支持深圳获得立法授权。

由于担心议案通不过，委员长会议之后，时任全国人大常委会副委员长彭冲提出，考虑到深圳还没有成立人大，就将议案变通为：授权全国人大常委会在深圳成立人大之后，再对关于授予深圳立法权进行审议并作出相应决定。彭冲在会场抛出这个提议后，就在会场喊："这样大家同不同意？"看没举手但表示同意的也不少，就说："好，通过！"就这样，议案被掩护了过去。

全国人大会议结束后，深圳市委立刻决定筹备深圳经济特区人大。1990年12月深圳经济特区人大成立的当晚，我和时任人大法工委主任闻贵清就匆匆北上了。当时人大常委会副秘书长兼办公厅主任曹志支招：分批请全国人大常委会的委员到深圳经济特区考察，让他们具体了解深圳特区要立法权的原因。于是，我就和分管法制的领导商量，找全国人大常委中的老同志列名单，当时全国人大共有100多位常委，我们将其中比较有威望的、影响力比较大、敢发言的40多人，分四批请来深圳经济特区考察。许多老同志来深了解情况后都表示："我们支持深圳立法！"

更幸运的是，1992年初邓小平南方视察后，改革开放的共识更加广泛。借着这个东风，深圳再次以书面形式向全国人大常委会请求审议授予深圳立法权。

1992年7月1日，万里主持第七届全国人大常委会第26次会议。在对授予深圳立法权的议案进行表决时，超九成委员投了通过票。就这样，历时五年，我们终于获得了梦寐以求的立法权。1994年，厦门经济特区获得立法授权。1996年，汕头和珠海经济特区也获得了立法授权。

之后的很多年时间里，深圳运用这来之不易的立法权，制定通过了数百项法律法规，不仅使深圳经济特区经济、社会发展有法可依，而且还创造了国内若干个第一，进一步影响了国家大政策，为整个社会主义市场经济条件下法律体系的建立做出了重要贡献。

三

在争取立法权这五年间，我们立法工作组历经了立法工作组、政策研究室条法处、法制局等多种组织形式，一路在改革中前进，这其中也有许多故事。1982年，我们在立法工作组时期接待过来自美国的企业，听到我们介绍自己，美国人提出质疑：中国《宪法》规定由人大立法，但你们是市委下的机构，为何是你们立法？这便引起了我的思考，当时市委立法工作组由市委政策研究室代管，我便提出建议，将机构改革为深圳市委政策研究室条法处，负责研究立法，这样就与《宪法》不相违背了。后来，考虑到随着深圳经济特区法制的越发健全，政府越来越需要担任执法者的角色，即行政执法，所以将机构设置在市政府显得更为合适。随即，我们机构便从市委政策研究室迁出，作为政府机构正式成立法制局，主要负责起草法规，由我担任深圳市法制局副局长。深圳的这一改革实践获得了良好的效果，影响辐射大，不久，广东省乃至全国都进行了法制机构改制。

1992年深圳获得立法权之后，我从法制局调到人大主持立法工作。当时我们也做了规划，叫成套立法，比如国内市场如何规范管理，怎么批地给外商建设企业的一系列土地管理法规等。

在深圳探索法治社会的进程中，我们通过了一大批领先全国，最后又推广到全国的法规。可以说，中国市场经济很多法规的制定都是从深圳开始的。例如工程招投标法规、合同制用工条例和企业破产相关条例等法律法规，最初都是为了解决在深圳出现、国内前所未见的市场经济问题而起草、发布的。

在改革开放的发展过程中，深圳遇到许多土地管理问题，因为房地产交易的管理者最直接经手土地批用，一个念头不对可能就和某些地产商私下通气，将土地批给对方之后吃取回扣，贪污受贿。为了解决这一问题，我们绞尽脑汁思考如何用法律规避、惩治这些现象，为地产行业做好配套立法。最后，我们借鉴了香港的经验，发现可以通过招投标的方式，让所有企业公开竞争国有土地的使用权。这一模式在国内是首次使用，实践证明效果不错。之后，政府采购也逐步使用了招标模式，有效地防止了官员的贪污腐败。

而农村土地的现代化运用，也在外商的介入下，产生了计划经济中难以预料的问题，我们通过引入股份制，顺利制定、推行了农村股份合作制条例。上世纪80年代之前，农村的土地通通包产到户，农民被授予了国有土地的使用权。深圳对外开放之后，许多外商希望能用到农村的土地建公司或建工厂，但是土地使用权分散在村里各家各户，怎么集合起来供企业使用呢？当时的习惯性思路，是直接将地交付给村里统一使用，但是村民不同意，由此产生了一些矛盾。经过调研，我们建议将股份制应用于农村，即各家各户以土地入股，按土地在用地公司中所占的股份来分红。因为农民没有"资本"，只有土地，所以这一方式的命名加上了"合作"两个字，叫做"农村股份合作制"。我们制定了详细的条例方案，由深圳本地和广东省农村工作的主持者共同讨论了方案的可行性，会后大家一致称赞说好。方案通过并执行之后，农民朋友的收入随之提高，普遍都非常满意。

合同制用工条例的制定则打破了计划用工这一"铁饭碗"。原先，国内在计划经济时期都是统一计划用工，工人有政府给的编制。但改革开放外商外企进入国内后无法向政府"要人"，只能自主招工、发放工资。因此我们需要制定出合适的合同用工规范，既保障企业自主用工，同时也要保障职工的利益，工资、工期、解聘条件等条目必须有明确的规定。如此一来，合同制用工便可以依照法律进行。随着外资引进的增加，深圳的企业也越来越多，单靠政府无法全数顾及，所以我们当时就提出"小政府大社会"的口号，意思是我们按照党的政策制定法律，而社会大小事都宜依照法律运作，便能维持高效与秩序。

《破产法》也是在解决问题中逐步制定出来的。深圳改革开放之初，香港商人刘天就来深圳投资兴建了竹园宾馆，但是1983年，他在香港的母公司破产了。当时香港的破产署要求进来深圳，拍卖刘天就的竹园宾馆以及他投资的另一个企业的资产。

当时我们还没有相关法律，国内计划经济体制下的企业也没有遇到过破产的问题，市政府办公厅的人就问我怎么办。我说："那不行，这是主权问题，香港的破产署怎么能到内地执法，处理我们的资产呢？"于是，我就要求按照国际惯例，中方审计破产企业的价值，把它买过来，卖了的资产要缴清欠我们的税，还清拖欠员工的工资，剩下的才能让港方拿回去。后来又有几家类似情况的企业破产，我们就意识到无论是外企还是国内自己的企业，都有破产的可能，这种情况一旦发生，国家、投资者和企业职工的利益都需要保护，应当就此立法。于是在1986年，我们报送省人大批准制定了《深圳经济特区涉外公司破产条例》。1993年，深圳有了立法权之后，又完善制定了《深圳经济特区企业破产条例》《深圳经济特区企业清算条例》等法律法规，为后来《中华人民共和国企业破产法》的制定进行了探索。

此外，还有建筑工程质量法规、建筑监理制度等大批法律法规，都是深圳先进行发布实施，而后逐步推广到全国的。我没有退休的那些年，每年都要去北京好多次，参与拟定类似的法律法规，介绍深圳的经验。记得在香港回归前，我曾和香港法律界、企业界同胞座谈。我问他们对未来香港回归有什么顾虑，他们说，只要以后内地其他地方都像深圳一样重视法律，我们就放心了。后来我们的立法还影响到中国台湾地区以及日本，尤其是台湾法律界同仁多次来深圳考察，他们说："看到深圳这样的法治环境，我们对祖国统一更有信心了。"

四

记得我刚要来深圳的时候，好几个在省里工作的朋友都劝我不要来，说深圳经济特区的发展形势还不明朗。当时我在广州的生活、工作都不错，但是我审定的那4个合同让我看到了希望，不单单是能学有所用的希望，同时还有改革开放将为国家未来带来的希望。所以我觉得自己应该来深圳见识、锻炼一下。

我是国家培养的，我的专长国家能用得上，这令我极其欣慰。在深圳，市委市政府领导非常重视法治发展，乐于听取专业人士的意见，在他们的领导下立法提案大部分都成功落实，我心里很骄傲。如果当初不来深圳，我可能就在广州的省侨办或者华侨农场管理局做政治部主任，在那里工作到退休。而现在，我在深圳退休了，却依旧在决策咨询委员会里义务工作，为城市法制建设献言献力。我提出的法制建议时常获得优秀奖,每年几乎都能拿到荣誉证书和奖金。

回望这几十年,我应当算是第一个提出深圳经济特区立法权的人,这是我在深圳这么多年最自豪的事情,也是深圳经济特区历史上影响最深远的事情之一。我所做的立法工作,既为深圳实现法治打下了坚实基础,也为依法治国提供了经验。我的理想在深圳得以实现,来到这里我不虚此行,从未后悔过。

罗昌仁

你别叫我副市长，我就是个大工地主任

罗昌仁，1980年来深，曾任深圳市委常委、副市长。

一

1980年6月，我和当时的广东省委书记吴南生一起来了深圳。记得那天，我们面对面坐在一节车厢里，火车驶入深圳时，看见沿途的景观要么是荒山野岭，要么是乡村的零落炊烟。下了车，从东门到市委只有泥巴路，两边都是稻田。

那一年我57岁，被任命为深圳经济特区主管城市建设的书记。刚来时，我们住在罗湖的新园招待所，那儿算是深圳较好的楼房了，有四层高。7月的一天，天空忽然暴雨如注，连下不止，罗湖顿时成为泽国，招待所的一楼，床板都浮了起来。从火车站出入的旅客，必须提着鞋袜，踏着没膝深的水勉强行走。吴南生同志见状大为惊讶："这可是给我来了个'下马威'啊！"他立刻找到我，急切地说："老罗啊，你一定要把水给我治住，否则还怎么建设经济特区？"于

是我就肩负起治水的重任。

我当时想：要解决水患，必须弄清楚水的来源与去路，才能疏导；同时，罗湖火车站这片低洼地还得填高。我和时任市革委会副主任舒成友、三防指挥部主任刘伟长等同志一起研究并提出了一个治水方案：改建原有布吉河上游的泄洪坝闸，在坝的上游设置蓄洪区，在坝的下游疏浚布吉河道，同时在相关道路下开挖巨型排水渠道。

说干就干。我们在人民南路的地基下面，修建了一条高1.7米、分隔为3孔、总宽12米的大排洪水渠，排水流量可达40立方米/秒。同时我们把从深圳宾馆到深圳戏院之间的一条肮脏的龙须沟改造成了宽3米、高2米的排水渠，在上面铺设路面，成了现在的新园路。等洪湖滞洪区和泄洪坝闸等改造工程一并完成后，我们又把火车站的穿窿桥一带填高。多管齐下，罗湖水患终于解决。

正当我忙着治水时，1980年8月26日，全国人大批准公布《广东省经济特区条例》，吴南生和秦文俊等市委负责同志开始研究如何走出开放经济特区的第一步。实际上，经济特区在中国是史无前例的大事，谁也没见过，只能"摸着石头过河"，这第一步迈得对不对，将会产生难以预料的影响。

吴南生主张先开发罗湖火车站附近的0.8平方公里片区——如此一来既可以改造中国的"南大门"，使之面貌一新；同时火车站与香港交通相连，往来方便，容易吸引外商来投资，有"原始优势"。但在市委领导中，也有人认为：这里附近全是耕地，地势低洼，一下雨容易被水淹，投下去的钱等于打水漂；而且它逼近罗湖山，地方狭窄难以利用，主张先开发福田的皇岗。但是，开发皇岗未必会取得当时尚未回归的香港的支持——如果香港方面不重点建设皇岗地区，对其进行基础交通设施的完善，那即便我们打开了"南大门"，也很难取得良性发展。

　　争论之下，问题聚焦在：可否把罗湖山搬走。罗湖山并不是一座高山，海拔只有50来米，如果把它搬掉，既能腾出几十万平方米的山地，又可利用搬山的土石方填高周围的片区，一举两得。

　　但搬山不是小事，特别对当时的反对者来说，简直"难得不得了"。我心中没底，借着出差的机会，正好将此事向时任国家经委主任袁宝华同志汇报，他说："老罗，你不是在武钢一米七轧板工程蹲过点吗？那时候为了建厂房，搬了几座山？"我说："搬了3座不小的山。"他说："要搞经济特区，连一座小山都不敢搬，还怎么建设？"他的话给了我极大的鼓舞和启发，当下我心里就明确了："搬山！"

　　上面同意开发罗湖的方案后，我和舒成友及其他搞规划的同志制定了详细的挖填土石方平衡设计方案。这场土石方大挪移的战役，由舒成友负责落实和指挥，历经一年左右，90余万立方米的罗湖山消失了，化身成罗湖片区130多万立方米的土壤——罗湖小区首期0.8平方公里的土地填高了1米多，最低洼处填高了3米到4米，这一下不仅解决了狭窄不开阔的问题，连带着将低洼问题也给解决了。加上搬山腾出的山址，这一片区最终形成了1.3平方公里的黄金发展地段。

　　这一地段开发出来，可是大有用途。1980年，在吴南生同志的主持下，深圳通过在这片区域建小区、卖"楼花"，赚到了深圳经济特区发展的"第一桶金"。

　　早在我们来深圳的第二天，就有一位名叫张演的人主动来访。他和我说自己原先是中联部的干部，"文化大革命"时期从香港被揪回来，斗得要死。"从前没经验，这回有经验了。我给你们出个主意，香港现在楼市交易兴旺起来，时常卖'楼花'。深圳何不试一试？"

什么是"楼花"呢？就是指楼房尚未动工兴建之前，拿出图纸向买家售卖，买家先交部分定金，余款分期支付。这样一来既为地产商提供启动资金，也让老百姓在楼房建成后不久便能入住。

"楼花"交易对我们来说简直闻所未闻。要知道，在计划经济时代，房子可不能随便盖，必须先有生产项目，立了项才有配套的房子——先生产后生活嘛！而且以前建房子都需要国家计划批准，建好都未必能出售，何况现在还没有建好。

张演却说这完全能通过合作实现：我们先在深圳成立一家房地产公司，由他去香港出任代理，从外部招商，我们和对方通过我们出地皮、对方出资金的方式合作建楼，售楼就用"卖楼花"的方式，所得两家分成。

因为我忙于基础建设，这件事后来并没有去跟进，却也经常看到吴南生和另几位领导在一块琢磨、商讨。最后，吴南生采纳了张演的意见，委托深圳房地产公司副经理骆景星与香港房地产商洽谈，成功采用合作建房和收取土地费的方式，签约建成了包括国商、友谊等14个大型楼盘项目，总计约有40栋20至30层高的商厦和住宅楼。令我们惊喜的是，这些楼盘的"楼花"先后全部销售出去了，购买者大多是香港人。通过这一项目我方大约收益了15亿到20亿港元，实实在在赚到了"第一桶金"。

在改革开放的探索路途上，我们最核心要突破的，正是原先束缚住发展的计划经济体制。罗湖的这个外向型房地产项目，恰恰打破了计划经济房屋建设的"老一套"，用市场经济的方式引入外资、合作建房，并成功收益，这对经济特区发展有着积极鼓励和跨时代的意义。尽管如此，我们当时仍旧是不会提"市场经济"四个字的，只能说"计划经济为主，商品经济为辅"。

二

1981年春天，深圳由正地级市提为副省级市，吴南生的班子要全部回到省里去。尽管我那时还挂着省建委副主任的头衔，但深圳新的市委书记兼市长梁湘对我说："你是基建行家，不要回去。"于是我一个人留了下来，担任主管基建的副市长，还是干"老差事"。

这时，担任过广州市委工业书记的周鼎来了，担任深圳市委副书记兼副市长，分管城市规划和基建工作。他一来就问我："深圳城市有没有规划？"

我把深圳市规划图给他看，规划图是由国内108位专家制订、最后由吴南生同志敲定报批的，我向他介绍说："这是一个比较好的规划，已经考虑到环保等各个方面，在当代很超前。"周鼎一听来了兴趣，边看图边说道："既然规划可行，那就按照它去做，否则就是纸上谈兵。"他指着规划图纸说："凡是图上有的道路都应该干起来。"我就问道："这些路还都是画在纸上的，应该先干哪几条？"不料他毅然地说："我想一下子把它们都干起来，图上有一条干一条。"

听他这么说，我一下呆住了。我想起在此前，我提出把深南大道从老城区到现在的上海宾馆之间不足3公里的路先修起来，去找管钱的同志商量意见时的场景。我说我们想修路，那位同志说："修路好啊！但我问你，这路旁有项目没？"一句话把我问得哑口无言。他明白之后又说："老罗，你怎么没有项目呢？必须是先立项后批款，有了批款才能修路。换句话说，有项目才有路，路是给项目服务的！"这是计划经济时代的"铁律"，我也无可辩驳，修路的事只得搁浅。

是先有路去吸引项目，还是先有项目再修路的问题，就类似于

"先有鸡，还是先有蛋"，一度困扰着我。如今，周鼎竟然一下子要修几十条路，也不问一句项目的事情，难不成是我听错了？再问周鼎，竟然还是这个回复！我这一辈子也算一直在做城市建设了，但像这位书记要把将近40平方公里的路一连串全部修出来的，我从没见过。巨大的反差让我惊异，同时我也感到极其振奋。生来我就是个说干就干的人，这点与周鼎一拍即合，心想："既然他有这么大的魄力下此决定，无论如何我都要完成它！"

此事得到了当时市委市政府领导班子的一致赞同和全力支持，开发面积就定在38.5平方公里，这意味着把深圳从一个城区只有区区0.24平方公里的边陲小镇，一下子扩展为超过当时一般中等城市的规模。一场大规模的基建工程、道路之战就此打响。

修路建设第一步是解决用地问题，那时，深圳土地的使用权大多还在农民手里，为了实现征地，周鼎把各个村的支部书记、大队长全数请来，开动员会，一次、两次、三次地介绍经济特区对国家发展的重要意义，动员大家齐心合力把深圳建设起来。村干部们都非常支持，在会上全数通过，同意供地。那时的地价在现在是不可想象的，购地一亩只需1000元左右，若是农民讨价还价，便加到1500元，这已经是最高价钱。现在不知翻了多少倍！

获得土地的使用权后，艰巨的筑路任务正式开始。当时在主管基建的副市长之下，设立了一个基础工作组，由汤耀治担任组长，专门具体组织道路施工。同时由时任市规划局副局长郭秉豪组织四家设计院做道路设计工作，又另外专门聘请第五家设计院统筹协调各家方案，尤其做好高低竖向设计。总体的设计原则是务必使整个路网平坦舒展，排水顺畅。

为了建设一座漂亮、现代、崭新的经济特区城市，在路的整体设

1982年,深圳召开基础工程动员大会,许多大型工程建设拉开帷幕。

1986年，罗昌仁（左一）与美国贝尔电话公司副总裁Mensell（左二）合影。

1998年,罗昌仁参观香港机场。

计上，我们总结了全国城市建设经验，提出了"高人一等"的标准：不仅必须分类排水、分区域走电，还要求所有电缆不能架设在地面。因此，路面下单是排水管道就要分成自来水、雨水和污水三根；人行道两侧一边埋强电电线，就是生活用电，例如空调、电灯所用的电线，另一边通电话、电信等弱电电线。在我们之前，国内从未有一座城市将强电埋在地底，所以我们使用的负载量一万伏的电缆，当时只能从国外进口。

最终，这五家机构总共只花了三四个月的时间，就完成了道路网的基本设计。根据设计，基础工作组组长汤耀治组织了10万筑路大军，分布在整个路网的各条路的设计位置上。这些队伍都是自行备料、运输，实行一条龙运作，没有扯皮，效率极高。一时间，卡车飞驰，机器轰鸣，人声鼎沸，尘土飞扬……整个深圳经济特区成了一个红红火火的大工地。由于我天天跑工地，人家喊我"副市长"时，我都笑着说："你别叫我副市长，我就是个大工地主任！"周鼎也是每天来，我经常晚上十点开完会就见到他来工地，说："老罗，正好你散会，咱们现在去看看哪个人没歇着还在干活的！"其实他才是干起活来不知疲惫的那个人啊。

动工没多久，我就听说梁湘书记正在检查基本建设——但他却没像往常一样联系我去汇报，我心里就纳闷了。曾经有人和周鼎说过，计划经济时代的基本建设"最忌战线过长"，我们一次动工修了这么多条路，"战线"得有多长？领导会怎么想？当时的检查时间有两三天，我心里一直惦记着这件事，三天后市委常委会议召开，我一进会场门就看到了梁湘。他叫："老罗——"我心里一惊，想这回有事儿了。但他竟然笑容满面地向我竖起大拇指："老罗，干得好！我看了一圈，整个经济特区干出气势来了。"哎呀，当时真是"一块大石头落了地"。

这一仗,也把汤耀治打出了名,除了道路外他还管其他建设工程,能指挥调度的建设大军不下20万人马,人称"汤司令"。当时热火朝天的建设氛围感染了整个深圳经济特区,工程进展得也十分顺利。经过半年的奋战,第一批27条道路建设完成。全部的90条道路在两年左右的时间内完成,速度快得令人咋舌。

当时还有人质疑说,做范围如此广的基本建设,将来市民住不满,不就变成空城了?事实证明完全没有"空",我们沿路建设的住宅区、工业区、仓库区,一片片陆续全部住满,无论哪种类型的楼房都物尽其用,你简直不知道哪里冒出来这么多人,干什么行业的都有。这充分说明,我们前瞻性的建设是完全正确的。

三

"招投标"这个新事物在建设热潮中应运而生。在当时建筑队伍纷纷南下寻找工程的背景下,1981年,骆景星向市政府提议:要学习香港的办法,基建工程不要"拉郎配",要"招投标"。这正好符合了周鼎和我当时试图打破旧的基本建设体制对工程任务的垄断,引来竞争机制,改变由上级分配工程任务的任务法。我很高兴地对骆景星说:"你提出的办法好,看谁的工程造价低、工期短,就给谁做。"

基建工作最早的招投标是从国商大厦开始的,在18家审查合格的竞标单位中,最终夺标的是第一冶金建设公司。为了激励他们快速建设,我们提出"提前竣工1天,奖励1万港元,奖金不封顶"的奖赏规则,结果这家公司从开始的25天建一层楼,逐渐缩短到8天一层楼,比合同工期提前了94天圆满竣工,顺利拿到了94万港元的奖金,皆大欢喜。

而设计工作的招投标，最早是从国贸大厦开始的。其实国贸大厦一开始拟建38层，比当时全国最高的南京金陵饭店还要高一层。但是梁湘和周鼎在研究后，决定索性盖到50层，并且得到了中央的批准。

为了汇集全国最优秀的设计方案，1982年7月，深圳经济特区首次举办了设计方案的公开招投标。参加竞投的单位送来6个设计方案，经过评选，最终中南规划设计院的方案中标。

国贸大厦的工程建筑由中建三局一公司夺标，他们非但担保半年内打完地基，半年内完成地下3层；还提出主楼采用滑模施工——将扎好的钢筋的内外方形双筒墙体及地面，套在钢板模具里，向模具灌注混凝土，然后上升模具，便能一次滑出一层楼，不用再像翻模那样拆装钢板，就可以继续往上施工。一次滑模能产生1300多平方米的建筑面积，而且是一个模具里面铸成的，大厦笔直划一，无懈可击。

1982年5月，在热烈的鞭炮声中，国贸大厦开始破土动工。等建到第四、第五层时，却发生了大面积的混凝土拉裂拉空现象，钢筋裸露在外，现场看上去十分危险，只能停工等待处理。我听闻消息后立即赶到现场，发现事态严重。就当时国内的建筑施工技术而言，滑模技术只在烟囱等塔形工程上使用，从来未把它应用到大型高层建筑工程，更何况是国内第一超高大厦。随后在紧急召开的会议上，一些从开始就反对用滑模技术的人站出来指责道："就是因为冒险使用滑模施工，才导致了事故的发生。""国贸大厦是全国第一座50层高楼，一旦做坏出了洋相，后果不堪设想。"

轮到我发言时，现场鸦雀无声。这时候，摆在我面前的只有两个选择：要么按照常规的方法施工，即使发生问题，也只是施工或者设计的责任，但工期有可能要延后，而且深圳首创的滑模技术在高层建筑的应用就此夭折在摇篮里了；要么继续支持滑模技术，如果失败，那就是我的决策失误，必须承担重大责任。

以我从前在冶金部工作的经验来看，处理这场工程质量事故问题不大，关键是如何使滑模技术能在超高层建筑大厦应用成功。经过深思熟虑，我决定继续支持滑模技术施工，发言道："我们必须要先把事故处理好，按标准混凝土量和硬度重新加固拉空部分。之后，滑模技术必须要继续研究，总结失败的经验教训，有了把握再施工上滑。"

我的坚持令所有人惊讶，但如果这时轻易放弃，那么也不会有后来技术人员精益求精，最终攻克了滑模技术上的难题。那时候，时任中建三局副局长李传芳和总工程师余飞熊成立了两个工程技术组，一个专门负责质量处理，另一个从事滑模技术攻关，不久就找到了拉空拉裂的原因：对于大面积、大灌入量的混凝土必须同时同步浇灌和上顶（千斤顶）滑升，才能保证滑模的施工质量。因此，我们引进了大容量的混凝土高压输送泵，投入使用后完全符合工程需求，接下来的滑模施工一路畅顺，速度也越来越快，最终创造出三天甚至两天半一层楼的高速度施工奇迹。

只用了10个月的时间，50层的地面主楼工程就封顶了，顶上又造了一个直径为26米的直升机停机坪以及6米宽的旋转餐厅。这座连地下一共53层，高160米的"神州第一楼"，成了"深圳速度"最闪亮的名片之一。

从铺路到建楼，深圳"上天入地"的建设里还有一个重要部分，就是文教事业。我们不仅建成了深圳几十所中小学，更为经济特区创办了首家高校——深圳大学。

在深圳建立大学最初是梁湘提出的。20世纪80年代初，深圳的城市尚未成型，少有人理解他急于兴建高校的苦心，但一座经济特区城市怎么能没有高校？在领导班子的坚持下，办深圳大学正式提上了日程。

最早，我们邀请了广东省建筑设计院设计深大的教学楼与实验室，他们的设计理念超前，效果非常好。1983年，深圳大学正式创办。1985年开始，罗征启担任深大第二任校长，他恰好是清华大学建筑系出来的，众所周知，清华建筑首屈一指，所以他便牵线，请清华来设计学校中区，也就是图书馆和行政办公楼片区。不仅如此，罗征启还将清华建筑系一部分教师带来了深大，所以深大的建筑系实力强，在全国都能排上名次。

深大校园的建设基本上两年就完成了，周鼎和我在学生宿舍的设计上，可是下了功夫。我们研究发现，当时国内的大学宿舍大部分摆放双层床，一间房睡八个人，学生如果要在宿舍做功课，只能放张小桌在下铺，两个人窝在一起共用。我们都认为，这样的设计太过拥挤，学生们既辛苦，又缺乏独立思考的空间——空间对人的思维有着无形却直接的影响。周鼎和我一起建议将宿舍设计为两人间，罗校长同意了，并且更进一步，将房间高度削矮，从技术上防止未来加用双层床的可能。他的苦心我们都明白。

深圳大学1983年建校，至今已有31年的时间，它培养了万千学子，是深圳人的骄傲。

四

当年的工程项目都要经过层层审批，幸好中央给了深圳经济特区一个特殊政策——1亿元以下的项目不用报批。在我主管基建工作期间，所有项目的立项，都是深圳市自己审批的，国贸当时造价1.4亿元，我们干脆划分为两期，免除了上报审批的许多时间，才赢得了"深圳速度"。

"深圳速度"建设的滔滔大潮中，国贸大厦只是其中的一朵浪花。我在任那几年，除了这"第一高楼"外，还建了3个工业区（罗湖、上步、八卦岭）、2个仓储区（清水河、笋岗）、24个住宅区、8大文化设施（博物馆、图书馆、体育馆、科学馆、深圳大剧院、新闻中心、深圳市电视广播中心）、36所中小学、1所深圳大学、5座市级综合和专科医院、1个海滨浴场、5个公园（荔枝湖、人民、儿童、洪湖、东湖）、4处园林景点（西丽湖、香蜜湖、银湖、石岩湖）、1个植物园、1座污水处理厂和1个直升机场，以及打通东部梧桐山隧道，建立西部妈湾港和筹建东部盐田港，确定黄田航空港的选址和论证，还有分布于各街市的商贸大厦等等。这些工程上马之前，都是要先开批地例会进行集中论证。我召集主持的批地例会就有27次，批准上马的项目超过1500项。

如此大量的建设项目，当然离不开巨额资金的支持。中央当时只给经济特区改革开放一系列的特殊政策，以及3%的国家拨款，剩下的97%是靠经济特区自筹而来——这就是"给政策不给钱"。我们通过走市场经济的路子，开辟活水源头，例如自己办企业有盈余和税收，邀请外商来投资，此外就是向银行贷款。

深圳借贷并非走"慈善取款"，而是严格按本付息，遵守规定的。就算是这样，深圳还是创新性地向银行借钱"借"出了经济特区建设的"造血机能"，执牛耳者正是周鼎。

有一年，市政府把全国各地的银行行长请到深圳来，恳求给点贷款。有人问："贷款是要还的，深圳打算怎么偿还？"周鼎说："等土地开发出来，有项目来，就会有收益。"在座有人摇头，说："搞基础设施是长线投资，短时间内难以有收益，而贷款是要及时回笼、周转的。"

周鼎眉头一皱，计上心头："诸位给我短期贷款就可以，3个月、半年都可以！"原来，他是想一个款数多家银行承贷，例如上半年贷了江苏的，下半年则贷浙江的来还江苏的……几个省一轮，深圳就有几年时间搞好基础建设和营商环境，从而吸引投资，等万商云集、广开财源，自然而然就能还清贷款了。

正是周鼎的这一想法，使得深圳经济特区在建设之初有了足够资金可以周转。从1982年到1984年，向银行贷款搞基本建设的资金占总投资额的30%以上；从1985年开始，"造血机制"形成，不仅还贷能力提高，深圳经济特区建设资金还逐渐转向自力更生……与此同时，国内各大银行也被"盘活"了。计划经济时代，银行的角色是只管支付的"国家金库"，在深圳的推动下，银行增加了一项借贷业务，从"金库"转化为"金融机构"，这是市场经济建设中不可或缺的一环。我们那几年长期处在"负债经营"之中，而今天看来，"负债经营"正是市场经济管理中的"高手段"，我们当年已经在实践中全面转向市场经济了。

自此，深圳经济特区的道路越走越宽广，群贤毕至，财源滚滚，万马奔腾，周鼎的这一招"借贷"，意义非凡。

五

1984年1月，邓小平同志登上了20层的国商大楼顶层，举目遥望，看见由于实施他的改革开放政策和设立经济特区的措施，深圳经济特区已经迅速崛起，成为一座极具活力的新兴现代化城市。30年后的今天，当我再回头看那一段平地建起一座城的岁月，能想到的只有"奇迹"两个字。我并不是夸大其词，深圳现在已经是全国四大"一线城市"之一，这是大家有目共睹的，但往往很少人意识到，另外三座"一线城市"——北京、上海和广州——与深圳的根本区别：北京是全国首都，政治、经济、文化的中心，它有自西周燕国设都以来2500余年的发展积淀，历史底蕴深厚；上海曾有"十里洋场"，租界之繁华令它一度超越东京，成为东亚的第一大都市，现在它重新崛起，担任经济龙头；广州同样也是岭南老城，历来水运发达，是对外贸易的重要出入口。

而深圳有什么？如果说建立经济特区之前的深圳"只是一个渔村"不够准确，那顶多是"有一群渔村"，加上一座0.24平方公里的小县城，除此之外一无所有。而深圳不倚靠历史，不倚靠舶来，全靠新中国的人民一手一脚建立起来，发展到现在不单已是"一线城市"，而且各项指标几乎与广州持平，深圳的地区生产总值甚至可能要"赶超"香港，你说这算不算"奇迹"？

许多人将"深圳速度"高度浓缩为国贸大厦"三天盖一层楼"的刻板印象，但事实上，真正的"深圳速度"是两年盖出一座城——从1981年的8月份，到1984年1月小平同志南方视察，一共才建设了两年零四个月，深圳已经扩展为中部和东西两端共达50余平方公里，工业区、住宅区、配套设施、文教设施等粗具规模，招商引资良性发展的一座现代化新城。那时整个深圳经济特区呈现出蓬勃发展、蒸蒸日上的好势头，不仅赢得举世闻名的"一夜城"的美誉，也为日后的发展奠定了坚实的基础。

我们这个年代的人，有一句至理名言"实践是检验真理的唯一标准"。深圳建设经济特区所获得的成功，验证了中国选择改革开放这条道路的正确性。这其实是"深圳速度"更本质的意义。

对于我个人而言，一生当中有这样一个机会去为改革开放事业打头阵、冲锋陷阵，是无上的荣耀。我们何其有幸，能获得祖国的信任。在这场建设中，我最佩服的就是这批肩负改革开放重担的市委市政府领导，在历史走到这一步之前，没有人知道计划经济该如何向市场经济转化，没有人知道这座新城应该建成什么样、可以建成什么样，是他们的远见卓识、铁肩道义把握住了经济特区发展的重要方向。

此外，有两大人群是经济特区建设中很容易被忽视的，我想由衷地感谢他们。其一是所有深圳本地的农民，他们将土地使用权卖给我们后，为千千万万的建设者提供了现代化的工作场地、生活家园，我们不能忘记农民的贡献。其二是来自全国各地，支援深圳基建的劳动者，他们多是由各家建设公司带来的工程师与工人，曾经的"二三十万大军"都是这座城市的无名英雄，深圳应当感谢他们。

乔胜利

要记住当年经济特区的"开荒牛"们

乔胜利，1980年初调到深圳，曾任深圳市委常委、蛇口工业区党委副书记。1987年，在蛇口工业区改制后，出任招商局蛇口工业区有限公司第一任总经理。

一

1979年底，我从南海舰队转业后，被分配到了交通部所属的广州远洋公司。上班刚3个月，恰逢交通部要在内部选调一批干部派往蛇口工业区工作，我有幸被选上了，心里十分高兴。因为我太太当时在香港新华社外事部工作，1979年，时任港督麦理浩带着他的高级政治顾问卫奕信（后来也成为港督），在香港新华社官员的陪同下，造访了蛇口。我太太作为随行队伍中的一员，她不仅拍了许多照片，而且还亲耳聆听了袁庚同志对蛇口工业区发展远景的介绍。后来，她把记录了蛇口最原始状态的照片和她在蛇口的所见所闻与我分享，引起了我对蛇口的浓厚兴趣。现在我有了去蛇口这个千载难逢的机会，心里特别兴奋，就毫不犹豫地表示愿意服从组织的调动，到蛇口去工作。

1980年1月，我到了蛇口，映入眼帘的到处是荒地，有的地方杂草比人还高，草丛里蚊子不仅多，个头还大。有一次我抓了一只蚊子，连腿加翅膀有1.5厘米那么长，把它关在一个瓶子里面，饿了3个月居然还活着。

我到蛇口后，被安排主管工业区的人事工作。记得我到蛇口的第7天，蛇口工业区创始人、招商局常务副董事长袁庚同志找人把我叫过去谈话，那是我第一次见袁庚。见面后，袁庚问："你就是小乔？"我点头："对，我就是小乔。"他说："我是袁庚。"我说："首长好！"袁庚示意我坐下，当时在场的还有其他几个人。我没想到，袁庚对着我，一口气作了两个多小时的"报告"。

一开始，他说："小乔，你从大陆的那一边走到这一边，你要把那一边的东西统统忘掉。"我当时听得一头雾水，不解地问："袁董，我听不懂你讲什么。"袁庚耐心地跟我解释，他从国家实行改革开放开始讲起，讲为什么要在蛇口办一个开发区。他说香港的地价已经是寸土寸金，招商局在香港有很多实业，需要一个生产成本低的地方。经过一年的考察，招商局选中了蛇口，打算把招商局的造船业、服务业都搬到这边来，把这里建成与香港同等生活水平的地方。

袁庚眼带笑意地看着我，说："小乔，现在你来了，就要参与这项工作。我了解过你的个人情况，你在南海舰队当过干部。你要把你过去做干部工作的那一套思想、方法通通都搁到'博物馆'去。到这来以后，要有一套新的思想和工作方法，这里不搞论资排辈，要发展，才能把蛇口干起来。"与袁庚同志谈话的情景，我至今仍铭刻在心。从那一刻起，我就决心按袁庚同志的前瞻性要求，探索如何用一套新的工作方法和思想方法来促进蛇口的发展。

蛇口工业区创建之后，引进了很多三资企业[①]，这些三资企业的员工是由工业区代为招聘的。虽然当时他们大多数都很年轻，但有一个问题困扰着我们：这些员工老了以后怎么办？当时，我们的国情为：无论是党政机关、国企还是集体企业，职工的退休金一律都是由原工作单位来承担。但如果工业区内的三资企业也要照这样做的话，来投资的老板们肯定会被吓跑的。

带着这个问题，1981年我们派人到新加坡和香港进行了专题考察，回来后又与工业区内三资企业的老板们协商。经过多次沟通，最后商定：企业员工每工作一个月，所在企业就必须提供一个月的退休保障金。除此之外，企业还要从员工个人的工资收入里面提取一部分，作为退休保障金的一部分。自此，蛇口工业区的每位员工都有一个永久性的社保账号，员工在工业区内的企业之间流动时，可以连续计算。

社会保障金开始积累后，我们又考虑如何将这笔资金用活起来，不能让它躺在银行里面睡觉。我们工业区的研究机构绞尽脑汁，研究讨论如何让钱既能保值又能增值，将来为员工提供更多的社会保障积累。有一次工商银行深圳分行行长来蛇口公干，我们谈到了此事，彼此都有兴趣，于是一拍即合，商定蛇口工业区占51%股份、工行占49%股份，于1988年合作成立中国第一家由企业创办的商业保险公司——平安保险。由此，蛇口工业区不仅在国内社保领域进行了先行探索，同时在中国商业保险领域开创了先河。

二

如果要给中国的住房商品化改革定一个原点，我可以肯定地说：1982年，蛇口。

在此之前，我们国家的住房制度基本上是实行单位分配。而当时随着蛇口工业区的建设发展，工业区内的人口数量增长很快，对住房的需求量日益加大。如果所有的住房都由蛇口工业区来分配解决,无疑压力巨大,而且不现实。当时我们就在想,如果把分配住房改为卖房的形式,把单纯的投资建房变为投资回收后滚动建房,不失为一种解决建房资金困难的方案。根据当时工业区员工的人均收入情况,我们考虑要让大家不仅愿意买房,还要买得起房。我们一方面是宣传住房改革的意义和好处;另一方面集思广益,探索制定了职工住房买卖的相关制度。

大体上说,蛇口工业区的住房商品化经历了四个阶段:

第一阶段是房价低于造价,而且土地不作价。我们建起的第一个住宅小区是水湾头小区。因为要鼓励职工买房,所以首先我们要求工业区的干部带头,水湾头小区又被蛇口人称为"中南海"。当时建了8栋共计100多套房子,建筑成本要每平方米700多块钱,这里没有包含土地价钱。但是房子卖出去时每平方米还不到700块钱。

第二阶段是按照房屋造价作为售房价格,土地仍然不作价。

第三阶段是房屋造价加上一部分的土地成本,作为售房价格。

第四阶段才是土地的成本加上房屋造价再加上微量的利润。这时候已经将近90年代了,不再有补贴的因素,房地产也有了造血机能。蛇口工业区的职工住房制度改革,是我国现行的房地产经济的最早雏形。

不仅仅是住房制度,1983年,蛇口在全国率先进行人事制度改革,最令人瞩目的是取消了干部的等级制度。无论是局级、处级还是科级干部,从内地到了蛇口以后,行政级别都被"冷冻"到个人档案里去了。这里不管年龄和资历,评判的标准是能力和业绩。

蛇口工业区的做法当时在全国引起了非常大的震动。有不少人强烈反对:"人家在内地好不容易升到了局级,到你蛇口后说取消就取

1982年，深圳蛇口竖立起"时间就是金钱，效率就是生命"的标语牌，这一著名口号对全中国都产生了深远的影响。

20世纪80年代初，深圳蛇口的商品房小区——碧涛苑别墅区。

1983年1月,深圳蛇口第一个群众性团体——蛇口工业区企业管理协会成立。

1991年,乔胜利(左四)被授予"深圳市十大杰出青年企业家"称号。

消了。"因此有一些人不敢来了。但还是有很多人来到蛇口，他们认为蛇口这个地方不看级别，讲究的是能者多劳，是实现自我的理想之地。

当时尽管想来蛇口的人很踊跃，但在那个年代，每一个人都是有组织的，想随意调动单位并不是容易的事。我最初做人事工作时，想调动干部必须跑到北京去，通过中央组织部（下文简称为"中组部"），用商调的方式，才在交通部的内部系统调用了一批工业区急需的专业干部。蛇口作为一个开放的工业区，材料、电子、轻纺、服装等各行各业都有，仅靠从交通部内部调动干部已经不能满足需要了，为了开拓干部招聘渠道，我多次去中组部汇报情况，恳求支持，终于引起有关领导的高度重视。领导亲自接见我时承诺：第一，蛇口需要的干部，一定会帮忙解决；第二，蛇口最初提出的在全国登报招聘的办法暂时不可行，这样做恐怕会把干部队伍搞乱。

后来，中组部想了个办法，给蛇口工业区开了11封介绍信，除了西藏、青海、新疆、内蒙古和云南这些经济相对不发达、人才本来就短缺的省份外，同意我们到其他经济较为发达的内陆城市去进行干部招聘。凭着这11封介绍信，我们的足迹遍及了上海、天津、湖北、四川、辽宁等11个省市。等第一批招聘的人才到岗后，他们就像种子一样，再推荐他们的亲朋、好友、同学来到深圳，壮大了蛇口的建设队伍。

国家在上世纪90年代以后才全面放开干部招聘的限制，但我们提前了将近10年就开始了干部招聘的尝试，为蛇口工业区的建设培养、储备了一大批专业人才。

1983年起，蛇口工业区党委做了一个当时在国内绝无仅有的大胆举措——对工业区最高管理层的任用，不再由上级党组织委派，而是由工业区的干部、职工民主选举产生。

为了避免有的基层员工不了解情况，对候选人的提名出现过于分散、盲目的情况，我们先设定候选人。这些候选人多从对工业区高层运作情况较为熟悉的、工业区直属单位的经理助理或技术员以上的干部中产生。候选人同时要符合大专以上学历，并在蛇口工业区工作满一年这两个条件。此外，还要求有10个人联名推荐。推荐出的候选人名单，通过《蛇口通讯报》进行公示，再由工业区各单位的干部、职工人手一票对"准候选人"进行选举。名列前11名的才能成为正式候选人。这11名正式候选人要就工业区的建设发展，公开在群众集会上发表30至35分钟的施政演讲。这种集会，无论有无投票权，只要对此感兴趣的群众都可以前来旁听。候选人发言之后，还得留20分钟给群众提意见，接受质询。就算没有人提问，候选人也得在台上坐够20分钟。

我有一位助手，当时主管工业区的城建和土地，十分能干。已经成了正式候选人，我知道他性子急，在他上台前，我特意嘱咐他要有充分的思想准备，要认认真真、老老实实地回答群众的问题，无论问题多尖锐也要耐住性子。他信心满满："放心吧，我准备得很充分了，一定会被选为正式的班子成员。"

在第一轮演讲结束后，群众都为他鼓掌。但到了最后20分钟的环节，有一个小伙子请他回答是否有以权谋私给自己的弟弟做工业区的工程。结果他一听，"啪"一下子站了起来，说："我的老母亲哭着让我给弟弟干这个工程，我没有利用我的职权来谋私，可是为什么别人可以到工业区来做工程，而我的弟弟就不行？"听他这样一讲，我知道完了，选票没了。

最高管理层的民主选举，让选出来的高层管理人员如临深渊、如履薄冰，兢兢业业地履行自己的职责，这种方式培养出的工作作风、敬业精神和认真程度是没得说的。除此之外,每年都还有一次小"地震"——最高管理层要向全体员工和领导进行述职,如果有一半员工否定你这个班子,这个班子就要集体下台;如果有一半人否定某一个人,这个人就要下台。因此,监督蛇口工业区高层管理人员的不完全是纪检部门和上级党委,更重要的是几万双雪亮的群众的眼睛。

我们不仅仅关注工业区的人才,同时也注重培养人才的下一代——蛇口工业区从1981年开始办小学,1983年开始筹办中学。1993年,教育部一位80多岁的老专家到蛇口来,由我陪同他看了蛇口的幼儿园和中小学。当时育才中学升学率为99%,而学生每年只需交几块到十几块钱不等的学费,老师的工资和学校其他开销都是工业区每年拿出一定额度的资金来托底。为了鼓励老师安心做好教育工作,老师的工资还比工业区员工要高上10%~15%。了解到这些情况,这位老专家惊奇地问我:"作为一个企业家,既然不为赚钱,那你为什么要办学校?还要把学校办得那么好?"我笑着说:"我做这件事其实是占大便宜了。"我讲起我刚主管人事工作时,有些干部、员工告诉我:"我们这一代人已经被耽误了,现在最担心的是子女的教育问题。"他们希望工业区尽快把学校办起来,让蛇口好不容易聚集起的高级知识分子、技术人员真正安心留下来。

我说,我要为在蛇口出生的子弟办最好的幼儿园,让他们从小接受最好的教育。因为工资高,我们吸引了大量优质师资,例如当时甘肃丝路花雨剧团一位女舞蹈演员和她先生都是当地著名的文艺工作者,但愿意调到蛇口来当幼师。他们来到这里之后,因待遇好,自己安居乐业,同时还能使我们的子弟从小就接受到最好的教育。在蛇口,小学、初中、高中都是我们自己办的,而咱们国内的大学多数是国家办的,让我们的子弟从小热爱蛇口,接受完高等教育之后又回到蛇口，那我们的劳动力不是最棒的吗？我们不仅没有吃亏，还沾了国家高等教育给咱培养人才的光了。

三

1984年，蛇口工业区经过了一个艰苦的过程，已粗具雏形。与此同时，国内理论界关于深圳经济特区姓"资"还是姓"社"的大争论，对我们造成了较大压力。蛇口工业区作为"经济特区中的特区"，自然成了这场大争论的焦点，我们这些工业区的建设者感到了阵阵寒意。袁庚同志一再鼓励我们，要憋着一股劲，我们都知道经济特区只能做好不能做差，只能做成不能做败。我们没有退路。

就在这个"寒冬"，1984年1月，小平同志来了。

那时，小平同志是带着家人来深圳休假的，随行的还有杨尚昆和王震等领导同志和家人。当时省里、深圳市都高度重视此事。1月25日当天，深圳市委常委给小平同志汇报工作，当晚，时任市委书记梁湘给我打电话询问准确情况。紧接着，我试探问道："今天常委汇报得怎么样？"他说："今天给老人家汇报了一整天，汇报得身上发冷。"经他这样一说，我也不由得紧张起来。梁湘接着说："老人家听了一整天汇报，既不点头也不摇头，既不问话也不插话。"我听后心里一沉，明白第二天小平同志到蛇口，对深圳、对蛇口的意义是何等重要。我一再跟梁湘书记打包票："您放心，蛇口的汇报一定会很完善。"实际上，我没有准备稿子，因为准备汇报的内容都是我在蛇口亲力亲为的，早已深深刻在脑海里了。

第二天，小平同志到蛇口后，我们没有马上安排汇报，而是陪着小平同志、尚昆同志和王震同志三家人以及省里、市里的领导，一同去看工业区的工厂和码头港口，最后我们登上了蛇口微波通讯站的山顶远眺，蛇口全景尽收眼底。

蛇口码头边有一栋办公大楼，是叶剑英题的词：招商局蛇口工业区。我们在8楼会议室里进行了汇报，里面挤了300多人，大部分都是站着听汇报。袁庚同志先汇报了约40分钟，然后他指着我说："小平同志，这是我们蛇口工业区年轻的党委书记。"（其实他才是党委书记，我只是副书记，我猜他这样讲是为了引起小平同志的重视，毕竟那时我才37岁。）"下面的工作就由他向您汇报。"他把话茬转给了我。

我胸有成竹，把蛇口这几年的发展情况概括地汇报了之后，小平同志问我："你那个资金从哪儿来的？"我就老实地回答："主席啊（小平同志为时任军委主席），香港招商局作为我们的'老子'，从香港调了6000万人民币外汇。这五年时间，从1979年到1984年，我们没有向国家、广东省、深圳市财政要过一分钱的建设资金。"

小平同志说："你这个地方建成这个样子，6000万元怎么够啊？其他资金从哪儿来的？"我就告诉他说："其他资金是我们引进的外资。"小平同志立即高瞻远瞩地说："你这个地方是个引进外资的窗口。"这话等于给蛇口定了性。

小平同志又问："蛇口工业区目前的工业产品，都是外销还是内销？"我报告说："80%外销，20%内销。""国内那么大市场，你为什么不内销而要外销？"我向他解释："外资企业进来投资，购买设备和原材料用的都是外汇，如果他的产品都卖到国内，他得到的是人民币，那他们在国际市场上付出去的外汇就无法平衡了。"

我又进一步向小平同志汇报："我们要求工业区内的外资企业向我们支付土地和厂房的租金以及员工工资都是用外汇，我们发到员工手上的时候是人民币和少量的外汇，中间的外汇额度就交给国家了，等于在给国家创汇。"

小平同志听到这里很兴奋，紧接着又问："外资企业在你这里办，对你们有什么好处？"我说："这个好处太大了。一方面解决了员工就业；另一方面，企业高层管理人员如董事长、总经理是外方派来的，副董事长和副总经理是我方派去的，我们的人可以向人家学习怎么在国际上做生意，这样等于给我们培养了管理人才。而且，外方的设备搬进来后，不可能再搬走，同时新技术也进来了。"

听到这里，小平同志立即又做了一个总结，他说："你这里是一个引进国际先进管理和先进技术的窗口。"

后来大家熟悉的小平同志关于深圳经济特区的"四个窗口作用"的论述，最早就是小平同志在蛇口听我们汇报后高度概括出来的。

我一边汇报一边注意观察小平同志的神态，看到他脸上的兴奋，我心里悬着的石头终于落了地。虽然我汇报的声音比较洪亮，但老人家听力不太好，基本上是我讲一句他女儿重复一句，这样听了一阵之后，小平同志觉得不舒服，于是示意我坐在他旁边汇报。

当天汇报过程中他问了我很多问题，到最后问到我的个人情况，包括过去的工作经历和到蛇口后的工资收入。最后他问道："你哪个学校毕业的？"我当时不知道为什么，就跟他开玩笑说："主席啊，'文革'期间，您被打倒了，我们这一代人就没书读了。"事后梁湘书记还批评我说："你怎么能说他被打倒了呢。"但我说的是实话，当时小平同志管教育，他被打倒后，全国高校不招生了，我高中毕业之后正遇上征兵，就到海军来了。我如实地把自己的经历告诉小平同志，还说我在参加香港那边的工商管理函授课程。他一听，说："好。这个课程你一定要把它完成。你一定要抽出时间来，到北京去补上这一课。"我心里很清楚，他说的这一课是指高等教育。

他这一说不打紧，大约半个月之后，我突然接到中组部的通知，让我到北大读书。我在北大经济学院读了4年的国民经济管理专业，后来才得知我是唯一一个被小平同志点名成为北大学子的人，这份厚爱我至今铭记于心。

在北大的学习经历对我日后的工作产生了深远的影响。那时我在读书，工作也没丢下，每逢大的会议还会从北京赶回蛇口参加。毕业后，恰逢蛇口工业区改制，我出任招商局蛇口工业区有限公司第一任总经理。

其实汇报那天，袁庚同志还趁机提出："我们蛇口提出的'时间就是金钱，效率就是生命'的口号，引起全国的争论，您认为这个提法对不对？"当时小平同志对这个问题并没有表态。等他回到北京召开中央全会时，他提到："蛇口提出来说'时间就是金钱，效率就是生命'是从加强时间观念，提高工作效益，从经济效益这个角度强调的。"从侧面肯定了蛇口，争论才至此平息。

汇报结束后，小平同志一行还到工业区利用邮轮"明华号"改造的旅游景点"海上世界"参观休息，并为其题词。据了解，这是小平同志唯一一次为一个企业题词。之后，他才在南海舰队的护送下去了珠海。可以说，小平同志那一次到蛇口视察，决定了深圳经济特区的命运走向。

四

我在蛇口一直干到1995年才从总经理的位置上退下来。其间，我还参与了蛇口的另外一件大事——筹建招商银行。在早期，蛇口工业区成立了一个内部结算中心，在调整资金的运作、使用和分配方面发挥了一定的作用。但是由于内部结算中心的局限性比较大，因而我们在此基础上，专门成立了一个财务公司。两年多后，我们发现财务公司也适应不了工业区的快速发展。由于蛇口工业区有大量资金需要周转、筹措和流通，当时就思考最好有一个银行来配合。但企业办银行在国内还没有先例，经过大量政策研究与多番争取，加上时任人民银行行长陈慕华等领导的支持，1987年，招商银行正式成立。在运转的初期，招商银行又得到了交通部的大力支持，逐渐发展壮大。如今，招商银行已经从蛇口一隅走向了世界，成为一家有较高知名度的国际性商业银行。

30多年前，袁庚同志与我被人并称为蛇口的"一老一少"。如今他已接近百岁高寿，我也白发苍苍，我们被历史潮流推到了改革舞台的最前端，但在我们身后，还有无数的"开荒牛"。这些当年深圳经济特区的"开荒牛"们，为中国改革开放的伟大事业奉献了青春，挥洒了汗水、泪水甚至是鲜血。但是随着时代的发展，这些"开荒牛"们因为知识结构、年龄和身体以及传统的工作方法适应不了社会发展的需求等原因，逐渐被边缘化了，甚至有不少"开荒牛"还生活在社会底层，晚景凄凉。

我呼吁社会能够给予他们一些关心，无论是精神上的还是物质上的，至少要让这些"开荒牛"感到，他们为之付出一切的城市没有遗忘他们，他们为之奋斗的事业仍然铭记着他们的努力。没有这些"开荒牛"，就没有后来的蛇口，也没有今天的深圳。中国一幅幅激动人心的改革事业长卷中，永远不会抹去当年经济特区"开荒牛"的身影。

注释：

① 三资企业：在中国境内设立的中外合资经营企业、中外合作经营企业、外商独资经营企业三类外商投资企业，称为三资企业。

刘禹堂

＋

困难再多，我也只能硬着头皮上

刘禹堂，1981年调任深圳市邮电局副局长，后任深圳市电信发展公司法人代表、总经理，深圳市邮政局副局长等职。

一

如果要我用一个词来形容深圳通信事业的拓荒史，我会用：不堪回首。

1981年，我奉命从广东省微波总站副站长的位置上调任深圳市邮电局副局长并主持工作时，我就已经深知自己是"明知山有虎，偏向虎山行"。当时深圳经济特区因为装电话、打电话难，与招商引资的机会一次次失之交臂，邮电局上下被市委批得狗血淋头。1981年初，在一次例行的市委办公会议上，时任市委书记梁湘在讨论市区建设事宜时，忽然问道："邮电局长来了没？"听到喊自己，当时市邮电局局长王勇就站起身来。没想到书记拍案而起，劈头盖脸地数落道："每次跟不上的就是你们邮电局，楼建了，外商来了，电话十天半个月都打不通，你这个邮电局局长怎么当的？饭桶！要是打仗，我一枪毙了你！"在众目睽睽之下，王勇尴尬地站在那里，如芒在背……这一幕我没有亲见，而是1981年9月，上级点名让我从省邮电局调到深圳经济特区、破解"电话不通"的难题时，有朋友把此事绘声绘色地说给我听的，还劝说道："你何苦去挨骂呢？"

可我思前想后，觉得自己应该去。我是工人出身，17岁在广州市电信局从基层的线务员干起，一直做到业务科长再到长途电话局局长，后任广东省微波总站的副站长，并主持工作。省局物色的第一个人到深圳特区后，已经畏难而退了。现在选上我了，我要再打退堂鼓，省局就不好下台。而且身为共产党员，我怎么对得起组织的培养和一路的提拔？

尽管劝我的人数不胜数，家里人也不同意，觉得深圳太艰苦。但省局的11个局领导都投票赞成我去。同年10月份，我正式调入深圳邮电局担任第一副局长。

尽管来之前已经做好了心理准备，但正式上班后，我才发现难度系数比自己预想的高得多。堂堂一个经济特区，长途只有20条线路，而自动电话只有1000门。除了自动电话外，还有很多"摇把子"机——打电话要先叫通总机，告知对方的电话号码，由总机接续、叫通对方后才能通话。

现在的洪湖一街就是当年的宝安县邮电局最早的大本营，从此处做了13公里管道电缆，拉到迎宾馆。短短一条电缆，只能在附近装电话，其他地方就算是有电话机也没办法放号，连政府部门都装不上电话。临时通知开会，只能靠秘书骑自行车，一户户地跑腿告知。

而为了满足外来务工者的打电话需求，邮电局每天晚上从机房拉出10对线接上电话放在营业厅门口"摆摊"，打电话的人排成了长龙，到半夜才能收摊。当时有句顺口溜叫："打电话急身汗，打长途一两天，想装电话等三年。"

更要命的是，当时深圳经济特区就是一个大工地，到处都有挖掘机在作业，电话线路经常被挖断，往往是早上放线，晚上就被挖断了。工人们只能耐着性子，把断了的接起来，但刚接好的又被挖断了，令人恼火但又无可奈何。

二

外商来深圳投资，都是"一问电话，二问路，三问项目，四问住"。外商受到市政府的热情接待，在了解到深圳经济特区的前景、基础设施以及各项优惠投资政策后，心驰神往，准备向其公司、上司汇报。但由于电话打不通，只能坐车赶到广州或者香港打长途。有些外商不敢在深圳过夜，怕电话不通无法掌握股市行情。

眼看着就要谈成的项目变成了"要回去研究研究"，几百万、几千万的投资项目就这样白白流失了，市主管领导们当然忧心如焚。市领导把重担交给了我：当务之急是要解决装电话和打电话"两难"的问题。

但搞电话得有钱。当时广东省开展"六五"通信计划，通过"四个一点"（国家给一点、地方给一点、邮电自出一点、贷款一点）的办法，准备筹集包括外汇在内共计1.96亿元的资金，在全省增装4.6万门程控电话，并解决东西两路的微波电路。但由于资金紧张，最后决定主要保证广州通信的发展，深圳就基本落空了。

眼看省里不给钱，我就跑市里。当我向梁湘书记报告说，"六五"期间，深圳要建成1万门电话并且有300门长途时，他心情大悦。等我说到需要政府拨一些外汇时，他顿时沉下脸来，大声呵斥道："来一个局长就是要钱，我哪里有钱？中央给我的只有政策！我不听，走开走开！"我连续三次去向他汇报工作，都被轰了出来。

虽然梁湘书记把我"扫地出门"，但他自己心里也着急得很。他当时还兼任广东省的副省长，曾在一年多的时间内，八次亲自到广州找省邮电局的领导反映问题。由于领导下乡、外出，他第八次才见到省局的一位副局长。

这次会见，省局有关业务技术骨干也参加了，梁湘书记介绍了通讯对经济特区建设的重要意义和当时通信存在的严重困难，提出解决深圳通信紧张状态的意见，特别是积极利用外资的一些设想，说："我们和英国大东电报局人员接触，大东愿意合作；还有摩托罗拉和港商胡应湘也有意向；王光英的光大公司有资金，也很热情，随时可以和我们合作。"中间，梁湘书记还穿插地介绍了时任中共中央总书记胡耀邦、国务院副总理谷牧和张劲夫等领导对解决深圳电信建设的意见。

此后的省局又召开几次会议，认为不仅要特别抓紧解决电信问题，而且提出要解决深圳经济特区的邮政通信建设。但对于深圳积极提出的经过综合衡量、决定与英国大东电报局的合资合作方案，省局的不少党组领导持反对态度。因为通信开放涉及主权、安全，这个底线别说省局，就连邮电部也无权突破。因此经过多次请示、讨论、研究，方案一度搁置。

但中央、国务院的领导对此则明确表示支持。1983年2月7日，胡耀邦同志到深圳视察。次日上午，梁湘书记汇报工作时，胡耀邦同志指示：经济特区的工作要"新事新办，特事特办，立场不变，方法全新"。

当他听闻深圳与外资合办电信的问题得不到解决时，慷慨激昂地说道："没有保密问题嘛！我建了你来管，为什么不行？各路豪杰

1983年11月11日,刘禹堂(前排左)与大东电报局代表(前排右)签订合作协议,正式成立深大电话有限公司。

1984年,刘禹堂(右)与深大电话公司的时任英籍总经理(左)在一起。

上世纪90年代初，刘禹堂（前排左）为新成立的蛇口通讯公司剪彩，并出任副董事长。

投奔你白衣秀士王伦，我把全部人马，包括枪支弹药，请你来收编。林冲开始时是投奔王伦的，但王伦不愿收编，结果出了个'火并王伦'。要告知有关同志，不要当白衣秀士啊。"并当即指示有关部门协调此事。

4月7日，梁湘在向谷牧同志汇报工作时，又反映了深圳电信问题。

4月11日，在新园招待所会议室，谷牧同志主持召开了解决深圳经济特区电信问题的座谈会，传达了邓小平同志的指示：深圳通信问题不能再拖了，非解决不可。国务院特区办负责人何椿霖、邮电部计划局局长王墨、广东省委书记兼特区办主任吴南生、广东省邮电管理局副局长张培真以及深圳市委市政府的主要领导都出席了会议。

会上，深圳市的领导汇报了深圳经济特区1985年到2000年的发展规划概况，明确指出目前落后的通信状况严重拖深圳经济特区建设的"后腿"，而要解决深圳的电信建设，需要巨额投资，在国家不可能有这么大的投资情况下，只能与外资合作——深圳拟与英国大东电报局合营深圳市电话企业，市政府也准备投一部分资金与邮电部门组成中方一方，按照"中外合营投资法"，共同组成董事会，进行合营。

接着各方面就交换设备、资费管理与分摊、分红、国际电路出口、保密、主权以及合营公司内部管理制度等各抒己见，会议取得了一致同意的解决办法。

谷牧同志最后指出：邮电管理体制一定要适应经济特区建设的需要，不能采用内地的管理体制。要在法律的框架内，成立一个独立经营的、具备法人资格的股东管理机构。合资是肯定的了，至于是不是跟大东合作，中央不提要求，地方要"货比三家"。

这是一次里程碑式的会议，奠定了合资成立电话公司的方向和基础。在随后的日子里,各方紧锣密鼓,夜以继日地开展工作。

三

由于中外合营电话公司此前在国内并无先例,从1983年4月起,深圳市的领导和省邮电局的领导,先后几次带队前往北京向邮电部汇报。

我记得有一次我和张培真同志在邮电局办公楼的走廊上遇到刚退休的老部长,他半开玩笑、半认真地说:"还记得八国联军吗?还记得抗日战争吗?我们好不容易把帝国主义赶跑了,你们又把他们请回来。我要是还当部长,一定把你们都撤了。"

前两次汇报因未能见到邮电部领导而落空,谷牧同志主动邀集邮电部相关负责人和深圳市有关部门负责人共同研究合资经营经济特区电话的问题。并且申明,国务院已经批准深圳市内电话与外商合营。

11月5日,深圳市政府和省邮电管理局组建深圳市电信发展公司,我任首任法人代表和总经理,准备以该公司的名义和英方签署成立深大电话有限公司合营市内通话电信的协定。该公司的中方资产中,省邮电局占80%,为816万;市政府占20%,为204万。

11月11日,深大电话有限公司的双方合同签字仪式举行。公司初期注册资本2000万元人民币,中方占51%,英方占49%,合作期限为20年。11月28日,深大电话公司完成工商登记注册。12月22日,在东湖宾馆召开了第一次股东大会,时任深圳市政府副秘书长李新亭出任董事长。

1984年1月1日,公司正式营业,办公地点设在国商大厦8楼,99人中的5人为外方代表,其余94人来自中方,我兼任电话公司首任副总经理。

深大电话公司从筹备开始,梁湘书记就提出要建设"四个一流":一流的技术、一流的资金、一流的管理、一流的人才。在深大电话公司草创阶段,由于缺乏技术人员,市委给予了大力的支持,同意公司以市委组织部的名义,持组织部介绍信,到北京、上海、西安、南京等地招聘人才,并在入户、住房和家属随迁等方面给予优先照顾。

公司成立后,通信面临的资金问题迎刃而解。作为合资企业,公司可以向银行贷款。1985年,公司首笔贷款1000万美元,来自日本北海道拓殖银行。此后的多笔向外国银行的贷款,都得到了市政府的批准和担保。在税收方面,公司也享受了特定阶段的相关扶持政策。

自此,深圳经济特区开始步入信息化的快车道。深大电话公司成立第一年就安装了900多部自动电话,几乎相当于建市以来的总和。从1984年开始,深圳装电话的难题有了较大转变。1988年,深大电话公司改为中外合作企业,英方股份保留,但不参与经营,全部资产归中方所有,每年按照7%的年息给予英方35万美元的定额利润。

到2003年11月,电话公司在度过整整20个寒暑后,从一个只有99人的小企业成长为拥有2306名员工以及世界一流通信技术和设备的新型电信企业。公司固定资产达到49.5亿元人民币,计费市内电话用户数达到222万户。

四

其实电话公司从1984年开业后,引起全国各地的关注,大连、珠海等地邮电局都想过来取经,但我坦白道:无可奉告。因为深大电话公司从筹备开始,它就注定为:是全国第一家,也是最后一家。

随着深圳经济特区的发展,电话公司的局限也凸显出来。由于英方更注重投资回报，不关心社会效益和综合效益，例如不愿意在全城全网的设施投入方面做出长远的考虑，影响了深圳市通信网络的统一组织和有效使用，延迟了深圳通信向现代化综合业务数字网过渡的进程。到了上个世纪90年代，深圳出现了深大电话、蛇口电话和深圳市邮电局3家经营电话的局面，管理体制呈现多元的格局。到2003年，鉴于深大电话公司的合营期已满，历史使命已经完成，深大电话公司被取消了，回归邮电。

借助"特事特办"成立深大电话公司，无疑为深圳通信发展抢得了时间——利用合资企业的体制优势，可以方便地从银行贷款，立竿见影地破解了制约深圳通信发展的资金瓶颈，解决了装电话的燃眉之急，使得深圳现代通信能在全国先行一步。

正因为"特"，没有经验可以借鉴，一开始我如履薄冰。当上深大电话公司的副总经理后，按照公司章程，我的年薪有80多万港币。这笔钱我没敢拿，而是上交给组织，只拿了500多元人民币的月薪。但这也比当时邮电部部长的工资要高得多，我心里忐忑："这算不算政治错误？"所以一开始一分钱也不敢花，都放着，心想如果出了事，我就全部上交。

也是因为"特"，深大电话公司一路走来，都伴随着非议，例如受到传统计划经济观念的影响，来自邮电部门内部的反对声音此起彼伏。1984年，邮电部一位副部长和电信总局负责人到深圳视察，由我接待，公务完毕后，我说："公事公办，我请吃饭。"副部长问："谁请啊？"我说："深大电话请也可以，深圳市邮电局请也可以。"他明确表态："如果是深大电话请，山珍海味也不吃一口；如果是邮电局请，窝窝头也吃。"我一下子明白了，尽管此时深大电话公司已成为定局，但这两位领导仍然固执地认为"与外国合办邮电是出卖主权"。

到了1985年整顿党组织期间,我作为党委副书记,受委托做总结时,10个党支部当中的9个都提出了反对意见,还有人说我:"你刚来的时候还是个不错的领导,现在都资本主义化了。"听了这些刺耳的话,我心里很难过,可又百口莫辩。但困难再多,我也只能硬着头皮上,把所有精力都放在解决装电话和打电话难的问题上。

离开深大电话公司后,我在市邮电局担任了10年的副局长,1996年才退休。回首在深圳电信岗位上的15年,最初虽然"没钱、没人、没设备",重重难题横亘在眼前,但我们迎难而上,利用了中央给经济特区"特事特办"的政策,在紧迫的形势下,用了最快的方式解决——成立了国内第一家,也是自此唯一一家中外合营电话公司,终于可以贷款、招人、甩开膀子大干,让深圳"电话不灵"最终成了历史名词。这家曾在深圳经济特区历史上存在过20年的电话公司,在使命结束后也被归入了尘封的档案中。但那一段岁月不应该被忘怀,它彰显的是"敢闯、敢试、敢为天下先"的深圳经济特区精神。

虽然高强度的工作和艰苦的生活条件让我的身体不堪重负——我不仅把眼睛给熬坏了,还曾两次中风倒在了岗位上,但是我见证了深圳电信事业从一张白纸迈入信息化的快车道,甚至走在全国前列的整个过程。深圳能有这样的成绩,我感到无比欣慰。

王发祥

我一直怀念那个时代

王发祥，1981年首次来深，曾任深圳市城管办主任、党委书记。

一

我老家是在吉林省白山市临江县松树镇，临江是历史上著名的革命根据地。解放战争时期，"四保临江"说的就是我们那儿。儿时，父亲入伍，母亲与我和妹妹相依为命。我长到16岁全家随父亲南下广东，因此工作后曾有位政协领导说我是"三东"人——原籍在山东，出生在东北，成长在广东。这个概括得特别贴切。

到广东的第一年，我在韶关最好的初中就读，但我的成绩却是班上最差的。为了念好书，我开始实践母亲教导我的"头悬梁，锥刺股"那般刻苦学习，抓紧一切时间拼命看书学习。我认为，只要有刻苦、拼搏的精神，就能克服任何困难。这种精神几乎贯穿了我的一生。苦读三年，高中我考取了广东省重点中学广东北江高级中学，后又考上华南农业大学。我初中那个班只有两个人考上了大学，我就是其中一个。大学时代，我是学校里的活跃分子，兼任学院的文化部长、文工团团长、话剧队演员、广播站播音员等数职。同时，我还是系里的学生会主席和第三届广州大中专院校的学联副主席。我非常强烈地希望成长为一个对祖国有贡献的人。但一夜之间，"文化大革命"爆发了，一位省委领导在我们学校被批斗，我也被拉上去陪斗。我至今仍困惑，我这么追求进步的人，怎么一夜之间就成了坏人？毕业时，我原被分配到北京中国科学院工作，但铺天盖地的大字报贴满了学校，"王发祥在毛主席身边我们不放心"，这样，系里就把我重新分到了贵州水城特区。

在贵州多年，我有两个心愿未曾变过。第一个愿望——我一定要回广东，我在那里莫名其妙地跌倒了，我要回到那里去。第二，我要去北京，我是一个可以让毛主席放心的人。1993年1月，"国家卫生城市"的表彰颁奖在人民大会堂举行，我与深圳市市长一同去领奖，当我站在人民大会堂时，突然想起了我过去的决心，内心激动，忍不住流下泪来。

1968年，我到了贵州，一切从头开始，但我依旧相信"胸怀大志终能结成硕果"，奋发图强的精神始终支撑着我。那时我先是当了营业员，卖菜、卖酱油，陆续当上采购员、保管员、会计和生产联络员，做的都是些基层工作；后来无意间被一位领导赏识，成了他的秘书，一干8年；再后来，我一步步做到了水城特区团委书记、六盘水市城乡建设局局长和贵州省人大代表。

工作虽在贵州，但我的家还在广东，逢年过节，总要回来。过年回家，我陆续从家人口中听到些与深圳有关的片段。在长辈们的描绘中，我大概知道，深圳是一个改革之地，虽没有过多接触，但一心想要回广东的我，自然也将之视为目标地之一。

1981年,为了看望两位在深圳工作的同学,我第一次到了深圳。来之前,我听说这里买不到蔬菜,特意买了两把菜心带着来。那一次,我在深圳逗留了一周。眼前到处是一派热火朝天的建设场景,这让我印象深刻。那时的深圳就是一张白纸,但我相信,我能在这片空白上干出些事情来。不过,我多少还是有些担忧的:我一个贵州出来的人,水平和能力不知能不能匹配上深圳。

这样的担忧有一天被打消了。那天,我去了趟蛇口,看到码头的墙壁上贴着"深圳市市容环境卫生十不准",我挑出了里头不少文字上的毛病。这样,我有了信心,立定心意,要到深圳来。

经过努力,1988年我调入深圳城管办做处长。离开贵州来到深圳,心里已经非常知足。所以1989年深圳第三次公开招聘局级干部时,我没有报名,但同事们说"你不报可惜了,条件完全符合",最后硬拖着我去参加考试,我想着,"那我就考一个贵州水平给你们看看吧"。

试卷的确很难,考城市环境保护十六字方针、考管线综合平衡、考黑格尔哲学……好在这些内容都是我在贵州工作时常常遇到的。那时,我担心自己窝在贵州思想僵化,便努力学习城市规划、建设、管理和环保理论,每隔半年,我都要到全国各个城市去考察,增长见识。加之刚来深圳我就前往香港考察过,接触过他们前沿的城市管理理念,也有一些优势。

这次考试,我得了第一名。我想自己在贵州积累的一切要派上用场了。

二

深圳城管办,我见证了它从无到有的过程。

城管办的创建目标是成为一个统筹的、有权威的、能够有效管理的城市管理机构,它是深圳首创,并影响全国的,所以最初我们没有任何经验可以参考,我甚至不明白它究竟是个什么部门,隶属于哪个系统,又如何开展工作。那时我到沈阳出差,递上名片,人家一看,"城管办",满脸疑惑:"这是个什么级别的单位?怎么没听说过?"他们便不接待我,草草几句话就把我打发走了。

这样的情况遇见多了,我便开始考虑,如何把城管办做大做强。我先是去了广东省建设委员会"攀亲戚",告诉他们,我们城管办干的是建委的工作,我想跟你们挂上号,希望得到你们的支持。之后又跑到国家的建设部去,说了同样的话。和各部门理顺关系后,市委市政府便将自来水、道路桥梁、污水处理、垃圾处理、路灯等市政功能通通归到城管办来。我这里一下从28个编制扩大到最多的时候有1万多人,统管了全市十几项业务。

市里各区的城管办也逐渐建立。刚开始各区没有和市城管办的对口单位,我想这不能"孤军奋战",有一次听到南山区委常委在开会,我就赶快跑去,直接敲了会议室的门,进去说:"我来是打扰会议,但是我不讲不行,希望你们能借会议讨论一下。我建议南山区成立城管办,这样整个深圳市在南山区的城市管理工作就能顺利进行了。"

就因为那个会议,南山区城管办在深圳各个区之中首先建立了起来。之后,不同级别的城管部门也慢慢建立,比如街道办事处的、居委会的,后来甚至连企业的城管也有了,现在华侨城、蛇口工业区都有城管。

环卫工作是城管办的一项重要工作,20世纪90年代初,深圳市的环卫工作刚刚起步,困难重重。为了创建"国家卫生城市",全市人民都义不容辞，城管办更是付出了巨大的努力。1990年国庆节前后，我从深南大道上路过。那时的深南大道还是一条土路，沿路两边都是搭建的临时工棚，但写着"创建国家卫生城市"字样的条幅和红旗从上海宾馆一路挂到了南山。路上红旗飘飘，热烈的气氛就像是过年时家家户户往门上张贴对联，一派红火景象，看得我这个城管办主任心里激动。

创建"国家卫生城市"其中有一项验收标准是"消灭苍蝇"，我们当时和苍蝇可是好一场斗智斗勇。那时，苍蝇是全深圳人民的公敌。有名的地王大厦尚未开建，那里是一片黄土坡。坡顶有个市场，市场里苍蝇哄哄，藏污纳垢，熏得人不敢进去买菜，只能匆匆挑几把菜便往外跑。除了苍蝇，老鼠把人咬伤也是常有之事。

也就是在1990年国庆前后，全国爱卫会派来的灭蝇专家到深圳来做预检。抵深的第一天他们要在罗湖区一家饭店吃晚饭。一通知说灭蝇专家要来预检，各级部门都紧张起来，立马派人在当天就餐的酒店周围喷洒灭蝇药。我和同事提前到包间检查有无苍蝇，桌子底下到处都细细清理了，市、区、街、居委会前后检查了六七次，都没有发现苍蝇，人也到齐了。

大家刚入座，我就听见"嗡嗡嗡嗡"的声音越来越近，一只苍蝇不知从哪儿冒了出来，还大大方方地落到时任城管办副主任的鼻梁上，仿佛在大声向灭蝇专家宣告：我来了，我还要叫你们都知道我来了！当时在场十几个人，狼狈的表情实在叫人不忍看。

那天晚上，我彻夜未眠。一闭眼睛，灭蝇专家那眉头紧锁的尴尬脸色立刻浮现在脑海。我寻思着，苍蝇在最不该出现的时候出现了，还不偏不倚地停到了鼻梁正中间，这在全国恐怕也是独一无二的了。

现在回想起来，我有时会怀疑，那只苍蝇是不是在帮我。它的意外出现，让我在一夜之间痛下决心——学习广东省20世纪50年代"除四害"的爱国卫生运动，动员全体市民都拿起苍蝇拍打苍蝇！

创建国家卫生城市的三年里，每年我们都会将全市各行各业的代表们集中起来，在市体育馆召开全市动员大会。第一年，4000人大会结束了，一个月后才见市民们有所行动。第二次动员大会用了半个月。这次，一周便见成效。"我们要创建国家卫生城市""我们要成为省会、直辖市及计划单列市的全国第一个国家卫生城市"的口号开始在大街小巷出现。为了确认行动是否深入人心，我常在路边抓住一位市民便问："你知不知道深圳要创建国家卫生城市？什么时候要达到这个目标？"我这个城管办主任在当时是很神气的。我到公安局、工商局去开会，到海关、火车站和学校去开会，为了完成任务，全市各处，无孔不入。

在所有的卫生项目中，消灭苍蝇的难度最大，我一度有些沮丧。但后来，我时常在街边看到这样的景象——放学后，孩子们不回家，通通围着垃圾桶站成圈，每个孩子手中都举着一把苍蝇拍，凝神屏气，伸长了脖子，等着苍蝇出现，就拍打下去。我心里感动，也总算松了一口气，孩子都动员起来了，我们的任务一定能够完成。当时，有些家长心疼自家孩子，便开着车将孩子带到市里其他地方打苍蝇。那时候有个笑话，说我们打苍蝇都打到东莞去了。

"灭蝇"几乎成为那个时代深圳人的集体回忆。前阵子，我一位朋友来深圳，我带他到一家饭馆去，店老板一见我欣喜，"是你啊！"他告诉我，当年创建卫生城市的时候，我还在他们那里灭过苍蝇。还有一次，我去医院，医生一见我说："王主任，你领导我们创建卫生城市的时候，我们都跟着你在那里辛苦呢。"可见，这件事情各行各业都知道、都参与了，这是大家共同创造的荣誉。

1983年,在深建设的基建工程兵部队组织官兵利用休息时间在深圳仙湖植树。

1990年,时任深圳市副市长李传芳(右四)在王发祥(右三)的陪同下于深圳市福田区滨江新村现场调研创建工作。

实际上，深圳的苍蝇难灭，有一个很重要的原因：河南的、湖南的、山东的……全国的苍蝇都坐着火车来深圳了。当时，全国供应香港的生猪，都要先运送到深圳火车站，在罗湖口岸等待香港的火车头过来，把车厢拉到香港去。时间一长，臭气熏天，苍蝇飞舞。我们把深圳的苍蝇灭完了，便要灭那些运猪火车引来的苍蝇。后来觉得这样不行，我们便琢磨着，要将运猪火车停靠在市郊区的火车站，如此，便不影响环境卫生了。

笋岗火车站是我们选定的地点，但当时，笋岗并不靠近边境，香港用的是英国的火车头，涉及主权问题，不能进入内地。我们前后花了很长时间才将这些复杂的外事问题处理清楚，香港的火车头也终于可以进入笋岗，开进内地了，这是几十年来第一次破例。发车那天，场面隆重。香港的火车头挂着彩旗来了，我们就站在现在笋岗火车站所在地，目送着它进入内地，把一列载满生猪的火车拉到香港去。

从预检那顿饭到"国家卫生城市"的正式验收，差不多有一年时间，这一年我们像打仗一样闯过来。到了迎接检查团来的那天，居然是瓢泼大雨！一下雨，地面就会变得泥泞，大家都着急：下雨如果影响我们检查的效果怎么办？我安慰大家说："有可能今天下雨，明天就不下了呢？"结果第二天我们十点钟汇报完，就去看现场。坐车在全市转了一圈，早上还掉几滴雨点，十点钟的时候大太阳出来了，满眼的景色光彩夺目，树叶晶莹透剔，雨过天晴！我当时那个心情啊，就感觉"老天助我"，实在太好了！

就这样，深圳市通过了国家卫生城市的考核验收，大家在市迎宾馆庆祝，我们向市领导——时任深圳市副市长李传芳表示深深的感谢："市长，您辛苦了！您领导我们取得了今天的成绩。"话刚说完，她"哇"的一声哭了起来。现场有位电视台记者，看到副市长哭了，便转过身去，一张脸对着墙角，"呜呜呜呜"地号啕大哭，肩膀上下抽动着。大概是互相感染，在场的所有人都开始抹眼泪。我便端着一瓶刚刚启封的白酒，一桌一桌地敬酒致谢。那天，现场一共有36桌宾客，大多是市各有关单位部门及各街道的办事处主任和居委会主任，我得谢谢他们一直以来的努力。敬到最后一桌，我只觉得还有一肚子的话要说，便端着酒又敬了一轮。

我不会喝酒，但那一天，我一口菜都没吃，喝了整瓶酒下肚，也未曾察觉到丝毫醉意。我常常觉得，人的精神到达某种境界，便会爆发出无穷力量。创建"国家卫生城市"这一路，我们是多么艰难才走了过来，拿到这个奖牌又是多么的不易！而大家的眼泪，既是激动所致，也因在此过程中真的经受了太多挫折。

三

20世纪90年代初，深圳要整治处理乱搭建的问题。我有个大学同学，他们单位有600多间临时占道搭建的商铺。一年中秋节前后，他提着月饼和酒来见我，想让我别拆他的房子。我告诉他，你是我同学，送多少月饼我都收下，但房子我必须拆。

我就是这样一个人，可有一次，我却写报告建议领导不要拆除违规建筑。

那是1990年夏季。一天夜里9点多，我们在市政府开会，突然有位工作人员过来，急匆匆地告诉我们，市环卫工人到市政府来了。我对李传芳说，快散会吧。会一散，李传芳便带着我们到市政府门口查看情况，刚出门，我们便发现，罗湖环卫所的几位工人开着两辆进口的大型垃圾压缩车，在市政府门口候着。工人们冒雨来反映他们的住房问题，如果不解决就无法继续工作了，让我们到他们的生活场所去看看。市长答应立刻过去，他们这才把那两辆大型垃圾压缩车开了回去。

没过多久，我便搞清了状况。原来，翠竹路上的违规建筑将要拆迁，其中便涉及环卫工人的住房。此前，我写过报告给李传芳，告诉她，环卫工人住房困难，先不拆他们的。她也答应了。但有些部门觉得不拆迁影响市容市貌，便做了个捅娄子的事——拆掉了开垃圾压缩车的环卫工人的临时住所，他们无屋可居，这才发生了以上一幕。

夜里，我们见到了尚未被拆迁的环卫工人的住所——窄小的屋子里挤着十几张铁床，床是双层的，全都密密地挨在一起，每个铺子平均睡三个人，三人三班倒，轮换着睡觉。看到这样的场景，李传芳掉泪了，环卫处处长掉泪了，我也掉泪了。我当下就自责，自己工作太忙了，没有注意到基层。李传芳也很激动，说："我们的工人就这样的条件，还怎么创建卫生城市呢？"她当下就表示，"今晚我们通宵帮你们解决这件事情。"便立刻把有关部门叫来，这才安排了专项资金，用于解决环卫工人的住房问题。我很同情这些人，但当时碍于手头无资金，无力独立为他们解决问题。20世纪90年代初，深圳城管办一年的城市维护费是2700多万，现在这个数字是十几个亿。

在"国家卫生城市"的头衔之外，深圳还是国际"花园城市""国家生态园林城市"，在促进绿化这条路上，我还收获了一个外号——"王美人"，是一位市领导给我取的，说我"拈花惹草"。这些外号都是因为我们在深圳大力栽种了美人蕉。

1997年，市里有领导说，深圳绿化要有更多的花，光有绿的不行，还得红的、黄的搭配在一起。我们挑来挑去，选中了"总统美人蕉"。栽种美人蕉时，有媒体和领导批评我——美人蕉在农村是房前屋后猪圈边的花，在深圳种美人蕉，显得城市绿化的档次太低了。市民们一看，报上都这么说了，说明你这是错的，所以我也没敢大范围地栽种。后来，市里面来了位新领导。大会上，这位领导说，深圳要建立国际型城市，要有国际一流的水平，园林绿化也应该这样。他提到了我，"王发祥，你种花要种个档次高点的。"

听领导这么一说，我那东北人的直脾气立马上来了，"我是学园林的，到现在为止，我还没找到一种能够取代美人蕉的植物。"一散会，单位的同事们都窃窃私语："王发祥这次完了，撞到新领导枪上了。"听说新领导刚来要调整班子，我也担忧起来。一担忧，我便跑到深南大道上，想看看我的美人蕉到底差在哪里。我在那里细细琢磨，美人蕉上面的花倒是一年四季开得旺盛，可惜下面黄土裸露，就像一个人，上面穿了件漂亮衣裳，下边却是破破烂烂。我灵机一动，想着或许可以用绿篱将它围起来。说干就干，几天时间内，整个深南大道上的美人蕉都用绿篱装饰了起来。

也就在这时，那位新来的领导因那天被我顶撞得厉害，心里好奇，也跑到深南大道上调研，想看看王发祥的美人蕉到底有什么问题。一看，他觉得："唉，还可以啊。"他这个"还可以"被我"得寸进尺"了。我立刻抓住机会向他诉苦："因为这个美人蕉，有位领导都批评我四次了。您现在让我种，我还是有阻力的。"他回答我："没关系，你放心大胆地干！"我听了兴奋，当即向他承诺，有你这句话，我保证给你做出个样子来。

从那以后，我就大种美人蕉，全深圳都种，一直影响到全国都种。海南一个县的县长还特地跑来深圳学习美人蕉的栽种方法。我们的美人蕉拿过昆明园博会的大奖，还被评为"广东省的先进"。后来，有些市领导跟我开玩笑，"王发祥，你就会'拈花惹草'，把深圳搞得这么漂亮，你是'王美人'！"

四

前几天，我在《人民日报》上看到有关城管和小摊贩关系探讨的文章，发现这是一个十分棘手的问题。我认真看了报纸，觉得现在的城管没有跳出旧有的框架，依然是老思维，沿用着我们过去的做法。当年，整治摆卖对我来说是件迫不得已的事情。当时坚决的处理手法，让我到现在仍会有所遗憾，那确实太过于简单、生硬了，但不这样做不行，可做了心里又过意不去。

大力整治是在1997年香港回归前。一天，我们开会，会议刚要结束，领导叫住大家："别走，还有个事情，王发祥要在三个月内整治摆卖现象，不行就撤职，希望在座的各位领导拉王发祥兄弟一把。"听领导提到我的名字，我连忙从座位上站起来，对着大家点头鞠躬，表情真挚，"谢谢各位领导了，拜托你们拉兄弟我一把。"那时候，小贩们对城管还没那么反感，因为环境太过脏乱差，有时，小贩们甚至会对整治表现出支持。但对我来说，整治摆卖绝非易事。开会时领导要大家拉我一把，说明这是一件很危险的事。那时，公安与武警部门都要积极配合我的工作。一次，北京市市长来深圳，那阵子，北京恰好有几位城管被打伤，他正为整治乱摆卖发愁，便向我请教："你搞好你的市容环境，有什么法宝？"我说，我有钢盔加防弹衣。他一听，三个字脱口而出：对！高明！

现在有这么个段子——小贩说，老天爷，马路是我的饭碗，你把我这个饭碗端了，我怎么生存？城管说，我去夺人饭碗，也是要人命，那我的命怎么保？这就说明了矛盾的尖锐性，到现在都没有化解，没化解便成了对抗。国际上有一些著名的跳蚤市场，供大家摆卖，我认为我们国家的各个城市也应该有。

现在，城管在全国受到非议。但在那个历史阶段，城管是有必要的、被认可的,是一个做出了成绩的、强有力的部门。

在我手下,城管从来没有收到过投诉。我当时培养团队的核心精神是团结、奉献、务实、高效,每件事情我们都得清楚要干什么,而且能今天干就不要明天干,能早干决不晚干。我们几乎是"只争朝夕"地去工作,劲头十足。这种作风可能和城管队伍的人员构成也有关系,我们当时有700多个部队转业的人员,还办过"转业军人誓师大会",誓要发扬部队的光荣传统。其实深圳许多事业的起源都包含着部队精神,没有工程兵的艰苦奋斗,就没有深圳的今天。

城管办里的感人事迹太多了。我们有一个全国学雷锋的标兵,姓林,是副师长转业的。因为文化水平相对低,他写文件比较慢。那段时间卫生城市验收,任务量大,他做得慢,压力也大。有次中午骑车回家吃饭,在四川大厦附近被一辆货车撞倒了,腿撞伤了,单车也撞坏了。他没追究那个司机的责任,下午还一声不吭地走来上班赶工。但他手破了在流血,只能歪着拿笔,我发现了就问他:"老林,你怎么这样写字?"这才知道了原委,就让他立刻上医院去,结果发现腿被撞断了。还有一位处长本来就有胆囊炎,但一直没时间检查治疗,一拖就是三年。最后我们国家卫生城市拿到了,他去医院检查,就把胆囊割掉了。

这种事例,各个区都太多了,这充分体现大家拼搏、奉献的精神,只要经历过那段历史的人都会记忆犹新。我们在推动城市发展的过程中,也在被事情推动着一步步往前走,大家都没有时间停下来思考"我究竟做出了多大贡献、付出了多大努力"。这么多年过去了,我一直留恋那个时代、那种精神。

1997年6月15日,我正在家里,市里一位重要领导打电话到我家,表扬了城管。我心里激动,想着要把领导的话记下来告诉大家,便随手抓来桌边的笔,但一时找不到纸,恰好那是夏天,我便一边听着电话,一边把他的话记在我的右腿上。挂掉电话后,我的大腿、小腿上写满了字,我将它们誊抄在一张纸上,至今留存。在那通电话里,市领导说了三次"我得表扬你,向你学习"。

2002年,因为城管办的建设经验,中国管理科学研究院曾授予我"终身研究员"的称号。2005年,我退休了。这些年,我却不止一次听到城管的有些工作人员跟我说,老领导,对不起,我们的干劲不如从前了。我听了心里也不是滋味。

做城管其实就是踏踏实实,做好每一件小事。我记得有一年春节夜里,花市结束了,花市的竹竿掉了一些,我恰好经过,看到了,担心它们被汽车压烂,便过去将它们捡起来。还有一次是在上步路上,垃圾车在路上掉下了一袋垃圾,我遇上了,便停下车,下来将垃圾扔进垃圾桶。

因为这些事情,有人大代表批评我:王发祥,你不抓大事,还到大街上捡垃圾!但是我就经常这样"在马路上办公"。我没有秘书,办公室只有十来平方米。因为它在一楼,我常常会碰到别人过来问路:师傅,某某某办公室在几楼啊?这时,我便成了一个指路人。

吴松营

尽自己的能力做到最好

吴松营，1981年从湛江调任深圳，曾任深圳市宣传部副部长、深圳特区报社长兼总编辑。2002年，深圳报业集团成立后，担任集团党委书记和社长。其间还兼任《香港商报》社长和总裁。曾获全国五一劳动奖章、广东省首届新闻终身荣誉奖等殊荣。

一

深圳传媒的拓荒史，与深圳发展的轨迹高度重合——从一穷二白到国内首屈一指。从深圳经济特区只有一个广播站，到办起《深圳特区报》，再到高度现代化的深圳报业集团，个中的剧变，在我曾亲历的三个节点可见一斑：

1982年2月，正在深圳经济特区视察的党和国家领导人胡耀邦看到了试刊的《深圳特区报》后，高兴地说："有点新鲜味道，是新事新办的味道。"

1992年5月，《深圳特区报》创刊十周年前夕，当时的党和国家领导人江泽民亲自为其题词："改革开放的窗口。"

2002年，以《深圳特区报》为旗报的深圳报业集团正式成立。2003年6月28日，我应邀在北京召开的全国文化体制改革试点工作会议上进行经验介绍。随后,深圳报业集团被中央确定为全国文化体制改革试点单位。

可以说,深圳传媒的拓荒史,本身就是一部被时代高度压缩的开拓创新史。

二

"同志,请问深圳市委在哪里?"1981年春的一个下午,我扛着装有简单行李的小木箱,在深圳火车站转悠了快三个小时,逢人便打听,哪料到都是一问三不知。

我来深圳颇费一番周折。我生于汕头长于汕头,1964年考上湛江水产学院(广东海洋大学前身),专业是航海和海洋捕捞。读书的时候我怀着一个"船长梦",毕业时赶上了"文革",被下放到海南的基层接受"再教育"。因为我是单位的"笔杆子",1970年国家落实大学生分配政策时,我被选拔到公司党委政治部的宣传科当干事,开始踏入了新闻宣传的战线。

1974年,我调入湛江地委宣传部,到了1979年,深圳建立经济特区时,我借着出差的机会来看了一下深圳,这里的确比我老家的农村还要落后。那时,中央在此"画了一个圈"——深圳经济特区,我隐隐预感到这里会发生一番惊天的巨变,决心投入改革开放的大潮之中;此外,我也想离老家近一点。回到湛江后,我向组织申请调往深圳,当然领导说什么都不肯放。我软磨硬泡,好歹说服了领导,没想到我的商调函错发到了珠海。后来,经过几轮折腾,我才拿到了深圳过来的商调函,但也拖到了1981年5月后,不然我早来了。

我从湛江出发,坐了一天的汽车到了广州,匆匆过了一夜后,马上转几个小时的火车到了深圳。经过舟车劳顿,我扛着一个装满书籍的木箱、提着行李，打听了半天，没人知道深圳市委在哪里，肚子也饿得咕咕叫，开始有点灰心了。这时，忽然有一只手从背后拍了拍我的肩膀："我知道深圳市委在哪里，跟我走。"我转身一看，对方是一个20岁出头的小青年，我狐疑地问："你真的知道？"他说："当然，我叔叔就在深圳市委工作。我刚大学毕业，我叔叔介绍我来参加筹建深圳广播发射台。"我看他长得也挺憨厚的，说："行，那我跟你走。"

我们沿着和平路的河边一路走到了深圳市委，它就在原来宝安县委的破旧大院里，可是已经下班。眼看天黑了，我一时不知所措。传达室的同志说，饭堂的人还没走，还有些剩饭剩菜，可以热一下先填饱肚子。我吃了饭后，又刚好碰上了一辆车去新园招待所，我很高兴："还好找到地方住了。"

第二天，我带着党员介绍信、组织介绍信、粮食本、户口本再来深圳市委报到。组织上按照我在湛江地委原来的级别，安排我为宣传部宣传科的科长。当时市委机关很精干，市委宣传部总共也就十几个人，而且什么都管。从此，我与深圳的宣传、文化、新闻工作结下了不解之缘。

三

中国第一张特区党委机关报《深圳特区报》，是在十分困难的条件下诞生的。

当时的深圳不仅缺电缺水，到1981年地区生产总值才2个多亿。在这种条件下，宣传文化工作也是一穷二白。宣传部只有十来个人，都挤在一个办公室里。那时，深圳唯一的舆论阵地就是原来宝安县的有线广播站，有通知和新闻就通过喇叭来播报。

1981年年底，基建工程兵把新的市委大楼建好了，我们的办公条件随之改善了不少。虽然还是很艰苦——因为缺菜吃，市委机关很多干部还得在住地周围开荒种菜，但我们发愁的是：怎样把社会主义的宣传舆论阵地打造起来。

创办一张党委机关报的想法，其实从吴南生同志还在深圳市委担任第一书记时、即1980年底就开始萌生了。1981年2月，时任中共中央政治局常委、中央书记处书记胡耀邦同志在一份建议特区要抓紧建立社会主义舆论阵地的报告中，批示广东省委、深圳市委："要积极去办。"1981年2月20日，深圳市委向广东省委宣传部呈送了《关于兴办深圳报纸的请示》。在《深圳特区报》筹办过程中，既缺少人才，更缺少资金（政府只能挤出3000元人民币），同年3月，接替吴南生同志担任深圳市委书记兼市长的梁湘同志表示："勒紧裤腰带，哪怕倾家荡产，再困难也要把特区报办起来！"4月14日，广东省委宣传部复函：经省委研究，同意深圳市委创办机关报的意见。在广东省委和深圳市委领导的大力支持下，市委宣传部把办好《深圳特区报》作为头等大事，全体动员，除了新闻科几位同志，别的科室也都积极写稿、组稿。1981年6月6日试刊成功，1982年5月24日正式创刊。查看创刊号，上面就有我写的文章。

当时办报条件十分艰苦。深圳没有印刷报纸的地方，内地离我们最近的、可以印报纸的地方就是广州，但由于交通不便，一来一回要两天，这样新闻都成旧闻了。后来市委向新华社香港分社（现在的中联办）求助，对方答应说可以送到香港《文汇报》的印刷厂帮忙印刷。因此，在试刊到正式出版的头两年里，《深圳特区报》不仅是中国改革开放后最早创办的经济特区的党委机关报，而且也成了中国唯一采用繁体字、竖排的中共地方党委机关报。

《深圳特区报》自诞生之日起，就把宣传贯彻落实邓小平思想理论和中央改革开放政策作为宗旨和任务，并在第一时间传递深圳改革开放的新观念和新创举：譬如"时间就是金钱，效率就是生命"，三天一层楼的"深圳速度"等等；还有报道第一个取消粮油票证，第一个职工工资不封顶，第一个搞员工聘任制，第一个建筑工程招投标……这些就像一道道闪电牵引着国人的视线，冲刷"吃大锅饭"的旧观念。特别是对"中国拍卖土地使用权第一槌"的报道，记载了深圳以公开拍卖的方式做成了新中国第一笔土地使用权交易，这是中国勇敢告别单一计划经济、迈向市场经济的标志性事件。这一事件导致了中国宪法关于土地使用权的修改。我们《深圳特区报》的这篇稿件，荣获了全国第九届好新闻一等奖。

《深圳特区报》在发展过程中，创造了诸多"第一"：

1983年12月19日，开辟了《理论探讨》专版，中央和北京、上海、广州、香港、深圳本地的理论专家纷纷来文，率先在特区党报上发表关于特区如何"特"，特区如何发展自己的工业，香港房地产业对深圳建设的启示等文章，开展"合资企业中思想政治工作的地位和作用"，"内地造几个香港"等理论研究和讨论；

1989年4月1日，成为告别了铅字排版的、全国第一家全部电脑激光照排的大型日报，并在同年5月24日，华光IV型计算机——激光照排系统通过国家验收，为中国报业发展扫除了巨大的技术障碍；

1990年8月25日，刊发了新中国报刊首个股市行情表；

1991年7月8日，在全国报纸推出第一个股评专栏——《股市纵横》，记者"余嘉元"（化名）写下第一篇股市周评。

此外，当年开辟的《罗湖桥》文艺专版曾蜚声国内，不少海内外

1982年5月26日，在深圳通新岭铁皮房内召开了《深圳特区报》创刊会议。

1996年,吴松营(左)在意大利佛罗伦萨与当地传媒人交流。

1998年,吴松营(右三)率《深圳特区报》考察团访问泰国《亚洲日报》。

赫赫有名的大作家都在上面发表过文章。

当时特区报为了适应全国读者的迫切需求，于1983年在北京设立航空分印点，1984年7月在上海设立航空分印点，1992年之后再分别在沈阳、蚌埠、武汉、西安、成都、昆明等地设立卫星传版分印点，成为名副其实的影响力巨大的全国性报纸。

特区报是在市委的领导下、市委宣传部所有干部的努力中诞生的，也是在市委和宣传部的"扶上马，送一程"之下一路成长起来的，受到了党和国家领导人的高度重视和大力支持。

在此过程当中，我也从宣传科科长做到了宣传处副处长、处长，再到宣传部副部长，1993年被调到《深圳特区报》担任社长兼总编辑。

四

我在市委宣传部工作期间，参加了一件十分有意义的事——奏响了一部时代的强音。由深圳市委宣传部主持摄制的电视政论片《世纪行——四项基本原则纵横谈》于1990年5月12日在北京人民会堂举行首播式。全国人大常委会副委员长习仲勋、倪志福、雷洁琼，中宣部、广电部、团中央以及中央党校、国家教委、解放军总政、总参，首都的理论界、史学界、新闻界，还有高校师生200多人出席首播式，对《世纪行》大加肯定和赞扬。5月12日晚，《世纪行》开始在中央电视台黄金时段播放，4集连续播放4个晚上，在全国引起很大轰动。

时任中共中央政治局委员、国家副主席王震看了中央电视台首播《世纪行》后，马上通过中央办公厅通知我们送《世纪行》全片到他家。王震在家里用了三个半小时把《世纪行》又重看一遍,大加赞赏,后来听说邓小平同志带着全家把《世纪行》看了两遍,还说:"这种片子拍到这种程度很不容易啊。"

1990年6月11日,全国总工会、共青团中央、光明日报社、中宣部新闻局联合邀请首都各界人士举行座谈会。时任团中央书记处书记李克强同志也出席了这次座谈会。许多人在发言中认为,《世纪行》将四项基本原则这一重大的政治性主题化为形象艺术,它将作为一部中国革命和世界革命的世纪性启示录而发人深省、催人奋进。

之后一年多,《世纪行》又在中央电视台两次播放。全国各地共有160多家电视台播放《世纪行》,有的还反复播放。中国青年出版社于1990年7月出版《世纪行》解说词,接着,全国各地有100多家报刊发表《世纪行》解说词或社会各界对这部电视政论片的评论。

1991年2月24日下午,正在深圳视察的王震在深圳迎宾馆专门接见《世纪行》几位主创人员杨广慧(总监制)、吴松营(总编辑)、刘奇光(总制片)。1991年5月,《世纪行》解说词经修改、准备由中国青年出版社再版时,江泽民、李鹏、李先念、王震、胡乔木等党和国家领导人相继题词称赞《世纪行》。江泽民题词:"人民创造历史的颂歌,社会主义优越性的明证。"李鹏题词:"光辉的历程,时代的强音。"李先念题词:"百年奋斗求真理,历尽沧桑世纪行。"中共中央宣传部、组织部向全国发出通知,要求各级党组织认真组织广大干部群众观看《世纪行》,从中接受有益教育。有人粗略统计,当时至少有几亿人观看过《世纪行》。我们则陆续收到全国各地5万多封来自各个阶层的信件,赞扬《世纪行》并表达观看影片之后的体会、感想。

一部电视片在中国大地上产生如此大的影响,这在中华人民共和国历史上是空前的。可以说，《世纪行》确实奏响了时代的强音，在当时的历史条件下，对推动中国沿着正确的改革开放方向前进，有着不可忽视的作用。

五

在深圳早期新闻文化工作拓荒史以及《深圳特区报》成长史上，对1992年小平同志南方谈话的率先披露，是一个里程碑式的事件，而我有幸亲身经历并记录小平深圳之行的影响深远的重要谈话。

1992年1月19日上午9时，小平的专列到达深圳。第一天，老人家说："到了深圳，我坐不住。"然后就乘车视察了市容。当天晚上7时30分，邓小平办公室主任王瑞林和省、市领导在迎宾馆六号楼开碰头会，检查总结当天接待工作的情况，落实今后几天的考察行程时，突然提出："老人家仍然十分关心改革开放和深圳经济特区发展情况。邓主席已经88岁高龄了，这是他第二次来深圳视察，深圳市委要指定专人来做详细记录。"按正常情况，中央首长到地方视察，是不可能由地方党政干部正式负责记录工作的。由于事出突然，时任省委书记谢非、市委书记李灏经过一番考虑，决定由我负责做记录工作。王主任还特别交代说："老吴同志，你就负起责任，把记录工作做好。一定要详详细细，不能漏，又要准确。"

这对于我来说实在太突然了，我从来都没有经历过这样的场面。会议结束后，我越想越感到不安，就去找时任市委副书记厉有为同志，希望市委更换记录人选。他听我讲完后，温和地笑着说："会上说定了的事，市委怎么能随便改变？组织上信任你，你就负起责任吧。"

我回到五号楼住处，马上同陈锡添（时任《深圳特区报》副总编辑）商量，要求他同我一起做好记录工作。因为对我来说，多一个人做记录，对完成任务更有把握；同时，有了详细的记录，他写新闻稿就有好基础了。以后几天的记录工作，我们两人都密切合作。

1月20日，小平同志到国贸大厦旋转餐厅观看整个城市发展情况。按照原来的安排，在国贸大厦总的时间只有半个小时，但小平同志单单讲话就讲了45分钟，而且意犹未尽。有时候，他还会打断谢非、李灏的汇报，说出他深思熟虑的意见，许多时候则是自己发表让人铭记不忘的长篇大论。从国贸下来后，又到了先科激光公司参观。

1月21日，小平同志和家人愉快地到华侨城民俗文化村、锦绣中华参观。1月22日上午9点30分，小平前往仙湖植物园参观、种树。其中有许多重要的谈话，就是在去华侨城和仙湖的路上讲的。

1月22日下午，小平在深圳迎宾馆会见了时任国家主席、中央军委常务副主席杨尚昆、中央军委副主席刘华清、广州军区司令员朱敦法、新华社香港分社社长周南，以及广东省、深圳市的领导班子，在更大范围内继续讲改革开放的大局。

从后来中央发出的【中发（1992年）2号】文件即"邓小平同志在武昌、深圳、珠海、上海等地的谈话要点"中可以看到，其中大部分内容，而且最重要的内容都是在深圳讲的。

1月23日上午，小平离开深圳去珠海。当天下午，我和陈锡添继续在迎宾馆五号楼整理小平的记录稿。为了加快工作进度，还从宣传部抽调了两位年轻人来帮忙。我们加班加点，连续奋战了将近20小时，最后形成了一份《一九九二年一月十九日至二十三日，邓小平同志视察深圳的谈话记录》，一共1.3万字，这其实就是后来《深圳特区报》长篇通讯的蓝稿。为了领导便于掌握小平谈话的精神，我又在这份稿件上再精简，去掉视察过程及一些情节的交代文字，形成一份《一九九二年一月邓小平同志视察深圳特区的重要谈话要点》。最后由我负责在两份文档的末尾签字："记录人吴松营"，然后上交市委报中央。

小平同志南方谈话意义绝非一般，所以谢非、李灏等领导在陪同小平视察过程中，多次向他汇报，希望广东、深圳的媒体能正面报道，但是他却总是听，不表态。23日上午，我想到这一次虽然也是新华社记者陪同，但却一再表明"总社没有要求发稿"，越发感到担子很重，因此在吃早餐时，我向李灏、厉有为两位领导汇报，说明自己的想法，希望深圳媒体能尽快把小平的重要谈话精神报道出去。李灏书记听后，就带着我向小平同志汇报，可老人家详细听了汇报后，摆摆手说："不破这个例。"

1月26日，关于杨尚昆主席视察深圳的新闻在《深圳特区报》上见报了，里面却只字未提小平同志和杨尚昆在深圳相会、考察和交谈情况，好像小平同志根本就没有来过深圳。实际上，我曾布置记者在写作时，巧妙地把小平同志的一些重要谈话内容穿插进去，但在审稿时被按照惯例删掉了。不了解内情的读者和电视观众对此意见很大，不断打电话前来提出批评。

怎么办？春节后，经过反复思考，我向时任深圳市委常委、宣传部部长杨广慧汇报自己的想法，并建议："先用评论文章的形式，既深入地阐述小平同志重要谈话的精神实质，又避免'破例'违反宣传纪律的问题。"这一建议得到了杨部长和市委主要领导的大力支持。

2月20日，《深圳特区报》在头版显要位置刊出《扭住中心不放——猴年新春评论之一》，传达小平同志的重要谈话精神。以后每两天发一篇，到3月6日共发表八篇，被世人称为"猴年新春八评"。

吸取1991年春《解放日报》"皇甫平"的评论被打压、扼杀的教训，为了扩大舆论声势，我特别联系香港《文汇报》，请他们同步转载"猴年新春八评"。由于香港《文汇报》在头版转载时加上大号按语"《深圳特区报》编辑部文章原汁原味地传达了邓公谈话精神"，引起了海内外的注意，各大媒体纷纷转载，其中《人民日报》等中央报刊也都转载了《深圳特区报》的部分评论。

3月26日，在深圳市委的支持下，《深圳特区报》冒着巨大的风险，发表了长篇通讯《东方风来满眼春——邓小平同志在深圳纪实》，具体生动地报道了小平视察深圳的重要谈话精神。内地媒体经过几天的沉默和几经周折之后，3月30日下午，新华社根据中央指示全文播报《深圳特区报》的长篇通讯，中央人民广播电台、中央电视台很快地跟进播报；第二天，《人民日报》以及全国所有媒体铺天盖地地全文转载、转播。美联社、路透社、共同社等国外各大通讯社和香港各大媒体迅速报道《深圳特区报》发表邓小平南方考察重要谈话长篇通讯的消息，这是中国新闻史上前所未有的大事。一时间，《深圳特区报》洛阳纸贵，也引发香港股市恒生指数大幅攀升。小平的重要谈话震动海内外，引发中国新一轮的改革开放大潮。

六

1993年，我被调任到《深圳特区报》任社长兼总编辑。报社的同仁酝酿建设一幢建筑质量和形象一流、文化品位一流以及技术硬件一流的报业大厦。1994年，经过反复修改，新报业大厦总体设计终于完成。此时，我们却接到市政府通知：新建报业大厦的资金只能由报社自筹。根据当时的预算，单是基建费用就至少需要6亿元。这么大笔钱能筹到吗？上哪里筹？一时间报社员工议论纷纷："难啊！"甚至有人打退堂鼓说："现在整个报社的家当也不值两三个亿，哪个银行肯贷款？还是在老报社的9层小楼里将就吧。"但我与报社领导班子反复研究后，下定决心："干！"

为此，报社员工上下同心，埋头苦干，想尽一切办法。一方面在"以报兴业，以业强报"的思想指导下，既办好报纸又抓好经营，以快速提升报社的盈利能力；另一方面，积极向多家银行说明情况，争取他们的支持，而特发、三九两家国企也伸出了援手，同意与报社合作，互相担保向银行贷款，最终解决了报业大厦建设资金问题。

经过两年紧锣密鼓的施工，1997年6月29日，高50层（标高262米），总建筑面积9.2万平方米的报业大厦高质量竣工了。从外形看，大厦不仅有状若扬帆巨舰的主体造型，在位于塔楼38层以上的左侧，还有一个巨大的窗口，含着一个蓝色的地球仪，象征着"改革开放窗口中的新闻之眼"。

经过内部精装修，大楼内部建设的智能化程度达到了甲级5A标准——即楼宇管理自动化、通讯自动化、办公自动化、保安自动化及消防自动化。大厦于1998年12月26日正式启用，至此，深圳特区报社告别了市委市政府勒紧裤腰带建设的9层办公楼，几千名员工喜气洋洋地搬进了现代化的报业大厦办公。

2000年，中共中央政治局委员、中宣部部长丁关根前来深圳考察后，高兴地对时任深圳市委书记张高丽说："我在世界上看过不少报社，国内的情况我更了解，深圳特区报业大厦堪称世界一流，中国第一。"

在全报社上下一致的努力下，从1993年到2002年，深圳特区报社年广告收入从6000多万元增至6.8亿元，连续9年居全国报社前4名，国有资产从1.296亿元增至8.21亿元，共向政府纳税5.6亿元，算是创造了中国报业史上的奇迹。其中在1999年，我们跨过罗湖桥，接管并控股了《香港商报》，首创了"一国两制办报"的新模式。

2002年9月，深圳特区报业集团和深圳商报社合并，成立深圳报业集团，由我担任党组书记、社长。深圳报业集团继续在价值观念、发展战略、领导体制、管理机制、发展模式以及积极参与国际传媒合作与竞争等方面进行探索和创新。依托集团实力雄厚的平台，以《晶报》为代表的子报新秀迅速崛起。由于工作的需要，我多干了两年。在我2005年卸任之前，深圳报业集团已经颇具文化巨舰的规模。

一路以来，我获得了不少荣誉。在退下来之后，赞美和荣誉也在不断向我涌来。例如2012年，我作为深圳传媒业拓荒牛的代表之一，被授予了广东省首届新闻终身荣誉奖。

我有时候会想，在深圳经济特区新闻宣传一线这24年，能取得一些成绩，首先由于深圳是一片改革开放的热土，在这里诞生了"时间就是金钱、效率就是生命"这样影响全国的观念，在这里也落下了土地使用权拍卖的第一槌。所以身为深圳的媒体人，我除了要更有开拓创新精神，还从来不敢懈怠，把每件事都尽自己的能力做到最好。而最后我也做到了，因此，此前所有的风雨兼程、殚精竭虑、呕心沥血都是值得的。

禹国刚

证券很大，我们很小

禹国刚，1981年来深，深圳证券交易所筹备者、创建者之一。

一

我1944年出生在陕南，长在关中。家里兄妹八个，我是老大，一家生计仅靠我父亲一人的工资维持。因为深知家庭贫寒，我从小书读得很好，1964年以考区第一名的成绩考入了西安外国语学院。在校6年，我经历了从俄语专业转到日语专业的波折，度过了由于"文化大革命"不能按时分配的窘境，1970年才正式毕业参加工作。在来深圳之前，我辗转在铜川矿务局、兵器工业部、第三机械工业部、汉江制药厂等单位工作过。这些所到之处都与我的日语主业无关，反而发挥了我能说会写的副业特长，于是我在这些单位一直从事思想政治工作。

一个偶然的机会，我接到一位广东亲戚的来信。那时刚刚改革开放，他就去深圳落户了，他信上问："你愿不愿意到深圳来？"当时，我已过而立之年，而且58.5元的月工资在陕西也算较高水平了，这个情况下再从黄土高坡"杀"到华南去干什么呢？但是他的一句话打动了我，他说："你别看现在的深圳很荒凉，但它可能是未来'中国的旧金山'。"我这位亲戚的思想在各个时代都比较超前。而且像我们这些文科学生都知道旧金山的历史，它曾经是万丈高楼平地起，现在已经发展成一个现代化的城市了，所以他说深圳或许是未来"中国的旧金山"，我一点也不怀疑。

于是我就想带一家四口南下深圳看看。但是盘缠不够，于是我变卖了家里的一台三洋收录机和一台十四英寸的黑白电视机，两个加起来卖了七百多块钱。1981年的春节假期，我们一家四口从陕西到深圳的这一路，大人小孩沿途都在减衣服。到了过年那几天，小孩子在院子里玩，一开始还穿着毛衣，玩到热的时候连毛衣都脱了，就穿个T恤到处跑。我一看就乐了："深圳真好，一点都不冷。"我是个冬天怕冷的人。陕西冬天很冷，小时候因为家里穷，冬天念书手脚都会被冻伤，很辛苦。

当时我说好，就凭气温这一点，我来深圳，别的不考虑了。我希望我的孩子在这里念书，不要再冻手冻脚了。

二

我来到深圳后，第一个工作单位叫爱华电子公司。它是电子工业部在深圳的第一家公司，也是当时深圳的一家大型国企，我在公司任党委秘书兼日语翻译。

在离开校园后十余年里，我虽然主要从事政治工作，但一直坚持学习日语。为了不停"充电"，就守着收音机里唯一能收到的日语节目——《北京放送》。来到深圳后，更是出于对知识的追求，加之毗邻香港的地理优势，我广泛阅读，接触到了很多金融、证券方面的书籍，这些知识在当时被认为是"资本主义的象征"，但我是出于一种好奇去了解它们——这个资本主义的"象征"到底是什么样子？你说它洪水猛兽，面目多么狰狞，我得要看一看才知道。真的一读以后，发现也不尽然——马克思也曾肯定股份制，认为股份制是社会主义制度可以使用的工具。我当时并没有期望有一天这些能派上用场，只是想多学点知识。

1982年，由中日友好团体出面，招考全国各行各业的优秀人才去日本深造，并且首次招考两名懂得日语、兼通金融的人去日本学习证券。我凭借良好的成绩率先斩获了其中一个名额，顺利成为改革开放后新中国历史上第一批外派日本学习金融证券的留学生之一。

能去日本深造纯属偶然。因为我在爱华做党委秘书，所以和市委、团市委的人员比较熟悉。有天团市委的书记跟我聊天，他说有这样一个机会到广州考试，问我愿意不愿意去。我的第一反应是自己不是人家的对手，还是算了。但团市委书记鼓励我一试，于是我就去了广州。我这人一辈子都非常谨慎，从不张扬，做什么事不会八字没一撇就闹得满城风雨，反而是有时做成了还不吭声，所以广州我是悄悄去的，跟谁都没有声张。

笔试当天我很顺利地答完了，答完以后我举手说："老师，你能不能到我这儿来一下？"老师不知道什么事就来了。我说，"你能不能再给我一份卷子，我给你再抄一遍就更整齐了。"这时候引起老师的注意了，我抄的时候他就站在旁边看，等于我抄完他就把我的卷子阅完了。他阅完我的也没有任何一个人去交卷。

后来笔试结束，大家都走得差不多了，那位老师来到我跟前说："你先别走，等下跟我们上二楼，我们要给你口试。"我心想可能有一点戏了,就跟他们上了二楼口试,之后他们又问了一些金融行业的基本知识,我因为读过相关书籍,全答上了。他们听后喜出望外,说我非常合适:"今天就拍板定了你!"

他们还问我:"你是外语学院毕业的,懂日语很正常,但其他知识你从哪儿学来的?"我说:"我不敢说自己博览群书,但敢说我什么书都看。我在深圳看过讲金融的书,是市委政策研究室从香港弄来的,内地没有办法看到;来考试之前,我又把那些书看了几遍,有些内容都背下了,所以我能回答。"

定下去日本后,我一直在想如何跟爱华的党委书记启齿说这件事,想了很久,决定索性从实招来。我万万没想到当时的许昌书记是那么开明,他听后说:"老禹,你这个事大概有几成把握?"我说大概七八成吧。他就说:"放你走,放你走。"就这么顺当。这样,我才有了机会去日本学习证券,回来之后又有机会从事深圳证券交易所的筹建和发展工作。

1983年,我们一行来自全国各行各业的44名选拔合格者踏上了日本东京的土地,开始了留学生活。同行者中有的是去学习钢铁,有的是去学习造船,有的是学习纺织……我被推举担任这个留学团体的副班长。

前往日本学习证券,我没有任何把握将来回国能学有所用,只是实实在在地想把这段经历先当作一次提高外语水平和学习金融专业知识的机会。所以我们在抵达东京以后一直非常低调。但日本的《朝日新闻》还是探知了我们前来求学的消息,于是要求采访。他的采访请求既在我预料之中也在我预料之外。你想,社会主义的中国派了两个人去学习象征资本主义的股票,这个在国内外可能会引起很大的反响,这是我预料之中的;而预料之外在于,我们一直低调,除了日中青年研究协会和日中友好协会知道我们来日学习的消息外，别人几乎不知道。但《朝日新闻》"本事大"，最后还是找到了我们。

能否接受采访要跟上级请示，这不是我自己能够决定的事。在得到了上级的批示之后我决定接受他们的采访。《朝日新闻》的记者一见面，就提出希望和我们一块儿到东京证券交易所里拍几个镜头，紧接着又抛出一个很尖锐的问题："你们是社会主义国家，派了你们两个来学股票，有用吗？"这时候应该怎么答？说有用吧，国家还没有明确表态，绝不能说；说没用吧，那就等于承认来这里是白白浪费时间和钱财。所以我当时就想，给他的回答得干脆利落，叫他无法再穷追猛打下去。我就只答了一句话："我们中国有一句俗话，学习是不会白学的。"还是用日文给他解释的。他听罢，就不再往下问了。

三

我1983年赴日，1984年年底回国。留学课程涵盖了股票市场、债券市场的方方面面，最初从货币银行学、投资学这些背景知识讲起，而后切入正题讲股票市场的对应法律、上市公司的具体条件和审查标准、股票发行流通方式、证券交易所管理等等。然而学成归国伊始，并没有我的用武之地。刚回国向组织部报到时，部长说："老禹你回来了？好好。不过我告诉你，现在没有股票，也没有股票市场，你从哪儿来就回哪儿去。"我心想，这我也早考虑过了，于是仍回到了爱华，并担任爱华电器公司的经理。令我没有想到的是，正是在东京《朝日新闻》对我的那篇报道，促成了我人生的又一次重大转折。

原来，当初我人还没回国，香港的媒体、内地的《参考消息》都对这一则国外新闻做了转载。时任深圳市委书记梁湘和中国银行深圳分行行长张鸿义先后"慕名"来到爱华，问我是否愿意从事深圳金融、资本市场发展的工作。能将海外学得的知识学以致用，我心里也愿意，几经周折，终被调到中国银行深圳分行的国际信托公司。

当时深圳市正在进行国有企业股份制改造。1988年5月，时任深圳市委书记兼市长的李灏率先提出：深圳经济特区应该利用政策优势创建资本市场。李灏是一位很有远见卓识的好领导，我曾在自己写的两本书里都说起，当年如果没有李书记的政治智慧和那种当机立断的作风，或许就不会有深交所，这里的故事后面会详说。

1988年11月，深圳市资本市场领导小组成立。我从中国银行深圳分行调出，开始正式担任资本市场领导小组下面的专家小组的组长，具体负责深圳资本市场的各项技术支持。1990年8月22日，深圳证券交易所（深交所）的筹备工作基本结束，我和王健被任命为深交所的副总经理，之后好几年我们俩都是搭档。任命之初由王健主持工作，后来他心脏不好，又换到我主持工作。

为了筹备深交所，从1988年开始的两年时间里，我们光翻译国外的公司法、证券法、投资保护法、会计制度、会计准则等英文资料就翻译了200多万字，写成对应的汉语资料也有30多万字。这些成果最终汇总成一部规则大全——《深圳证券交易所筹建资料汇编》，因封面是蓝色，所以我们简称它为"蓝皮书"。

1990年5月，在深交所的筹备一切就绪后，我和王健等人去北京报批深交所成立。然而北京方面给出回复是："'深圳证券交易所'这个名字太敏感了，不能批。"并建议更名为"深圳证券市场"。我开玩笑说："如果我们挂牌叫'深圳证券市场'，这样和卖菜、卖肉的市场又有什么分别呢？"其实处在当时的政治环境里，从上到下都在争论股份制、证券市场到底"姓资"还是"姓社"的问题。直到1992年，邓小平第二次南方视察发表谈话，这场争论才最终尘埃落定。而这时距深交所、上交所开市已经两年多了。

同月,我从北京回来后,又到上海的旧锦江饭店参加了一个题为"发展证券市场国际研讨会"的会议。在会议上,上海市邀请了国际知名的证券交易所、会计师、律师、评估师等为与会者做关于证券市场的普及性介绍。当时我想:"目前的上海还处于知识普及阶段,应该不会先于深圳创办交易所的。"当时上海市的常务副市长还亲自带了一批金融干部到深交所筹备组"取经",要走了我们编撰的"蓝皮书"作为上交所筹备的参考。

此时深交所的一切准备就绪,只等上面一声令下,我们就可以开业。然而好事多磨。每逢我们想要开业,总有消息传来说北京不批准。就在我们一筹莫展的时候,却传来一则消息:上交所将于1990年年底开业。这对我们而言就如当头一棒。

面对这突如其来、出人意料的转折,我和王健经过协商,写了一份资料详细向市里说明上海筹备组拿走了我们的资料做参考,还要抢先成立证券交易所的情况。李灏说:"你们先回去,这件事我后面会处理。"

在搞完了深圳经济特区十年大庆之后,11月22日,李灏书记带着当时的市长郑良玉,副市长张鸿义,以及深圳人民银行的几个行长来到我们深交所筹备组现场办公。李灏书记刚一走进我们会议室的门,还没等坐到沙发上,就斩钉截铁地说:"今天我们是来拍板的。"与会人员的意见分两派:一派主张坚决要开业,另一派坚持没有北京的批准,就不能开业。

面对会议上的争论,我说:"如果深交所能够尽早开业,现在市场上85%的毛病我们可以立即清除掉;反之,如果当断不断,任由柜台交易继续乱下去,总有一天这个市场会到了不可收拾的地步。到

日本媒体《朝日新闻》1984年报道"中国代表前往日本学习证券"的版面，报道配图为禹国刚（左一）在日本东京交易所实习的相片。

1990年12月1日,深圳证券交易所开市首日场景。左上小图为禹国刚(右)与王健(左)敲钟开市。

1992年12月18日,美国证券交易委员会主席理查德·布瑞登(右)在其办公室与禹国刚(左)合影。

深圳最早进行柜台交易的五只股票之一"深万科"。

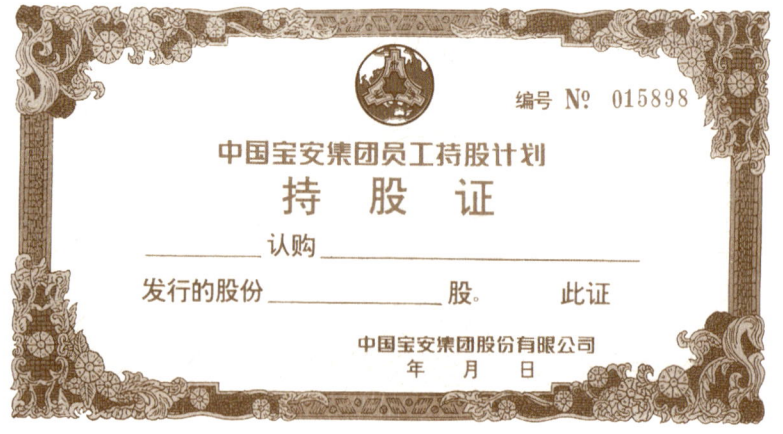

中国宝安集团"员工持股计划"的持股证。

那时，北京才要找你们算账！"李灏书记听罢，要求我们把打手势买卖、上板竞价、电脑操作股票交易先演示一遍，说："看看再说。"我们把各个操作都进行了演示，特别是电脑操作时屏幕上数字的变化让大家大开眼界，市领导看了个个都很高兴。于是李灏说："一切都准备好了，为啥不开呀？1990年12月1日，深圳证券交易所就开始集中交易。"为了避免今后节外生枝，他最后又一锤定音，"此事今天就拍板定了，今后不再开会研究。"

就这样，在还未领到"准生证"的前提下，深圳证券交易所于会议结束一周后的1990年12月1日先"呱呱坠地"，开始集中交易了。

12月1日那天是星期六，上午9点整，在深圳证券交易所门前，我的老搭档王健拽着敲钟开业的绳子，我陪同在他身旁，深圳市资本市场领导小组副组长董国良同志站在交易大厅。没有市委领导的助阵，没有鞭炮锣鼓的欢响，更没有人潮涌动的热闹。一切平静安详。随着王健手中绳动，一声清脆的钟声拉开了崭新的历史帷幕：新中国历史上的第一个按照国际惯例进行集中交易的证券交易所——深圳证券交易所从此诞生了。

这一刻，我们都热泪盈眶。

仅仅18天后的12月19日，上海证券交易所也开始集中交易了。

现在回头想想，越想越后怕。如果当时没有李灏书记"今后不再开会研究"这话，如果当时还瞻前顾后，没有抢在上交所之前开业，也许就没有今天的深圳证券交易所了。

开业首日，深交所其实只开了半天市。从上午9点开市到中午12点收市，一切都是在无声无息中进行的。这一天的情景，可以用歌曲《十送红军》里的一句歌词描绘——"锣儿无声鼓不敲"。现在看来，这么好的事情，为什么要悄悄地做呢？

首先，因为谈到"资本市场"，有些不了解的人就在"资本"后面加"主义"两个字，然后质问深圳怎么搞一个"资本主义市场"。当然"资本市场"和"资本主义的市场"是两码事。所以当时我们索性把名字改得更直观，改成"证券市场"。

更令我们忧心的是，我们事先听到了风声，深圳的部分证券部不配合，他们可能会故意不上报交易买盘卖盘，意图使我们首日成交量为零，所以我们事先做了应对措施。那一天，从开市到收市，一共成交了五笔交易——安达股票成交了8000股。其实，我们原本完全可以一次性把深圳"老五股"全推上去集中交易，但是我们没有这么做。因为从第一天开始，深圳的证券市场就坚持规范与发展并重。也就是说进入交易所交易之前，深市老五股都必须把原来不规范的股票规范化。首先要求拆细成一股一块钱的标准股票，其次还要把标准股票在深圳证券登记公司集中登记、集中托管，然后才能进入交易所交易，但当时来不及。所以我们可以说，深圳证券交易所既是新中国第一家集中交易的证券交易所，也是一家发挥经济特区作为试验田和窗口作用的示范性的证券交易所。

深交所的开市真有点"好事多磨"的意味。中国人有句话这么说："谁敢吃螃蟹？"深交所就敢"吃螃蟹"。但是"吃螃蟹"必然要冒险，必然遇到这样或那样的磨难。所以我们的心态一直摆得很平，认为所遇到的困难也属正常。

四

从筹备开市到1993年7月28日，我一直担任深圳市证券交易所的副总经理，在我主持工作期间，深交所全面实现了深交所的"四个现代化"：交易电脑化、交收无纸化、通信卫星化、运作无大堂化。

1992年2月25日，我们全面实现了交收无纸化。也就是说我们开始使用电子记账，没有股票这一张纸了。假如现在还用这张纸，深沪两个交易所三千多只股票，每天光股票的真伪都没法辨别。目前，在全世界能做到电子记账而不用纸质股票的只有深圳、上海、新加坡这三家证券交易所。纽约、伦敦、法兰克福、巴黎、东京这些世界著名交易所由于发行股票的时间长、流通在外面的股票多，虽然他们很想实现电子化的交易交收，但要回收那么多的股票绝非易事，所以他们只能望"股"兴叹。在这方面，深交所像一张"白纸"，可以写最新最美的文字。我们起步时就规划了，所以能将世界上最先进的东西拿来用，这叫"跳跃式发展"。

1993年7月28日，深交所大机网络自动交易撮合系统一举成功。1990年12月1日，我们的IBM4381大机交易系统已经开发成功，但是由于认识不统一，我们只得使用手工操作。在手工操作的同时，我们一直随时准备着切换到大机运作。终于在微机网络交易一年多后，大家统一了认识，采用了全球最先进的"四个现代化"的交易模式，及时适应市场飞速发展的需要。

1993年7月28日，我们实现了运作无大堂化。我们通过大机网络和卫星通信系统，把全深圳的二十几家证券部和全国各地的证券商直接跟交易所连起来，证券部就不必再派"红马甲"进入交易所，转而直接在证券部通过网络报盘进入交易所，撮合成交。今天的上交所还能看到"红马甲"，但是深交所的"红马甲"在1993年后就成为历史。

1993年4月，深圳证券卫星通信系统率先在我国试验成功。后经过优化，这一系统在7月28日与世界上先进的TANDEM大型计算机联网构成大机网络撮合自动交易系统。如果没有卫星作为我们的通信工具，像拉萨、乌鲁木齐、三亚这些比较边远的地方就没办法开始交易。如今，深圳用卫星作为股票交易当中信息的传递工具也是走在国际前列。

这"四个现代化"，发挥了巨大的技术支撑作用，造就了2010年深圳证券交易所成为IPO（新股发行）全球第一名，超过了美国纽约和日本东京——全球第一大和第二大的证券交易所。所以，深交所"玩"的是现在最新、最高的科技，我们的"四个现代化"全球同行都知道。

但深圳证券市场的发展并不是一帆风顺的，甚至可说是磨难多多。磨难造就了一批人，也使包括我在内的不少人受到了锻炼。

当深圳刚有了柜台交易时，一开始股票不为人知，更没人愿买。1987年5月10日，深圳发展银行开始发行股票，一股20块钱，只发了50万股，才卖了47万股，剩下几万股无人问津。怎么办呢？有人把车开到市政府，跑到市长会议室去叫领导们带头支持改革。在这种状况下，不少人都因为要支持改革就买了股票。还剩下的卖不掉怎么办呢？于是就把股票放在解放牌大卡车上，拉到沙头角，拉到蛇口，像卖菜的、卖肉的一样喊着："卖股票喽！"

可是当股票效益起来以后，全国都知道股票赚钱最快。特别是深圳发展银行的股票原来20块钱一股，一经拆细变成了1块钱一股，而且新股每两股再送一股。于是一开始投进几万块钱的人突然变成几十万的富翁。消息传到内地，多达几十万的人一下涌入深圳，造成柜台交易乱成一锅粥。当时深圳柜台交易的五只股票——深发展、深万科、深金田、深原野、深安达——全部被抢光。如果想在早晨到证券部的二级市场买几股股票，证券部门前有几根大柱子，谁最早抱住那根柱子谁就是第一名，后面的人就要抱住他的腰，往后排队了，这样队伍才不会打散。那时各个证券部都是这样。

供小于求,怎么办呢?有的人在公开市场买不着就去"黄牛市场"。当时荔枝公园北面的一大场景是:一边是人头攒动,在月光下一手交钱,一手交股票;另一边是市政府的高音喇叭车喊着"不要参与股市黑市交易,小心上当受骗!"

后来,有一名《人民日报》驻深圳记者站的记者就此现象写了一篇内参。发表前总编把深圳政府采取措施的部分砍掉,只留下了对当时混乱局面的描写,而且其中还有几句要命的话:深圳股市已经造成万人空巷的影响,连市政府的工作人员都不去上班,跑去炒股了。

就因为这件事,中央先后派来几个调查组。他们首先都肯定了这个市场发挥了正面的作用:有助于国企的股份制改革,把闲散资金集中起来用于建设,改变我们过去单一的融资模式。其次也指出应该怎样改进。

1992年8月,深圳股市发生了股民大规模示威游行、抗议的"8·10"风波。8月8日到10日这三天,原计划发行深圳市该年度的新股认购表。8月10日下午,股民大规模示威游行抗议,深圳40万人,内地来了大约80万人,加起来大约是120万人。他们原本在深圳城乡的303个网点排着队买认购表,卖表的过程中有的证券部或者银行的代售点,在开卖后的一个多小时或者两三个小时不等的时间内,立刻宣布售罄。那两天一会儿烈日炎炎,股民们个个汗流浃背;一会儿又暴雨倾盆,股民们个个淋得像落汤鸡。排队的120万人"鏖战"了这样的四五十个小时,结果售表一两个小时就说没了。他们心里能接受吗?于是自发地开始聚集在市政府门前抗议。

大约下午6点钟,李灏书记还在迎宾馆接待陈慕华。有人进来报告说可能出事情了。他一听,赶快掉头就从迎宾馆朝市政府赶。赶到市政府门前一看，形势已经非常严峻了。从门卫站岗的地方走到办公大楼充其量只有200米之遥，但这时候他们连走进去坐在里面开会的时间都没有。于是在警卫站岗的地方，仅仅在场的李灏书记、郑良玉市长、张鸿义副市长、市政府秘书长、监察局局长李海东等等几个人紧急磋商。达成共识后，李灏书记说唯一的办法就是再增发500万张抽签表，和前两天发的总量一样。如果不使用这个办法，这个事态是没办法平息的。于是连发文件也来不及，就拿一张纸写了几条，大致的意思是这么几项：

一、我们一定严惩腐败人员；

二、再增发500万张抽签表；

三、原地发售。

老百姓一听，还有希望！股民们排队有的是拿石头占着位置的，有的是拿凳子占着位置的，反正什么都可以占着位。于是原来在哪儿排队的，又都赶快跑回去了。

这个事态这么严峻，就这么平息了。到这一天的凌晨，李灏书记在给北京中央领导汇报的时候有这么一句话："当时我们处在一种除了使用这个办法（增发500万张抽签表），就是神仙也挽救不了的情况。"确实是这样。

五

我是地地道道黄土高坡出身的人，来深圳的时候已经三十七八岁了，我这一生没有多大本事，这是实实在在的话。只不过我碰到了一个好的时期，碰到了中国改革开放，来到了作为中国改革试验田和窗口的深圳，又碰到许多有魄力有担当的领导，能够使我将所学的知识奉献给国家。

我这辈子最高兴的事,是能在时代的际遇里,为创建深圳证券交易所和为深圳证券交易所的发展付出力量,特别是和大家亲手实现深交所的四个现代化,跳跃式地赶超了世界一流水平,直至当今仍处在全球的领先地位。这应该是我人生最闪亮、最叫人感到自豪的地方。

但我也必须说,个人实在太渺小了,所有工作都是大家的功劳与成绩,我不过是其中的一员,做了我该做的事,尽了我该尽的力。刘欢曾说:"音乐很大,我们很小。"借用他的话,我想说:"证券很大,我们很小。"

李小甘

是热血青年就该来深圳

李小甘，1982年来深工作，曾任深圳市委宣传部副部长，深圳市文体旅游局党组书记、副局长等职，现任深圳市南山区区委书记。

一

我出生在1960年，家里是广东汕头市市区的。我刚上小学，父母就在"文化大革命"中被打为"反革命"，关了起来，每天我和二姐都要走很远的路去给他们送饭。当时的学校都听从"学工、学农、学军"的指示，很少上文化课，我们这些学生经常要下到农场和工厂里，学习插秧、收割、焊接、机电这些活计，直到现在你给我块铁，我都能开车床把它车成一个有模有样的手柄。"文革"结束后的第二年，我作为"老三届"考入了广州中山大学哲学系，大学时才第一次上英文课，我记得学的第一句英语就是"Long Live Chairman Mao"①。

大二那年，中大为我们提供了一次社会实践的机会，那是我第一次踏足深圳。因为当时深圳是所谓的"政治边缘"，与香港仅一线之隔,我们就要来这儿调研"资本主义的物质洪流有没有冲垮社会主义的精神堤坝?"这样一个现在看来非常有趣的课题。来了深圳后,一切都显得异常新鲜,大家最热衷的一件事就是每天晚上在招待所看香港电视,"明珠930"的电影、亚洲电视台的故事片,我们能一口气看到凌晨两三点。

那时改革开放刚刚开始,这些电视仿佛为我打开了一扇窗口,借此向世界张望。而我也逐渐了解到,深圳在十一届三中全会之后,担任着"开放之窗"的角色,这里将是中国走向未来、实现梦想的地方,它就像当年的延安,只要是热血青年就应该来这儿施展拳脚,干一场大事业。

带着非常纯粹的想法,1982年毕业时,我毅然决然地选择申请分配来深圳。师长家人起初并不理解,因为深圳那时百业待兴,物质条件不好,那时系里的毕业生首选是去北京,第二选择是留在广州,到深圳来的是极少数。但我并没有考虑太多物质层面的东西,甚至没有过问每月工资,只觉得去一个象征"中国未来"的地方,保证错不了。

我被分配在深圳市委宣传部工作。刚来那天,文化局的一位科长特地去火车站接我。因为市委宣传部没有宿舍,我便暂住在东门博雅画廊楼上,房间虽然很简陋,但是出了门就能看见东门老街,当时它还原汁原味地保留着清末至民国年间的模样,一排100多年的老建筑,十分漂亮。博雅画廊边上是新安酒家,对面是工人文化宫,东门老街的中间还有一座人民电影院,附近卖着当时深圳最好吃的云片糕。

最初几年,我们的生活条件很艰苦。1982年我的工资是59元,其中有30元叫"特区补助",第二年才涨到100来块。城市规模很小,上海宾馆往西全部是荒山野岭,从市区到蛇口要沿着皇岗、沙尾这些乡间小路走一个多小时，很不便利。当时有些同事住在现在的百花岭，晚上睡觉的时候居然整个蚊帐掉了下来，一看发现原来有只猫那么大的老鼠，上蹿下跳时掉到蚊帐顶上，压坏了蚊帐架子。好在我们都善于苦中作乐。市委在通新岭的宿舍建好后，我们机关干部都搬到那里去住，大家还上演了一段"小南泥湾"的故事。在通新岭和老图书馆中间有一块空地，市委宣传部的十几个人下了班，就拿起锄头、铲子，在这片地种起菜来，一边劳作还一边唱歌，像极了"南泥湾"。

二

上世纪80年代，深圳的政府机构是非常精简的。当时整个市委、市政府，加上工、青、妇及其他组织，一共才300多个编制，市委宣传部更是只有15个人。一栋6层的办公楼，就装下了全深圳市所有的党政机关、各个局、各个社团的人员了。

我在市委宣传部的工作与深圳的文化建设有密切的关系，现在大家都说，深圳已经逐渐从"文化沙漠"转型为"文化绿洲"，但在刚建市时，文化设施的确异常匮乏，区县镇上的相关领导对文化的理解也非常狭隘。

当时深圳正规的文化设施只有一间深圳戏院，但它主要演出粤剧，只有讲广东话的"老宝安"才听得津津有味。虽然人民电影院会播放电影，但次数非常少，我这个年龄的热血青年下了班真是没地方可去。除此之外，唯一"好玩"的可能就是工人文化宫的一只猴子，年轻人和孩子们经常跑去逗它玩。后来，它被一些孩子丢鞭炮吓疯了，那些孩子在香港是不准许放炮的，过节来了深圳就没了限制。我有时也跑去看看这只两眼血红、疯疯癫癫的猴子，不禁感慨"偌大一个深圳，好玩的竟然是一只疯猴子"，于是更加意识到文化建设的紧迫性。

文化的发展也感受到来自内部的阻力，当时一些文化干部的素质不尽如人意，让人看着"恨铁不成钢"。记得有年冬天，我们正在筹备一批前往国外演出的文艺节目，文化局的干部需要对节目进行审查。其中有一场名为《春江花月夜》的舞蹈，舞蹈演员全部身穿霓裳、手执扇子表演。扇子原本就是中国古典舞蹈里一个必备的道具，但现场一位科长看完竟然说："这么冷的天气，还拿着扇子干什么？把扇子拿掉。"我听了实在哭笑不得。

当时的领导班子也清楚地认识到文化建设的严峻问题，在提高干部素质上下了功夫，我就亲眼见证了一次对不合格干部的"严办"。

1984年前后，深圳市委开会研究文化设施，会议由时任市委书记梁湘同志主持，多位领导出席，我列席做会议记录。当时市委已经邀请了著名雕塑家潘鹤先生为深圳创作一尊"孺子牛"雕塑，计划摆放在市委门口。完成这尊雕塑大概要花3万块钱，时任深圳市文联副主席汤洪泰就向梁湘汇报说，他去市财政局办理申请手续时，行财科的科长和他说："买一头活牛都不用3万块，你们搞个雕塑居然要3万块？"

梁湘同志当时就拍桌子，说："这是什么干部？对文化一点认识都没有，水平这样差！"他立刻和时任市委组织部部长欧阳杏说："把这个干部撤了！"欧阳杏在笔记本上做了记录，没几天就把这个干部撤职了。后来我将这件事写成文章，发表在《深圳特区报》上，还获得了他们征文比赛的一等奖。这虽然是件小事，但是却反映了当时市委市政府抓文化建设的坚定决心，以及那班领导人雷厉风行的管理风格。类似这样的事还很多，比如筹办深圳大学，当时预算要花2

1980年,中山大学深圳调研组出发前在中大校园合影,李小甘为后排左四。

深圳口述史 | 上 卷 | 李小甘

上世纪80年代，深圳正规的文化设施只有一间深圳戏院，主要演出粤剧。

1982年,现深圳市上步中路深勘大厦、四川大厦的原址。当时,这里是市民们钓鱼的地方,也是住在通新岭的机关干部种菜的地方。

1982年9月,李小甘到深圳市委宣传部报到时在办公室留影。

1982年,李小甘(右二)和深圳市委宣传部的同事们在深圳大梅沙留影。

个多亿，但深圳当年的财政收入只有7000多万元，梁湘书记就说："就是当了裤子也要把深圳大学办起来。"

三

位于深南大道的邓小平画像和立在莲花山顶的邓小平塑像，都是我在市委宣传部工作时重点建设的文化设施，如今它们已然成为深圳的重要文化地标。

1980年代，全国掀起了一股改革开放的热潮，当时有句流行语，"70年代大庆大寨，80年代深圳珠海"——就是说70年代是去大庆、大寨参观，到了80年代就来深圳、珠海学习。我当时在市委宣传部对外宣传处工作，如何让来深圳参观的人直观了解到深圳精神和发展现状，成为我们主要思考的课题。当时有种宣传方法叫"布置环境宣传"，指的是在城市大环境里布置各种各样的宣传画、标语牌以达到宣传效果。所以，在1992年邓小平同志第二次南方视察之后，我们就希望在深圳的主干道——深南大道上竖立一块小平画像。之所以萌生竖画像的想法，完全是顺应民间对小平同志尊敬的呼声，当时"东方风来满眼春"，尤其在1992年之后，改革开放政策为社会带来的变化、给百姓带来的实惠有目共睹，所以大家都由衷地希望有这样一幅画。

按照规定，竖小平画像或雕像，必须通过中央批准。那时的机关上至领导，下至最普通的干部，都有一种敢闯、敢试的思想，如果大家认准了一件事应该做，就一定会凭着一股冲劲把它做出来。在这样的氛围下，市领导与宣传部针对"小平画像竖不竖"的问题得出了这样的结论：要在深南大道上竖小平的巨幅画像，谁也不会批准，因为谁也不敢批准；但要是我们真的竖上去了，谁也不敢把它拆下来。所以，市委主要领导拍板，决定采取"谁也不请示"的策略，直接做事。这样的行事方式看似简单，没什么思想顾虑，但却着实难能可贵，因为领导敢于拍板背后，意味着他们为了建设即使有违反纪律的风险，仍旧敢于承担这份责任。

从1993年到1996年期间，小平画像前后经历了四个版本，1992年第一版我们请了当时深圳市两位著名的宣传画画家郭炳安、陈宏新来创作、设计。画中邓小平的原型是小平同志在深圳仙湖植物园的一张照片，画上标语是小平同志视察深圳时说的原话："不坚持社会主义，不改革开放，不发展经济，不改善人民生活，只能是死路一条。"

这幅巨型宣传画有300多平方米，应该是当时中国最大的一幅小平画像，绘制那天在深圳大剧院的车库里，我们站在画前只有小平同志一个拇指那么大。这一版画像是用油漆在铁皮上画制而成，是最传统的技术，由于油漆易脱落，此后每半年我们就得修复一次。后来随着技术发展，我们改用电脑喷绘制画，第一次喷一直喷了一个礼拜才完成。

令我们都没有想到的是，1993年这幅小平画像竖起来后，竟然引起了世界性的反响。不仅全国媒体都报道了这件事，连国际权威媒体《纽约时报》、美联社、路透社等机构都持续关注着，他们认为这是"中国新时期改革开放的标志"。此后，大多数来深圳参观旅游的人都会来小平画像前看一看，它逐渐成为深圳的一个地标。

到了1997年，香港即将回归祖国，考虑到小平同志曾说过自己有个心愿，就是去香港的土地上走一走，市委宣传部于是酝酿，希望能做出一座小平雕像，便联系了著名雕塑家、深圳雕塑院原院长滕文金，请他来创作。滕老十分敬业，记得有一次开汇报会，滕老原本因为生病请假在家，计划由我代他汇报。正当我准备讲话时，会议室的门打开了，滕老走了进来。原来他在家一直想着这件事，"越想越重要"，于是咬咬牙忍着病痛过来了。

雕像的选址经过好几轮讨论，我参与了整个过程。选址一是地王大厦附近的交叉路口，选址二是在老市委大院对面的中信广场（现在更名为新城市广场），选址三就是现在雕像所在的莲花山山顶。当时小平同志还健在，中国人有个说法是人健在的时候，塑像是不可以放在山上的，所以几番争论都没有结果。

最后这个问题是如何解决呢？在这个酝酿讨论的过程中，小平同志去世了，现在这座雕像竖在了莲花山山顶。关于这座雕像有很多传说，例如揭幕那天天上有彩虹，诸如此类。当然，深南路上的小平画像也有传说：自从1993年小平画像竖起后，深圳就没有遇到过台风的正面袭击……这都是民间老百姓的一些说法。

1997年，小平去世，深圳的邓小平画像就成了老百姓祭拜小平同志的一个热点。当时我们与公安局的同志一起在画像下值班，看着群众自发前来祭拜小平，有老人，有孩子，我们都非常感动。每天，画前都铺满鲜花，我们晚上要请城管局开车来把花运走，但第二天鲜花又铺满了。我印象最深的是一位70多岁的老先生，他拿了顶军帽，将军帽放在画前，之后掏出一包中华香烟。他说小平同志喜欢抽烟，就抽出两根，放在了军帽的上面。

当时，从社会治安的角度来讲，大家都有些担心：画像周围一下子聚集了这么多人，会不会引发群体性事件？会不会引发拥挤、冲突？但是都没有，大家有序地来，有序地离去，场面只有"感人"这个词可以形容。

四

从上世纪90年代初开始，我们国家越来越注重国际形象。中央组建了"中央对外宣传领导小组",由时任文化部部长朱穆之担任组长。深圳也组建了一个"对外宣传工作领导小组",组长是主管宣传工作的邹尔康,后来又在市委宣传部里设立了外宣处。1993年,我开始担任外宣处的处长。继上海设立了中国第一个市政府新闻处后,深圳紧接着也成立了市政府新闻处,就设在外宣处。后来我接任首任处长黄新华的位置,开始兼任新闻处处长。当时我的工作就是负责对港澳和国外的宣传,尤其是做港澳的新闻工作,其中的一个工作职责是新闻的对外发布。

当时我们机构非常开放,几乎天天会召开新闻发布会,市政府新闻处里有一个新闻热线,每天能接到几十个香港媒体爆料诸如"皇岗口岸拥堵""货柜车司机罢驶"等内容的电话。作为新闻处处长,我不仅要在新闻发布会上回答记者们的提问,还要亲自接他们的电话。所以那几年我在香港几乎是家喻户晓,每晚新闻几乎都会听到"深圳市政府新闻处李小甘说……"这一句播报。

我们与香港媒体的关系也极为密切,1988年前后还与香港的《东方日报》酝酿合作,计划共办一份日报,名字都想好了,叫《东方红日报》。虽然这个合作最后没有成行,但后来《深圳特区报》却与另一家香港报纸《星岛日报》合作共办了一份《深港经济时报》,几经波折,试刊了三次,后更名为《深星时报》,于1995年10月正式创刊。

《深星时报》在国内报纸中首创"专题新闻版"和"专栏版",一面世就以独特的视角轰动海内外。深圳市民第一次看到了马经、娱乐和社会等新闻,报纸销量大增,一度达到十几万份,成为珠三角有重要影响力的报纸。可惜好景不长,在金融危机的冲击下,星岛集团易主,我们与星岛新东家协商多次未果,只好于1999年正式停办。但

《深星时报》为深港两地媒体同存发展提供了"首吃螃蟹"的宝贵经验。

因为我是深圳发展的亲历者，同时又经常与媒体打交道，所以非常关注各种媒体报道、报告文学对深圳历史的描述。实际上这些报道中的某些情节是有想象成分的，比如说，当年几万基建工程兵南下深圳，现在所有的电影、电视剧里，这些军人都是穿着军装坐火车来的。但事实上，当时中央军委有命令，工程兵来深路上必须穿便装。为什么呢？因为一次性有几万军人从北方坐着火车浩浩荡荡地来到深圳，深圳又是个边境，很容易给世界各国造成"集结军队"的错觉，甚至引起军事上的误解。所以来深建设的大部分军人都是便装出现，只有很少一部分穿了退伍军装。这是必须澄清的一段历史。

五

2010年开始，我的主要工作重心转移到了南山区。南山位于深圳市的最西部，改革开放"第一炮"打响的地方——蛇口就在这里。深圳著名的"市节"——荔枝节现在也由南山区主办，有句话说得好，"中国最好的荔枝在广东，广东最好的荔枝在深圳，深圳最好的荔枝在南山"。为了与各地人民分享岭南佳品，1992年开始，深圳每年都举办荔枝节，邀请国内与港澳同胞、海外侨胞来深圳看演出、吃荔枝，联系乡情。20世纪90年代末，因为深圳正处在大步走向现代化、都市化的过程中，以深圳市委书记张高丽为核心的领导班子提议，深圳应当在拥有荔枝节这样代表传统文化的周期性活动之外，新建高新技术发展的"节庆聚会"，于是"深圳高新技术成果交易会"应运而生。但荔枝节并没有被遗忘，南山区每年都举办大型活动，庆祝这一分享甜蜜、欢聚一堂的"新传统节日"。

我来深工作至今也有30多个年头了。记得刚来时,一些同学因为环境太过艰苦而选择离开,回老家,我的父母来深圳探望我后,也力劝我回汕头工作,前些年,我也遇到不少调往北京等地工作的机会,但我却从没动过心。自从来了深圳,只感觉越来越喜欢这里的活力、包容与开放的氛围,越来越融入这座城市的生活,越来越希望为深圳经济特区建设奉献力量。每个人都会对他一生中最主要的成长之地产生深刻的情感,虽然我是汕头市人,但我人生中的大部分时光却是在深圳度过的,可以说跟这座城市"同呼吸,共喜怒",我对它的感情有如对亲人一般。1993年深圳清水河发生大爆炸,上海的一份报纸登载这篇新闻起了这样一个标题:《深圳灰飞烟灭》。我看了以后气不打一处来,简直像看到他们侮辱我的家人一样,就到处翻报纸找到报社的号码,打电话去总值班室,再转到编辑部找到这篇新闻的责任编辑。在电话里,我直接说道:"你这篇文章的标题《深圳灰飞烟灭》,我看到后非常反感。你们作为一个兄弟城市,深圳发生了这么大的事情,你们应当给的是一种声援,或者最起码是一份悲悯,怎么可以这样写?"

我就是这样,特别在年轻时,容不得别人说深圳一句坏话。但现在年龄毕竟大了,心态放得更宽,无论他人说深圳什么,我都会科学、客观地分析,如果的确存在问题,我们也应该虚心听取、及时改正。

如果要我用三个词形容自己在深圳的经历,我会选"寻梦""创新"与"奉献":我带着对未来的梦想来深圳拼搏,用创新的态度和方式做好文化、宣传、行政工作,转眼已经过去30年了,我也为特区事业奉献了整个青春。

注释:

① "Long Live Chairman Mao":中文意义为"毛主席万岁"。

汪顺安

深圳将是个永不落幕的书城

汪顺安，1982年来深，曾任深圳市新华书店总经理等职，曾获"深圳市文明市民"称号、第五届"韬奋出版奖"。

一

"文化沙漠"一词最早缘起于深圳。

1985年，那时深圳新华书店连临时工算在一起大概只有38个员工，还维持着原来宝安县新华书店的规模，年销售额250万码洋，利润总额15万，每个月人均工资大概是200块钱。15万块钱38个人，人均创利才几千块钱。

此时已经是深圳经济特区成立的第6年，宝安县新华书店变为深圳市新华书店也已经6年，但是门市没有增加，还是只有两个：一个在解放路，面积230平方米，还有一个在沙头角，固定资产也没有增加。1985年，深圳市的建设已经热火朝天，人口也从原来的32万增长到100多万，但是城里面书店的规模没有扩大，图书陈列品种也上不去，读者"买书难"的矛盾很突出。

当时的新华书店已经两年多没有当家人了（原来的经理病休），市里面便在文化局的中层干部当中挑人。新华书店效益不好、待遇又低，没人愿意去，于是就找到了我。我说："我愿意一试，但我要有后路——要是干不好允许我回文化局。"

这是我第一次面向市场。我1960年参军，到1982年都是在文化机关工作，管过群众文化、专业剧团，会吹拉弹唱、写写画画，算是一个地道的文化人。当我到新华书店后，听到大家在讲"码洋""实洋"，我感到很奇怪："新华书店怎么还卖羊？"通过咨询才知道码洋是指书的定价，实洋则是进货价。

那时书店还是闭架，前面有个玻璃条柜，服务员站在条柜后面，书又在服务员后面，读者根本看不到书的名字。另外购书环境也不好，天气炎热，地方太小，人又太多，店里气味很难闻，而且书的种类不全，很多人要看书时宁可托内地的亲友买了寄来深圳。可见买书有多"难"，也难怪有媒体给深圳冠上了"文化沙漠"的名号。

二

问题摆在那里，需要一项一项解决。后来我们通过规划局立项，他们也知道书店的建设远远落后了，所以在新规划的项目里面安排了新华书店的面积，比如建一栋楼，根据建筑面积的大小，按成本价卖给新华书店，一平方米400块钱到650块钱，我们一下子买了38个门市，加上先前的两个一共是40个。

有了这40个门市后，读者买书难的问题得到了缓解。但还有一个问题没有解决——当时最大的门市也就1000多平方米，能陈列的品种只有一两万种，而那时国家的出版物一年有8万多种，也就是说，读者在这里还是有四分之三的品种买不到。

我们研究后认为，必须要搞一个大型的图书卖场，陈列全品种，才能最大限度地解决读者的问题，但前提是要有足够的资金和土地。解决这两点谈何容易，要建这么大型的门市，一定要通过市委市政府才能解决。

我就去找时任市委书记李灏。那天下班前，我先打了个电话给他，说晚上去找他谈谈新华书店的问题，他很高兴。那时书店穷，只有一台1.5吨的人货车，我就骑着自己的20英寸小单车去他家，天下着雨，快到时，路上有个沙井盖不翼而飞，车的前轮就陷了进去，我的左脚也栽下去了，被擦伤了一大片。我当时心里一凉："这么狼狈还去不去呢？"

后来我就把裤腿放下来，盖住伤口，进去的时候还特意坐在书记看不到我左脚的那一边。他跟我讲了很多，特别提到："我们解放的时候，解放军每解放一个城市，就把最好的场地交给新华书店。为什么我们现在搞经济特区，不能拿出一块好土地来呢？"听他这样一说，我心里有底了。

回去后，我写了报告，李灏做了批示，我拿着批示到计划局立项。计划局领导一看，报告中只要求政府拨款2000万，书店自筹2000万，建设12000平方米左右的门市。他就说："这么点钱，建那么小的面积，建好了以后，你这个门市又落后了。你能不能跟规划局讲，给块大一点的地，我这里可以给你批多一点的面积和多点钱。"

后来我做通了规划局的工作，等我再回到计划局时，他们建议：原来的规划是12层，可以建到30层。李灏书记问我："你建那么高干什么？你不可能把门市开到30楼。"我说："办书店要贴很多钱，我没钱进货，办那么大的门市还是解决不了读者买书难的问题。我建高一点，就可以拿出写字楼的租金来补贴，这样才能使大型门市的经营维持下去。"他说:"你这样讲我就明白了。"

1992年,市政府动议给市民办10件实事,建书城位列其中。书城的选址几经周折,最后定在深南大道上现在罗湖书城的地址。1994年,书城建到五层裙楼时,时任国家新闻出版总署署长于友先来到书城工地,我说连带地下室要建33层,达到42000平方米,他说:"这是我们中国出版发行行业的最高建筑。"

项目立项时叫"深圳市新华书店中心门市大楼"。我心里琢磨,觉得名称太长了,读者不好记,品牌也难以塑造,得改。那时都在兴建什么"花园""中心""小区""广场"的,还没有叫什么"城"的。但我又不敢自己做主,于是就去找时任文化局局长苏伟光,他说:"谐音不好,你还没开业就输了。"我说:"新华书店也有'书'字,书是我们的本质。"他觉得有道理,就改为"深圳书城",叫"书城"是国内第一例。

三

当时书城地上总建筑面积是32000平方米,再加地库10000平方米,投资上精打细算也得1.86亿元。但立项那年,我们新华书店年利润才400万元,要去撬动这么大额的资金,我的一位战友戏称这是"天狗想吃月",我也心知难度很大。当时主管文化的市委副书记林祖基很支持,说:"钱的问题就去市政府'挤牙膏',挤一下总会有的。"

凭着"嘴勤、腿勤、脸皮厚",我四处奔走,市政府都知道我这个"攻关老头"。最后在书城交付使用时,市政府一共批给我们7550万元,剩下的就是贷款、自筹资金和折旧费。1992年,年终总结给员工讲话时,我说大家要勒紧裤腰带过日子,等把书城建起来,才有好日子过。所以，基建的那三年，没有多发奖金，员工也没有任何怨言。

其实那时深圳的贷款有个限定的总额度，每个单位都去抢指标。我心想新华书店这么小的一个单位，肯定很难抢到，便去找计划局要贷款指标，通过人民银行找到工商银行贷了3000万，再在其他4个银行东凑西拼贷了1000万。

后来贷款用完了，眼看着书城建了一半要停工，没办法，我又向职工借钱，他们都很热情地支持，后来还向文化局的职工借了钱。就这样，靠着政府给一点、银行贷一点、自己筹一点、向职工借一点这四个"一点"，我们把书城建了起来。

在考察工地前，于友先署长考察了3个比较大的门市，他说："老汪，我看你们这些门市跟国外书店的水平差不多。"我说："还是有差距的。"一路陪同下来，在他高兴的时候，我趁机提出能否把第七届全国书市交给我们办。

那时候第六届全国书市在武汉刚结束，两年一届，第七届时，我们书城刚好交付使用，这样有利于书城的开业宣传。我对于署长说："可以用全国书市促进书城建设。香港回归在即，还可以促进两地的交流。"他很高兴，说我这个动议很好，但据他所知，下届书市好像已内定给西安了，只是不知道文件下了没有。那时候出版署办公厅的主任也在现场，他说文件起草好了，还没发出，就等署长签字。我心里想："有希望。"

最终，我们争取到了第七届全国书市举办权，那还是全国书市首次在非省会的城市举办，也是首次在新华书店自有物业举办，我们还出资安排西藏代表团首次参加这届全国书市。书城开业时，万人空巷，当时热闹隆重的场面在深圳卖场活动史上可以说是空前绝后。考虑到深圳读者买书的欲望，而书城的面积就这么大，我们觉得如果不用票来控制人流量，非挤出人命不可。所以在开业前，我们就向物价部门打报告说开业要卖门票，工商局都觉得很奇怪："怎么卖书还怕顾客多？"后来我们讲清楚道理后，他们就批准了一张门票5块钱。最终，我们卖了37万元人民币，每天卖出6万张左右的门票。

1996年11月8日，书城开业，同一天，书市开幕。书城广场以及两边的金丰广场、深业广场、对面的地王大厦以及深南大道的人行道都站满了人，起码有十几万，还有东莞、惠州的读者大老远赶来。

书城开业也证实了"深圳速度"。出版发行界的老板们前一天就到了，他们一看，书城广场的草皮和大王椰都还没有种，忧心忡忡地问："你这样子明天能开业吗？"我说："要相信'深圳速度'。"结果，草皮和树一夜之间全都种上去了。

四

书市开幕那天，中央电视台著名播音员赵忠祥准备在书城广场签售《岁月随想》，我们预先摆好了3000本。维持秩序的警察过来一看，说广场上已经弯弯曲曲摆起"长蛇阵"，在这里签售会出乱子，要搬到大剧院广场去。本来10点钟签名，一直推到11点半。又换场地又推迟签售时间，但一点也没影响读者蜂拥而至。签字仪式后，深圳电视台记者采访赵忠祥："有人说深圳是文化沙漠，赵老师怎么看？"赵忠祥说："我认为深圳不是文化沙漠，是文化绿洲。一个书城开业，来了十几万读者，在全国是独一无二的，怎么可能是文化沙漠呢？"后来新华社记者部主任写了一篇长篇报道，说"深圳书城的开业一举摘掉了'文化沙漠'的帽子"，被《人民日报》头版转载。

书市持续了11天，图书零售额达到2117万元，订货总额突破3.2亿

1996年11月8日，第七届全国书市举办暨深圳书城开业，书城广场挤满慕名而来的读者。

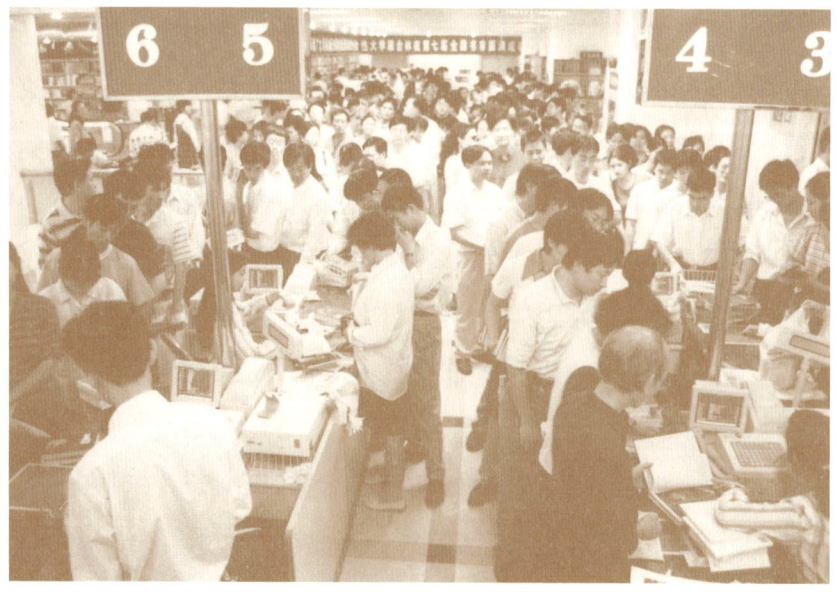

1996年11月8日，深圳书城开业当天，读者排长队等待结账。

1996年,汪顺安(前排左)陪同时任深圳市副市长李广镇(前排右)视察深圳书城。

元大关，全国各地的图书馆都来这里订货。高峰时期，书城内的读者一天达到7万人。我看到有些读者全家出动，购书车都装得满满的。还有香港的读者直接拉着个大皮箱过来买书。

在这次书市上，除了购书车和斜角书架是我们首创之外，BIMS图书营销管理系统也是首次运用，用POS机扫条形码代替以前的人工操作，这大大提高了效率。这个系统是我们和香港公司联合研发的。

五

刚要建书城时，我心里是没底的，预测如果每天销售12万元的话，一年要倒贴1000余万元才能保持正常运转。1999年，我在书城的6个出入口清点进入书城的人流量，每天的读者人次是5万人，销售额平均为34万元，远远超出我的预计。

国外的出版社到了香港，都会过来深圳书城看看，我自己出国考察，发现我们书城是世界上规模最大的书店，目前国内每年的出版物有20多万种，我们陈列的品种基本齐全。我想起自己在1996年书市开幕剪彩后，做的那个5分钟的讲话，其中有一句承诺："这将是个永不落幕的书市，我们的目的是让深圳人天天享受文化大餐。"

深圳市委市政府深感建设书城是正确的，所以，后来又有了南山书城、中心书城，去年又开工兴建沙井书城，还有即将开工的龙岗书城，以及正在规划中的光明、龙华、坪山三个新区的书城。深圳将形成一个规模宏大的书城群体，让读者可以就近购书。由此可见市委市政府对建设精神文明、实现市民的文化权利的重视。

1996年，书城开始推行连锁经营和量化管理。我招来的大学生包括博士生，至今还在深圳出版发行集团的各个岗位上发挥着作用。在一代代书城人的努力下，书城以书为媒，带动其他产品的经营，逐渐发展成为一艘文化产业的巨舰，集旅游、文化产品、餐饮等于一体，销售总额和利润每年都像滚雪球一样快速增长。时任深圳市文化局局长王京生来书城考察时，很诚恳地说："你为新华书店留下的最大财富不是9万平方米的固定资产，而是人才。"

书城能有今天，绝非我一人之力，离不开政府、企业和员工的通力合作。深圳聚集了大量高智商的人才，要进行知识的更新，就需要不断学习，而深圳已连续20多年保持人均购书量全国第一的成绩，也是公认读书氛围最浓厚的城市之一。

如今，深圳书城已经是深圳文化的一个象征，是深圳文明程度的一个标志。我现在有空就会去书城看看，很欣慰，我的承诺兑现了——现在天天都是书市。

韦洪兴

我是一个深圳的建设者,也是一个记录者

韦洪兴,1982年来深。曾任北方工程开发公司总经理、深圳会展中心总工程师等职,同时也是深圳本土著名摄影师。

一

我一生的轨迹可以用设计师、工程师、摄影师、厨师四个身份概括,而最终能成为圈内小有名气的摄影师,则是深圳给了我机会完成夙愿。

我的家乡在广东清远沙河镇,小时候我读书比别人晚,17岁才小学毕业,刚好国家说要搞社会主义建设,号召我们为农业技术改造服务、建设家乡。在这种政治氛围的影响下,加上家里的经济条件不太好,供不起我继续上学,我便去参加农业生产。

我小学毕业时有一个梦想——将来当物理学家。在家里种田虽然不甘心,但想着经济条件有限,只能先改善生活,有机会再上学。我很喜欢自己动手,用木头做播种机、打磨机,还做一些与嫁接、种植有关的农业技术改造,在老家的年轻人中算是小有名气。

那时候沙河还没有照相馆，从沙河去另外一个地方拍个毕业小照片，来回差不多要一天，非常辛苦。我就想着，用木头能不能做出相机呢？当时喜欢看人家照相，就琢磨相机的结构，再自己动手，用一块老花镜片、一块磨砂玻璃，一前一后放着，再用两个木箱子把它们套在一起，就做成了一个相机的模型。

因为学问不够深，这个"相机"不能用来拍照，但它的镜片组合原理跟真正的照相机是相似的。1958年清远的《红色青年报》介绍农村青年技术改造的事迹时，还专门提到我的这一段故事。这也是我"摄影梦"的最初萌芽。

农业技术改造进行了3年，我被评为社会主义建设青年积极分子，又到省里参加社会主义建设青年积极分子大会。有一定成绩后，组织就送我去中山大学预科上学，之后又上了四年大学。

当时我上的预科在物理系，一年级时有专门的摄影课，老师教我们使用相机，还有拍照以及冲印照片等全过程。我的摄影技术是从那时培养起来的。但因条件有限，当时学了也不能自己拍，而是为服务科学事业做准备。

后来赶上国家社会主义建设调整时期，我就从中山大学物理系调到了中南科技学院，后来又调到广东工学院。

1965年，我从广东工学院毕业后，被分配到了兵器工业部第五设计院，从事国防工业建设的设计工作。先在北京工作了3年，后来去了山西，又辗转到石家庄，一直工作到1982年。其间，我从设计、施工到出产品，参与了国内国外100多座兵工厂的建设。

1982年，我们听说国家要搞改革开放，兵器部成立中国北方工业公司，从那个时候开始我脑袋瓜子里就出现了"公司"的概念。又听说了深圳的一些发展规划，我就很想来，想来的原因有四个：第一，我是广东人，我自然就想来；第二，我上大学四年级时曾经参加东深供水工程建设，深圳喝的水里有我当年的劳动成果，我对深圳有特殊的感情；第三，深圳这个地方靠近香港，肯定发展比内地要快；第四，我曾作为毕业生代表参加广东省的代表大会，当时号召我们要到祖国最艰苦的地方去，到农村去，到边疆去，那时我觉得深圳属于边疆，作为国家培养出来的一批新生力量，能为国家奉献的地方就是我们最好的去向。

二

我拥有人生第一部相机是在1976年，一部俄罗斯相机。当时，我主要用它来拍一些生活黑白照，但那时冲印不方便，留下的照片很少。我到深圳时快45岁了，投身建设工作的同时，开始用相机记录这个城市建设的全过程。

当时我们兵器部成立的中国北方工业公司，来深后建的第一座楼是北方大厦。它是当时福田最高的楼，有25层，共投资了2500万元。这个楼的建设用了不到两年的时间，从打桩、建主体到竣工验收，整个过程我都拍了照片。

上世纪80年代的深圳就像一个大工地，尘烟滚滚，打桩声、鞭炮声延绵不绝。放鞭炮是深圳80年代的一大特色，项目开工、封顶、最后竣工验收都要放鞭炮，楼越高鞭炮越长，非常壮观，那些场景我也都留有照片。不过90年代后，就不再燃放鞭炮了。

北方大厦建成后，附近高楼便一幢接着一幢平地而起。

随着需要建设的项目越来越多，单位就成立了一个基建办公室，由我担任办公室主任，我于是一边投身建设工作，一边用相机记录这个城市建设的全过程。当时的想法比较简单，一是觉得这些照片可以

1984年，韦洪兴在深圳市罗湖区留影。

1984年，韦洪兴在深圳北方大厦工地现场。

1986年，位于深圳市福田区深南大道旁的北方大厦建成。

1989年,深圳地王大厦施工现场。地王大厦建成时是亚洲第一高楼,总高度383.95米,实高324.8米,计69层。

1983年的深圳宝民路。

2008年的深圳宝民路。

1990年的深圳东门老街。

2010年的深圳东门老街。

1982年的深圳红岭片区。

2010年的深圳红岭片区。

1983年的深圳华强北。

2010年的深圳华强北。

1982年的深圳沙井广场。

2003年的深圳沙井广场。

深圳口述史 | 上 卷 | 韦洪兴

1983年的深圳深南大道。

2010年的深圳深南大道。

1991年的深圳深南东路。

2008年的深圳深南东路。

1985年的深圳深南中路。

2011年的深圳深南中路。

1983年,深圳深南大道旁的统建楼。

2010年,深圳深南大道旁原统建楼附近区域。

1984年的深圳文锦路。

2008年的深圳文锦路。

（注：198页至207页所有相片由韦洪兴拍摄。）

作为建设的基本资料保存，二是我本身喜欢摄影。每个公司都有基建办，但是他们只保留了档案、设计图纸、审批文件等，没有留下类似的照片资料。而照片资料可以更直观地反映建设过程中的变化。我作为一个喜欢摄影的负责人，有着得天独厚的方便，所以有一些照片是我自己拍的，有一些是我安排人去拍的，譬如开工仪式、竣工验收、建设现场等。

三

1988年，我去美国考察，人家送了我一本画册。它采用新旧对比的方式反映三藩市①的变化，非常漂亮。里面很多照片是用高技术相机航拍的，清晰度很高。

这本画册给了我很大的启发，我想若干年后也做出这样一本画册，来表现深圳的变化。我的梦想开始越来越清晰——把一座城市的图像资料打造成国际化水平。

我退休那年正好是公司成立二十周年，我把旧照片拿去冲印。冲印店的老板对我说："你这些照片太好了，你再在同样的地方同样的角度拍一张新的照片，然后一比就知道深圳的变化了。"

他的话一下就把我的兴趣激起来了，也更坚定了我做一本有关深圳新旧对比画册的想法。

退休后，我找出旧照片，买下最好的设备，在同样的地方，对照着同样的角度，重新再拍。深圳的变化通过新旧照片的对比，清晰地展现了出来。后来我也在摄影比赛中获得了不少奖项。深圳2000年被评为"花园城市"，在国际上的影响越来越大，我觉得深圳更有拍头了。全国我去过很多地方，也拍了不少照片，但是最有价值、能形成历史资料的还是深圳，因为深圳确确实实是一个创造奇迹的地方。日新月异的变化推动着我去把她的真实面貌记录下来，于是就投入了更多的时间、力量、金钱，我把多年的积蓄全部都投入进来了。我老伴怪我把钱都花在摄影上，当时买房还很便宜，我花在摄影上的钱都足以买下一套不小的房子了。

2000年后，我的二儿子对我做的照片资料很感兴趣，他便时常陪我去拍。现在我已经慢慢过渡，以看他拍摄为主。去年他用半年时间拍摄了深南大道约25公里长的景观，用5500多张照片做出了一帧1∶800的长卷照片，被誉为深南大道版的"清明上河图"，获得了"世界之最"的认证。老二传承了我的梦想。

四

对这30年做个小小总结与展望吧：

30多年来，我拍摄了数十万张有关深圳的照片，精选约1万张，以每10张为单位，刻录了一千多张光盘。

前30年，我主要拍了深圳福田、罗湖、南山几个区；后30年，将由我儿子继续拍，很多构思，我已经跟他说好了，以后会将拍摄重点放在前海和南山一带。

曾经有个从事非物质文化遗产申请工作的朋友，建议我将那些上世纪80年代、90年代的老照片拿去申请非物质文化遗产，因为这些东西不可能再生了。作为历史资料，我当然希望它们能永久留存，为此，我也做了一些努力，但眼下还没成功。

注释：

① 三藩市：美国城市San Francisco，又译"圣弗朗西斯科""旧金山"。

赖元楷

为深圳争"气"

赖元楷，1983年调回深圳工作，曾任深圳市液化石油气管理公司总经理、深圳市燃气集团有限公司董事长和党委书记等职。

一

我是土生土长的深圳客家人。1939年，我出生于龙岗坑梓的一个小山村，村里人做生意的很少，主要以务农为生，小时候我跟着大人，经常干些犁田耙地的农活。1961年，我考入当时的华南工学院（现华南理工大学），就读无机化工专业，成为村里第二个考上大学的孩子。1966年毕业后，我被分配到湖北从事有关煤制气和化肥合成的工作，一待就是16年。在湖北生活，我始终有些"水土不服"，特别是湖北的妹子太"辣"，我和她们实在相处不来，所以到了年龄我回广东老家认识了现在的太太。我们1971年结婚，婚后不久，她就跟着我去湖北了。

在外工作期间，我经常回家探亲，目睹了家乡翻天覆地的变化，特别是1980年，深圳被划为经济特区，改革开放的热潮感召着我回到故土。由于当时我是单位的技术权威,领导迟迟不给放行,我多方找人找关系、做工作,直到1983年才得以借调回深圳。当时投奔深圳的主要有三种人:第一种是大学毕业,由学校分配来的;第二种是深圳的机关企事业招聘来的,他们享受的待遇往往比较好;最后就是我这种,主动借调过来,手续最为繁琐。但为了回乡建设,我义无反顾。

我选择的落脚点是位于罗湖春风路的深圳市液化石油气管理站,隶属于1982年成立的深圳经济特区煤气联营公司。1983年6月28日,我到管理站正式上班,在春风路75号的四层小楼办公和住宿。周围是丛生的杂草和泥泞小路,北边是工棚,西南边是大鱼塘,人迹罕至,几乎与世隔绝。管理站加上我总共才13个人,由于道路还没修建,设备的搬运非常困难,只能靠自行车和三轮车忙里忙外。

当时正在筹建经济特区的第一个液化石油气小区供气站——罗湖气化站,我算是第13个"兵",担任地盘工程师,大家除了叫我"赖工",还戏称我为"第13号种子"。罗湖气化站在1984年3月5日破土动工,7月14日吊罐下池,10月20日正式验收。10月29日,广石化送来的第一车液化石油气进站,我们开始了液化石油气的灌瓶服务。当时访问深圳的澳大利亚友人来参观后,竖起了大拇指:"你们的建站速度也是'深圳速度'!"

那时的液化石油气不到10块钱一瓶,但家里有一瓶气是身份的象征。因为"买气难",我记得有一年春节,市民在凛冽的寒风中排了3天,才灌到一瓶气。当时财政局一位处长找到我说,他的单位有两对新人要办喜事,但没有煤气就结不了婚,要我帮他紧急解决两瓶气。

因为经济特区发展的速度太快,闹起了"气荒"。为了解决居民的生活用气问题,我们借鉴日本和香港小区中央管道供气的经验,开始做管道供气的试点。第一批管道的铺设，我特地从湖北武汉请来工程公司负责，使用的所有原料都经过精挑细选，许多都是进口产品，为的就是保障优质。1984年8月28日，我们首次利用铺设好的管道，成功向罗湖小区湖芯大厦居民供应液化石油气。

1984年底，管理站改为液化石油公司，我被任命为总经理。1986年，国贸大厦开始启用，我们要向顶部的旋转餐厅供气。因为是国内第一高楼，我们不但要克服此前尚无经验可借鉴的高层建筑供气技术难题，还得打消各级领导和消防部门对漏气的担忧。最后，我们采取了"管中管"的方法，用充满氮气的外管包着供气的内管道，相隔一定的距离设置了测气点，在国贸的一楼还设置了一个监测办公室，确保安全供气。国贸大厦的成功供气开了全国的先河，从此，向摩天大厦供气不再是难题。

二

自罗湖气化站后，从1986年开始，我们先后建了滨河、木头龙、白沙岭、东乐、罗芳、清水河等15个气化站，其中罗芳气化站是当时世界上最先进最现代化的气化站之一，供气能力达到20万户，是罗湖气化站的10倍。

从1992年起，我们将一个大胆的设想付诸实践——将所有的气化站用管道联上网，无论开动哪一个气站都可以向全市各个地方供气。这样既安全又节省人力物力，还可以随着城市的发展随时调节各个气站的工作负荷。

当时国际基于液化石油气的安全性考虑，基本上都是一个小区一个小区分开供气，不允许穿过道路向其他屋村供气。我们认为，确保安全性并不难，只要铺设的是用最好材料制造的管道，我们使用的管道符合当时最高标准——50年使用寿命。

我们结合深圳新区建设和老区改造的步伐进行联网。其中，通新岭片区是旧改项目中第一个实现管道通气的小区。1992年11月，时任副市长李传芳为通气仪式点火。从1992年到1996年间，深圳的供气能力扩展3.5倍，同比煤制气解决城市燃料的方式，节约投资10亿元。到1997年，我们基本完成了覆盖全市的联网供气建设。

在我们探索小区联网操作的过程中，深圳这一"吃螃蟹"之举引起了全国甚至世界的关注。1992年9月，我在广东省石油学会民用燃气专业委员会第二次年会暨学术交流会上宣读了我的论文《全面规划，分区建设，逐步联网，逐渐实现石油气供应管道化》，获得好评如潮。广东石油学会以粤油[1992]24号文向广东省人民政府呈送了《关于推广城市小区中央管道供液化石油气的报告》，建议在全省范围内推广应用深圳小区气化的经验，并以深圳作为全省开展小区气化建设的示范基地。

1994年6月，该文入选《世界煤联论文集》，我应邀作为华人代表，在意大利米兰举办的第19届世界煤气联盟大会上宣读论文，深圳的小区气化模式得到国际煤气专家和各国与会代表的肯定和赞许，认为这值得作为一些国家发展管道煤气的借鉴。

1995年，我总结了深圳多年在小区气化建设和联网操作管理的探索和经验，写成《深圳小区气化联网操作与管理》一文。这套节能降耗且行之有效的操作方法经国家建设部的倡导，在全国范围内进行了推广。

1997年，我再次受邀在丹麦举行的第20届煤联大会上宣读《深圳小区气化联网操作与管理》。会后，中国代表团团长、煤气界老前辈赵涌风趣地对我说："你在国际论坛上宣传了深圳，为深圳做了广

1989年5月16日,深圳市液化石油气管理公司举行清水河储备站建成投产庆典仪式,赖元楷(前排右二)发言。

1991年11月8日,深圳市液化石油气管理公司清水河油库落成庆祝大会召开。

1994年6月21日,赖元楷在于意大利米兰召开的第19届国际煤联大会上宣读论文。

告。回去之后,你要向深圳市政府要广告费。"听闻此言,我的心里比吃了蜜还甜,我为家乡深圳能在国际扬名感到自豪。此后,许多先进国家的煤气同行纷纷到深圳取经,至此我多了一个雅号——"赖管道"。

2000年6月,我在法国尼斯举行的第21届国际煤联大会又发表了《中国南方LPG储备能力与周期分析》的论文,广受好评。当LPG(液化石油气)还在大规模使用时,我们已经意识到LPG只是过渡性能源,终会被更安全、更清洁、价格更便宜的天然气所取代。

1985年,中海油与美国阿科合作在南海发现了崖城Y13-1气田,并在广东沿线有关市县大力宣传天然气利用的好处和做法。

1986年3月,南海崖城Y13-1气田天然气利用协调会在广州召开。会上,主管天然气利用工作的广东省副省长、广东省天然气利用领导小组匡吉组长发出了动员令,中海油副总经理唐振华先生作了非常振奋人心的《广东天然气利用报告》。广东人民,特别是天然气利用沿线市县人民无不欢欣鼓舞。事后,天然气利用沿线各市县都行动了起来,纷纷成立天然气利用领导小组和利用办公室,深圳市天然气利用办公室就设在深圳市液化石油气管理公司。应澳大利亚煤气技术咨询公司的邀请,广东省天然气利用办公室与广州、珠海、深圳三地组成广东省天然气利用考察团,于1986年9月底至10月初赴悉尼煤气灯公司考察学习天然气利用的有关知识和做法。

考察结束后,我们满怀信心地回到深圳,积极推进天然气利用各项工作的实施,并在深圳与中海油代表签订了用气合同,希望能在1990年底用上南海Y13-1气田的天然气。因此,从1989年起,我们就开始用天然气的参数和技术要求规划和建设深圳城市燃气管网。提前铺设天然气管道为液化石油气管道供气用,为将来天然气转换做准备,这样做可以节省人力、物力、财力,缩短转换时间,从而满足深圳地区对天然气的需求。

原规划Y13-1气田天然气在海南岛南山登陆,贯穿海南岛,穿越琼州海峡,再在雷州半岛登陆,途经湛江、茂名、江门、珠海、佛山、广州、东莞、深圳,从落马洲到香港,全长1052.4公里,年供气34亿立方米,保证供气20年。计划1987年开始施工,1990年10月1日向深圳试通气,1991年1月1日正式供气。但是,中海油和阿科提出的条件是以美元计价、用外汇交付气款。广东当时实在无法筹足外汇,可望而不可得,广东从外引进天然气的春潮由此退落。

后来,中海油与阿科将目标转为用港元换美元,最终与香港的中华电力达成合作——Y13-1气田天然气通过778公里的海底管线送至香港龙鼓滩青山电厂,年供气量29亿立方米,年限为20年。

见香港用上了天然气,我们又与中海油进行了多次谈判,希望在深圳附近海域开一个接口,向深圳供气。1991年7月26日,中海油的代表与我方的谈判聚焦在三点:第一,深圳用气量每年5亿立方米,双方都能接受;第二,价格为每立方米10美分,相当于当时的1元港币,双方亦能接受;第三,以美元结算,百分百用美元交付。

但在当时条件下,很难满足第三个要求。我答应保50%、争75%美元交付。但谈判不成功,深圳盼望的天然气接口因缺少外汇而落空。

三

随着深圳经济的发展,能源需求量的不断增加,发电燃料路线的改变,加上清洁能源有利于改善人居环境,深圳进口LNG(液化天然气)的呼声越来越高,市委市政府下决心引进LNG服务于深圳的经济建设。

1993年11月，在银湖举行的"海峡两岸暨香港地区能源研讨会"上，深圳代表明确提出：此前，由于外汇不足，用不上Y13-1气田的天然气，如今，我们可以筹足外汇引进国外LNG，解决深圳和珠三角地区的气源问题。

1994年8月底，在兰光大厦举办了在深圳筹建LNG接收站的经济技术交流会，由市计划局牵头，除了国家计委、成都化八院、深圳燃气、深圳能源、深圳石化等单位，还邀请了韩国油工、韩国、鲜京、香港壳牌等公司前来与会，宣布成立深圳LNG筹备工作小组。

1994年11月，深圳市投资管理公司和北京达华能源高新技术开发总公司（中方公司）与香港壳牌公司（外资公司）在深圳香格里拉签署了合作意向书，并与阿曼国家石油公司签署了进口LNG气源的意向书。签字仪式结束后，深圳市投资管理公司总裁李德成鼓励大家说："努力工作，积极筹建，争取能在1995年6月报国家批准立项，在1999年底建成投产。"

1995年，国家计委委托中海油牵头协调广东引进LNG项目的相关工作，使深圳项目变成了广东项目。

1998年，应第12届国际LNG大会组织委员会的邀请，我们于5月赴澳大利亚帕斯参加第12届国际液化天然气大会，趁此机会实地参观澳大利亚的LNG项目、研究机构和处理厂等，较为全面地了解整个天然气的产业链。同年10月，时任国务院总理朱镕基在国家计委《关于我国东南沿海地区适量引进液化天然气的请示》报告批示："可以考虑引进LNG的试点，先在广东试点，请国际工程咨询公司作进一步论证。"广东LNG接收站项目进入实质性阶段。

在经过环评、对工程的多方论证与评估之后，1999年12月，朱镕基总理在《广东液化天然气工程项目可行性研究报告》上签字正式批准立项。

2000年1月,国家计委在蛇口举行了"广东LNG试点工程总体项目一期工程可研阶段工作协调会",奠定了接收站建设的基本框架。会议之后,在确认项目投资各方的比例基础上,成立了"广东LNG站线项目筹建办公室",在蛇口中海油大厦办公,各方股东派人参加筹建工作。同年,项目面向全球招标。

2006年,广东LNG项目建成投产。5月26日,当装载着6万吨LNG的"海鹰号"巨轮顺利到达位于深圳大鹏的LNG接收站时,我在场见证了这一历史性的时刻。

我想起从1989年开始,我们辛辛苦苦地按照输送天然气的设计标准去铺设管道,后来因外汇问题搁浅时,有人嘲讽我说:"天然气管道是有了,但是天然气在哪里?"如果当年没有预先铺好管道,随着人口的增长,不说再挖地面全部更换管道的费劲,单就成本而言,就不知比十几年前昂贵多少倍。因此,我很为那一代燃气人在当时顶住压力、坚持超前作业感到骄傲。而在根本上,是深圳为我们这批"拓荒牛"提供了与世界交流的平台,如果当年没有多次前往全球技术领先的国家地区学习,我们如何确信天然气必将成为未来的供气主流?如何拥有远见与坚持远见的心胸呢?

6月28日,第二船LNG也顺利到达接收站,当日中澳两国总理参加接收站开业投产庆典活动剪彩揭幕。这标志着中国LNG产业扬帆起航,开创了中国LNG产业的新篇章,为中国东南沿海地区发展天然气市场敞开了大门。不久,中国沿海地区掀起了一轮建设LNG项目的热潮。

四

受组织的信任与托付，我再干了两年多，2002年才正式从燃气集团的岗位上退休。那一年，集团已有5000多人的规模，净资产超过3亿元，在全国的燃气企业中率先实现了没有政府财政补贴、完全自主经营并且年年创收。当年靠着政府307万元贴息贷款起家的深圳经济特区煤气联营公司，如今已然成长为一艘燃气产业的巨舰。

我常说，我的青春献给了湖北，但我的"气"（气血）都耗在了深圳。回想那18年，可以说深圳经济特区建到哪里，我们的管道就铺设到哪里。我们这些深圳燃气队伍的早期工作者，过的一直是苦日子，没享过一天福。

干我们这一行，日日夜夜屁股都好像坐在火山口上，每当刮风下雨，心都是悬着的，担心出事。每当半夜听到消防车尖叫，我就会惊醒过来，弄清到底是不是我们的气化站出事了。

前10年，除了我们燃气公司，还有另外5家民营企业分这块"蛋糕"。为了赢得市场和信赖，我们只能把每一件事做得更实在、更好，但也累得够呛。

1993年8月5日，清水河化学品仓库发生爆炸之后，搞燃气的人心里更加紧张。到了春节，我们就在气化站专门守夜值班，害怕放鞭炮会引起事故，不敢有一丝松懈。那些年，有不明就里的市民担心我们已经安全运作数年、离居民区较近的气化站存在安全隐患，最后我们只能关停。好在供气管道早已联网，并未对市民生活造成影响。

尽管一路走来十分辛苦，但我很欣慰自己这一辈子把"气"事做到了自己能力的极致。我现在七十五岁了，却是"退而不休"，继续从事与燃气相关的研究与讲学工作，经常讲"气"话——三句话不离本行。我一直密切关注着燃气集团的发展，很欣喜地看到新一代燃气人将版图拓展到了深圳之外,在产业体系层面还力争上游,例如建起了绿化工厂。

中国燃气有一个"蓝天梦"——如何将燃气事业做得更加环保,使蓝天更蓝、花朵更艳丽、人民更健康,这正是深圳燃气人利用清洁能源的初心。回首31年燃气路,虽然历经艰辛,风雨兼程,但初心不改,任重道远。能为深圳争"气",圆自己的"气"梦,已不枉此生。

梁 富

破了案我们就像小孩过年一样高兴

梁富，1983年调入深圳，原深圳市公安局副局长，现担任深圳市离退休警官协会会长、深圳市公安局长青大学校长等职。

一

成为一名光荣的人民警察，是我打小就有的梦想。我出生在粤北一个偏僻的山村，小时候，我特别喜欢看到警察。那时警察的制服是上白下蓝，扎上腰带，戴上大盖帽，英姿勃勃、威风凛凛。只有七八岁的我只要看见警察，我就跟在他们后面，目光紧紧跟随着他们别在腰间的手枪，非常羡慕。自此，我也学着用报纸扎个"大盖帽"来戴，用木头削了"手枪"来别……但我没想到自己的一生真的会与警察结缘。

因家境贫寒，又遇上苦难的历史岁月，我曾一度辍学。1971年，我高中毕业时，如愿以偿当上了警察，我的梦想有了起点。兢兢业业工作12年之后，我还只是一名普通的民警，连副股级干部都不是。我和我太太两人加起来的工资只有60块，一家5口人生活得很拮据。当时先到深圳发展的熟人回乡探亲时，说在深圳经济特区的工资每月有200多块。

为了寻求更好的发展，我申请借调到深圳，一年之后，终于排除各种阻力得以成行。1983年6月27日，我带着借调的介绍信到深圳市公安局罗湖分局报到，分局领导把我安排到刑警队当一名侦查员。当时的罗湖分局在东门路旁的一栋简陋小楼里，我们同批调入的共有七八位同志，全部安排在水库派出所办公室里食宿。交通很差，没有交通工具，我们每天一大早就要跑步到5公里开外的分局上班，一干就到晚上12点。下班后，又徒步回到水库派出所休息。天天如此。当时东门路通往派出所的爱国路仍在建设中，到处泥浆溅身，尘土飞扬，好一派建设的风光。

报到后仅过了13天，也就是1983年7月10日，当时位于罗湖口岸旁的友谊公司的商场收银台，发生了全国第一宗蒙面抢劫案。犯案人员是将丝袜蒙在头上，持刀胁迫收银员，抢走了柜台大量现金。当时国家刚刚实行改革开放，此前没有发生过手段如此恶劣的案件，震动极大，影响极坏，深圳又是第一个经济特区，消息不胫而走。一时间，全国都把关注的目光投向深圳。

案发后，市公安局及罗湖分局立即展开总动员，成立了专案组。我也参加了专案组，并担任其中一个小组的组长，我们立即展开全面的侦查工作。20多天后，我们抓获了4名犯罪嫌疑人，其中年纪最小的才14岁，是帮忙望风的，并且将赃款全数追回。案件破获后，整个深圳的公安队伍士气大振，尤其是基层的警员。当时深圳的警察才800多人，最大的罗湖分局也不过200多人。但此次专案组破案可谓神速，不仅得到了区领导的表彰，也得到广大群众的赞扬。

不久我便发现，在深圳不讲出身，只讲真才实学和工作能力。

1984年12月，我被罗湖分局任命为刑警队副队长，属于副科级干部。原来在河源一直顶不破的职场"天花板"，到深圳一年多就被打破了。我暗暗下决心："不但要身先士卒，做出榜样，更要不纵不枉，对人民负责，对法律负责。"

二

1986年7月，组织上安排我接任退休的叶镜荣同志的队长一职，我更感到肩上的担子沉甸甸。同年9月，湖南盘县县委副书记带队的7人赴深考察团入住罗湖区竹园宾馆。当晚，他们全部的旅行经费——合计7万多元的人民币全部被盗。

接到报案后，我立即带队前往现场展开侦查。那时我长得又黑又瘦，看起来不像当官的，再加上我带的都是二十出头的年轻警员，所以在我展开侦查访问时，该考察团很多同志都投来了怀疑和失望的目光。尤其是那位副书记，直接当面说出了很不信任和灰心丧气的话。我们虽然心里很不舒服，但不予理会，全部心思都放在了案件中。经过现场勘查和询问，我们获得了重要线索——服务台的服务员告知：当天住客中有一个男性青年，上午慌慌张张退房走了。

经调查，我们发现这个人非常可疑，并查出他是湖南人而且已经离开，所以我们判断他极有可能就是犯案者。各种线索表明，他很有可能坐深圳至湖南的火车逃窜。事不宜迟，我们立马成立两个追捕小组，撒开两张网。一组驱车前往湖南车站守候，一定要抢在逃犯前面；另派一组到深圳火车站调查蹲守，争取在嫌疑人未登车时就将其捕获。

第二天一早，喜讯传来，我们专案组在湖南火车站门口将案犯人赃并获，并将其押回深圳。当天我们就把7万多元巨款退还给那位副

1993年9月,梁富(第一排左六)由深圳螺岭派出所调任深圳市公安局。他离开前夕,螺岭派出所全体警员合影留念。

1995年，梁富（中）在检查深圳市全市公安队伍的枪支管理工作。

1997年，梁富（前排左一）代表深圳市社会治安基金会接受捐款。

1997年深圳市公安局总结表彰大会,梁富(右一)为有关科室颁发"扫黄打非"的立功奖状。

1998年初,梁富带着深圳市公安局机关治安处的同志去孤儿院慰问。

书记。当他接到失而复得的款项时目瞪口呆,许久后才连续说出好几句"谢谢"。

两天后,这位副书记带着他的考察团一行,专程到刑警队给我们送来一块牌匾,上面写着"特区警察 全国一流"八个大字。这个案件虽然算不上惊心动魄,但给我们深圳经济特区警察争了一口气,挣回了面子。

1986年,深圳经济特区的经济建设已粗具规模,而当时全市警力不到2000人,保卫深圳建设的任务极其繁重。我所在的罗湖片区是重点建设的商业区域,全国各地的精英云集。同时,一些不法分子也混迹其中,盗窃抢劫,伤害民众,危及治安……1986年7月,当时位于罗湖区的新都酒店是深圳高档酒店之一,很多住客都是外国人。有一天晚上,一位外国客人称他放在房间内的钱不翼而飞,他这样描述道:"我早上吃完早餐直接外出办事,晚上回来发现钱被盗了,房门上没有撬、砸的痕迹。"

正当我们调查此案时,另一房间的客人也同样是晚上回来发现财物被盗。我们将此并案查处,但连续十几天,同类的案件不断发生,而我们的调查毫无进展。由于被盗者都是外籍人士,严重影响了投资者的信心。新都酒店老板下最后通牒:"你们再不破案,我们就要撤资了。"

此案未破,惊动了上层,责令我们限时破案。领导急了,我们更急。经过调查研究,大家得出结论:酒店有内鬼。目标范围确定后,我们的侦查小组即时全方位展开调查,最后证实嫌疑人是酒店一名临时工。为了造成影响,我决定在他吃早餐时,当着全体员工的面进行抓捕。当时,我们几位侦查员走进去亮明身份,厉声说:"别吃了,起来!我们是罗湖分局刑警队的,为什么要抓你,你心知肚明,带走！"嫌疑人被当场拘捕，全场顿时响起了掌声。

审讯时，他交代他利用早班的机会，开门潜入房内盗走客人财物，并坦陈他所盗现金，分文未用，全部装在皮箱藏在一个破旧的铁皮房里，他说要拿回老家盖房子。经清查，被盗的钱财共涉及17个国家和3个地区，数额巨大。破案后，外商纷纷表扬我们，重拾投资信心。

三

1990年2月，出于工作的需要，我被调任螺岭派出所所长。该所辖内的面积虽然不到1平方公里，但总居住人口却有7万之众，形成了一块人口密集、情况复杂的商业旺地，当时全市最大的菜市场——东门菜市场就在辖区内。菜市场出现多个派别组织，为争夺利益，经常打架斗殴。当时派出所警力共有31人，要管好这一亩三分地明显感觉力量不足。但我们团结一致，经过多次整顿，把辖区治理得井井有条，派出所也被公安部授予"全国先进派出所"的称号，我也被提升为深圳市第一个副处级的派出所所长。

值得一提的是，我担任所长期间，我们的同志在巡逻时，曾在路边捡到被遗弃的3个婴儿，其中一个男婴患有先天性心脏病。抱回来后，送孤儿院之前，我们按照有关规定，给他办了户口，取了名字叫"罗岭军"，谐音"螺岭军（人）"，希望他长大后能当兵报效祖国。到了孤儿院后，他做了康复手术并且健康成长。此后十几年，我还几次去看望他。

1993年9月，我调任市局机关治安处任副处长，主持全面工作。此时清水河"八五"大爆炸刚过去不久，在爆炸中我们市局牺牲了两位副局长和一位派出所所长。这个突发性事件使深圳经济建设受到重大损失，对外影响很大。我到治安处任职后，感觉担子更重了。刚从基层上来，我对情况不熟，市局有个领导找我谈话，说给我3年时间——看半年，调研半年，大干两年，要使治安处工作和全市治安来一个大转变。经过深入调查研究，我们发现治安管理无章可循，"黄赌毒"横行，制假贩假猖獗。

当时，我们调查发现一个横跨全国六省三市的特大制假贩假团伙，制假的总部就在深圳。我们在公安部、省厅的领导和支持下，一举端掉了这一团伙，缴获了60多张VCD、唱片，惩办了该团伙的为首分子，在全国引起了轰动。这个专案组被公安部授予集体一等功，我个人由于指挥得力，被公安部授予"个人二等功"一次。

那时还有一些歌舞厅藏污纳垢。经明察暗访，我们将一个外资投资的歌舞厅存在跳脱衣舞等黄色经营的情况秘密录制下来，直接交给市委常委。当时大家非常震惊，无法想象深圳竟有这种地方。领导们都很恼火，表示："我们不要这种垃圾经济，要坚决打击！"我们很快将涉案人员抓捕归案。

仅用了两年时间，治安处就真的来了一个大转变。全处干警的面貌转变了，工作更有干劲了。我们以雷霆之势全面清扫全市"黄赌毒"现象。后来，有人说，原来"三处"（治安处）是指导性工作，现在来真的了，令这些靠"黄赌毒"等垃圾经济发达的人闻风丧胆。

我在担任副处长期间，还兼任深圳市社会治安基金会秘书长。基金会是根据深圳经济特区经济发展的情况成立的，目的是鼓励见义勇为。善款来源于社会捐款，当时基金会的捐款达2000万元。有一次，湖北衡水一个干部来深圳，在见义勇为的过程中受伤了，我还亲自带着基金办的同志到衡水，把慰问金交到他手上并表彰他，在当地引起了很好的反响。

1995年7月，我被正式任命为治安处处长。1996年7月，组织任命我为市公安局党委委员、局长助理，兼任治安处处长、治安分局局长。除了治安处工作外，还分管特警支队、收容教育所和市戒毒所的工作。

1997年，为了迎接香港回归这一世纪盛事，市里在世界之窗举办了大型的文艺汇演，全市进行了大型安全保卫工作。6月27日到7月3日是特别的防护期，我们采取了极其严密的保卫工作措施。过去每天至少发生100宗左右盗窃抢劫案，而这段时间内全市只发生一宗抢夺两宗盗窃案件，几乎所有歌舞厅的小姐都离开了深圳。庆祝晚会当晚，我接到报案说某医院的一罐氯气泄漏。氯气泄漏后会弥漫在空气中，人吸入后会被当场锁喉。由于事态严重，我立马采取措施，调集了几台消防车，用高压枪对着氯气罐口不断喷水。随后，我们一边喷水，让泄漏的氯气溶解在水里，一边拉着它找到一个人迹罕至的地方填埋，避免了事故的发生。事后，我们还对相关责任人进行了处分。由于香港回归期间，我们的安保工作没有出现一丝纰漏，上级给我记了三等功。

2001年7月，我被任命为市公安局副局长，分管经济犯罪侦查支队、预审监管支队、收教所和戒毒所的工作。其中预审监管支队的工作，是负责全市犯罪嫌疑人的看守、教育和安全监管等。我经过调研，给全市的看守工作提出了"管理规范化、教育校园化、环境园林化"的工作思路。两年后，全市监管工作面貌焕然一新，有了突破性的转变，市局给我记了三等功，我还得到了公安部的嘉奖。

四

由于我个人档案中有一份加入共青团时的申请表，上面填的出生年月比实际年龄大一年,所以2009年,组织上就安排我退休了。退休后,我继续发挥余热,在离退休警察协会担任会长,兼任深圳市公安局长青大学校长。其实,这个大学的"学生"和我一样,都是深圳公安队伍早期的"拓荒牛"。

想当年,我们刚到深圳时,这里才开始建设,我记得在罗湖分局的辖区内,还有大片大片的稻田。那时深南路正在建设,我们去蛇口办案,由于路途遥远,交通不便,天没亮我们就骑着自行车出发,经常披星戴月。深圳经济特区建设初期,人口不断增长,外来人员中鱼龙混杂,既有淘金者,又有"偷金"者。面对错综复杂的治安状况,一方面是警力捉襟见肘,另一方面是经验不足,我们还曾一度请广州的警察过来协助指导我们指挥和管理交通。

尽管我来之前就知道这边的条件艰苦,但我不甘心一辈子窝在河源的小县城,拿着微薄的薪水勉强度日。那时候我听说深圳经济特区的工资比较高,几乎是我在河源的几倍,所以我心动了,先想办法过来,再把妻子和孩子接了过来。来了之后,工资高了,但工作强度也是河源的10倍。那时候为了破案,基本上算是"三过家门而不入",通宵研究线索、展开抓捕行动,累了就在单位的沙发上眯一会。研究案件时,我们就像猎犬一样不放过任何蛛丝马迹;破案时,我们就像猛虎一样气势逼人;破了案之后,我们就像小孩过年一样高兴。

警察是个高危职业。"平安出去,平安归来"是每个警察和每个警察亲人最大的愿望。一路走来,每当我看到有人牺牲,有人受伤,心里都是沉重的。而我在人民警察这个岗位上能取得优异的成绩,跟我的妻子对我的百倍支持是分不开的。来深圳前,她是教师;来深圳后,她加入了我们警察的行列。她既要兼顾工作,又要照顾家庭,可谓是分身乏术,但她没有半句怨言,默默地扛了过来。后来,我的小女儿还以我为榜样，也当了警察。

回首我在深圳走过的31年，我很欣喜地见证深圳经济特区警察队伍从一个低起点成长为全国名列前茅的精英警队，保证了一方平安，我们没有辜负党和人民对我们的信任和托付。而对于我个人，深圳经济特区党组织培养了我，特区艰苦的工作环境磨炼了我，特区发展的历史考验了我，特区给了我一片沃土让我得以实现初心——1984年，我曾立誓要"公正廉明律法铁腕惩罪恶，安抚百姓一身正气效鹏城"。我抵住了所有的灯红酒绿、糖衣炮弹的诱惑，耐住了寂寞，经住了挫折，最终兑现了自己的誓言。

岁月留影

IMAGES

上世纪80年代的深圳竹园宾馆,它是中国内地第一家与香港合作投资的酒店,也是中国内地第一家完全实施港式用工和薪酬制度的酒店。竹园宾馆开启了深圳饮食服务业用工和工资制度的改革。

1981年12月,由深圳市领导率领的干部招聘组到北京招聘来深工作的干部。领导与组员们在刺骨寒风中四处奔走,坦诚相邀,苦苦相劝,但除了两口子都是广东人的应聘者与夫妻分居者外,没人愿意来深圳。招聘组的工作人员怀里就揣着公章,遇到想来的当场便能开出调令。但最终"拍板成交"的,多是给自己留了后路、"先借调一两年看看"的借聘干部。

1983年的深圳华强北。当时,位于上步生产大队的山丘与荒地已划入开发范畴,工人们首先要做的就是拆除当地的碉堡。

本图由美国摄影师 Leroy W. Demery Jr. 摄于1980年。图中的深圳财贸幼儿园是外宾来深参观的定点单位。教室内,小朋友在嬉戏打闹,他们似乎对客人的到来并不惊异。

1980年,深圳财贸幼儿园的小朋友化上浓妆,他们即将为外宾表演节目。

1980年的深圳街道。

1980年,临水而立的深圳老式居民楼。现在(2014年),这一片区布满了密集的高层居民楼。

深圳口述史 ｜ 上 卷 ｜ 岁月留影

1980年，深圳东门旧景，当时街上的老式建筑现已被高楼大厦所替代。

1980年，深圳大部分土地都是农田与山岭。没有谁能想到，仅30余年的时间，深圳就从一座边陲小镇发展为国际都市。

1980年，深圳交通全靠步行和自行车，街上最大的噪音是自行车的铃声。

深圳口述史 | 上 卷 | 岁月留影

1980年，位于东门解放路与永新路交界处的新安酒家。深圳经济特区成立后，新安酒家一度是深圳接待国家、省领导和港澳同胞的定点食府，无疑也是当时深圳最好的饭店。

1980年的深圳罗湖桥景观。横跨深圳河的罗湖桥位于深圳和香港管理线上，桥两边是完全不同的社会景象。现在，老罗湖桥已经更换掉不再使用，作为文物被保护了起来。

1980年的深圳东门老街，街上行人稀少，极其安静。30年后，这里成为深圳最热闹的商业区之一。

深圳口述史 | 上 卷 | 岁月留影

1980年7月，深圳经济特区尚未正式成立，但市内的建设工程已悄悄提前启动。这是拍摄者 Leroy W. Demery Jr. 所见的为数不多的建筑工地之一。

刘炳和

既然他们能干，我也能干

刘炳和，1983年随部队转业来到深圳，后任深圳市卫生处理厂副厂长、深圳市城市废物处置中心运行部部长等职。

一

1986年，我32岁，风华正茂，调入深圳市卫生处理厂。一开始，有些人得知我的工作是与病死禽畜、病菌近距离接触，会打趣说："小伙子人长得不丑啊，怎么干这个？"还有人调侃我是"收尸佬"。每逢此时，我会感觉心底的委屈不知与谁诉说，因为我是误打误撞干上这行的。

我是基建工程兵出身，但在部队里面是打算盘搞预算工作的。1983年，我随部队从西安南下深圳，支援深圳经济特区建设。来到深圳不久，我们集体脱军装转业，进入企业，我被安排到当时的南洋企业公司贸易部担任办公室主任。后来公司经营不景气时，我有两个去处：一个是高速公路指挥部，继续做预算工作；另一个是卫生处理厂。这两者都是属于当时深圳市公共事业管理公司的下设机构。我的第一志愿是去高速公路指挥部，但去早了点，还没开业，公司老总就对我说："你先去卫生处理厂待一段时间，等开业了再过去。"

卫生处理厂建于1964年，我去的时候，厂址是在文锦渡，占地5000平方米，主要负责销毁供港的感染病疫的和在运输途中病死的禽畜，以及不符合卫生标准、走私的肉制品。无论送来什么，都当垃圾处理。那里的工人基本都是本地人，年龄偏大、女性偏多。由于以体力活为主，老厂长看到我这一年富力强的男性劳动力来了，自然是喜出望外。我去报到时，他没让我去车间，直接把我带到了火车北站，说："去看一下，熟悉熟悉。"

去到之后，我看到一辆4吨的货车刚卸下一笼笼死掉的青蛙、蛇，臭味熏天，一般人受不了。从身体的本能反应来说，我头皮发麻，胃里已经翻江倒海。但我是当兵出身，自制能力强，硬把恶心压了下去，装作若无其事，上前去帮忙。老厂长看在眼里，说："一般人靠得那么近，会吐啊或掉头就跑，你什么事都没有，小刘你太厉害了！"其实他不知道我心里在暗暗叫苦，但我是个自尊心极强的人，当时的想法是：目前已别无选择，既来之，则安之，尽快适应，把事情干好，千万不能丢人，有机会就尽快离开。

1988年，高速公路指挥部建好后，我去申请调职，才发现公司原来的允诺落空了，原因是我在处理厂表现出色，厂里需要我，舍不得我走。虽然我早就过了适应期，但我家里人因为我身处恶劣的工作环境，担忧我的健康，认为这不是长久之计，所以我还是想走。

我自己去找了另外一份工作——到盐田一个加油站当负责人，但这边公司还是不放我走，苦口婆心劝我留下。我几次去办手续，档案都被卡住了，想走走不成。一开始我心里是憋屈的，后来慢慢就想通了。我想到厂里那些老同志，清一色都是土生土长的本地人，如果他们想走的话，比我更有条件，特别是老厂长，曾经是个老革命，还光荣负过伤。他们都能安心地在这里工作，为什么我就非得挑肥拣瘦呢？而且从年初折腾到年底都无果，我安慰自己："与其继续做无谓的消耗，还不如在这里踏踏实实地干好。既然他们能干，我也能干。"

二

当时，我们国家的交通力量有限，供港的生猪、活牛羊等鲜活商品都是通过闷罐一般的绿皮火车运输，不仅慢，还不透气，而且车上的水和饲料等物资供应无法跟上，又是几千公里的长途，人都受不了，更何况是动物。但动物死掉后，半路是不能卸车的，只能到达毗邻香港的口岸时才统一清理。比如一火车猪到了深圳，死亡的多则六七百头，少也有上百头。我们处理厂的职责是"运"和"烧"——等一清理下来，马上就运回厂里。由于锅炉的口径只有30厘米，整只猪根本没办法塞进去，就得磨刀屠宰，再放进高压锅炉里面进行高温处理，最后再做油水分离。

由于是最原始的操作方式，废气和废水的排放成了"老大难"问题。文锦渡老厂离口岸大楼只有1公里。白天，没有经过任何处理的废气直接就开闸向外排，烟雾冲出十几米高，空中瞬间弥漫着恶臭。又由于地势低洼，有时候夜间下大雨，积水半米深，来不及处理完的死猪就漂浮起来，景象惨不忍睹。

因此，从1987年开始，市政府就策划着把处理厂搬出去，时任副市长李传芳还带队过来视察，询问："谁要这块地？谁开发谁负责。"1989年，我们搬到了当时比较荒凉、人烟稀少的清水河。

由于搬得比较仓促，市政府对这块重视程度不够，没想过搬迁之后的具体规划以及工厂对城市未来的影响等,所以我们仍然照搬了在文锦渡时的那套原始的生产工具过来,除了厂房大了点外,唯一的现代化设备就是用上了桥式吊车,淘汰了原来的卷扬机。

没想到深圳城市化非常快。没几年,清水河的人气也渐渐多起来,开始有居民小区。到了1994年,有居民投诉我们污染环境。然后环保局就来查,一测废水的BOD和COD①,都远远超标了,不仅要罚款10万块钱,还责令我们改善生产设备和生产环境。那时我已经是副厂长了,我对环保局的人说:"可以啊,罚完了之后我们就可以关门了。要不干脆一纸封条封掉,让我们全部回家休息算了。"

我为什么说这话呢?当时我们已经是负债经营,快发不出工资了,也没钱去维护、保养和更新设备,每天都在提心吊胆地继续生产,更遑论对环境的保护了。造成这种困境的原因是多重的:首先,虽然公共事业管理公司隶属于政府,但我们处理厂一直是企业经营,特别是在公共事业管理公司解体后,都是自己养活自己。之所以一直能坚持下来,是因为原来出口的猪肥肉多,运输途中死亡率高,榨出的油也多,可以卖给化工单位,这成了我们主要的收入来源。但随着国家经济的发展,交通运输条件得到了极大的改善,大大降低了出口禽畜的死亡率;而且为了出口的需求,猪的品种在不断地改良,后来基本都是瘦肉猪,榨不出多少油了。

1995年春节时,我们工厂濒临倒闭。但因为市里面就我们一家厂,如果关了门,病死禽畜就无处可处理了,腐烂发臭后不仅污染环境,甚至可能引起瘟疫。所以我们把情况向市环卫处汇报,市里面很快派人下来了解事情的前因后果。1996年,在市环卫处与城管办的共同努力下,我们处理厂被改为差额事业单位,仍隶属于环卫处,有了一部分编制。2006年,我们变成了全额事业单位。

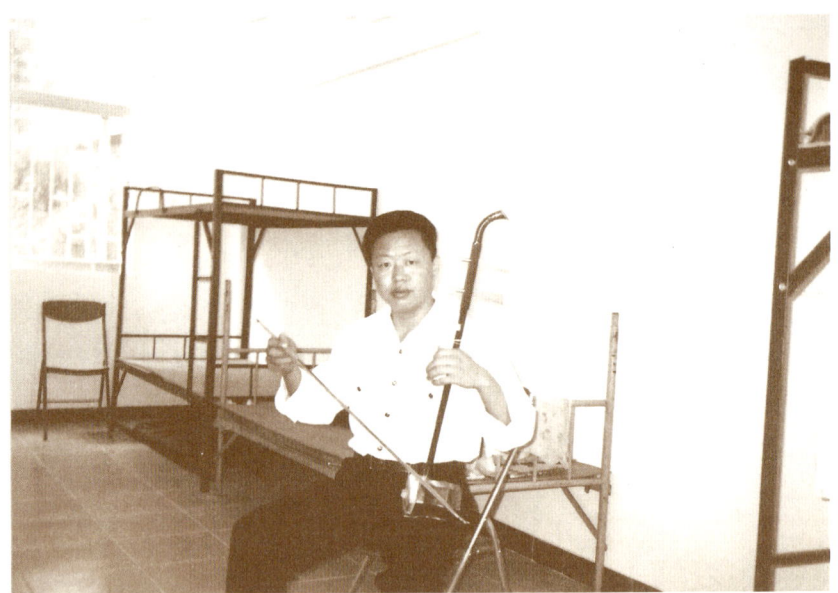

1998年，刘炳和在深圳清水河卫生处理厂的休息室。

近几年，深圳的卫生处理厂厂区添置了现代化设备，工人可以对处理作业进行自动化远程操控。

2011年,深圳卫生处理厂搬入新厂办公楼。由于环境优美,新厂常被人误认为是度假村。

三

实际上，我们的工作还有一定的危险性。"非典"、禽流感、猪链球菌、口蹄疫……这些让普通人闻之色变、躲之唯恐不及的细菌病毒，却是我们经常打交道的对象。

2003年"非典"期间，在深圳发现的疑似携带病原体的动物，比如野生黑天鹅、蛇、马、骆驼等统统送到我们这里处理。在用电击或蒸汽把它们杀死后，还是要靠人力来屠宰。当时主要是精神恐惧，气氛非常紧张，不仅我们自己担忧，家人也为我们担心，害怕感染上病毒。但工作总得有人来做，我们不能为了自身的安危就抵触和逃避，只能做好防护措施照常作业。平时，我们上班只是穿着普通的工作服和戴普通的一次性防护口罩，那时我们换上了防毒面具，像防化部队那样全副行头装备自己，进入一级"备战"状态。作业完了以后，车间每天都会消毒六七遍。

处理禽流感的情况还好，就是把一笼笼的禽类，比如鸡鸭倒进高压锅炉即可。最耗体力的，是检疫部门截下的一车车喂了瘦肉精的猪，或把感染了口蹄疫的活禽畜送进来的时候。特别是口蹄疫，以前用火车运输，如果前面的一列车厢发生了口蹄疫，经过风的传播，后面的全都染上了，送到我们这里是不能放太久的，必须随到随处理。有时候刚处理完一批，去洗了澡，又送来一批，我们马上又得工作，一旦拖延，就会积压成山。

我们不仅要承担深圳的禽畜处理，还得支援兄弟城市。比如1999年，深圳、东莞两地发生黄牛、奶牛的疫情，由部队整车整车地押送，陆续把几千头牛送到我们厂，那时候我们整个厂不到20人，无论是领导，还是普通工人，还是司机，没什么好商量的，都得上，加班加点，日夜消杀。我们有时候要加班到第二天凌晨4点，没有人回家，在单位小憩一下，到凌晨六点半又要照常工作。当时是炎炎夏日，我们把自己包裹在厚实的隔离装备里，加上工作强度很大，汗如雨下，脚上的雨鞋都积了汗水。

经历了那么多的风雨，我们厂始终把工人的安全保障放在第一位，在上级部门的技术指导下，至今没有出现过一例意外事故。

四

随着城市的发展，市委市政府越来越注重城市建设和环境保护工作。再加上清水河片区的人口越来越多，对我们厂有意见的人也越来越多，政府开始酝酿我们厂的第二次搬迁。几经选址，最后敲定在布吉的水径村。新的卫生处理厂包括土建、设备等，总耗资9000多万元，总面积达到3万平方米。原本这里是个三面环山的山沟，交通不便，为此，政府斥巨资在附近修了立交桥。

为了配合深圳市举办大运会，我们处理厂赶在大运会之前就完成了搬迁并且投产。我们一边生产一边搞厂区建设，其中一项工作是植被恢复和环境绿化，绿化面积占到总面积的60%以上。曾经有几个外来的游客跑到我们处理厂大院里来，要求住宿。原来他们看到我们的环境这么好，还以为是个旅游度假村。

新厂添置了一整套现代化设备，达到了目前国际最先进的生产工艺水平，工人的劳动强度由此也降低了80%以上。过去我们都是刀劈斧砍，不仅费劲，剁完了之后还浑身污秽，就算反复洗澡，气味也会停留在身上，好几天都散发不尽。如今从进料到破碎、烘干、出料，都在一条流水线上，由电脑远程操控，全面实现了自动化。此外，液压翻板技术替代了桥式吊车，大大提高了卸料效率。

新设备采用的蒸煮工艺是夹层间接加热，蒸汽不直接与物料接触，这样既可以高温灭菌，又有效避免了蒸汽冷凝水进入物料。所以尽管动物身体的70%都是水分，但是经过我们处理后的物料含水量非常低，提取的油脂和动物残渣纯度高，便于再度利用。另外，整个处理过程是全密闭的，不但送料速度快，更能有效防止散发臭气。同时"三废"（废气、废水、固体废弃物）也能得到有效的处理，例如将收集好的臭气吸收和过滤，可以达到国家废气排放的一级标准。

2010年12月，由于大部制改革，我们处理厂与深圳市固体废弃物利用中心合并，成为"深圳市城市废物处置中心"。深圳市固体废弃物利用中心是一个致力于研究处理废物及资源再利用的科研机构，原来只是研究餐厨垃圾、粪渣、建筑渣土以及城市垃圾的再利用问题。合并后，它也负有生产任务，还作为实验基地，不仅研究生产有机肥，还承担了一项863计划（国家高技术研究发展计划）项目——研究"生物质"，即以处理餐厨垃圾为主的技术手段。从这个实验基地可以窥见我们未来发展的方向：我们已经从过去单纯处理垃圾，迈向了科学节能、有效再利用废弃资源的阶段。我们中心在2014年被深圳市环保局授予"环境教育基地"称号。

五

搬到新厂后，我当上了运营部部长，一如既往地当"生产队长"。本来我是正科级，就在当年临退休之前，组织又把我提到了副处级（六级管理岗位），这是对我28年勤勤恳恳工作的认可和肯定，也是对我个人的一种关爱，相当有人情味，让我很感动。

这28年来，虽然工厂经过两次搬迁，但我习惯了每天走路上班，只有在狂风暴雨的天气，才偶尔坐坐公交车。我一开始住在巴丁村，先是步行去两公里外的文锦渡老厂上班，后来又步行去5公里外的清水河。后来我搬到了清水河，新厂搬到了布吉，距离差不多7公里，我就早早起床，六点就开始徒步出发，不到一个半小时就到了单位。我在工作上，也是一步一个脚印，善始善终，特别踏实，我感觉自己对得起这份工资，没有辜负这座城市以及单位对我的托付。

我们单位很有凝聚力，不仅我自己，我的同事们基本上都是从一而终，流动性很低，心态也特别好。别看我们原来工作条件艰苦，又是以体力劳动为主，不少老同志80多岁了，身体还很硬朗，曾有一位差不多活到100岁。

由于工作性质，我们单位不引人注目。加上有一定的纪律，我们很少会对外宣传，但它跟市民的生活息息相关，是深圳公共卫生安全事业（涉及环境卫生、食品安全）的重要组成部分，承担了一定的社会义务，也做出了应有的贡献。作为废物处理工人，我们在城市最不起眼的角落里，在平凡的工作岗位上，兢兢业业、埋头苦干、鲜少发声，宁愿一人脏，换来万人洁，做好鹏城的"美容师"。从另一个角度看，它也是一个窗口，从中可以看到整个社会经济的进步，例如运输业的发展和人们生活水平的提高。

今年9月份，我从深圳市城市废物处置中心的"生产队长"岗位退休，在家当起了"后勤部长"。肩上的重担放下后，一下子浑身轻松了，但心里却空荡荡的。后来我意识到，历经了28年的岁月，我已经对这份事业产生了深厚的感情。尽管其间有过不适、心酸和艰辛，但同时我也经受了历练，具有担当精神。

回想1983年，我们刚到深圳时，撕下领章，脱下军装，住在用竹子临时搭建的房子里，台风来袭时，房顶都被卷走了。因为地方荒凉、条件艰苦，有些战友想办法转走了。但我相信我们两万名基建工程兵，一定会让深圳的高楼长得比庄稼还要快，这里很快会改头换面，所以我留了下来。现在看来，我做了一个无比正确的选择。

一直以来，我都有跟战友们互通消息，我看到了太多人的命运沉浮和悲欢离合，对世事越来越看淡，也很知足——自己和老伴身体健康，不愁吃不愁穿。儿子在这里成才后，找到了不错的工作，也成了家，小孙女像小树苗一样一天天成长，三代同堂，安居乐业，生活和和美美，夫复何求？

注释：

① COD与BOD：COD是化学需氧量（Chemical Oxygen Demand）的缩写，指在一定条件下，用强氧化剂氧化水中有机物和其他一些还原性物质时所消耗氧化剂的量；BOD是生化需氧量（Biochemical Oxygen Demand）的缩写，指微生物氧化水中有机物需要的含氧量。COD与BOD都属于环境监测指标，测试出的数额越大，说明水体所受的污染越严重。

祝希娟

我来深圳，就像开始了另外一个人生

祝希娟，1983年来深圳，演员，深圳电视台原副台长。

一

我的生活里充满了偶然，来深圳就是其中一个偶然。

21岁时，在上海戏剧学院上大三的我被谢晋导演看中，出演了电影《红色娘子军》的主角"吴琼花"，受到了观众朋友的喜爱，并且获得了1962年第一届百花奖的"最佳女主角"。毕业后我进入学校的实验话剧团，但却因为"文化大革命"远离了艺术舞台足足十年。好不容易熬到1978年，"文化大革命"结束了，我立刻回到艺术剧团，抓住每一个可以把握的机会活跃在一线舞台上，想补回失去的十年。不经意间却发现，自己已年逾不惑，演十七八岁的小姑娘时，坐在化妆台前耗费的时间越来越长，脸上打的粉也越来越厚。

1983年，我在上海话剧团，当时有人从深圳来，说要招聘一批中高级知识分子去建设深圳经济特区。他们贴出了一个布告，我的一位朋友报名了,还特别问我:"你是不是跟我一块儿去看看?"当年我已经45岁了,但在话剧团里还是演青衣花旦这样的角色,到这个年龄不给年轻人让位,实在有些不像样,所以我也在琢磨着改行。另外,深圳招聘前我刚刚随中国电影代表团参加完在意大利举行的中国电影回顾展,从意大利回国。我在国外考察时发现,将来电视行业一定会挤压电影业,因为它的市场和观众面都非常广,将来电影竞争不过它。中国的电视行业在上世纪80年代才刚刚起步,我们根本没有感觉到它的潜力,但到了西方一看——不行,意大利的电影都没人看,因为电视发展起来了,欣欣向荣。我自己在上海电视台也接触过电视剧,还参演了鲁迅的作品《离婚》,演女主角,一个很泼辣的反封建的人物,就觉得拍电视剧挺有意思,要真转行了何不就转做电视导演?

报名那天我爱人先去了,说先看看报名处是怎么回事。我那位朋友在现场就多了一句嘴,说:"祝希娟的丈夫来(报名)了!"结果深圳负责招聘的领导晚上就上我们家来,问我能不能去深圳。他们说深圳经济特区现在要搞自己的电视台。上世纪80年代的深圳只有一个从广东转来的插转台,只能转播《新闻联播》,其他的市民一天到晚都看香港电视。那时候香港电视还算"资本主义",所以依照中央的决定我们要搞深圳电视台。

我心里觉得这个决定特有意思,我们这代人的特点是党叫我们干啥,我们就干啥;党指向哪里,我们就冲向哪里,特别简单。

我说我要考虑一下。招聘领导就说:"你不能考虑了,明天报名就截止了,我们现在给你留个报名单吧!"

在家里我和爱人决定了就算数,我爱人觉得在哪儿工作都一样,深圳我们没有去过,但它毗邻港澳,挺吸引人,说不定什么时候就能去香港看看。当时就是这么个想法,也没有考虑什么,就决定来了,等于说我们24小时内决定举家南迁。

决定后还没跟领导汇报，人也还没去，广东的《羊城晚报》就登出新闻"祝希娟举家南迁"。第二天上剧团，领导和同事就说："怎么搞的？你怎么去深圳也不跟我们说？"我傻眼了：没办法了，报纸都说你去了，你还能不去？

咱就这么来了深圳。

二

1983年，我们台一共对外招聘了四十几人，加上本地的，一共八十几人，大家都来自四面八方。当时在上海招到的人最多。深圳的老领导刘波同志说是我的功劳，因为报纸上说上海的祝希娟也去了，于是吸引很多人来。其实我看也未必，我觉得我没这么大影响。

我们家是坐火车来深圳的，台里的陈学标副台长去罗湖车站接我们。当时的火车站不是现在这样的，只有几条铁轨，很破烂。一下车我就傻了，火车开过罗湖区还能看到些高楼大厦，出了站台，汽车把我们拉到怡景花园对面一看，整一片荒地，全是芦苇，再不就是野香蕉树和水塘。

那会儿工作环境非常艰苦，台里刚开始只有一栋四层楼的房子，模样非常"宝安化"，插转台的办公室和宿舍全在那儿，后来它变成我们电视艺术中心的办公室，现在还保留着。我们那时开玩笑说，这是深圳的"夹皮沟"①，就能想象有多荒凉。那幢四层楼的房子前面，给我们搭了两排铁皮房做办公室。深圳的夏天太阳猛烈（冬天也够呛），铁皮房八小时都被太阳曝晒，那时候没有空调，我们就是八小时吹着电风扇工作——八个小时还不止，我们每天的工作时间基本都是十几个小时。伙食基本是泡面，最多加点豆豉，差不多天天中午饭都如此。偶尔到沙头角去买鸡翅面回来，就觉得特别好吃。

我们1983年11月到深，电视台计划在1984年的4月1号开台，开台以后隔天要播出，工作量大、时间紧，所有人都筹备得很辛苦。台里几个部门负责不同的任务，有安装机器、准备节目、邀请嘉宾、开播晚会等等。我负责开播晚会，于是把全国跟我"哥们儿"的人都请来表演了。当年演节目也没什么费用，就是演个节目，吃、住、玩一玩。但在深圳"玩"可比在上海吸引人多了——上海在1983、1984年一点儿没有改革开放呢。

在大家共同努力下，我们赶了一个全国第一的"深圳速度"——短短两个月内筹备完所有事宜，电视台就提前在1984年的1月1日正式开播。开播仪式在香蜜湖一个大的歌舞厅举行。20世纪80年代深圳最好的地方就是香蜜湖，那里现在是一个饭店。开播仪式上，当时的市委领导，如梁湘等全部来了，省里的领导也来了。开播当天，深圳台的第一个播音员是我，因为找不到其他合适的人，于是由我宣布："深圳台今天正式开始播出，现在请梁湘同志讲话！"梁湘同志作了平生第一次广播演说，从此深圳台就诞生了。

之后台里的节目是隔天播出，主要是以深圳新闻为主，每次半小时。文艺节目和电视剧都还没来得及准备，幸好全国各地的电视台都支援给我们节目。

刚来深圳那几年是我最有激情的时候，市里的领导也极其支持我们的工作，我们有什么事都直奔市委，随时到领导办公室，随时汇报，随时解决问题。有的问题是不过夜的。当时一些领导把办公室搬到了汽车上，整天在工地上跑、在汽车上上班，什么地方有问题即刻去解决，这就是我们的深圳速度。为什么深圳建设得这么快？领导都是在现场解决问题，以身作则。

那时就算吃的是泡面、罐头，我依旧对建设充满激情，苦中作乐。比如说，我们晚上很难睡着，因为整个深圳像个大工地，晚上都是打地基的汽锤的声音。开始睡不着，后来就睡着了——因为实在太累了。我曾经给我朋友写过一封信，我说我就听着我们深圳的建设交响曲进入梦乡了。这确实是一支很美妙的交响曲。当时正在造深圳国贸大厦，三天一层楼，创了全国的纪录。我听着那个声音，心里实在高兴。毕竟我们是第一批来深圳的，后来我回上海时，上海的文教书记问我："你要搞电视跟我们说一声就是，何必要跑到深圳去？"我说这不一样的，因为深圳是在建设一个新的城市，上海已经都建设好了，用不着我了，我们要去深圳干一番前人没有干过的事业——我们这代人就是怀着这样的激情。

三

1984年过完，电视台慢慢正式运转，我就想发展深圳的影视事业，我们的拿手好戏正是拍摄——拍下这么一片热土、这么一些让人激动的事情。

1984年6月，深圳台开台才半年，我们便开始拍第一部电视剧，这个进度在全国电视台里"史无前例"。那部剧叫《爱在酒家》，写的是我们深圳的酒家雇香港管理人员来管理的故事，剧情很简单，导演是郭宝昌，编剧是郭震。那时郭宝昌已经从广西来深了，我从北京亲自把他招过来，郭宝昌来了以后确实为我们深圳的影视事业做出了巨大贡献。

1984年拍电视剧，1986年我们就拍电影。开始拍了一部《生死树》，是一个传统的男女之间的爱情故事。但我觉得，深圳的电影应该要反映这里沸腾的生活，于是筹拍了一部影片讲述深圳第一批建设者的故事，叫《男性公民》。郭宝昌满怀激情，亲自导演，却没有摄影师。我就说："黄仁忠你上，做摄影师。"黄仁忠原来在上海电影制片厂，调来时是摄影助理，当时才三十来岁，很年轻，但我们就是要大胆用人。

为什么片名叫《男性公民》呢？因为改革开放以后，我们看的杂志上都是美女，电影里拍的也是美女，服装换了一套又一套，影视平台上阳刚之气的东西太少。所以我们决定拍一部男人的戏，戏里一个女性角色都没有。他们就开玩笑，说这个摄制组，除了我们的监制是女的以外，其他全是男的！

《男性公民》的男主角是曾经饰演周恩来总理的特型演员孔祥玉，邀请他时还有一段波折。当时孔祥玉已经到天津党校学习，马上要提拔为文化局局长了，但郭宝昌导演坚持请他来演男主角。我说这个事包在我身上，就立刻跑去了北京，又转天津，到了天津一刻没停就直奔文化局，和领导说我们要借这个人，"我们深圳经济特区建设请你们支援一下"。对方说"好好好，明天就把他从党校调出来"。就这么着，我把孔祥玉借出来开始了拍摄。我们拍的速度也是很快，一共只拍了30天，那时候在全国也没有这个纪录。

这部戏内容蛮有意思，我们拍得也蛮有味道的。有几场戏非常感人，其中一场是说一位政委在建设工地病倒，去世了，所以要拍一个追悼会。你知道，广东人当时是不可能让你进他家里去搞追悼会的，那很不吉利，所以没有一户人家肯借房子给我们，也没有一家单位肯借我们礼堂。怎么办？最后是美工想出了一个办法，说我们就在工地开追悼会，从吊车上铺下十几米的黑布，孔祥玉饰演的队长就站在吊车上发表悼词，现场还请来两万个工程兵给我们当群众演员，他们一分钱也没要。那个场面看了真是想哭，可以说是空前绝后。到现在，

1961年上映的《红色娘子军》电影剧照,图为主演祝希娟。

1985年,深圳电视台成立一周年庆典晚会,祝希娟为主持人。

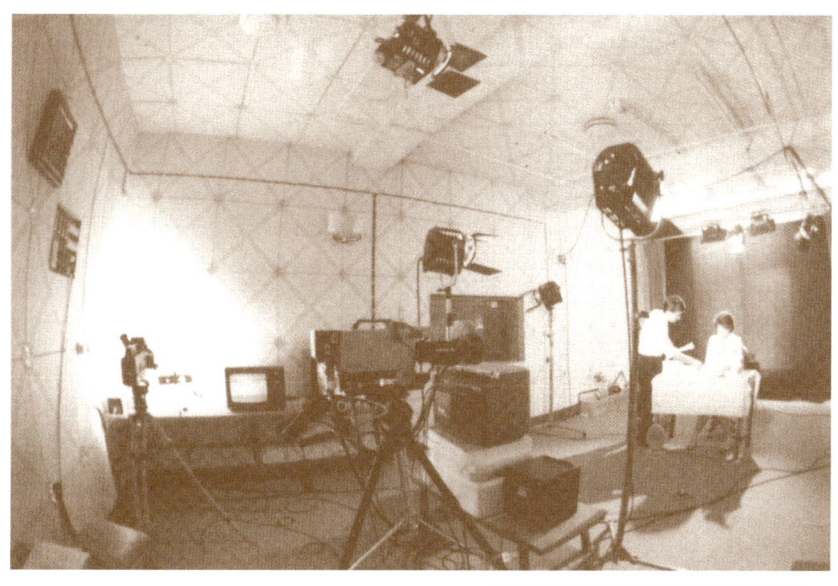

上世纪80年代的深圳电视台演播室。

上世纪80年代，深圳电视台建台初期使用的一栋简易楼房，电视台的新闻部、总编室、演播厅、播出机房均在其中（此楼已于1996年拆除）。

1986年，深圳电视广播大厦开工典礼。

中国所有的电影、电视剧里，也没有一个有这样气势和氛围的追悼会。

拍这部戏真是困难重重，我们咬牙克服了所有难关，但审片时又被卡住了，原因是既不是电影厂拍的，又没拿到许可证。片子压了一年，这一年我快把电影局的门槛给踩破了。当时的丁侨局长说："我肯定帮你的忙，但是没有办法，戏全部压下来了！只要一开禁，我第一个放你（这部）！"

结果等了一年，果然一开禁《男性公民》就通过了。

后来，我们拍摄影片的类型越来越多样，我和著名演员黄宗英曾合办过一个公司，我们说要拍一部20世纪80年代深圳经济特区的纪录片，起名《深圳，深圳》。为了这部片我差点要上经济法庭。

那时深圳开始建造"十大建筑"，体育馆才刚刚封顶，电视台没钱，公司也没钱。有人提议说"借"钱拍《深圳，深圳》，我连贷款是怎么回事都没有弄清楚，就跟南洋商业银行借了40万元港币。后来公司出了问题，黄宗英把100多本资料带交到了我手中，我跑去北京到处找发行。我带着2000元去找新闻电影制片厂的赵厂长帮忙，他说片子太长了，如果六集剪成三集，会想办法帮我发行。于是我自己剪辑、写解说词和配音，配完以后还请了北京外国语学院的老师帮我翻译成几国文字，成片后我们送给了各国的大使馆。第一部宣传深圳经济特区的片子总算没有流产，送出去了，可是迟迟都没有卖掉。后来，北京电影发行总公司答应帮我们发行，真是帮了大忙。跑了一圈回到深圳我才想起来：坏了，南洋银行的贷款还有一个月就到期了，借据上是我签的字，再不还就要把我告上法庭了！

我找到市委邹尔康同志反映情况，他帮我联系了中国银行深圳分行的行长。刚好《男性公民》一共卖了30万元人民币。我到行长跟前，说我也不知道汇率多少，反正我这30万元人民币能换成40万元港币就行，我只想把债还掉。他就笑了，说："你这个台长，怎么不懂经济？连换多少都不知道。"我说我就想还别人40万元港币。最后他给我特批了一个条子，银行替我把40万元港币打到南洋商业银行。之后我去南洋商业银行道谢，没想到当初我们借钱时他们还挺客气的，等我们还钱的时候，行长都不出来了。没钱真是矮人一截，好在终于还掉了全部债务。

这两部片子让我们历尽千辛万苦，我以前做演员，不懂经济和市场，但从这两部戏里我学会了不少东西，而且也感觉到国内很多人对深圳经济特区的关怀和爱护。有人问我有没有后悔过来深圳，我说我一点都不后悔。我到这片土地上来，从演员到副台长，经历了很多，就像开始另外一个人生。深圳出来的人就是不一样，他是"特区人"，是拓荒牛，他追求的不完全是金钱，也追求自己的理想。

四

我一直有一个愿望，就是希望通过文艺作品反映深圳人自己的喜怒哀乐。其他地方的人来拍深圳经济特区，可能浮光掠影一下就拍完了。但如果给我拍就得拍出深圳人内心的想法，拍出这里很多和内地不一样的观念。

比如，我拍的第一部深圳经济特区中学生题材的影片《特区少年》，故事里的女孩父母要离婚，她没有像其他电影里面的儿女那样哭哭啼啼，而是约她父亲出来谈话，说："既然你们没有感情，我也赞成你们分开。"这部片我们是20世纪90年代初拍的，那时有这样的观念相当先进、相当前卫。只有真正深入深圳人的生活里了解他们之后，才能写出这样的故事。

正因如此，我特别希望能建立一支"深圳人影视队伍"，由真正的深圳人来写自己的生活、精神、理想、追求，这就是"深圳制造"。1998年，我退休后定居在洛杉矶。但2006年又回到了深圳，回国后就带着组建"深圳制造"队伍的想法成立了公司，等于二次创业。公司独立拍的第一部电影是剧情片《滑向未来》，主人公是一群滑板少年，演员全是深圳的，有深圳的第一批滑板手，也有现在的滑板队，然后再加上3个上海戏剧学院一、二年级的学生。摄制组五十来个人，除了我以外，都是35岁以下的年轻人。

我为什么选择滑板少年这个题材，又偏要和孩子们合作呢？其一，是想给深圳的孩子们一个平台，让他们发挥自己的作用。我们好几个主创人员都是深圳长大的留学生，有从美国回来的，有从加拿大回来的，他们本身就是深圳的第一代滑板手，很乐意写自己的故事。既然他们有想法，我就帮助他们来试一试。其二，当时刚好赶上深圳在办大运会，我总觉得应该拍一部有关青年、有关体育的片子。

跟拍滑板运动其实难度极其大，我们请的摄影师在法国留过学，他还拿过2002年度世界某旱冰比赛的冠军。拍摄时摄影师穿着旱冰鞋，拎着机器，跟在滑板少年后面滑，之后转到少年前面再拉镜头。拍片的时候是初夏，滑板运动又是极限运动，拍了一遍又一遍，最热的时候，孩子们热得汗衫都可以拧出汗水。

整个影片投资200万元人民币，我自己集资，还不了就得卖我自己了。我对摄制组的年轻人说，我们的片子要么"上天"要么"入地"。我那时候做好了"入地"的准备，我们最不懂的就是市场经济，不一定能把本钱拿回来，管它呢，亏就亏吧，都已经走到这个分上了，总得走下去。

五

现在想想，我在世界各地转了一圈，又回到了深圳，这里才是我的家。

女儿女婿都在洛杉矶，我现在也会去，但那里很寂寞，说话的人少。离开上海也有30多年了，已经比较陌生。上海的确越来越繁华，但也越来越不适合居住。

到了这个年龄，我还是觉得深圳好。我跟深圳是同时成长的，它30岁，我也干了30年。在这里我从中年走向了成熟，这个城市也发展起来了。我能讲出深圳每一个地方的历史，说它当年是怎么样，现在又是怎么样，有时候还会为此感到自豪。我还记得我们1984年种的树苗，现在已经长成参天大树了。

对深圳，有时我也会"恨铁不成钢"，希望它在各方面能更好一些。比如政府对文化产业的扶持，可以更大力一些。现在的文化基金是要你得了奖之后才给钱。但是文化艺术工作者最困难的时候其实是创作初期，就是黎明前最黑暗的一刹那，他需要有个人给他哪怕一根火柴的亮光。但是现在的基金政策是等到别人成功了才奖励，是违反创作规律的——我砸锅卖铁成功了，你再给我奖励，又有什么意义？大家都说深圳的文艺事业30年多来有成绩，但是真和北京、上海比，还是远远落后。政府对文化产业的支持真的应该像扶贫一样。

另外，我感觉我们当年对人才非常尊重，现在的人才很难享受到那样的礼遇。当年的深圳很需要人才，很尊重人才，所以吸引了大量来深拼搏的人。如今人才多了，深圳反而变得不在意，想着要"挑一挑"。但其实"爱才"是深圳非常好的传统，深圳应该永远保留这种渴望人才的心态。

注释：

① "夹皮沟"：电影《夹皮沟》反映了一段饥荒的历史。

黄华坤

这是一座让你置之死地而后生的城市

黄华坤，1984年来深，中国家具协会副理事长、广东省家具商会执行会长，深圳市左右家私有限公司董事长。

一

我老家在福建泉州南安市一个丘陵地带的小山村，地少人多，靠天吃饭，一年里好长时间都吃不饱饭。所以我们那里有很多移民，他们不是要出去赚钱，而是要出去找饭吃。从祖父到我父亲这一代，家里都比较穷苦。父亲后来做了煤矿工人，也当上大队里的村干部，慢慢成家立业，有了我们兄弟姊妹六个。我排行老小，到我读书的时候，大哥当完兵回来，二哥去了香港，家境已有改善，在当地算得上中上水平。

在农村，你一旦贫穷，就必须面对艰辛，以及别人看低你的眼神。因此，大家都想方设法走出去，无论是读书还是学门手艺，只要能出去就还算有前途。当时大哥退伍回家种田，父亲心里很郁闷，于是对还在上学的我寄予希望，期盼我好好读书，将来能上大学改变命运。

但我的学习成绩却很不好,英语、数学经常考二三十分,这给我很大的打击。1983年,读到初三,我觉得通过读书来"出人头地"的希望越来越渺茫,就决定不念书了。当时我们老家早年外出了很多华侨,他们从南洋或香港回到家里后,所有人都很羡慕,认为他们光宗耀祖了。所以当时我最大的理想也是去南洋或香港,但是这种机会不是每个人都有,于是我就想退而求其次,去学一门手艺。

我心里想做木匠,因为可以在屋里工作,不必忍受风吹雨打,相对体面、干净,比较像"城里人"。但家里很希望我去跟大姐夫学当石匠,可是没学几天我觉得不合适,就放弃了,然后去一个林场里做测量工。那时,福建龙岩地区的漳平县有很多大山,里面有很多林场的木头要从山上运下来,要开山路,需要测量工,我就随一个亲戚去了。那时是夏天,我们每天早上很早起来,带着干粮就进大山。记得那时我一个月30块钱工资,刚从学校出来就有这样一份工作,而且回家还穿着牛仔布工作服,我很有荣耀感。然而,3个月后开路测量完了,我就失业了。

1984年,改革开放的消息传到我们家乡,有乡亲去了深圳,于是我知道这是个经济特区,靠近香港。那时我们老家人都觉得能过来深圳,也是很光荣的一件事情。于是,我就想来深圳找份工作。当时来深圳,必须要办边防证。办理程序是深圳这边的工厂先发一个邀请函,然后才能去县公安局办理。当时我父亲一个朋友有机会,但他决定不来了,于是我拿着他的证件来了深圳。而且就是因为边防证,我把名字给改了——我以前叫黄腾新,但边防证上的名字叫黄华坤。当时边防证不需要核对身份证,所以就顺利过了关,后来我用边防证去工厂登记,办理相关手续,于是"黄华坤"这个名字就叫开了,我也就没有再改回原来的名字。开始，父母家人不知道我在外面用这个名字，但现在"黄华坤"做出了成绩，我在老家也算很出名了，他们也就没有意见，并且为这个名字骄傲、自豪。

二

1984年春，家里给了我七八十块钱，我就带着这个边防证跟另外一个表哥，一路颠簸坐了两天面包车，一起到了深圳。当时唯一的希望是香港的亲戚能给我们找一份工作。

我和表哥住在笋岗的田心村铁路边一个农民的出租屋里，也希望通过附近的老乡能找到工作。当时和平路上有个侨社，很多香港人回老家要到这里坐大巴，于是有老乡在那里拉客，就是通过帮人找大巴车赚一些介绍费。我们就去找他们，但是别人都讲粤语，从福建的农村出来的我和表哥听不懂，交流很困难。

那时候生活很苦，我和表哥去东门老街买煤油炉，回来熬白粥喝，然后吃一些从家里带来的"三和面"——就是一种用面粉、花生粉、花生油混合而成的麦糊，和母亲做的瘦肉松。有时香港的亲戚过来会给我们一些零花钱，所以偶尔也会买些饼干、公仔面来吃。

最困难的还不是这些，而是我们不敢出门，害怕查户口。改革开放初期，因害怕"三无"人员太多会造成社会混乱，街上经常有查户口的。一旦发现你是"三无"人员，就要被遣送回去。那时候的遣送不是说直接把你送回老家，而是要在沿途很多农场干活，比如要回泉州，可能要先到汕头干几天活，再到漳州干几天活，这样沿途边干活边走。我们来一趟不容易，如果被遣送回去，回到老家是很不光彩的。因此，我们一直都提心吊胆的，白天晚上都不敢随便出门。

一个多月后，香港的亲戚托朋友的朋友介绍我们到黄贝岭凤凰剧院附近一个香港老板办的来料加工厂——湖宝家私厂工作。

这个工厂有七八十个人，基本是香港人或广东人，只有我和表哥是福建人，我们两个被安排到木工车间，但进去后就像是"孤儿"一样。因为广东人都是一帮一帮的，而我们的活计是要有人带着你教你做，你才会做，我和表哥根本没人带，再聪明勤快也没有用武之地。而且如果你不会做活，往往是做多错多，比如说你打枪钉，如果没打好，枪钉跑出来了，那这个夹板就会作废，带来损失。所以我们做也不是，不做也不是，心里很害怕。因为是淡季，我们进厂后不到10天，就赶上工厂裁员，我和表哥很不幸地被裁掉了。几天后，表哥就回老家了。但我不敢回去，费了千辛万苦才到深圳，回去父母肯定会骂我，所以就留了下来。

那时香港工厂管理还比较粗放，虽然不在那里上班，我还可以住在宿舍里。但吃饭成了大难题。我被炒了鱿鱼，不敢出去跟大家一起吃饭，只能等人家吃完了，我再出去吃点人家的剩饭剩菜。这样的日子过了有十来天吧，每天在宿舍，我就思考自己究竟因为什么被炒，得出的结论是语言交流问题。于是，为了能在深圳站稳脚跟，我开始努力学习粤语，希望有机会请求老板再给我一次机会。

那时香港老板根本不把我们内地打工仔放在眼里，我们看到他一般也不敢跟他打招呼，如果老板能够主动跟谁说个话，打个招呼，那可能是老板特别高兴。湖宝家私厂有4个老板，其中一个胖胖的比较面善，我就想等他一个人在办公室的时候去找他。果真被我抓到一个机会，我就主动上去，用很生硬的广东话跟他说，现在生意比较好了，能不能让我重新回去工作。他可能看我比较诚恳，也比较可怜，就答应了，把我安排到了沙发车间。

沙发车间的工作是将一楼开好的木料、钉好的木架搬到二楼，并剪裁布料、包沙发。我就负责搬木架，然后做一些钉铁钉、弹簧、麻布等不需要太多技术的基础工作。这份工作来之不易，于是我很勤快，也很用心。

以钉铁钉为例，别人钉铁钉如果钉子钉弯了，或者钉了一半掉下来，可能就放下不理它了，但我一看到钉子弯了，就会把它拔出来，再重新钉一个进去。再比如说我们钉弹簧，一排钉上去，我每次都会把弹簧的间隔量得一模一样，因此不会出现这个缝大，那个缝小的情况，所以我的出品总是很漂亮。我们还要将钉好的木架送到下一道工序的师傅那里包扎。我的一些工友通常送完就跑到一边休息，但我会主动留下来给师傅帮忙，看他们怎么做的。一来二去，他们也比较喜欢我，慢慢地我对做沙发也产生了浓厚的兴趣。一个很粗糙的木架，经过几道工序，师傅一包扎，就变成了一张美观的沙发，让我觉得很神奇，很有成就感。

为了有更多机会去跟着师傅学习，我自己的活干得特别快，比如一张三座位的木架，别人可能要两人抬，我就一个人扛上去，从一楼扛到二楼。有一次，我们另外一个老板看到我扛木架特别卖力，拍了拍我肩膀，问我叫什么名字，他就这样记住了我。大概一年后，这个老板再另外成立一个专门做沙发床的小车间时，就叫我过去和他弟弟一起负责。老板的弟弟是一个"放样"师傅，"放样"就是按照家具的图样，做出一个"模板"，这样别人才能按照这个样式来做。从那时起，我才真正开始跟着师傅学做沙发，从头到尾整一套工序都学。一张沙发很大部分都是手工完成的，对制作技术还是有很高的要求，学习的时候经常要反复做很多次才能成功。

"放样"很锻炼人，比如说双座沙发的两个靠背要做得对称、饱满，不能一高一低或一胖一瘦。沙发是软的，靠海绵来填，没有固定的形状，所以要靠你手上的力度来塑形，你拉沙发外皮的力度大一点，它靠背的弧度就会变小，你放松一点，弧度就变大。沙发制作到现在其实都是这样，它不是标准化、能量尺寸的，而是有艺术性、设计性在里面，制作时很多样式靠人目测，靠经验实现。

那时，我整个人的状态就像海绵一样，不断吸收新的东西，很开心。到了1986年，我已经差不多学会了制作整套沙发的技术，从开木料，到踩缝纫机，到包沙发，我都能独立做出来了。我也"入一行爱一行"，越来越喜欢这份工作，觉得它很有技术挑战性，充满了艺术创造的魔力。慢慢地，我萌生出"将来有机会，我要自己做个沙发厂"的念头，坚定了要留在深圳实现"出人头地"梦想的信心。

不久，湖宝家私厂的四个老板因合作不是很好，决定要把工厂卖掉，原来的人要全部换掉。当时工厂里有个老乡叫黄秋水，比我大上十来岁，他性格外向，胆子大，有上进心。他在厂里负责给商场送货，每次送完他都主动跟商场的业务经理聊天，拉拉关系。他的人品比较好，这些经理也乐意和他聊，后来他们的关系就变得很不错。我和黄秋水住在一个宿舍，经常会聊天到深夜，聊着聊着，我们就合计着自己干，我有技术做沙发，他有门路会卖沙发。于是一拍即合，我们就将失业变成了创业，说干就干。接着，我们迎面碰上的就是如何办执照、找场地、筹资金、采购原材料等一系列的问题。

我们俩都是外地人，没有深圳户口，办不了个体户营业执照，而且没有厂房，怎么办？当时湖宝厂里有个姓庄的师傅，他家几个兄弟在竹子林那边租了一块地，建了座华丽家私装饰厂。我们就去找他，请他租个小地方给我们，就他工人住的一个宿舍，有20多平方米。然后，我们没有营业执照，就挂靠在他们下面，我们卖一套沙发，找他开一张发票。发票的税点一般是四五个点，但我们却一直给他8个点的钱。

然后是资金问题。我们合计了一下,每个人最少要拿出8000块钱出来。那时我才19岁,在湖宝家私厂工作时每月100块钱工资,手里拿不出来这么多钱,怎么办呢?只能回家找父亲,请他帮我在信用社贷8000块钱。父亲那时问过我:"这8000块钱如果赔了怎么办?"我很有信心地和他说:"如果亏了,我就去打工,做牛做马都要还给你!"这8000块钱是一年期的,利息好像是2厘~3厘,第二年我就真的就把这个钱还上了。

那时的商品市场不像现在这么透明,尽管我已经做沙发生产做了两年,但根本不知道木头、海绵、胶水这些原材料在哪里买。为了找到原材料的采购渠道,我和拍档四处找人塞钱买信息,找供应商,找大商场,就为了能挂靠商场进行销售。

当时我们很多材料都是从香港买回来的,布料是拍档的叔叔从香港用行李包背过来的,都是欧洲、日本进口的沙发布。我们一套沙发做出来成本大概要700块钱,出厂价1300~1500元。所以,我们从一开始就在质量方面要求比较高。而因为我们没请人,所以真正的沙发制作工作,基本是我一个人在做。

做出来的沙发挂靠在大商场销售,像友谊商场、国际商场,我们会先送他们一套样板摆在店里卖,这个样板跟以前湖宝家私厂做的一模一样,而且价格比他们还便宜。摆出去后,一般没过两三天就能卖掉,他们就会进第二套、第三套,我们于是不断有新的订单。商场把沙发卖掉,也不是马上给我们钱,可能要一个月或者更长时间才给。那时候管这种形式叫"代销"。

这一年我们做得挺好,但生产的地方实在太小,而且长期挂靠别人没有安全感,我们开始想到要转变。1987年,我们在水贝村茂名大

1988年，黄华坤在卖产品的商场留影。

1996年,黄华坤(第三排左五)的公司举办元旦晚会。

1998年，左右家私产品荣获第五届国际家具木工机械（深圳）展览会软体家具系列冠军，公司同事欢聚一堂，共同庆祝。

厦附近租了一块几百平方米的地皮，租金很便宜，好像是每平方米1块钱。我们建了宽敞的厂房，一下比之前20多平方米的大了很多，于是我们吃住都在厂里，开始了"以厂为家"的生活。

厂大了就要请工人，我先后把我大哥、表哥、表弟、堂姐、堂妹等十几个亲戚从老家叫来帮忙，一传十十传百，不久家里很多人都求着要来我们这儿工作，这时，我已经有种"出人头地"的感觉了。但我们心里向往的是真正城里人过的生活：有房有车，每到晚上，家家户户的窗户都透出温馨的灯光。我们没有一个像模像样的家，所以铆足干劲，想要把生意做得更好，能够赚钱买房买车。

但扩建没多久，我的拍档就想去厦门开分厂。我觉得我们在深圳都还没扎下根，开分厂只会分散精力。我俩的意见出现分歧，后来就干脆分家。1987年，我们通过抽签的方式分了家——这个厂归我，我给他钱。因为做得比较好，分家时我们的资产都有十几万元了。

三

分家以后，更多家乡的人来这里工作，到1989年工厂已有30多个工人，厂房开始不够用，于是我就请来工程队扩建厂房。当时为节省空间，我的海绵都放在工厂上面的阁楼里。扩建的厂房依旧是铁皮房，需要焊接，他们烧焊时不小心将火花溅到了海绵上，整个工厂就燃起来了。

我清楚记得那天是1989年3月26日，早晨八九点钟，我和太太去火车站接她一个香港的亲戚。回来时看到工厂附近有消防车和救护车，瞬间我就腿软了，知道大事不好。走近一看，整个工厂烧得一片精光，所幸的是在白天，30多个工人都跑出来了，没有人员伤亡。

因为我住在厂里，所以，我的所有财产，包括衣服、日用品都在里面，当时除了身上的衣服和商场未结的一点点代销款，什么东西都没有了。整整几天几夜，我吃不下饭，非常痛苦。但我还有30多个工人，我要对他们负责，于是就安慰自己，也安慰工人，我们从头再来。

后来，我去找给我租地的张伟民，他是本地人，又是水贝村企业办的主任。当时他们企业办下面的很多分厂都是承包出去的，比较难控制风险，他人比较正直，不想担这样的风险，正想自己出来做点事情。他看我发展很快，一年多就从十几万的规模做到了二三十万，就提出跟我合作。股份他占30%，我占70%。他熟悉水贝，于是我们在水贝村另外一个地方建起了铁皮房，以前的客户主动借款给我，材料商提出预先给我提供材料，我们东山再起。那时我鼓励周围人说："只要我们的精神在，就是留得青山在，不怕没柴烧！"但是后来又碰到深圳下大雨，我们的工厂比马路矮大半截，导致很多产品被水淹了。那一年，我们不是遇到火灾就是遇到水灾，真的是水深火热。

当时，我们的产品还是给商场代销，但他们的利润远高于我们，所以我们就也想开个商场。那是1989年下半年，整个经济很萧条，红岭路上的深圳展览中心也没人做展览，卷闸门经常关着。因为开家具城需要较大空间，而那个地方有好几千平方米，我就想租展览中心其中一块地方。和他们沟通后，居然成功租了下来，开了南天家私商城，我和拍档各占50%的股份。家具商场的生意非常好，这时候算是我赚到了"第一桶金"吧。

做了一年多，到1991年初，张伟民主动提出要分家，他要商场，让我要工厂。因为商场发展前景很好，而工厂的地头和名字都是他的，既然他提出要分家，我就干脆工厂也不要了，自己出来。我心里其实很难过，那几年我是硬熬过来的，经常通宵地赶工，就算后来请了工人，很多技术难关还是要亲自去突破。而他是本地人，有很多优势，我就有点被欺负的感觉。而且这几年在深圳，身边没有人照顾我，20岁出头时正是长身体的时候，我却经常饿肚子，身体变得不太好，精神状态也不好。

分家后，我在蔡屋围附近租了一间1000多平方米的厂房，带着以前的一些工人又重新做起来了。因为状态不好，想好好休整一段时间，我就给我大哥拿了十几万元去布吉那边开了个小工厂。但我也是一个坐不住的人，没多久我又重新出来，并将工厂搬到了布吉。

1992年，我已将母亲接到了深圳，大哥和我都有工厂，母亲就两边跑。5月是深圳多雨的时候，我大哥住在布吉，地方比较偏僻，一下雨就涨水，小河流、下水道经常不通。那年5月7日，我在东莞、顺德一带出差，突然听说母亲在我和大哥家之间的路上走丢了。我丢下手上的事情，立即赶回深圳，和家人到处寻找母亲。我们报了警，贴了寻人启事，还标明了有悬赏金，找了整整三个月。这三个月我几乎什么事都没做，就是到处找母亲。那时候，随便一个电话，说发现有长得像我母亲的人，我们就马上开车过去，最远的时候跑到了汕头、台山，但最终还是没有找到。

那时我的生意也是步履艰难。我搬到布吉以后，在龙岗大道附近的龙珠花园租了2000平方米的地方，准备做家具商场。记得那地方是大中华的地盘，我去找那儿的老板，他看我太年轻，开始不愿意租给我，让我先交10万块钱的定金。第二天我拿钱来了，才租下了3楼。当时我只是做沙发，但做商场得品类丰富，我就买了一辆小货车，经常去顺德、东莞采购商品。

母亲走丢了，我没心思打理商场，但它却花光了我所有的积蓄，而且每月还要交十几万元的租金，外加水电费。后来连水电费都交不起了，只好把商场转给别人，自己专心做工厂。

四

1992年，我搬到布吉白鸽笼京南工业区，专心做产品，才慢慢好起来了。我们的产品逐渐在深圳、广州、汕头这些大城市畅销起来，我开始更进一步地规划未来，思考自己要做什么样的企业，然后逐步想到要做品牌。因为如果我们做低档产品，价格卖得便宜，必然越来越低档，越来越便宜，做到最后可能就消失了。但品牌不同，品牌有生命力。欧美国家为什么会这么强，主要因为他们的工业时代比我们早，一早创造出许多品牌，经过这么多年的积累，目前全世界都在消费他们的品牌，所以全世界的钱都被他们赚了。而我们中国近几十年才发展起来，现在更有必要创建自己的品牌，不能单单靠加工，那样永远富强不起来。

所以到了1995年，我们立志打造自己的品牌，而且要做成百年老店、百年品牌，有自己的研发和技术，这样才能在全球的产业链中具有竞争力。于是我开始查资料，给品牌想名称，结果左思右想，就想到"左右"两个字。当年，我就注册了"左右家私"商标，之后越做越大，到目前，公司已经有3000多名员工，去年市场销售总额10多个亿。我也为家乡捐钱修路、建学校、卫生院，做力所能及的事情。

在企业规模扩大的过程中，有段时间我曾非常迷茫：面对激烈的市场竞争，还有工厂管理中出现的各种问题，我仍旧非常辛苦地工作，但想想自己已经有车有房，生活条件也很好了，为什么还要这么辛苦？是不是该收手不做了？再往深处想，其实就是"想做得更大，还是想保持现状"的问题。

为了解决困惑，我去上了北大光华管理学院的EMBA课程，又到清华中小企业家总裁班进修了国学。一路下来，才慢慢想通，我们在这个世界上不只是为了自己。如果只为我自己，我可以去游山玩水，但我不能够那样。如果每个人都只想着自己，那这个世界也不会好到哪里去。我希望我能够为国家和深圳出一份力，让我周围的人有更好的工作和生活。所以现在我不管碰到多大的困难或挫折，都会从容应对，不再像以前那么矛盾。我的企业也提出"打造幸福"的口号，怎么打造呢？首先，我得让企业员工幸福，所以自从提出这个口号，我们就开始给3000多个员工包吃包住，等于不管今天咱们有没有开门做生意，我都要花几十万去给大家吃饭。我觉得这样值得，因为这是需要我们承担的社会责任。

回想我在深圳的这几十年，能从那么艰难的状态走到今天，有两句话对我来说很重要：第一句是"做事先做人"；第二句是"以专业为事业"。

"做事先做人"，我的长辈教育我要做一个诚实、勤奋的人，而这一路走来，之所以有这么多拍档愿意和我合作，特别在遇到火烧之后仍旧愿意帮助我、让我重新发展起来，其中一个重要原因是他们觉得我诚实可靠，为人勤奋，并且乐意帮助别人。成就别人才能成就自己，如果一个人说谎、爱贪便宜、斤斤计较，那么其他人是不愿意帮你的。

"以专业为事业"包含两个方面：一是要把事情做"专"，创业途中我想做得更大，包括开商场、和别人合作等等，但最后还是回头来做我的本业——沙发和工厂，这才有了今天的规模。从中我体悟到，事情还是要做"专"。另一方面，我们需要对手上的工作专业，对手上的工作投入更多，把它当成事业来付出。我自己就是这样成长起来的，最初是一个打工者，一个制造沙发的工人，但我做沙发时不仅仅当它是工作，而是一种爱好乃至一种我将来可以凭借它继续生存发展的事业，所以我比其他人更钻研，更用心，从而慢慢能凭借技术自己创业，现在做自己的品牌。我也用这句话激励我的员工在工作中学习、成长，比如我有一个营销总经理，他进厂时只是一位最基层的业务员，之后一步步跟着公司成长，现在成为公司的营销老总。"以专业为事业"让他从基层成长为社会的中坚力量。

我今年47岁，来深圳30年了，比在家乡待的时间还多13年，深圳就是我的第二个故乡。在我最艰难时，我也没想过离开这里，我认定了它，因为它包容、创新，更容易接触新的理念。同一件事，在深圳办和在内地办感觉完全不同，深圳说一是一，从不会表面答应，之后又用诸多理由推脱。深圳的家具行业在全国也是领先的，如果要我选一个地方开设自己的百年老店，哪里最合适？肯定是深圳！它就像一个联系国内国外的"桥头堡"，最适合做品牌总部。

30年来，这个城市让我从一个辍学少年变成了家具行业的领军人。我饿过肚子，做过苦力，下过岗，又遭遇火灾烧掉全部身家，生活好转后母亲走失……无数的艰难困苦我都挺了过来，现在公司发展越来越好，我真正觉得自己实现了"出人头地"的梦想。或许一切都因为我所在的地方是深圳，一个只要你努力就能置之死地而后生的城市。

金式如

去深圳把耽误的时间找回来

金式如，1984年来深圳，参与创办深圳实验学校并任校长。

一

我来深圳是应聘，不是调动。

在来深圳之前，我是上海闸北区一所重点中学的副校长。1984年，深圳来上海招聘老师，我一个同学的姐姐正好是招聘组的一员，她向我详细介绍了深圳改革开放的情况，尤其是"时间就是金钱，效率就是生命"的口号，于是我就萌发了去深圳干事业的想法。

当时我在各方面条件都还不错，所以母亲和妻子极不赞成我来深圳，说："能在上海多不容易，人家要上一个上海户口多难啊，你怎么能就这样走了。"但我很坚决，因为我已经40多岁了，我需要在新的环境里做出一番事业，我在过去的岁月里，特别是"文革"中，耽误的时间太多，再不改变就没有机会了，我要去深圳把耽误的时间找回来。

从小，我对"老师"的印象就特别好。我5岁开始在家附近的合肥路小学上学。这个学校人不多，一个年级只有一个班，但是办学很精，老师都非常负责任。那时候我们从家里带饭到学校吃，老师都会过来照看，他们也经常和家长联系，非常关心我们。记得有一个老师，有天早上打了一盆水，拿着毛巾叫同学一个个过来看，检查领子后面有没有油腻。当时洗澡不像现在这么方便，我们经常是一个星期才洗一次澡，很多同学的领子都是黑的。凡是领子是黑的，她就用毛巾一点点地擦干净。现在想起那个画面我还是非常感动。这些启蒙时的记忆对于我日后从事教育事业有着巨大的启发。后来我在深圳办学，经常给我们学校的老师讲，不要简单地把自己当成一个教书的，应该把自己看成是学生的启蒙者。

1964年，我从上海师范学院物理系毕业后被分配到上海闸北区彭浦中学，正式成为一名人民教师。彭浦中学1963年建校，离市区较远，条件也比较差。学校除了招收附近的学生外，还在闸北区招收了一批家庭困难的住宿生，我是其中一个有住宿生班级的班主任。每天早上6点我和学生一起跑步，之后回来吃早饭，活动、晚自修等我都要陪着，自修结束再把他们送回宿舍。这些孩子晚上不好好睡觉，也得管着。在这两年里，我用心地对待所有学生，虽然管理住宿生事务繁杂，但我心里觉得很充实，这段经历也为我后来的教育生涯积累下不少经验。

"文革"期间，学校停课闹革命，1976年后"拨乱反正"，学校教学逐渐恢复正常。1978年，我从教导处副主任开始升职，后来调任六十中任副校长。1984年时之所以想离开当时工作的中学，其实也是因为"怀才不遇"：1981年，我刚到这所学校的时候，工作很愉快，大家相处也很好，我采取的一些管理方式基本都能得到校长的支持。

但后来换了一任领导,工作就没有原来那么顺畅了,我开始想要离开这个学校。

为了在事业上有所"突围",我选择来深圳发展,在此之前,我从没来过广东。当时我和同学两个人从上海坐火车先到广州,准备第二天再转到深圳。我们到了广州感觉就像是到了另外一个国家,街上的人说话我们听不懂,随处可见的霓虹灯也在显示着无尽的繁华。到广州停留一晚之后,我们第二天坐火车到深圳。出了火车站我们想坐公交车,但司机看我们拿着大包小包的行李,不让上车。我们身上没有港币,的士司机也不接。没办法,我们只好走路去教育局。路上口渴了,在路边买罐装水,一罐要7毛钱,在上海才要1毛钱,当时第一个感觉就是深圳的东西好贵。

不久,我和同学两人顺利应聘成功,我同学被分配到深圳中学,我被分配到滨河中学主持工作。刚到滨河中学的时候,学校还在建设当中,路上都是泥巴。我好不容易走进去,只找到一个临时管理员,他把我安排到四楼一个办公室住,旁边连一个修好的厕所都没有。

1984年,深圳新建了10所中学,要求9月1日同时举行开学典礼。但到了8月底,滨河中学仍在建设中,地面都是水和泥。到了9月1日,我们只能把师生安排在各楼的走廊里,围着场地进行开学典礼。长长的鞭炮从六楼挂到了一楼,响声震天,把我们新安装的灯都震坏了两个。我把在开学典礼上拍的一张照片寄回家,我母亲看到后很高兴,因为她只看到欢庆的情形,看不到学校的艰苦生活,不知道附近连买早点的地方都没有,我每天早上只能吃自己从上海带来的咸饼干,午饭和晚饭要走到深大成人教育中心吃,一路上都是泥巴。

二

滨河中学开学大概一个月后，教育局领导看了我的档案，就把我调到教科所研究学校管理。1985年4月，市里决定在深圳的白沙岭筹建幼儿园、小学、中学3所相对比较高端的学校，便把我调去参加筹建工作。后来市里明确3所学校连在一起管时，就给学校取名"深圳实验学校"，我成为学校筹备组的负责人。

1985年春夏前后，学校工程进行过程中，深圳经济遇到一点问题，学校的建设就停顿下来。我记得5月份我去工地上摸情况的时候，发现小学和中学停停建建，幼儿园都还没有选址。那些天，我几乎每天都要骑着自行车戴着草帽跑到工地上去看工程进展，但是一直都不顺利。

按照预定计划，9月1日学校是一定要开学的，但到5月份了老师都还没有确定。只剩下三四个月时间了，教育局领导就安排我到上海和北京去招聘。在教育局和中国教育协会的帮助下，我们顺利招到了三四十位老师，这些老师大都很有经验，也有来深圳经济特区工作的愿望和激情。8月份他们来深圳前，我们为他们在生活、工作上做了比较充分的准备，比我来的时候条件好多了，所以他们从一开始就干劲十足。

那时我主要关心学校建设的进展情况。因为中学部施工基本上停下来了，所以教育局跟我们说"中学就先不要想了，我们把新建的园西小学借给你们开学"，当时园西小学也在建设中，暂时还没有招生。园西小学也在施工，到8月15日，尽管还有很多工程没有做完，但是已经管不了那么多。8月27日，我们开了办学研讨会，9月1日正式开学。我们借用园西小学的教室1年，招收小学一年级、初中一年级和高中一年级各4个班，直到1986年我们学校小学部完工，整个学

1985年，深圳实验学校创办，金式如（左）与阮少球（右）开始承担起领导学校的重任。

1985年，金式如（左一）到深圳火车站迎接来自北京、上海等地的借聘教师。

1986年,深圳实验学校的教师自己动手整建学校中学部的操场。

1985年,深圳实验学校教师在学校度过第一个教师节。

校又从园西小学搬迁至实验学校小学部，课桌、椅子等整整搬了两天时间。

深圳实验学校小学部的条件要比园西小学好一些，但由于是新建起来的，设施还不完善，食堂也没有，老师们的吃饭问题没法解决，最后我们只好与学校对面的计划生育服务中心协商搭伙。

到了1987年暑假，学校在白沙岭的中学部一部分工程完工可以使用了，学校的中学部又搬迁到了白沙岭。但因为学校还在施工，所以存在不少困难，例如学校没有围墙，很不安全。在建设操场时，我们又碰到一个问题：我们要建设400米跑道的地方，有园林公司的几棵大树占着。我就找园林公司商量能不能把树移走，园林公司说移树要花钱。没办法，我只好给时任市政府秘书长李定写信反映情况。我们上午把信送出去，下午他的回信就来了，他让园林公司的老总去移树，信里有这样一句话，我到现在都记得，李定说："钱，以后会给你的。"于是园林公司把树移走了，我们才顺利建成了操场。

幼儿园则到了1988年2月才定下地址开始建设，当年10月建成。这段时间也有老师觉得条件太艰苦，不如他们的想象而离开，但总的来说，学校逐渐步入正轨，一切也都慢慢稳定了下来。

三

学校既然命名为"深圳实验学校"，那我们就要无负于这个名称。因此，它从诞生之初就开始了改革实验的探索，其中一个就体现在课程设置上，我们从1988年起逐步开设了科技制作课、形体课、陶艺课等。

1991年，从培养学生健全人格的目标出发，我们把原来中学美术教材中只占很小比例的陶艺教学分列出来，调入专业的老师，购置陶艺制作设备，开设成一门独立的课程。陶艺是一种手脑并用的活动，需要学生边想边做，它不同于单纯的教学，对于发展学生的个性和想象力是非常有帮助的。因此，即使当时的教学条件不是很完善，由于内容与形式新颖，陶艺课还是受到众多学生的喜爱。

1995年4月，全国人大常委会副委员长费孝通来我们学校视察。当他来到陶瓷工艺室，看到墙上挂的、桌子上摆的上百件学生制作的陶艺作品时，连声称赞，说这是他在中学见到的第一个陶艺室。临走的时候，我还代表学校和学生们赠送给费老一个精致的陶罐。

1994年，我们又与中国科学院南京天文仪器研究制造中心签订了建造天文台的合同，决定在第二年4月之前建成一座天文台。一番考量之后，这座天文台后来选址在教学大楼西立面的正中对称轴线上。其实早在1985年，深圳实验学校建校之初，我们就认识到了天文活动对学生科学教育的作用。当年正值60年一遇的哈雷彗星回归，在经费非常困难的情况下，我们还是掏出一笔钱，购买了一台日本产的110牛顿望远镜。观测哈雷彗星的活动，让学校老师和同学们颇为受益。

2001年6月21日的非洲日全食是21世纪初的第一个日全食，这是一个非常难得的机会，我们决定组织学生赴非洲观测。经过多次辗转，我们的队伍来到最佳观测地点津巴布韦。这次我们拍摄到了非常精彩的照片，回国后恰逢北京申奥成功，《天文爱好者》杂志就选取了我们拍摄的日全食照片，组成奥运五环的形象，得到全国天文爱好者的好评。

从建校之初到现在，我们对活动课程一直在进行丰富和改进。在初中阶段每个学年的上学期，我们设计了秋季社会实践活动、运动会和艺术节。在秋季社会实践活动中，我们安排初一去军训；初二学习环保教育，增强学生的环保意识；初三则进行徒步行军，我们事先和驻军联系好，然后带着学生到山上去与解放军联欢。高中阶段，高一军训，高二去井冈山与农民同吃同住，了解革命历史。在每个学年的下学期，我们学校都有一个春季队列检阅，提高学生的素养、气质。5月我们有合唱节，还有科技节等。

本来我是想学习国外的三学期制，让寒暑假短一点，多出一个假期组织活动，但是只有我们一个学校这样做，可行性不高。

现在看来，我们的活动课程是非常受欢迎的，但是学校在决定开展各种活动之初也是有阻力的，包括很多学生家长和老师都不理解。但是我说："学生老是在教室里读书，学校就没有生气，久静要动，久动要静，我们不能把教育搞片面化了，认为抓教学就是做作业、上课、考试。其实学科教学和各种活动都是教学，应该两手抓，只不过要使课堂教育这一手先硬起来，使学生课堂上可以解决问题，这样与活动课程就不会产生冲突。"慢慢地，我们开展的各项活动得到了越来越多人的认可。

四

学生期是一个人成长最旺盛的时期，最完好的成长既包括心灵的健康，也包括身体的健康，二者缺一不可。

在学校教育中，学生的健康是非常重要的一部分，我把学生的健康保护细化为4个部分：眼睛、营养、性教育和牙齿。其中，我们做得比较成功的一个工作是1990年我们在学校率先建立了牙科诊所，提出要学生保护牙齿。我们有幸找到一个医术、医德都不错的牙科医生，他不负众望，把学生的牙齿保护得不错。

我们的牙科诊所就在医务室的旁边，刚开始比较小，后来把初中部综合楼三楼一整层全部变成牙科诊所，增添了设备、仪器和人员。

牙科诊所建立以后,我们学校学生的龋齿率是全市最低的。经过我们的调查,我们学生的龋齿率从1993年的87.8%,下降到2004年的32.6%;平均龋均数从1993年的4.4个,下降到2004年的0.7个。此外,我们学校对学生六龄齿的保护,也不比西方国家差。

五

从1985年到2007年,我在深圳、在学校工作了22年,这是充实的22年。

坦白说,来深圳我也失去了一些东西,毕竟我对上海比较熟悉,来深圳后还要适应,和新建学校的老师沟通好也不是一件容易的事情。这个时候我就会想,如果我在上海,可能就不会遇到这样的情况。尤其是刚来的时候,有时夜半醒来,隐隐会有一丝后悔,但是最后,我总是能战胜这种迷茫。

现在回想起来,这么多年,我对深圳一直都是非常有信心的。从来之初我就坚定了在学校干到底的想法,因为这才是我能做的事情、我愿意做的事情。外面的诱惑再多,只要认清楚自己本真的追求,心就能平静下来了。

如果我当初不来深圳,这份事业照样会有人来做,这是深圳教育发展的必然。但我可能就失去了这段宝贵的经历。所以我非常感激改革开放的深圳给了我一个舞台,让我施展自己的抱负。

2007年我就退休了,但我仍然闲不住,就又回到学校,能帮忙就帮忙,这对我个人也是一种调剂。

孔爱玲

做梦都想不到会有今天的成绩

孔爱玲，1984年来深圳，曾任深圳市统计局副局长、党组副书记、国家统计局深圳调查队队长等职。现任广东省侨联兼职副主席、市政协常委。

一

"深圳就像一个热气腾腾的大工地，到处都在搞建设。加上有中央给政策和毗邻港澳的优势，是一个干事创业的好地方，而且各行各业都在搞改革，我们可以去那边闯荡一下。"1982年6月，我丈夫随领导到深圳参加全省工作会议，回来后他如此描述深圳。

此时，我还在肇庆地区科委从事地震监测及数据分析等技术工作，生活非常安逸，孩子也才刚刚出生几年。但听了丈夫的描述，我对深圳十分心动，专门跟随他来深圳考察了一回，结果真的听到处处是机器轰鸣声，看到到处都是脚手架，还见到了国贸大厦创造的"三天一层楼"的建设奇迹。这种热火朝天的场面深深吸引了我。

从深圳回家后，我们彻夜难眠，商讨着如何做战略大转移的计划。考虑到孩子还小，而我最初回到肇庆工作是因为父亲——父亲是

1924年入党的老干部,也是时任老红军党总支书记,住在广东省老红军聚居点之一的肇庆市七星岩湖畔的老红军新村,组织上是为了方便我照顾父亲,才安排我回来工作的——所以我们决定先征求父亲的意见。

我父亲是个非常开明的人,听了我们的想法,他说:"过去党和国家建设中产生的井冈山精神、长征精神等鼓舞了很多仁人志士,取得了一个又一个的辉煌。你们老说没有机遇参加长征,现在建设经济特区就是一次新的长征,你们去吧!"就这样,我们怀着到深圳参加"新长征"的坚定信念,揣着努力创业的梦想,踏上了深圳这方热土。

1983年年初,我丈夫先来了深圳,在市政府八大重点工程之一的银湖旅游中心筹备组任办公室主任。在一次探亲时,我碰巧遇上市里一位管干部的领导到银湖视察。闲谈中他告知我,深圳百废待兴,人才尤其缺乏,大专以上学历的干部只占了21%。他知道我是学数理统计专业的工程师时,当即表示:"深圳正在筹备成立统计局,需要你这样的专业人才,你就到深圳来吧。"

很快,我就正式调来深圳社会经济发展委员会工作,安排筹建市统计局、市信息中心两个机构。当时,市统计局临时办公室设在市政府大楼二楼的两个大会议室。信息中心设在同心路原特区报社副楼二楼,用纸剪了几个字贴在窗上就算招牌了。

1984年6月,詹兰芳被任命为深圳第一任统计局局长以后,深圳市统计局就从原来的"社会经济发展委员会"独立出来了。独立办公后,我们只有12个人,要负责全市的国民经济统计,工业、农业、固定资产投资、客货运量(包括海、陆、空)及邮电业务量、社会消费品零售总额、进出口总额、外商投资额、地方财政收支、金融信贷、

上世纪80年代前期,孔爱玲(右一)和同事在深圳市统计局门前合影。

上世纪80年代初,孔爱玲(右一)入户进行抽样调查。

1994年,孔爱玲(左三)赴德国交流工作,与德国统计同行合影。

1995年,孔爱玲(左)参加在北京召开的第50届国际统计学会大会。

市政公用设施、各类文化卫生教育、人口、劳动、劳资、民生等统计，还有各类指数计算及全国全省的多种普查和抽样调查项目，工作量极大，每人都要独立承担3项以上的任务。

初创业时的艰辛，恐怕现在很多人都无法想象。当时统计局最好的设备就是3个小计算器，其中仅有1个能计算十位数，还有10多个木制算盘。那时一个很常见的情景就是我们的工作人员一手按着计算器，一手"啪啪啪"打着算盘。那时候，综合报表、统计分析和统计公告等都是靠手工抄写，然后用土办法刻蜡纸：先用大头针把蜡纸固定在桌面上，将油墨涂在蜡纸上，再用木头夹住胶片一张一张刮印。有时为应急，还得将调查数据手工抄写成印刷字样，用复写纸解决复印问题。忙的时候，一天抄写上万字都不稀奇，常常写得手都麻木了。我们就是用最原始的办法，准确及时地处理了大量数据，为早期深圳制定社会经济发展大纲及领导决策提供了详实的数据参考。

二

统计局办公室设在市政府二楼最东最西两边，时任市委书记梁湘偶尔会过来看望我们。他非常关心统计工作，最常问的就是深圳经济的现状和民生。看到我们都是一边按计算器，一边打算盘，他开玩笑说："你们好厉害！像'双枪老太婆'。现在政府搞规划搞调查都需要你们支持，现在还不宽裕，你们先克服一下困难，以后一定给你们买好点的设备。"他还要求我们多学西方统计体系的知识，用东西方的不同方式和方法算出两套统计指标值进行比较，在理念和思维上大胆创新，使深圳长远的规划大纲能既具有中国特色，又适应国际化、城市化和现代化。

在统计局工作半年后，我就受命筹建深圳市城市抽样调查队，开展一次性大样本抽样调查。主要根据深圳的60万人口，按比例抽取2万样本上户调查，了解其消费结构和家庭户、单身户、集体户各占多少，目的是组织全市民生调查大网络。

这次活动，从宣传发动、人员培训、抽样选点、材料汇总、上户调查、数据处理、撰写调查报告和统计分析等诸多环节，我们都有条不紊地进行着，最棘手的就是居民家庭的基本情况调查和收支数据的采集。当时许多街道住宅还没编门牌号码，给调查造成极大不便。

那时，我每天顶着炎炎烈日，来回穿梭在公安局、派出所、居委会、街道办、建筑工地之间，进行抽样调查。大到汽车家电、家人情况，小到房租水电、柴米油盐都要仔细记录。由于住户白天上班，我只能晚上去登记，为了抢时间，有时一个晚上要爬几百级楼梯。

尽管困难重重，我们还是千方百计提前完成了任务，为以后经常性抽样调查奠定了基础，为国家、省、市政府制定社会福利、物价、工资等政策提供了可靠的决策依据。

三

有了大样本，我们每年还要从中抽取600户进行经常性抽样调查，每月要发给每个家庭一个"居民家庭记账本"，让居民每天记录收支，上至高档耐用消费品，下至买菜买米，买了多少斤，花了多少钱……全部记录下来。这样便于我们了解居民的消费结构和消费量，用作物价调查的权数，还可以统计其家庭用于吃的费用，来计算恩格尔系数。通过这个系数，我们可将深圳居民的生活水平与全国、全世界的标准进行比较。同时，我们还在8个农贸市场、300多个商场对3000多种肉、禽、蛋、菜、米、油及八大类衣食住行等消费进行现场采价调查，编制物价指数，搭建统计调查咨询服务平台。

调查队建立了一个庞大的住户调查和物价调查网络,建立了涵盖深圳2600多家企业、集团、服务业、中小企业和70,000户住户、600多家社团、200多家行业协会的一个社情民意调查网络。

调查队的工作引起了来深圳考察的联合国社会经济调查专家巴苏教授的极大关注。他亲眼目睹我们与调查户融洽相处的情景后说:"政府每月仅给调查户10元钱的报酬,他们连打麻将赢的钱和买葱的钱都记上账,真是不可思议!这样的事,只有中国才能办到。"后来巴苏教授回国后,写了一篇跟我一起调查的报道,文中说:"中国居民的调查数据都是逐家逐户走访采集的,老百姓非常配合,实在不容易。"

的确,我们白天上班,晚上调查,没有加班费,风里来,雨里去,走街串巷搞调查,真的很辛苦。当时我的孩子还小,每次加完班去接孩子的时候,幼儿园都是只剩下孩子一个人在那儿哭。后来我就和老师商量:"我特别忙,不能按时接孩子,还老是耽误你下班,要不你先把我孩子带回家,我晚上去你家里接。"

后来,我们把两万个调查样本信息全部整理好,还提出分析意见。当时,深圳在全省是第一个完成任务的,被拿到省里作为经验交流,心里还是很有成就感的。为了把抽样调查做得更准确,更能反映实情,我还做了一个《家庭调查样本轮换改革方案》,获得全国统计论文二等奖,并在全国推广。

四

2000年11月,深圳承办了第22届国际城市和地区统计科研会,这是该项重要国际会议首次由中国主办。

会议在深圳举办的原因,要追溯到1995年在北京召开的第50届世界统计大会。在这个会议上，我就深圳的人口与可持续发展问题进行发言，引起了大会主持人——一个欧盟的统计协会会长的注意。这位来自德国的统计专家向我了解了深圳和深圳的统计情况，我就邀请他到深圳来考察。后来，他带领国际统计协会大会筹备组成员国的代表专程来了一趟深圳。这趟深圳之行让他们非常惊讶："没想到深圳经济特区这么发达，统计工作做得这么好。再加上良好的环境，深圳具备了召开国际会议的条件，你们可以申办下一届国际城市和地区统计科研会。"

于是，我就向局长和分管市领导做了汇报，市领导表示，深圳正需要在国际上扩大影响力，申办这样一场国际性的会议正当其时。于是1998年，我去英国参加第21届国际城市和地区统计科研会的时候，时任市长李子彬让我代表他，以深圳市政府的名义正式申办"第22届国际城市和地区统计科研会"。经大会筹备组讨论，我们的申办通过了。

深圳市政府对此高度重视，拨专款支持国际会议在深召开。而我也在此次国际大会上，作为会务负责人和入选论文作者，在主会场宣读了由我撰写的论文《中国农业人口转移及其对深圳经济发展的影响》。我的发言在与会者中引起了较大反响，专家们就这个论题对中国改革开放的现状争相提问，德国专家更是表现出了浓厚的兴趣。当他们了解到深圳在短时间内不仅把流动人口管理得井井有条，而且还利用这一人力资源促进和推动了地区经济的快速发展后，十分感慨："我们德国正深受东、西德统一后大量流动人口得不到妥善管理的困扰，你们深圳的办法值得我们学习和借鉴。"

在第4天的会议闭幕式上，按照预定计划，晚会是邀请专业团体表演，但为了节约，我们决定自导自演部分节目。除了个别能体现中国民族特色的杂技和特技表演以外,其他都是我们自己排练。大家一起唱歌、跳舞,非常热闹。晚会的最高潮是我们的干部与各国代表跳交谊舞,大家一边歌舞一边交流统计工作体会,现场气氛十分融洽。国际大会主席赞叹:"从来没有哪次会议像深圳这么成功。你们工作人员的外语水平和统计业务都非常棒!让我们见识到深圳人才集聚、环境优美、政府高效的优势。"

五

交通不便时,能买个高档自行车;小孩长大了,能买架好点的钢琴;房子太挤了,能租一套大房子……这是我初来深圳时的最大愿景。那时到处泥泞,上班要穿雨鞋,进办公室才换布鞋;下班没个准点儿,经常是啃着硬馒头去调查;住宿是与3户人家合住一套房,连厨房都住人了。当时做梦都不会想到自己会有今天的成绩。

我们用一个个统计数据直观地记录了过去30年深圳经济的骄人变化,回头看这30年的两个头尾10年,深圳的主要经济社会指标的年均增长速度分别是:1984—1993年,地区生产总值29%,工业增加值51%,社会消费品零售总额29%,固定资产投资额37%,外贸出口额56%;2004—2013年,地区生产总值13%,工业增加值14%,社会消费品零售总额15%,固定资产投资额10%,外贸出口额17%。数字背后是深圳人自始至终的拼搏和努力,正因如此,深圳的综合经济实力才能跃居全国大中城市前列。

深圳成了全国各方面的排头兵,统计也不例外。既然深圳把我们放到了时代的风口浪尖,我们只能在各自的工作岗位上不断学习、进步、创新,充分施展自己的才智和力量。

马介璋

家乡要我做的，我一定做到

马介璋，港商，1984年到深圳考察、投资，现为香港达成、佳宁娜集团董事局主席和深圳市侨商国际联合会永远名誉会长，曾任全国政协委员、广东省政协常委、深圳市政协常委等职。曾获世界华人杰出奖，2003年度和2009年度获香港特区政府颁授铜紫荆星章、银紫荆星章以及深圳市荣誉市民等荣誉。

一

我1942年出生在广东汕头潮阳，是家里最大的孩子。可能是觉得家乡的生活太艰难，想出去闯一闯，在我7岁时，父母就带着全家移居香港。我18岁就出来做事，从最辛苦的学徒做起，慢慢做起了服装小生意，发展到上世纪80年代初，除了港澳外，还在7个国家设立了生产基地，组建起了以生产牛仔裤为主、兼营布匹、拉链、纽扣等副料的香港达成集团，产品抢滩欧美市场。记得我做到40岁的时候，每年差不多有半年时间在国外。当时我的纺织服装企业都是"一条龙"——除去原料面纱是买进来的，之后织布、印染、成品这些工序都自己做。

虽然我的生意做得很大，在香港小有名气，人称"牛仔裤大王"，但因为身份的问题，我有时感到没有尊严。香港回归前，有一次我去英国，进移民区填表报关时，我填我是"中国人"；然后他们就问是中国哪里的。我说香港，他们就把"中国"划掉，写成"无国籍"，然后再写上"香港"。那一刻，我既羞愤难当，心想："太侮辱人！太不像话了！"又很无奈："国家不富强，到外面都抬不起头来。"

我父母亲经常教育我们兄弟姐妹，做人一定要知道自己的国家，要爱国、爱家乡。所以即使搬到了香港，父母每年都会带着所有孩子回老家。每次我们回老家都要经过深圳，在深圳火车站排队过关。那时过关很麻烦，要经过边检、检查身份，还要问很多话才可以进来。

上世纪80年代初，我听说我们国家要对外改革开放了，就很高兴。因为受父母爱国爱乡的影响，我们的内心也很爱国爱乡。同时，祖国要搞对外开放，推动经济发展，肯定有很多潜在的发展机会。因为我是走企业发展搞经济的，知道国家在兴旺发展过程中，有很多发展空间。最开始我是想看看汕头的投资环境，然后回家乡投资；但后来发现深圳比家乡的环境好，而且它靠近香港，我进出也比较方便。

1984年年底，我来深圳考察，然后就决定在深圳投资。当时国家的政策要求我们港资企业一定要跟内地的企业合作，不能独立投资。我们先在黄贝岭合资搞了一个小的纺织服装工厂，后来又在南头马家龙建了一个大厂，叫丰盛棉织服装厂，也是一个从织布、染色到做成服装的"一条龙"企业。

二

我是1985年开始投资的，当时跟政府买了七万平方米的土地来建厂。1988年第一期工程刚完成，安装好设备。当时，香港港督卫奕信要来深圳，他是第一次来深圳，来之前跟深圳市政府点名说要看马介璋的工厂。当时深圳市政府还不知道马介璋是谁，就去打听，最后是问了一家和我合作的纺织供销公司，才知道我是谁。

其实当时卫奕信只是来了一个上午，他坐船从香港出发，到达蛇口港时，时任深圳市副市长李广镇一行在那里迎接他，并举办了一个小型的酒会。会后十点多钟，卫奕信便坐车来我的工厂看了一圈。因为他只来半天，只看两个企业，第一个参观点就是我的工厂，这让我受宠若惊。由于此前从未把来深圳投资的事告知香港政府，在陪同港督参观时，我疑惑地问："您怎么会想到来参观我的工厂？"他说："我还是很关注你的。你为什么要来这里投资？"我说："在香港搞工业，成本比较高，因此出口到国际市场后，竞争力被削弱了。所以我必须回到内地投资。"他点了点头，说："你的想法很好。我相信在未来，深圳在工业发展方面有很强的后劲，对你公司将来的发展很有帮助。"我们又聊了其他一些事情，他在我的工厂逗留了将近40分钟，才去下一个点。

港督那番话，让我更加坚信自己的第一步棋是走对了，尽管在实际当中并非事事顺心——上世纪80年代，深圳真是一座边陲小镇，相当落后，要计程车没计程车，过关还得排长队。虽然和香港只有一桥之隔，但两边千差万别。随着服装工厂慢慢做起来，我发现深圳的饭馆，无论是卫生还是出品味道都不是很好，也很难找到高档一点的饭店。

其实在我来深圳之前，我的事业版图已经超出了服装领域，不失时机地将触角伸入了餐饮业。1983年，我在香港创办了第一家佳宁娜大酒楼，在装饰、卫生、管理与服务方面均与世界接轨，例如高薪礼聘名厨主理，对我的家乡菜——潮州菜肴的"色、香、味、形、器"

等方面进行精益求精。开业后果然大受欢迎，食客如过江之鲫，我乘势在香港又开了第二家潮州酒楼。至于为什么叫"佳宁娜"？其实这个牌子是我买过来的，因为音近潮州话"胶己人"（自己人），我觉得还不错，就保留了下来并沿用至今。

深圳餐饮业的问题对于我来说也就是商机，我决定将来把香港的佳宁娜潮菜大酒楼引进深圳。不久，我就和人合伙在罗湖的晶都酒店开了一家深圳佳宁娜大酒楼，从店铺装修到菜品等标准，与香港的佳宁娜酒楼一碗水端平。记得当年装修时，有些领导过来参观，看见我装修标准很高，还说："你不能做得太高档，到时候消费者没有钱来消费。"但是，我非常有信心，就说："现在深圳市没有一个好的地方，很多投资企业家进来想找个好一点的消费场所都找不到。如果我做成功了，很多人都会来找我，将它作为一个参考，一个模范。"

果不其然，佳宁娜晶都店一开业，生意非常火爆。到了20世纪90年代初，我在人民南路斥资10亿港元，打造了深圳最早的、也是当时最大型的商业广场——佳宁娜友谊广场。广场总面积达14万平方米，整个大厦由四座塔楼组成，集商业、办公、住宅、休闲、娱乐于一体。

当时，繁华的罗湖商圈并未发育成形。不少人觉得火车站周边虽然人流集中，但环境脏乱差，低档的宾馆酒店或许可以生存，而高档的项目风险太大。但我还是那句话："我对深圳的发展有信心。"十年后，随着地铁的开通，以及政府对火车站广场和人民南路的改造，周边的大型商场如雨后春笋一般冒起，而佳宁娜友谊广场的价值也一路飙升。在佳宁娜友谊广场建好后，佳宁娜大酒楼广场店随之开业，此后相继在北京、武汉等内地十几个城市开设分店，并且还开到了泰国和温哥华等海外城市，成为第一家跨国中餐饮食集团，并首开了潮菜品牌连锁的先河。

三

在深圳的产业越做越多，各种问题也扑面而来。上世纪80、90年代，深圳的经济政策常常改变，法律不完善，融资渠道匮乏，也缺乏保障，因此我遇到了很多没有预料到的困难。

我们刚进来时，因为政策限制，什么事情都不能单独做，必须要跟别人合作。合作就要等对方办政府批文，如果他办得快还好，如果办得慢我们就要等，办得不顺我们还要忍受。很多时候我都感觉很无奈，但是已经进来了，就还是要做下去。

当时，我们投资还不能向银行融资，所有的钱都是从香港带过来的。二十几年前有一位市领导问我："来深圳投资了多少钱？"我说："已经投资了8000万。"他又问："你这8000万是不是从银行里面借的？"我问他："从什么银行里面借？"他答："从深圳银行里面。"我说："深圳银行都不敢借钱给港商，你知道的啊！"他说："我知道啊，那你是从香港汇过来的？"我说："是啊。"他听后特别高兴，当场就说："哎呀，你这种投资，我最喜欢了！"

当时请员工很容易，但是他们几乎没有技术基础，我们要花很大的精力去教他们，培训他们的技术。另外，当年我们虽然是招商引资进来的，但是大部分都是来料加工，原材料和成品出口都很麻烦，各方面的手续也非常复杂。因为商业体制尚不完善，人的意识和素质方面也不尽如人意，所以无论是办政府批文还是协商什么事情，都必须老板亲自去，派员工去没有一个能办成回来的。什么都要亲力亲为，无疑增加了我们老板的工作量。每当我因为公司的事奔波在深港之间时，我就不禁感叹：想不到在毗邻的深圳投资比在外国投资还辛苦！

由于改革开放的推进，当时国家的政策会出现一些新旧条文间的矛盾，有些事明明已经获得政府的批准，连批文都拿到了，但是最后国家出台新的政策后，又"一刀切"，说不许做了，这对投资者来说风险就很大，再要投资可能会有所犹豫。当时我自己也瞻前顾后，步子一度不敢迈得太大，错失了一些良机。

当然，每个企业都会遇到很多困难，但是这些困难并不是不能克服。有的问题相关部门的人不了解情况，也没有决策权，所以只能按章办事。而我们作为老板，就只有亲自去给他们解释，解释不通只能找最高领导。我这个人胆子大，有时碰到困难，找部门的人解决不了，我就跑去找市里面的领导。我想我一个堂堂正正的人，拿钱进来投资，为什么这个做法不允许，那个做法不支持？当时深圳市长是李灏，我去深圳市政府办公室找他，市长秘书不让进去，我不理他，我说我有困难一定要见市长。李灏市长对我们投资商还是很支持，因为我是香港过来的，而且做的企业规模也不算小。

回过头去看，作为一个企业家在内地投资30年，总的来说我是满意的，唯一的遗憾可能是回来得太早了，因为各方面的不完善遇到太多问题，这对我的信心多多少少有些冲击，让我不敢大胆往前走，导致我的事业步伐慢了下来。20世纪80年代从香港过来深圳投资的人并不多，当时有一些人问我过来情况怎么样。我实话实说："我看呢，有些人去投资可能不习惯，包括我也不习惯，但是我有信心，一定会有所改善，有所进步。"如果我是2000年后进来，或许就完全不一样了。但是我没有退缩，因为我觉得这里还是有空间，还有商机。从另一个角度来看，我觉得应该支持国家的发展，我们国家在那个年代需要爱国华侨进来支持和开发。

现在，融资渠道比以前多，而且法律也相对完善，大家开始讲法律、讲信誉。但是，如果现在再进来投资，就没有以前那么多选择

1992年8月18日，马介璋（右二）率深圳市外商投资协会赴云南考察，时任云南省副省长陈立英（右一）会见了马介璋等来宾。

深圳口述史 | 上 卷 | 马介璋

2003年,时任中国香港特别行政区行政长官董建华(左)授予马介璋(右)铜紫荆勋章。

的余地，你可以投资一些高端的项目，但如果再做饮食、服装工厂之类的，就等于错误选择，纯粹就是花钱。因为我不是一个搞高科技的人，但又觉得传统工业没前途，我就慢慢转型，将业务从纺织服装扩展开来。现在，我们业务主要是饮食、食品、酒店和房地产四大类型，我的大部分房地产是在湖南、江苏、佛山和东莞，在深圳做得比较少。

一路过来虽然遇到很多困难，但深圳作为经济特区，在吸引外资企业投资方面还是有很多优惠政策，对我们的发展还是起到了一定的帮助作用。

四

自1984年到深圳考察建厂算起，我来深圳已经30年，其中有24年我都是政协委员。1990年12月，深圳市政协成立时，我被选为第一届的政协委员，还先后担任了深圳市政协常委、广东省政协常委、全国政协委员等职务。除了我，我们一家都积极参与各级的政治协商的工作——我的亲家、被称为"玩具大王"的蔡志明是全国政协委员，我的弟弟马介钦是广东省政协委员，还有我的大儿子马鸿铭、我的儿媳妇蔡加敏都是深圳市政协常委，我的小儿子马鸿文是湖南省政协委员。

当年，我们开政协会议，我提供了很多意见。比如，工业转型升级问题。当年深圳的工业大多是"三来一补"的传统工业，比如玩具、服装、家电等等。我就说，如果工业不升级，几年后可能就会落后，于是建议应该把原有的工业逐步提升为有科技含量的工业。时任市长李灏一听，认为这个建议很好。为此，我们政协还特地开了一个科技发展论坛,还在深圳电视台做了现场直播,当时有三位代表发言,两位是政协委员,另一位是华为的企业代表。今天,深圳的科技产品发展很好,每年的地区生产总值都排在前面。

我做第一届全国政协委员时,刚好赶上香港回归,当地经济萧条。记得国内几个政协委员问我:"你认为香港的经济现在这么萧条,有什么办法可以复苏?"我说:"有。两个办法:一是我们国家多放点人过去旅游(当时还没有开放自由行),带动香港的零售业生意。二是我们国家可以做一点牺牲,允许香港制造的商品免税进口国内市场。"他们说我是天方夜谭,哪有进口商品免税的。我说"香港也是中国的,必须要扶持当地经济。我们要统一大业,就要把香港澳门的回归做好,才可以给台湾同胞看。"

关于深圳和香港结合发展的问题,我给深圳市政协写过很多建议,有将物流、货币流与香港结合的;有过关手续减半,由两地两检改成一地两检的;甚至有让香港人拥有深圳护照、身份证,可以自由进出的……我认为深圳的经济发展一定要与香港相结合,做到优势互补,才可以既繁荣深圳也繁荣香港。目前,深圳也是按这个模式在走,人员和货币的流通越来越多,过关的手续和程序也在优化。

另外,我还写过很多关于提高教育和医疗卫生水平的提案。我始终认为教育问题非常重要,无论是对家庭、企业还是国家来说,都需要人才,如果没有高素质的教育,你怎么出人才?不出人才我们国家怎么强大?而且作为父母来说,我们都希望自己的儿女有一个好的未来,希望为他提供受教育的机会。

身为政协委员,市领导和一些企业家能够采纳我们的建议,让我对地方的发展有一定贡献,这使我非常高兴。毛主席讲过一句话:为人民服务。这句话涵义很丰富,我认为它不完全是指当权政府要为群众着想，更多的是我们要发动社会团体的力量"为人民服务"。因为我是从外面进来的，无论在香港还是在美国或者欧洲，每个行业里都有自己的社会团体。我们国家在发展过程中，同样需要全民的力量，无论是个体还是企业，遇到困难都需要社会团体来服务。在为人民服务方面，我主要做了这么几件事。

第一件是倡议创设外商投资企业团体。1989年，我和当时深圳市的副市长朱悦宁创立了深圳外商投资企业协会，朱悦宁担任会长，我任常务副会长。当时我倡议成立这个协会，把外商进来国内应该如何投资、有哪些流程一一归纳到章程里。后来，我们又从北京请来了郭小慧、王丹亚做一些具体工作。他们两人都很敬业乐业，也很投入。我们常常会带动外资来深圳投资，有好的项目我们也会推荐给深圳市政府。有的地方需要招商引资，也会找我们协会给他们提供招商队伍。我们的目的就是为人服务，创造商机，做一个提供良好投资环境的考察平台。直到今天，外商投资企业协会仍然是深圳市培育民间组织最成功的范例之一。

还有，我倡议创设了社会治安基金会。上世纪80年代深圳的公安系统还不完善，人手不够，装备不先进，本地市民共同维护治安的意识也比较薄弱。上世纪90年代初期，我见到当时深圳市公安局局长，我就跟他商量搞个社会基金会，让民间热心社会治安的企业和个人，可以来出钱出力，共同维护社会治安。

1992年元月，深圳市社会治安基金会正式成立。除了我个人捐资200万元（人民币）外，为了协助基金会募资，我先后还牵头搞了3次活动，邀请当时香港的"四大天王"（张学友、刘德华、黎明、郭富城）以及徐小凤等大腕来表演，最后共募得3000多万元（人民币）。当时，我们就用这个资金来鼓励市民见义勇为。如果警察出事受伤或者生命危亡，我们也用这个钱作医疗服务或者抚恤金。

有些企业家因为曾经遇到生命威胁，所以关注治安问题，我相对幸运，没有经历过类似的危险。促进社会治安基金会成立、发展，更多是纯粹的爱国与爱家，想为中国社会的前进尽一份力量。同时，社会治安的提高也有助于经济和企业的发展，国家兴旺，才能为人民提供美好生活，以及充满希望的未来。我作为一个企业家，一个投资者，为社会、为自己都应该做出这样的选择。

五

对待慈善公益事业，我也是相似的想法，一直量力而为地坚持去做。

上世纪80年代，我的事业已经有所成就，每次跟着父母回家乡都要花很多钱。因为父母亲很爱家乡，家乡每次需要我们捐款或者做什么事，父母亲都会答应下来。但是他们自己又没有钱，就找我要或者让我去捐款。记得我们第一次回家乡，当地华侨办公室、统战部就来找我们，说他们缺两部车，问能不能送两部车。于是我们就送了他们两部面包车。后来有次回去参观了一所小学，发现学校屋顶是破的，教室里没有书桌，小孩子坐在地上读书，天下雨就无法上课，夏天天晴就只能顶着大太阳听讲。当时，我就捐了60万元改造这个学校。那个时候还是用外汇换成代换券，再换成人民币的。2000年前后，我又捐建了一所中学，投资了1000万元人民币。其他修路、建水库，或是救援天灾等等，我们也会捐款，多多少少基本每年都有。在深圳，我们也做了一些慈善捐助，比如深圳对口扶贫河源，我们就曾经向河源市政府捐赠。国内发生自然灾害，需要捐款的，我们也都积极帮助，量力而为。或许正因如此，1994年，深圳市政府授予了我第一批"深圳市荣誉市民"的称号，之后我又成为汕头市的荣誉市民，对此我感到非常光荣。同时，我也努力为香港的社会发展做贡献。在香港，政府会根据你为当地做的事，给你不同的表彰。最高是大紫荆勋章，第二是金紫荆勋章，第三是银紫荆勋章，第四是铜紫荆勋章，第五是太平绅士。我获得过两个紫荆勋章，分别是2003年获得的铜紫荆勋章和2011年获得的银紫荆勋章。

1991年，我将达成集团以及旗下的佳宁娜在香港联交所上市；在2009年金融风暴来临之前，我中止了达成集团的纺织业务；2013年，集团易名为佳宁娜控股有限公司，截至今日，集团的业务已经由饮食业拓展到房地产开发业、酒店业以及休闲娱乐业等，实现了领域多样化经营，例如我是"华南城"国际物流基地的发起股东之一。随着国家改革开放事业的深化，我在内地投资的范围以深圳为原点，走向了其他省市。

我现在的发展在香港与深圳之间更偏重深圳，因为深圳未来发展空间更大。香港的人口与可开发的土地量都低于深圳，我刚来深圳投资时，全市才二三十万人，现在人口已经高达1400万，几乎是香港的两倍。今天这个年代，深圳或者说全国早就和我刚回来时天差地别：国家的法律已经比过去完善太多，甚至可以说是与国际接轨，经济实力强，人民素质普遍提高。深圳的城市规划也显示出对决策的慎重和严格，必须达到与时俱进，甚至是超前的规划标准。深圳现在的发展讲究质量，讲究高端，这在二三十年前是根本没有的。

所以，我活到今天明白了一个道理：每个时代都有每个时代的机遇，环境不同，机会不同，但总归是有的，只看你能不能把握住。

做了几十年生意，我见证了无数企业家的沉浮起落：在上世纪80

年代抓住机遇发财的，却在上世纪90年代遇到宏观调控，或是金融风暴，企业倒闭；上世纪80、90年代寂寂无闻了很长时间，2000年后在市场里把握了新经济势头，现在成为行业翘楚的……而我自己，并不算"成功"的企业家，但是我至少站住了脚。

  总的来说，我经营了自己的生意，做过全国政协委员，获得两个城市的荣誉市民，在香港也得到政府的认可——对自己的人生道路已经比较满意了。特别是尽我所能推动了社会发展，我很引以为傲。

  我们潮汕人的家庭观念很重，我在这一辈兄弟姐妹中排行老大，所以不能不做"当家的"。出来做事后，我总告诉自己，无论困不困难、结果让不让人满意，都必须尽我全部力量做到最好。后来有了成绩，父亲母亲两位老人家看到也很高兴，家人看到我做人做事、待人接物的方式，尤其是坚持爱国爱乡，都感到十分慰藉。我也经常和我的孩子们说，兄弟姐妹要团结。爱国爱家的话我倒说得不多，但是会经常带着孩子回家乡，并参加爱国活动和社会团体活动。将来家乡需要他们做什么事，我也会让他们一定做到，就像当年我的父母亲要我做到一样。

  现在，虽然我已经退休了，但身体还很健康。如果有机会，只要对国家家乡有益，我还会继续做一些工作，比如说慈善公益事业。

宋 钢

我的"深圳梦"跟钱关系不大

宋钢，1984年来深，曾任深圳沙头角进出口贸易公司总经理，现任和顺堂医药有限公司董事长。

一

1984年，我刚从暨南大学毕业，和新婚太太（也是我的同班同学）各自打个背包，从广州出发到深圳。一下车，映入眼帘的景象跟农村无异。作为地标的上海宾馆孤零零地伫立在那里，而周围没有其他像样的房子。

当时来深圳的大学生比较少，政府求贤若渴，给我们分了一套位于园岭的房子，但空空荡荡的。没有床，我们就在地板上铺一层塑料布。没有煤气，我们就买一个电热水壶，烧点开水，泡方便面，最多再煮两个鸡蛋，将就解决一日三餐。一个月后，我们才从广州搬了家具过来。在深圳的生活质量的确比留在广州低了很多，不过我们来之前就做好了吃苦的准备，虽然我有一百个理由可以不来深圳。

在上大学之前，我曾经在广州出口商品检验局工作了5年。那时候国内还实行"票制",物资贫乏,但我所在的单位一年发有3套的确良面料的制服,分夏、秋、冬装,还有皮鞋,优渥的待遇羡煞旁人。在学历提升后,如果我愿意回到原单位,应该会得到重用。另外,因为我们是广东高校第一届学企业管理专业的学生,还没毕业的时候就成了"香饽饽"——省里的不少单位或者大的中资、外资企业都到我们班里面去挑人。我们班大部分同学都选择留在广州这个环境优越、条件成熟的大都市。而且,当时我的父亲因病卧床好多年了,需要有人24小时照料和陪伴,我一个星期至少要在医院值3个夜班。当时我的哥哥、姐姐又不在家,家里特别需要劳动力。

尽管有诸多客观条件限制,但我还是想来深圳。在毕业前一年的暑假,我曾到珠海、深圳等地做调研,比较了一下,认为正在改革开放的深圳能让我发挥所长、学以致用。而且,我感到它在召唤我。

我们是把广州户口也一起迁到深圳的。在那个年代,一般大城市的人都只是先来深圳看看,不会一下子把户口迁走,愿意放弃大城市户口的人更是少之又少。所以有人劝我们:"你走很容易,但是,想回广州就难了。"但我想:如果在深圳干不出一番事业,灰溜溜地回去也没什么意思,还不如破釜沉舟。

二

我被分配到了市进出口集团下属的科学器材进出口公司,最初当业务员兼报关员。因为我有摩托车驾驶证,第二个月,单位给我配了一辆川崎牌摩托车。我不仅要做好业务和报关工作,还得兼职做主管经理的司机,不仅天天要接他上下班,他有时候谈生意谈到午夜,我也得去接送。

因为从基层做起,其他打杂的事情也不少,什么都得干。尽管辛苦，但我感觉深圳的氛围确实不同。原来在广州商检局，去抽检什么商品、怎么制样和检测，规矩都是一套套的，凡事都得听师傅的；但在深圳经济特区，只要是有关进出口的、合法合规的，想到什么就可以做，没有人会管你，当然，也没有人会教你，每个人都是在做自己的事，都是"摸着石头过河"。

进入公司不久，我就碰到了一件大事——我们公司和法国的标致汽车签了进口1200辆汽车的合同。第一批货（约600辆）已上船发货，公司让我们预先报关。我和同事不知其中深浅，拿着一纸合同到文锦渡海关，关长一听，吓了一跳："你们胆子不小，没有批文凭什么报关？"

这件事现在看起来不可思议，但当时公司就是这样签的，什么都不懂。我们只好解释说："我们已经付了钱了，不到3个月车子就要靠岸了。"关长又问："你们买这么多车干什么用？"我们说留作自用及租赁。我们公司的营业执照有租赁业务，我们以为可以通过租车来消化这批货。他马上反问："那也得有'许可证'才行，光凭一纸合同不符合规定。"

这个消息反馈到公司总部，领导们也很紧张，他们也没有想到会遇到这样的情况。当时国内物资很紧缺，连最普通的签字笔和功能单一的冷风机都需要进口。改革开放初期，大家都在摸索，有时进口缺乏计划性，只是市场缺什么就卖什么，一旦出现问题只能靠自己寻找解决办法。

面对可能形成的重大损失，大家都束手无策。我灵机一动，借机提出：当时国家有14个沿海开放城市，自用车进来都是免税的，一辆原装的标致小轿车才6400美元，可以问他们要不要这些车，如果要就拿出许可证，我们负责分配，反正"死马当活马医"。

在领导同意后，我写了十几封信给各个开放城市的政府，叙述了事情缘由。没想到广州市政府得到消息后，就通知了广州白云汽车出租公司。他们立刻派人来跟我们谈，商定购买250辆。紧接着佛山南海供销社也找到我们要了250辆。后来，深圳分别成立深广和深南出租公司，获得了深圳自用车辆的进口许可证，用最快的时间办好了进口的手续。剩下的100辆在深圳本土消化了。就这样，这批车子进口深圳的问题解决了。"汽车生意"是我1984年到深圳"被动"亲历的人生第一件大事。

披星戴月地忙了一年，我忽然想起毕业前夕被批准入党的申请，已满了一年的预备期，是时候转正了。我就到总公司去问，人事部却说："我们没有你的档案啊。"我一开始以为档案没有调过来，去广州找，没找到，还以为档案丢了。后来折腾了好久，才发现原来它还静悄悄地躺在市人事局，这对我的触动很大：我为公司努力工作，公司却对我的档案不闻不问，可见在此地重关系不重人才。所以我就想离开这个公司。

刚好，当时沙头角进出口贸易公司经批准获得了全国进出口权，成为深圳市第二个获得全国进出口权的公司，时任深圳市财办副处长的陈汉龙调任总经理。我和陈汉龙之前打过交道，他了解我的能力，想让我来筹建公司的进出口部。

虽然原公司效益很好，但我执意要到沙头角公司去。沙头角公司是深圳历史最悠久的公司之一，创立于1959年，原来叫沙头角综合公司，周恩来总理于1960年批准它成为第一个能做边贸业务并可直接收取外汇的公司。当时沙头角进出口公司在只有250米长的中英街上占了150米，沙头角的盐田供销社和南山区的南沙供销社都归属它管理，公司在市里面还有很多中转仓，业务做得很大，跻身深圳市十大公司之列，也是沙头角镇（现盐田区）有党委的3个处级单位之一……我希望在这里学习锻炼，利用这些得天独厚的优势，大展拳脚。

由于原公司领导不愿意放我走，我们双方进行了半年左右的拉锯战，1986年中，我才正式到了沙头角。因为是新部门新业务，这一下得从零开始。公章没有，我自己去挑；办公室没有，我们找了两个别人不要的书柜，把公司一条镂空的走廊的一半封起来，旧桌子一摆，旧凳子一放，就是我们的办公室；人没有，我东拉一个张三，西拉一个李四，把队伍建了起来。

我的办公室与空调机房连在一起，空调不开时还好，一开，"嗡嗡"的噪声特别大，我正常讲话的声音别人根本听不清，只能加大嗓门。就是在这样艰苦的条件下，我把业务做起来了，当年就把进出口业务做到了全公司第一。1988年2月，我被提拔为公司副总经理。

三

上世纪80年代末，国家正在闯价格关。当时全国基本上还是以计划经济为主，遇到了通货膨胀，人民币对港币贬值得很厉害，1块2角人民币换1块港币。在这种背景下，每个来深圳的人都要来中英街采购日用品，见什么买什么。

受通胀影响，1988年，很多银行为了有奖储蓄以及一些老百姓为了保值，都开始买黄金。我发现，在中英街香港段，一些小店铺在偷偷摸摸地卖黄金饰品。好些内地过去的人进去交易后，带着一把一把的黄金饰品出来。而这时，我们中英街中方段的主流还在卖日用品。

看到内地来的人络绎不绝地跑到对面去买黄金，我就向公司提出我们也做黄金生意。但是具体怎么做，谁也不懂。老实说，连我自己都没见过多少黄金首饰。当时,中国的黄金买卖是中国人民银行专营的,一般的商业银行都没有经营权,更别说企业去经营黄金了。

于是我就去香港调研。第一站就是当时内地在香港专做黄金买卖的宝生银行。我们就托朋友介绍,想问能不能在他们那里买黄金。没想到见面以后,他们的负责人说:"不行啊,我们做的是金条,是期货,没有饰金。"

我们只好又通过他去找做饰金生意的周生生粤港澳湛的老板。对方当我是乡巴佬,门房报上去后,我在他写字楼门外等了快两个小时,他才慢悠悠地出来,也没有请我进去。我就站在那里,向他介绍了我们公司的实力和国内市场的前景,他问:"你怎么买?"我说按照沙头角的规则,把饰金送到我们那里去,卖完后再付钱。他听了以后,不屑地说:"我们做了一辈子的黄金生意,都是出门就要钱货两清的。你们不给钱就让我把黄金送到你们那个'三不管'的地方,保险公司都不理赔的,你当我傻啊?"不到5分钟,他就打发我走。

最后我没办法,就找到了原来做贸易时认识的一个朋友,他的岳父在香港有一个小小的金行。上门拜访时,老人家亲自教我们怎么做饰金买卖。熟悉以后,我提出能不能从他那里进黄金去沙头角卖。最终朋友答应支持我,他们几兄弟每人拿出30万元,经批准,与我们公司共同合作成立沙头角中方第一家专卖饰金的金行,叫东兴金行。由他们供应黄金饰品,金行归我们公司管理。我定下黄金饰品的价格为金价、饰金加工费、2%~3%的店佣之和,这个规则后来被整条中英街沿用了将近20年。

东兴金行刚开始只有几十平方米,但是店铺一开业,生意非常火爆,每天都有几十万元甚至上百万元的销售额。全公司所有的门店一天能收到几百万元现金。很快整条中英街的黄金店遍地开花,卖肥皂的都改为卖黄金了。

中英街成了内地市场一个"温度计"后，我还先后接待过前来考察的时任对外经济贸易部副部长李岚清，以及时任监察部部长尉健行等。

开金行、卖黄金是抓住机遇干出的大事，也是我们的职责所在，明明看到香港那边已经在卖了，我们不能装糊涂。但这个"螃蟹"还真不好吃，我们在政策上冒了很大的风险，有点像"提着头干革命"。

当时成千上万的内地老百姓从各地拥过来，买黄金用的是人民币，而我们去入货要付外汇。尽管我们公司做进出口贸易有大量的外汇，但远远赶不上黄金的交易所需要的庞大的货币量。当时深圳第一个外汇调剂交易中心刚成立，我们就上门去请求换外汇，主管的处长说："我们只能调给工业性、生产性的企业。"我说："不是有机器才算生产，对于我们商业企业来讲，卖东西就是生产。"他说："不行，你有再多钱，我也不给你换。"

后来我们又去请示当时主管金融的副市长，但也没有很好的解决方案。如此一来，我们只能到市场上寻求自由的外汇调剂，在体制外去补充外汇。

很快，市里的外汇管理部门打了一个报告到上面，说发现沙头角进出口公司在倒卖外汇，这是自深圳经济特区建设以来金额最大的案件，主管经理（当时我就是主管领导）铤而走险，事态十分严重……措辞非常严厉，公司差点出了大娄子。

最后，分管的副市长以实事求是的态度给我们做了界定，说企业的确有这样的需要，以前也向市里面请示过，以请求时间画线，在请示报告之前的，如果没有个人谋利，不算倒卖；以请示之后发生的

上个世纪80年代末90年代初,深圳中英街遍地金行。

上世纪90年代初,深圳沙头角到处都是炒卖黄金的店铺。

上个世纪80年代末,沙头角东兴金行内部"金"碧辉煌。

1996年,作为沙头角进出口贸易公司的代表,宋钢(左二)与深圳市商贸投资控股公司的董事长签订责任书。

数额做出一些处理与处罚。而我个人一直坦坦荡荡，公司最后化险为夷。

我们就这样把黄金生意做起来了，还建起了深圳第一家黄金加工厂。鼎盛的时候，我们公司上缴的税和利润排在深圳前三名。沙头角由此一跃成为内地第一个、也是最大的黄金集散地，很多人靠中英街发了财。我想，后来崛起的水贝珠宝和黄金首饰市场与此不无关系。

"黄金热"这把火，是形势所迫，最早由我们先行先试地点起了火种，没想到成了燎原之势，一直燃烧到1993年才开始慢慢冷却。从宏观来看，这股"黄金热"沉淀了不少人民币，在一定程度上舒缓了当时的国内通胀。

四

把黄金市场做得风生水起后，1990年，公司派我去分管我们在香港的伟业公司。它原来位于中英街的香港段，虽然它在香港批准成立的时间比深业集团还早，但业务一直都开展不起来，我兼伟业公司的董事长后立志走出去。我把伟业公司搬到了香港尖沙咀，在那边置业，专注开拓在香港的进出口业务而不再管理沙头角这边的经营。没想到，几年来沙头角进出口公司因为投资失误和经营不善，到1995年出现严重亏损，公司只能发出五成工资，约300人被迫下岗。

1995年的一天早上，我还在香港，接到电话说组织部要找我谈话。当天下午回来后，当时的市委组织部李副部长说，市委常委会议决定重整沙头角进出口公司领导班子，希望我来当总经理，问我的意见。我说服从组织安排。第二天上午，我就正式上岗了。

当时中英街区属的蓝天商场基本没生意，等于是空置着，我决定把它盘下来，改造成中英街第一个美式大卖场，重新装修设计，把香港的沃尔玛产品引进来,这一下就解决了原本待岗的一两百人的就业。加上其他一系列经营管理的举措,重新整顿大约半年后,沙头角进出口公司亏损的局面得到改变,又开始逐步盈利。

因为香港在1997年7月1日回归,在回归的前半年也就是1996年底,中英街作为敏感地带开始控制人数,基本上已经不发证了,只有居民可以通行,人数骤减到不及原来的十分之一。这种情况至于到底要持续多久,没有明确的说法。

我们公司有上千人,最大的收入来自中英街上的店铺租金和店内自营的业务,一个月光租金就上百万元。所以我想:在封关时一定要有所作为。那时我看到,街上的店铺基本都是由新中国成立前后的小瓦屋改建的,随意性比较大,有些两层,有些一层,很不规范,我就想:可以抓住这个空档期,进行整体改造。

改造中英街是需要很大胆量和魄力的——公司很多房子都没有房产证,而且又处于这个非常敏感的地理位置与时期。比如那里有一个陈旧的边防岗亭,一直以来谁都不敢动,据说已在国防部有备案。而之前有相关部门曾经提出想在沙头角中英街入口进行门头改造,边检也不批,说怕影响香港回归,计划也搁浅了。

我们先是去请市建设局监管部门的人来看,说这里有些旧房子是危楼,怕刮台风时会有危险。后来又请广东公安边防七支队的领导过来看,说我们要拆了危楼重建。由于跟他们的关系不错,他们就答应了,只要求重建后给他们建回一个新的岗亭。当时的沙头角还属于罗湖区管辖,我还请当时的区长来看,说我们在封关的时期抢建起来,公司可以增加一倍以上的营业面积,企业也有一个新发展,他也觉得我们的想法很好,但他也感到犯难,因为中英街不是一般的地方,加上时间非常短,可能会有政策风险,只能表示同情和理解。

到底应不应该拆？拆了该怎么建？没有正式批准怎么建？……公司内部大会小会开了很多，还是争论不休。后来我一锤定音：这个机会千载难逢，先拆危楼后按照图纸建，边拆边报。只要是出于公心，出了问题，由我负全部责任。那时候我真的是拼了。从拆危楼的那部分开始，由于报建的手续很多，从拆到建成花了半年时间，建好一层先开业一层，整个建好之后，批建的手续才到，同时我们还把楼上的物业卖掉，公司不仅没出一分钱建筑费，还增加了两倍的商场营业面积。

迎香港回归的时候，整个中英街改头换面，形象非常好，公司财务状况也发生了翻天覆地的变化，员工兴高采烈地拿奖金。

五

1999年，我的总经理任期到了，我决心不再连任。在换届大会上，我当众平静地读完我的辞职信，当场的人都惊呆了，他们认为，公司经营得那么好，怎么说不做就不做了。但我觉得，我已经41岁了，从1986年筹建进出口业务部起，我拼尽全力、克己奉公，可谓"为官一生，造福一方"，把最好的青春都给了国企，现在是时候让人生转场，跳出体制，去创造属于自己的事业了。

离任审计进行了3个月，没有审计出我有任何问题。十几年来，诱惑不是没有，像沙头角这种老企业，又处在中英街，机会非常多，完全可以捞一笔，但我不仅没有牟取过一分私利，还特别严格地要求自己。例如我在1995年回来当总经理，但还是继续兼管伟业公司，有很多事情其实是可以港事港办的，像出差可以坐商务舱，但我从来都是选择乘坐经济舱，就连到巴西等国家出差，要飞40个小时以上，也不例外，就是为了给公司省下一两万块钱。还有，我刚到进出口部的时候，为了节省业务电话费，每天早起，走路到中英街的香港段，才拨打一轮业务电话给香港的朋友。有人说："沙头角公司那么有钱，你为什么不打IDD（国际长途电话）？这样子多小气啊。"但我认为我是一心为公，特别有尊严。

30年前开始在国企做管理的人，一路走来，大浪淘沙，不少人都倒下来了，我所幸守住了最无价的初心——我是受到改革开放的召唤而来，我的"深圳梦"跟钱关系不大，就是想实现我的理想，单纯地想为国家做点事。

六

离开国企后，经过几年的艰苦创业，2005年，我开始创办和顺堂，想为身为中医药发源地、拥有皇皇数千年中医药史的中国找回应有的尊严，实现"中药现代化"。最初，在别人看来，我这个满怀豪情的理想主义者，在做一件根本不可能的事。所以有些人送了我一个外号——中医药界的堂·吉诃德。而今天，和顺堂在即将步入十周年之际，像过了河的卒子一样，发挥的能量令人惊喜——不仅在中医药领域声名远播，一年还能给深圳上缴超千万元的税收。

如果和顺堂不是被深圳这块土地涵养，而是换到了其他城市，绝对成长不了。因为没有包容的氛围，和顺堂不可能生根；没有创新的意识，和顺堂也不可能突围。和顺堂的骄傲属于企业，也属于这座城市。

我的名字里有"钢"，这不仅带有1958年"大炼钢铁"运动的烙印，也预示着我这一辈子性格直率，容易得罪人，同时对认定的事情不会轻易改变。幸好，深圳是个很多元的城市，不需要我去削足适履。感恩深圳，让我能始终保持着我的个性和梦想，专注地做人、做事和学习，实现了自己的理想和价值。

谭浩辉

以前我是香港人，现在我是深圳人

谭浩辉，港商，1984年后开始在深圳创业，现任海德堡印刷设备（深圳）有限公司总经理，深圳市印刷行业协会会长。

一

1986年美国总统里根访华时，美国《时代周刊》为发图文传真，找到我帮忙。我通过人造卫星传输技术，把里根访华的图文第一时间传输至《时代周刊》总部。这是中国境内第一次将卫星技术用于新闻传输。

在此之前，我已经参与到深圳经济特区的印刷业发展过程中，见证了这个行业的萌芽、起步和发展，而且为首批中外合资印刷企业提供了当时最先进的印刷设备。

这一切都要从深圳成立经济特区开始说起。

上世纪80年代之前，深圳还是一片荒凉。记得1976年，我第一次乘车从香港经过深圳，前往上海、北京等地考察内地的印刷产业发展状况。那时深圳经济特区还没有成立，过罗湖桥的时候，一眼望去是成片的农田，整个罗湖可以说是鸡犬相闻，还有东一处西一处的猪圈。华侨旅行社的一栋3层高楼房，是那时可以看到的最高楼房。因为深圳当时没有机场，我们从北京回来必须先坐飞机到广州，再搭出租车下深圳，全程至少得花七八个小时。

经济特区成立后，深圳享受对外开放的灵活政策，很多香港的工厂考虑北迁发展时，都将深圳当作首选。于是，大批传统的制造业工厂，例如皮革厂、电气化厂、电子技术公司迁来深圳，它们都需要制作说明书和传单进行宣传，深圳经济特区本身也有制作图书、报纸、杂志、画册的市场需求。于是，现代化印刷企业开始在深圳萌芽。

虽然印刷术是中国的四大发明之一，但改革开放初期，政策尚未允许，西方先进的设备和技术进入不了国内，内地整体的印刷业水平还很落后。以深圳为例，经济特区刚刚成立时根本就没有像样的印刷厂，国有印刷厂规模很小，使用的机器设备都是国外二三十年前的，不仅噪音大，还会排放大量有害气体，而且成品率、合格率较低——印制一本书，印刷、塑封、装订等各个环节都可能形成废品。此外，在管理水平和生产理念上，也远远落后于中国香港、新加坡等地。

1984年，身为丹麦宝隆洋行（中国）有限公司在华南地区的负责人，我参与到深圳旭日印刷有限公司的筹建中。这是深圳乃至全国首批中外合资书刊印刷企业，中资方是当时中石化下属的一家印刷厂，外资方是香港的一家企业。我为这家新印刷厂推荐了当时世界上最先进的印刷设备——来自德国的海德堡印刷机，并带来了发达国家的印刷工序。

1986年，这家当时国内最现代化的印刷厂在深圳罗湖开工投产。新设备的印刷成品率高，生产效能提高了三四倍。加之当时政策支持力度大，印刷厂投产后不到一年时间就收回了成本。随后，深圳陆续成立了多家中外合资的印刷企业，他们都使用了当时较为先进的印刷技术和设备，令深圳能够生产出质量和档次更高的印刷品。

经过短短数年的发展，深圳印刷企业迅速成长，印刷业水平逐渐超过北京、上海。可以说，在改革开放初期，深圳印刷业是全国印刷业发展的风向标。

1992年后，受邓小平南方谈话精神的鼓舞，深圳改革开放进程加快，各项优惠政策不断落实，吸引了越来越多的外来投资者，印刷业也从中受益颇多。我们业内把20世纪90年代深圳印刷业的快速发展形容为雨后春笋、百花齐放。

20世纪90年代，作为全球最大的海德堡印刷机械代理商，宝隆洋行委派我参与到深圳印刷业的推进工作中。当时深圳市委、市政府很支持印刷业的发展，时任市委常委李德成负责印刷业工作，他亲自邀请海德堡方面来深圳设立培训中心，开设办事处，把最先进的生产技术和设备放在深圳。作为优惠条件，深圳市政府给予海德堡培训展示设备保税便利，不用付关税。这是一个很大的帮助，因为那时深圳企业家出国访问、看印刷业展览很不容易。

1994年，海德堡正式在深圳开设培训中心，我被任命为董事总经理首席代表，在深圳常驻。当时，一台最先进的海德堡印刷机最少也要800万至上千万元人民币，印刷企业一次引进设备，就要花费上千万元，当时绝大多数企业根本就没有这么强的购买力。于是，我主动联系有实力的欧洲、香港的银行，去跟他们谈合作，给印刷企业购置设备放贷，使企业用分期付款的方式购买印刷机。这种方式在香港印刷业已经使用了近30年，但在当时的内地还很新鲜。为了打消银行的疑虑，我打趣说："印刷机是几十吨重的机器，又不是四个轮子的汽车，跑不掉，而且机器还要专业人员调试，是受我们监督使用的，不用担心企业买了机器不还钱就跑路了。"最后,我成功说服了两家银行,在印刷行业中推行了贷款购买——这比国内汽车行业推广贷款早了差不多有五年时间。

通过分期付款,印刷企业得到了大量发展资金,有些小作坊就一步一步发展成为上市公司,银行也获得了很多优质、有信誉的客户。我们前后为深圳印刷企业吸引了几十亿元的外资银行放贷,特别是在1994年,深圳面向私人企业发放印刷业牌照后,越来越多的企业通过这一模式得到了良好的支持,最终实现了我们印刷机供货商、印刷企业和银行之间的多赢局面。

有了充足的资金,深圳印刷企业开始考虑并实践国外的先进技术和管理方法。新的管理技术、观念,人才培养和资金运作模式以深圳为起点,逐步推广到东莞、广州、佛山等地,形成整个珠三角地区印刷业的发达局面。之后,华东长三角地区、北京天津等地区,都逐步采用了"深圳模式""广东模式"。从1995年开始,国内印刷业界流行起这样一句话:"全国印刷看广东,广东印刷看深圳。"这句话一直流传至今,深圳印刷业被全国看作技术、人才、质量、管理等各方面可持续竞争力的最高标准。

可以说,有中国特色的印刷业之路是从深圳走出来的。

二

进入21世纪后,全球印刷业布局可以分为4大中心。最大的市场在美国,其次是欧洲,第三大中心在日本,包括深圳在内的中国珠三角地区加上港澳两地,规模和实力位居第四。

这个排名不是固定不变的,特别是2008年爆发的金融风暴,导致

1997年,谭浩辉(左一)在深圳的海德堡印刷技术中心接待海关关员来访。

1999年,谭浩辉(左一)在海德堡印刷技术中心与员工合影。

上世纪90年代,谭浩辉(右)与海德堡专家讨论技术问题。

全球印刷业大洗牌。美国受金融危机所困,印刷企业接二连三倒闭,整体实力已经严重萎缩。欧债危机后,欧洲印刷业也出现了倒闭潮,直到近两年才有所恢复。日本整体经济环境遭遇20多年衰退期,对印刷业冲击很大。能独善其身的,就是中国的印刷业了。同样经历了金融危机的冲击,以深圳为代表的中国印刷企业实力不降反升,现在行业总体实力已经超过了日本和欧洲,位列全球第二。

2006年8月,深圳市印刷行业协会六届一次会员代表大会召开,208位会员单位代表票选新一任会长,我以200票高票当选。这是深圳市印刷行业协会首次以投票的方式直选会长。

担任会长后,我面对的第一个挑战就是2008年的金融风暴。

当时全深圳的印刷业产值约320亿元,其中一半是出口的精品图书、画册和宣传单。身为行业协会会长,我联系海关、质检等政府部门,商讨怎么帮助深圳印刷业应对这次艰难的考验。当时深圳印刷厂有2100家左右,我们建议政府部门出台相应的鼓励政策,加快出口退税,调整税收政策,鼓励进口先进设备等。另一方面,行业协会和龙头企业之间进行合作联动,鼓励大家同心同德,抱团取暖。

经济危机造成的冲击是全方位的。2009年春节后开工,我得知在深圳光跑路的韩资企业就有300多家,出现了很多劳资纠纷。但我们印刷行业情况比较稳定,工人工资不降低、照常发,没有劳资纠纷。这时银行对印刷企业更有信心了,还答应延长印刷企业还贷时限。

不得不说,深圳印刷企业有自己的特点——大多都是夫妻店,靠两三个伙伴艰苦创业成长起来。大部分印刷企业的老板都是很本分、很勤劳的创业家,他们不爱投机,坚守本业。大家都相信能熬过来,拥有更好的明天。加之深圳政府果断、有为,能及时倾听行业诉求并大力解决我们这个"朝阳产业"遇到的问题,十分关怀我们,一年半后，98%的企业都渡过了难关，深圳印刷人也在考验之下变得更高瞻远瞩，更务实，并且学会了如何应对危机。

在国际竞争中，标准的话语权对于企业开拓市场至关重要。深圳企业要取得更多的订单，提高生产质量和管理水平，占领"高地"，就必须参与到国际标准的制定过程中，才能维持可持续的发展。当选印刷行业协会会长后，我建议建立深圳自己的印刷质量测试中心。当时很多人对标准化的意义和价值并不清楚，他们一脸茫然地看着我，觉得生意这么好做，为什么要花工夫去做"标准"？

我国从1991年开始参加国际标准化组织印刷技术委员会（ISO/TC 130[①]）的标准制定活动，每年都派代表团去各国参加会议。承办这种国际标准化组织的会议对承办国来说是一次推广标准化、提升国家形象的机会。我国一直想申请承办会议，但都没有落实。2007年，我随中国标准化代表团去东京开会，代表团团长向我谈到这个愿望并希望我能出力"带个好头"。那时，中国在国际印刷标准化活动中的地位还比较弱，虽然参加会议，但还没有主持制定标准。我找到国际标准化组织印刷技术委员会的主席和秘书，要求与他们专门就此事会晤。

会晤中，德国来的国际标准化组织印刷技术委员会主席和秘书表示从来没来过中国，对中国承办会议的能力半信半疑。我就向他们介绍了中国印刷业的发展和实力，而且对他们说："中国人有能力承办奥运会，也有能力承办ISO/TC 130的会议。只要认真，没有办不好的。再有，海德堡中国公司也可以提供支持。"在我的协助下，德国人鼓励我们提出申办申请，表示会全力支持我们。

在走向国际的过程中，语言、经验等各方面原因造成的这堵"玻璃墙"一旦被打破，中国印刷人就可以在国际舞台上发挥重要作用。

我所做的,就是打破这面墙。

2009年9月,首届"ISO/TC 130来到中国"的会议在北京如期举行并获得圆满成功,中国从此获得了国际印刷标准制订的主动权,在ISO/TC 130里有了一批中国注册专家。

金融危机后,深圳印刷人意识到制订标准的重要性,越来越多的人开始了解标准,参与到标准的制订和推广过程中。当我以政协委员的身份,向政协提出关于制订标准化的提案时,取得了相关政府部门,包括文化局、新闻出版局等部门的认同和支持。现在不同场合的大小会议上,时常听到市政府主管部门,提出印刷方面我们应当"制定标准"。在深圳的带动下,整个珠三角都在波澜壮阔地推动"标准"。

2012年6月,全国印刷标准化技术委员会书刊及包装印刷分技术委员会同时在深圳设秘书处。两大委员会落户深圳标志着深圳印刷产业在国内印刷标准化领域的话语权得到了进一步的增强。

2013年5月,经国家新闻出版广电总局和国标委批准,深圳承办了ISO/TC 130春季会议,100多名来自各国的印刷标准化专家齐聚深圳,这是ISO/TC 130首次在首都以外的中国城市召开会议。

由于我们在前期大胆尝试标准化,深圳现在是全国印刷业在制订行业标准方面的领军者,深圳的标准化积累也影响到了整个行业的发展。像苹果公司订购电子产品的外包装,以国际印后工序的标准为参考给工厂下订单,这些标准中包含了非常严格的质量标准、环保标准等等,它们最初是在深圳积淀形成,然后再融入国际标准的,是深圳印刷人经验和智慧的国际化体现。

三

大众对印刷产业有"落后、不环保"的刻板印象,其实这些看法很片面,在伦敦、东京、新加坡等大城市,印刷业是信息产业的一部分,代表着先进技术,作为城市的一大工业存在。在香港,很多工厂都已搬离本土,但印刷业依旧保留,并且保持相当的规模,为什么呢?因为我们从事的是绿色环保的产业。

在环境保护方面,深圳印刷业下了不少功夫。2010年,深圳市举办了首届低碳交易成果博览会,我们印刷业参会并达成了一致的环保目标——制定深圳印刷行业的环保标准,涉及能耗、污水、空气质量、噪音、重金属、排污等方方面面。

随后,我们行业协会向广东省政府提出,将印刷行业的环保标准以行业法规的形式予以确立,这个建议很快被接纳。广东省环境保护厅和广东省质量技术监督局于2010年11月1日发布了《广东省地方标准印刷行业挥发性有机化合物排放标准》。在标准制定过程中,我们考虑到两方面的因素:一是不能做污染的源头;二是必须确保标准的可行性,标准不能太高以至于引起大量企业倒闭。这是国内首部地方性印刷业环境保护标准,它不仅为日后深圳城市发展的诸多事宜(例如筹办大运会)打下基础,铺平道路,也给其他地区树立了榜样与标杆,影响深远。近年来,北京和华东地区的污染非常严重,他们也开始考虑环境保护,着手制定排放标准,首先就想到要向广东省深圳市取经。现在我们已经接受委托,继续协助制定面向全国的强制性环保标准。

我们行业协会还率先加入了"深圳市低碳技术创新联盟",并正在制定印刷品碳足迹规范,以便为产品碳标识打下基础。目前国际上很多国家已经对碳标识有所规范，要求中国的印刷品必须提供碳标识，如果印刷企业不予重视，在不远的将来就会遭遇绿色壁垒，失去竞争优势。为此，我们正在引进"ISO 16759—印刷技术—印刷媒体产品碳足迹的计量和交流"标准。今后，这一标准将成为包括中国在内的全世界印刷业计量印刷品碳排放及编写产品碳足迹报告的共同依据。

四

过去二十多年，我参与了深圳经济特区印刷行业从无到有的过程，这段经历是我人生的转折点，当中每一处波澜起伏我都记忆犹新。如今，深圳印刷业无论在投资、硬件设施、人才储备、标准制定还是环保方面，都遥遥领先于珠三角其他城市乃至国内其他地区，这得益于政府主管部门的理解与支持，院校的有力配合和所有从业人员的勤恳、专业。因此，我对深圳印刷业的未来充满信心，期望"印在深圳"，继续在全国保持业内火车头的地位，未来成为世界印刷业的中心。

以深圳作为一个缩影，我可以看到中国改革开放引起的巨大效应和中国经济的光明前途。如果没有机会来到深圳，没有参与深圳经济特区的高速发展，没有亲历这些年翻天覆地的变化，我根本无法想象一个小镇是如何在三十年间，从零开始发展成为一座现代化的大都市。

近十年间，我还担任深圳职业技术学院媒体学院的名誉院长和客座教授，为学生们传授印刷知识。十年树木，百年树人，建设一所优秀的学校不是一年两年就能成功的，我代表海德堡公司给学校捐赠了近千万的设备，为学生提供最新印刷技术实习基地。总理温家宝来深职院视察时，第一个去看的就是我们提供的海德堡的设备。

当上行业协会会长后，我一直在考虑怎么推动印刷人才培养。位于我办公室楼下的海德堡印刷媒体技术中心，刚刚办完第四届全国印刷行业职业技能大赛广东赛区的选拔赛。作为一个人才培养的摇篮，这项比赛每两年举办一次。同时，印刷行业协会也在深圳举办了数码印刷设备等职业技能大赛，为印刷业的发展储备了大量人才。

回想过去，如果我没有来深圳，无论是在香港，还是在其他城市，我都不可能成为行业协会的会长。这是一座年轻、充满发展信心的城市，业内人士对我委以重任，政府关怀我，给了我"文明市民""文明企业"等荣誉称号。好的环境让我们每一个外来移民在这里都有用武之地，都能生根。

我喜欢深圳的包容，人们都来自五湖四海，彼此很平等。以前我说我是一个香港人，现在我说我既是一个香港人，也是一个深圳人，甚至我更多的时候说自己是一个深圳人。无论是我，还是我们企业，对深圳都充满了感情。现在都说要实现中国梦，我觉得我在深圳的经历，就是实现中国梦的经历。

注释：

① "ISO/TC 130"是国际标准化组织（ISO）下设的第130号技术委员会——印刷技术委员会，主要负责印刷技术领域的国际标准化工作。

王 萍
工作是我的命

王萍，1984年来深，先后办过招待所，做过进出口贸易。2000年退休后任越健老年健康养生大学校长，并讲授中医。

一

从1984到2014，我来深圳刚好30年。

我出身于医药世家，父辈以上几代是中医，我父母是西医，父亲是X光科的教授，母亲是外科医生。

我1963年从天津护校中专毕业，分配到广东省人民医院工作。家里把户口本藏起来，不让我来。可天津市卫生厅让我一定要服从祖国分配，否则只能当家庭妇女。我就偷着从家里跑出来，只身一人上了火车。老师给了我10块钱，我买了1支牙刷、1支牙膏，就这样到了广东。一年以后家里看我坚决不回去，才把户口本给我寄过来。

在护校我学的是护士专业，但是到了医院后，却把我一竿子放到了外科，跟所有的外科医生一起上手术台做手术。后来因为学了针灸麻醉，又到了麻醉科。两年后，派到部队锻炼，其间从五官科、妇产科、烧伤科、骨科、内科、血液病房到理疗科，我都待过。好景不长，"文化大革命"开始了。由于家庭背景的原因，我被下放到了卫生院，在被歧视、被斗争和被保护中过了10年。

1979年，我报考了现在的广东省中医药大学，读了5年。由于我有西医基础，再加上我拿手术刀的时间很长，不仅有理论知识，而且有实践经验，所以很容易就投入中医经络的学习中去。我学习成绩特别好，1984年毕业时有两个机会供选，一是学校希望我留下来当老师，但我不喜欢做老师，凭自己的悟性和本事，留在学校我有些不甘心。其实当时留广州的条件还是不错的，有房子，而且孩子也在那里。二是深圳要办干部保健疗养院，需要人。两个选择，我更趋于后者，我想去一个崭新的地方，在一个没有人认识我、了解我的新兴城市，创建一个大医院，重新穿上白大褂。对新环境与新生活的期盼鼓励着我，我要在深圳改变我的命运，这就是当时的想法和怀抱的信念，虽然那时我已经快40岁了。

二

1983年，我爱人先被单位派到了深圳，于是1984年1月，我连毕业实习都没参加，就来了深圳。

那时候的深圳到处都是尘土飞扬的，自来水也是黄黄的，天气又热，电压只有160V，买个空调放了5年才用上。

孩子留在广州，一个4岁，一个9岁。那时我父母还没退休，两个孩子全交给女儿的班主任带。家里因为久不住人，厨房都长了绿毛，一回去，孩子们就抱着我们大腿不让走，真是揪心的难受。但想到深圳的工作，只能狠下心，那种煎熬很折磨人，我刚到深圳时体重148斤，一年半后就变成了116斤。

1989年，王萍陪同外商到山东黄岛引进220V的变电站设备。这一项目的金额大约是1000万美元，是王萍接手做的最大一笔业务。

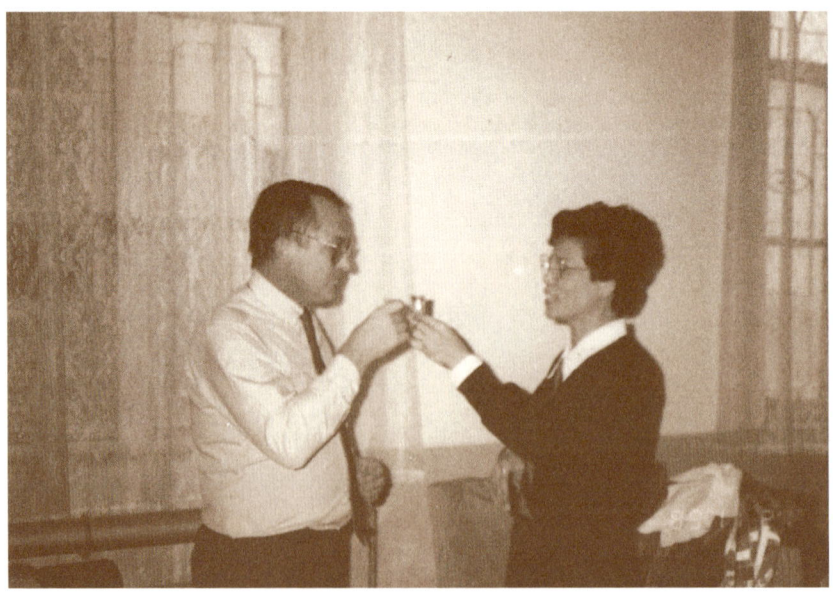

1989年，项目合作成功之后，王萍（右）与外商举杯庆贺。

上世纪90年代,王萍(中)与外商在洽谈项目。

上世纪90年代,王萍(右三)为到免税店视察的深圳市领导当解说员。

其间我想过回广州，但不是因为条件艰苦，而是因为事业突然受挫。

刚来那年，为了创建干部疗养院，前期调研了3个月，都准备成立筹备小组了，"啪"地来了一个大闷棒——深圳经济特区正处改革开放的初期，所有的楼堂馆阁一律停建。

我当时很彷徨，失魂落魄地游荡到了马路上。有个警察走过来问我干吗呢，我说："我想事儿。"他说："你想事儿到边上想去！"

后来，领导说先办个招待所，由我做所长。共产党员要服从党的安排，我就办招待所了。

像在医院一样，在招待所我又变成了一个多面手。为了节省人力物力，我什么都做。厕所堵了，请人来捅要花钱，我就买双大水鞋，自己去搞。厨师中午要午休，但凡1点钟以后进招待所吃饭的客人，我就一律给他们煮面条。

那真是一段激情燃烧和诞生奇迹的岁月，有天中午，一个老头带着七八个人过来，他是中国残疾人基金会旗下康华集团公司的常务副总。当时厨师们都下班了，我说自己是经理，可以给他们煮面条。他们特别高兴，说想来深圳建个办事处，需要找人帮忙。我说我可以试试找人帮忙。这让他们很惊讶：一个招待所的经理竟然有这般能耐，虽半信半疑，但他们还是把资料留下了。

7天后，我打电话到北京说，事情已经办妥让他们来取件，为此他们再三邀请我进康华集团。当时招待所办得挺好，我没有去。

1986年前后，招待所转成了宾馆，后来又做成了综合开发服务公司。我去申请公司执照时，站在工商局企登处的处长身后，他上班我上班，他下班我下班。他问我到底要干什么，我说我是医务人员，现在改行办一个综合开发服务公司，这执照我不会办，到你这儿学啊。

后来康华集团再次力邀我过去，学做外贸。我觉得实业做得差不多了,就去了,在那里一待就是10年。

这10年,我学习进出口外贸,出口纺织品、石料、大理石以及大理石做的欧洲教堂式的各种各样的骨灰盒等等,我什么都干过。最大的一个贸易单子是给山东黄岛电厂引进220V的变电站设备,大约1000万美元。

全国各省都差不多走完了,全世界也走了36个国家。看到了其他国家的变化,也看到了自身不足。后来为了让自己在经营领域能走得更好,我报了中国社科院,读了函授研究生班,考了经济师。

三

1992年,我调到了免税集团,一直到2000年退休,时间是8年。

在免税店当总经理时,我一年要给国家完成12亿到16亿港币的任务,它可是免税集团的航空母舰。那时,一天最少工作12个小时,最长到16个小时。过年时,我的被子都放在办公室。有一天正在开干部会议,我女儿突然进来了,我说:"你出去吧,妈妈在开会。"她说:"妈妈,我都一个月没见过你了,我就想来看看你。"有些干部听到孩子的话都哭了,但我还是硬着心说:"你先出去吧。"

在免税集团,经历的最大风雨应该是企业改制、搞改革和追债。我们集团进行全国第一家独资企业改制,我是清产核资组的组长,负责清仓、查库、查资金、查库存。核查中遇到的问题,说还是不说?我犹豫了一下,还是如实向上级反映了情况。

很快,我就收到了匿名信和匿名电话,威胁"要扒了我的皮",甚至把我的儿子骗到街上的电话亭,差点出事⋯⋯

后来我就带着账簿到省委去,当时的省纪委书记看了账簿后说:"你放心,回去吧,组织上给你撑腰。"

我始终抱着一个宗旨:我是共产党员,我个人没有贪污受贿,我做所有事情都不出于个人恩怨。

四

2000年5月，我从免税集团退休。第二年儿子开始教我上网，先前在公司那么忙，整天飞机上飞机下的，突然闲了下来，落差之大让我一时竟有点无法适应。

2002年的一天，我先生跟我说："台湾有个机器叫电流诊疗机，对活化细胞很好。我退休在家里待着也闷得慌，我想请你帮忙，我上午去讲机器运用，你下午去讲中医经络养生。咱们办个公益事业，在社区给老百姓做点事情好不好？"

我当然大力支持他，我们俩拿出4万块钱买了5台机器，每台机器一次让4个人同时使用。

2003年，我开始在社区讲课。反响不错，大家都很感兴趣，也很爱听。我也就更认真了，还编了我们社区的歌。对此，社区党委也特别支持。

2005年，一家香港上市公司的老板，也就是我现在这个老年大学的董事长，经他们员工的介绍，来听了我的课后，希望我能加入他们团队做老师。但是我没答应。他们找了我整整7个月。门铃一响，我先生说他们又来了，我就赶紧往屋里跑，躺在床上装腰疼。

直到有一天晚上，来找我的人回去时，在大门口摔了一跤，把膝盖都磕破了。后来我说我可以去讲课，咱们办个老年大学，我只讲我的中医理论，只讲我的中医养生，不卖药，你同意，咱们签个字我就干。老年大学最早开在罗湖，第一星期报名的才38个人，第二个星期就来了70多，第三个星期200多，到了第三个星期我开始写讲义。因为没有经验，加之每个区域开课时间不同，课程永远不在一个水平线上。我就一三五讲课，二四六备课，备的都是不同的内容，最多的时候我手上有100多份不同的讲义，人也越来越多，开课地点逐渐从罗湖扩展到深圳各个区。

从2009年开始到2012年，我又讲到了外省。听课的人次达到了8万多。在这个过程当中，应该说收获最大的不是听众，是我自己，我把我自己讲明白了：第一，我知道我下半生应该给社会做的一点贡献是送健康。第二，我知道我自己应该先把自己调整好了，我才有说服力。第三，既然祖辈给我们留下中医理念，我自己念的又是中医学院，我就应该以此去帮助尽可能多的人。

2007年，我得了青光眼。有天晚上突然看不见了，接着心脏不舒服。到医院一检查，发现眼压很高，是正常系数两倍多。眼科主任说是用眼过度。做完手术慢慢恢复后，我又开始继续讲课。

目前，我差不多讲了1000场课，省内省外听过我课的人大约有10万人次。有的学生都参加了十期，仍不毕业，因为他们发现我的课每一次都有新内容。

现在走在深圳的大街上、地铁、医院、养老院甚至殡仪馆，都会有人叫我"王校长"。有时在公交车上人家叫我一声"王校长"，大家都回头看，我觉得挺不好意思，但更多的是自豪——这么大年龄了，还对社会有用。

很多时候，快乐是自找的，我把我这一生总结为"三乐主义"：当医生的时候，不管病人遇到什么问题，我都竭尽全力，是"助人为乐"；从事经营管理、进出口外贸工作的时候，我没贪过一分钱，是"知足常乐"；退休以后，最不愿做的老师我都做了，而且一做就是好多年，我以后还会继续做下去，是"自得其乐"。

深圳这个城市太可爱了，她最大的可爱之处不是能让我们赚多少钱，而是能够让我们怀揣着梦想而来，又能够让梦想实现，而且是精彩地实现。

陈棠颐

春风又绿江南岸,期盼早归好种田

陈棠颐,1985年从东北调回深圳,曾任深圳市环保办主任等职。

一

在1979年之前,深圳还属于惠阳地区管辖,我老家博罗和深圳算是同一个地区。1950年、1980年我都到过深圳,所以对深圳算是比较熟悉。但我1952年就去了东北大学读书,为什么去那么远?因为我喜欢理科,读理科要在工业发达的地方,当时东大的理工科非常不错,我就到那儿去了。念书期间,别的能耐我没有,但考试很擅长——大学期间我一共修了约35门课,除了"中国革命史"一科考了三分,其他科目全是五分(注:那时考试成绩以三分、五分记)。我做事很专心,每件事要做就做好,所以读书成绩优秀,毕业后分配在中国科学院长春应用化学研究所工作,一待就是29年,一步一个脚印地从小组长干到研究室主任。1978年,我便获得了助理研究员职称,之后更是多次获得省部级科研成果奖,以及吉林省省委省政府颁发的"有突出贡献中青年专业技术人才"的称号。

上世纪80年代，我选择从东北来深圳工作，这主要是考虑到我的母亲。她把我们几个孩子拉扯大，历尽艰辛，在我刚参加工作不久后，母亲又随我去了东北。20多年过去，她老人家84岁了，希望能回到家乡。

1984年，我去北京出差碰到一个老乡，他告诉我："你不想回深圳吗？深圳现在正在招人呢。"我妹妹的儿子当时在深圳海关工作，我经常让他给我邮寄深圳的报纸，所以我对当时深圳改革开放的情况有一定的了解。于是，我就给我外甥写了一封信，把简历和材料一起寄给他，让他帮我探探路。但他不太了解我的情况，我只好自己跑来深圳一趟，托一个朋友把我的材料转到深圳市委组织部。

当时深圳市委组织部正在寻找环保部门负责人。看到我在东北的时候曾参与过松花江治理，在环保界也小有名气，不仅得过好几项国家级、省部级大奖，还有高级职称，另外我又是广东人，他们就问我："你是否愿意做行政工作？"也没直接告诉我是做环保办负责人。

其实坦白说，我一直在研究所工作，从个人角度考虑是更想做学术的；但我当时已经51岁了，如果再犹豫，恐怕以后就没有单位愿意接收我了，这样我就没有办法实现母亲的心愿。于是，我横下心同意了。

做了决定，我立即带着商调函回到东北，用一天时间说服了研究所领导，并表示将来如果所里和深圳有合作，需要我帮忙，我一定尽力帮。随后，我移交了工作，收拾行装，退了在东北的房子，只等深圳市政府的正式调令了。接下来的一个月，我研读了环保方面的政策、法规等资料，把内容记得滚瓜烂熟，还拜访了吉林省环保局的管理人员，向他们请教经验，准备迎接来自深圳的新任务。

谁知转眼两个月过去，调令还没有来。马上就要过春节了，过完年小女儿就要开学，在哪儿上学呢？我在研究所的工作早已交接完了，下一步该怎么做呢？无奈之下，我想写封信给时任深圳市委书记梁湘，考虑到他很忙，无暇看长篇报告，便写了一首打油诗，在除夕前两天通过电报发往深圳："欣闻应允报家园，思绪翩跹夜难眠。春风又绿江南岸，期盼早归好种田。"

在没有消息的情况下，我只能自己再跑一趟深圳。大年初一我就带着老母亲和幼女坐上火车一路南下。大年初五机关里一上班，我就跑到市委组织部问情况。工作人员看到我大吃一惊，问我："你怎么这么快就来报到了？"

我说："什么报到？我正要问什么时候我才能拿到调令呢！"他们说："调令早已经发了！"

原来就在除夕前一天，梁湘书记收到了我的打油诗后，就安排市委组织部发出了对我的调令，让我1985年3月23日前来深圳报到，调令这时候应该刚到长春。于是我就赶紧赶回长春搬家，并在3月份返回深圳报到。

我报到时，市领导委托当时的基建办主任告诉我："环保办现任3位副主任工作另有安排，以后环保办就由你负责，另外会配一位年轻的副手给你，正式任命稍后就下。你安顿好就可以上班了，放手大胆工作。"

这让我大吃一惊，我之前一直从事科研工作，只是一个小小的研究室主任，来深之前，我猜测可能会安排我担任总工，最多做个副主任，结果现在突然就要任负责人。而且我离开广东33年，对广东和深圳没有丝毫贡献，家乡不但以宽厚的胸怀接纳我，还对我委以重任，这是多大的信任啊！当时我就下定决心：一定要好好干，不能辜负深圳市委市政府和深圳人民。在往后的15年里，我也的确是这么做的。

让我意外的是，上班第一天我就碰到一个严峻的问题。那天我刚走进办公室坐下不久，一位工程师就拿着一份文件来找我，那是一份准备在深圳水库中一座约1万平方米的半岛上，建设高档住宅小区的申请报告。几位主管的市领导已经在申请报告上做出了"拟同意"的批示。

这位工程师好心提醒我说："深圳水库是深港两地饮用水源，在水库中建住宅小区，一旦水库水质被污染，将会酿成重大事件。"而且两个月前，深圳刚刚通过《深圳经济特区饮用水源保护条例》，《深圳经济特区饮用水源保护条例》明文规定禁止在该区域动工建设任何容易发生污染的设施。虽然申请报告中提出将所有生活污水通过管道排到岛外的应对设施，但排污设施万一发生问题怎么办？此外，地面雨水、居民生活及机动车排放的污染物，对水质的影响也不容乐观。

了解到这些情况后，我心中就有了底，告诉这位工程师："报告先放我这里，如果他们再来找你们，就请他们到我这里来。"过了几天，市政府基础工作组果然来人催问申请报告的批示情况，我就拿《深圳经济特区饮用水源保护条例》对他们说："你看看这个文件，我能批你们的报告吗？我敢违反市委市政府发布的条例吗？"我当场告诉他们，要我批也可以，要么市政府发文确定深圳水库不属于《深圳经济特区饮用水源保护条例》管辖范围，要么让市政府修改条例。满足这两个条件的任何一个我都可以批准。就这样，我把他们打发了。

为了防止旁生枝节，当主管环保工作的副市长李传芳从中央党校学习回来后，我很快就找她汇报了相关问题。她就向市委市政府反映了环保办的意见，最后相关领导表示批示报告的时候他们没有考虑周全，他们理解和支持环保办的工作。这个建设项目就这样了结了。这件事情能圆满解决，一方面得益于环保办同事高度的责任感和善意提醒，另一方面得益于市领导的善纳诤言。

二

1987年1月，深圳机场的建设被提上议事日程。有一天，市委办公厅通知我："深圳准备建设一个机场，地址初选在白石洲。为慎重起见，要开市委扩大会议，到时你来参加，谈谈你们的意见。"

当时我就找我们环保办副主任范俊君等来讨论，仔细研究之后，我们得出的结论是，机场不能选在白石洲。

首先，飞机起降噪音很大。深圳经济特区是长条形的，一旦把机场建在白石洲，整个深圳差不多都没有安静的地方了。而且机场的喇叭口正冲着刚建设不久的深圳大学，民航班机的航线将穿越深圳大学上空，这必然严重影响深圳大学的教学工作。

其次，白石洲附近有一个红树林，1984年红树林就成为自然保护区。它与香港米埔自然保护区一衣带水，共同构成了具有国际意义的深圳湾湿地生态系统。红树林是很多珍稀鸟类的栖息地，也是许多候鸟南下"过冬"的场所。如果我们因为建机场，使红树林和数万候鸟遭受灭顶之灾，国际舆论我们都承受不住。此外，鸟撞飞机是民航业的一个大忌，红树林这么多鸟类，将对飞行安全造成严重威胁。

最后，按照规定，机场附近区域，尤其是跑道两头不能有高层建筑，这对东西较长、南北狭窄、土地资源相对短缺的深圳未来发展很

1988年，陈棠颐（右四）陪同日本客人察看深圳水库保护情况。

1990年,陈棠颐与同事下基层检查环保工作。

1991年,陈棠颐代表深圳市环保局接受市人大对深圳环保工作的检查,图中,检查小组正听取西丽湖畔一家废物处理厂的汇报。

不利。

所以环保办达成一致：从城市发展的长远考虑，在白石洲建设机场深圳将承受巨大损失，并存在巨大风险。

其实在此之前的几年，深圳市从领导到普通百姓，都热切希望深圳能拥有自己的机场。同时，也有声音支持在深港交界处建设深圳机场，以方便深港共用。为此，市政府组织了许多国内外专家进行研究。专家从多个备选地址中，选定了宝安区福永黄田村附近，就是现在的位置。但中央有关部门认为，黄田机场距罗湖口岸和皇岗口岸较远，不能兼顾深港两地。正好有人提议建在白石洲，便得到了中央的首肯。

有这个背景存在，市委扩大会议关于深圳机场选址的讨论情况可想而知：许多职能部门缄默，有的部门为白石洲选址大唱赞歌。轮到我发言的时候，我重点抛出了我们之前提到的几个严重问题。我刚说完，就招来一位主管领导的强烈批评。他说我夸大其词："机场噪音哪有那么大？我看都不如我家阳台上的鹦鹉叫声大！"我当时回答他："怎能把机场噪声和鹦鹉叫声相比呢？我今年50岁多一点，您40岁多一点，我们应该都能活到机场建成，到时候我们去实地感受一下噪音问题吧！"

时任深圳市委书记李灏也知道问题的严重性，就让副市长李传芳发言。李传芳认为应该考虑我提的问题，并且她进一步发挥说："规划中的广深高速公路已经决定在黄田开设出入口。对香港乘客而言，从黄田机场走高速到香港，与从白石洲到香港相比只多了15分钟车程。为了这15分钟，深圳损失那么大是否值得？"这引起大家的深思，此时虽然依旧有领导反对我的观点，但赞同的人在逐渐增多。

最后会上结论是：中央已经提了意见，我们要积极准备，存在的问题继续想办法解决。

会后,有领导当面批评我"看问题不正面",我回答说,会上我提出的问题是实实在在存在的,我是环保部门的主要负责人,我有责任和义务向市委市政府汇报真实的情况。听了我这么说,这位领导也拿我没办法。

这件事就这样一直拖着。后来一批担任深圳市政府高级规划顾问的国内外专家了解情况后,公开表示深圳将机场选在白石洲是"野牛闯进了瓷器店",太胡闹了。这些专家当时都是在国内外有重大影响的人物。有专家建议,时任国务院副总理万里对建设比较熟悉,去找万里吧。后来万里把事情反映到了中央高层那里,中央就交给时任国务院副总理李鹏处理。

李鹏先派了时任国家环保总局局长曲格平来深圳找李传芳和我谈话,我向他详细汇报了我的意见。1988年元旦,李鹏来深圳,坐直升机在市里初定的白石洲、黄田以及羊台山看了一圈,明确表示不同意羊台山和白石洲两个选址,对黄田则不置可否。但他又表示,深圳机场是由深圳筹资兴建的,机场场址最后还是由深圳市定吧。后来机场位置终于选定在现在(黄田)的位置。

现在回看,幸亏深圳最后做出了正确的决策,才使红树林躲过一场"灭顶之灾"。如果深圳机场选址白石洲,非但不会有今天的世界之窗、欢乐谷、锦绣中华等旅游盛景和华侨城片区的时尚住宅小区,就连福田中心区和南山区的整体规划都将受到严重影响。

三

我们进行各种建设一定会和环境发生联系,比如办工厂就有污染物排放的问题，但是同样量的排放，放在下风口和上风口就不同，下风口排放对人们生活的影响相对较小。所以，1985年我来深圳不久，为了解深圳环境总体情况，我就组织了中国环境保护研究院、中科院贵阳地球化学研究所、中山大学、广东省热带海洋气象研究所的有关专家，对"深圳经济特区区域环境影响评价与环境规划研究"进行了专题研究，希望能为深圳将来环境规划的科学决策打下基础。

整个项目进行了两年多，最后出版了一本书，其中很重要的一个论断就是深圳大鹏湾、大亚湾是"有潮无流"，水环境纳污能力十分有限。这也是我们反对在深圳上马炼油项目的重要原因。

从1984年起，就有阿拉伯企业想在大鹏半岛的西涌建设炼油项目。炼油项目经济效益好、带动产业大，企业因此积极推动。但迫于当地台风多发、建筑物易受损、用水困难等原因不得不放弃。第二次是想在龙岗的坪山，实现龙岗大工业区，最后也放弃了。第三次又选在大鹏半岛的下沙，反反复复没有定论。

我们环保部门一直不看好这个项目。我们都知道，炼油厂建起来之后，势必会利用其下游产品，建立起一系列的石油化工产业。深圳土地储备和环境容量有限，水资源也匮乏，炼油厂及其后续建立的石油化工产业是用水、用地和污染大户，从单位土地所产生的经济效益与其所占用的资源、所产生的污染量相对比来看，不值得。因此，从第二次选址龙岗坪山开始，环保部门就向投资商提出严格的环境条件：工业生产产生的污水不能就近排入即将或者已经成为饮用水源的龙岗河和坪山河，也不能排入"有潮无流，环境容量极其有限"的大鹏湾或者大亚湾，必须排放在大鹏半岛最南端的海里。这样投入成本很高，企业就放弃了。

选址在大鹏半岛下沙的时候，环保部门又提出，下沙是深圳市最长、最优美、沙子最细的海岸线，在此建炼油厂可以，但不能占用整条海滩，污水也必须排放到大鹏半岛最南端的海里。

就这样谈谈停停，对方始终拿不出完美的方案。1999年，当深圳东海岸巨大的旅游生态价值日渐被认识后，市委市政府正式宣布取消炼油厂项目。这一决策其实意义深远，它不仅使深圳避免遭受巨大的污染隐患，还市民一片碧水蓝天，也促使深圳思考产业结构的调整与定位，选择发展无污染、低污染、低资源损耗，高产出、高科技含量的企业，最终实现可持续发展。

四

我来的时候深圳还没有立法权，深圳取得立法权之后我也来了人大工作。其间，我亲自参与了包括《深圳经济特区环境保护条例》《深圳经济特区噪声污染防治条例》《深圳经济特区饮用水源保护条例》和《深圳经济特区园林管理条例》等在内的主要几个环境保护条例的制定和出台工作。

最先出台的是1993年11月的《深圳经济特区噪声污染防治条例》。那时候由于城市建设、商业营销、交通、工业生产、人民生活等产生的噪声污染很严重，许多市民没法睡觉，意见很大。那时候还闹过一个笑话：有一段时间，一到晚上火葬场职工寝室的床就会自己摇动，那时候有人迷信，是不是因为经常焚烧遗体，有"鬼"上门？他们找环保部门求助，经过我们的检测，是低频震动。原来在他们宿舍几百米外，有一家石头的切割和磨光工厂，工厂锯石头频率碰巧和火葬场职工宿舍房子的共振频率相同，导致房子晃得厉害。

还有工地半夜施工打桩、大排档和卡拉OK晚上经营、火车进出鸣笛、春节连续放烟花爆竹……市民睡不好觉，环保部门也因没有相关法律法规而无法处理，所以就酝酿出台了防治噪声的条例。

1988年环保办改成环保局，我成为首任局长。刚开始做环保工作是很困难的，大部分人都是顾着发展经济，不那么重视环境保护的，所以我们说话很少有人听。但工作不能不做，于是我们就一直苦撑着。尽管如此，深圳做环保工作也有很多有利条件：深圳是座年轻的城市，污染少；深圳后发崛起，可以借鉴其他地方的发展经验，少走弯路；邻近香港，接触外地新思路新方法的机会较多，深圳干部和市民素质也比较高。

随着深圳市民素质、社会环保意识的提高，以及深圳的环境问题日渐突出，大家越来越重视环保工作，这让我很欣慰。1992年前后深圳有一次大面积关停污染企业，如牛仔服装厂、印染厂等，就是对环境污染问题的一次有力改善。

当初我要来深圳的时候，我的很多同学不理解，说我不珍惜机会努力做好科研而跑去做官。况且我的性格也并不适合做官，我来之前，中国科学院一位很了解我的领导就和我说："我给你一句话，你去了'随时准备下台'。"我就记住了这些话，带着这样的心态做工作，反而放下顾虑，更加坦诚、轻松。我想，既然选择承担起这个责任，就要做出一些对深圳有益的事，要对得起深圳人民，把深圳的碧水青山留给子孙后代。就像我反对机场选址在白石洲的时候，很多人骂我不懂政治，我说："我承认我对政治懂得不多，可我觉得我应该履行自己的职责，最终的决定由领导来做。"就算是我到了人大之后，反对规划中的滨海大道穿过红树林自然保护区，反对深圳水库建高尔夫练习场项目，反对将现有的西丽水库的一部分划出给一个企业做商用钓鱼池；担任深圳成立的全国第一个人大计划预算审查工作委员会的主任时，多次砍掉市领导乃至市委书记不应该花钱的项目。我就是这样做我应该做的。

当我因为这些"反对"与他人产生矛盾甚至争执时，内心从未感到不安过，因为我做事全部按公处理，毫无私心，我也从不去计算个人得失。

虽然我没能在科研方面继续学以致用，但回顾自己来深圳做的这15年公务工作，我还是做了一些有意义的事，没有辜负深圳对我的期待。工作中有时受制于能力和专业水平，我也做过让自己感到遗憾的事，但总体上来说我很满足，大家对我也都相对认可：在人大工作时，每年年末的工作总结报告都有一个评分环节，由副处级以上的干部给我们打分。那几年我的总分年年都是第一，可见大家还是认为我做得不错的。

戴 杰

我们不仅仅见证、记录历史，也在创造历史

戴杰，1985年来深，现任深圳广电集团编委、总编办公室主任。

一

我是一名新闻工作者，在深圳电视台工作了29年，其中在一线17年。早在1983年从暨南大学新闻系毕业之前，我就听说过深圳。当时有一位在深圳筹办电视台的老师告诉我们，深圳是经济特区，是未来的热点。再加上我在广州读书，已经隐约感受到了这边改革开放的春潮涌动。那个年代，我们从小受的是英雄主义教育，而建设经济特区是国家的政策，作为年轻人就应当报效祖国，于是我毫不犹豫地报名到深圳工作。可事不遂人愿，我还是被分配回老家的广西大学新闻系教书，安逸的生活让我心里发虚：没有实践经验，肯定教不好学生。所以我想到新闻工作岗位"摸爬滚打"一段时间。

1984年，我借着找工作的机会先来深圳走了一圈。一下火车，看到深圳到处都在建楼，一片片拔地而起的大楼，比内地的房子高多

了。当时深南路已经建成8车道,就像飞机跑道,似乎只有北京的长安街才有那么宽。我心里想:"这座城市太新奇了!"

随后,我去拜访了一些在深圳从事媒体工作的同学,通过跟他们接触,我感觉到深圳这座城市的思维同样与众不同,充满活力和朝气。当时深圳广播电台的一位副台长向我介绍情况时说:"深圳是座充满朝气的城市,它是年轻人的天下。"他讲了一件事让我印象深刻。邓小平1984年第一次来南方视察时,《深圳青年报》有个记者,没有采访资格,竟然开着摩托车硬闯警戒线,最后被警察拦了下来。这件事如果在内地属于严重违纪,会受到严肃处理,比如停职或开除。但在深圳,青年报社的领导只是对他提出了严肃批评,而没有过多追究,认为他的精神值得肯定。

我去青年报拜访时,他们告诉我,深圳现在的流行语是"拼命地工作,拼命地玩","时间就是金钱,效益就是生命",我感到很震撼。当时内地还在提倡"年轻人要刻苦学习,好好工作",如果玩就是玩物丧志,是没有出息的。在那个大家都觉得谈钱就是俗气的年代,深圳却认可和肯定金钱。

看来,深圳果真非常适合我这样的年轻人。于是,我向深圳的几家媒体单位投了简历,都得到了热情的回应,最后我决定到电视台。电视台给我的工资是190元,之前我在内地是40元,父亲作为离休老革命,工资也才80多元,深圳的薪酬还是很有吸引力的。但相应的,这里物价也高。我刚把户口档案转来时询问过如何办理粮票、布票的调动,深圳的办事人员却告诉我,这里没有什么粮票了——粮布全用现金直接购买。那时有些高档餐厅的冰水甚至卖到10块钱一杯,相当夸张。但我想着反正自己吃不了多少,物价高也就无所谓了。

1985年2月,我背着一个包、拉着一个樟木箱,住进了电视台的集体宿舍。作为共青团员，我已经做好"去最艰苦的地方"的准备，而我们最初的工作环境也的确艰苦。台里的楼房刚刚修整完，周围还是一片荒地，有一些玉米残枝尚未收走。楼房是四层的，一、二两层用作办公室，三、四层就是我们的宿舍。宿舍只有三四十平方米，却挤了6张床，床与床之间用糊着的牛皮纸隔开。后来我又搬到了铁皮房，那时候深圳没什么树，马路两边光秃秃的，只有小树苗，天气特别热的时候，火辣辣的太阳下，往屋顶一泼水，就会"嗞嗞"地化作水汽。宿舍外从早到晚都是汽锤打桩的声音，特别是老的电视台大楼基建时，离我们最近的桩只有二三十米，躺在床上都感觉在震动，噪音加炎热让人彻夜难眠。但想到深圳欣欣向荣的城市发展，我还是下定决心在这里好好干。

当时电视台还处于试播的阶段，新闻是隔天播出。记者也少，才十几人要跑遍整个深圳；采访的机器也少，只能几个人轮流用；采访的车也少，我就骑单车或者坐公交车去采访。那时候的摄像机比较大，再加上灯的电池（像子弹带一样串起来），总重量足足40斤，一路都靠人力携带，日晒雨淋的，非常辛苦。

那时老百姓基本都是看香港的电视节目，虽然没有收视统计，但据我们观察，香港电视节目在深圳的市场份额能占到八成多。我去采访，人家问："我们没有看过深圳电视台啊，你们是不是发电的？"作为新闻工作者，没有得到市民认可，我们压力确实大。只有跑市委市政府时，情况好一些，因为公务员还是偶尔会看一看本地新闻的。

我从跑工会、共青团、妇联这些单位的新闻开始，后来跑的范围越来越广。我跟过公安拍"三无人员"的清理；也跟过临时成立负责整顿市容市貌、环境卫生以及交通的"三整顿办公室"（城管局的前身），去整顿东门老街的乱摆乱卖。

其实深圳最早的大规模、连续性的批评报道，是从我开始的。1986年，针对的士司机普遍不打表、乱收费的情况，我专门去蹲点拍摄。当时我跟着两个交警，他们有权拦车检查，一拦下来，我就问乘客："有没有打表？"大部分乘客都比较配合，如实回答说："没打啊，他说不打表，但是我着急赶路……"调查中，我们发现被宰得最狠的是香港人，时常被翻倍要价。我们拍下来就曝光，连续曝光了七八天之后，交通部门坐不住了，马上介入并整顿。当时给出最严厉的惩罚是，如果一家出租车公司在一个月内有三辆的士被曝光违规，整个公司就必须停业整顿两天。这样一来，的士违规的成本就非常大了，所有公司都加强了管理意识，情况一下子就改观了。这是我们新闻报道促进社会进步最典型的案例之一。

还有，当时园岭那一片是深圳比较早的大型住宅区，在开发、配套设施还没建好时，就开始住人了。结果诸如烧烤店、畜禽宰杀店、地下豆腐作坊等店铺都藏身于小区内的旧工棚中，不仅存在安全隐患，还污水横流，臭气熏天，群众意见很大。我接到投诉后，也是天天给予曝光。时任市委书记李灏看到新闻后，就带着市委市政府两套班子来开现场办公会，把这些违章建筑拆掉了，同时修建肉菜市场，开始种花种树美化环境。

做批评报道，一做就是好几年，在我眼里，民生无小事。我曝光了东门深南东路一带"天光墟"（海鲜批发市场）的脏乱环境后，政府决定在布吉正式建设农产品批发市场，东门乱摆卖的现象逐渐消失；我曝光了深圳的地下屠宰场乱象后，政府后来在清水河建了第一家定点屠宰场。

问题一天不解决，我就死磕一天。一个事件连续曝光最长的时间甚至有一个月以上。也许有人不理解，但我认为这是记者的"天职"。大学时代，曾在《大公报》《文汇报》等媒体就职的老师对我们的谆谆教诲，我一直谨记心中，他们说过，记者就该"铁肩担道义，妙手著文章"，应当"富贵不能淫，贫贱不能移，威武不能屈"。在他们的影响下，我坚信身为记者就应该为老百姓办实事。当政府未能把很多细节做得尽善尽美时，新闻媒体的曝光监督是有利于促进城市发展的。

当时市委市政府的领导特别开明，也觉得记者就应该像我这样，是为了解决问题而不是为了曝光而曝光。如果记者提出的问题的确合理，他们会十分配合地进行整改、监督或做其他相关工作。那时请市领导开现场办公会解决问题，流程也比较简单，可以打电话，也可以直接前往市领导办公室邀请。1988年，巴登村还没有公厕，我报道了之后，请分管的时任副市长李传芳到现场看一看，她很快把国土、城建、财政、城管等部门聚集在一起，解决了市民的"如厕难"问题。后来城管部门还主动进行信息公开，推出重大城管法规以及执法时都会叫上我们，"大军未动，舆论先行"。

二

在工作的前10年，我基本上每个月都是"稿王"。许多新闻需要我们在凌晨出任务，第二天一早回办公室写稿交稿，长期"白加黑"的工作节奏，让我患上了失眠的"职业病"。不过我毫无怨言，身为一个记录者，能为这个城市留存第一手的历史素材，是职责所在。所以几乎深圳的每个大事件，诸如"九七回归""8·5"清水河大爆炸、劫机等，我都有参与报道。

1990年，深圳经济特区建立10周年之际，时任中共中央总书记江泽民来深视察，当时只给了深圳媒体两个记者证，我拿到了一个。我当时扛着装有电瓶灯的摄像机,背着电池带,一路跑着采访。在锦绣中华,总书记坐着电瓶车,我在前面跑着拍,他一拐弯过去,我就爬山抄近路,争取跑到他前面,整个过程就像打仗一样。而且不能随便拍,角度要选好,光线要照顾好,关键还要听他讲了什么,回来才能很快地写稿。温家宝当时是中央办公厅主任,负责审稿,他对记者非常和蔼,也很支持我们的工作,稿子很顺利就出炉了。

1997年香港回归,驻港部队要跨过深圳河进入香港,我对这个伟大的时刻做了全程的跟踪拍摄。当时,"九七回归"是全国人民关注的大事,深圳紧邻香港,解放军需要从深圳跨境,我们作为"回归的起点"显得尤为重要。回归之前,电视台已经做了大量报道,介绍公安机关将如何制定回归当天治安保卫工作计划,深圳的交通、环境、服务等工作将如何改善等等准备情况。

6月30日晚,解放军部队于11点多抵达深圳市民中心,按计划兵分两路向皇岗口岸和文锦渡口岸进发,赶着12点准时过关。当时我随军拍摄,看到解放军军纪严整,飒爽威武,虽然天气闷热,之后又下起大雨,但部队的军容整齐,毫无松懈。军车沿途两侧站满了欢呼雀跃的市民,大家冒着雨,激动地向解放军挥手,军人们也站在车上向市民致意,场面非常感人。那一刻,我们真切地感受到,中华民族真正地强大起来了!

这一天,我在雨中全身湿透地变换不同地点,从6月30日晚上八九点一直拍到7月1日凌晨,完整地记录了这伟大的时刻。

拍摄完毕回到办公室,我累极了,将三张椅子拼在一起,倒头就睡,衣服全是湿的也不理会。睡醒便立刻写稿、剪片,当天这一新闻就播出了。事实证明,此次驻港部队过境深圳、进入香港的整个过程都相当圆满,深圳人民作为距离这一伟大时刻最近的人,并不仅仅是

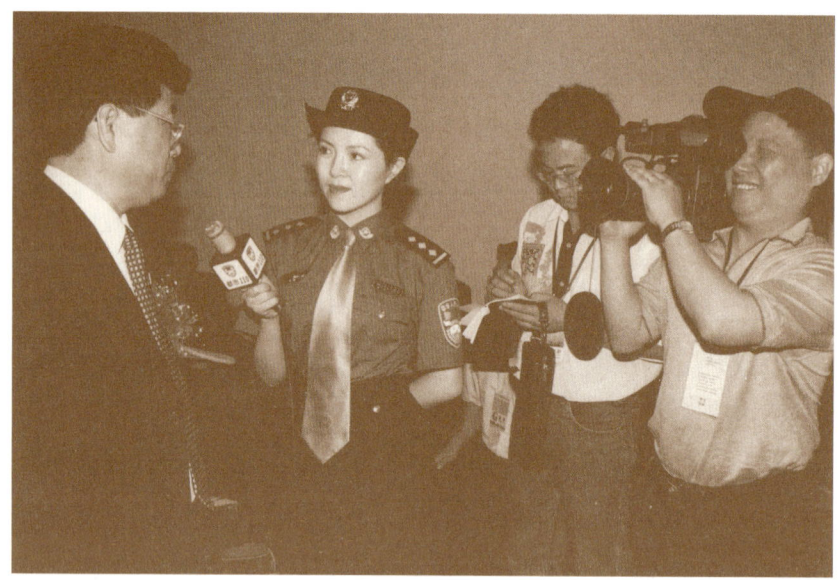

1997年，戴杰（右一）为深圳某公安节目拍摄访问。

1998年，戴杰（左）在深圳罗湖水贝的火灾现场采访。

2005年1月1日,戴杰(右三)和同事在新启用的深圳广电大楼进行首次数字化新闻直播。

历史的见证者或旁观者，更是香港回归的亲历者和参与者，这一点，我们走在最前线的记者感触最深。

在我看来，时刻走在最前线是记者的使命，但有时我们也会因此面对危险。1993年的清水河大爆炸，是我职业生涯当中最惊险的一笔。

8月5日那天，我忙活了一个上午之后，正在单位旁边的大排档吃午饭，突然听到"轰"的一声巨响，还以为是周围哪里的电器爆炸了。吃完饭后，我按原定计划打的去龙华采访，走到洪湖立交时，看到清水河浓烟滚滚、火光冲天，凭着记者的直觉，我知道出大事了，就叫司机赶紧掉头去清水河。当时整条泥岗路都堵住了，我们的车走到一半已经完全前进不了，我干脆跳下车跑步前进，翻过一座小山坡往事故方向赶。赶到时，现场已经封锁，我亮出记者证冲了进去。往里走时，我经过一个液化气站，再往火场走，发现化学品仓库及附近工地的工人都逃光了，消防员正在洒水灭火。我捡起一条湿毛巾，打算万一有毒物质泄漏还可以捂住鼻子和嘴巴。

本来我带了摄影助理，自己主要负责文字，但为了把安全留给同事，我就亲自上阵。我担心摄像机的电不够，就叫助理躲在相对安全的消防车后，有必要时再给我送电池。当时还有零星的"噼噼"小爆炸，但没有人想到还会发生第二次大爆炸。

拍了一些镜头之后，我看到消防员开始撤离，因为是新开发区，没有消防栓，水用完了，要等水车来。我转到另一边，看到公安局的好几位领导正在现场指挥灭火，就想走过去采访，其中一位副局长往我这边看了一眼，刚好被我拍进了镜头，没想到这是他人生的最后一个画面。又是"轰"的一声巨响，我两眼一黑，瞬间闪过一个念头——"死了"，然后就什么都不知道了。

不知过了多久，我醒了过来，发现自己的左手动弹不得，其他地方勉强能动。我把盖在身上的瓦砾拨开，跟跟跄跄地走了出来，看到路边有很多消防员，也是被震晕后刚醒来，他们上前来扶我。

我和其他几个伤员一起被送到了医院，我被诊断为左肩关节胛骨开放性粉碎性骨折，流了很多血，住院住了3个月。那时疼痛剧烈，痛累了睡，睡后又被痛醒过来，也留下了后遗症——从此左边没有肩峰，天气一变就会很酸痛。但我没有后悔，新闻界有一句名言"你的新闻不够好，是因为你离得不够近"，到新闻最前线是记者的使命，那时我已经将生死置之度外。其实新闻工作没有国界之分，世界上有太多新闻工作者所处的环境比我当时危险，他们或在战场，或在自然灾难现场，为了报道一往无前。

三

从来深圳到现在，我一直在深圳电视台工作。作为记者，我见证了城市的变迁发展；作为电视台的一员，我也见证了深圳广电产业的大步向前。

刚到台里时，我的工作证编号是092，说明我是入职电视台的第92个人。当年的编制控制得很严格，建台初期，深圳电视台的定位就是做新闻类节目，其他诸如电视剧、电影等节目购买播放就行了。严控编制导致我们错过了很多招纳贤才的好时机。尽管如此，在深圳经济特区这块敢闯敢试的土壤上，我们还是做出了不少创举。

1986年，我们的新闻从隔天播出改为天天播出，影响力不断增强。1989年，我们率先进行了新闻采访体制的改革，设立了国内第一个社会新闻组，把事关民生的政府部门（例如公安）归入了这组。虽然从党员身份来说，我应该被安排至时政组，但我希望报道社会民生，于是主动来到社会新闻组，并在后来担任了社会采访科的科长。

随警作战、深入公安办案的第一现场进行报道,正是从我们开始的。

那个年代,国内其他城市的公安报道还卡得很紧,需要重重审批。但深圳的领导思想比较开放,在新闻方面的观念比较新。比如卖淫嫖娼在那个时代是一个忌讳的话题,在报道上也有一定的风险,但是我们第一个吃了"螃蟹"——在国内最早现场报道了打击卖淫嫖娼活动的新闻,拍摄并播出了犯罪者被抓获现场。播出后,社会上也没有出现不良言论。

以前电视新闻都是录好录像带之后再播出,时效性受到限制,有些新闻录好之后,还有可能播不了。而"新闻直播"在香港和国际都已经是惯例,直播不仅令新闻资讯传播得更快,也让新闻工作的效率得到提高。按照新闻规律办事,是我们办深圳电视台的一个梦想,所以我们就克服困难,顶住压力,大胆改为直播。最先是从品牌栏目开始试水,《730深视新闻》是深圳历史最久的一档节目,它在1984年试播,1994年开始直播,只要是7点29分之前编辑好的新闻,7点半就能准时开始播出。这样就为很多突发性的新闻创造了当天播出的空间,这在当时是绝无仅有的,在深圳电视行业发展中具有里程碑式的意义。

深圳电视台最早开播的是33频道,即深圳电视一台;1993年,我们又多开了48频道(深圳电视二台),主打财经,我在1994年底出任副总监。1995年,我调到有线电视台参与筹建,当时是在铁皮房,下雨漏水时,我们用雨伞、防水布遮挡住编辑机来编片子,机器容易受潮,我们就把台里的抽湿机扛过来对着机器抽湿。

2002年年底,有线电视台与深圳电视台合并,为深圳电视带来了一段突飞猛进的发展。未合并前,深圳电视台的广告收入一年为8000多万元,有线电视台高一些,除了广告费还有收视费,加起来差不多是两亿元。合并后,台里收入呈几何级增长,2003年起每年都增加一两个亿的创收,进入了"快速增长期"。

收益增长的一个重要原因,是合并之后大家统一了思想,以国际惯例——收视率——作为考核指标进行节目购买。换句话说,就是使电视节目更适应市场的需要,更多考虑观众喜好。在这种改变之下,我们所占的市场份额迅速增长,直接带来广告收益的增加。此后,深圳电视大步前进,应该说,我们向全国电视台"第一方阵"的迈进,就是从2003年合并之后开始起步的。

2004年,广播电台和深圳影业公司也与电视台合并,深圳广播电影电视集团正式成立,而此前全国规定只能成立省级的广电集团,市一级成立集团的试点只有两个,我们是其中之一。同年,深圳卫视挂牌成立,成为国内首个非省级单位卫视。

经过深圳广电人的不懈努力,《第一现场》《直播港澳台》等王牌栏目相继崛起,逐渐替代香港电视成为本土的主流电视节目。

《第一现场》是深圳家喻户晓的民生新闻类节目,老百姓受了什么"委屈"都会向这个节目投诉,我们统计过,节目每天最多能接到四五千个热线电话。《第一现场》在全国范围内影响都很大,单单这一档节目一年就有3亿元的创收,一个地方城市台的新闻节目能有这样的成绩,在全国范围内都是少见的。

其实,深圳的第一档民生新闻节目应该是公共频道的《新闻广场》,它用粤语播报本地民生新闻。这档节目火了以后,集团就发现民生新闻将是一个有价值的发展方向,于是在2005年前后,对当时已开播了几年的《第一现场》栏目进行改版,专报民生。改版之后节目的收视率不断飙升,迅速攀至全台第一。

节目改版后虽然获得了广泛认可,但我们并没有骄傲自满、止步不前,为了让节目持续反映普通市民的真实诉求,持续获得观众的喜爱,我们一直在反思、探索、改变。从前,《第一现场》新闻的编排缺乏板块意识，大多呈现碎片化报道，在我看来这是违背新闻规律的；而且节目播报的新闻中，很大一部分是社会负面消息，有点成天"打打杀杀"的意味，刚改版时观众看了还觉得热闹新鲜，但时间一久，大家也不认同——毕竟社会上"正能量"的现象还是主流。

我2008年加入《第一现场》之后就提出要深化改版，希望以板块化、直播常态化、深度化和互动化的节目模式，解决当下存在的问题。首先，节目需要板块化，把重要的民生新闻放在第一板块，并加强比重；其次是现场直播常态化，因为观众最喜欢看的电视新闻就是现场直播新闻，所以我们要求电视直播车天天开出去，把城市里发生的有价值的事都"直播"回来；第三我们要深度化，即深入报道新闻事件；最后还应当体现更强的互动性，因此我们不仅增加了"帮忙姐妹花"板块，派出节目组成员直接为群众解决问题、为群众服务，同时也邀请了大量嘉宾前来演播厅互动，给出专业、多角度的观点和建议。

新一轮的升级在2008、2009年为《第一现场》带来新一轮收视热潮。2010年，节目更是创下市场份额超过40%的辉煌成绩，这意味着同一时段如果100个人在看电视，那么其中有40个人在看《第一现场》。直到现在，《第一现场》的收视率依旧是数一数二的。

在常规节目之外，特殊事件、突发事件的直播报道，也考验着电视工作者的专业程度。我曾参与过的直播事件中，有两件大事值得在深圳电视史上留下记录，在这两件事中我都担任了主要现场指挥者的角色。

其一，是深圳电视台对"9601"特大毒品案件——该案件被列为1996年第一号大案——的庭审进行直播。当时我们把摄像机、编辑机以及切换台和调音台都搬到了法院，每天从早上9点半直播到下午5点半，中午只休息片刻，就这样在深圳中院直播了两天。这次庭审直播意义非凡，它不仅显示了深圳司法机关的开放态度，同时也是对司法机关执法水平、公正执法的公开检验与监督，更是全国首次法院庭审直播，在世界范围内都引起了轰动。

其二就是对"5·12汶川地震"救灾情况的直播。我们派了多路记者奔赴一线，仅仅准备了两个多小时，就播出了大型直播节目《抗震救灾，深圳有爱》，成为全国最早直播救灾情况的4家电视台之一，也是深圳广电史上最长的一次新闻直播，每天播出10多个小时，总共直播了9天。

四

八十年代那会儿，我已经觉得国内的新闻报道八股、呆板、僵化，想在深圳电视业里开辟新气象，主要的原因之一，是我们在深圳能看到香港的电视节目。我经常看香港TVB①翡翠台和亚视傍晚6点档和午夜11点档的新闻，与国内新闻对比后不难发现，香港新闻简直"面目一新"，不仅内容客观，而且形式正规，虽然还是有一定的倾向性，但的确是由专业人士采访、制作出的"真正"新闻，有很多东西值得我们学习。香港的电视剧也很不错，拍得相当贴近生活。当年我就想，我们深圳电视什么时候能赶上香港？几十年后，我们的节目能超过他们吗？

而事实上，经过深圳电视人的多年拼搏，我们现在已然超过了香港——2008年，《第一现场》的播出频道，深圳电视台都市频道的收视率率先超过占据"霸主"地位多年的香港TVB，荣登本土收视率第一的"宝座"。在影视剧与娱乐节目领域也同样如此。香港现在的影视剧拍摄延续传统，在房间内布景拍摄，场面小，内容简单。但国内早已使用电影拍摄方法拍摄电视剧，常见露天大场面、千军万马呼啸而过，出片质量确实要高些。而国内各式娱乐节目的成本平均都有七八千万，知名节目的投资更是上亿，但是香港行业内已经难以出现这一数量级的成本投入了。

一系列数据说明，我们的电视产业的确在进步，而且是获得了长足的进步。作为一名深圳电视人，我感到无比骄傲——我们不仅仅见证历史、记录历史，我们也在创造历史。

深圳电视产业的飞速发展，与历任开明智慧的领导者有着密切关联。我在一线工作的那17年，几乎采访过其间的每一任主政者，我亲身体验到，这些早期建设者的工作作风平易近人，既求真务实，又有远见卓识，他们非常能为老百姓做实事。早年深圳土地拍卖制、招标制等事件，现在看起来很平常，但在刚刚打破极"左"坚冰的年代，这些都是有风险并艰难的改革举措，需要无比的勇气。

作为新闻工作者，我们有机会把这些历史事件记录下来，为后人留下还原历史的第一手素材。这些"素材"在普通人眼里可能是千头万绪，但在我们的镜头里面，却有清晰的脉络。因为我们不光是记录，同时也发现并突显事件背后隐含的精神内涵，试图提炼和总结它们的历史作用，给后人留下一些可以反思、吸取的经验教训，对后世有所功用。

身为最早的一批到深圳参与建设的"拓荒牛"之一，我在这里工作了大半辈子，把自己最好的青春年华献给了这座城市。在深圳，我奔跑过，战斗过，流过汗，也流过血，现在人过半百，我依然觉得无怨无悔。当然我也曾彷徨苦闷过——当年我任科长时，很多人是普通办事员，但他们现在的职位比我高；从前一个普通的工人，现在已是亿万富翁……这些落差对我肯定有过冲击，但现在我对功名利禄已经看淡了，所谓知足者常乐，人应当学习如何处理人生的得失，保持一颗平常心。

注释：

① TVB：香港首间无线电视台"电视广播有限公司"（Television Broadcasts Limited）的英文简称。

陆 江

在深圳我实现了个人的所有梦想

陆江，1985年来深并创建深圳市健康教育所，任该所首任所长兼党支部书记。

一

来深圳前我是贵阳市卫生教育所副所长，兼任《健康之友》报和《卫生宣教》杂志主编。我执着于健康教育工作，这缘于我的恩师贾伟廉教授和我做儿科医生的经历。贾伟廉教授曾经对我讲过一个故事：他在北京协和医学院读书时，假期去山西五台山，路上看到一位五六十岁的盲人妈妈，带着5个孩子，其中有两个孩子的眼睛也看不见，他们三步一作揖五步一叩首，十分虔诚。看到这个场景，他非常感慨："卫生救国是不可缺少的。"本来想做外科医生的他就此决定改为学卫生教育。他后来到美国学习相关专业，毕业后到世界卫生组织工作，后来回国，为国家健康教育事业贡献了一生。

我早年在贵阳妇幼保健院做了13年医生，看过的病人成千上万。使我感触最深的是，很多农村的儿科病人，尤其是麻疹和猩红热病人，由于照顾不当，容易发生合并咽喉炎、中耳炎、小儿肺炎，而他们大都是病情严重的时候才来医院看病。

我想，诊病治病只能一对一，如果是做保健，给一个班上课，受益的是五六十人；给两个班上课，受益的就是上百人；如果把知识教给民众，大家都提高了卫生知识水平，那会造福多少人啊！

1984年9月，我在北京京西宾馆出席一次全国卫生宣教工作会议时，偶然碰到时任深圳市卫生局书记贾世荣，他告诉我："深圳市政府批准市卫生局成立一个市级卫生教育所，暂时还没有找到学科带头人，希望你能过来。"闭会前一天晚上，他让我去他房间，问了我的学历、工作经历、家庭背景和工作情况，说："到了深圳，只要你想做事，要钱有钱，要人有人。"当时我就心动了，但是我没有立刻表态。

1984年底，卫生部直属单位人民卫生出版社科普部的两位主任到贵阳来，与贵阳市委组织部和卫生局联系，想把我调到他们出版社去。但是几天之后，他们又告诉我说组织上不放。因为这次调动不是我提出来的，所以走不走我没有在意。

这件事之后不久，贵阳市基层单位领导干部要调整工作。一天，卫生局领导突然通知我说我的工作要重新安排，让我等消息。按照通知，我就在家静候。然而一个月过去了，还是没有消息。在家等消息的这些天，我没有闲着，每天都去邮局买《深圳特区报》，因为贾书记的缘故，我开始关心起深圳经济特区来。

第二年1月中旬，我看到《深圳特区报》上登载了深圳向全国招聘科技人才，其中包括医疗、保健专业人才的信息。这时我又想起贾书记在京西宾馆对我说的话。于是，"调走""留下"就像两个小人在我脑海里打架。为了梦想和明天，我终于下定了要走的决心。

我立刻写了一封信给贾书记，表示我愿意到深圳工作。很快，贾书记就回信了，还附了一份表格，让我把学历、工作经历、特长、爱好、家庭情况和未来设想等填写清楚，并让我大年初六到深圳考试。

大年初四晚上，我从贵阳乘火车出发，初六中午到广州，再从广州转中巴下深圳。火车坐了两夜一天，中巴用了4个小时，到了深圳南头还被"卖猪仔"——中巴车要返回广州，让我们换坐另一辆车，他们左等右等，等车坐满了才向当时的市区出发。

进了深圳后，我要到卫生局，在火车站问路，别人说，告诉你你也不知道，你就过去问"蛇餐馆"在哪儿，人人都知道"蛇餐馆"。卫生局就在这间"蛇餐馆"上面。等我找到卫生局时都晚上10点钟了，值班的同志把我安排在旁边的小旅馆，13块钱一晚，在当时算很贵的。

我在贵阳一个月工资才93块钱，家里有老有小，所以没有太多积蓄。来深圳总共带了1500块钱左右，大都是借的。当时贵阳到广州的路费一百多，在外面吃饭，一碗饭5毛钱，我要吃9碗，一盘肉片莴笋3块钱，加上住宿，带的钱很快就用完了。

岗位考试安排在我到达深圳的第二天下午，当时是贾书记和另外两位局长考我。我介绍了个人基本信息、对深圳经济特区的认识和到深圳工作的愿望。最后考官们给我出了一道题——要我3天内代卫生局向市政府起草一份工作报告，陈述深圳经济特区如何在当前情况下开展卫生宣教工作，我可以向卫生局的老同志咨询，也可以到相关单位调研。贾书记还向我提了两个条件：如果让我当了所长，用5年左右时间，深圳的卫生教育要走完内地35年的历程；再用5年左右，深圳要有一两个项目达到国家先进水平。听了这话我很高兴，心想："经济特区就是经济特区。经济特区领导说的话，果然与众不同。"

在这3天的时间里，我先是熟悉材料，然后调查研究，再向老同志询问、请教。当时深圳经济特区刚成立不久，卫生宣教人员只在防疫站里有两位，市里没有专门的宣教机构，既缺少专业人才，又缺乏设备。了解到这些情况后，我第二天下午就提笔，一个通宵加一个上午，终于写完《加速特区健康教育机构的设置和全面开展健康教育工作的报告》，交给了贾书记。报告交上去后，我接到通知，说可以回去等消息了。

1985年4月27日，我接到人事局的调令。之前有北京的单位想调我过去没有成功，我担心这次还是走不了，我就去求科技人才处的老领导，说我想回江西老家抚州。这个为了来深圳而撒的"谎"改变了我的一生。好不容易办完了手续，6月12日我离开贵阳，15日我就到深圳卫生局报到了。

搬来深圳，我带的东西比较多，有36箱书和一个行李卷，这是我几十年来积累的资料。妻子和弟弟打包这些书都用了好多天，妻子的同事开着解放牌大卡车把我们送到火车站。到了广州后我打电话到深圳市卫生局说我带了不少东西，麻烦来广州接我一下。他们说来一辆北京吉普行不行，我说不行，要来一个大车，最后来了一辆能装一吨半货物的货车。

到了深圳市卫生局已经是下午了，局里20多人正在开会。局长说，我们新调来一位同事，请大家去帮忙搬一下东西。看到我装书的箱子外包装显示有的是装酒的，有的是装肥皂的，一些同志还在背后议论："怎么还带酒和肥皂，是不是做生意的？"有人悄悄把我的箱子打开，大家才恍然大悟，原来尽是书！从此我多了个"秀才"的绰号。

这36箱书，都与我的专业有关，而且自成系列。近30年来，它们

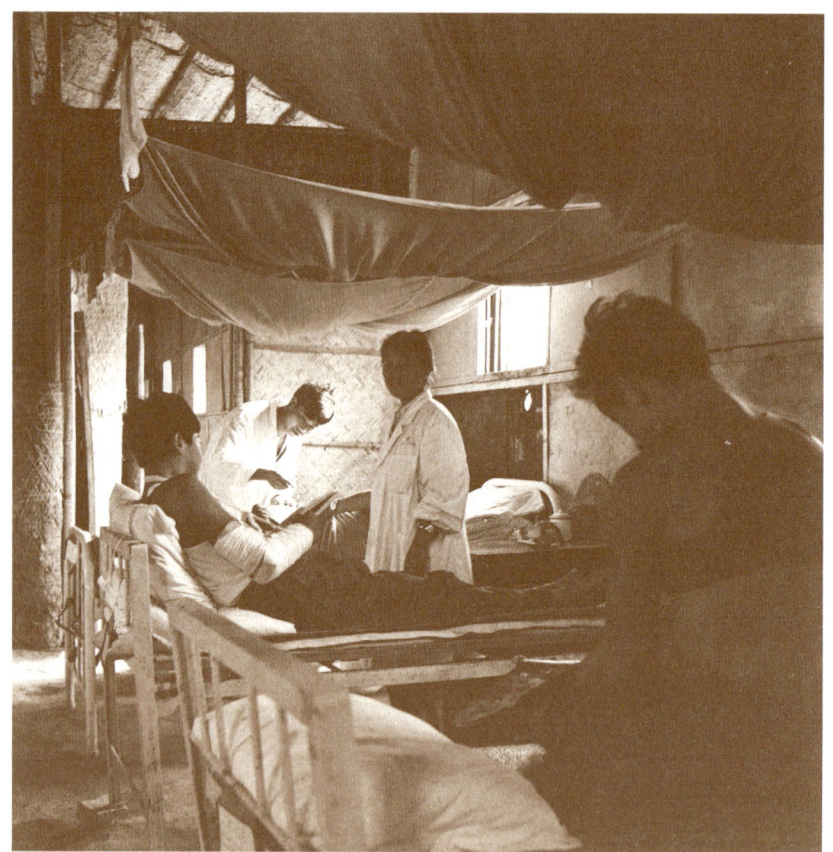

上世纪80年代,深圳医疗条件较差,在深建设的基建工程兵如果生病,只能在简易搭建的"竹棚医院"里接受治疗。

1990年，陆江（左二）和同事在准备"生命·生活与健康"展览。

1990年,陆江(右)为嘉宾做"生命·生活与健康"展览解说。

1990年，陆江（右一）陪同国家卫生城市检查团保健组负责人检查深圳卫生情况。

上世纪90年代的陆江。

陪伴了我很多时间，为我解决了不少难题。

二

正式工作后，我们就开始筹备健康教育所。刚开始我们所的筹备组办公室就在卫生局三楼，一间办公室挂了3块牌子：慢性病医院基建办公室、深圳市药检所筹备组和我们的筹备组，此外这间办公室还是卫生局的杂物间，还是我们筹备组3个成员的宿舍。

三楼是棚屋，夏天特别热，睡午觉常常满身大汗，席子都湿透了，人躺在上面的汗痕清晰可见。这种情形从6月份一直持续到了8月份。

筹备健教专业机构首先要了解对健康教育的需求。自1985年7月8日开始，烈日炎炎，我们筹备组的3个伙伴骑着单车，跑遍了罗湖、上步、南山、宝安，肩膀都晒脱皮了，但搜集到很多数据和资料。

我根据这些资料，对考试时写的答卷进行修改补充后，向市政府递交了《加速特区健康教育机构的设置和全面开展健康教育工作的报告》，不到一周，市政府就批复了，这就是当时的深圳速度。

1985年8月24日，全国第一家以"健康教育"命名的"深圳市健康教育所"正式成立。

其实在来深圳考试之前，我就想好要怎么做健康教育工作了，所以考试的时候我向贾书记提出三点建议：第一，名称不能叫卫生宣教，要叫健康教育，这样便于与国际惯例接轨，因为卫生宣教是以卫生系统的专业来命名的；第二，不能挂靠在防疫所，要由卫生局直接领导，作为独立的卫生教育机构；第三，不能在深圳这里调配人员，要在全国选调一流人才。

因此，健康教育所成立后，我就通过之前认识的专家和卫生部的关系，从南京、湖南、河南、陕西、贵州、上海等地以及美国，选调了一批专业人才，后来这些人大都成为我们的专家。

1986年4月，根据全国爱国卫生运动委员会的提议，经过深圳市政府批准，我们从美国洛玛林达大学聘请了香港籍健康教育博士蔡洁珍担任研究员、健教主任医师。

正因为蔡博士的到来，我们"深圳市健康教育所"更名为"深圳市健康教育研究所"。在深的两年间，蔡博士在深圳乃至全国传播当今世界健康教育的新理论、新趋势、新成果、新方法，在指导、帮助、拓展深圳经济特区健教事业方面，在培养和带教技术人员方面都作出了积极的贡献，后来有人考证："蔡洁珍博士是神州大地传播健康新知的'海归'第一人。"

三

在全市调研的同时，我们也面临一些更迫切的问题。

第一就是疟疾流行。当时在深圳的工棚里"打摆子"①的特别多，看到一些工友发冷、发烧，我们很心疼，想为他们做点事情。于是，我们便与防疫站同志合作，刻写钢板编印资料："怎样防治疟疾——给工友同志的一封信"，内容是怎样消灭蚊虫，怎样预防蚊虫叮咬，怎样服药等等。

第二，那年夏天，香港发现首例艾滋病患者，深圳出现了"恐艾症"。香港人过来握手拥抱什么的，大家都很担心害怕，尤其是服务员以及外贸和海关的工作人员。这样下去会影响深圳的对外开放。于是，我们就去北京聘请专家，编写我国第一本关于防治艾滋病的科普丛书，并在全市散发。

还有就是编写健康教育的课本，如果要把全国健康教育提高一个档次的话，我认为健康教育一定要进学校。很多学校什么课都开，就是对健康教育课有抵触情绪，可是如果这些问题在学校都解决了的话，哪还需要发传单叫人不要随地吐痰，不要抽烟酗酒。健康教育最重要的一项就是健康教育进学校，这是我在全国最早提倡的。

我骑着单车调研的时候，曾经到过罗湖小学，那时的校长去过香港，给我提出来："环境卫生我们有专门的工作人员，有病我们可以去医院，这些我们都可以自己来做，但有一样我们做不了，你能不能帮我们编一个课本，像香港那样的卫生课本？"

根据这个想法，我向局里汇报，1987年下半年起草给市政府关于编写小学健康教育课本的报告，市政府也批了。之后我就调人，同时自己开始撰写大纲。写完了以后我希望把它变成能影响全国的东西，便带着大纲去北京开会，找爱卫会的领导。大纲最终成形后，我就把队伍组织起来开始紧锣密鼓地写作。当时我们的文字编辑由三个人组成，我把相关资料提供给他们，我自己也写了不少，完成后我再统一审校。

在编写健康教育读本上，我们做得最好的就是编写了全国首套彩色版《小学健康教育课本》10册与教参10册。

这套书我们花了一年多的时间编写，于1988年秋完成。1991年，这套书由贵州人民出版社出版，在全国22个城市发行了数百万册。

1990年，深圳正处在全面创建国家卫生城市的热潮中，为了把卫生保健知识传递给更多民众，我们健教所与市科学馆合作，举办了"生命·生活与健康"展览。

这场展览我们筹备了3个月。那时还是大夏天，没有空调，电扇吹出来的都是热风，我们就光着膀子干活。10月11日，展览顺利完成。特别令人高兴的是，国家卫生城市预检团来深检查的第一个项目就是参观展览。展览最终获得检查团的好评。加上健康教育进学校、进工厂、进社区、进家庭的成功推广，卫生城市检查中，我们健康教育项目获得了满分。

经过九年的努力，我们创造了"政府领导、社会参与、专业主导、从小抓起"的深圳健教模式。1993年12月，广东省卫生厅在深圳召开的现场会上，厅领导对深圳的健教工作给予了充分肯定，并在会上向全省推广。

四

我的母校龙里中学70年校庆时，我应邀参加。在龙里中学的校友榜中，我排在第四位。在学校读书时，我没有想到会有今天。如果不来深圳，我做不了这么多事情，也不会被广东药学院聘为教授，更不可能成为深圳市健康教育与健康促进协会的会长。

在深圳，我实现了个人的所有梦想，我很满足。

注释：

① "打摆子"：打摆子是疟疾的俗称，是由疟原虫引起的传染性寄生虫病。

王 钵

如果人生可以再选一次，我还会选择做老师

王钵，1985年来深，深圳中学数学老师，广东省特级教师。

一

我来深圳的原因很简单：为了和我在香港的父母更近一些，方便见面。

我祖籍在江苏，但是在广州出生和长大。为了谋生，新中国成立前，我的父亲去了香港打工，后来我的母亲、弟弟陆续都去香港了，只剩下我和外婆两个人在广州相依为命。所以，我母亲一有机会，就时常往来于香港、广州两地。

那时候内地比较穷，母亲每次从香港过来，就算是旧衣服也要带一些回来给我，她年纪大了之后拎不动，就要请人陪着过来，非常辛苦，于是我就萌发了来深圳的想法。

1985年之前，我在广州花县（现为花都区）一所重点中学里做数学老师，也是广州市政协委员。有一天，一位我1962年参加工作后教

的第一届的学生来看我,他告诉我:"我调到深圳了,您怎么不去深圳呢?看您母亲每次来广州多辛苦啊,您去了深圳,离香港就几步路,见面就方便了。"因为是政协委员,我对深圳多少有一些了解,知道深圳是个改革开放的城市,很有前途。我也曾和同事一起去过沙头角,发现深圳确实不错。

于是,我就和爱人商量,我应该去深圳。我爱人也是老师,他认为在哪个地方教书都一样,并不反对。孩子在读高中,去深圳也没什么不好。于是,我就跟学校提出调动申请,但学校和教育局不同意,尤其是教育局的领导说:"我们好不容易把你培养成骨干,你走了我们去哪里找人?而且你还是政协委员,怎么能随便走?"

我的学生告诉我,深圳引进人才的要求是不能超过45岁。那是1985年,12月份我的生日一过自己就要超过45岁了。再加上我几次找教育局无果,我打算就此打消去深圳的念头,心想:一方面广州待我不错;另一方面我已经这么大年龄了,去深圳后最多也就剩下10年左右的工作时间,算了吧。

此时,一个很偶然的事情给我带来了转机——有一个星期天,我去一个领导家里拜访,她是我曾经工作过的学校的一位老校长,她的丈夫是花县的领导。聊天的时候我偶然提到我想去深圳但花县不放的事。这位老校长一直以来把我当妹妹一样看待,我去看她时并没有想要找她帮忙,几天后,我就收到学校的通知说我可以走了,让我去办手续。我很疑惑,去教育局办手续的时候,我才知道,我们老校长的爱人专门来教育局找局领导说:"人家一个广州女孩,在你们这里工作了20多年,现在人家遇到困难想走,你们还不放,其实就算没有困难你们也应该放人家走了。"这样,花县教育局才同意我走。

拿了教育局的批令之后,我就来了深圳。那时候来深圳是要考试的，我的考试很简单，就是和一个考官面对面聊天。作为一个在重点中学教了20多年重点班的数学老师，应对这种考试当然非常轻松。通过考试后，我就被分到了深圳中学，我爱人调到了新建成的洪湖中学，孩子插班到深圳中学读高三，他后来成为深圳大学第一届金融系的学生。

二

那时候深圳很穷，没有什么高楼大厦，和广州真是没得比，充其量就和花县差不多，甚至有些地方还不如花县。

来深圳就需要搬家，我的很多学生知道我要走了，就来帮我搬行李。我来深圳的那天刚好下雨，从南头关过来的时候，一路泥泞，一路颠簸，简直没法走。到了学校里面，那真是"水泥路"——都是水和泥，没法下脚。一开始，我们没房子住，学校就把我分到学生宿舍，屋里放不下这么多行李，只能搁在学校体育馆，搁了有一年多，煤气炉安放在楼梯的转角处，我们在那里煮饭，直到有教师住房空出来，我们才搬进去。从来深圳到稳定下来，其间，我们搬了四次家。

虽然生活条件艰苦了点，但是我不介意，我就是一个老师，不渴望住上高楼大厦，有吃有住就可以了。这点我对深圳非常满意：在深圳我可以按照自己的想法工作，没有那么多条条框框；深圳不会排外，老师都是从北京、上海、武汉等全国各地调来的，业务能力很强，素质也都很高，大家题做不出的时候都一起做，找到好题目也会公开分享，非常团结。

到深圳中学之后，深圳中学数学组组长听说我原来在广州重点中学教学，还是广州市政协委员，非要把组长的位置让给我。我第一反应就是拒绝："我刚来学校，谁都不认识，怎么能做组长？"看我不答应,他就召集数学组老师开会投票。他在数学组威望很高,他说什么大家都听,所以最后还是把我选为组长了。真正开展工作时,组里的同事也给了我极大的帮助。

当时深圳中学一共有6个年级,每个年级6个班,分布在一座六层的教学楼里,教学楼对面有一个两层的办公楼,当时的深圳中学就这么大,但它是省重点中学。后来深圳中学又把洪湖中学变成深圳中学初中部。如今,深圳中学已经是国家级示范中学,有400多名老师,将近5000名学生。

在广州我的工资是80多块钱,来深圳是200块多一点。记得我去领工资的时候,刚好我母亲来看我,几百块钱工资都是10块钱一张,她拿着那厚厚的一沓钱一直在说:"来深圳有这么多钱啊。"

我1985年来到深圳中学,1987年就评上了高级教师,是深圳中学第一批高级教师。之后又获评特级老师,不过这不是职称,只是一个荣誉称号。当时是大家投票决定评选谁,投票结果出来之后,没想到我得票最高。回家我就和爱人说:"这是怎么回事,他们应该都不怎么认识我的吧,怎么会选我呢?不能这样的。"我们主任拿表格找我填,我也不愿意,最后他说:"评特级教师不是你一个人的事情,这是我们学校的事,你不填不行。"后来省里组织听课、座谈会,我都顺利通过。就这样,我成为深圳中学自1947年建校以来第一个特级教师。

1990年深圳市政协成立。因为我在广州就是政协委员了,来深圳后,我的任期还没满,所以有时候会请假回广州开会,这样大家都知道我是政协委员。等深圳政协成立,我就顺理成章成为深圳市首届政协委员。当时我来深圳的时间也不是很长,很多事情都不是很了解,而当政协委员是要写提案的,所以我只能写有关教育的。那时候刚好我们校园和学生的球场之间，隔了一条马路，学生去打球来来回回过马路很不安全，我们学校领导就问我能否写一个提案，建议建一个天桥。经过实地查看，我准备了一个提案，没想到很快就落实了，而且还是深圳市政协落实的第一个提案。现在我路过那里的时候，还能见到那座天桥在发挥作用。

1993年我当选为全国人大代表。那年寒假，我在家里接到人大的一个电话，说我作为深圳市全国人大代表的候选人，参加差额选举，我当时压根没想到怎么会推荐我。接完电话我儿子说，我肯定会被刷下来，我也没当回事，就这么过了。当天下午，我突然又接到电话说恭喜我当选为全国人大代表，让我把照片送到深圳市人大，办什么证件，我就这样成为全国人大代表了。后来我才想到，有一次我和一个民主党派的一位领导聊天，他了解我的情况，很可能就是他们把我推选为候选人的，因为那时候候选人有几个条件：首先要是女性，其次要在第一线工作，第三是要有高级职称，最后要非党人士。我是女性，又是在一线教学的，还是高级教师，我家里人在香港，从前因为有海外关系，我不能入党。所以我刚好符合所有的条件。

当时深圳有四个全国人大代表，一个是我，一个是"中国第一村"南岭村的老书记张伟基，另外两位就是时任深圳市委书记李灏和市长厉有为。所以除了我，他们都是非常有来头的人。那时候，我们经常一起开会，讨论议案等，因为我的姓氏笔画少，开会的时候我还坐在很前面，他们说什么我就认真听，认真学，当然，该发表意见的时候，我也要发表意见，特别是有关教育的议题。李灏、厉有为他们两人很亲民，我们见面都是直呼其名。

当时中共中央总书记是江泽民，1993年开始我们去北京开两会，江泽民对广东团很关心，经常过来看望我们代表团，我和江泽民也聊过几句。李岚清来深圳的时候,还来我家里慰问,看我的书房,我们像好朋友一样聊天。

三

我到深圳的时候,深圳的学校还不多,只有红岭中学、翠园中学,还有宝安有个中学,当时深圳实验学校还在办,外国语学校是后来才办的。虽然教育环境不如广州,但是,学生的素质挺不错的,他们大都是从五湖四海随着家长一起来深圳的。深圳学习氛围比较好,孩子们大都很听话,有时候有领导来我班里听课,孩子们即便平时比较调皮,这时候也会变得很安分,不会让老师丢脸。

我的原则是不特别对待任何一个学生,县委书记家的小孩和耕田务农人家的小孩我都好好教,不偏心,谁也不会看不起谁,每个学生其实都有潜力。我印象比较深的是一个女孩子,她高二插班到我班里的时候,连高一课本里的三角函数都还不会,基础相当差。在大家的帮助下,她很快追赶上来了,后来还喜欢上了数学,现在成为深圳一所中学的数学老师。

我班上还有一个孩子,我一直感觉他很聪明,就是不认真学习,所以成绩还是比较差。我上课的特点是我讲得少,学生练习多。有一次我让学生做练习,不知道他在玩什么东西,我就走到他旁边,小声和他说:"你也不笨,为什么要这样呢?你其实可以考出全班最好的成绩的。"说完我就走了。隔了一段时间,我们学校开家长会,他的妈妈来找我,问我和孩子说什么了,孩子真的开始好好学习了。我感到很欣慰,其实真的没有那么多"笨"的学生,关键在于老师怎样把学生的潜能挖掘出来,让学生灵活地学习。

那个时候没有现在这么多的辅导资料,都是老师给学生印大量

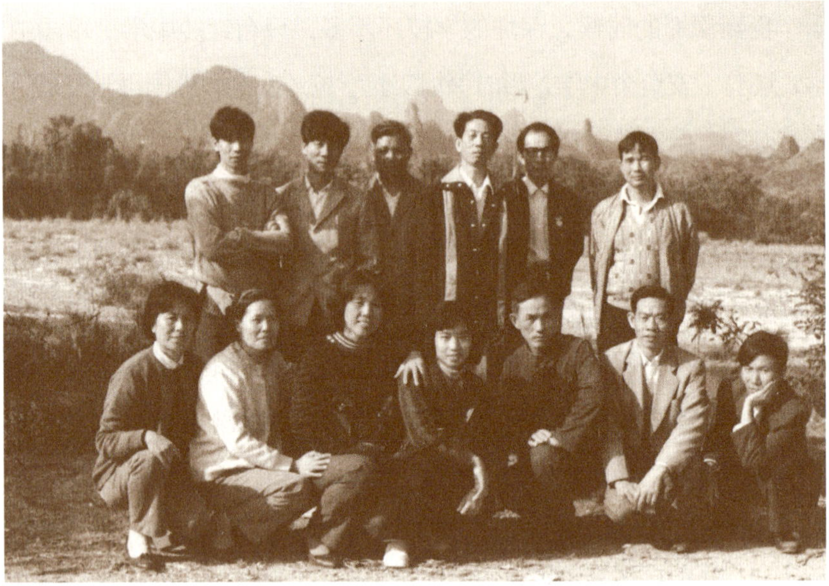

上世纪90年代初，王鉥（前排左二）与深圳中学数学组部分教师合影。

上世纪80年代深圳学校的课堂。（由美国摄影师 Leroy W. Demery Jr. 拍摄。）

1993年，王鉌在第八届全国人大一次会议上投票。

的习题。我们老师要在一大堆书里面，一点一点地挑全国各地的资料，挑好了再一笔一画地刻版印给学生做，一个星期至少要印两份。当时，每位老师都要找题，那么多门功课，加起来题量就特别大，学生的负担很重。由于高考是指挥棒，学生要考好的大学，就必须多做题，因此我们印给学生的题，他们不敢不做。这样学生的负担重，老师的负担也重。我记得除了放假，我在学期期间的晚上从来没有看过电视。

有一年我管理宿舍，早上就到学生宿舍去查看，有的学生困得起不来，我去叫她们，她们闭着眼睛抱着我，说不想起床，这让我很心疼。

高考不仅是学生人生的转折点，对我们老师而言也是一次大考，每年数学科开始考试的时候，我们肯定要去考场。每次开场半小时后，我们可以拿到数学卷子，那时候我的心和手都是抖的，因为我们了解自己的学生，一看题就知道他们大概能考多少分。

我作为一线的老师代表，最了解学生的负担，所以在开会的时候，就拼命提出要减轻学生负担：学生教育要灵活，而不是一味增加作业量。那时候还没有现在这么多的辅导班，都是以学校教育为主。我曾经明确地告诉家长，不要让孩子上各种辅导班，孩子在课堂上好好上课，不懂来问老师就足够了，所以我的学生没有到外面去报辅导班的，有问题都来找我，我随时可以为他们解答。

在我的印象里，从我退休后，辅导班就开始越来越多，让孩子的负担更重了。甚至我听说有些老师课堂上上课还会"留"点儿，在辅导的时候讲。而在我们那个时候，老师都是拼命想把知识教给学生的。前几年也有电话找到我，希望我去帮忙辅导，我一个都没答应。一方面，我年龄大，身体不太好了；另一方面我有退休金也有医保，不需要太多钱。人应该学会满足。

四

我当了人大代表之后，学校曾要求我做教导主任，因为他们考虑，已经是人大代表了，再做普通的老师有点儿说不过去。当时我一点儿思想准备都没有，于是回去想了一下，但还是觉得不能这样，我是"拿粉笔"走出来的人大代表，做了主任就不能在一线教书了，那我这个人大代表也没有意义了。于是我就找到教育局，说我就是普通老师的代表，只适合当老师。他们看我的态度很坚决，最后不得不同意了。

就这样，我一直在一线"拿粉笔"。本来我1995年就办了退休手续，但我的人大代表资格要到1998年，我就想：我不能当不做事的人大代表，所以就一直工作到1997年的暑假。

回望过去，我认为在我来深圳这29年的时光里，在课堂上和学生在一起是最快乐的，那种感觉是甜的，尤其是看见学生很快把题解答出来的时候，那种快乐一般人很难体会。我非常热爱老师这个职业。记得我高中毕业的时候，我的班主任说我的性格特别适合当医生，因为我把一切都看得很淡泊。但是我不愿当医生，对着病人我很难受，他就建议我当老师，我说好。所有科目里我读数学最轻松，考前基本不用复习，只要翻一翻公式就行了，于是我就报了华南师范大学数学系，大学毕业后当了一辈子数学老师。

我刚来深圳，深圳的重点中学只有深圳中学一间，后来实验学校、红岭中学、外国语学校的教育质量都提升了，重点中学越来越多了，大家之间竞争也越来越激烈了，但都是和平竞争，总的目标都是把教学质量提上去。这种情况是好事，因为如果有学校一直是第一，那就会故步自封，不思进取，不利于培养学生。大家通过竞争相互促进，相互学习，这是好的。像我们学校，经常会有其他学校，甚至其他城市的老师来听课，有时候也会开一些座谈会，把全部数学老师集中到大礼堂里，大家互相介绍经验，互相学习。

深圳的包容和开放不断吸引其他地方的人才，北京、上海、南京……越来越多人才来到深圳，深圳教育的路也越走越宽，所以我认为深圳是个很有福气的城市。

现在回头看，我认为我这一生做对了两件事：第一件事就是当老师，"拿粉笔"的时光是我最好的时光，如果让我再选一次，我还会选择做老师；第二件事就是来了深圳，虽然我原本在广州的生活就不错，既是广州的特约教研员，又是广州的政协委员，但是来深圳，我发挥的空间更大了，可以按照自己的意愿来做事，而且大家很团结，相互合作。所以说，我来深圳是来对了。

王喜义

行不行都得试，不试怎么知道不行？

王喜义，1985年和1988年先后两次来到深圳，1988年后定居深圳，曾任中国人民银行总行资金司副司长、中国人民银行深圳经济特区分行行长。

一

上世纪八十年代，我两次南下深圳。第一次来从深圳回北京时，我给老伴儿带去一台大彩电和一台冰箱。三年后我带着老伴再次坐上开往深圳的火车，这次我们把户口从北京迁来，彻底拔根了。

我是辽宁丹东乡下人，就是那个"雄赳赳，气昂昂，跨过鸭绿江"的地方，祖辈是从山东闯关东的。到东北后，那时日本帝国主义占领东北，家里比较穷，饥寒交迫，母亲、姐姐还抱着我去讨过饭。1945年，日本人投降之后，我才开始上学，那时候已经10岁了，后来我一路跳级，从初中、高中到大学都是享有国家一等助学金。1958年，我考上东北财经大学金融专业，1962年大学毕业后，就直接分配到北京中国人民银行工作。

那时候全国就一个中国人民银行，从北京总行，到各省分行，一直到下面县支行,就是这么一个大银行,既搞管理又兼营业。后来直到改革开放,中国农业银行、中国银行、中国工商银行等等才逐渐从人民银行分离出来,人民银行就不再办理具体业务,完全作为行政管理部门专门行使中央银行的职能。

在北京总行,我的任务主要有两项:一是管全国的信贷资金,二是给领导写讲话稿和报告。记得"文革"后刚刚恢复业务时,当时银行和财政部合在一起,李先念副总理指示:要把银行的分行行长专门召集开个会,把银行的业务加强一下。他还提议让原来人民银行副行长方皋从干校回来讲个话,这篇讲话稿就是我来拟的。那是我给总行领导写的第一篇讲话稿。

写讲话稿、写报告其实是个"苦差事",做过的人都知道。而且内容比较循规蹈矩,每年这样写没有什么新花样,于是我就想去外面看看别人是怎么发展的。来深圳之前,我出过两次国,一次到日本的兴业银行,去学习他们的产业金融,在那待了一个月,才知道在国外早就有按揭贷款和银团贷款,但在那时候中国的银行却做不了。1983年,我又到匈牙利考察,当时匈牙利还是社会主义国家,在金融改革方面做得比较好,外汇交易比较活跃,我看到那里的交易员工资都很高,就问他们的主管行长:"你为什么给他这么高的工资,比你的工资还高?"他说:"员工帮你做一笔(单)做好了,能给你赚多少钱回来?你要根据员工实现的价值来给他报酬。虽然你当行长,但不能嫉妒他们的发展。"我听了之后很受启发,视野开阔了许多。

后来因为工作的关系,我随着领导到国务院参加会议,那时候谷牧、张劲夫、陈慕华等领导都在探讨深圳搞经济特区的事情。听到领导说可以在深圳"先试先行",我就觉得深圳或许是寻找许多经济问题解决方法的一个好路子。

后来邓小平接见各省的第一书记时讲了话，专门讲了一段有关金融的内容，这段讲话要求在金融系统全国的分行行长会议上传达，当时没有录音机这些设备，全靠包括我在内的几个人速记记录下来，事后再整理，所以我对讲话内容印象非常深：小平同志首先肯定了金融很重要，是现代经济的核心。之后强调银行不要单纯当会计、当出纳，要发挥银行发展经济、革新技术的杠杆作用。另外他也指示，要把银行办成真正的银行。

当时我就想：在北京很难把外国银行的经验学过来，小平同志的讲话也难以落实，所以我就有要到深圳来的想法。

1985年5月，来深圳之前我和这边的分行领导联系了一下，他们都表示欢迎。这样我就提个包，自己一个人坐火车南下了。当时去火车站接我的人就是后来当了深圳国际信托投资管理公司总经理的李南峰，他骑个自行车去接我，我就坐在他车后架上来到了深圳分行。当时深圳还是一片大工地，居住条件比较艰苦：天气太热，我们没有风扇，更没有空调，晚上蚊子又很多，这一关的确很难过。不过在北京一个月我才拿60多块钱，来深圳一个月是500元，后来我用工资买了蚊帐，还买了一台电扇，条件就好多了。当时单位没有早餐吃，都在外面买，中午有一份饭，晚上还得自己管。为了节省点钱，有时候我就自己做饭。

二

第一次来深圳时我只待了半年，主要办了三件事，三个都是"全国第一"。

第一件事是我自己写报告向总行申请成立了一家证券公司。当时我听说深圳正在策划搞企业股份制改造，将来准备上市，所以我想得有资本市场运作机构。我带着报告到总行审批时,包括主管的司长、主管的副行长都不同意,说:"我们没有资本市场,你搞这玩意儿干什么?"我说:"你用它买卖债券也行啊,而且深圳还在试点股份制,将来可能会有用的。"他们还是不同意。

后来我找了刘鸿儒副行长,他是总行的第二把手,刚好我们同去八宝山参加总行一位老干部的追悼会。我对他说:"你批一下吧,行不行都得试,你不试怎么知道?"他说:"那我给主管的同志说一下。"我说:"你就在这打电话吧。"这样我用八宝山宾馆的电话打给了主管副行长,请刘鸿儒副行长和他沟通。就这样我去北京申办了中国的第一家证券公司,起名叫特区证券公司。我申请的是在1985年,真正运作是在1987年。

申办了证券公司后我就想,那谁来负责这事儿?当时深圳人民银行只有一个研究生叫廖熙文,他是总行五道口研究生部的研究生。我就跟他说:"你来做这个证券公司的经理。"他说自己没学过这些。我说咱们这里头就你文化最高,要是现学也比别人要快吧。他也没办法,嘟嘟囔囔地接受了这个官差。你看,那时也不用跑官,给他官做,他还不敢做。

那时候推销股票可不容易,特区证券公司找人开着部大卡车,上面弄个大喇叭,沿街宣传。1985年人们都不愿意买股票,说:"我把钱存在银行还有点利息呢,买你的股票连利息都没有,将来连本儿都没了,我找谁去?"后来公司的人到市政府找领导带头买,市政府的领导说没有钱,买不了。他们说没关系,没有钱先给你放着,等你发工资的时候再来给你扣掉。就是这样强把股票塞给人家,像分配任务一样。所以后来中纪委派人来查,说这些领导干部买股票发了财。我对中纪委调查的人员说:"你现在不要犯红眼病,要查人家,当时人家不买,你非得给人家留下,然后扣人家工资。你不能不讲历史。"

当时还没有交易所,要买卖股票怎么办呢?就在证券公司的柜台上交易。当然这样交易后来带来好多问题,促使我们加快成立交易所。交易之后还得清算过户,后来我1991年在深圳首先成立了证券清算公司,以后并入到北京,现在全国都有证券清算公司了。

特区证券公司之后还真发挥了作用——我们最早五家上市公司的股票,从股票发行到柜台交易到过户登记,都是他们一身兼三任完成的。

我做的第二件事,就是在1985年,搞了深圳的外汇调剂中心,这其实也是形势所迫。当时深圳的外向经济发展快,有一些企业需要外汇但不创造外汇,有一些企业收入外汇但不需要外汇。这些企业头头就私下来交换。后来被发现了,说他们私下搞外汇交易,搞黑市。当时这个情况反映到中纪委,中纪委就派下人来查,抓了几个私下搞交易的单位领导。第二次又要来抓人。因为当时抓人要经过市领导来批,那时候李灏来了,就让李灏来批,李灏就不批。他说:"你现在搞改革开放,我需要外汇你又没有,你有的又不需要,那你又没有渠道来正式给我解决这事儿,深圳经济还要发展,你说怎么办?"来的中纪委的同志就把这事反映给了中纪委的领导。中纪委于是派来中纪委的秘书长兼常委马英杰,他听了大家意见,觉得大家说的也有道理,就说能不能搞一个市场看一看,把它规范一下。就这样,李灏找了我们当时人民银行的罗显荣行长,要求他搞一个正规市场,让企业有地方交易。李灏坚定地说:"这个事情能不能搞成是老罗你的责任,要是搞出来有问题是我的责任。"

回到行里,本来是由外汇处处长吴文发办这件事,结果被吴文发顶回来了,他说:"总局没有这个规定,你揽回这件事不是没事找事吗？"罗行长就来找我说："老王，那你把这事儿办了。"我就找了两个小青年，一个叫杜左，一个叫邝迎东。我们几个人弄了几条办法，就报到市里，市里批了。其实交易还是下面企业互相商量，商量好了，输入我这个电脑里头做个记录，就算正式交易了。当时深圳还没有电脑，我们从会计那借了二十万元，到广州去买了一台电脑用作信息录入。就那样，才把这个事儿给做了下来。

后来陈慕华任总行行长后，就提了在全国各个省会城市都要建立外汇调剂中心，所以深圳这办法就扩展到全国了。后来她又批示国家外汇管理局，于1986年在成都召开会议，介绍、推广深圳这个办法。但是，现在全国的外汇交易中心是设在上海，董事长胡正衡原来是我们的副行长，最早是我从湖南调来的会计处长，所以这个外汇交易中心是从深圳走出去的。哎，深圳为什么就没能留住它呢？值得深思。

第三件事就是建了全国第一个财务公司——招商财务公司，也就是现在招商银行的前身。

原来深圳的检察长熊秉权担任蛇口工业区党委书记时，跟我说过："蛇口这么多企业，那么多钱，可这些钱我们自己不能用，我还得再找你银行去贷款，有没有什么办法我们自己能用一些？"我说："你搞财务公司嘛，资金在内部融通先用。"他说："我也不懂这个，也搞不清，那你帮我们弄一个吧。"就这样批给他一个财务公司。公司的人都是我给找的。当时总行研究生部毕业班有个班长叫刘瑜，他读书时就经常向我去请教业务上的事。本来他在搞自行车出口，后来我说："刘瑜你牵头搞个财务公司吧。"就这样把他拉过来了。还有一个是中央财经学院毕业的张瑞林，他俩把财务公司搞了起来。再后来，是在招商财务公司的基础上，才成立了招商银行。

这就是我第一次来深圳时办成的三个"全国第一"。

后来，人民银行总行负责人听说了我这个人，就打电话给李灏要把我调回总行。李灏找我说："你坚持住啊，不要走，咱们在这儿一起干。"我说："只要你能顶住，我就顶得住。"后来过了一个多星期，他又叫我到他办公室，一见面他就哈哈大笑，我就知道他也顶不住了。因为我听总行一名负责同志打电话说："总行下了任命你当副司长的批文，看来你不能再顶了。"李灏也跟我说："这一周就接了六道'金牌'催你回北京。要不这样，你先回北京总行，以后有机会再来，咱们再一起干。"

就这样，1985年12月，我回了总行。回北京前，行长说你毕竟来了一趟，也办成好几件事，就给你办个证去一次香港吧。我就到了香港，买了一台彩电和一台冰箱，带回去给老伴儿。当时深圳收入是比较高的，如果没有来这边，估计买上冰箱彩电的时间还得往后推。

三

第二次南下是1988年。

1985年底回到北京后，我其实"身在曹营心在汉"，总是想到深圳。为了能顺利离开，我早早就做了铺垫，培养了可以接替我做总行工作的同事，我也好放心离开。

在来深圳之前，我去成都主持了一个会议。结果会议刚刚完，总行办公厅就通知，说新一任总行行长李贵鲜现在到任了，让你回去准备全国分行行长会议讲话。当时我想：李贵鲜刚来，也没接触过，怎么知道我？肯定是办公厅又要抓我的官差了。

当时通信也不是很方便，我就让成都分行告知总行说我知道了。然后一路南下，从乐山看大佛，到峨眉山，然后乘船过三峡，下了葛洲坝，又坐车到沙市和荆州，一天换一个地方，叫人找不到。最后

1991年，王喜义（左一）在十一家上市公司新股认购抽签仪式上讲话。

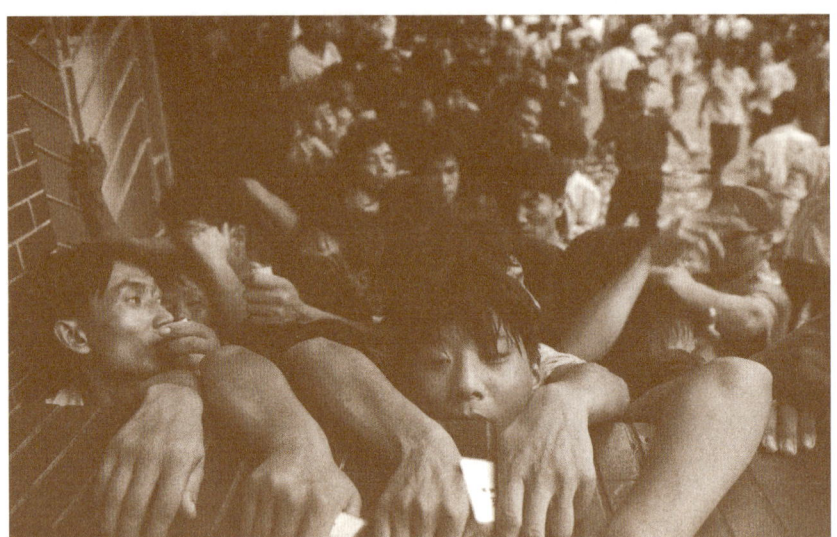
1992年8月的深圳,股民排队抢购股票抽签表。

1992年8月的深圳,股票抢购人群中的外来民工。

到武汉打电话给我老伴，说："我现在在武汉等你，咱俩一起到深圳。"

当时肖钢和李贵鲜一起到杭州出差，肖钢给我来电说李贵鲜想把我调回去，后来李贵鲜又找我谈了两次，我就跟他说："贵鲜，我这么大年龄了，再回北京也不能那么加班加点了。另外咱们深圳搞改革、搞试点也需要人啊！我去做这件事，至少全国的情况我了解，做起来心里是有些底的。"李贵鲜看我很坚持，也不勉强我了。就这样，我再来深圳时，就下定决心不回去了。我们想着反正在这儿总要大干一番，就和老伴儿一起把户口迁到了深圳。一些老同志很不理解，说"你去就去，把户口留下，北京户口多么难得啊？"我倒觉得没什么可留恋的，这次是要彻底拔根了。

我是1997年退休的，比正常退休多干了一年多。从1985年第一次来深圳到我退休前，深圳金融界有121个"全国第一"，都是我出主意或者拍板的。121这个数字经得起推敲，最初我在《金色辉煌》这本书里做了记载，还请戴相龙来为书作序。他看了内容，为慎重起见，特意请总行的三个司长来帮忙审查，看这些究竟是不是"全国第一"。最后确定下121个第一，他才给写的序言，序里有句话我至今记得："他们在深圳这个小舞台上演出了中国金融改革开放的一出大戏。"

"121"里的故事太多了，我先来说说按揭贷款在深圳的落地。

上个世纪八十年代末，按照当时中国的工资水平，老百姓很难买得起房子。我就把日本按揭贷款的经验落地深圳，由建设银行来试水。当时总行看了我们的报表，发现按揭贷款搞得这么大，有几个亿，后来到十几个亿。总行的主管行长就叫我在的资金司给我打电话，说要停，不能搞这么大，还不了款风险很大。我说外面这些大楼都是银行贷款建的，这些大楼都要卖出去才能偿还银行贷款，银行不搞按揭贷款他上哪儿找那么多钱买啊？所以你不贷风险反而更大。后来他们看到深圳的报表那个贷款还在增加，又第二次叫我们停。这时候我就对深圳建行的行长惠小兵说，你把你们的发放按揭贷款记录都调出来，看看有百分之几的比例不能按期还款。结果他把贷款记录调出来检查，他告诉我一户也没有违约，都能按时还款。我说那就把这个记录传到总行。这样，这项改革才坚持下来，并且扩散到全国。后来，全国进行住房的货币化改革，没有按揭贷款作为前提是不可能实施的。

还有一些改革是被倒逼的。比如在1988年我们在深圳把信贷业务全面放开了，各家银行之间实行业务交叉。原来建设银行只能做"围墙"内的基本建设业务；工商银行只能在深圳做银行业务；中国银行只许搞外汇业务；农业银行只准"下农村"。但业务放开后，建行可以到围墙以外放款；工行也可以下乡放款；中行可以上岸搞外贸贷款以外的其他贷款；农行也可以进城发展业务。这样，深圳金融业务放开了，相互交叉，可以竞争。而在银行和企业之间，企业可以选择银行，银行也可以选择企业。这样就把整个业务交叉起来，把一切壁垒都冲开了，引进了相互竞争机制。

但这样又带来一个新的问题——有些企业钻银行空子，到多家银行套取贷款。怎么办？当时我就给他们讲："改革当中出现的问题只能通过进一步深化改革来解决，你不能在这个时候打退堂鼓，退回原来的老路去。"所以当时我就给我们下面几个同志谈，我说你们去研究一个办法，谁要把这个办法拿出来，就可以得深圳人民银行的诺贝尔奖。后来他们就拿出一个什么办法——设立"贷款证"，由深圳人民银行颁发，凡是需要贷款的企业一定都要到深圳人民银行来领这个证，没有贷款证的企业各银行不得受理其贷款业务。第二就是各家银行凡是你贷了款出去的，都要在这证上给登记，比如贷了多少款，利息是多少，什么时候还款都要有登记。这样一个企业到每一家银行它都要出示人民银行给它发的贷款证，这样各家银行对企业的贷款情况一目了然，这就建立起一种透明的制度。后来朱镕基就批了全国城市的银行都要实行"贷款证"。现在的年轻人可能不知道贷款证这样的东西了，但是大家都知道征信系统——这个全国范围的、由人民银行和公安部门掌握的征信系统，就是在贷款证的基础上建立起来的。

四

再来说说深圳证券交易所的创办吧。

深圳资本市场最初的柜台交易有很多弊端，有一些操作员觉得这笔交易能赚钱了，就自己留下，不给客户了。所以要搞证券交易所。为此，我们考察了很多国家，包括新加坡、澳大利亚、美国、法国、英国等等。筹备到一定阶段，深圳证券交易所首先报到了国务院，等待审批，后来上海证券交易所也报了，比我们报得晚。上海是把我们的办法拿去参考、研究的，但国务院却把上海的交易所先批了。当时深圳的领导李灏和郑良玉专门跑去深交所看运作情况，问能不能开业。我说："没有问题。"他们问："那怎么不开业？"我说："等国务院批文。"当时李灏就说："还等什么？明天就开业！明天我们俩来敲钟。"

后来大家商量，最后选在1990年12月1日深圳交易所正式开业，比上海早。开业以后我就去找了李灏，我说："我总觉得这事儿太大了，国务院得安排讨论。我们现在就这么干，我总觉得心里不太踏实。"李灏说："我后天到北京去开会，我找李鹏，你去找李贵鲜，就说我们开业了，都没有什么问题。你回去写份报告给北京。"就这样,他报告李鹏,李鹏说:"你们注意不要出问题。"我还是心里不踏实,就对李贵鲜说:"您还得来看一下。"后来李贵鲜真来看了,就坐在二排五号的座位上,我们一起看交易所的运作,现在我家里还有那天的照片。李贵鲜这一来,我们心里就踏实了。

我们还发行过B股。

B股需要用外汇来买,因此它的一个很大作用是吸收外汇资金。但是当时国内没有银行做这个业务,我就跑去找了渣打银行和花旗银行,一家美国银行、一家香港银行。我说你们得帮我想个办法。

结果这个消息给当时香港汇丰银行的董事长听到了,他约我去香港见一面。别人告诉我这位董事长身份很高,我说那我去见他吧。那天他在楼下等我,一见面就拍着我肩膀说:"你太不给我面子了。"我说:"这话怎么说?"他说:"你搞B股清算,都没有我汇丰银行。我汇丰是香港的清算银行啊!你不把我加进去,我面子上怎么好过?"

我说:"怎么你要参加?"他说:"没错,我当然要参加了。"我说:"那太好了,你汇丰银行要参加,渣打和花旗肯定都欢迎,我去和他们说一说。"他马上就说:"那行了,有你这句话咱们就去吃饭!"他就请我吃饭了。

后来他们就把B股清算这个问题解决了,具体方法就是开离岸账户,凡是买B股的外汇一律打到离岸账户,而只有离岸账户的钱才能来买B股。这样就顺利把国内的外汇和买B股的外汇区分开来了。

上个世纪90年代,我看到股民成天都沉浸在股票市场里面,正经工作搁在了一边,投机过剩。我就想要成立一个基金公司,由机构代理运作股民的钱。

但我不清楚具体怎么运作基金公司。当时在深圳有一个金融学的研究生叫陈儒，成天在悠晃。有一天早上，我去人民银行上班，在经过的荔枝公园里见到他。我说："你怎么一大早在这里？"他说："现在我又没什么事。"我说："你是研究生，怎么没有什么事？"我就要他做个基金公司方案。一个月后，他就拿出一个方案给我。老实说那个方案我还真没法看，因为我也不懂基金。所以我就给香港里昂证券的顾家利先生打了电话。本来想请他给我讲讲课。他却建议我出国去看一下。就这样，我带着几个人准备去法国、英国和美国走一趟。第一站是法国，第二站是英国爱丁堡，那里运作的基金最多。看了这两个国家我觉得我大概懂了，就说："我得回去了。你们继续走。"回来后我开始改陈儒给我拿来的方案。我一改完了，陈儒说："你这还挺懂的，你什么时候学的？"我说："我刚出去'批发'回来，现学现卖。"1993年1月19日，中国第一家按照国际惯例运行的基金——天骥基金成立了，由陈儒当总经理。以后的蓝天基金、南山基金、宝安基金相继成立。

五

这121个"全国第一"里面，有些我是"先斩后奏"，有些是"边斩边奏"，有些是"斩而不奏"。在当时的深圳干大事，需要胆量，需要担当。那时候深圳的一些领导还是很敢担责任的，所以我敢于往前冲。

做事总会有风险，我做这些事，也被告过，也被查过，也受过生命威胁，所以那时候公安部也对我进行了保护。回想起这些腥风血雨，现在我都很淡然了。我五十岁的时候第一次来深圳，先后来了两次，在深圳做了一些实事，这些经验也被推广到了全国，如果不来深圳的话，我的生活也过得去，但我做不了这些事，我的人生价值就要大打折扣了。

　　回想以往,我心安理得:我没白吃国家的饭,我尽我的所能做了一些事,而且从未想把国家的钱、别人的钱往自己的兜里去装,更没有同社会上的不法人员同流合污,我守住了底线。现在晚上睡觉也不怕别人来敲门。

王子昂

激情燃烧的岁月

王子昂，1985年来深，曾任深圳科技工业园总公司副总经理、党委副书记、纪委书记。

一

深圳经济特区建立30周年时，由180万市民投票选出了"深圳经济特区30年100件大事"，按照时间顺序排名第21条的是："1985年，深圳创办科技工业园、科技商品交易所，推动了高新产业发展。"

听到这个消息，我的心情无比澎湃又百感交集。1985年我刚到深圳参与筹办科技园时，那里不过是一片灌木丛生的山坡。作为诞生于中国内地的第一个科技园，在国内尚无经验可循的情况下，经过将近30年的摸索，已经矗立起无数高楼，培育出一批知名企业。作为拓荒牛之一，我与科技园共同成长的岁月，也是我生命中最激情燃烧的岁月。

我是搞技术出身的，来深圳之前，我在当时的西安航空部计算技术研究所任副所长，职称是高级工程师，长期从事计算机硬件设备的研制和调试工作。

"文化大革命"后期,为了国家计算机事业的需要,我们所开始自行研制大型计算机(当时所谓的大型,从速度和容量来说完全不能和现在相比),我是项目负责人。耗费了巨大的人力和物力后,计算机于1978年调试出来,交付使用不久就被淘汰了。因为当时部里决定让我们引进西门子7760计算机,既便宜又好用,而且各方面指标都先进得多。那时我感触很深:"如此劳民伤财,虽然获得了国家科技三等奖,却没有发挥应有的作用,这种干法怎么行呢?"当时所里有些同志也认为:我们的科技水平和国外差距太大了,完全靠自己闭门造车是不行的。

在改革开放政策的感召下,我们想到了深圳经济特区这个窗口。1982年,我们决定在深圳中航集团旗下开办一家公司——中航电脑电器公司。公司成立一年后,我和所里几个同志一起来深圳调研,发现虽然公司规模不大,但效果显著,不仅引进了国外先进元器件,还开展了软件编程工作。另外,我还看到了许多新鲜东西,特别是从香港过来的电子产品和服饰等生活用品。

那次我带了折叠伞和味精回去。而我的一个同事买了收录机,回去后又转手卖给别人,虽然在深圳这是很常见的事,但当时西安还实行计划经济,这种行为是不允许的。被所里知道后,他受到了严格的处分,这件事还被《陕西日报》登了出来。这让我感到内地的保守与深圳的开放反差特别大。深圳之行也给我留下了美好的印象——没有条条框框的约束,人们敢想敢做,精神焕发,跟别的城市很不一样。

1985年,深圳市政府在内地招聘干部,当听说深圳市和中科院合作共同创办科技园时,我的眼前一亮,因为我是第一次听到"科技园",感到很新奇。

其实在我来深圳之前,我已经从《深圳特区报》上看到,中科院派出张翼翼等同志为代表创建深圳科技园考察团。在此之前,中科院从来没有办过与科技相结合的这种新型工业园。因此,许多研究所完成的各类科研项目,往往是成果一出,就算大功告成,随后便束之高阁,没有得到实际的应用。

我心想,从科研成果到生产力,的确有一段相当长的路要走,如果能借鉴国外办科学园(孵化器)的经验,如美国的硅谷、新加坡的裕廊科学园,选一个环境比较好的地方,与高等院校、科研单位相结合办科技园区,效果会很好,而深圳就有改革开放的综合环境和毗邻港澳的优势。

令我振奋的是,深圳与中科院对兴办科技园的意见是完全一致的。深圳此时大部分还是"三来一补"的初级劳动密集型产业,深圳市领导能看到深圳的长远发展必须靠科技、靠发展高新技术产业,可谓是有远见卓识。我感到去深圳是会有平台做一番事业的,所以毫不犹豫地积极争取去深圳,虽然当时我很快就可以升任研究所的一把手——正厅级的党委书记。

我是1985年5月来深圳的,之前考察过深圳的张翼翼在6月份也被正式派来。深圳最初成立了工业区开发公司,后来撤销了,改为科技工业园总公司。张翼翼作为中科院的代表,出任公司首任总经理;我作为深圳代表,出任副总经理。

其实在我来之前,1984年,经过半年的磋商,时任深圳市委书记梁湘与中国科学院副院长周光召达成共识:深圳市、中科院各出资1000万,商定中科院在科技和管理方面给予人才支持,而深圳市在调动、户口、住房、职称和出国考察等方面提供优惠政策,同时由深圳市划出一块土地办科技园。

二

科技园经历了3次选址。1984年，时任深圳市副市长周溪舞兼任市工业发展委员会主任，他提出方案：计划在梅林片区（水库附近）建设科技园，方案遭到规划部门的反对；准备改建在西丽新围村的5平方公里土地上，但经过考察，新围村离市区约20公里，得先耗巨资修路，成本太高，此外，村里还有采石场，此起彼伏的爆破声不利于办科技园，所以方案也被否决了。

后来，又有人建议选在车公庙红树林一带，环境好，离市区也近，规划部门再次反对，认为红树林片区应该保留。讨论来讨论去，大家还是意见不一，梁湘书记力排众议，拍板定在当时的深大、粤海门一带，也就是今天的南山区科技园地址。

当时，这一片被称为深圳的"西伯利亚"，基本都是山坡，种满了荔枝树，靠南面比较平坦的地方是水稻田。我们与当地的村干部一起，一棵棵清点荔枝树的数量，核实坟地、水稻田的迁移等事宜，后来光那3000多棵荔枝树的青苗补偿费就达100多万元。

科技园总规划面积为3.2平方公里，分3期开发建设，首期开发区为0.2平方公里，第二期为0.9平方公里，剩下的南区2.1平方公里作为后续发展用地。1985年7月30日下午举行了奠基典礼，宣告科技园正式成立。

为营造良好环境吸引企业，公司成立了几大部门，例如，开发部负责搞基建，发展部负责引进科技公司和单位进来办厂办公司，还有企业管理部、服务公司等。

开发部着手"三通一平"（水通、电通、路通和场地平整），在首先平整出来的20万平方米土地上盖起了办公楼、员工宿舍和部分厂房。

1985年7月30日,深圳科技工业园举行奠基典礼。张翼翼(右)出任深圳科技工业园公司总经理,王子昂(左)出任副总经理。

1985年10月，科技园开工仪式举行，深圳科技工业园公司各业务部门管理层合影。

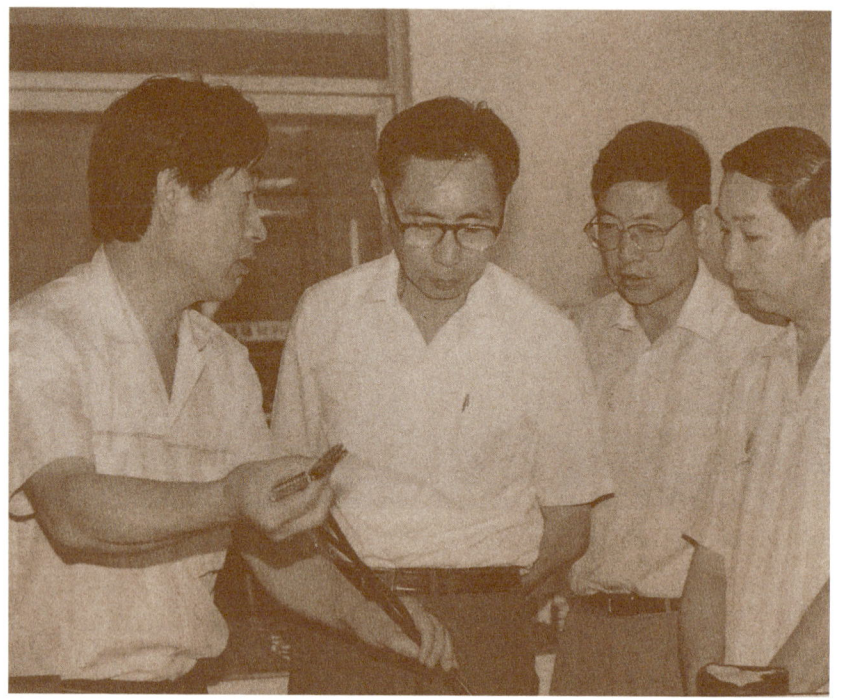

1998年,王子昂(右二)陪同时任广东省省长朱森林(左二)视察深圳科技园内的长园公司。

我那时候不仅管基建，也管园区的管理、服务工作。科技园修路是市政工程，由市政府招投标，但具体工作是我们科技园负责跟进。园区道路水泥厚度规定是18厘米，包工头在有些地段偷工减料只浇筑了16厘米。被发现之后，包工头就往这边送钱，我退了回去，勒令他们改正。此外，我们的服务公司把沙发买回来后，发现比市场上贵了好几百块，被审查出来后，我就把这些沙发退了回去，从此对物资采购更加严格。

在创建科技园前后，我们去好多国家考察过，比如新加坡、美国、日本、苏联和欧洲。看了之后，我们认为：要按中国特色来办科技园。比如硅谷的规模太大，新加坡裕廊科学园在那时只是局限在生物工程方面的孵化，规模太小，我们属于中等规模。

又比如其他国家大部分叫"科学园"和"孵化器"，就是项目孵化完了，就得出去，园区是不办产业的。但我们考虑到，有些科研成果其他国家先于我们就有了，但就是搞不出产业，或者产业规模很小就夭折了，我们应该构筑"官产学研资"相结合的研究开发体系，并逐步完善电子、软件、光电、新能源、生物工程等几大片区。

科技园的一路发展，离不开市委市政府各界领导的支持。一开始成立科技园管委会时，就是由市长亲自挂帅。我1996年退休前，梁湘、李灏、郑良玉、厉有为等几任市长先后担任过管委会主任。

三

为把科技转化为生产力，我们先后采用了多种方式：

首先，将中科院及其他部委下属的数十家科学院比较成熟的大部分科研成果，通过和科技园合资，一起办厂。对于有些个人的发明成果，以及短平快效益好、符合科技园产业要求的项目，鼓励他们到科技园发展，比如深圳发明家邹德骏的项目和当时经济效益显著的亦乐公司等。

其次，吸引初创的高新企业，如长园、金科等公司，在科技园建立时就带种子项目过来落地，并在园内不断发展壮大，有的后来还成了上市公司。其中，长园公司在发展过程中面临资金短缺的瓶颈，在科技园的穿针引线下，获得了香港黄埔集团的投资。

此外，随着科技园对外影响的不断扩大，我们还积极走出国门，对外招商引资。例如我在西安工作时曾接触过一些外商，当时新加坡温兄弟集团下属的电子产业正好与内地的公司有来往，我趁机促成他们到科技园和我们合作，在1986年办了华星公司，生产电脑硬盘。中科院很重视此事，周光召当时已经是院长了，还亲自接洽会谈温兄弟集团。温兄弟集团的投资方是南洋商业银行，后来我去新加坡考察时，他们还派人陪同我去新加坡的科学园参观，南洋大学的校长还专门接待了我们。

1987年，温兄弟集团又在科技园内投资成立了维用科技公司，生产个人电脑及配件，并与我们合作先后引进了海曼、澳新等海外公司。1998年，新加坡前总理李光耀来中国时还专门视察过科技园。

我们也从海外引进了一些先进的产品项目，如精密电子元件、乙肝疫苗等。

1987年，我们参加了在法国召开的世界科技园大会；作为我国第一个加入国际科技园协会的理事会成员，深圳科技园主办了该协会亚太地区分会1988年年会；在澳大利亚召开的1989年年会上，科技园又当选了亚太分会常务副主席单位。

继深圳办了科技园之后，很快我们的经验就推广到了全国，武汉的东湖科技园、上海的漕河泾工业园都来过我们这里交流，此后科技园在全国各地开花。

四

上个世纪八九十年代,联想、长城计算机、长城国际、艾默生、康泰等一批高新企业的分公司纷纷进驻科技园。中兴、华为等本土公司也是在科技园内成立的,在企业发展速度太快、场地不够之后才迁了出去。

事实上,园区里科技园亲自参与合作投资的项目只占少数,我们主要是通过建设好环境、做好各项服务工作,来吸引国内外高新项目到科技园落户。科技工业园总公司虽然是国有企业,还带着某些政府在工业区的管理职能,但科技园内的企业是完全按照市场规律办事的。由于深圳最初没有高新产业基础,创立科技园时,就定下"免三减二"的优惠政策——免税3年,此后两年减税,而且过了5年后,深圳市税收还是比内地低15%左右,因此吸引了大批企业入驻。但企业的产品和经营还是得面临市场的考验,那时园区内的企业每年有进有出,总体而言有20%的淘汰率。

在办科技园前期,包括我在内的管理者都是做学术出身的,书生气比较重,没有市场概念,当时定的政策就是建了多少厂就配套建设多少房子。除了2000万的启动资金,我们还通过国际信托投资公司融资了1000万,有多少才敢花多少,在银行贷款方面比较谨慎。后来资金紧张了起来,我们就向市里面汇报,时任市委书记李灏说:"你们是捧着'金饭碗'讨饭,给你们那么大一块地,稍微开发一点就有钱了。"但是盖房子要先有钱,我们就向银行贷款把房地产这块发展起来,利用房产销售和租金反哺科技园软硬件建设。后来为了加强管理,在管委会撤销后,科技园归属深业集团有限公司。

1996年，深圳高新区成立，园区面积从科技园原来的3.2平方公里扩大到11.5平方公里，成为高新科技产业链更加完备的聚集地，每平方公里的产值位于全国首列。近些年，深圳的高新技术产业区规划带还在进一步扩大，发展可谓日新月异。

我担任过深圳科技工业园总公司旗下合资公司、子公司的董事、董事长，也在总公司党委任过副书记、纪委书记，当时引进的一些人才，至今仍在科技园发光发热。

我退休前两年，市投资公司安排我参加了市属公司的破产清算。过去，国企没有破产的问题，一个国企办不下去就直接倒闭、工人下岗。但深圳完全依法办事，清理了各种复杂的债务关系和员工欠薪等问题。可见深圳从很早开始，就为本地产业尤其是高新技术产业的良好发展，配套了一系列保障的措施。"科技创新"能成为深圳的一张闪光的名片，与深圳30多年如一日、始终为科技企业打造良好的创新与创业环境的努力是分不开的。

五

我来深圳已快30年了，刚调来时，深圳十分爱惜人才，给我开了比内地高3倍的工资，让我过上宽裕的生活，又给我提供了崭新的工作环境。全家搬来深圳后，子女上学就业的机会也好了很多。

回首自己一生的事业，我有淡淡的遗憾：在位时，有些事情其实还是可以做得更好一点，比如对于一些好的科研项目，如果能坚持更长久一点，或许我们留给科技园的成果就可以更多；另外，如果我们更早把土地经济的作用发挥出来，就可以积累到更多资金，支持科技园有更好的发展。

但历史没有假如，正如有的企业在科技园梦圆，从刚刚萌芽到发展成为行业的佼佼者；有的企业则在科技园梦碎，只有科技园的园史为它们的昙花一现留下寥寥几笔。

我很感恩有机会参与到中国科技园区在深圳起步的进程之中，目击了一片荒山野岭崛起成为一艘庞大的产业巨舰。

我退休后，和朋友一起开了一个微型电子技术公司，虽然产品量少利润不高，但在深圳这种宽松的创业环境中，我乐在其中，一直干到76岁才停下来。

巫景钦

生命中最温暖与美好的事

巫景钦，1985年大学毕业后分配至深圳，1990年发起成立深圳第一家义工组织——深圳义工联，曾任深圳义工联秘书长。

一

从一部热线电话、仅有19人的团队到百万之众，见证并亲历深圳义工的成长是我生命中最温暖与美好的事情。

深圳是一座非常特别的城市，在深圳做义工的机会是要抢的，成为一名注册义工还得参加培训。我最初加入义工始于一个偶然的机会。1985年，我从华南师范大学毕业后就被分配到深圳市电子技术学校，成为一名班主任，班里的学生多是那种不好好学习的捣蛋分子。这些学生经常出去打架，父母对他们非常失望。怎样让这群学生遵纪守法是一个难题，而刚毕业的我只比他们大3岁左右，怎样应对这些学生对我来说更是一个难题。

但是我认为人是会变的，所以我一直很努力地陪伴他们、教育他们，他们也没有让我失望，两年后这些孩子的成绩几乎成了全校最好的，其他各方面也比较优秀。两年后我被市里评为先进青年教师，之后又成了校团委的负责人。

我就是在这个时候成为深圳首批19名义工之一的。那时候我性格比较活跃，共青团深圳市委也知道我，1989年，团市委权益部一位工作人员打电话给我，说团市委正在筹备一个热线电话和一个信箱来为民服务，问我是否愿意参与其中。当时，深圳的固定电话还很少，要开一部电话不但昂贵，而且要排很久的队，一个单位一般也就两三部电话。因此在我看来，能够接听电话是一件非常有意思的事情，再加上那时候年轻，很喜欢新鲜事情，所以连具体要做什么我都不了解，就爽快地说愿意参与。

团市委把召集来的19个人，聚集在青少年活动中心的一个小办公室里，开会简单介绍了做此事的意图。那个年代来深圳的人大多是孤身一个，有情感问题不知道找谁诉说，而且各级部门的服务也不如现在完善，有了困难不知道向哪里咨询。所以团市委权益部牵头，要开通一条热线来帮助这些人，另做一个青少年信箱，接收各界的来信。

我们这19人都有本职工作，有做公务员、律师、教师的，还有金融从业者，大多是各个行业里的骨干。所以大家都是抽空来轮流值班，有时间就来把信拿回去拆看、回复。电话白天是团市委权益部的办公电话，晚上就是我们的服务热线。

为了宣传，我们印了一张简单的海报，上面是热线电话号码和青少年信箱地址，哪里人多就去哪里张贴。刚开始反响平平，后来求助的人就越来越多。我们接到的求助五花八门，有些问题，我们除了听求助者们诉说，还会想办法帮助他们处理，尤其是欠薪。

记得有一次，一个工人在厂里面与主管发生误会，但是主管不愿意听他解释，还批评了他。一气之下，他一拳把车间的玻璃窗打破了。结果工厂就要这个工人赔偿玻璃窗，扣工资，之后还准备开除。这个工人心里非常委屈，便打电话给我诉说。我就问他："心里的委屈说出来后，有没有舒服一些？你手上的伤怎么样了？"他说伤没事，最郁闷的是本来是来深圳挣钱的，结果厂方说要扣掉他很多钱，希望我们帮忙协调一下。我于是找到他们厂的负责人了解情况，花了两个多星期，最终把事情协调好了：厂方没有开除他，也没有罚款，而是让他把玻璃窗修好；他的主管态度不好，也向他道歉了。这就是我们最初的也是最具体的作为和作用。

差不多有两年时间，我们的工作基本上都是接电话和回信，但慢慢地大家的需求越来越多，热线电话和青少年信箱远远不能满足需求，19个人也远远不够用了。1990年4月我们成立了深圳市义工联合会，让更多的人来参与这个工作，这是深圳也是中国内地第一个义工法人社团。

我们的服务项目开始扩大，比如为老人服务、为残疾人服务等。我们慢慢吸引了媒体的关注，关注多了，质疑也就来了。那个年代大家对义工认识还不到位，很多人说："哪有这么好的人，这些人就是为了出名。"那段时间，我们对外都不敢说自己是义工。曾经有一个伙伴说："在单位，千万不要和同事说你去做义工了，那样他们就会说，既然你有时间去做义工，那就在单位多干点活吧。单位有点什么活都会让你去干。"

二

"有时间做义工，有困难找义工"的口号很多人都知道，但人们鲜少知道我们最开始并不叫义工，而是叫社会工作者，义工联最初的名字是青少年社会工作者联合会。而深圳毗邻香港，我们可以看到香港的电视，发现国外很多地方都有义工，我们就认为他们的"义工"就是"义务工作"的缩写。我们的工作是专门奉献的工作，也应该是义务工作，所以就改名为义务工作者联合会。

后来才知道义务工作和义工并不是一回事。"义务工作"带有强制性，比如依法纳税是公民义务；而义工就是义工，英文是"volunteer"。经过翻阅文献，我发现，在新中国成立前华人社会里就有"义工"这个词，"义"是贯穿中国传统道德的主线，有奉献的意思，我越发喜欢"义工"这个词了。

1992年，我到团市委工作，大家开始讨论义工工作以及义工的规范化等问题，这就要涉及义工的起源，所以开始找深圳最初的那19位义工，但是找来找去只有18人，其实我就是第19人。因为我在团市委工作，他们在外面找，自然找不到我了。我是这19名义工里年龄最小的，我的义工编号就是19号。

当时我意识到义工的专业服务很重要，提高整个城市的文明水准也很重要，于是除了动员更多市民加入义工行列外，还开始对义工进行专业培训，我是学习计算机专业的，我办了义工报，分享和传递义工的经验。现在义工联的展览室里，还有很多当时办的义工报。

三

义工穿的戴的标志性红马甲红帽子，起初曾设想过是蓝色的。伴随着深圳的快速发展，交通也开始繁忙起来，交警部门想要义工帮忙劝导市民文明过马路，我们的义工就挂一个服务证走上了各个路口。由于义工的标志不是很明显，在劝导交通的时候，行人大多不予以理会。我想，义工应该有自己的标志、形象，易于识别，而且要得到大家的认可。

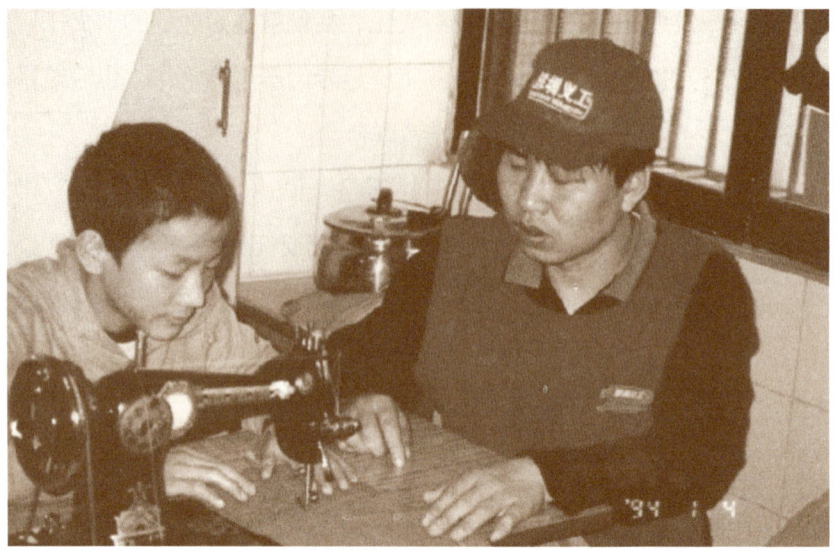

1994年,深圳义工教残障儿童学裁衣。

1994年,深圳义工看望残障儿童。

在我们设计红马甲、红帽子之前，共青团中央曾经推出过一款蓝色帽子、白色衬衣的青年志愿者服装。但这套衣服在实际使用中面临两个比较严重的问题：第一，因为帽子都是蓝色的，当一大群义工聚集到一起时，一片蓝色显得沉闷压抑。第二，深圳天气炎热，容易出汗，白色衬衣被汗水浸湿之后，就变成半透明的了，这对于女义工非常不适合。

所以我们决定设计符合深圳实际情况的义工服装。花了一年多的时间来挑选布料、款型、颜色，最后确定为红色帽子和红色马甲，并把颜色定位为红色中的"玫红色"，也对应了我们的另一个口号"送人玫瑰，手有余香"。穿上这身衣服，别人就知道你是义工，义工也成为深圳一道亮丽的风景。

四

从事义工工作的前5年，我们组织大概有2000人，一直没有太大突破。大家一直想要专业的人来做专业的服务，所以没有广泛铺开。但是我觉得做义工应该是拿出一份心，哪里需要义工，义工就在哪里出现。

比如华强北的公交秩序一直非常乱，我们的义工就到那里组织大家排队。刚开始很多人不理会义工，还说我们多管闲事，义工们就一直劝解，不管乘客如何嘲讽，我们不卑不亢，行人现在已经养成了排队上公交的习惯。城市的文明不是空降的，就是这样一点一滴推动起来的。

1994年，我们开了第一届义工大会，时任深圳市委书记、市长厉有为亲自来给义工鼓劲，对义工进行大力表彰和肯定，让义工们非常振奋。深圳义工有今天的发展，离不开深圳市委市政府的重视和支持。当然我们优秀义工的坚持也非常重要，比如丛飞、张建忠等。

五

我在义工联时，学习到很多东西，也处理了很多问题，同时从实践中，我认识到义工工作也要立法。义工工作不能是某一个人的想法，而应当以法律的形式固定下来。于是我们花了几年时间来推动《深圳义工服务条例》的制定，最终在2005年7月1日正式施行。

最开始时，我们先翻阅了大量国际资料，学习国外法律对义工工作的规定，包括如何规范义工的权利与义务，义工的组织形式等。我们也动员了一些政协委员、人大代表去提案。

1998年，我们想把准备好的资料递交人大审议，但在立法过程中，有人建议我们学习国外的爱心银行，比如义工服务了10小时之后，相当于把这10个小时存在银行了，义工老了之后，可以获得被服务10小时的待遇。大家都觉得应该给义工更多的奖励和鼓励，但是我强烈反对类似的制度，我觉得这不符合义工的精神，义工应该是无私、不图回报的善行，不能太重视奖励。而且我们制定义工服务条例最主要的目的，就是要把这种服务通过法律的形式固定下来。

最后征求来自各方面的意见，反复修改了30多稿。2005年2月25日，深圳市第三届人民代表大会常务委员会第三十六次会议通过，2005年3月30日，广东省第十届人民代表大会常务委员会第十七次会议批准，推出了这部《深圳市义工服务条例》。

六

在深圳义工或者说志愿者的发展史上，2011年深圳主办大运会是一个不能忽略的节点。大运会开始时，我是青少年活动中心的主任，后来大运会志愿者的指挥部就设在活动中心。起初，我负责的是接待香港来的志愿者。但是随着工作的铺开，志愿者工作从宣传推广到招募、策划等，任务越来越重，团市委就要求我加入这个团队中来。

当时深圳各界都非常重视大运会的志愿服务工作，时任深圳市委副书记王穗明甚至细心到连志愿者服装的布料、线头等细节都非常严格细致地把关。

我的工作是带动深圳的大学生志愿者，做好大运会的服务工作。当时我就提出要设置U站，即"U station"，为大运会提供高规格、一站式的服务。U站从装修到形象设计，我们都非常认真地去做。

我负责的其中一个重点工作是开幕式和闭幕式，为了完美做好这项工作，我们演练了很多天，每天的工作强度都非常大。

在整个大运会进行过程中，深圳志愿者展现出来的形象令全社会刮目相看。大运会之后，深圳正式提出延续大运会的精彩，建设"志愿者之城"。

七

热爱义工不需要理由，我一直和大家说，要享受做义工的感觉，虽然有时候结局不是很完美，比如我们在医院的临终关怀项目。我们很努力地给他们筹集资金，做服务，但很多时候仍然不能延续他们的生命。

我们一个义工兄弟张建忠得了癌症，临终时说："我这辈子做得最正确的一件事就是加入义工，这让我觉得我的人生特别有价值。我控制不了我生命的长短，但是我可以控制我生命的质量。"还有我们最好的朋友丛飞……

就我自己而言，虽然我做过很多事，获得了很多荣誉，但最令我欣慰自豪的是——我是一名义工。

《深圳口述史》图书制作团队

项目执行： 深圳市越众文化传播有限公司
总 监 制： 南兆旭
采编统筹： 郭 倩
文字统筹： 黄晓天
图片统筹： 丁雯婕
设计总监： 李尚斌
排　　版： 王秀玲　何万峰
媒体支持： 《深圳晚报》

图片提供： 陈远忠　江式高　杨洪祥
　　　　　　余海波　张新民　周顺斌
　　　　　　Leroy W. Demery Jr.

春天的故事　梦开始的地方

主编／王穗明　副主编／林洁

深圳口述史

AN ORAL HISTORY OF SHENZHEN

下卷　1980~1992

海天出版社（中国·深圳）

图书在版编目（CIP）数据

深圳口述史：全2册 / 王穗明主编，林洁副主编. —— 深圳：海天出版社，2015.3
 ISBN 978-7-5507-1336-9

Ⅰ. ①深… Ⅱ. ①王…②林… Ⅲ. ①深圳市—地方史 Ⅳ. ①K296.53

中国版本图书馆CIP数据核字(2015)第056841号

深圳口述史（下卷）
SHENZHEN KOUSHU SHI

出 品 人	陈新亮
责 任 编 辑	顾童乔　张绪华
责 任 技 编	梁立新
装 帧 设 计	▲ 越众文化传播

出版发行	海天出版社
地　　址	深圳市彩田南路海天大厦（518033）
网　　址	www.htph.com.cn
订购电话	0755-83460293（批发）0755-83460397（邮购）
内文排版	深圳市越众文化传播有限公司 Tel：0755-82498112
印　　刷	深圳市华信图文印务有限公司
开　　本	787mm×1092mm　1/16
印　　张	57
字　　数	702千
版　　次	2015年3月第1版
印　　次	2015年10月第2次
定　　价	68.00元（上下卷）

海天版图书版权所有，侵权必究。
海天版图书凡有印装质量问题，请随时向承印厂调换。

《深圳口述史》编委会

主　编：王穗明

副主编：林　洁

成　员：赵燕民　蓝镇强　万国强
　　　　丁时照　南兆旭　周智琛

采编人员：谢颂泉　王囡囡　郭　倩
　　　　　黄晓天　丁雯婕　梁　坚
　　　　　赖丽思　闫　坤　伍晓丹
　　　　　陶　琪　施展萍　胡琼兰
　　　　　苏　静　李　飞　许娇蛟

深圳：梦开始的地方

□ 王穗明

深圳，曾经南国的边陲小镇。35年前，四面八方的一群人来到这里，并不清楚自己有梦，也不知道自己身在大时代的何处。只感到留下来，干！坚守下去，创造铸造！如今，回首往事，方知原来是处在梦开始的地方，那点点滴滴的述说像淬火、像涌泉……百感交集。仿佛还在梦里？仿佛又在现实？她，没有时过境迁。

广东深圳1980年到1992年，这是春天故事的原点时代。我们的记忆记述从这里起步，一路走来苦苦寻觅，人们撬动着当年的思绪，诉说那尘封在铿锵岁月里的往事：一个洗涤观念、撞击内心、开创未来的年代！一个汗水泪水交织、喜悦痛苦并存的年代！一个只事耕耘不问收获的年代！……如今，大家复盘着存在内心深处的个人故事，没想到却是恢弘年代的集体记忆。这每每的刻画无疑都是历史的瑰宝，理当让现在和后来者追溯传承。

66篇口述者的亲历、亲见和亲闻，娓娓道来。在这些故事背后，每个人都是坚强鲜活的生灵，在大时代来临之初，痛苦间执着探索，矫健时难免踉跄；希望中夹着迷惑，前行里总有羁绊。他们把梦想的种子撒在深圳经济特区，耕作不止，继而草木繁盛，杜鹃花开；继而创业创举，垒起新城；继而点墨篇章，书写历史。

在这里，他们的故事浓缩成精华，点点滴滴都表达着人们从心灵上、骨子里对这座城市的追怀与眷恋。他们讲述如何魂牵梦萦地把荒凉野地筑成繁华之都，用艰难磨砺换来幸福之都，拿聪明才智化为创新之都,以酬志创业铸就圆梦之都。这些精彩故事和传奇经历,不仅构成一篇篇可读性强、品鉴性高、启发性大的悦读美文,组合成一幅幅无声感人的美好的城市画卷,还刻录着深圳这块神奇的土地创造的伟业与辉煌,刻录着以深圳为代表的经济特区承载的中国民众的集体梦想,刻录着当今深圳形象、深圳共识、深圳品格和深圳精神,刻录着改革开放敢为天下先、为国家锐意探索不断奉献的火焰般的史诗!

  文以载道、史以存真。深圳之所以能够成为梦开始的地方,深圳人的奋斗之所以能够梦想成真,最根本的原因在于党的十一届三中全会以来,我们党的领导人坚定不移地领导着人民走出一条具有中国特色的社会主义道路。文史工作是人民政协的重要职能,我们理当编写出版一部真实反映深圳各界人士当年寻梦、追梦、圆梦的故事。一年来,深圳市政协与深圳晚报社、深圳市越众文化传播有限公司和海天出版社等一道,同心协力,携手前行,共同编辑了这部见证深圳"活历史"的《深圳口述史》,为这座以梦为马的城市呈现一部"深圳版"的光荣与梦想。

  读史使人明智。我们期待,在深圳再出发的征途上,每一个口述者的奋斗故事能够永远铭刻在这座城市的历史丰碑上,给今人和更多的后来者以源源不断的精神动力和梦想伟力!

  深圳,承载新的梦想再起航!

  深圳,给予未来更多希望!

目录 | CONTENTS

>> 下 卷 | Volume II

2 / **杨春森**
深圳给了无数实干者阳光、空气和土壤

14 / **姚关荣**
我把一切都押在了深圳

26 / **陈惠中**
在这座城市安身立命

36 / **梁 明**
五十岁后，为深圳人做了点事

48 / **张 梁**
海拔最低的城市有最多的人登顶珠峰

60 / **蔡正富**
在"熔炉"深圳接受淬炼

72 / **黄 江**
在深圳有无数种可能

86 / **李泓霖**
做什么类型的志愿者，我都喜欢

96 / **罗 峥**
这个城市成就了我，
回报她的最好办法是去成就更多人

106 / **王宗维**
那是一个热血沸腾的年代

| 118 | **陈必昌** |
| | 离开深圳时，我掉泪了 |

| 128 | **彭立勋** |
| | 建立深圳社科院是我做的最有价值的事 |

| 142 | **单协和** |
| | 在深圳，把自己打碎捏一个新的 |

| 154 | **沈迪飞** |
| | 在深圳找到人生的最佳位置 |

| 166 | **王海鸿** |
| | 我在深圳得到了心灵的自由 |

| 180 | **祝日升** |
| | 我打心底把深圳当作自己的城市 |

| 210 | **郭小慧** |
| | 服务是协会的"立命之本" |

| 220 | **孙　湧** |
| | 哪怕一切从零开始 |

| 234 | **余小琼** |
| | 我的青春就是在大梅沙 |

| 246 | **高　树** |
| | 来深圳不是偶然，当律师也不是偶然 |

| 258 | **程一木** |
| | 我最怕的就是辜负这个时代 |

| 268 | **容志行** |
| | 来深圳，这步我是走对了 |

280 / **孙振东**
发展自我是残疾人最大的人权

296 / **陈志列**
就算背后挨了一棒子，也不回头看

310 / **蒋开儒**
我想给那位老人写一首歌

326 / **林万泉**
没想到我这一生真与水结下不解之缘

344 / **许武城**
"玉"成深圳

354 / **高自民**
在正确的方向上冒险

372 / **温介平**
头发都白了，我还是要来深圳

382 / **郑卫宁**
如果没来深圳，我的人生将真正残疾

392 / **李连和**
要么不干，要干就必须拿出成绩

408 / **谭继华**
我用车轮丈量这座城市

424 / **周鼎 方苞 刘波 李定 罗昌仁 邹尔康**
先行者说

后　记

1980 ~ 1992

杨春森

深圳给了无数实干者阳光、空气和土壤

杨春森，1985年来深，1993年起任深圳血站站长、深圳血液中心主任。

一

"希望你能来深圳试用，这是规定，但我们真心希望你能来工作。"把我从武汉招调到深圳的就是这么一个简短、中肯的电话。

1984年暑假，我到深圳出差一星期。来之前，我听说深圳到武汉招聘教师，于是，就写了一份详细的简历，第二天复印了很多份，到深圳各家医院去散发，还到人事局和人才服务中心各留了一份，之后就回武汉了。

回武汉不到一个星期，就接到基建工程兵职工医院（现为深圳市第二人民医院）的电话。我再次来到深圳，待了两周，彼此达成意向，半年后我正式调到深圳，之前我一直在武汉的同济医科大学①当讲师。

在深圳的这家医院，我开创了深圳的放射免疫检测事业，吸引

了来自深港乃至全国的病人都来我们这检查身体，业界同仁也来学习取经；在深圳血液中心的时候，我在首倡无偿献血，推动全国最"贫血"、近九成用血来自市外的深圳，成为中国首个实现无偿献血完全满足临床医疗用血的城市。深圳用短短5年时间走完了西方国家要用15~30年走完的路程。

我来的时候，医院已经改名华强医院了，医院条件很差，我因为已在全国一流的医学院校工作了20年，在深圳也算是一个权威人士。调到医院工作后，我首先瞄准当时最高水平的检测，创建了深沪放射免疫测试中心。当时深圳有个"内引外联"政策，目的是在本地一穷二白的情况下，利用外面的资源。我就利用了这个政策，通过我们学校的资源，找到同济大学放射免疫研究所，一起合作办了深沪放射免疫测试中心。利用同位素进行免疫测定，使得我们的检测水平比一般医院要高出很多。当时大多数医院的技术水平，对于乙肝、糖尿病等疾病的检测，大都停留在定性检测上，并且非常不灵敏。而我们的技术不仅可以定性，而且可以定量。

这个技术在当时是非常先进的，包括香港的医院都没有。因此，我们就和香港的医生接触，请他们帮忙宣传。他们也认同我们的技术，于是很快，从香港来的病人开始大量来我们医院做检查。后来从香港来的病人越来越多，我就向医院建议专门成立一个体检部。可以说，国内其他医院的体检部都是在我们之后才有的。

刚开始，我们一共有28个检验项目，后来慢慢增加到80多个，我们中心成为医院很火的地方，其他医院也把自己病人的血液样本等送到我们这里检测。

1985年开始做放射免疫检测项目，第一年就初见成效，投资的钱都赚回来了。我们院也成了深圳医院的"老大哥"。后来，包括北京、上海、广州等地的医院都来深圳学习放射免疫检测技术，也陆续建立了放射免疫检测中心。正因为这样，卫生局说这个成果"填补了深圳的空白"，还给我评了"五一劳动奖章"。

二

"深圳献血第一人"是钟振基，这个名字我们应该铭记。

在医院的时候，我就兼管医院血库，所以对深圳用血的情况比较了解。当时深圳是全国最"贫血"的城市，本地血液仅可满足临床医疗用血的10%，近九成的血液要从市外甚至省外采购。

1993年，我被市卫生局调到市中心血站任站长。当时，国际上血液来源大致有3种。一是个体卖血，这些人大多是为了钱，因卖血频繁，血液质量不太高。二是中国特色的义务献血。按照行政指令，每个单位按比例分配献血指标，完不成任务要受罚。就像服兵役一样，献血成了公民义务。1988年，深圳还通过了一个公民义务献血的法规，但没有正式施行。后来血站到各单位寻求支持，毫不意外地被拒绝了。三是国际上大都采用的无偿献血制度，包括英国以及中国香港等国家和地区都实施无偿献血。

在无偿献血方面，自新中国成立到20世纪90年代，中国卫生部门一直没有提出和国际接轨。所以，中国是当时世界上卖血量最大的国家。我到血站的时候，血站大约登记了两千多名卖血者，其中可能还有一些是重复登记的，就这样，血站一年可以采血约4吨。那时候，血液供应还没有"三统一"即统一采血、统一化验、统一发血，因此每个医院都养有自己的卖血者，方便用血时采用，大约也有4吨的量。

我到血站不久，卫生部颁布了《采供血机构和血液管理办法》，

1993年5月8日,深圳第一位无偿献血者钟振基在登记资料。

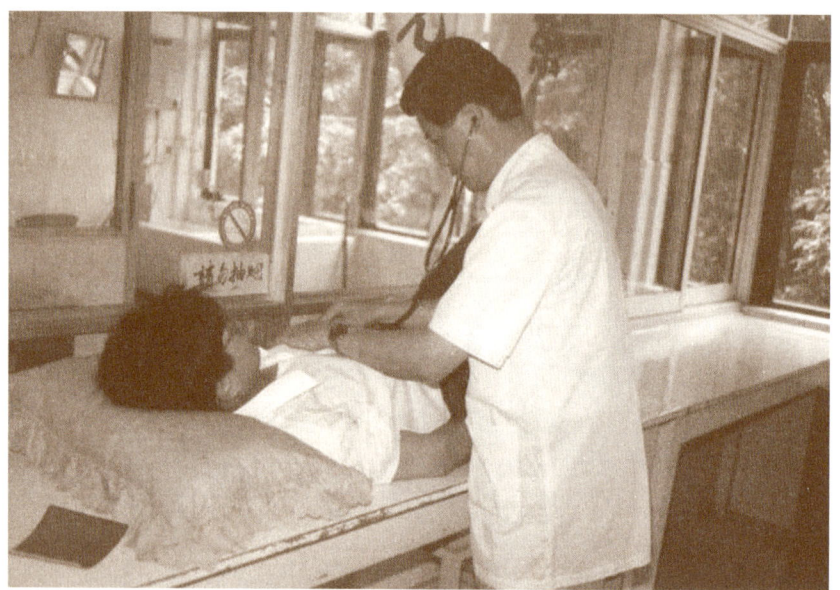

1993年,深圳第一位无偿献血者钟振基(左)献血前,杨春森(右)为他检查身体。

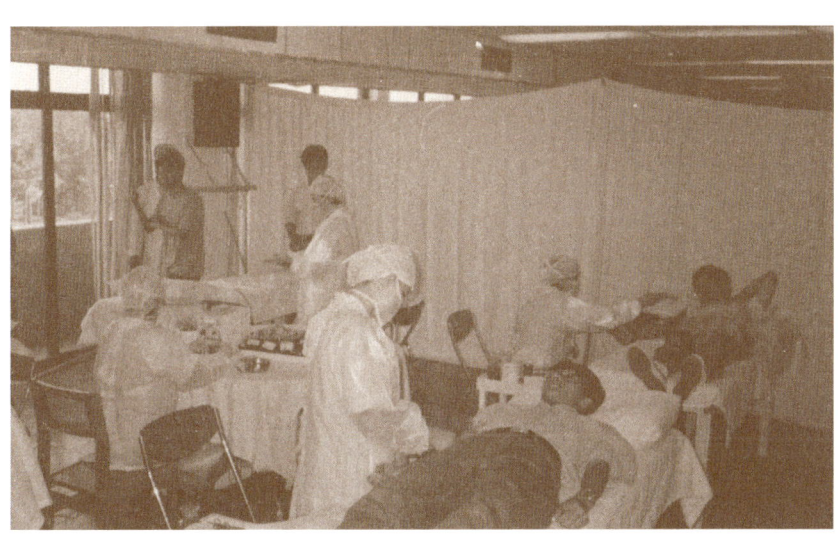

1994年，深圳大学学生集体献血。

1995年，深圳第一辆捐血车上街。

2001年,深圳第一个骨髓捐献者潘庆伟(右二),他也成为中国第一例非亲缘性造血干细胞捐献者。

宣布整顿血液市场：禁止医院自行采血，一切血液由血站统一采集、化验、供应；禁止从外地调拨血源，如需调拨，需经省卫生厅批准，跨省调拨血源则需卫生部批准。

当时本市医疗用血90%靠外地供应，卫生部又下令严格限制调拨血源，真是压力很大。

1993年5月8日是国际红十字会日，当年的主题是无偿献血。当时中国红十字会打电话给我："国际红十字会日各医疗单位都要上街宣传，今年的主题直接和你们血站相关，你们也去吧。"我就发动全站的员工带着桌椅板凳、标语横幅，在东门摆摊宣传。

没想到当天下午接连来了5个人，表示要献血。当时我们根本没想到会有人来献血，都没有带采血的设备，甚至连宣传资料都是红十字会提供的。欣喜之下，我们就说："我们先给你们登记，你们什么时候方便来血站献血就过来。"过了两天，他们真的去了，其中第一位来献血的是个名叫钟振基的男士，他献血前我还为他检查了身体，他就是深圳市有记载以来的"献血第一人"。另外还来了几位洪湖中学高二（3）班的女同学，交流之后我们了解到，她们班很多人都想献血，但大都不满18岁，不能献。这次活动让我很受鼓舞。

紧接着，1993年清水河大爆炸，那次爆炸导致15人死亡，数百人受伤，需要马上用血，但我们血库里的血根本不够用。我马上向卫生局汇报情况。一方面，卫生局向广州请求支援，从广州紧急调配了7万毫升血液，由直升机空运到深圳；另一方面，媒体发布了深圳血液告急的消息，希望市民踊跃献血，一时间很多人打电话来要求献血。

当时我们还没有血液中心，只是在市人民医院有半个走廊和几个小小的房间。很快，武警、学生以及很多市民都跑来无偿献血，把我们血站的走廊挤得水泄不通。

1994年，我们还在想无偿献血这条路具体要怎样走下去的时候，深圳大学的学生在团市委的支持下集体献血。献血当日，我把市卫生局领导请到现场，卫生局的领导也被感动了，我们的无偿献血事业开始获得他们的大力支持。

在时任共青团深圳市委书记林洁等的领导下，类似的由共青团组织的集体无偿献血前后做了3年，极大地促进了深圳无偿献血事业的发展。

三

统计数据显示，无偿献血开始的第一年，共有55个人献血，仅可以满足临床医疗用血的0.18%；第二年增长到249人，达到0.82%；第三年增长到6202人，达到18%；第四年达到17517人，达到41%……到1998年，深圳的无偿献血已经100%满足深圳的临床医疗用血需求。

短短几年间，深圳走完了国外通常需要15～30年才走完的路程，创造了无偿献血进程的"深圳速度"。深圳不仅是全国首倡无偿献血的城市，也是全国首个实现无偿献血100%满足临床医疗用血的城市，连续多年获得"全国无偿献血城市"荣誉称号。

1992年，深圳取得立法权，1993年我们就提出无偿献血要立法。我们有一个医生是农工民主党的主委，无偿献血立法是她先提出来的。于是就由我写报告，农工民主党在政协提案。后来市政府就要求法制局和卫生局来研讨，把法律条文细化，最后提交人大审议。

1995年9月15日，中国第一部无偿献血方面的法规——《深圳经济特区公民无偿献血及血液管理条例》正式公布实施。

在这部条例中，最重要的精神之一是"自愿"和"无偿"。只有这样，献血的荣誉和尊严才能得以体现。

另一个就是我们引入的保险理念：一次献血，检测合格后，献血者可以终身享受无限量优先免费用血，直系亲属免费使用其无偿捐献等量血液的权利。这个被称为"不让雷锋吃亏"的条款，在当时争议很大。很多人坚决反对，说如果这样的话，我们采到的血液会不够"赔"给献血者。

但是我坚持要保留，我是做了功课的：各国的论文都提到，在一个城市，只要有5%的市民能够献血，整个城市的医疗用血就足够了。至于献血者的用血量，当时是没有数据的，几年后我查到，在全部献血者中，只有不到2%的人会用到血。因此，所谓"不够赔"的说法是多虑了。

后来的事实证明，这一条款对推动无偿献血事业是非常有帮助的。虽然很多人为了荣誉、责任愿意献血，但还有很多人，尤其是没有任何保障的外来务工者，需要有这样的保障。作为政策的顶层设计者，应该考虑保障这些人的权利。

我记得有一天，一对夫妇带着3岁的孩子来到我们的采血车，说在报纸上看到了我们的"不让雷锋吃亏"的条款，所以一家三口都来献血。我告诉他们小朋友不能献血，最后夫妻俩献了血，高高兴兴地走了。

我们的无偿献血事业取得成功之后，全国各地不请自来的考察队伍很多，那几年，每天都有几个血站来我们这里考察。现在，不仅我们的献血模式，就连我们血液中心的设备、部门配置，都成了全国学习的样板了。

1996年1月，一个日本血液工作代表团来中国访问，中国红十字总会请他们来深圳看看。当时我们血液中心还在建设中，他们就坐在我们原来血站的小房间里，他们说："我们国家整整花了25年才从卖血过渡到无偿献血,你们在短短3年就取得这样的成就,我们非常钦佩。"同时,他们也表示,非常羡慕深圳可以用立法的形式来推动无偿献血事业。

同年,深圳在无偿献血方面的成绩受到中央的关注,中央决定以立法形式推广无偿献血。当时,深圳市卫生局接到通知,要派人到北京起草《中华人民共和国献血法》,卫生局就派我去了。那时候,国内其他地方还都是义务献血体制,因此《中华人民共和国献血法》的第一稿是我起草的。初稿出来之后,大家一起讨论,进行了一些改动后,《中华人民共和国献血法》于1998年10月1日正式颁布施行。

四

2000年,我提出献血要"三个转移":献血量由200ml向400ml转移、献全血向献成分血转移、献血向献骨髓转移。

1996年,在深圳市政协的支持下,深圳决定建设血液中心,专门负责血液的管理、采集、研究,并将此项工作列为1995—1996年度"为市民办十件实事"的重点工程。

血液中心建成后,我们就慢慢向"三个转移"迈进,尤其是献骨髓,也就是造血干细胞,在推动中华骨髓库重新启动工作上,做出了巨大贡献。中华骨髓库的前身是1992年经卫生部批准建立的"中国非血缘关系骨髓移植供者资料检索库",它最早是由国内几个大城市的几个协作组运作的,但运作一段时间后因出现困难而夭折了。

2000年8月1日,深圳成立了"深圳骨髓基因信息库",并确立了"在献血者中招募造血干细胞志愿捐献者及采集外周血造血干细胞"的工作方法,收到了理想的效果。中国红十字会总会看到我们的工作后,经过调研于2001年宣布重新启动中华骨髓库这个项目,我们就把我们的一整套制度，包括操作规程、入库手续等，远程传输到中华骨髓库的数据库。现在，中华骨髓库入库数据已经接近200万人份，累计捐献造血干细胞突破4000例。

五

我的父亲是我们学校一位寄生虫方面的权威，如果我不来深圳，我的人生道路会和他的差不多，恪尽自己的本分，但不会像在深圳轰轰烈烈地做更多更大的事。

当年邓小平在深圳画的这个圈，给了无数愿意做事的人以阳光、空气和土壤，成了一块成就无数人、无数事的宝地、福地。

注释：

① 武汉的同济医科大学：现为华中科技大学同济医学院。

姚关荣

我把一切都押在了深圳

姚关荣，1985年来深，国家一级指挥，曾任深圳交响乐团首席指挥、荣誉音乐总监，中国音乐家协会表演艺术委员会副主任，深圳音乐家协会主席等职。

一

我常和人说，交响乐是人类最美好的创造物之一，交响乐是我的生命。

我与深圳结缘是在1983年。当时我是"新影乐团"（现中国广播电影交响乐团）的指挥，还担任过中央乐团和上海交响乐团的客座指挥，被列为"中国当代十大指挥家"之一。一次带领上海交响乐团来深圳演出时，我得悉时任深圳市委书记梁湘提出，深圳在经济建设的同时，还要搞好文化建设，要建立一个100人的大型交响乐团。

大型交响乐团肯定需要优秀的指挥家，对交响乐的激情和事业心促使我主动请缨，直接给梁湘书记写信，说我就是搞交响乐的，是这方面的人才。他回复我说："非常欢迎你来深圳。"

我表达了愿意赴深圳闯出一片交响乐天地的决心后，原先的单位并不愿意放我南下。为此，深圳市的文化部门做了大量工作，深圳市委宣传部的领导和文化部的领导还达成了口头默契——"姚关荣去深圳是专为搞交响乐"。

1985年，我被调入深圳，任深圳特区乐团（深圳交响乐团的前身）首席指挥。这时我已经50岁了，回想起来，我也不知道自己哪来的闯劲，就想来深圳开拓交响乐的新局面。

在我之前，也有很多在交响乐圈内有名的人来深圳，想要有一番作为，但看了乐团的实际情况后，他们对深圳乐团的条件不满意，都走了。

那时候，我们乐团面临着严重的人才匮乏问题。我们去了很多城市招人，但20世纪80年代到90年代是国内交响乐界优秀人才大量流失的时期，因为各种各样的原因，连中央的单位也招不到人，当时音乐学院毕业的、最好的学生大多都去国外了。我记得刚来深圳时，乐团已经有了位于黄贝路的团址和宿舍楼、简易排练厅。相比国内其他乐团，深圳的资金相对充裕，但是人手严重不足。乐手只有二三十人，我们从北京带来了十多个乐手，加上从广州借来了十多个人，才能组成一个50人左右的交响乐团。

乐团的宣传工作也不到位。那时流行乐比较有市场，有经济效益，有的人不懂交响乐，就有了"乐团是发展交响乐，还是发展轻音乐"的争论。为了得到更多的支持，我曾悄悄地给市委领导写信，寻求政府的帮助。领导一看我们条件确实很差，很支持深圳交响乐团的发展，便想尽各种办法帮助我们。

为了迎接1985年国庆，我们为交响乐演出进行了紧张而愉快的排练。我们准备的曲目是表现奋斗和创业精神的贝多芬的《命运》交响乐和冼星海的《黄河大合唱》。表演当天，深圳音协合唱团登场，演绎了《黄河船夫曲》、《黄河颂》、《黄水谣》、《黄河怨》等章节。在演奏到《保卫黄河》时，我停止了指挥，乐队也停止了演奏，梁湘、李灏、邹尔康、周溪舞等深圳市委市政府领导和音协主席梁寒光登台。他们站在第一排，与合唱团一起高唱："风在吼，马在叫，黄河在咆哮！黄河在咆哮！……"

音乐会瞬间被推向高潮，这场演出大获成功。一个地方的领导愿意集体登台和交响乐团一同演出，太难得了。我深深地感到深圳市委市政府对交响乐团的重视与支持，这坚定了我要搞好乐团的决心。

深圳有了交响乐团后，文化艺术活动就少不了交响乐演出。深圳人民对交响乐的热情非常高。有一次，我们到深圳大学为学生们演出，现场几千师生不停地鼓掌、欢呼，我们乐团一再加演，把贝多芬第五交响乐作为加演曲目演奏，一场音乐会最后足足奏完了两场音乐会的曲目，台下听众还是不愿离去。最后，我不得不登台告诉大家："各位，我们今天带来的资料就这么多了，演出只能到这里了。"师生们才依依不舍地离开。

受益于深圳人民的热爱，经过几十年的发展，深圳交响乐团的实力和演奏水平在不断提高。2011年，深圳交响乐团在深圳音乐厅进行了我个人从业50周年纪念的表演。这次音乐会创下演奏人数最多的纪录，我的学生跟我说："姚老师，今天我们演奏的（规模）有111人。"

如今条件好了，很多优秀的乐手在国外留学后，愿意回到国内，加入国内的交响乐团。我们乐团里还有外国乐手，他们在深圳待得也很自在，我们不用再为人手不足犯愁了。

1985年调入深圳时，姚关荣（左）与时任深圳市副市长邹尔康（右）在一起。

20世纪80年代,姚关荣(中)与致力中德音乐交流的德国指挥家在一起。

深圳交响乐团成立早期,乐团在深圳大剧院音乐厅演出。钢琴独奏石叔诚(前排左),指挥姚关荣(中)。

20世纪90年代,姚关荣(右)与我国著名指挥家韩中杰(中)、徐新(左)在一起。

二

在我担任首席指挥的十多年间，深圳交响乐团演出的交响音乐会达100多场，积累曲目100多首，直接听众50万人次。管弦乐《红旗颂》、钢琴协奏曲《黄河》（独奏鲍蕙荞、李云迪）、小提琴协奏曲《梁山伯与祝英台》（独奏俞丽拿、顾文蕾）、贝多芬多部交响乐等演奏水平都达到了较高水平。

在此期间，交响乐渐渐成为了展示深圳城市魅力的一张名片。我还记得，深圳交响乐团为来深圳访问的柬埔寨西哈努克国王和王后演出，受到好评。经济特区成立十周年时，我们乐团担纲大型歌舞《开拓者礼赞》的全部演奏，国家领导人江泽民、温家宝等出席这一活动并上台祝贺。

在我的指挥下，深圳交响乐团在广州"羊城音乐花会"和兰州第四届"中国艺术节"上演出交响乐专场，屡获好评。我还应邀去广州交响乐团成功演出了贝多芬的《田园交响乐》。

1994年，我受邀出访列支敦士登，指挥列支敦士登室内交响乐团成立五周年的"节庆音乐会"。这次演出获得了极大的成功，让欧洲人民领略了来自深圳的指挥家的风采。列支敦士登《祖国报》写道："在中国指挥家姚关荣教授手势的指引下，列支敦士登室内交响乐团在音乐会上成长为一支具有浪漫主义表现力、忘我投入演奏、体现内心沉思、鸣唱出美妙动人的旋律和无穷变化光彩的高水平乐团。"

而对于任何一个中国乐团来说，走出国门，尤其是到交响乐历史悠久的欧洲进行交流都是成为一个优秀乐团不可缺少的。1997年10月，经上级批准，深圳交响乐团一行80人，由市文化局副局长董小明任团长，我任首席指挥，实现了第一次走出国门，在德国和捷克演出6场交响音乐会的访欧之旅。

当时我们准备的曲目有李云迪独奏的《黄河》，西贝柳斯《第一交响乐》等。我记得其间正好是李云迪生日，他的演奏很棒，引起不少关注。这次出国演出，我们可以说是超水平发挥，大获成功，动人乐声和良好台风征服了品位高尚的欧洲听众。柏林指挥家W·穆勒教授说："西贝柳斯近结尾处，你们弦乐的歌唱十分美妙，令人感动。"捷克文化部副部长说："中国音乐家的演出非常成功。中国第一个交响乐团访捷，意义深远。"我国驻德使馆柏林办事处刘祺宝主任说："在柏林亚太艺术节20多台演出中，要数深圳交响乐团音乐会最为精彩。"

就这样，深圳交响乐团成为中国第一个成功登上柏林爱乐大厅（卡拉扬登台处）和布拉格斯美塔那音乐厅的交响乐团。这次出国演出的经历让我们乐团成员认识到自身的实力和潜力，我们对深圳交响乐的未来充满信心。

深圳交响乐团不仅走出国门，还把世界高水平指挥家请进来。我们先后邀请过我国著名指挥家李德伦、韩中杰、郑小瑛等人，以及德国指挥家H·尤利士、弗拉斯，俄罗斯指挥家雷洛夫，澳大利亚指挥家司马特来指导并演出，他们对提高乐团水平做出了贡献。现在我可以说，我们深圳交响乐团能和国外优秀同行在同一个水平线上竞争了。

三

深圳人对交响乐有着一种特殊的热爱。为了向市民普及交响乐知识，推广深圳交响乐，我发表了上百篇和交响乐相关的文章，还受邀到深圳各个单位开办交响乐和肖邦钢琴曲欣赏的讲座，场场爆满，座无虚席。

作为深圳市第一、二届政协委员，我曾多次提出或参与有关推进交响乐事业发展的提案。其中先后3次提出关于"在深圳兴建带有管风琴的音乐厅"的提案。第一次提案提交后，几乎所有的领导干部全部反对。他们说："我们有歌舞团的排练厅、轻乐团的排练厅，有什么必要再建一个音乐厅？"那时大多数人还没有意识到，深圳这样一座文明开放的城市需要专门修建一所高雅音乐的殿堂。我那时会这么坚定以及迫切地提出建立深圳音乐厅，是因为我已经走访了很多国家，有了见识，有了更好的体验，因此得到了一些领悟。我认为要让领导接受我的提案，对他们来说需要一个理解的过程。他们不像我一样经常接触交响乐，他们的确不明白其中的需求和意义，这就需要我多做一些努力。

我不停地提交提案，直到第三次提交，才被文化局通过并最终落实。之后音乐厅的设计工作，我也曾参与其中，建言献策。首先，我提出一定要配备管风琴。因为一架管风琴对于音乐厅而言特别重要，像德国柏林爱乐音乐厅、维也纳"金色大厅"等世界知名的音乐厅都配备了管风琴。当时，国内配备了管风琴的音乐厅屈指可数。我的意见被采纳后，为了挑选合适的管风琴，深圳市文化局专门成立代表团去奥地利、德国进行了考察，我也参与其中。经过多番对比，最后我们选取了奥地利莱格（Rieger）特制的管风琴，琴体专为深圳音乐厅打造，并经过仔细调音。现在，这架管风琴已经成为了深圳音乐厅的镇馆之宝。

此外，关于音乐厅的外观当时也有不同意见。我们请到来自日本的建筑设计师，给出的两个方案比较热门：一个就是现在运用的设计，很现代化，室内墙面是黑色的；另外一个是类似罗马斗兽场的复古结构。当时深圳市政府请了很多音乐家和建筑师来参与讨论，很多人都倾向于现代化的建筑,但建筑师们又顾忌黑色,觉得是否有点晦气。我就直来直去、半开玩笑地说:"大家的头发是什么颜色的?黑色。黑色庄重,交响乐本来就是严肃音乐,黑色非常合适。"

我的意见最后都被采纳了,也就有了现在的深圳音乐厅。在这个过程中,很多人为深圳音乐厅的落成做了很大的努力。在筹备和建设过程中,曾有专家感慨地说:"深圳音乐厅以后是交响乐界的麦加。"

如今,现代化的深圳音乐厅已经成为深圳文化生活的重要场所,深圳人也为拥有这样一座豪华的音乐厅而感到骄傲。2014年费城交响乐团来深圳,在深圳音乐厅进行《人文颂》的联合排练。排练完之后,他们的指挥说:"我真希望把深圳音乐厅带回去啊!"我听了非常开心。事实证明,我们为深圳音乐厅付出的努力是值得的。

四

2013年5月,我和年仅13岁的弟子黄杞莹一起同台表演。我担任贝多芬《A大调第七交响曲》前三个乐章的指挥,她指挥第四乐章。我们的这场师生交响音乐会引起了不少媒体的关注,也让大家看到了深圳交响乐后继有人。

黄杞莹4岁开始学钢琴,跟我学指挥的时候才6岁。她上台前,已经学过了贝多芬的9部交响乐,以及乐理、分布弹奏、试唱弹奏等等。学习指挥的过程中,这些知识技巧的积累都是必要的。现在我培养的一些孩子,最小的两个才9岁,他们都有雄心,是想登台表演的。

我认为学指挥最好钢琴八级以上,还要有一些音乐上的特长,包括要有一定的组织能力。我曾经的一个学生司马健楠,15岁开始跟我学习指挥，他从5岁开始就学习钢琴，跟我学习两年多后，他考取了柏林音乐学院指挥系，成绩一直很不错。现在他是国内一流的青年指挥家。我想为深圳培养更多这样的人才。

我现在总结出了一套培养交响乐人才的心得。我认为，人才成长到一定程度后应该保持相对稳定。一个队伍的合作需要沟通和默契，不能见好就收，好的表演能力不是一进入交响乐团就能达到的。刚毕业的学生在技巧上有他的优点，但表演要有曲目积累，并进行另外一些课程的学习，还要形成保留节目。像现在柏林爱乐乐团，他们的人员组成是老中青的结合，深圳交响乐也需要这样的组合。

退休后，我还在尽自己所能，继续做和交响乐相关的普及工作，我把交响乐视为一项终身事业。最近，我正在忙着编写一本关于配器法的专业书。音乐专业的学生、教授、作曲家听到"配器法"3个字都会肃然起敬，因为它是音乐的最高艺术。配器法研究各种乐器的运用和配合，一个作曲家要写交响乐，必须要懂配器法，而国内的相关书籍却少之又少。

1955年德国再版了柏辽兹和施特劳斯所著的《配器法》，这是一本巨作，有很高的专业价值。国内版是我和几个同学翻译的，当时我们在民主德国公派留学，决定一起把这本书翻译出来，作为对国庆十周年的献礼。因为种种原因，直到1992年，这本书稿的上下两卷才在国内出版发行。考虑到这本书原版是1905年，到现在已经过去110年了，而在20世纪，有很多不同的流派进入交响乐，出现很多好的作品，我认为现在要学习配器法，光有100多年前的知识远远不够，还需要融合最新的手法、技巧。所以这次再版我还要补充一些新作品里的代表作，并根据我50多年的指挥经历，对新加入的内容加以点评，我想把这本书取名为《配乐法笔记》。

当初和我一起翻译这本书的几位朋友都已经先后离世了，我现在是他们的全权代表，我必须要把这件事完成。为了交响乐事业，我一定要把这本书做好，贴钱做我也愿意。我希望把这本书拿到国际上时，会有人说中国人把交响乐事业又推进了一步。

回顾这30年的人生轨迹，刚来深圳时，这里各方面的条件还比较差，但我把自己的一切，我的决心、我的事业心、我未来的境遇，都押在了深圳，把大多数精力都放在了深圳交响乐团上。经过30年的发展，深圳已经拥有了一支国际水平的交响乐团，在全国是排在前面的，和其他经济特区相比更是名列前茅，我觉得这是对我最大的奖励。

陈惠中

在这座城市安身立命

陈惠中，1986年来深，曾在仙湖植物园水景园（现水生植物区）工作，现任洪湖公园荷花研发部部长。

一

"荷花是长在山上还是水里的？"我傻傻地问，在场的人都笑了。

1986年，我19岁，经表哥介绍，我进入仙湖植物园的苗场，被分配去学习种植荷花。我们老家山地多，除了水稻，一般种植花生、黄豆，水里常见的是野生水草，所以我对荷花一点概念都没有。听我这么一问，植物园从武汉请来的专家就带着我去水景园，见到了真正的荷花。他们还耐心地向我解疑，我才恍然大悟：荷花又叫莲花、芙蓉，是挺出在水面的，光品种就上千，有莲蓬；睡莲是另外一种植物，漂浮而生，只有种子。

那时仙湖水景园才刚起步，规模很小，我们最开始种的是红建莲、美洲黄莲、红台莲、千瓣莲等十来个品种，睡莲只有香睡莲和粉睡莲等七八种。植物园开始只修了一部分荷花池，另一部分还在建。一个池子建好后，我们几个年轻人就拉着斗车去梧桐山上挖泥，把那些又实又硬的山泥加水搅拌和成稀泥，把池子填好后，我们再把盆里育好的苗移植进去。

到第二年我还不算真正地入门。那一年我们一次引进了300多株藕种，因为还没掌握好荷花季节性很强这个特点，藕种一直被放在纸箱子中，没有及时种下去，结果大部分都烂掉了，剩下不到一成。我觉得挺可惜的，有点心疼，就去向专家请教，经过他们的指点，我感觉自己还是要加强学习。所以晚上一下班，我就开始"啃"从单位阅读室借来的书，还拜师当时从北京林业大学调到植物园做科研的李沛琼教授和植物园科技部的王定跃老师，不懂就问他们。

我还被派去武汉学习了几个月，回来后开始自己摸索，还顺带把水生植物区岸边的落羽杉管了起来。1988年，原来一起搞水景园的兄弟陆续被调走了，又不断调进新的人，结果我年纪最小，却资格最老，所以就负责水生植物这块的工作。

虽然自学获得肯定，但我深感自己高中毕业的学历太低，在园林方面的学识和素养不足。所以1990年，我报名参加了园林集团办的培训班，开始了"白天上班，晚上上学"的生活。

那时候我们住在莲塘的山沟里，因为周一到周五每晚7点都有课，下午四点半下班后，我们匆匆吃了饭，两人一辆自行车，往东门的上课地点赶。那时候的路不好走，莲塘到罗湖之间是一大片高高的山坡，山路又很窄，我们得从水库边的小路绕，要走1个多小时，就这样风雨无阻坚持了3年，感觉自己像个空杯子，不断在装植物学、土壤、植保、植物生理和生物化学等方面的知识，越装越多。

二

我的所学很快派上了用场。1991年洪湖公园申请举办1995年的全国荷花展。筹备期间,我接到洪湖公园的王重远主任打来的电话,邀请我去帮他那边培植王莲。原来,为了迎展,公园专门从武汉调来一个专家,投入了大量的人力物力培育王莲,几度折腾还是失败了。王主任急得团团转,找到陈谭清主任,陈主任就把我推荐给他。

我过去一看,发现他们的方法是错的——把培植场设在室内,温度调到二三十度,在玻璃缸里放电热棒提升水温,一条电热棒2000瓦,每天的电费都要上千块。我说:"这方法不对啊,叶子出不来。就算出来了,不到第二天就被烫死了。而且就算在室内培育出来了,移植到室外,换了环境也活不长。"王主任问:"那要多少钱才能搞好?"我想了一下,说:"3万。"后来,我就在室外搭建了一个临时性的温室,加了两个灯,把温度调节在25℃左右,培苗成功后,在初夏把它们移植到池中,长势都挺好。而且,前后才花了8000块钱。

解决了培植王莲的难题,王主任喜上眉梢,说:"小陈你还是有点技术的嘛!留下来帮我吧。"

这时我为难了:我是仙湖培养起来,而且仙湖还很需要我。当时李教授就反对:"好不容易把你培养起来,你又要走。"但我自己很想去洪湖,一想到要筹办那么大的全国荷花展,就觉得很激动。相比这个,什么苦啊累啊都是小事。

王主任看我犹豫,就问我在个人待遇上有什么要求。我说我干了6年多,还是个临时工,很羡慕别人有深圳户口,而仙湖的指标比较少。他当场就答应给我解决户口问题。后来,陈谭清主任也叫我放宽心,是去是留自己做选择。于是,1993年,我结束了"一三五在植物园、二四六在洪湖公园"的两头奔波的日子,正式到了洪湖公园。

1987年,陈惠中(右一)与同事在深圳仙湖植物园。

1988年,陈惠中(左)与同事在深圳仙湖植物园观测荷花生长。

1995年,深圳洪湖公园为举办全国荷展,立起了一座手托莲花的雕塑,在第二年拆掉之前,它一直是深圳一景。

1995年6月初,第九届全国荷花展在深圳开幕,每天观展人流量达四五万人次。

那时候离全国荷花展只有两年，但洪湖公园的基础设施还比较差，虽然面积比现在大，但景点很少，到处都是空湖。那时候还没有布吉河，所以洪湖公园的主要功能就是滞洪区，因此栽种荷花的基础比较差——整个二级湖只有在东边栽了200平方米的荷花，而三级湖都是空空的，什么都没有，更不用说原来用作蓄洪的一级湖。所以我只能从湖区打基础开始，带着30多个人甩开膀子干了起来。

我从原来的工程师那里了解到，一开始的几年，洪湖公园的荷花培育之所以屡试屡败，还是因为没摸透荷花、睡莲的生长习性。比如引进荷花的种苗后，原来是直接种到湖里去，结果一种下去，基本上嫩芽都被鱼吃光了，而且湖水很深，很难控制。

我改成用盆栽的方式先花几个月育出藕种，藕种一条条的都在缸底下。在6月底7月初，我们再把缸敲破，整盆整盆一次性大量地种到湖里，大概两个半月后，种苗就扎扎实实地长在了淤泥里，第二年还能接着长。

为了迎展，我们的目标是碗莲至少有1000盆；荷花的品种超过600种，数量加起来要有1万盆。而且光有主题花卉还不行，还得把其他花卉配景也搞起来，整个水生花卉达到1.5万盆，面积达到三四十亩。那时我们人均工作量是一人一亩多，每天光是浇水的工作量都很大，还得修剪、打药、施肥等。

尽管我们像照顾婴儿一样小心翼翼地照料这1.5万盆花卉，但其最终成活率只有95%。因为我们拿出去展览的得是精品，所以总体来说，只有六七成是拿得出手的。其中，1000盆碗莲中只有四成公开露面。

1995年6月初，为期半个月的第九届全国荷花展在深圳盛大开幕。除了花展，还有电影、音乐节以及荷花文化等方面的一系列活动，每天的人流量有四五万人次，除了深圳本地的市民，有不少外地游客慕名前来。我们还立起了一个高高的、手托莲花的雕塑,在第二年拆掉之前,它一直是深圳一景。

三

荷花展期间,中国花卉协会荷花分会还举办了碗莲栽培技术评比大赛,全国各地前来参展的碗莲有200多种。我带领同事培育的品种经过了层层的评选,最终获得了第二名。

我们已经有了600多个荷花品种,如果能将全国现有的1000多个荷花品种都引到深圳来,那就最好不过了。实际上,有些荷花的生长是跟地域相关的,很难都集中在深圳。所以我就在原有的基础上精益求精,先把园区内规划好,北区全部覆盖了荷花之后,2012年,我又把南区这边的湖面用荷花覆盖了,再加上地面上的盆栽荷花,如今,整个洪湖公园荷花的覆盖面积达到了12万平方米,而且规模还会进一步扩大。

从1990年开始,洪湖公园就举办深圳的"荷花节",后来把"公园文化节"和"荷花节"合并之后,改名为"荷文化节",定在每年的6月1日开幕,持续半个月。每逢此时,洪湖公园都人山人海,很多摄影爱好者从四面八方赶来采风。"荷文化节"已经深入人心,也成了洪湖公园一张醒目的名片。2013年我们又开了品荷园,计划再办"睡莲节"。

四

2012年2月,洪湖公园的荷花研发部从园容部独立出来,我当上了部长,但基本上还是在一线。除了自己干,我还得培养新人,还得兼司机，每天风里来雨里去，事无巨细，事必躬亲。我也申请过调岗，领导犯难地说："没有你，这满园的荷花、睡莲怎么办？"我是个粗人，跟农民一样面朝地、背朝天地跟泥土、植物打交道，但这句话一下击中了我心中最柔软的角落，这些水生花卉都是凝结了我的汗水的结晶，我的确是没有办法割舍。我从此把心安定下来，告诫自己："一辈子就做好这一件事吧。"

我特别认同我们园长雷光富所说的："先不要想着洪湖公园名声在外的事，要做到每个深圳人都知道有洪湖公园，有空就可以来公园看一看、走一走。"在我退休之前，我还有几件大事想完成，其中之一便是把洪湖公园水生植物的科研科普工作搞好。

两年前，洪湖公园成立了自己的荷花研究室，专门培育荷花新品种和进行荷花的研究科普。此外，我想在洪湖公园的北区成立一个荷花生产基地，培育4个种类：荷花、睡莲、其他水生花卉、沉水植物。这个基地要对深圳市民开放，方便大家观赏。同时，在洪湖公园的南区创造一个适合的环境，多栽种落羽杉。深圳四季如春，秋色并不突出。而落羽杉这种植物一到秋天，叶子就会变成红色，远远看上去鲜艳如火。到时，深圳的摄影爱好者们就又多了一个好去处。我还想重点搞好沉水环境、净化水质这一块。

五

1986年3月10日，我从老家河源紫金坐车出发时一路上想"好好打工赚钱攒钱，等不想打工了，就回老家盖房娶媳妇或者做点小生意"。没想到此后的28年，我会在这个城市安身立命，会在园林的这条道路上一直不间断地走，一门心思深扎进去。如今，我也算是荷花、睡莲和其他水生植物种植方面的专家了,从不知道荷花是长在哪里,到种植出600个品种,而且每年还在寻求创新。

这座城市给了我事业,也给了我爱情。1990年,我在仙湖时遇到一位比我小几岁、性格活泼开朗的女孩子,她也是种植荷花的,也有了深圳户口。后来政府给我们分了一套房子,让我们可以安居乐业。1997年,我们的儿子出生了,成了地地道道的深圳人,并且跟我们一样,以洪湖公园为家。

梁 明

五十岁后，为深圳人做了点事

梁明，1986年来深，曾任深圳市水利局、深圳市水务局局长等职。

一

"老梁，深圳现在有'七难'：交通难、打电话难、用电难、买菜难……其中最难的是用水。其他难题有钱就可以解决，唯独'用水难'不可以。所以请你来当水利局的局长。"1991年6月，我接到任命后，时任市长郑良玉找我谈话时如此说道。

从1989年秋天开始，深圳连续3年降雨偏少三成以上，使得深圳有时每天只能供水不到3小时，八卦岭等26个住宅区甚至有过连续停水一周的情况出现，时任副市长李传芳亲自带着消防车天天去给居民送水，郑良玉苦笑着说："我一个星期没有洗澡了，有时应酬到很晚，只能下半夜起来接水用。"

其实，去水利局本不在我的打算之中。1986年之前，我在粤北待了整整35年，从1973年起就开始担任韶关地区水电局副局长、局长达

14年。1986年1月,省农委、水利厅征询我的意见:是否愿意调往东深局[1]。当时我不知道东深局的情况,就表示要考虑一下。

同年3月,我到中山参加省里一个业务会议,刚好遇到南方大学一位校友,他一直在深圳从事水电方面的工作。会议结束后,我跟着他来到东深局转了一圈,觉得它是一个大型水利工程管理单位。我心里想:"自己已经50岁了,在东深局当党委书记比较稳定。"所以回去后,我向省农委和省水利厅表示同意去。

我没想到,安稳地干了4年多之后,1991年2月,深圳市委组织部找我谈话,说已经考核了8个人,觉得我有将近20年的水利经验,最适合水利局局长一职,希望我能担下重任,破解深圳"用水难"的困境。

上任前,我和郑良玉市长约定了两件事:第一,要求每年市政府常务会议或市长办公会议讨论一次水的问题;第二,我们每年召开全市的水利工作会议,政府一把手一定要到场讲话,这样各大媒体就会报道,全社会就会更关心水的问题。

二

1991年,深圳日均缺水25万立方米,被列为全国七大最严重缺水的城市之一。不少"三来一补"企业因为缺水,开始停产或者搬离深圳,水资源的短缺已经严重制约了深圳的经济发展。

在经济特区成立前,宝安县有5座中型水库(库容1000万立方米以上),26座小型骨干水库,完全能满足原有的31万人用水以及50万亩耕地的灌溉。但是1980年以后,产业迅速集聚,人口快速增长,城市水利建设标准却没有同步提高,再遇上有些年份降雨骤减,用水矛盾必然激化。

在我上任前后,已经有了一些临时措施——从"深圳市第一大河"茅洲河引水，年供水达到5000万立方米；在观澜河建水闸和茜坑水库，年供水达到3000万立方米左右。但两条河的水质都不理想，一些市领导和部门也有反对声音。我到沙井、松岗调研，听到一些农民和基层干部说："茅洲河的水质较差，吃了会影响健康，慢慢死；但没水喝，马上死。"

我想从长远规划来解决用水难题，但"五龙治水"的困局却摆在眼前：水利局只管水资源开发以及防洪排涝，国土规划局负责城市的供水规划设计及水土保持，建设局管供水设施的建设，城管部门管供水调度，环保局管水污染。

城市水利的特点必须是运行高效、相互协调。但5个部门之间恰恰存在过高的行政成本。有两件事让我深思：一是在1992年3月，水利局完成了《深圳供水水源规划》（1991—2010）报告，4月我们邀请了全国著名的水资源专家、学者以及广东水利界的老领导参与评审，经报市政府及省计委批准实施，但市国土规划局又委托外省某设计院搞铁路以东的供水规划。完全是重复劳动，劳民伤财。

二是在1991年冬缺水最严重的时刻，市领导要求茅洲河提引水工程务必在1992年4月竣工投产，将水经过四级泵站提引至石岩、铁岗水库后，向位于市区的大冲水厂供水。我们连大年初一都没有休息，日夜奋战，提前一个月完工，把水引至铁岗水库。但在市长办公会上，我才知道从铁岗水库向大冲厂供水的市政管道仍未完成规划设计，要半年后才能施工，市区只能"望水兴叹"。

1992年冬天，我到市里开会遇到时任深圳市委书记李灏，他说起用水紧张的问题时，我毫不客气地说："深圳巴掌那么大的地方，居然要几个部门来管水，规划不协调，建设不同步，调度不统一，责任不明晰，互相扯皮，谁的屁股都打不了。"

1992年，梁明（后排左三）陪同时任深圳市委书记兼市长李灏（前排右一）视察东深三期扩建工程。

深圳水库大坝是1960年建设的，为扩大库容，在20世纪80年代进行了加固。

1993年,"9·26"水灾中的嘉宾路口,深圳国际商场门前的积水已过腰。

1993年的"9·26"水灾期间,深圳市罗湖区受灾面积达6.29平方公里。

1996年,梁明(前排左)为罗雨泵站试机启动按钮。

后来我也跟郑良玉市长提出,要职能统一划归,由一个部门来管这些事。

1993年初,我向时任市委书记兼市长厉有为多次说明情况,又去向副书记兼常务副市长王众孚汇报,他同意我的看法,问我这个统一划归的部门叫什么名字。我说叫"水务局",意指涉及水的行政事务的政府部门。事实上,我们已经在龙岗镇提前进行了试点,将镇水利管理所与自来水公司合并,"两块招牌,一班人马"统一管理水资源开发、防洪排涝、供排水工作,理顺了关系,收效明显。到1992年,在龙岗镇开了现场会推广经验后,全市的18个镇中,有12个镇实施了水的统一管理(在1993年,政、企分开后,才恢复了水利管理所)。

我向市人大常委会汇报工作时,正式提出了水的体制改革问题。1993年初,人大以及市委市政府一致同意我的意见。1993年7月,市委常委会决定正式撤销水利局,让水利局和给排水指挥部合并,成立市水务局。同年9月份,厉有为以常委的名义召开市正副书记、正副市长和十个大局的局长参加的会议,宣布水务局正式成立,首开了国内先河。

会议上,10个职能局局长先后发表意见,有个副市长还表示,"不要一下子压太多的重担给水务局",提议先把自来水管起来,逐步把水土保持也划归水务局。

此后全国各城市纷纷借鉴深圳的模式成立水务局,如今全国各地的水务局已达2000多个。

1998年,我离开水务局到政协工作后,当时上海一名人大副主任来了解深圳的管水模式,我参加了座谈会。他问我:"你们搞了水务局,自来水公司归你们管后,得到了什么利益?"我想了半天,说:"最大的利益啊,就是每年春节前,市自来水公司邀请省东深局吃饭，我去作陪，算'半顿饭'吧。"

三

在《深圳供水水源规划》（1991—2010）中，我们得出的重要结论是：深圳供水水源的根本出路在东江跨流域引水，形成东、中、西三大水源引水布局。实际上，以我们当时的条件，很难三条线一起抓。我当时的想法是"两手抓"：不能吊死在一棵树上，西边不亮东边亮。

"西线"是指从东莞企石镇的东江干流设置取水口，先引水入宝安的罗田水库再到石岩水库，全长48.5公里。为此，从1993年至1995年，时任市委书记厉有为、市长李子彬先后多次率队前往东莞协商，又邀请东莞市领导到深圳商谈，但东莞提出的征地补偿每亩16万元（还未包括地面作物赔偿），征地约为5000亩，这样算下来总费用高达8亿—10亿元，超出了我们的承受能力。

后来由时任副省长张高丽出面，口头裁决每亩征地补偿8万元。但东莞方面又提出除了征地赔偿外，还要搞管、路结合的方案，即沿引水管线建近40公里的高等级公路到达深圳，造价估计约14亿元。如此高昂的费用，令我们不得不放弃协商多年的引水工程项目。

在企石引水方案搁浅后，我们把重点转移到了东部。经过多次勘测，我们原定在西枝江的老二山取水，虽然那里水质好，但水量有限，省里只批准我们取水流量每秒4立方米，这远远达不到深圳的用水需求。

随着勘测工作的深入，我们发现如果从老二山往东北方向延伸16公里到惠阳市水口镇北部的廉福地，从中上游的东江支流引水，不仅水源充沛，水质也好，只是增加一个水泵而已。省厅批准取水流量可达11立方米/秒，但实际建设规模达到了每秒30立方米。惠州方面开出的条件是：征地费用补偿4万元/亩（包括税收和管理费），以及给予1.3亿元的低息贷款给他们搞水工程。深、惠两地政府很快达成共识。

1996年4月，省里在从化召开全国水利科技会议，我请分管的副市长带队赴从化向与会的省厅领导汇报，方案很快就通过了。同年9月份，李子彬市长又率队到水口镇亲自察看引水口现场，肯定了方案可行，指示抓紧前期工作，迅速报省计委立项，争取早日开工。

由于引水路线大都穿越丘陵、山谷，最终选定的输水建筑物以开挖隧洞为主，埋设压力箱涵为辅，这些工程1998年下半年相继动工，运用了多项创新技术确保工程万无一失。

从地图上看，东江水源工程自东北至廉福地以及老二山两地设泵取水，经西南走向，穿山跨谷，像一条巨大的地下长龙，穿过惠州六镇，由松子坑、西丽、铁岗等水库调蓄后，再以泵站调入石岩水库，全长109公里，其中境外部分长达57公里。工程总投资约38亿元，设计年引水规模7.25亿立方米。到了2011年工程十周年之际，已为深圳市提供了共计40亿立方米的水。

这项被誉为深圳市"生命线"的工程，于2001年竣工运行，并且一次性通水成功，供水范围覆盖深圳绝大部分区域，从此改变了深圳的供水格局，结束了供水的被动局面，对深圳经济社会的持续发展发挥了巨大作用。

四

20世纪90年代，洪涝灾害也令深圳苦不堪言。仅1993年6月16日及9月26日两次洪灾，就造成了经济损失46亿元，死亡25人，来访的尼泊尔国王代表团一行40多人被洪水围困在富临大酒店，后来是用小船转移到了安全的地方。

为了解决洪灾问题，一方面我们积极与当时的港英政府沟通，联合治理深圳河；另一方面，采取了"围起来，抽出去"的办法，建设罗湖区6.29平方公里的防洪排涝工程。例如沿着深圳河、布吉河新建和加高加固堤围8公里，新建5个、改造1个泵站，排涝能力达到61立方米/秒，其中最大的罗雨泵站为48立方米/秒，整个工程花费不到1.1亿元。1997年初竣工后，人口产业高度密集的罗湖终于免受涝灾之苦。此外，我们还按照两百年一遇的高标准，建设了大沙河防洪工程。

经济特区初创时期，基建工程"三通一平"遍地开花，采石场遍布，又没有水土保持措施，造成了严重的水土流失。每逢雨季，还会淤塞河道、水库，加剧洪涝灾害。在治理城市水土流失刻不容缓之际，1996年，一部由水务局牵头、多方合作完成的《深圳市水土保持规划》报告出台并开始发挥作用。

在深圳有了自主的立法权后，从1994年起，包括水资源管理、饮用水源保护、水土保持条例以及河道管理等11个法规和政府规章相继出台，深圳走入了"依法治水"的轨道。在"生命线"建设的工程中，从1991至1998年，我们还同步新建了中型水库3座、小型水库33座，供水企业达26家，共有自来水厂51座，供水管网从500公里增至2000公里。

五

1995年，我被选为政协常委，1996年挂任市政协社会法制委员会主任，但在水务局局长的位置上一直干到1998年7月，2000年正式离休。我在水务局多干两年是因为市委市政府的领导认为，当时工程进展到一半,不能临阵换将,一定要等境外部分将近57公里的工程全面开工。

深圳的水务工作既有远虑,也有近忧,任重道远。

注释:

① 东深局:广东东深供水管理局成立于1965年,其职能是负责东江—深圳供水工程管理,对香港、深圳和东莞供应和销售原水。广东省东江—深圳供水工程是我国政府和人民为解决香港淡水供应困难,经周恩来总理亲自批准而建立起来的一项跨流域大型引水工程。

张 梁

海拔最低的城市有最多的人登顶珠峰

张梁，1986年来深，深圳登山界代表人物，深圳市登山户外运动协会副会长，是目前攀登过最多（10座）8000米以上高山的华人。

一

2008年，我徒步滑雪穿越北极。

那是4月，极夜刚刚结束，极昼刚刚开始，四周白茫茫的一片。走了13天，每天只睡三四个小时，我和我的两名法国队友背着沉重的装备，已经筋疲力尽。突然，它出现了！

它的毛色暗黄，看起来有点脏，高大笨重的身躯大概比我们还要高半个身子，径直向我们这边走过来。那么大的一个世界，就我们三个人，和它。没错，它就是著名的肉食动物——北极熊，当时它冬眠的时间刚刚结束，正在四处觅食。

有那么几秒，我的脑子里一片空白，双腿发软，心想："完了。"眼看着它向我们步步逼近。但是我很快就反应了过来，对队友喊"开枪，快开枪"。她很慌乱，先是朝天上开了两枪，试图吓走它，但完全不起作用。我再朝她喊"对准对准"，再开了一枪，打到了北极熊的脚底下。它终于被惊到了，蹦起来转身飞快逃跑。

在我无数次的户外探险生涯当中，这种命悬一线的情况屈指难数。如今，我已攀登过10座海拔8000米以上的高山，而每一次逃离险境的经历，又使我更加坚毅。

很多人都想不到，其实我从小性格内向。如果没有来深圳，后面的这一切就不会发生。

二

我的老家是北京，在石家庄长大和上学，大学上的是财经院校，读金融专业。

石家庄的生活比较单调，活动范围基本上就在家附近的区域，接触面不广。大学在北大街那边一个郊区，很偏僻。小时候的记忆更多停留在从前的生活状态，真正对于城市人文方面的认知，少之又少，似乎自己从未真正融入过这座城市。1986年我大学毕业，面临分配时，我选了深圳。在我之前，已经有师兄师姐分配到了深圳农业银行，但他们也没有说深圳具体是什么样子。我那时候心里的想法就是——走远一点，尽量离家远一点，不想一辈子都待在石家庄。当时说深圳在建设经济特区，虽然很陌生，但我很向往，想象着那会是一个非常漂亮和繁华的城市。

我和其他同学一路坐火车南下，师兄在火车站接我们。走下火车的那一刻，就感觉有点破旧，没有想象中的那么漂亮，居然跟内地有点雷同。不过我心里并不失望，因为长这么大，我从没有出过远门，来到深圳这个"异乡"像来了另外一个世界，很新鲜。对于家里人而言，深圳是一个非常遥远的地方。我在家是最小的孩子，离家前我妈还埋怨我："你要去深圳，怎么之前不跟我说一声？"那时候我的性格虽然内向，但骨子里面还是很想自己去闯一下，独立生活，而不是让别人管着。

刚到深圳时，工作条件相对艰苦，用的电话都是手摇的那种，要中转收到然后才能打出去。当时深圳的交通工具以自行车为主。那时还有一个特色——深圳的自行车经常被偷，没丢过两辆自行车的都不算深圳人。有一次部门分自行车，第一批没分到我，当时还有点情绪，觉得很委屈，甚至快哭了。和我一起来的一位女同学被分到了沙头角。当时沙头角的办事处在一个农民房里，她非常不情愿，觉得特委屈。我们周末有时候去看她，她就和我们诉苦，不停地哭。最后的结果就是她回到了青岛，离开了深圳。

虽然条件艰苦，但深圳的收入依旧比内地高。我刚过来的时候每个月工资大概三四百块钱，和现在不能比，但那个时候对于我们来说已经是天文数字。我也没有什么开支，工资给家里寄一点，自己再存个定期。

生活几年之后，也会有一些枯燥的感觉，离家那么远，或多或少会有孤独感。20世纪80年代的深圳还是挺单调的，没有现在这么丰富的业余生活。有空我就去运动，骑着自行车到处跑，甚至从家骑到南山、骑到关外，那时候还有二线关。也会组织同学同事出去玩，大家在一起就是交流一下，很简单淳朴。

那时候的深圳还是以本地人为主。我们行业里比较多的是从广州院校毕业来的，或者在省内其他地方工作过，再调来深圳的。那时的交流语言基本上以粤语白话为主，不像现在普通话这么普及，我从北方来，和同事的沟通交流就有很多文化和生活上的差异，所以我首先就要克服语言关。我学粤语方法是"听"电视。那会儿电视只有香港的4个频道，我就天天听，听不懂也要听。其中听新闻比较多，新闻有画面可以对照，能够看明白是什么意思，连猜带想去理解。还买了一些录音带去学白话，就这样硬着头皮把语言关给过了。

说到电视，那时深圳家家楼上都竖着简易的老式天线，不能固定它，因为每天都要上去不断地"调台"。要看哪个台就调向哪个方向，不调画面就会虚掉。

我们住的是三房一厅那种大宿舍，一屋住两个，大厅也住人的，挺热闹的，实际上是一种集体生活的状态，从大学的集体生活又到了单位的集体生活。每当要看电视的时候，就必须有一个人上去手动调节天线，有时楼下的人就朝楼上调天线的人大喊："再往香港的方向一点！"这样才能收到香港的频道。大家就这样轮流站班，虽然收到的节目很有限，但依旧看得开心。

由于看节目很不容易，我们后来就用录像机把节目录下来，可以重复看，比如录一些精彩的翡翠台的娱乐节目，还有一些电影，那时候明珠台930节目会放很多好电影。我们每年回石家庄，就带这些录像带回去给家里人看，他们就觉得非常新鲜和有趣。每年回家的时候，我还会去东门批发市场买一些布匹，还有一些从香港运过来的香皂带回去。相比于深圳，那时候老家就比较落后，还在用粮票，物质都很稀缺。

国贸"三天一层"的建设速度，我也是见证者。建成后，在那个著名的旋转餐厅喝茶感觉是很荣耀的事，内地亲友来深圳，我就带他们到国贸去喝个早茶。

现在物流发达了，内地和广州、深圳甚至香港穿的衣服都差不多，但在八九十年代差异还是非常大的。那时候年轻，我也有虚荣的心理，在着装上赶潮流，会穿着一些比较接近港台风格的衣服回到老家。街坊邻居从我身上看到这种"潮流",就流露出羡慕的眼神,他们觉得我穿得很时髦,也会想到深圳的收入很高,觉得这个地方有前途、有发展。

我有一年回家,穿了一款白色纯棉套装,很宽的上身,紧缩的裤脚,有点像那个时代港台明星穿的款式,还很时髦地把头发烫了。现在我自己看我那时候的照片,都有点受不了。

三

我1986年到1992年都是在农行做信贷员,1992年到2000年是办事处主任,2000年后才开始登山。我们银行的业务主要集中在上步路,我当时被分在农行上步支行,那是一栋很矮的四层办公楼。整个上步路工业区都是铁皮房,热得要命,条件非常差。四层的厂房没有建起来多少,主要是来料加工企业,没有什么特别高科技的东西,甚至没有内地一些大企业的规模。

我们的业务比较传统,实际上就是存款贷款,发展客户。我就西装革履走街串巷,那时还没有工作服这样的概念,穿的西装也比较土。触及的范围经常是到上海宾馆那儿为止,那时候深南大道还没修,北环大道就更没有,骑自行车基本上就可以覆盖整个业务区域了。

因为本身是在银行工作,城市在金融方面的发展变化给我的印象特别深。80年代的时候,股票很不值钱,那会儿基本上都是推销。业务员拿个笔记本,只要一登记就可以买100股、200股,就这么简单。价格甚至一块钱一股,相当便宜。毕竟股票还是一个新事物,大家都没什么概念,觉得一百块钱怎么就换成了一张纸,又没法当钱用。有趣的是，即使当时有些人靠股票发大财了，其实都是被动的，主动的很少，大家想的是"我要为国家做点贡献，那就买点股票吧"。

最大的转变发生在1992年。我在农行八卦岭办事处做主任，当时是由银行代售认购。那个抢购的人群简直是人山人海，拥挤得好像要打破头。由于一个身份证可以买10张，人们就大量收集身份证，还到全国各地去找身份证，就为了买这张纸，10张中1张，1张1000股，十分之一的概率。人们挤在那里通宵排队，看着就很惨烈。我们银行的卷帘铁门都被挤垮了，压得变了形，最后开不了门。那时是夏天，为了抢个位子不被挤开，大家一个抱住一个，不管男女，都抱得紧紧的，汗流浃背。由于场面实在太乱，为了维持秩序，警察用起了警棍，可是根本控制不住。这个时候股票的概念已经很清晰，人们知道这个东西能赚钱，但是数量又少，所以抢得很疯狂。

在深圳的发展过程中，金融扮演了一个非常重要的角色。银行站在高处，企业求银行的比较多，所以银行的选择多。深圳那时候的企业，可以说大部分是靠银行起家的，因为他们基本是两手空空过来。大的国企也是希望贷款。我们那时业务规则简单，没有作假的概念，也没有出于控制风险而设立的各种条款。企业贷款不特别强调抵押，而以担保为主。比如，赛格集团旗下的企业要来贷款，赛格集团做了担保就行了。我们去企业看情况主要就是看规模、厂房机器设备、购销合同等等，比较原始。

四

从来深圳到20世纪90年代末，我的生活状态就是天天上班下班，吃饭喝酒，很平淡，没有什么突破。1999年到2000年，深圳的户外运

在青年时期,张梁就热爱户外运动。

2006年初,张梁在南极大陆与企鹅合影。

2009年9月27日，张梁（右）与王石（左）登顶尼泊尔海拔8163米的马纳斯鲁峰，两人展开国旗。

2012年，张梁攀登迦舒布鲁姆Ⅱ峰，途中遭遇巨大冰裂缝无法通过，决定下撤。

动开始兴起，我和王石他们是深圳玩户外的第一批人，深圳的梧桐山、笔架山、海岸山的那些线路，都是我们走出来的。现在这些地方登到顶是人山人海，那时候都没有人。

千禧年网络也刚刚兴起，《万科》周刊就搞了一个"游山玩水"论坛。通过这个论坛，我结识了包括王石在内的一帮户外运动爱好者。那时候我刚好36岁，本命年，就特别想改变一下自己的生活方式，于是开始尝试攀登雪山。

我对雪山一点概念都没有，懵懵懂懂，就和最初来深圳的感觉一样。2000年5月，青海发生了一场很大的山难，5人遇难，其中有2个深圳人，是我们一起玩户外的。我就很想去看一下，这个雪山到底有什么魔力吸引登山者去攀登，甚至献出生命。所以2000年10月份，我就和王石他们组织了一支队伍去青海，都是各行各业的人，想去体验感受一下。这是我第一次登雪山，攀登的是青海玉珠峰。

接触雪山以后，一切就变了，感觉又进入了另外一个世界。

最开始没什么深刻感受，纯粹是物理反应多一些，高原反应：头痛、恶心、难受。因为毕竟一直在深圳生活，低海拔，一下到了5000米的山上（那座山是6178米，大本营设在5000米），真的非常痛苦，那种痛苦无法用言语去形容。

但是第一次体验后，就变得一发不可收，一路坚持攀登下来。

2010年，我们去攀登尼泊尔道拉吉里峰，下撤途中出了事故，攀登的高难度、组织管理不到位、队员的准备不足、和夏尔巴人向导沟通不畅等因素，让队伍慌乱起来，结果遇到险境分散逃命，没有能力去救援别人。最终6个队员3人遇难了，其中有2个深圳人。

2012年，攀登马卡鲁难度极大，下撤时迷了路，差一点就回不来了。我没吃没喝被困山上几十个小时，特别恐惧。能够安全回来，也得益于自己的经验和意志力。当时很难受，又累又乏，如果我放弃前进，躺下来或坐下来，真的睡一觉就没了。有一瞬间我也很想坐在那儿不走了，但最后还是挺住，回来了。

在遇到特殊情况的时候，如果没有过硬的心理素质是万万不可的。我是一个很平静的人，在山上也是。我能克服难关完成这些挑战，一个重要原因是我的平静。

"14+2"一直是我的一个梦想——登顶全球14座海拔超过8000米的雪山，并以探险方式抵达南北极。在探险界这算是一个非常顶级、非常危险的挑战项目，挑战成功的人世界范围内也屈指可数，就二三十人吧。很多人概念中只知道珠穆朗玛峰，实际上珠穆朗玛在这14座里面是相对容易的，属于第三等级，很多8000米以上的高山比它难得多。

到目前为止，我已经登顶了10座8000米以上的雪山。南北极这两项都已经完成了，南极是2005年去的，北极就是2008年遇到北极熊那一次。

每次登完雪山回来，我都发誓再也不登了，心理承受能力已经到了极限。2014年登安纳普尔纳时，发誓说这是最后一次，录了一段视频和雪山告别。可是回来后又忍不住马上想再出发。登山对我来说就跟打仗一样，不能因为发生战争不上战场，是战士肯定要上战场，是男人就要像战士。

五

目前，我是登了最多8000米以上高山的中国人。我没有任何背景，就是一个普通的老百姓，能够走到今天这一步，完成这么多极致的挑战，放在十年前我自己都不敢想象。

我也曾思考究竟是什么在驱动自己。这14年来的攀登让我慢慢感受到更多精神层面的意义，尤其是随着媒体曝光的增加，媒体和公众也将更多城市精神的内涵附加在我们身上，我能感受到自己肩负的责任——这不仅仅是一场个人的挑战，更多象征着深圳城市的能量，一种敢于突破、敢于挑战的意志。

深圳现在已经有十几个人登顶珠峰，人数是世界城市之最。所以我常常想，我的潜能是深圳激发出来的。我如果留在石家庄，基本上就是按部就班，跟着老太太老头们喝个小酒，吃个饭聊个天，这不是不好，只不过不是我想要的生活。而深圳不同，她有种和内地不一样的感觉：年轻、活力、接纳、包容、创新。这些精神对我的改变非常之大，无论是从思维方式、行事方式还是为人处世上，都给我的个人生命带来质的飞跃。现在，我有什么样的追求和目标，就会去尝试，会产生更多活跃的、发散性的想法；慢慢地想法越来越丰富、饱满，我的目标也越来越大，实践起来越来越有意思，生活也越来越充实。在深圳这样一个平台上，普通人真的可以做成不普通的事。所以走了那么多国家和地方，我还是最喜欢深圳。

现在回到学校有时候见到老师和同学，他们听说我登山的事，都觉得不可思议："这真的是我们认识的那个张梁吗？"在深圳和朋友聊天，他们也觉得：张梁你值了，没白活。其实我觉得自己并没有什么不同，每个人追求的东西不一样，于是带来选择上的差异，而我只是选了一个相对另类或者说特殊的追求而已，对待所有事我依旧顺其自然，以平常心面对。就像在山上，有些年轻人一见到那么美的景色就兴奋起来，一兴奋就晕倒了。这是相通的道理。

很少有人看得出我今年50岁了，运动能使人健康、年轻。我喜欢强度大的运动，登山不必说了，其他像踢足球、跑马拉松。2013年我开始驾驶帆船。大海也是非常恐怖的，当时我从深圳驾船到三亚，海面上浪高6米，风速惊人，我的船以70度倾斜角逐浪航行，速度比预计快得多。

在深圳，我的登山梦还在继续，航海梦才刚刚开始，登山和航海是我后半生最主要的工作。我觉得人是按阶段生活的，20岁是一个状态，30岁是一个目标，40、50岁以后又肯定会改变。我60岁以后可能就驾驶帆船横跨大西洋，环游世界去了。我是那种有了目标，一旦开始就不回头的人。我也跟很多中年人士聊过，他们都想加入，但拘于家庭事业放心不下，无法实现。其实每个人内心都有想做的事，何不真实一点，想做就做呢。

蔡正富

在"熔炉"深圳接受淬炼

蔡正富,台商,1987年来深,现任艾美特电器(深圳)公司执行董事、深圳台商协会总会副会长,曾获"深圳市荣誉市民"等荣誉。

一

我是电子工程师出身。20世纪80年代初,我和别人一起搭档,在台南经营一家做音响、收录机的电子厂。到20世纪80年代中期,因为台币升值,台湾的经济环境发生了剧变,加上劳动力缺乏,行业出现"倒闭潮"。1986年,眼看连散件出口的业务都已经萎缩,我毅然关闭了电子厂,带着模具,到海外寻找加工基地。

来深圳之前,1986年,我先到了香港。因为香港背靠内地,我能轻易地找到一些内地的企业做代工。我曾与天津的来料加工厂搞合作,但发现交通成本实在太高。而深圳不仅毗邻香港,交通方便,还在搞改革开放,加上劳动力丰富,与香港能联袂形成最佳的"前店后厂"组合。

1987年,台湾实施了38年之久的戒严令终于废除,我们可以光明正大地与大陆来往。此前也有台湾人到深圳,但人数不多,戒严令的废除使得他们得以走出"台面"。来到大陆之后我发现,当时物资贫乏,流行"三大件"、"五小件",尽管人均工资不高,但市场的需求量很大。我发现像收录机这种小电器,在台湾卖一台亏一台,但在大陆是卖一台赚一台。我心想:"这里大有可为。"于是在1987年,我正式驻扎深圳,成了第一代的台商。

从1987年起,我分别在八卦岭、布吉承包了两个工厂,做音响、收录机的来料加工业务——给深圳的工厂提供模具、原材料,产品则销售到海外。同时,由于我是比较早来大陆的台商,还可以给大陆一些企业充当桥梁,从台湾进零件、关键件或者从国外进口样品,赚一些贸易的利润。原来在台湾的不少亏损,到了深圳不仅扳回了一局,还快速积累了"第一桶金"。

到了1988年,陆陆续续转战到大陆的台商越来越多。7月份,《国务院关于鼓励台湾同胞投资的规定》正式施行,其中有一条为"在台湾投资企业集中的地区,台湾投资者可以向当地人民政府申请成立台商协会"。1989年,深圳市除了成立外商协会外,为落实台商投资的优惠政策,还拟筹备成立台商协会,由深圳市政府台湾事务办公室进行监管。

我记得那是1989年6月,我才37岁,很年轻,市台办邀请了包括我在内的30多位在深投资的台商来座谈,问我们的意见:"愿不愿意成立台商协会?"想到我们能有一个自己的"台商之家",我们当然举双手赞成。座谈后,市台办还想进行更大范围的走访和征询,我们协助市台办向其他台商发放了调查问卷,统计数据显示超过9成的台商拥护成立台商协会。

自此,台商协会的筹备进入实质性阶段,市台办专门成立了筹备小组负责相关工作。作为筹备组的成员，我参与了起草台商协会的组织章程。在筹备早期，因为大陆尚无先例可以借鉴，我们参照了台湾的民间团体运转方式和经验。

在我们筹备的过程中，1990年3月，北京成立了台资企业协会。同年6月份，深圳台商协会正式成立，宗旨是团结和联络在深圳投资的台商及台湾、海外同胞，增进相互间的交流、了解与合作，加强与深圳经济特区政府及各部门的联系沟通，促进企业的发展与深圳经济的繁荣，维护台商的合法权益。

1990年6月27日下午，正值"荔枝节"期间，深圳台商协会成立大会在深南路旁的粤海大酒店召开，时任市委书记李灏等领导出席了大会并发表讲话。我担任协会的第一届秘书长，主持协会的日常工作。

二

台商协会成立后，除了要为会员单位分忧解难，一些拟在深圳投资的台商也会找我们咨询，想借这个平台了解深圳的投资政策以及已经在深投资的台企经营状况。作为秘书长，我自然义不容辞地承担了相关工作，没想到也因此迎来了人生转折的契机。

1990年，台胞史鸿饶先生到深圳考察。我带着他四处走访，除了看我自己经营的来料加工厂，还参观了其他在深圳设厂的台企。看完了之后，他心动了。在此之前，他已经在台湾的小家电行业耕耘了将近20年，但囿于各种因素，规模一直未能得到大的突破，他希望"第二个20年"能借着深圳制造业的红利实现腾飞。

他力邀我一起合伙办企业，打算还做纯代工。但我告诉他：以我这几年的经验，来料加工的黄金期即将过去，必须未雨绸缪，要走大陆市场，就要买地建厂房。他觉得我的建议很好，我们开始物色建厂的地点。我们看中了宝安石岩，即黄蜂岭工业区现址。当时这里还是荒地，到处都是荔枝林，由于位于深圳的东北方，颇有"北大荒"的意味。当时的地价才60元/平方米，我们一口气买了30000平方米。当时在台湾，3000平方米的厂房已经算面积非常大了。

1991年，厂房建成并投产，我们开始招聘第一批工人。大陆招人的确是太方便了，来应聘的工人中，五官端正、身强力壮的比比皆是，而且吃苦耐劳，加班的热情很高。当时他们每个月的基本工资只有不到两百块人民币，加班时间按照1.5倍工资支付，但他们就会因为能多赚一百块而对加班充满激情——从他们身上折射出的那个年代深圳人强大的制造力是令我讶异的，不光台湾比不上，就算是发达的美国，哪里能找到这样勤奋工作的年轻人？那边戴个墨镜、喝个可乐、听个音乐在做事的我也见过。但我们的工人中有一部分不认字，也不会用抽水马桶，于是我们就开了一个"文盲班"教他们识字，以及培训他们适应城市生活。

我们先主打生产电风扇，从OEM（贴牌生产）起步，靠着台湾的原材料和客户给的模具开始生产，产品还是100%出口；经过一年多的试运营，1993年我们开始转向ODM（原始设计制造），自己做模具，自己做研发。那时候，我们除了请台湾的一些工程师过来，也开始招聘机电系毕业的大学生，培养自主研发队伍。

同时，我去当时的轻工部争取内销比例。那时正掀起全民创汇的热潮，加上深圳是一个出口型的城市，一开始并没有被批准。但我说我们投资规模大，需要做内销，最后才被批准了5%的内销比例。那时候我们公司还叫"威昂电器"[①]。要做内销之后，我们注册了商标"艾美特"，是"Airmate"的音译名，"Airmate"是"空气良伴"

20世纪80年代末90年代初,第一届深圳台商协会筹备会议现场。

1990年6月,深圳台商协会成立,时任深圳市副市长李广镇在成立大会上讲话。

2000年6月,深圳台商协会成立10周年庆典。

的意思，但我还是选择了直接音译的"艾美特"，因为"艾"让人联想到艾草，有中国元素，而我们的产品又设计得"特"别"美"观，品质"特"别好，所以这个名字就非常合适。

当时，代工还是一艘顺风船，深圳的大部分外资企业，还沉浸在赚快钱的喜悦中。艾美特要做转型，算是逆流而上。从1993年到1997年，我们都处于亏损的状态。其间也有过"这样做到底值不值得"的质疑声，但我坚持认为：必须要把生产定位往高端转移，提升档次。

由于日本是全球最严苛的市场，我们选择帮三洋做代工。一开始基本都是赔钱，欧洲市场认可的机芯，三洋却说50%不及格。经过三洋的辅导，我们升级了加工设备，将不良率降到1%以下。

从1997年起，我们开始帮三洋、东芝等名企制造和设计风扇。由于质量精良，我们的风扇占据日本市场的份额逐渐增大。同时，我们也在加足马力向OBM（自有品牌）冲刺。从2000年起，艾美特的自主品牌优势开始凸显。除了电风扇外，我们的生产线逐渐扩展到电暖器、空气净化器、加湿机、除湿机等精致的小家电。

同年，我们将企业名称（商号）改为了艾美特，实现了产品商标、企业商号和企业标志（司徽）的三位一体。在2006年第八届中国家电展中，艾美特一举拿下"最佳创意奖"和"优秀工艺设计造型奖"。2008年，"艾美特"被评为"中国驰名商标"。

三

20世纪90年代开始，深圳这个新兴城市吸引了越来越多的台商群聚。1990年台商协会成立时，全市的台资企业实际上有300多家，会员单位只有60多家。而到2014年台商协会24周年庆时，累计已有5000多家台企投资深圳，在深的台胞超过5万人，协会会员的数量达3000

多家。根据台商在深圳的分布，协会目前在各区街道共设有19个联谊分会。分会规模比较大的如光明分会，有200多家会员单位。我成了副会长后，还是6个分会的负责人。

1998年，协会率先在全国社团中引入ISO9002国际质量体系认证，1999年又成功获得中国商检和美国贝尔的双重认证，成功开创国内社团导入ISO9002国际认证体系的先河。

每年涉台的经贸活动，例如粤台经贸合作交流会或者高交会等，都少不了台商协会的身影。除此之外，台商协会的足迹踏遍了大陆和台湾，积极开展公益工作，为希望小学、贫困地区以及援救自然灾害等义务捐款累计达到2亿元。协会先后被市委市政府授予"广东省优秀民间组织"、"深圳市十佳社团"、"招商引资先进单位"等称号。

除了经营自己所在的企业，我的相当一部分精力放在了台商协会，例如协助深圳招商引资，帮助台企解决招工、劳动纠纷、土地等方面的困难。有些时候，当有台胞打电话来问"能不能帮忙"时，如果我人在外头，就跟协会办公室打个招呼，兵分两路去现场。

在协会，我更加深切地感受到经济大环境变迁对台企的考验。1997年，金融风暴的中心是泰国，我们处于风暴的边缘，加上有充足的人口红利，受到的影响并不是很大。也正是如此，很多台企没有意识到核心竞争力的重要性，还满足于做加工贸易。但2008年那一次金融危机加剧了洗牌，有些台企的规模大幅缩水，部分甚至关掉了这里的工厂。但总的来说，更有竞争力的台企在不断进入，也更符合深圳经济结构优化的方向。因此，深圳就像一个大熔炉，我们在这里接受了淬炼。

从20世纪80年代末90年代初算起，第一代台商如今大部分都面临着接班人的问题。但年轻一代又可能志不在此,所以一些老台商目前还得亲力亲为打理企业。

艾美特算是处于在深台企谋求提前转型的第一梯队。这一路有压力,也有动力——我们较早实现了职业经理人制度,理清了股权结构,把公司从家族企业做成了"企业家族",是"员工的公司",大家拧成一股合力,坚持提高附加值,做"耐用品"、"精品",而不是打低价策略。再加上大陆市场空间非常广阔,如今我们的总销量达2000万台,内销和外销量已经各占50%。近些年,我们还回台湾成功上市。

四

至今为止,深圳是我待过时间最长的城市。这27年来,我在这里投资、兴业、发展、学习和再发展,人生的高峰也是在这里。我记得自己在台湾做贸易时,内外总销量总是突破不了5000万元这块"天花板",但和史鸿饶先生一起搭档的第3年,我们就冲到了1个亿,如今更是以几十亿计算。

我不仅见证了两岸工业的转型升级,也见证了两岸关系从紧张走向自由贸易、和平贸易。记得在台商协会刚成立时,台湾的投资法还不允许直接在大陆投资,好些会员还有所顾虑,例如只是派代表来参加成立大会,还有会员把名字换同音异字,因为台湾的报纸放消息说"回去当局要进行处罚",不过只是"雷声大雨点小",最后不了了之。正由于此,我们这些早期想到大陆投资的台商,只能把公司注册在中国香港或者其他国家,再来大陆承包工厂,"曲线"投资。后来台湾当局发现,台商到大陆投资是大势所趋,想挡都挡不住,这表明原来的政策法规是滞后的,所以又改变了态度。

深圳不同时期的发展，都给我的工作和生活打下了印记。例如在早期，开通一条电话线都是很不容易的，不仅要花一大笔钱，还得有关系，才能登记上固定电话。后来为了方便联络，我们又用上了笨重的大哥大，我也是在深圳登记移动电话的第一批人……这么多年来，我总是不停地在外奔波，特别是当公司在江西九江扩展了生产基地和物流中心的版图后，由于要做法定代表人，我的工作轨迹就变成了"台湾—深圳—九江"这三点一线。但无论到哪里，我还是觉得自己是个老深圳人，这里是我的第二故乡。

而艾美特很早就决定把根扎在深圳。我们除了做支援贫困地区、捐赠学校、为学生提供奖学金和实习机会等等的慈善事业之外，还尊重和关爱员工——我们建立了"职工之家"、"职工困难帮扶基金"；与公办医院合作建立"员工合作医疗制度"；给优秀的员工敞开通向管理层的上升渠道；在上市前还曾一度对普通员工进行量化配股，之后为了上市回购股权后，原来持股的员工获得了不菲的收益。所以后来出现的珠三角制造业"用工荒"，对艾美特的影响不大，因为我们最大限度地留住了人才。2009年，国家领导人李克强来艾美特视察时，肯定了我们关爱劳务工的各种举措。

在国内的小家电领域，艾美特的实力已经跻身前三甲，每年有一千万台产品被祖国大陆的同胞买回家。我们通过20年的持续销售打造出了品牌知名度，相信现在不认识艾美特的人已经很少了。此外，我们的产品还畅销上百个国家和地区，有人说我们是"深圳台商的代表符号之一"。我想深深感谢深圳，为我们提供了"天时、地利、人和"的舞台，让我们能从"世界工厂"华丽转身，变成"台商符号"走向世界市场。

我自己也陪伴着深圳走过了几十年的时间，看着这座城市由一片规模很小的建筑群迅速扩大，成长为如今的繁华都市。它的发展速度最快，包容性在全国主要城市里应该也排在首位。在这里你能看到宾利这样最好的车，也能在郊区乡镇找到拖着柴火无牌无照的大卡车，包罗万象，有容乃大。我准备一直在深圳呆到七十岁，也建议我的晚辈——也就是台商二代继续坚守在这个充满创造力的地方。

我时常想起刚来深圳遇到的那些大学生，那时他们英文说得不好，对业务也不熟悉。在改革开放提供的这片天地里，他们摸爬滚打、渐渐成熟，有一天我发现他们的接单能力已经比我强了，这才惊觉，我已经五十岁了，而他们才三十几，正当盛年。

注释：

① "威昂电器"：威昂电器的前身是史鸿饶先生在中国台湾创办的"东富电器"。

黄 江

在深圳有无数种可能

黄江，港商，1987年与人合伙在深圳黄贝岭办油画厂，1989年来到大芬村办厂，现为大芬美术产业协会终身名誉会长。

一

当初我刚来深圳大芬时，没有想过要呆多久，也根本没想到能成为"大芬油画村第一人"。

20世纪80年代，深圳出现了一批"三来一补"企业。我听别人说，深圳政府对这些企业在税收方面有一些优惠，而我是一个做油画贸易生意的商人，这样的政策对我有很大的吸引力。所以在1987年，我就来深圳了。

我在广州长大，20世纪70年代"逃港"去香港投奔我的姑妈。来深圳之前，我在香港做了几年"行画"①生意，发现内地的人工和房租成本比香港低，于是我到广州、江门、福建晋江等城市开画室，再通过香港把油画出口到国外。

1986年，沃尔玛在香港登报说需要找行画供应商。我太太懂英文，看了那份英文广告后，就和我拿着样板去给他们看。对方觉得画的质量还可以，便给了我们6000张的订单，市场价要7.5元一张，对方给我的价格却只有6元一张。除去成本，每张油画我只能拿到一点点利润，但是考虑到对方要6000多张，数量算多，我又舍不得放弃，最后这批货我发给在广州的朋友做，我做中间商。

内地人工成本确实很低，我发给广州朋友的这批油画，成本只要两三块钱。分发后每人画一两百张，一个月便完成了任务，我就赚了好几千块钱。后来我又发现，在广州做这一行，人工是便宜，但是画布、画笔、颜料都要从香港运过去，坐火车要花好几个小时，比较麻烦，而深圳离香港近很多，能节约不少时间。重要的是深圳的税收轻一些，一张售价30元左右的油画，在广州交税要七八元，而在深圳的话只要两三元。

20世纪八九十年代，中国做这一行的人不多，油画销量好。刚入行时，我的香港老板经常催我"快点快点"，"你随便画，画多少就可以卖多少"。有一天老板告诉我："外国人几乎每家每户都喜欢在家里挂画，而且换得比较勤，不像中国人，一幅画挂好久，甚至一辈子。比如，外国人挂风景画会分春夏秋冬系列，春夏就挂绿色的风景画，秋天就挂金黄颜色的风景画，冬天就挂有下雪场景的。"画卖得好，收入自然也不错。到1986年，我每个月的纯收入就有一万多元。同年，我在香港买了一套房子。

1987年，我和一个朋友搭伙在罗湖区黄贝岭办了一个油画厂。一年多后，工厂每月租金从2000多元飞涨到4000多元，加上厂子的实权掌握在我朋友手上，我受到一些束缚，所以我就想另外找个地方单干。有人告诉我，深圳关外租金比较便宜，可以去那儿看一看。我亲自去走了一圈，最后看中了大芬村。

当时的大芬村只有0.4平方公里，随处可以看到芦苇丛，村里还有臭水沟，路是沙土路，一派荒芜景象，在我们眼中，它是深圳的"西伯利亚"。村里的交通工具还是三轮车，"咯咯咯"地响，车一过，满街尘土飞扬。整个村稀稀拉拉建了几栋房子，最高的一栋才4层高，不像现在，好多房子都是八九层了。全村只有300多个人，基本是农民，每户一年的收入才几百块。最富裕的人家才有黑白电视机，而那时深圳关内已经有很多人家买了彩电。

但在我看来，虽然大芬村外部环境不好，却是办油画厂的好地方。因为它在深圳关外，不用那么麻烦办边防证。订单多时，我让广州、东莞的朋友找一些工人来这边帮忙，他们各自直接办一个居住证就行了。它还靠近广深公路，交通方便。而且这里房租很便宜也比较安静，就像一个港湾，适合画画的人通宵达旦地创作，不像在布吉那边，商业很繁华，有卡拉OK等一些娱乐设施，不利于我统一管理画工。想象一下，如果他们在布吉或其他热闹的地方，到处跑到处玩，那画画任务来了，我去哪里找人做？

1989年农历八月十四日，我带着20多个徒弟来到大芬村，花了1600元，租下250平方米的民房办了一个画厂，注册为来料加工。来大芬村后的半年时间里，全村还没一家商店，更别说快餐店，想买一包泡面来吃都没有。我就雇了一个人，每天去2公里之外的沙湾买菜，专门帮我们做饭。

渐渐地，我的名气开始传开来，大家都知道——"大芬村有个香港画商叫黄江，找他可以分到单子做"。我的订单越来越多，画工们干活也起劲，来大芬村找我的人也越来越多，包括广州美院、四川美院科班出身的毕业生，后来作品卖出几十万元高价的名师刘文全也在我厂里画过画——当时他的画就非常漂亮，有名画气质，我们也让他自己单独画，每幅售出的价格都很高。

二

从1987年做了沃尔玛第一笔生意后，沃尔玛和我就一直是合作伙伴。另外，我还有意大利、法国和日本等国的客户。在大芬村做了几年后，当初帮我做事的一些弟子看到了商机，也开始自立门户。可以说，早期在大芬村办油画厂、开画廊的人，几乎都在我手下干过。他们接了单子后，又找别的画工来画。就这样，大芬村也就慢慢发展起来了。但那时还是我的生意最好，特别是在1992年到1995年。

1992年4月，我的一个法国客户给我一个36万张的订单，要一个半月完成，在当时看来这是一件难以完成的事。以前我一个月的业务量最多为10多万张，所以做决定前，我跟我的画工商量，要不要接下来，万一在规定期限内交不了货，还要赔钱。"怕什么？"他们拍着胸膛说道。既然他们有信心，那我就放心了。在大芬村，大概有400多人帮我做这批单子。剩下的单子，我发到别的地方交给其他人去做。

时间紧量又大，我就想到用流水线的方式来处理这批画：让这个画工画天，那个画山，还有画工专门画水、树，画山的画完就传给下一个画水的。同一个人画相同的东西，各幅画的质量比较稳定，效率也很高。大家你追我赶，你画完了我就快点接上。他们三四个人分成一组，如果画得慢，就会被一个劲地催。我不知道这种画法是不是我发明的，只是想到这么处理最有效。那段时间，为了鼓励他们，我经常掏钱请他们喝汽水、吃夜宵。因为太累，督工时我站着还差点睡着了。

后来，老外的"QC"[②]来验货，看到这些画好像复印出来的，感

1989年,中国香港画商黄江(前排左起四)带着弟子来到深圳大芬村创业。

2004年首届文博会期间，号码牌为1000号的黄江参加了千人油画创作表演。

深圳大芬村画工的画室往往就是宿舍。

深圳大芬村油画工厂流水线上的画工。

到很惊讶，当然也很满意。运货时，这批油画装了好几个大货柜。这事在行业内被传为佳话，我的名声也被广为传播。

2000年以后，来大芬村办厂、开画廊的人更多了，并形成了集聚效应。整个大芬村出口的油画占到欧美油画市场的70%。这个数字以前都不敢想象，而政府也开始注意这个自然形成的行业。

2000年，深圳提出了"文化立市"，开始投入大量资金在大芬村修路、拆迁旧屋，出资购画扶持画工的生存。2004年深圳市举办了首届文博会，大芬油画村成为唯一分会场，这把整个大芬村的发展推向了一个高潮。在首届文博会之前，大芬村只有300家经营门店，除了行业内的人外，知道大芬村的人很少。文博会期间，大芬村正式成为国家文化产业示范基地。

大概是2002年，政府对大芬村进行了专业规划设计，对沿街的画廊和民房外墙进行包装，对广场和道路进行了改造。后来又出资1000多万元，进行了空中电缆电线入地、肉菜市场迁移等工作，在肉菜市场的原址上建立了油画展厅。还把村口子上的几栋旧房子拆除，建起了以我名字命名的"黄江油画艺术广场"。这些改变使整个大芬村上升了一个档次。

以前在内地城市做这一行，政府基本不跟我们做生意的打交道，但在深圳，政府的服务意识明显要强一些，当地政府经常会打电话了解我们的需要。

2003年，包括我和我的弟子周小鸿在内的四名大芬村画商，想成立一个大芬村美术产业协会，促进产业发展，第一次向有关部门申请，没通过。转机出现在这年年底，时任深圳市委常委、副书记的李鸿忠召集我们开会，说既然有个产业，就要做一个协会。

2004年11月文博会期间，大芬美术产业协会正式成立，我被推选为第一任会长，当时入会的会员有300多人。现在会员已超过700人，会员单位近百家，原创画家200多人。

这些年，协会组织会员参加了"广交会""家具博览会"等专业展会，还发起举办了油画节。2008年，10多家会员单位赴澳大利亚参加悉尼皇家农展会。同时，还多次组织会员赴福建永定、梅州大埔、江西龙南等地进行采风创作活动。卸任第一届会长后，我又被大家推选为大芬美术产业协会终身名誉会长。

首届文博会期间，政府组织我们举行了一个千名画师作画的活动，画了一个多小时，当时还申请了"世界上最多人同时绘画"的吉尼斯世界纪录。可能是觉得我是大芬油画村的第一人，有一定贡献，所以我的号码牌被安排为1000号。那时候，很多商人来这里参观，一批又一批媒体来这里采访。有时候我一天要接受两三场采访，包括深圳本地媒体、中央级的媒体，还有外国的一些媒体，我帮人签名签到手软。

除此之外，大芬村也得到了中央领导的重视。2004年，时任中央政治局常委李长春来到大芬油画村时，对我说："大芬村建设得很好，黄江你要再接再厉，再立新功。"当了解到大芬村的油画产品已出口加拿大、澳大利亚、欧洲、中东等地，仅沃尔玛一家就订货30万张，他点头赞许。他说，文化产品的出口，今后也要多渠道推进，只有把每一种渠道都打开，把民间的力量充分发动起来，出口才会有活力，我国文化进出口长期逆差的局面才会得到扭转。

2011年大年初三，曾任国务院副总理的吴仪来到大芬油画村视察。她说："黄江，虽然我没有你们有钱，但是我作为老领导，还是要封个红包给你。"她给我的红包里有100元港币，我一直把它收在抽屉里。我觉得，那是国家老领导对一个平民的认可和鼓励。

对于领导的重视，我感到特别自豪。想当初我就是一个想来大芬村做生意的画商，没想到在我的无意带动下，在政府的支持下，能让大芬村产生这么一个大产业，成为深圳市的一张名片，并且名扬海内外。当年，有很多外国的客户是先通过大芬村才了解到深圳这个城市。

三

新世纪的头十年，大芬村的销售额持续提升：2003年，大芬村的油画销售额为8000万元。2004年首届文博会举办当年，大芬村全年销售额就提升到1.4亿元。到了2005年，大芬村销售额提升到了2.79亿元。2006年，大芬村卖的画赚了4亿元。首届文博会之后，我的生意更上一层楼了，其他画商也是。我的徒弟周小鸿曾经跟我说，2005年至2007年期间，他们的销售额至少比之前提高了30%。

上海世博会期间，大芬油画村的展品入驻深圳案例馆。会场还滚动播放了我和其他大芬名人的纪录片，我看到后大吃一惊，怎么就稀里糊涂变成"名人"了？场馆的负责人见到我还高兴地跟我握手、拍照。

那时，非常吸引人的是大芬村巨幅作品《蒙娜丽莎》，总长40多米，高七八米，由999块油画单元构成，由大芬村500多名画工集体创作，每个小单元的右下角都签了作者的名字。

但也就在那一年，大芬油画村因为金融危机遭遇了寒流。整个大芬油画村的国外订单骤降，有的画室一张订单都没接到，经营惨淡。即使有订单，价格也非常便宜，一些画工因此逃离了大芬村，我也不得不去义乌、北京等地开画廊。在那年年底的广交会上，大芬村油画的订货额只有100多万元，相当于原来的1/30。

大芬油画村不得不面临转型。

转型之路分为几种：

一是转向内销，把油画销往内地一些大型宾馆、会所和私人别墅。

二是淘汰落后生产力，提高油画品质。周小鸿曾说："我一个美国客户告诉我，以前一些低端的油画在仓库还有一大堆，根本卖不出去。"大芬油画村根据市场需求，不再做一二十元品质较低的油画，更加注重质量而不只是产量。原来那种没有多少创造性的流水线作业方式也被淘汰。现在大芬村的油画价格基本是百元以上，有的还达到上万元。

三是扶持原创。大芬油画村是靠复制、临摹发家的，但是并不排斥原创。政府在大芬村盖起了画家村，以低廉的价格租给前来驻扎的原创画家们，让他们能够更安心地创作，每年还会组织原创画家集体出行采风，在国内举办巡回展览，经费由政府提供。

大芬村在全国油画产业中有着示范作用，福建莆田市、厦门海仓区等地的油画产业基地相继建立，其中许多学习了大芬村的产业模式。但是论实力，还是深圳大芬村最强，这里的成功很难复制——因为它有二十多年的政府支持、宣传沉淀作为基础，深圳的市场在全国都是独一无二的。

现在的大芬村，不只是油画交易的平台，还聚集了一些配套产业，有画廊、艺术品拍卖公司，单单做画框生意的门店就有100多家，全世界最大的相框厂王斌相框厂都在这里开了分店。我在香港做行画的朋友还会到这里买材料。有一些画廊开了网店，通过网络出售油画，生意还比较理想。

产业的发展，不仅让本地居民富裕起来了，也养活了一批又一批外来人口。当初的"西伯利亚"在政府的改造下变得规整、漂亮多了,还成为一个旅游景点,不少影视剧来这边取景。

2014年,大芬美术产业协会首次以"大芬油画产业联盟"的身份参加深圳家居展,3天现场交易额超百万元,现场订单额达800万元,意向订单达1600万元。

四

我刚来大芬村的时候,没有一个具体的目标,也没有长远的规划。现在一回头,在大芬村都呆了25年了,并成为"大芬油画村第一人",我曾带过的徒弟大概也有一两千位,真是"无心插柳柳成荫"。

目前,我的生活基本是在深圳大芬村度过,每天料理一下协会的事情,并坚持在附近爬山。以前,一个月至少要回香港三四次,现在最多一两次。我太太是南非人,去年,她也来到了深圳居住,儿子现在在清华大学读书。

这些年,我在大芬村不仅赚到了一些钱,也获得了很多荣誉和一些社会认可。很多地方政府、机构请我去做报告、剪彩,也是对我的一种认可。在大芬村,很多开画廊的外地人或本地居民都很尊重我,喊我"黄生"、"黄叔"或"黄老板",有些同行会亲切地叫我"老大",甚至"国宝"。

如果当初我留在香港或者广州,很可能是一个普普通通的画商,事业做不了这么大。我在广州长大,那儿是我的第一故乡,深圳大芬村是我的第二故乡,我把自己当作深圳大芬村人。

深圳是一个很有活力的城市,有无数种可能性。大芬油画村的出现是深圳的区位优势,是宽松、多元的文化生态和政府的扶持共同创造的结果。当初，我因为出身成分的问题，上大学受到了限制，但我来到深圳后却开辟了一个新的产业，创造了一番自己满意的事业。

将来，我还会生活在大芬村，并打算联合大芬村的画商，组合成立一个公司上市，把大芬村的产业继续做大做强。我还有一个"培育英才"的计划，接下来可能会去办一所油画学校，培养下一辈对美的兴趣、爱好。大芬村给了我这么多，我应当做一些力所能及的事去"反哺"它了。

注释：

① "行画"：指从国外引进的一种艺术品复制的方法，以临摹世界名画为主，在名画的基础上抓住流行趋势进行再创造。

② "QC"：指品质控制员。

李泓霖

做什么类型的志愿者，我都喜欢

李泓霖，1987年来深，全国著名支教教师，2011年深圳大运会"一号志愿者"，现任上步小学党支部书记。

一

来深圳之前，我只是梅州五华一个小山村里的穷学生。1987年，高中毕业的我考上了深圳师范专科学校（现为深圳大学师范学院）。我之所以选择深圳，并不是偶然的。我有一个同乡，20世纪80年代中期就来深圳打工了。逢年过节回家，他和我们见面时，就常和我讲深圳的事，当时的我很向往。我还有一个堂哥在广州一所大学做后勤处长，他也劝我："你去深圳吧，深圳是经济特区，以后的发展会很好的。"其实我们读初中、高中的时候，就在书里接触到深圳了，包括我们的高考题，都有与深圳相关的问题。

人总是追求比较有前景、有梦想的生活，所以当时我就想如果有一天我能来深圳工作生活就好了。

1987年高考完填志愿，我毅然填上了深圳师专。其实填完志愿之后，我心里还是比较忐忑的，不知道是否能被录取。最后，我很幸运地考取了。

1987年9月6日，我来到深圳，同村一个朋友在东门那边的车站接了我。虽然当时的深圳和现在相比差距很大，但是对于一个刚从小山沟里出来的我而言，看到东门附近繁华的街景，我感觉到了另一个世界。就连深圳师专在我眼里都是那么漂亮，那么新鲜。深圳师专是1984年刚成立的一所新学校，建校才3年，所以硬件环境包括住宿什么的都很新、很好。当时我就感觉来对了。

我入学的时候，正好赶上深圳师专提出"小教大专化"，即"大专毕业生去教小学"。以前的大专毕业生基本上都是教中学的，在这方面深圳算是敢为人先，走在全国前列的一个例子。

1989年大学毕业后，我就被分配到上步区（原上步管理区，即现在的福田区）上步小学当老师，然后辗转深圳的几所小学教书，直到1998年我去贵州扶贫支教。

扶贫支教是共青团中央发起的一项由发达地区受过高等教育的青年，赴贫困地区开展基础教育、师资培训的活动。活动最早于20世纪90年代中期在山西省静乐县开始，后来团中央发现这项活动效果不错，就决定扩大。

1998年1月26日，时任中共中央政治局常委、书记处书记胡锦涛等先后对团中央关于《实施中国青年志愿者支教扶贫接力计划的报告》作了重要批示，对从城市招募青年志愿者到贫困地区从事中、小学基础教育的支教扶贫方式给予了充分肯定。

1998年5月，共青团深圳市委就与大连、青岛、宁波、厦门等城市的团市委一起参与到团中央的扶贫支教工作中。深圳的任务是招募20名志愿者，赴贵州省的黔南布依族苗族自治州和毕节市参与扶贫支教。接到这项任务后，时任共青团深圳市委书记林洁和团市委权益部商量，认为要做好这件事，有必要面向全社会公开招聘志愿者。于是，媒体上就到处在宣传招募扶贫支教活动的志愿者。

1998年7月前后，我正在景龙小学做大队辅导员，留意到了团市委的宣传海报。海报用的照片就是那个非常有名的大眼睛小女孩，让人看到就有种想去帮助她的冲动，于是，我就萌生了要去支教的想法。放了暑假，我就到团市委报名了。团市委负责报名工作的权益部部长是我师兄。他看到我去报名非常高兴，但同时他又告诫我说："这次报名的人很多，你要做好去不了的心理准备。"其实对于这个问题，我有体会，我在团市委报名的那段时间，热线电话一直在响，几乎没有停过。听说报名电话不到两天就打爆了，之后大家只好都到团市委现场报名了。

我记得当时一共有3600多人报了名，来自社会上各行各业。后来经过现场面试、体能测试等流程，从中挑选了20位扶贫支教志愿者，我有幸成为其中之一。

二

我们一行5名志愿者去的是贵州省黔南布依族苗族自治州长顺县，另有5名去的是黔南州三都水族自治县，余下10名志愿者分布在毕节市织金县3个乡镇。

去之前我很兴奋，觉得很新鲜。为了对支教志愿者更加负责，其实在出发之前，团市委先去了我们要支教的各地方进行了踩点，但是因故有一个地方未能到达，就是长顺县。分地方的时候，负责人问谁愿意去长顺县，我是第一个举手的，我说："如果没有人愿意去，那我就去。"事实上，长顺县生活条件并不比其他地方差。

1998年8月28日，经过一段时间的准备、培训，我们正式飞赴贵阳，8月30日来到威远中学。威远中学大约有三四百人，学生部分走读，部分住宿。学校校长很和善，问我愿意教哪个年级哪个科目，我就选择了初三语文——带毕业班的孩子比较有挑战性。

为了解学生的情况，我们组织了一次摸底考试，结果令我大吃一惊：初三的孩子，作文几乎写不通顺一个句子，错别字还很多，全班40多个学生，只有一人及格，全班平均分才21.9分，简直不敢想象。要知道我在深圳是教小学四年级语文，那些孩子写一篇几百字的作文基本没问题。后来我们了解到，这里的师资力量很匮乏，老师工资才两三百块钱，为了改善生活条件，很多优秀的老师都去沿海打工了。在东南沿海，随便做什么工作，每个月挣一两千块钱没有问题。

接手班级的时候，校长给我的任务是：把这些孩子管理好就行了。但我想的是如何才能让这些孩子成才，有更好的未来。为了扭转这种局面，我晚上备课到凌晨一两点，找很多教辅资料作比较，上课很有激情，孩子们也很认真。记得有一次学校副校长来我班里听课，听完之后他告诉我，我上的课与长顺县最好的老师相比都不会差。

批改作业时，我在每个孩子的作业后面，都写上鼓励的评语，孩子们看到非常高兴，甚至有孩子告诉我："李老师，如果之前有老师这样教我们的话，我们的成绩不会这么差。"在与孩子们的共同努力下，第一学期末，孩子们的平均分达到了49.8分，有12个孩子考及格了。

我在威远中学工作两个多月后，学校校长觉得我很有热情，跟我说："你做我的助手，当学校的副校长怎么样？"我想如果能够为学校多做贡献，做副校长有什么不可以呢？

1999年1月，当时还没有放寒假，长顺县关于教育的一号文件，就是任命我为威远中学副校长。我做了副校长的第二学期，校长去参加黔南州组织的培训，学校的日常工作就由我主持，我的干劲就更足

2002年，李泓霖（前排左三）在老挝做国际志愿者期间与当地学生合影。

2008年,李泓霖(前排左二)在汶川地震灾区。

了，推出关于迟到处理、升旗仪式、学习之星等十项措施，整顿学校纪律。

印象最深的是我抓学生的迟到现象。以前学生迟到现象很严重，于是我就亲自站在学校大门口，迎接到来的每一个学生。站了几天之后，迟到的学生看到我都不好意思了，到第二个星期，基本上就没人迟到了。十项措施实施之后，学校周边的家长反响非常强烈，都说这里现在像是一个学校了。

我们在贵州支教的过程中，共青团深圳市委也一直非常关心我们的工作。1999年春节，时任团市委书记林洁亲自到贵州看望我们并鼓励我们好好工作。1999年5月，团市委领导再次来到贵州看我们，前往学校途中经过学校附近一个小卖部时，小卖部有人问他们："你们是不是来把支教的娃子带回深圳啊？不要把他们带回去哦，他们很好哦，我们很喜欢他们。"这让我们很欣慰。

我们在贵州总共一年时间，我教的初三学生毕业考试时，有6个孩子考上了中等师范学校，2个考上了高中，还有一位学生的作文获得全国二等奖。这些成绩不光是在这所学校，就是在长顺县都是破天荒的事。一般来说，上中师是当地学生最好的选择，因为花费较少。两个考上高中的孩子，由于家庭负担比较大，后来我还资助了他们上学。

1999年7月支教活动结束，我们回到深圳。回来之后我整个人的状态就变了，可以沉下心来工作。因为我在贵州发现，我作为一个老师，如果沉下心来努力做事，是可以改变孩子的命运的。

我的学生们，即便后来没有考上大学，出去打工了，但因为基础比较好，见到了更多的世面，发展也比别人好一些。后来有了手机，他们还经常和我联系，让我很有成就感。直到现在，我对长顺县都非常有感情。如果深圳有一些助学的项目，我都会想办法帮忙联系长顺县。

三

2002年3月，团中央发布通知，要招募5名国际志愿者，首批项目是前往老挝的。当时我在报纸上看到招募要求的时候，感觉是为我而设的：年龄在20~40周岁；大学本科文凭；有志愿服务经历；有一定的英语口语基础。

早在1999年我在贵州支教时，团中央志愿者部的领导到贵州看望我们，我就听闻了未来会有国际志愿者的消息。于是1999年7月下旬，刚从贵州回来没几天，我就参加了英语培训，认真学习了口语；而且在贵州期间，我努力复习自考，并通过考试拿到了本科文凭；因为在贵州的志愿服务经历，我获得了"贵州省优秀志愿者"称号……有了这些条件，我报名参加国际志愿者底气足了不少。

于是，我把我的报名材料寄到团中央，等候面试通知。2002年3月19日，我接到考试通知。4月12日，考试在中国人民大学进行。考试题目大多和志愿者有关，例如中国志愿者哪一年到哪一年帮助了多少人，谈谈感想等等。

第一届国际志愿者一共招5个人，而报名的有1000多人，到面试阶段也有100多人，其中很多都是硕士研究生，所以能不能被选上，我真的没有把握。那时候我正任竹园小学副校长，去北京面试还是偷偷去的。首先是怕去了没考上，觉得不好意思；其次害怕得不到支持，而如果我被选上了的话，上级领导一定会支持我。

最后事实上也是这样，当团中央给我发通知说我被选上的时候，教育局领导非常支持我。我也感觉为深圳争了光，毕竟全国只有5位志愿者，全广东只有我一位。

首批国际志愿者之所以会选择赴老挝，和2001年时任共青团中央书记处第一书记周强访问老挝有关。老挝也是社会主义国家，当时这个项目的目的之一，就是给老挝团中央的青年干部培训汉语，以及给老挝学生、工人提供学习汉语的机会。

2002年5月22日，我们5个志愿者到了老挝，一个教汉语，一个教英语，一个教计算机，另外两人是医生，我是队长。当时我们住在一栋两层半的楼房里，号称是老挝团中央的招待所，其实就像20世纪六七十年代的中国乡下一样。

工作的时候，老挝团中央给我们每人派了一辆自行车。上班时，我就从招待所骑车到老挝青少年发展培训中心，大约6公里。老挝国民有一个特点，就是很温和，做事也比较随意。那里的老师如果上课迟到，学生绝不会投诉，会认为也许老师家里有事耽搁了；学生迟到，老师也不会问太多。但是我们从来不迟到。东南亚比较热，骑一次自行车出一身汗。我每次都是准时到教室，打开电扇边把衣服吹干，边等学生来。一般8点半上课，9点多学生才会陆续到齐。

2002年11月28日，结束180多天的教学，我们回到北京。回北京的当晚我就被要求赶紧写在老挝的工作报告，第二天向周强书记汇报。我们晚上9点多到北京，11点多就去酒店写报告，上楼时我接到团中央志工部部长的电话："你们在老挝的工作非常出色，我们决定授予你中国志愿者服务金奖。"

在老挝工作期间，时任深圳团市委副书记张文，特地通过国际长途鼓励我，"在老挝要好好工作，深圳团市委永远都是你坚强的后盾"。这给了我巨大的鼓舞，更坚定了我为国争光、为深圳争光的信念。

四

时至今日，我一直觉得如果不来深圳，就不会有我取得的这些荣誉，不会有今天的我。所以到目前为止，我在深圳工作生活感觉还是非常幸福的。不管是做扶贫支教志愿者,还是做国际志愿者,都是我喜欢的,也是为深圳争光的事。

从老挝回来后,我又在汶川地震时作为团市委招募的志愿者,奔赴汶川参与抗震救灾;在2008年儿童节前,联合安徽、武汉的共青团组织,为震区孩子策划了一台晚会。从汶川归来,又奔赴北京奥运会现场,作为全广东的100名志愿者之一,在水立方服务。

尤其是2011年深圳大运会时,我成为一号志愿者。我先是作为场馆招募运行部门副主任,对接每一个运动场馆,接着是建设大运村的U站,培训志愿者,再到为志愿者提供吃住行的后勤服务工作……整个大运会从开始到结束,我与深圳100多万志愿者一起,做出了自己的贡献。

一路走来,能够参与到深圳乃至全国很多具有重大历史意义事件的发展进程之中,我真的感觉非常荣幸。这是我来深圳之前从来不敢奢望的。

小时候我梦想做一名科学家,但由于种种原因没能实现。后来我来深圳当了老师,目标就变成培养孩子们成为科学家,我相信我的梦想终会实现。未来我的学生中一定会有成为科学方面的顶尖人才的。

这么多年唯一的遗憾,就是陪妻子和孩子的时间比较少,我有一些内疚,所幸她们都非常支持我的工作。而且在国与家、大与小的层面上看,我做的事情也确实更有意义一些。如果以后再有机会的话,我还是会按照自己的心意把事情做好。

我现在的设想就是以后我退休了,就到贫困山区去,有钱的话就捐建一所学校,没有钱就在那里教书。即便是退休了,也要将自己的光和热继续延续在志愿者的路上,这是我未来的梦想,也是深圳灌输给我的信念。

罗 峥

这个城市成就了我，
回报她的最好办法是去成就更多人

罗峥，1987年来深，女装品牌"欧柏兰奴"创始人，现任深圳东方逸尚服饰有限公司董事长兼艺术总监等职。曾获中国时装设计最高奖"金顶奖"。

一

记得曾看到过一句话，大意是说深圳的最大魅力之一，就是不需要年轻人用青春去等一张入场券，我应该是这句话的实践者之一：1970年出生，1987年到深圳，1996年开始做自己的品牌时我26岁。

我和姐姐从小就被称为"纺织部二代"。因为我父母当年都是在北京中央纺织工业部工作，后来我的父亲去了内地筹建纺织企业，母亲去了外经贸部。20世纪80年代初期，我父亲来到深圳。我没来深圳之前，父亲从深圳出差回内地，会从中英街买一些洋气的礼物给我。他告诉我，深圳人的生活方式与内地不同，深圳人工作都特别努力，深圳的阳光更明媚，深圳的冬天不是很冷……那时候我就开始想象，深圳是一个怎样的城市啊？

1987年，我和母亲也来到深圳。刚到深圳那一天，看到街道、马路、树木全是新的，这里人的穿着打扮也不一样，比较时髦，朝气蓬勃的样子。我插班到红岭中学，记得那是一个下雨天，我推门走进去，同学们都鼓起掌来。多年后同学聚会，才知道他们鼓掌的真正原因，是从没见过这么高个子的女生。除了个子高外，我还有一点和同学们不同，那就是去广州玩时，他们有身份证，而我只有一张纸质的边防证。

我姐姐是深圳大学最早一批学生之一，那时候我经常去学校看她。我很喜欢深大的氛围。1988年，国贸专业很热门，加上受母亲在外经贸部直属单位工作的影响，所以我顺理成章地报考了深大国际贸易专业。毕业后，经过几年的摸索，我转行成为一名服装设计师。服装设计是一个与美相生相伴的行业，又加上我在深圳，一个没有条条框框、充满活力和激情的城市，所以具备所有"天时"、"地利"、"人和"，让我特立独行的个性可以张扬，我的创意可以天马行空，我的事业也走上了"快车道"。

当时我爱看一档电视节目，名叫《明珠930》，国外、香港的时尚流行资讯比如欧美的走秀、时尚品牌的故事让我大开眼界，所以我就想做服装设计。因为我是一个喜新厌旧的人，以前一会儿喜欢写作，一会儿喜欢音乐，我已经跟父母说了无数种梦想了，当我跟他们说我要做服装时，他们说："你想做就做吧，这么不安定，料你坚持不了3个月。"

没想到，我这一开始就再没停下来。

二

我赶上了深圳服装行业的大好时机。

20世纪八九十年代，深圳有很多"三来一补"的服装企业给国外的大品牌做订单，他们在加工方面积累了很多产能基础。深圳资讯发达前卫，喇叭裤、太阳镜这些都是先从港台流行到深圳再流行到内地。加之1992年之后，大量人才涌入深圳，市场上有了巨大的消费需求，很多有经商意识的人开始瞄准服装领域。深圳也形成了几个集聚片区，比如最早的八卦岭工业区、莲塘、南油服装批发市场，再到后来的车公庙服装厂房，蔚为壮观。特别是1996年到2002年，深圳的服装产业简直是以飞一般的速度在发展，那时候深圳的品牌开始走向全国市场，因为"款式新颖"、"色彩明快"，在市场上独树一帜。市场大了，竞争也激烈，所以有些品牌盛极一时，但也慢慢地衰败甚至消失了。

我最早在罗湖区的"东方新世界"商场租了两个铺位，由于先前在广告公司做了一段时间，有些工作经验，于是找了俄罗斯的舞蹈演员和外国模特，穿着我设计的大衣，潇洒地在世界之窗埃菲尔铁塔下拍了"大片"。片子一出来，显得非常大气。有了这次底气，我们又在东涌的海滩取景，租了一匹白马，带着一个外国模特和三角钢琴，拍了一组丽人、沙滩、白马、钢琴的片子。拍摄很折腾人，那个钢琴搬运起来超级重，一般人不去受那个罪，现在留存下来反而成了经典。

我的美学思想受母亲影响较大，借鉴西方经典艺术比如芭蕾舞，或者受电影当中的经典人物的启发，我按照自己的想法设计了好多衣服。其实，设计之前也不知道该给谁穿，可是结果一出来，市场反应特别好。因为毗邻香港，女性职场套装最早在深圳流行，有小圆领、小方领，有袖型、肩型，大家开始追求雅致淑女风格，那时候我们赶制一批就卖完一批。

后来我在八卦岭工业厂房楼下开设了一个小展厅，与当时鼎鼎

深圳的服装产业发展很早,早在1984年,深圳商场就请来女模特展示时装。

1997年,创业初期的罗峥在深圳八卦岭办公室里审图。

2003年上海电影节期间，欧柏兰奴定制礼服成为不少明星的选择。图中从左向右依次为张静初、李小冉、罗峥、黄圣依、余男、刘亦菲。

有名的"经典故事"在同一栋,那里算是我们的福地。深圳的设计师都是比较有激情的,这种氛围推着我往前走。那时通宵熬夜是家常便饭,人处于亢奋状态,又累又睡不着,遇到迎面而来的助手,都忘了他叫什么名字。这里的每个人都在赶"深圳速度",我更是付出200%的努力。

不久,昆明的一家百货公司在物色新颖的品牌,找到欧柏兰奴一次性订购了15万元的服装,那时候我才做品牌半年,觉得那真是好大的一笔财富。从1997年起,我的品牌开始向国内的其他城市发展。

很多人都以为服装设计行业光鲜亮丽,伴随着鲜花和咖啡,其实真做了这一行,大部分时间就是在画图纸、选面料、跟生产,还得面临很多市场、资金、库存、货期跟不上等方方面面的问题。

三

2000年,深圳服装行业协会组团到北京服装博览会招商,其他城市的企业一般都是单打独斗,而深圳是以整体形象示人,还统一设计了logo[①],特别有气势。我记得在北京的几天,就有30多家加盟商要加盟欧柏兰奴品牌,最后我们的销售总监没办法一对一地说了,就把加盟商聚集在一起,给大家"上课"。所以说,深圳服装产业的快速发展,和行业协会所做的不少创新性的推手工作是密不可分的。

2002年,我们的品牌在市场上销售特别好,因此我想在专业上展示自己的才华。那一年,我去参加北京国际时装周,没想到我一个非科班出身的设计师,居然在专业平台上一举成名,获得"十佳新人"第一名。

自那以后,第一名的荣誉不断向我涌来,特别是得到美国"NAUTICA创意基金白金大奖"第一名时,我就用这2.5万美元与当时几个优秀的年轻设计师一起,到卢浮宫展演,因为所有的设计师的梦想就是去巴黎开时装发布会。那一次,我们的系列又大获成功。

这一系列荣耀中,父亲功不可没。我父亲退休后,就开始帮我打理公司。有了父亲的营运支持,我特别地安心,创作才华也天马行空地得到极大的发挥。所以2005年父亲去世后,我感觉像天塌下来一样,因为之前我只做设计和创意,不做管理,看到签批单中父亲的笔迹,我差不多有3个月不敢到公司面对这个现实。

当时我正在为"金顶奖"做准备,是比赛还是放弃?公司是自己扛下来还是逃避?我内心挣扎了很久,也很内疚,因为这么多年和父亲一起创立品牌,一切都是父亲在打理,他为我承担同时更呵护着我。悲伤、难过、愧疚交织在一起,这些情绪我自己消化了很久,才硬着头皮把担子扛了起来。

2006年,我获得了中国服装设计界的奥斯卡——"金顶奖"。那时候因为得了很多奖,又有自己的品牌,当时在中国设计师中算是唯一一个,所以有风投找上门。我当时不懂资本市场,自己对管理也束手无策,就找了国际化的团队。我怀着身孕,穿个大风衣,带着公关团队,到华尔街去不断地路演,一天见6拨投资人。想想当时的情景,还是挺有画面感的:一个中国女孩带着一帮人,前呼后拥的,不断地跟投资人讲。结果是我还没回国,钱就到账了。

"人面桃花"的主题就是这个时候推出来的,2008年,出于第二笔融资的需要,我去纽约时装周作秀,在中国设计师当中是第一人。"人面桃花"秀没想到特别成功,短短15分钟里就赢得了3次鼓掌。结束后,观众排着队向我祝贺。这次秀对我的影响特别大,让我明白一个设计师还是要以商业为基础,以前在国内作秀的时候,基本上是给评委专家和学院派看,而不是买家。以前我玩的是艺术,不管市场，不接地气，但纽约一战后，我开始把艺术和商业相结合。虽然好多深圳的品牌一早就这样干了，但我在这条路上却摸索了10年。

四

深圳是个年轻的、充满朝气的城市，在几次政协提案中，我都在讲，深圳特别适合打造成为"时尚之都"，女装包括时装周都是一个注脚，而且已经势不可挡了。目前国内市场中每6件女装，就有1件是深圳设计师制造的。

以前深圳女装这一块都是归在传统制造业，别人一问起，都会问"你的厂有多大，有多少工人，大概有多少的固定资产"等。作为无形资产方面的品牌，则多被人忽视。近两年，政府开始把像我们这些设计为主的设计师品牌放在了文化创意产业领域，我想归根到底都是时尚产业，而时尚产业经济在未来又可能成为深圳二次腾飞的助跑器。因为这不仅跟老百姓息息相关，而且有很高的附加值，"三高一低"——高附加值、高增长、高端人群，低碳环保。深圳可以借鉴米兰模式，以前米兰就给法国、英国品牌做代工，而后才有品牌的崛起。

我们近年都在提议，深圳要打造自己的、国际性的时装周，这两年政府也非常支持，相关协会也在积极筹备。我对深圳有信心，因为它正在沉淀和积累。

我常在想，如果换了一个城市，我还是今天的罗峥吗？这里不论资排辈，这里英雄不问出处，大家平等，在这里，感觉没有什么是不可以的，所以我一直在尝试。

我和其他幸运的孩子一样，随父母来到深圳。我的先生是一位艺术家，山东青岛人，我们在国外认识，他随我来，最后他也爱上了深圳这个城市。我们的孩子在深圳出生，是地道的深圳人。

这个城市成就了我，回报这个城市的最好办法是再去成就更多的人，所以我在提案中提议举办深圳"未来之星"设计大赛，我们东方逸尚公司也尽可能地为新人，如深圳大学、高职院的毕业生，创造成长的机会，这样做虽然成本高，产出小，但我认为值得——因为时尚设计的未来需要培养本土人才。

其实当年，我父母来深圳，是为了曲线回京，想着待一段时间后回到故里，没想到最后我们把根扎在了这里。在深圳，我的人生就是一场不间断的修炼，因为这个城市每天都有新的东西涌现，我亦愿意为我钟爱的深圳继续学习，不断领悟。

注释：

① logo："logo"是徽标或者商标的英语"logotype"的缩写。

王宗维

那是一个热血沸腾的年代

王宗维，1987年调入深圳，曾任深圳市人民政府外事办公室（下文简称"外事办"）副处长、处长、副主任、巡视员等职，2001年被广东省外办授予"资深外事工作者"称号。

一

2014年10月14日，深圳与澳大利亚首都堪培拉签署友好交流合作备忘录，至此，深圳的"国际朋友圈"中已有60座城市，可谓"鹏友遍天下"。回想起，我来深圳的那一年——1987年，还在发展起步阶段的深圳经济特区只有休斯敦一个国际友城，外事工作环境和城市的客观条件一样艰苦。

来深圳之前，我在山西省外事办公室工作。1983年，我被单位派到香港出差，返程时途经深圳，看到刚开始建设的经济特区一片欣欣向荣的景象，"空谈误国，实干兴邦"，"时间就是金钱，效率就是生命"等口号在此深入人心，我感觉："这里真是创业的好地方。"

那时我就动了想调到深圳的念头，回太原后跟领导谈了我的想法。因为即将要得到提拔以及组织关系亟须解决，我未能马上前往深圳经济特区。等这些问题理清后，1987年，我正式调入深圳外办工作。

与山西省外办相比，深圳外办刚组建没几年，工作条件的确落后。办公室位于老街一套简陋的民房内，所有的工作人员加起来不到30人。接待外宾的条件也很差——外宾在深圳的起居饮食，只有新园大酒店、迎宾馆、泮溪酒家、香蜜湖、银湖等寥寥数处。我们开玩笑说："新园大酒店是我们外办的食堂。"有些时候，我们甚至还到过岗厦农民开的大排档，因为外宾提出要吃风味，我们生怕卫生条件不过关，外宾吃了会闹肚子。当时有一位非洲的国家元首住在银湖，他后来告诉我们："太潮湿了，床上居然有蚂蚁。"这让我们好不尴尬，但客观条件如此，又无可奈何。

那时深圳外办一共只有两辆车，但外交部对外宾接待用车有很高的要求——车况要好，司机的驾驶技术要过硬。我们没有办法，外宾一来，只好到处打电话向市领导和企业的老总借车，结果由各种型号、五花八门的车组成一支临时车队。

实际上，令我们最头疼的工作是：通讯联络不畅，当时也没有大哥大，如迎接从香港过关的来访外宾，我们当时只能提前守在口岸，等人群过来时使劲张望，生怕把外宾漏了。

日本的松下公司曾经派代表来深圳考察投资环境。他从香港到罗湖口岸过关，为了办繁琐的边检手续以及排队，共花了四五个小时。当时正值夏天，他热得满身大汗，见到我们第一句话就是："来一趟太不方便了。不行啊，深圳这个地方不能搞投资。"说得我们几乎无地自容。

尽管条件艰苦，但市委市政府的领导还是高度重视外事工作，这让我们对未来充满信心，坚决克服眼前的困难，通过外事工作这个窗口，让世界了解深圳，让深圳走向世界。

二

深圳经济特区作为改革的前沿阵地，吸引了世界的目光和兴趣。当时，每年访华的一级代表团（国家领导人、议会议长等级别）全国约有30多批，近一半想要来深圳这个"试验田"看一看，因而也有了"中国的未来看深圳"这一说法。

我们既接待过美国前总统老布什、新加坡前总理李光耀、古巴领导人卡斯特罗等重量级的政府贵宾，也接待过日本经济团体联合会、比尔·盖茨、李嘉诚以及新鸿基集团的郭氏兄弟等企业团体和企业家。我们通过大量的接待工作，刷新了他们对深圳的印象，加深了他们对深圳的了解。

在开展外事工作时，我们始终围绕着经济建设这一核心。20世纪90年代初，第一届中非合作论坛在北京结束后，我们外办邀请了十几个与会的非洲国家领导人带着100多人的大型代表团到深圳考察。在平时的接待中，为了配合中兴、华为等企业的需要，我们也多次把非洲第三世界的外宾带来企业参观，为他们进军海外市场牵线搭桥。为配合政府的重大活动，例如高交会、文博会等，我们千方百计请到了日本前首相海部俊树以及时任日本经济企划厅长官的宫崎勇先生与会，大大提高了活动的层次。同时以这些大型的经贸活动为契机，我们想方设法把外商请过来，让他们考察深圳的投资环境，在深圳投资兴业。有些友好城市的代表团一开始只是单纯来做访问，后来就专门组团参展和洽谈项目。

我本人在深圳的招商引资中也尽力穿针引线。1990年，日本著名企业YKK公司总裁访问深圳时，跟我结成了朋友。经过多次商谈，我

1987年，王宗维（左一）陪同时任深圳市委书记李灏（左二）会见日本时任首相竹下登一行（右二）。

1991年,王宗维参加全国外事工作会议。

1997年香港回归时,王宗维(右)与时任香港特别行政区行政长官董建华(左)合影。

1999年，王宗维（左一）陪同日本前首相海部俊树（左二）参观华日汽车厂。

把YKK介绍给有关部门，最后达成了近1亿美元的生产拉链和建材的项目，成为深圳的纳税大户之一。

为了宣传深圳，我们可谓见缝插针。广州是各国领事馆的集聚地之一，为了争取领事官员们的注意力，我们策划了"深圳海滨日"——在每年的8月份请他们到深圳来住海滨、洗海澡、看日出，带领他们参观深圳新建的设施，向他们介绍深圳的发展情况，加深他们对深圳的了解。

为了解决深圳在发展中遇到的新问题，我们还大力引进了"外脑"，帮助深圳经济特区出主意、想办法。20世纪80年代末，我们曾经到日本的东京证券交易所去参观。东京证券交易所大厅的下方有一面电子墙，就在我们顺着上面的走廊围绕大厅转一圈的时间里，电子墙面上的股票数字每秒钟都在不断地更新。站在那儿能清晰地感觉到世界经济在一刻不停地前行。

我们的访问团里有国内银行、财政局、财税局的人员，当时他们都非常震惊。有一位搞金融的领导说："我们过去学政治经济学，一开始就是《资本论》，学几把斧头换几只羊，到今天我竟然都不知道证券是怎么回事。"我当时心想："世界发展的急促脚步声就在耳畔，而我们原来却浑然不觉，太可怕了！"那次考察对深圳后来建立证券交易所起了重要的作用。

因此，1987年，时任市委书记李灏和日本外相大来佐五郎在协商后，合作成立了"日本深圳协力会"，每年定期召开一次会议，由中日双方轮流主办，连续召开了10届。每次会议之前，我们都把深圳要解决的问题提交给日方，涉及世界宏观经济、城市发展和规划、交通等方方面面，日方就安排大和证券等十几家大公司的高级研究人员和宫崎勇、下河边淳等一流学者，把问题汇总以后提出对策，在开会时给我市领导和有关人员讲解,作为深圳发展经济的有益参考。

"日本深圳协力会"给我们传经送宝长达10年,而且不要任何报酬,让深圳市各部门的领导和企业能及时了解国外发展的最新动向,使深圳在发展初期能借鉴先进国家的经验,少走弯路。"日本深圳协力会"在深圳经济特区的发展进程中,可谓功不可没。

此外,我们通过缔结友好城市的渠道,引进了国外先进的发展理念。日本的筑波市是有名的"学园城市",虽然人口规模只有二三十万,但汇集了上百个研究所和几所著名的大学。2004年,我们访问筑波时,参观了它的城市地下管道综合走廊,又称为"共同沟",不仅将市政、电力、通讯、燃气、给排水等各种管线在地下集于一体,还留有检修的空间,十分方便,完全是一种崭新的城市发展概念,对我们未来的发展很有启发意义。从2013年开始,深圳也在探索"共同沟"的建设和运营。

三

为了招商引资,我们主动"走出去"。那时候,深圳每年都会到国外举办七八次大型招商会,宣传深圳的投资环境和优惠政策,并且当场为外商答疑解惑。

一次在日本的投资会上,外商提出诸如办手续难以及招工难等问题,时任副市长朱悦宁很诚恳地说:"你们提出的问题很实在,实际上我们深圳的问题比你们提出的还要多。因为深圳还在发展当中,难免会出现这样那样的问题,正因为有这些不足之处,我们希望通过你们的投资,能帮助解决这些问题。而且从深圳这几年的投资情况来看,来深投资的企业很多都利润倍增,发展得很快。所以说,现在是一个非常好的投资时机,但时不我待——等将来深圳各方面都健全了，什么问题也没了，你们的利润也没了。"通过这种生动的介绍，外商有了一种"过了这个村，就没有这个店"的紧迫感。

但把外商请进来只是第一步，我们还得务实地做好日常的服务工作。例如，外企入驻深圳后，还是会遇到有关投资、土地、税收、水电、用工等各方面的具体问题。当他们向我们反映后，经过市领导的同意，我办专门召开了外资企业座谈会，把各个职能部门的负责人请过来，面对面地说明各项政策，为外企排忧解难。会议结束后，我们还把会谈的情况整理成文，发给其他在深的外企。

此外，我们还会请已经投资成功的企业"现身说法"，谈投资体会，分享投资经验，打消那些还在犹豫不决的外商的疑虑。

不仅我们自己到国际舞台上亮相，我们还要让企业"走出去"。改革开放之初，由于体制的原因，因私出国的渠道非常窄，公务员和企业想出去考察，都得走因公出国的渠道。国有企业办因公出国不难，但深圳的情况比较特殊——国有企业只占总数的10%，其他企业的所有制成分各不相同，有内联、独资、合资、三资以及股份制等。例如华为是企业员工人人持股，当时的营业额正朝着百亿的势头增长，向国家年纳税达到十几亿。因为和国家因公出国的规定对不上号，包括华为在内的大部分企业面临出国（境）的困难，不仅企业自身意见很大，也直接制约了深圳经济的发展。

我们认为必须要闯破这个禁区。我们请了外交部领事司的领导实地走访华为等企业。在和外交部积极沟通后，我们从投资额、营业额和纳税多少等方面界定标准，实行了"一站式"的解决方案——只要符合标准的企业，不论所有制，都可以在深圳外办申请办理因公出国（境）手续。

1988年，深圳外事办公室被授权颁发因公护照；1992年，将因公出国赴港澳审批工作从贸发局纳入外办，形成国内首家由外办统一审批的新格局；1993年起，被批准自办外国签证；从1993年7月起，由我办先后直接向包括美国、日本在内的十几个国家的驻广州总领事馆申办签证；1994年1月起，我们外办在北京和广州成立了签证办事处，直接向外国驻华使领馆申办签证。因为实行"归口统一管理，一条龙服务"，畅通了出国（境）渠道，过去审批工作一般要一两个月，后来只要两个星期，若有急事，还能缩减为一个星期，深受广大办证单位的好评。

另外，我们还加强了管理和后期的监督，在充分利用良好政策的同时也保证秩序，多年来从未出现大的纰漏。由于我们率先在全国畅通了企业因公出国的渠道，后来在全国的因公护照会议上，我们深圳外办作为典型进行了经验介绍。1996年，通过全市企业投票评选，我们外办被评为"企业最满意的政府部门"之一。

四

由我们外办牵头、市翻译协会执行完成的深圳市公共场所双语标识工作，是深圳走向国际化进程中的助推器之一。

在深圳经济特区建设之初，谁也没有预料到此后一日千里的"深圳速度"。因此，从一开始公共场所的标识就缺乏统一的翻译标准，导致一个标识在不同地点的英语翻译五花八门，有些标识的翻译甚至闹了笑话。

为了迎接2011年举办的大运会，营造良好的国际环境，让外国人来到深圳能看得明白，深圳市委市政府下决心统一规范全市的中英文标识，我们外办从2005年开始承接这项工作。实际上，应该如何做中英文标识，在全国范围内是有争论的。按照国家的相关规定，路牌标识必须用汉语拼音标出来。但我们认为这种规范现实意义并不大，因为"中国人不看，外国人看不懂"。但是国家规定得很严格，不按照这样做还不行。

我们就把这个情况向市领导汇报。于是，有人提议可以把中文、拼音、英文都加上，最为稳妥。但我们认为这样标不仅累赘，还容易混淆。后来经过讨论，市领导决定深圳采取中英文标识，例如翻译"深圳车站"时，"深圳"保留拼音，"车站"则用对应的英文单词，既简洁又符合翻译规范。我们邀请了内地著名英文翻译家和香港地区、国外的专家一起审定，于2009年出版了全国首部《汉英深圳公示语词典》，成为深圳市公示语英文翻译的依据，并受到了北京、上海各兄弟城市的赞扬。如今，全市已基本推行公示语的规范使用，外办为深圳城市国际化的建设做出了应有的贡献。

五

我的一辈子都奉献给了外事工作，其中在深圳外办的工作岗位上将近20年，经历了深圳外事发展的起步探索期和提速发展期。我记得最初到国外介绍深圳时，都得附加一句："深圳就是一座在香港旁边的城市。"2006年退休后，我仍然紧密关注深圳外事工作的发展，目睹它越来越蓬勃，如今的深圳犹如一颗冉冉升起的新星，在国际舞台上引人瞩目，名气越来越大。能取得这样的成就，与历届市委市政府的领导高瞻远瞩、高度重视外事工作密不可分。

同时，外事工作也是高效率的"深圳速度"的一个缩影。在起步阶段时，其实外办真正负责接待工作的只有八九个人。那时候世界各国慕名而来参观和访问深圳经济特区的代表团络绎不绝，最多的时候一天有9个团，还遇到过一个团有上百人，基本上一个人接待一个团都不够用。有时候深圳一个月来的团，比山西省一年来的团还要多。但是我们工作效率高，人少办大事，而且实事求是，基本是"四菜一汤，一个小时搞定"——简单、节约、快捷、舒畅，得到了外宾的肯定和赞扬。

随着深圳改革开放事业的不断发展，在市外办祖国祯、白天等老领导的带领下，深圳的外事事业也迅速成长起来，我们拥有了接待外宾的五洲宾馆，有了一流的外宾车队，外办人员也达百人之众，成为全国省一级规模的外事办公单位。

而对于我们这些曾经处在一线的外办人而言，那是一个火红的、热血沸腾的年代。尽管我们艰难起步，但在这片思想解放、敢闯敢干的热土上，我们满怀革命激情，团结向上，劲往一处使，争创一流的工作。

陈必昌

离开深圳时,我掉泪了

陈必昌,1988年来深,1988年至1997年期间曾担任深圳市邮电局邮政处副处长,2001年至2003年期间任深圳市邮政局局长、党委副书记。2010年被评为"全国劳动模范"。

一

我这一辈子走过许多坎,都是有泪不轻弹。唯独在2011年底,当我与太太在福田派出所办理户口迁移手续时,看到公章"啪"一声盖下后,自1988年起扎在深圳的根被拔了起来,那一刻我掉泪了。

这23年间,为了建设国内首个自动化邮件处理中心,我带着户口从上海来到当时的深圳邮电局,摸爬滚打了9年后,先后调到省里和北京工作。1998年全国实行"邮、电分营",3年后,在深圳邮政事业陷入最低谷时,我又主动请缨回到深圳邮政局,与一代邮政人并肩作战,度过最艰苦的时期。两年后,我又离开了深圳,辗转于省里、山东任职,2011年再回到了上海……尽管我行过许多地方的路,看过许多次的潮起潮落,却把最富激情、最有干劲的年华留给了这座城——深圳。

从小我就立志学成"一技之长",7岁时入学,刚好赶上了"文革",学校的课程形同虚设,为了不白白荒废时光,也为了有一技之长傍身,我想练点"真功夫",就开始练杂技。比如鼻子上顶了一根筷子后,当时国内最好的水平是在筷子上顶3个鸡蛋,而我练到的最好水平是顶5个。我本以为有这身绝活,从此走遍天下也不怕。"文革"结束后,社会环境发生了巨大变化,尤其是十一届三中全会召开后,国家实行对外开放,经济建设成为党的中心工作,国家需要大量的专业人才。顿时,我感到我的特长不灵了,我必须让自己变成一个有专长的人。1977年高中毕业后,我被分配到邮电部第三研究所。凭着刻苦自学,我不仅掌握了大学的知识,还做到了所里总工程师的助手。在协助科研期间,我还获得了一些科技成果奖,被破格提拔为工程师。结婚后,所里还给我分了房子。

1986年初,我第一次出国到日本考察,目睹了日本的现代化。从日本回来后我到深圳出差,转了一圈,特别是看到蛇口在短短几年间,已经颇具现代化规模,我切切实实感受到了"深圳速度"的惊人威力。当时在深圳邮局的营业大厅前,我还看到了壮观的一幕——因为深圳的邮费比香港便宜,每天都有许多香港人带着大包小包的旧衣服过来,排队寄往全国各地。我在上海从来没有见过这种日复一日、浩浩荡荡的寄包裹"大军"。但当时,深圳邮局营业厅还是人工进行的简单操作,所以排长龙寄包裹的香港同胞中不乏抱怨之声。正是基于这种巨大的业务需求,深圳邮电局打算率先建设国内首个自动化处理中心,原理是通过图像识别技术,进行函件、包裹的自动分拣。我一听特别兴奋:"这就是我研究的领域啊。"这种大项目要是放在论资排辈的上海,怎么也轮不到我这样的年轻人。但在缺少人才的深圳,可以实现自我价值的舞台正大门向我敞开,那一刻,我就动了

"到深圳去闯一番"的念头。

回到上海后,我的想法几乎遭到了所有人的劝阻。可是我已经下定了决心,前后花了不少力气去做单位领导和家里人的工作。为了不给自己退路,我还把房子退给了单位,和太太一起把户口从上海迁走。1988年11月,我正式到了深圳邮电局工作。

二

一到深圳,我就被委以重任——为了建起全国首个自动化邮件处理中心,深圳邮电局专门成立了一个项目小组,由我担任副组长。整个项目预算达到750万美元,要引进两大系统——信函自动分拣系统及包裹自动分拣系统,是当时全国邮政系统最大的工程。到了1989年初,项目才通过了邮电部的立项,正式进入实质性阶段。

由于这是全国首个自动化邮件处理中心,当时国内相关的自主研发技术刚起步,因此我们以向发达国家引进技术的方式,进行消化吸收,也为将来提升我们国内的科研能力和设备生产能力做准备。为了达到最佳的性价比,我们找了欧洲、美国、日本等国家和地区十几家公司进行谈判。技术谈判的基础是要有相应的技术标准。作为首吃"螃蟹"的人,我们必须探索和填补国家在技术标准方面的空白。

以信函自动分拣机为例,我们从最基本的信封标准开始制定,涵盖信封纸张的重量、信封上红框(填写邮政编码处)的粗细、印刷以及在过机时的位置定位等多个细节。此外,我们还要在技术流程上进行创新。当年运输信件时兴用邮袋,但邮袋是软的,内装的信函如果放到机器处理,容易被挤皱,增加机械化处理的难度。后来,我们改为信盒运输,设定了信盒的标准后,把信放到盒子里面,就能适应自

1992年，深圳安装了全国第一套信函自动分拣机——粗分机。

1996年,陈必昌(前排左一)向前来视察的邮电部、省局等领导介绍深圳邮政自动化信函分拣车间。

动化分拣的需要。

又以包裹分拣机为例。那时候，除了进口的香烟，其他国产商品都没有自带条形码，因此无法进行图像识别。为此，我们研究出了国内首个邮件条形码标准。当时深圳的印刷产业迅速崛起，一到年底，大量的挂历会从深圳寄往全国各地。但这些挂历被卷成圆筒状，为了使包括挂历在内等特殊邮件在上机后，不会滚到传送带下，我们在分拣前就进行改进和处理。

我们每进行一项流程的再造、每确立一个技术参数时，因为我们的技术路线将影响到全国邮政自动化的发展方向，都要充分考虑到将来在全国的可复制性和可推广性。如果我们不通盘考虑，这套设备出了深圳就无法应用的话，等整个邮政网络发展起来，深圳反而会被孤立。

在与外国公司谈判的过程中我们发现，他们谈判很讲究战术——白天，他们会派出技术人员和我们谈技术的标准和规范；到了晚上，又派出商务团队与我们谈其他事宜；谈完后，他们还有专门的人员把当天谈判的内容进行整理，以便第二天一早继续谈判。而我方只有五六个人，里里外外都要打点，为了抓紧时间整理材料，基本上没有太多时间回家，经常把办公桌当床过夜。在这场持续了两年多的谈判中，我从一个纯粹的技术人员，变成了"多面手"——不仅学会了外贸英语，还懂得了各种谈判策略，出去考察和海关报关都是自己亲自跑，设备引进后的安装、调试和现场管理也是我们这几个人。

1990年，我们敲定了以日本的NEC以及美国楼根为主要合作对象的方案；1992年，信函自动分拣机以及包裹自动分拣机正式投产。整个系统工程涉及了图像识别、光电、计算机、自动传输以及通信等多方面的技术。以信函自动分拣机为例，在过去，全国最高的人工分拣效率为每人每小时800至1000封。当时常见的场景是，工人把信函分拣成一堆堆高出自己个头的小山。使用分拣机后，人手短缺的状况荡然无存。工人只需在机器一头放入信函以及分拣好之后分装信函。放入机器后，信函会被翻转到适当的位置，然后对邮政编码进行识别。快速运转的传送带会将同一邮政编码的信函，送入同一槽口（对应一个地区），整台机器一共有150多个槽口。机器每小时能分拣36000至40000封，劳动效率提高了几十倍。在包裹的分拣方面，原来是由人工进行收寄，再转趟，然后通过车辆运输到分拣中心进行人工分拣，最后才发运。而包裹自动分拣机作为一项庞大的全自动工程，通过物理连接的方式，颠覆了这个传统流程。

我们特地将当时的邮政大楼的前楼、后楼建造成为"前店后厂"的模式。营业员只需要为收寄的包裹喷上条形码，随手往柜台旁边的滑槽一放，包裹就会从横跨两幢楼之间的地下通道，传输到后楼的处理中心。计算机的即时监控保证没有包裹被卡在半途。由于自动分拣机在后二楼，提升机再把一个个包裹垂直运送到分拣机上，根据扫描的条形码，包裹经过传送带，再滑入不同的槽口。

到了1995年，全市的邮政营业厅都通过邮电局内部的局域网进行全面联网，从包裹收寄到送往处理中心分拣的所有环节中，信息实现了共享，为监控物流的准确性提供了便利。

而从投产伊始，上至邮电部、下至各省市邮电局纷纷派出考察团到深圳，学习这套自动化设备的应用，我们的经验逐渐辐射到全国。

三

1996年，我已经是深圳邮电局邮政处副处长，市政府问我："如何能体现深圳对全国的贡献？"我说了一个数据：1995年至1996年，通过深圳邮局汇往全国各地的民间汇款达175亿元。随着经济的发展，深圳的外来务工人员数量剧增。到了20世纪90年代中期，在邮局前排队的不再是寄送包裹的香港同胞，而是想汇款回老家的打工者。在邮局的工作日，外来务工者也要上班，他们一般挤早晚的时间过来汇款。我们营业厅早上还没开门，他们已经在外面排成长蛇阵，到邮局的规定下班时间，基本上还有一大截的队伍，根本关不了门。

为了解决外来工"汇款难"的问题，1995年，我们率先设计、开发了"电话汇款"这一系统。通过上门营销，我们与大量的企业达成了合作——员工开了邮政储蓄账号后，企业发放的工资将打入该账号。只要事先在深圳的邮局登记好常用的汇款账号，平时只要用电话拨打专线号，按照提示音输入特定的数字，就能实现电子汇款，这也是如今广泛应用的"电话银行"的雏形。为了学习深圳邮政电子化的经验，上门取经者又从全国各地纷至沓来。

20世纪90年代，随着程控技术的突飞猛进，电信产业快速崛起，不到10年的时间，整个邮电系统中，电信贡献了超过90%的收入，而邮政业务占总收入不到10%。邮政代表国家主权，为了遏止邮政被边缘化，1998年，国家实行"邮、电分离"。由于人员基本上是对半开，相当于电信用90%的资金去养50%的人，而邮政是用10%的资金养50%的人，一下子就拉开了收入差距。刚分营时，有些地方的邮政部门甚至连工资都发不出。在这个大环境下，深圳邮政局也举步维艰，到2001年，连续两次换将后，深圳邮政局局长之位再次空缺。

那时，我正担任国家邮政局电子邮政办公室主任，我还可以到广东省邮政局工作。但我认为我是从深圳走出来的，加上对深圳比较了解，有责任也有信心回到深圳重振士气。

当时深圳邮政局因为没有钱，把滨河大道的新办公大楼租给了电信，在老楼关了部分日光灯和电梯进行办公。我回到邮政局的第一件事，就是与电信谈判，将新大楼要了回来，虽然损失了一笔租金，但是此举振作了大家的信心。

其次，通过创立新的业务平台，实现多样化经营。目前赫赫有名的中国邮政"思乡月"月饼速递服务，最早是深圳邮政发明的。28块钱一盒并免邮费的"思乡月"，主打是让外来工寄托思乡之情，虽然不赚钱，但搭建了一个赚口碑和人气的平台。与此同时，我们一方面引进香港荣华、美心等高端月饼，另一方面让营销团队去开发大客户，开辟了另一片市场。

又如，我们与深圳交管部门以及车管所合作，先后开创了EMS快递交通违章处理单以及邮政为车主办车牌等服务。此举不仅帮助政府行使公共职能，也实现了自身效益的增收。再如，为了支持正版，2001年，我们还建立了"正版平价"的博恩凯（poster的音译）音像市场。

2003年，我服从组织安排，再次调离深圳。短短的两年，虽然深圳邮政局在财富的积累上还没起大的变化，但深圳邮政人的思想观念以及管理模式已经产生了化学变化，降本增效等措施也为后来的发展腾出了空间。

与此同时，尽管第一代自动化设备是按20年的标准进行建设的，但当时才过了10年，我已经意识到必须要做超前规划，适时规划第二代自动化设备的建设工程，以迎接电子商务蓬勃发展对物流形成的挑战。在深圳市委市政府的支持下，我们在机场附近、靠近高速路口征地11万平方米。在我离开深圳后，一期工程4万平方米的大物流平台建成并投入使用，没想到几年后就趋向于饱和。所幸当初留有余地，二期工程目前正在筹备当中。

四

回首在深圳的两次"创业"经历，那都是我人生当中比较艰苦的时期。

记得来深圳之前，为了说服家人，我拿出当时深圳刚建好的香蜜湖度假村的照片，骗他们说："去了深圳，我们就住在这种漂亮的地方。"实际上，我们后来入住的是位于洪湖一街的单位宿舍，三家人合住三房一厅，连公用厕所的门都是破破烂烂的。深圳的蚊子又多个头也大，晚上必须挂蚊帐。可半夜醒来，发现有壁虎趴在蚊帐上。作为土生土长的上海人，从来也没有见过这种怪东西，也不知道会不会咬人，只觉得毛骨悚然。我害怕打开蚊帐后，壁虎钻到床上来，连厕所都不敢去上了。

尽管生活条件艰苦，但深圳这个移民城市不排外，给了我实现梦想的宽松环境——当时我认准了邮政自动化的大方向，抱有满满的信心，主动去想、去闯，结果深圳在邮政自动化领域闯出了一条新路，也引领全国走向了邮政现代化。

当我回深圳"梅开二度"后，在招待所办公，吃方便面是常态，改变人的思想观念是最硬的一块"骨头"，但我啃了下来。对于我而言，在深圳的两次经历为我此后看待问题和解决问题积累了一些有益的思路和方法，也培养了我敢想、敢干、敢担当的精神。现在还有不少人说我像一个孜孜不倦的小伙子，精力充沛，棱角仍在，干劲依然。

因为曾有幸在改革开放的春天来到深圳经济特区，并投身建设当中，我见证了整个改革开放获得成就的过程，因此对国家在新时期全面深化改革开放更加充满信心和希望，这也是促使我继续不懈前行的动力。

彭立勋

建立深圳社科院是我做的最有价值的事

彭立勋，1988年来深，著名美学家，深圳市社会科学研究中心筹建者之一。该中心后来升格为深圳市社会科学院，彭立勋任首任院长。

一

1937年，我出生在湖北省谷城县，那里山清水秀，虽然很偏远，但文化风味浓厚。我父亲小时候家境不好，文化程度不高，但他对孩子们期望很高，曾专门请了私塾先生到家里培养孩子，希望我们将来能出人头地。家里的文化熏陶激发了我学习的潜力，从初中开始，我一直成绩拔尖，后来考入了华中师范学院①中文系。在华中这几年比较顺利，我在学生科研方面做了很多努力，曾发表多篇文学评论，那时候学校办学报，中文系办的第一期学报就发表了我的文章。

那时我比较恋家，从师范学院毕业后非常希望回家工作，但学校重视科研，我对自己的专业也很热爱，上学时因崇拜像周扬、朱光潜这样的文艺理论家，立下过志愿"要写出像他们的作品一样的著作"，所以思之再三，最后选择留校任教。一方面我想努力实现自己的目标，另一方面我要报答母校对自己的培养。在学校工作的20余年里，我的发展也相对不错：改革开放后恢复了职称评定，我被提升为副教授，不久又被选为中文系副主任，并带了第一批硕士研究生——当时没有博士生，做硕士生导师已经很了不得。1985年，我的作品《美感心理研究》发表了，这是国内改革开放后，最早出版的审美经验研究方向的专著之一。次年，这本书获得全国优秀畅销书奖，评定方法是群众投票加专家评选，拿到奖我非常惊讶，同时也不禁感慨，系里真的为我的学术发展提供了巨大空间。

1986年，我从一位在深圳工作的同事那里得知，深圳因为改革发展需要，正在考虑筹建社会科学研究机构。我觉得这个想法非常具有开拓性，和我的事业、追求也都很吻合。于是，那年夏天我借来深圳办事的机会，很大胆地直接找到时任市委宣传部部长李伟彦，向他打听具体情况，并表示想参与这件事。李部长很热情，不但向我介绍了未来深圳市建立社科联、成立科研机构的想法，还说如果可能，会尽快向我们学校发函商调我来深圳。我听了大受鼓舞。

当时深圳求贤若渴，但我们学校不会轻易放我走。我是系副主任，还带了两个硕士研究生，在美学研究上也很有成绩。听完我的想法，校长章开沅说："你要去深圳开拓一番事业的愿望我不能阻拦，但是你现在还有研究生没带完，系主任也刚刚当了两年，至少做完这一任，到1988年再说吧。"

但没过多久，深圳市委宣传部就把商调函发到我们学校来了。几乎是同时，国家教委发函到学校，决定派我到英国做访问学者。早前我曾参加了公派出国选拔的英语考试，成绩一直没下来，结果这个时候突然接到了通知。面前的几个选择让我有点儿进退维谷：一方面当时公派访问学者选拔严格，能参与其中的都是学科骨干，很有前途，我非常珍惜这个难得的机会；另一方面我又不想放弃调往深圳的机遇。权衡之下，因为那个年代出国留学的机会很少，我还是希望能出国，于是立刻与深圳市委宣传部沟通，说如果深圳这边等我，我回国后就去深圳，如果等不了，那就只能另选他人。

没想到深圳市委宣传部非常支持我出国，说我有了出国留学的经历，将来对深圳的工作也有利。就这样，1987年初，我去了英国剑桥大学做访问学者，在英语系学习西方当代美学和文艺理论。这段访学的经历，不仅对我的美学研究产生了重大影响，而且对我后来到深圳创办社科院也有很多启发。比如在英国我考察了一些很有名的研究机构，像伦敦国际战略研究所等，了解了国外的研究机构是如何运转的，有些什么好的做法。

1988年一回国，我就托人向深圳市委宣传部问社科机构是否成立了，我还能不能来。很快宣传部就回复我：“位置还给你留着。”这句话让我印象非常深刻。我立刻开始做学校的工作，但无论是校领导、同事还是朋友都觉得不妥，认为深圳学术氛围不如本校，不利于我的美学学术发展。况且系里正在申请博士点，我是中文系为数不多的几个英文较好的老师，我这个时候走实在有些"忘恩负义"。

此时，我就像站在人生的十字路口上——是留在母校，申请博士点，还是去深圳开拓事业，尝试为人生创造一个新的空间？犹豫很久后，我想到在学术上有发展固然好，但能开拓另一个空间人生或许会更丰富，而且不一定到了深圳就做不了学术，深圳有大量丰富的社会实践，加之改革开放加强了国际交流，对我们做社会科研的人而言，或许是一笔财富。我确定了方向后，就积极为来深做准备，一方面要完成母校后期的工作，另一方面开始了解深圳的科研情况，所以有一段时间我经常两边走。幸好家里人支持我，我们一家都向往着南方。

二

　　1988年底,我带着筹建深圳市社会科学院的目标,告别工作了20余年的母校,南下深圳。但南下后我接手的第一个工作任务却是筹备1990年举行的"深圳经济特区10年成就展"。这个展览对当时的深圳来说很重要,领导希望选出合适的人主持工作,写出优秀的展览大纲,经过反复商量,大家竟觉得我最合适。我说做学问和写文章我在行,但我对深圳的情况不够了解。所以接下来我们专门组织了一个写作组,窝在博物馆里好几个月,查看了深圳发展的各类历史资料,熟悉了这座城市十年来的发展情况。功夫不负有心人,通过查阅大量历史文献和实地调研,我们完成了展览大纲,并获得了市领导的充分肯定。

　　1990年展览进入布展阶段,因为得知时任中共中央总书记江泽民要来看展览,市里就更加重视了。这是深圳第一次办这么大规模的展览,我们不仅要展出许多照片、实物,还采用了当时最新的一些手段,比如用立体模型实体化深圳十年来的经济发展,用声光电做了好几根光柱,进行新老深圳的对比,等等。展览正式开幕前,时任深圳市委书记李灏、市长郑良玉等市领导审看展览,他们都表示满意。后来展览还获评全国博物馆十大陈列展览精品奖。

　　筹备展览是我来深后做的第一件实事,从前我只在学术圈里做研究,这样解决实际问题是第一次,它对我是很好的锻炼,也对我后来投入组织生活起到了很大的帮助。展览完成后,我就正式开始了深圳社科机构的创办工作。

　　为了做好筹建工作,经市委批准,深圳市委宣传部做了一个破格的决定——在部内增设社会科学工作处,这在全国没有先例。随后我被任命为工作处处长,在四川大厦租房办公。

1991年，我们做了两件大事。第一件就是首次制定深圳市社会科学发展规划，深圳终于拥有了由市政府出钱资助研究的规划课题；第二件事就是制定建立深圳市社会科学联合会和深圳市社会科学研究中心的方案。其间，市领导提出了一些意见和要求，主要是：机构要精简、高效，人员不能太多；研究方向要以深圳的重大实际问题为主，为深圳发展服务，不能纯粹搞学术研究；研究模式可借鉴国外的成功做法，比如美国的兰德公司、英国的伦敦国际战略研究所等，建立一个与内地有差别的模式。这些在当时有一个形象的说法："少养鸡，多下蛋"，但我们可以用类似设立科研基金的方式，吸引国内专家来参加课题研究。

从我1988年来深圳，到正式制定社会科学研究机构方案，中间发生了一件事：由国务院批准成立的综合开发研究院（中国·深圳）成立了。当时就有人提出深圳已经有一个类似的研究机构了，是否还有必要再建一个。经过调研，我们认为两个机构是不一样的。综合开发研究院是一个民间的、面向全国的研究机构，它不能承担对全市社会科学研究的计划、管理、统筹和组织等任务。

社会科学研究中心是否能够顺利成立？怀着焦急的心情，在1992年元旦，我在日记里写下祝愿："希望筹划中的社科机构今年正式成立"。

1992年春节将至，邓小平来南方视察，在深圳发表了重要讲话。深圳很受鼓舞，整个工作也有了新思路，对社会科学理论研究更加重视。不久，我突然接到时任宣传部部长杨广慧的电话。他兴奋地告诉我，当天召开的市委常委会议上通过了建立社会科学研究中心的方案。当时，我真是喜出望外。

1992年2月，深圳市编制委正式下达了成立市社会科学研究中心兼挂市社会科学联合会（筹）牌子的批复文件，6月，我被任命为社会科学研究中心主任。当年7月14日，深圳市社会科学工作会议在市人大会堂召开，时任市委副书记、市人大常委会主任厉有为在会上勉励深圳经济特区社科研究要敢于创新，敢闯"禁区"、"盲区"、"难区"，进行超前探索。至此，深圳首家社会科学研究机构终于诞生了。

三

深圳社会科学研究中心成立的第二年，即1993年，我接到通知，说中宣部等国家部门要在上海召开"建设有中国特色社会主义理论研讨会"，正在征集相关的论文。我意识到这是我们难得的与全国对话的机会，于是开始思考如何找到既结合深圳实践又能产生较大影响的课题。

从1984年邓小平第一次视察深圳到1992年发表南方谈话，邓小平就深圳经济特区建设问题发表了很多次讲话，但还没有人系统地研究它，尤其是关于邓小平经济特区思想研究的论著，当时还是空白。于是，我就花了一段时间研究这个问题，最后写了一篇《邓小平经济特区建设思想及其在深圳的实践》的论文，上交给中宣部。很快中宣部通知我，我的文章入选了，要我去上海开会。

1993年6月，会议在上海召开。会议的规模不大，但是规格很高，时任中宣部常务副部长郑必坚主持，中共中央政治局委员、上海市委书记吴邦国发表了讲话。我作为开幕式大会5个发言嘉宾之一，与上海市政府顾问汪道涵、上海市委副书记陈至立、上海社会科学院院长张仲礼、江苏省委党校校长胡福明一起做了发言。

第二天一早，《人民日报》头版就报道了会议，1994年2月7日，

1992年,深圳市社科研究中心正式成立,主要领导干部合影。

1994年,彭立勋(左)在上海参加"建设有中国特色社会主义理论研讨会",与时任中央文献研究室主任逄先知(右)合影。

1995年,深圳市社科联第一次代表大会召开。

《人民日报》理论版又用较大篇幅发表了我向这次会议提交的论文，让我很受鼓舞。

从上海回来以后，深圳市委宣传部听了我的汇报，对这个课题也很有兴趣，要求我进一步开拓，写出一本书来。1994年，我向国家社会科学研究基金申报了课题"邓小平经济建设思想研究"，课题评审的要求很严格，我们并没有抱很大的希望。后来有一天，我在广州见到了时任广东省社科联主席梁钊，他参加了申报课题的评审。他告诉我说我的课题被评上了，而且是难得的高票通过，有专家甚至发言说"这个课题非深圳莫属"，这让我很感动。这是深圳市社会科学研究中心第一次拿到国家课题。

后来我就组织课题组出去调研，珠海、汕头、厦门3个经济特区我们都去了，最后写成了《邓小平经济特区建设理论与实践》一书。出版后社会各界评价很高，我们在全国拿到了多个奖项。1999年全国哲学社会科学规划领导小组决定对"六五"至"八五"时期（15年）国家社会科学基金项目的优秀成果进行奖励，这本书获得三等奖。1999年9月23日中共中央宣传部、全国社科规划领导小组在北京人民大会堂召开颁奖大会，时任中共中央政治局常委、国家副主席胡锦涛讲话并颁奖。

1992年社会科学研究中心成立后，除了上述课题，我们还参与了市里很多关于改革开放和发展的重大课题调研，为政府部门提供了决策参考。例如关于深圳建立社会主义市场经济体制框架研究、关于深圳经济特区增创新优势研究、关于深圳建立经济中心城市和建设国际性城市研究、深港合作研究等。几年时间，我们做出了一些较有影响的成果，得到市委主要领导的多次批示，这就为"社科院转正"奠定了基础。

我来深圳就是要建立深圳市社科院，这是我一直想要达到的目标，很多专家学者也多次和我提到要将社会科学研究中心升格为社科院。1997年党的十五大召开后，邓小平理论被写入党章。当年9月底，时任市委副书记黄丽满和宣传部部长白天召开深圳市社科界学习十五大精神座谈会，讨论未来如何开展理论研究工作。大家都提出不管是从工作需要、人才培养、体制改革方面来说，还是与国内学术机构交流来说，都应该成立深圳市社科院。

10月初，宣传部采纳了这个意见，并派调查组到我们社会科学研究中心调研。经宣传部同意，我们向市委递交了社会科学研究中心"转正"为社科院的报告。10月底，时任市委书记厉有为就批示了。11月11日市编制委就下达了批复，同意市社科研究中心更名为深圳市社会科学院。

在此之前的1995年，深圳市社科联也已经正式宣告成立，社会科学研究中心和社科联两块牌子，一套人马。

批复下达的时候，我正好在广州参加中南地区社科院联席会议，按原计划，会议将于13日移到深圳进行。我想能不能在会议上挂牌成立深圳市社科院呢？于是我就中途赶回深圳，向黄丽满副书记汇报了这一情况，黄丽满表示赞成，并建议请厉有为书记出席。

1997年11月13日下午，深圳市社会科学院挂牌仪式暨中南地区社科院联席会议在麒麟山庄隆重举行。来自中国社会科学院和13个省、市社科院的近百名领导与专家学者与会。时任市委书记厉有为、中国社科院常务副院长汝信为深圳市社会科学院挂牌揭幕。后来，厉有为书记的秘书告诉我，书记是当天从北京开完会飞抵深圳后，直接从机场来出席会议的——正是领导们的重视推动了深圳市社科院的建立。

至此，从1992年成立社会科学研究中心，到1995年成立市社科联，到1997年成立社科院，短短五年时间我们实现了三个跨越，真叫人欣慰。我来深圳的第一大目标终于实现了。

四

在来深圳之前，我一直是做美学研究的，去英国也是研究当代西方美学，这是我热爱的专业。而在深圳的这些年，我花了很多时间，做了很多行政工作，所以我就想等退休了，可以转回来继续集中做我的美学研究。

但是2002年我刚退休不久，深圳市委决定在中国改革开放30周年的时候，举办一个深圳改革开放史展览。为了撰写展览大纲，市委宣传部、市文化局决定成立专家组，并让我任组长，市人大、深圳大学、市史志办、深圳市博物馆好几位专家都被邀请来参加专家组工作。

自2003年起，我们就开始为这个大纲进行调查研究，查阅各种资料，反复研究讨论，力求将深圳的改革历程、创新精神和基本经验表现出来。我们拜访老领导、收集市委市政府各部门的工作资料、找市民代表座谈、召开专家论证会……集中各方智慧，数易其稿，形成初稿后，提交市委常委会议上讨论。

为了写作好这个大纲，我们历尽辛苦，对很多问题进行了走访核实，比如邓小平关于建立经济特区讲的那段非常重要的话："还是叫特区好，陕甘宁开始就叫特区嘛！中央没有钱，可以给些政策，你们自己去搞，杀出一条血路来。"

后来我们了解到这几句话原本是在不同的场合讲的，媒体公开报道时却将它合在一起了。时任广东省省委书记吴南生是第一个将这3句话公开出来的人。我们看了他写的回忆文章，并且访问了他。他说:"这几句话是由我先说出去的,公布以后,媒体就把它们弄在一起了,后来别人以为是一起讲的,其实不是。"他还要我们去北京向谷牧同志了解更多情况。我们到了北京找到谷牧同志,他也说不是一起讲的,3句话是在1979年4月前后讲的。其中,"还是叫特区好,陕甘宁开始就叫特区嘛"这句话是小平同志听他汇报后直接跟他讲的。对所有重要的、关键的史料,我们都这样一个一个核实,做到经得起历史检验。因此我们的这个展览是最翔实,最忠于历史的。

2010年深圳经济特区建立30周年的时候,胡锦涛总书记来深圳视察,参观了这个展览,给予了充分肯定。后来这个展览也获得了全国博物馆十大陈列展览精品奖。

而事实上,我的美学学术研究并没有因为来到深圳并担任行政领导工作而耽误;相反,深圳改革开放的氛围还为我的学术研究创造了很好的条件。

1989年我刚到深圳,便根据在国外学习积累的美学资料,以及研究后形成的新思想,撰写和出版了新书《审美经验论》。著名哲学家、美学家汝信认为它"突破了前人研究水平"。1990年它获得深圳经济特区十年社会科学优秀成果一等奖,接着又获得广东省优秀社会科学成果一等奖。我还借助深圳对外开放的有利条件,加强与国际美学界的联系,多次出国参加国际学术会议,并向国内美学界介绍国外学术新进展。后来我出版的几部有影响的美学著作都是在深圳完成的,有的还被学界称为填补了美学史研究的空白。我的新著《审美学现代建构论》最近又被选为"深圳学派建设丛书"之一出版。

经过统计,我到现在一共出版了46本书,其中41本都是来深圳后写作并出版的。

原来在母校华中师范大学的领导同事、同学朋友也逐渐认可了我来深圳的选择，觉得我来得值得。后来，华中师范大学来深圳参加活动、与深圳进行合作我都起到了桥梁作用，母校之后也聘请了我担任博士生导师。

现在回过头去看，我从1988年调来深圳，至今已经26年了，这是我人生中很宝贵的一段时间，我觉得我来深圳是正确的选择，建立深圳社科院是我人生中做得最有价值的事。

而且，我的学术研究在深圳有了新开拓，原有的美学研究也有了新进展，可以说是双丰收。如果当初我留在华中师范大学，可能也有上升空间。但可以肯定的是，我现在实现了的很多人生超越，在其他地方是无法经历的。我的人生梦想在深圳得到了实现，感谢深圳，我很满足。

注释：

① 华中师范学院：该学院后来更名为华中师范大学。

单协和

在深圳，把自己打碎捏一个新的

单协和，1988年来深，曾在深圳"大家乐"工作20余年，现任深圳市少年宫主任。

一

那些年，人们来深圳的原因和方式有很多，其中之一就是亲戚、朋友、认识的人先来了，从中获得信息，受到感召而来，我就是这部分人中的一个。

1987年下半年，我给先我来到深圳、后又邀我来深圳的前同事田地写了一封信，信的大意是：在深圳那个钢筋水泥的丛林间，能不能闻到家乡后山竹林的清香？那里可能发展很快，但你的心在那个地方能不能住下来？人不光有物质上的需要，也有精神上的追求，人不是虚无的，有一种纽带是永远割不断的……

田地说我太矫情了，但那时候我确实很犹豫。田地在深圳一家旅游公司工作，当时西丽有中国改革开放后兴建的第一个度假村，春节会有很多港商过来游玩。他让我约几个人，先来深圳看看。于是1987

年底，我第一次来到深圳。

深圳的确让我耳目一新，但没想到最触动和吸引我的竟然是一个小小的"大家乐"舞台，以及舞台上那种"解放区的天是晴朗的天"的欢快气息。当时的"大家乐"舞台还非常简陋，舞台上有唱卡拉OK的，有吹口琴的，还有唱革命歌曲的，很多跑调的，大杂烩一样。但这都没关系，因为开心最重要，观众就是演员，演员就是观众，台上台下融为一体，分不清你我，但大家都是开心的。一个人追求青春事业，追求新鲜事物，但同时又追求一种平等的生存环境，这些我在这个小舞台上似乎都看到了，感受到了。

我是跳舞出身，来深圳之前在湖南师范大学教舞蹈，非常喜欢这种台上台下打成一片的开放、平等、没有门槛、无拘无束的表演模式。虽然这里的条件不是很好，但我觉得这就是我喜欢的地方。我决定来深圳。

二

我走上舞蹈道路源于一次文艺汇演。有一次我看芭蕾舞《白毛女》，女演员踮起脚，把腿拉出去绷直，一下子就像闪电般击中了我：天底下还有这么美的东西！从那以后，我就对舞蹈产生了浓厚的兴趣，当时我才10多岁。到了十四五岁，正值"文革"时期，我被岳阳地区的文工团挑上了。当时父亲是反对的，他是解放战争时期参加革命的老干部，母亲是医生。父亲希望我去读书，或者学一门手艺，他还带我去见了我们平江县最好的木匠，让我拜师，但最后我还是去了文工团。

到了文工团以后我什么都做，舞蹈、革命样板戏、京剧、花鼓戏……我很好学，很快就成为我们团的台柱子，这也为我之后来深圳做群众文化工作，策划、组织晚会打下了基础。

1977年高考恢复，我按捺不住想要参加。但因为我是团里的主要演员，团里不想放我走，团长虽然在嘴上说支持我，实际上却千方百计要留住我。当时团里组织我们到乡下各个地方巡回演出，一天演两场，第二场演完都快凌晨一两点了，我只能想办法和我室友轮流复习，一是怕查岗，二是演出太累了怕睡过头。每天晚上上半夜他复习我睡觉，下半夜我复习他睡觉。考试那天一大早，我们赶了几个小时的路去长沙，晚上还要赶回来继续参加演出。

考完试我的通知书没下来时，团长每天见到我都乐呵呵地安慰我："没录取没关系，不要灰心，下次再考嘛！"过了几天我拿着录取通知书去找他，正在漱口的他满脸吃惊的表情我现在都记得。

我考上了湖南师范大学艺术系，在岳麓山下学习。毕业后不久，我又回到母校教书。刚开始在大学里工作时，生活还是很轻松的，一个星期就上两次课，另外就是带舞蹈团，当时我很受器重，也为学校争得了很多荣誉。此外，当时全省的体育舞蹈老师培训工作，从写教材到培训都是由我负责。

尽管如此，我却受不了学校里按部就班和论资排辈的传统。旧有的一套体系摆在那里，像枷锁一样让人喘不过气。日常生活中的一个眼神，一句不经意的话都会让人感受到压力。因此，当第一次从深圳回去以后，我就决定离开学校，去深圳发展。来深圳后不久，我在田地的帮助下，进入了心仪的"大家乐"工作。

三

"大家乐"的起源大家都知道，因为深圳来了大批的外来建设者，也就是我们听起来很亲切的"打工仔"、"打工妹"，这么多远离家乡的年轻人在一起，空余的时间很孤独，那时的娱乐形式很少，场所也很少，甚至可以说基本没有，大家孤独苦闷时就看星星看月亮，所以全国第一台歌颂外来建设者的大型文艺晚会就叫"百万星光耀鹏城"。

晚会的主题歌是我写的。1987年我到西丽湖的时候，晚上没事做，就跟着民工坐在马路上看星星看月亮。那段记忆给我的印象极其深刻，于是就写了这首《百万星光耀鹏城》，其中有段歌词这么唱："天上凝聚着百万颗星， 地上沸腾着百万颗心，心望星空，心心相印，百万星光耀鹏城……"

心望星空心相印是切身的感受，说百万外来员工就是百万灿烂的群星没一点假的，因为群星带给别人的是灿烂，留给自己的是孤独。所以我们这个"大家乐"就是要给他们这样一个场所，在空余的时间到这里来找一找共同的心境，找一点快乐，找一点温暖，就像一艘船找一个港湾一样，大家能在这儿找到精神的港湾，所以"大家乐"一出来就得到了百万外来工的喜爱。

我到"大家乐"后的工作是教舞蹈，在这里不比内地，教舞蹈要自己去招生，自己写广告、贴广告。我以前在大学当老师时哪里干过这个事啊，都是人家来求着我教课。那个时候我的思想斗争非常激烈，条件苦、睡地板都无所谓，但去四处贴广告心里还是有纠结的。写好招生广告后，我请一个毛笔字写得比较好的同事帮我抄了几份，抄完我就拿着到人流密集的地方去贴，考虑到也许有香港人愿意来学，又跑到火车站贴。第一次去贴竟连浆糊都没带，看到附近有一间饭店，便问老板说能不能把桌上的剩饭给我一点。那个湖南老板人很不错，说没问题，我就把桌子上的剩饭粘在纸上，把广告往墙上一拍

1987年，单协和初到深圳，在蛇口海上世界明华轮前留影。

20世纪90年代,单协和在"大家乐"舞台上表演舞蹈。

1994年元旦,青年工人在深圳蛇口四海公园唱免费卡拉OK。当时,深圳市内许多公共场所为务工者提供免费娱乐设施。

20世纪90年代,"大家乐"广场活动现场经常人山人海。

就赶快跑，贴紧了没有都不知道，一身像火在烧一样。那时在深圳有句话这么说："到深圳就要把你自己打碎，重新和泥，捏一个崭新的自己。"这个说法太形象了。

所幸，最后招生的结果还不错。后来，学交谊舞的人越来越多，我慢慢有了名气，很多单位都请我去教交谊舞。

四

1994年我们策划、组织了一场"深圳是我家"的家园主题文化活动。

策划这个文化活动源于1993年。那年大年初一傍晚，我吃完饭随处溜达，走到"大家乐"舞台时，发现很多打工者由于买不到回家的票或没钱买票，留在了深圳，他们都来到"大家乐"的舞台旁边希望能像平时一样表演。

当时我们的舞台上挂着"春节休息，暂停活动"的告示，很多青年趴在舞台周围的栏杆上，眼睛死死盯着黑乎乎的舞台。我心想，"他们就是一群找不到家的孩子"，让他们这样苦守着，是我们没有尽到责任。于是，我马上打电话给领导，说要开卡拉OK，开一盏灯，把音响打开，让大家上去唱。

就这样，以往一场只有十多个人唱，那一次一直唱了几十个人，还有很多人跑过来说："求求你让我上去唱吧，我可以唱家乡的歌。"当时我们的一位美工在舞台旁边，一位打工仔对他说："感谢你，在我们没有家的时候给了我们一个家。"后来这位美工对我说："看到他们这么看重我们，我们再加班、再累都值了。"

1994年春节，我们决定不仅不休息，还要组织丰富多彩的活动，如唱卡拉OK，组织喝啤酒比赛、拔河比赛、跳交谊舞等活动。整个活动还有一个温馨的名字叫"深圳是我家"。活动策划、筹备好之后，我们就上报到市里，希望有领导参加开幕式。非常幸运的是，当时正好中央下文件，希望外来务工者留在当地过年，缓解春运压力。同时要求各级政府创造条件，让务工者享受到家的温暖。天时地利加上人和，市政府马上认可了我们的活动，五套班子成员参加，连中央电视台都报道了。从此，这个活动每年都会举行。

以前大家都说深圳是"文化沙漠"，当时确实是，因为大家的注意力都集中在经济建设上，文化暂时顾不上，原创音乐创作更是这样。

在我们来之前，深圳有一些原创音乐，但都不系统，不成气候。田地来深圳以后，把我叫过来；我来以后，又把我们另一个作曲的同事王佑贵叫过来，就像"猴子捞月亮"一样，一个接一个。

其实刚来深圳的时候，我们很享受深圳无拘无束的艺术环境。每天忙累了就去吃一碟炒田螺，只要两块钱，再喝点小酒，太舒服了。后来有一次我们突然惊醒：我们来深圳是为了什么？天天吃炒田螺是我们的初衷吗？还是写点东西吧！

当时田地也到了"大家乐"，我们3个人挤在一个小房间里，里面有一架旧钢琴，还烂了一个角。王佑贵说，光说不行，要安排任务，你们两个上半夜写词，我先睡觉，下半夜我起来作曲的时候要看到歌词。

我写的《深圳湾情歌》等一大批歌曲，都是这样"逼"出来的。我将《深圳湾情歌》的主体部分写出来只用了半夜时间。其实我写歌的时候并没有去过深圳湾，但是我知道台湾有一首《娜鲁湾情歌》，娜鲁湾有情歌，那深圳湾肯定也可以有情歌啊！于是，我就发挥想象力，想象海湾是怎样的，很快歌词就缓缓流出："没见过这么美的水，没走过这么软的滩，没见过这么青的草，没走过这么长的湾……

风送莲香,露比龙眼,雨打芭蕉,情意绵绵……"王佑贵起床看到歌词就开始作曲,一气呵成,很快曲子就出来了,还加上了客家咸水歌的风格。

这首歌第一次上电视就是彭丽媛老师在深圳电视台唱的,后来宋祖英老师也唱过,这首歌还走出了国门。

我们这帮人继续创作,王佑贵还把蒋开儒从东北叫过来。蒋开儒写了《春天的故事》、《走进新时代》,田地写了《我属于中国》、《又见西柏坡》,我又写了《花季雨季》等作品,此外还有《长大后我就成了你》等一批优秀作品,都是在深圳诞生的。

后来因为田地、王佑贵和我3个人在写词、作曲方面的成绩,大家给我们起了一个绰号叫"深圳歌坛三剑客"。

五

明星来"大家乐"开演唱会是我们策划的文化转型项目。因为一直唱卡拉OK,"大家乐"的吸引力渐渐减弱。随着改革开放的深入和文化建设的进行,大家知道了很多明星,而这些明星也想推广自己的唱片,"大家乐"就成了一个结合点。我们开始和一个市场推广公司合作。

那一两年,我们请到很多明星。例如1996年,我们举办了孙浩、火风、光头李进、江珊、马旭成、王子鸣等明星的个人演唱会,取得不错的反响。

因为当时深圳的文艺专业人员大都在歌舞厅里,但是外来务工者一般进不去那种场所,所以有段时间,我们把歌舞厅里的演出拉到"大家乐"的舞台,受邀的包括陈思思、戴军、汪正正等。

我印象比较深的是丛飞。丛飞刚来深圳时还住过桥洞,但是他是一个很有想法、很有感召力、很有热情的歌手。初来乍到的歌手，需要这样一个舞台来表现自己。丛飞就在"大家乐"报名唱过歌，我印象中他唱的是东北民歌。首次登台，他唱得不错，后来又听说他是唱《乌苏里江》的郭颂老师的学生，我们就很关注他，经常叫他演出，慢慢地，我们就熟悉了。

后来他资助了贵州的很多学生。当他自己都无法支撑的时候，他找到了我，问我能不能介绍一些演出给他赚点钱，还孩子们的"账"，我就帮他介绍了一些。丛飞去世以后，纪念馆就放在我们"大家乐"。

如今，"大家乐"开始转型，走向社区，因为原址附近的工厂减少了，外来青年工人的需求也没有那么强烈了。2009年底，因为工作调动，我离开了工作20多年的"大家乐"，来到少年宫。

我到现在还是认为，到深圳来是无悔的选择，从一开始深圳就给了我们希望和平台，让我们去发挥自己的特长，释放内心的需求。虽然我的很多同学也很精彩，但是我的精彩和他们是不一样的。因为深圳的特殊就在于她是改革开放的前沿，"杀出一条血路来"的青春战场，一个和国际接轨的窗口。

虽然说我没有很大的梦想，但我至少成为一个词作家，有那么多作品在传唱，就有一种快乐感和成就感。而且深圳给了我职业生涯一份光荣，"大家乐"成为全国的文化典型，高峰时期深圳有380余家"大家乐"，全国其他各大城市也有100余家。我相信正在转型的"大家乐"未来会有新的精彩。

深圳让我成为中国改革开放的直接参与者和见证者，这份感受是非常珍贵的。深圳经济特区走过30多年的历程，发生了多少事情，创造了多少奇迹，我是参与者，这是这个城市给我的珍贵礼物。

沈迪飞

在深圳找到人生的最佳位置

沈迪飞，1988年来深，我国第一个图书馆自动化软件自主品牌"图书馆自动化集成系统（ILAS）"研制总工程师。曾任深圳市图书馆馆长等职。

一

我从1962年开始从事图书馆工作，到退休时已经做了将近40年了。在我的图书馆工作生涯中，1988年来深圳后参与主持研制的"图书馆自动化集成系统（ILAS）"，是我最大的成功之一，也可以说是中国图书馆自动化进程中最重要的成就之一。

深圳图书馆的前身是始建于1951年的宝安县图书馆，1979年深圳建市之后，宝安县图书馆正式改名为深圳图书馆。1980年深圳经济特区建立后，深圳图书馆也迎来大发展。

1983年，时任市领导在深圳经济状况还很紧张的情况下，决定兴建深圳市科学馆、图书馆、博物馆等八大文化设施，当时的市委书记梁湘甚至表示："就是勒紧裤腰带，也要先上文化设施。"当年11

月，深圳市图书馆正式打下第一根混凝土桩。馆址就选在荔枝公园旁边，占地达2.19万平方米。1985年11月，经过两年的建设，深圳图书馆基本建成，1986年12月正式开馆。

当时我在中国科学院计算中心工作。1982年，我曾经与中科院组织的考察团到美国考察计算机应用，回国后写了一篇《建立在计算机技术基础之上的美国图书馆》，介绍美国图书馆事业。当时我就认为，离开计算机，未来的图书馆将无法生存。此前，我已经在用过去的老计算机进行信息检索试验工作，这在当时很少见，所以我在国内有了点名气。1983年，中科院承接了国家项目"科学数据库及其信息系统"，我就被调过去，而后调入计算中心。

那时，我的一个同学正好在文化部图书馆司做司长，他说文化部要在深圳开展一个大项目，需要一个总工程师，问我是否愿意兼任。这个项目就是后来成为中国首个创造图书馆自动化软件自主品牌的"文化部图书馆自动化集成系统"，简称"ILAS"。

当时我很犹豫，他嘴上说是让我兼任，可深圳北京相隔千山万水，兼任不太现实，他其实是想让我调过去。但是我当时户口、家人都在北京，生活比较安定，确实不太想来。后来，深圳市图书馆馆长刘楚材也到北京来找了我；我的一位老同事余光镇那时候在深圳市图书馆负责计算机部，他也千方百计想拉我来深圳，但我都没同意。1988年春节，深圳市图书馆邀我和太太一起来深圳看看，考察一下这个项目。然而，一来深圳我就被深深吸引了：这个项目就是为了给公共图书馆设计一个软件，而且要在全国推广。这太有吸引力了——我从1975年到1988年，从事了13年的图书馆应用计算机的试验研究工作，虽然也做出来一些东西，但基本上没有能在全国推广使用的。因此，1988年8月，我正式从北京调到深圳，担任研制ILAS的总工程师。

我在调来之前对深圳图书馆也略知一二。1986年，名不见经传的深圳市图书馆在开馆之前，曾通过多馆合作的方式，成功研制了"光笔流通系统"——在书上贴条形码之后输入系统，借书证上也贴上条形码，这样用光笔扫描借书证和书之后，一套借书手续就完成了。正是因为有研制这套系统的成功经验，文化部才决定把ILAS的研制任务交给开馆不久的深圳市图书馆。我应邀来深参加对这套系统的鉴定，但是出发前因为没日没夜地忙工作，并没有详细计划行程，要走的头一天晚上，计算所的一个研究员听说我要到深圳，问我办了边境通行证没有。我根本不知道什么叫边境通行证，就对他说："又不出国怎么还要边境通行证？"他说你太不了解情况了，进出深圳得提前办好证。如此不了解情况的我，在鉴定会上对于深圳市图书馆已经接近国际水平的借还书自动化操作水平感到震惊无比。

在那之前，全国图书馆的借还书都是人工操作的，读者需要自己找索书号，图书馆工作人员要在书库里慢慢找，这非常浪费时间和人力。碰到读者多的时候，得排长队。我在中科院图书馆的时候就做过图书管理员，当时我们为了满足读者需求，还提出了一个口号，叫做"半小时内要出书"，这在当时已经算非常快的了。

我曾经建议图书馆把常用的书集中到第一层，对读者开放，大家都可以进到书库里自己找书。但那时候，只有科学院的高级研究人员才有资格进入书库，陈景润作为中科院数学研究所助理研究员，都没有资格进入图书馆书库。而且，进图书馆大门需要证件，去阅览室需要证件，借还书也需要证件。

然而在深圳，图书馆不仅像宾馆一样漂亮，而且从开馆伊始，就用了计算机系统，整个书库都像现在一样，对读者开放，读者进入图书馆，不需要证件就可以看书。后来我正式调到深圳图书馆后才知道，深圳建设图书馆之初，负责图书馆建设的时任深圳市副市长邹尔康曾到国外考察，看到了国外图书馆的操作模式后，就要求深圳图书馆开馆必须做到两件事：用计算机操作和阅览室对读者开放。这也是深圳市图书馆和国内其他图书馆相比最大的区别和最先进之处。

二

1988年1月，我还没来深圳，ILAS系统的研制任务已经下达：由深圳市图书馆牵头，南京、广东等全国8个省市的图书馆派技术骨干参加，联合承担研制工作。刘楚材和余光镇代表深圳图书馆，同文化部科技办签署了《文化科技三项费用专项合同》。

1988年9月，"文化部图书馆自动化集成系统（ILAS）研制组"在深圳市图书馆正式成立，余光镇任组长，我任总工程师，下设总体组、软件组、数据组和环境组。从9月到12月这4个月的时间里，研制组研究和制定了总体方案，12月中旬文化部在北京召开论证会，专家们认为方案"设计合理，考虑周全，组织管理方法得当，并体现了改革的精神，是一个好方案，原则可行"。

当时我强烈建议，要成立一个数据组建立图书资料的数据库。因为我在科学数据库项目中就担任数据库处处长，非常了解建立数据库的重要性：研制软件的同时，如果没有数据库，就算有图书馆把我们的系统买回去了，没有图书目录数据库也不能用；等他再把数据库建设好，既浪费时间也浪费精力。

1989年初，研制组进入全面而紧张的研制阶段。在研制过程中，我们还进行了一些创新，比如在当时计算机多用户系统还没有实际应用的环境下，软件组负责人刘明晶经过充分调查研究，决定在国内先行一步，选用UNIX操作系统，走国际大系统开发之路。这是非常大

1985年，兴建中的深圳市图书馆。

1989年，沈迪飞（右二）与ILAS系统研制组开会讨论系统研制工作。

1991年，时任文化部副部长刘得有（前排右二）来深圳市图书馆视察工作。

1991年11月，文化部"图书馆自动化集成系统（ILAS）"通过鉴定，推向市场。

读书越来越成为深圳人的日常习惯，图为1993年深圳市图书馆里聚集着的人群。

1995年，澳大利亚昆士兰州图书馆馆长斯蒂芬（左一）到深圳市图书馆访问，沈迪飞（中）接待了他，两馆建立了友好关系。

20世纪90年代,沈迪飞在办公室办公。

胆,也被证明是至关重要的一步。同时,我们引进国外先进技术,开发图书馆数据库管理系统等,后来的事实证明,正是这些正确决定,才能够使ILAS系统具有通用性强、可移植性好、容易修改等优势。

1990年4月,ILAS系统第一版初步研制成功。为了达到实用的效果,我们在北京崇文区图书馆和上海静安区图书馆首先试用,研制组派技术骨干全程参与,专业人员在试用的图书馆跟踪使用9个月,观察、测试软件的问题,年终汇总到我们这里。在试用的基础上,我们又对软件进行了大刀阔斧的修改。

1990年底,ILAS的修改版研制出来了,当时国内一般都认为应该可以做鉴定了。但作为研制人员,我们知道它其实是很粗糙的,仅仅能够称为"成果",还远不是可以实际使用的"产品"。是不是马上进行鉴定,研制组经过充分讨论认为:如果就这样卖出去,用户图书馆会说文化部、深圳市图书馆研制的系统就这种水平,我们图书馆的声誉就毁了,我们的研制成果事实上也就失败了。

当时在计算机界对于"鉴定"有一种说法:软件的鉴定会就是软件的追悼会。意思就是说软件虽然研制出来了,但是离实际使用还有一段距离。而且一旦鉴定通过,来支援我们的其他几个图书馆技术人员都会撤离,软件一旦出问题,单凭我们自己,还不能很好地解决。所以我们决定:ILAS应该独树一帜,坚持进行产品鉴定,而且只要我们自己没有用上这套系统,就不能进行鉴定。

但那个时候我们的处境很艰难,1991年1月,研制组组长余光镇患重病,此前的1990年9月,我又接任了馆长,担子非常重。

尽管困难重重,1991年4月,我们还是动员大家一起将深圳市图书馆从传统向现代化转变,全部流程计算机化,所有人要学用计算机,并且要把全馆的相关数据全部录入电脑。这样,全部几十万册藏书都要重新贴上新的条形码，全馆简直是翻江倒海。

1991年11月，ILAS系统在深圳市图书馆投入使用，运行非常稳定，这说明ILAS系统已经从科技成果成功地转化为产品，可以正式推广应用了。我们这才决定在当年11月底举行鉴定会。当月24日、25日，文化部在深圳召开ILAS系统产品鉴定会，专家们认为"系统的综合指标居于国内领先地位，达到了国际先进水平"。

三

在销售ILAS系统的同时，我们免费赠送一套当时全国最大的、标准化的、拥有65000条数据的书目数据库。这个数据库是我们联合南京市图书馆、辽宁省图书馆、湖南省图书馆、汕头大学图书馆等五座图书馆，一起抽人到北京图书馆学习之后，按照国家标准一条条人工手动著录、标引和输入的。

在价格上，整套系统根据配置的不同，价格在人民币3万至5万元。同样的系统，我们买国外的软件，每套都需要30多万美元，按照当时的汇率，相当于300万人民币，一般的图书馆根本用不起。

早在1988年签订《文化科技三项费用专项合同》的时候，刘楚材馆长就四处奔走，想尽各种办法创建了科图公司，提前为ILAS准备推广渠道。

1991年12月底，产品鉴定刚刚过1个月，全国就已经有40多座图书馆购买了ILAS系统。事实上，在举行鉴定会之前，全国已经有17座图书馆在运行ILAS系统，其中有5座在鉴定会上出具了使用情况报告。

随着网络化的发展，1996年，研制组又不失时机地提出研制ILAS第二代产品——网络版，称为ILAS II。通过对国内外发展情况充分的调查和研究，经过两年的努力，二代产品成功面市，获得的鉴定评价是"其技术水平达到国际同类系统的先进水平"。随后，科图公司开始了ILAS Ⅱ的推广应用。

整个20世纪90年代，全国31个省（市）自治区的1700多所图书馆在用ILAS系统，高峰时期，全球有4000多座图书馆在应用它。这种用户数量在同类产品中，不仅在全国，就算是在全世界也是最多的。

随着数字图书馆发展的需要，2009年3月20日，我们进一步研制成功ILAS第三代产品ILAS Ⅲ——开放的数字图书馆应用系统。并于2011年7月19日取得了国家版权局颁发的软件著作权登记证书。

2009年深圳市图书馆研制成功的"城市街区24小时自助图书馆系统"，也是以ILAS为核心研制出来的，这是对ILAS技术的发扬光大和创新。

20年前的ILAS时代，我们是跟在外国人后面，能达到国外先进水平已经是赞誉的顶峰；20年后的今天，我们中国图书馆界率先在全世界实现了自助图书馆系统，"突破了图书馆馆舍建筑的功能局限"。

四

以研制ILAS系统为例，对这套系统文化部拨款19万元，广东省文化厅拨款2万元，深圳市给了5万元。这26万元资金到位之后，都是我们研制组自己掌管，自由支配。当时，没有人觊觎这笔钱想要拿它做其他事，正是这样，我们的系统才能顺利研制出来。

对干事业的人来说，有什么比自己从事的工作没有实际使用价值更痛苦呢？我从事什么工作能对国内外4000多家图书馆的现代化产生影响呢？

人生能有几回搏，影响每个人一生事业的就那么重要的几步。对我来讲，最关键的是两步：一是1975年踏上了图书馆应用计算机之路；二是1988年来到深圳，迈入ILAS之门。前者使我走上了可以为之奋斗终身的事业；后者使我找到了奉献人生的最佳位置。

王海鸿

我在深圳得到了心灵的自由

王海鸿，1988年来深，参与创办《深圳青年》杂志。现任《深圳青年》杂志社社长、总编辑。

一

1988年8月6日，后来成为《深圳青年》杂志社第一任社长的王京生同志，带着包括我在内的3个年轻人，从北京坐了将近40个小时的火车，一路风尘仆仆到达广州，再转乘前往深圳的列车。没想到一下火车，就鞭炮连天，震耳欲聋。我后来才知道那天刚好是1988年8月8日，这个日子在广东人看来是个百年一遇的吉祥日子，据说那天燃放的鞭炮最长的有30万响，足足挂了5层楼。我们坐上巴士前往目的地，一路上鞭炮齐鸣，仿佛整座城市都在欢迎我们的到来。

就在这天——我们北京来的4个人与深圳的骨干会合的日子，《深圳青年》杂志社正式建社了。

来深圳办《深圳青年》杂志之前，我一直在北京读书，本科在北京航空航天大学学飞行器设计，研究生学的是系统工程。虽然出身理工科，但我非常爱好文学。大学期间我坚持读书写作，一直没有放弃文学梦，不仅时常在《中国青年报》等报刊上发表文章，还自己办校园杂志。读研究生的时候，我参与创办一份杂志，叫《研究生通讯》。这份杂志在北航很有人气，还时常被其他学校的学生传阅。

我毕业时，国家开始不管分配了，加上国内航空工业又处在低迷期，所以我大多数同学都选择了改行，到中关村去做计算机生意。我毕业后也没有从事与专业有关的工作，而是到首都钢铁公司，成了一名普通研究人员。在首钢工作了3个月，我渐渐感到这份工作并不是我想要的。此时，共青团中央学校部干部王京生同志主动联系我，说看过我办的《研究生通讯》，邀请我和他一起南下深圳创办一本叫《深圳青年》的月刊。

我第一次听说深圳是临近毕业。当时北航的老师接受了航空工业部的课题，带着很多学生来深圳做调研。我一直很想去，但是由于种种原因最终没能把握住这次机会。更令我印象深刻的是20世纪80年代末，中央电视台有一档节目叫《九州方圆》，有一期专门介绍深圳，播放了一系列歌曲，包括《夜色阑珊》和《风雨兼程》。我看了这期节目后，就对深圳充满向往。所以一听说有机会来深圳，而且是做我喜爱的写作办刊工作，就毫不犹豫地来了。我们家往上五代都是北京人，但我来深圳却直接放弃了北京户口。当时觉得自己还什么都没有，就因为这样才能义无反顾地出来闯。

刚来时，深圳与我的预想有一些不同。它并没有想象中的中低纬度地区那样燥热，反而在夏雨的冲刷下显得空气清新、十分凉爽。它也不像文学作品里描述的那样繁华浪漫，当时的深圳其实很小，只有六七十万常住人口，红荔路上的车少，闭着眼睛过马路也不会被撞。城区最西端，只有一个上海宾馆。深南路从上海宾馆往西就很窄了，去蛇口要坐1个小时中巴。我却觉得这样的"小城市"刚刚好——大学时，我经常要骑车横穿北京城参加外校活动，当时便体会到，北京虽然大，但"大而无当"。深圳就没有这样的"毛病"。最令我印象深刻的是，深圳人的精神气质很不一样。每次到蛇口工业区，我都会发现有好多打工仔、打工妹，一下班就跑到夜校去读书——他们渴望通过知识改变自己的命运。

我刚来深圳就感受到地域、文化上的不同，也接触到很多新奇的事物。因为我父亲的家族全部都生活在黄河以北，母亲的家族都在长江以北，没有任何亲戚提醒我岭南生活上的细节，所以我错误地以为在深圳盖一床毛毯就可以过冬。结果南下的第一个冬天非常冷，我们几个男同事刚开始还"执迷不悟"只盖毛毯，后来实在扛不住又加上一床毛毯，却还是冷。最后，有位大姐来宿舍拜访，说你们这样是不行的，没有棉被根本过不了冬，这才在外面购置了棉被。当时，为了收看香港的电视节目，深圳家家户户都在楼顶架一根鱼骨天线。像广受欢迎的《明珠930》，以及《华尔街外望》、《60分钟时事》等节目，我天天都会追着看。这些具有国际水准和世界格局的节目，确实加深了我对西方世界认识，培养了国际视野，更提升了思想境界。

二

1988年8月8日，我们四人与深圳的董韶华、杨洪祥会合后，《深圳青年》杂志社正式建社，由王京生同志出任杂志社第一任社长，我担任编辑部主任。

创业初期，王京生提出"要以杂志做载体进行文化建设"的口号。虽然共青团深圳市委的领导很支持我们，但一切具体的事都得靠自己，包括去省里和国家新闻出版总署跑刊号。杂志社最初的刊费是我们向团市委打借条借的，直到后来我们挣到些钱才把这笔借款还清。办公地点也是借了团市委下面的青少年活动中心的房间，还是跟别人合着用。那会儿除了编稿，还要出去拉广告。

我们一起来的4个人里，有一个骨干干了两个星期之后，说无法忍受这种"艰难"——实际上是无法改变传统的思想观念，受不了劳苦奔波和没有编制保障，想打退堂鼓。这对我们这个原本就人手紧缺的队伍来说简直是雪上加霜。但是，王京生社长还是很大度地说："我尊重你的选择。"而且将当天刚刚拉到的赞助的一多半给了他并送他走。剩下的人无论领导员工，继续白天拉赞助，晚上写稿、编稿。记得最忙的一次，我们连续40多个小时没合眼。《深圳青年》就是靠着我们这股闯劲诞生的。

1988年11月6日，经过了3个月的拼搏，我们终于拿到了杂志的创刊号。第一本《深圳青年》印刷出来后，我们在当时的武警七支队礼堂搞了个十分热闹的创刊发布会。当时有很多深圳的青年朋友，虽然大家认识不久，但都对这份杂志翘首以盼。杂志创刊日活动当天，有些人刚从外地出差回来就风尘仆仆地赶来；有些人从当时交通还很不方便的宝安驱车前来；更有些人二话不说，一进门就把身上的钱全捐给我们；还有青年朋友慷慨解囊，拿出上百块或者几百块，这在当时是一笔不少的钱，着实把我们感动了。

建社的最初几年，《深圳青年》还处于摸索期，发行量不好，总体处于亏损状态。一方面，我们创办《深圳青年》在时机上可以说是迎难而上。20世纪80年代中期，畅谈理想的青年刊物一度很流行。可是到了80年代末90年代初，这类杂志已经开始走下坡路了，比如广州的《黄金时代》已经从原来一百多万份的发行量跌到三四十万份了。另一方面，因为当时内地批评"深圳属于文化沙漠"的声音仍不绝于

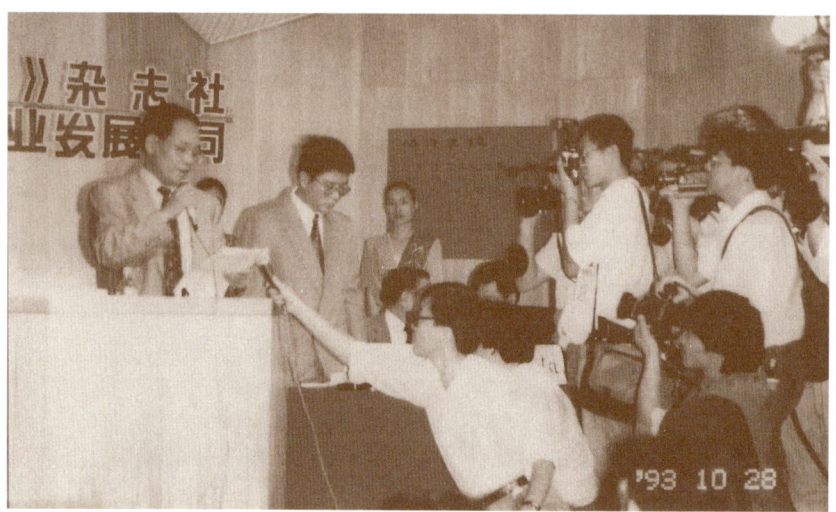

1993年，文稿竞价在深圳会堂举行。拍卖日当天，上海作家倪振良的长篇纪实文学作品《深圳传奇》以88万元成交，创造了现场拍卖最高价。

20世纪90年代中期，林祖基（左二）视察《深圳青年》杂志社，左三为戴北方，右一为张合运，右二为王京生，左一为王海鸿。

20世纪90年代时《深圳青年》杂志的封面。

耳，我们希望通过杂志社的平台进行文化建设的理想也承受了一定的压力。但我对深圳充满信心，虽然从文化的厚重程度来说，深圳比不了北、上、广，但文化不仅是积淀的，同样也是流动的，深圳的商业文化、创新文化充满活力，这是其他城市所无法媲美的。

虽然我们当时也羡慕过一些高发行量的杂志，但经过几年的反复打磨，终于慢慢找到了自己的定位：我们把《深圳青年》定位成深圳特区和改革开放精神的代言人，以理想和新观念来引导青年人。渐渐地，《深圳青年》开始被社会广泛接受，培养起一大批忠实稳定的读者。

1992年起，杂志社开始高歌猛进地发展。同年，我们开始建设现在杂志社所处的深圳青年大厦。到1995年大厦竣工时，很多人感慨："这栋小楼就是用一本一本的杂志摞起来的。"当年杂志发行量也正好达到40多万份的巅峰，在全国有6个分印点，当时一个封底广告可以卖到四五万块，是一些传统杂志的几倍价钱。那年影视剧《编辑部的故事》正在热播，了解我们的人都说："里面演的故事和你们完全不一样啊！"的确如此，传统"编辑部"依附在出版社，不用操心费用。但我们需要去拉广告，靠双手开拓市场来养活自己。

三

我们虽然名叫《深圳青年》，但在全国范围内都有读者，并且社会影响力也越来越大。这并不全是杂志社的功劳，而是因为当时深圳在全国实在太独特了，许多规则与内地完全不同。当时，著名作家梁晓声——他也是我们的热心读者——有过一个很经典的论述，他说："如果一个人觉得这件事好，会说深圳就是这么干的；如果一个人觉得这件事不好，也会说深圳就是这么干的。"深圳虽然充满争议，但绝对是一个拥有独特精神的先锋城市。在我看来，创业精神是"深圳精神"中最闪耀的一点，也正是这种精神吸引着大批读者充满热情地阅读《深圳青年》。

在宁夏，一望无际的腾格里沙漠东南边缘有一个地方叫沙坡头，那里有一个很小的报刊亭在卖《深圳青年》。有一回，我们一位同事去那儿出差，报刊亭老板告诉他，这周边没有居民区，但每个月都有10来个人，不知步行多远多久，总是来买我们的杂志。当时我们杂志6个分印点中离沙坡头最近的是西安分印点，但是也相距了1000多公里。杂志都要靠火车运输，到达的时候往往比深圳晚了半个多月。在一个沙漠之地，还有好几个读者追着看这份杂志，这让我们非常震撼。后来我们就开始坚持一个传统，杂志期号要比实际出版的日期晚一个月，就是为了向宁夏、新疆、西藏等偏远地区的读者致敬。

我曾经遇到一个江西来的小老板。他说当他还是一个打工仔的时候，就经常看《深圳青年》。有一次，他在杂志上读到一篇我编写的文章，叫《百厂千楼走遍》。这篇文章讲的就是一个命运坎坷的打工仔，在深圳走遍了百厂千楼找工作的故事，当时还被领导批评写得不够深刻。没想到这个故事使当时身在逆境中的他很受触动，他说："我当时就想，是这个主人公太笨了。如果我去深圳，肯定不需要百厂千楼走遍。"于是，他就在这种想法的刺激下来到深圳，开始干一番事业。

我们还采访过一个来深圳闯荡的年轻人。那时候，随着香港风气渐入深圳，送月饼开始成为每年中秋的大事。当时，很多月饼的包装十分精美，大多是用印花金属盒盛放。很多深圳人吃过月饼之后就随手把月饼盒扔掉了，也有人会把这些盒子收集起来，用作放食品、针线的家具器物。于是，这个年轻的打工仔就动了脑筋，每年在深圳收集精美的月饼盒子，然后运回四川老家去卖。刚开始他一个人收集，后来拉上家里人一起收，一个中秋节收了几千个！运回老家后，质量差一点的卖4块，好一点的可以卖到20块，就这样发了家。我们得知后就把他的故事登载出来。后来我听说，有一名读者受到启发，自己开办了一家公司进行废物再利用，他的盈利模式甚至获得了天使基金的认可和资助。

《深圳青年》鼓舞了一代有"创业精神"的年轻人，这个"创业"是广义的，并不局限于自己开店、赚钱，而是指有理想、不安分、具有强烈开拓性的行为。很多读者由此打开了眼界，更有一些读者就是带着一本《深圳青年》来深圳闯天下。他们的故事对我们来说既是鼓励，也是鞭策，让我们一步一步把杂志做得越来越好，同时也将"创业精神"发扬光大。

四

1992年邓小平南方视察后，我们认为中国要向着改革开放的目标前进，所以开动脑筋，思考我们能做什么。我们的记者王星就提出文稿竞价的创意雏形，初衷是在商业社会里，利用市场机制给作家创造一个盈利的机会。王京生社长立刻表示"值得一试"，他还亲自出马去和市领导汇报讨论。当时市领导的思想都非常开放和超前，他们都给了我们强有力的支持。

但令我们没想到的是，最大阻力和非议并非来自外界，而是来自我们最想造福的作家群体。一方面，由于国内并无先例可循，我们也缺乏经验，在某些程序上难免有错漏。但更重要的原因是，以前作家都是按照官本位的原则定好了级的，现在我们突然主张市场竞价，处在高级别的作家就开始担心自己的作品也许会卖不过一个比他级别低的作家，于是责难随之而来。拍卖前，作家霍达的电影剧本《秦皇父子》高调标价100万元的消息一出，6名作家联名宣布退出竞拍。上级有关部门也担心这件事会带来社会风波，文稿拍卖曾一度面临被喊停的境地。市领导厉有为还亲自带着队伍去中央解释，最后他们才勉强同意我们以民间活动的方式如期举行。

1993年10月28日，文稿竞价正式拉开帷幕。为了减小社会影响，拍卖会从原本预定好的有1000个座位的深圳会堂，转移到深圳图书馆一间只有200个座位的会议室。尽管如此，那天还是来了几百名国内外记者。当日，参与竞拍的作者来自全国各地，最小的只有9岁，最大的有93岁。拍卖日当天，上海作家倪振良的长篇纪实文学作品《深圳传奇》标的是4.5万元，最后竟以88万元成交，创造了现场拍卖最高价。刘晓庆的自传《从电影明星到百万富姐》当时只有一个标题，但也拍了17万元。后来刘晓庆对于成交价不甚满意，买方愿意再补91万，最终卖出了108万元的天价。

这次文稿竞价的最终成果是双赢的，不仅作家满意，竞价成功的企业也提高了知名度。但批评的声音却从四面八方涌来，而且有些批评并不那么有建设性意义。当时有一份报纸也在策划类似的活动，但措辞却是"我们不能重蹈深圳的覆辙"。我们很气愤，但王京生社长的胸襟却很开阔，他只说了四个字"由他去吧"。

从1993年到2008年的这15年间，从来没有人给我们公开做出一个正面的评价。但是历史最终还了我们当年这种勇于开拓创新的精神一个公道。2008年，我们突然被告知当年的文稿竞价入选了"深圳改革开放三十年十件大事"的候选名单，那一刻我真的掉泪了。我们无意间充当了文化领域的改革者，在社会进步的道路上，无数和我们一样的人为观念的更新、思想的开化做出突破和努力，正因为有当初的这些铺垫，今天的社会才能更加开放。此时，我心中所有的委屈烟消云散,化作了骄傲的荣誉感。

1994年,也就是文稿竞价举办后的第二年,《深圳青年》又出了一件大事,就是所谓的"假新闻风波"。

当时我们杂志社的骨干记者邓康延推陈出新,创造了一个虚构类栏目叫做《明天的深圳新闻》,希望借此描写人们心中希望而尚未发生的事,促使世界朝着一个美好的方向发展。他发表了一篇文章,讲述一个急症病人请求搭车,遭到汽车司机林某的拒绝,病人因为抢救不及时而身亡的故事。故事的结尾是深圳市中级法院以"见死不救罪"判处司机林某有期徒刑两年。结果这篇文章发表之后,随即被《书报文摘》《生活文摘报》等13家报纸媒体当作真新闻转载,而且转载时只标注了摘自《深圳青年》,没有标注具体的栏目出处。这件事在社会上引起了一片质疑,国家新闻出版总署把我们的这篇文章定性为假新闻,曾经一度要给予我们停刊的处罚。关键时刻,又是当时的市委书记厉有为和深圳市委宣传部部长邵汉清出面,去北京有关部门解释,才化险为夷。事后,我们也吸取了教训,杜绝再犯类此的错误。而这一系列事件也将我们锻炼得更为成熟、专业。

尽管文稿竞价和假新闻风波对《深圳青年》造成了一些影响,但之后的发展总体来说还算顺风顺水。1994年开始,我们的广告效益大增。1996年财政拨款断了,我们开始完全靠自己筹款。2002年和2003年,我们连续两次荣获全国百种重点期刊奖。当时甚至流传着一种说法:"北有《北京青年报》,南有《深圳青年》杂志。"一报一刊,在青年报刊格局中各领风骚。

五

如今,《深圳青年》定位依然是面向年轻人,仍然属于文化综合类刊物。为了适应时代变化，我们不断改版，从月刊做成半月刊，曾经出过《纪实版》和《星期八》。2007年，我成了第三任社长，《深圳青年》正式改为《创业版》和《菁英版》。这期间，我有意识地将读者定位调整为身处内地、具有创业精神的草根青年。这是因为，社会层次更为"高端"的这批读者拥有了更多的资讯获得渠道，特别是网络普及后，他们大多已经不看杂志了，反而是中小城镇的青年人更需要我们的资讯和思想。

现在，《深圳青年》已经改为旬刊，并对读者群进行了进一步的细分。主刊仍是《创业版》，中旬刊是与万科合办的《万科邻居》，主要致力于建设弘扬社区文化。下旬刊叫《时效管理》，主要面对的是一些民营企业老板，对他们进行文化培训。

如今，《深圳青年》仍然是中国人最喜欢读的百本杂志之一，我对我们制作的内容仍旧有信心，只是人们最主要的阅读方式已经更改，大多数读者都是用电脑或手机在网上阅读电子版杂志。不可否认，中国报刊行业当前形势很严峻，但我坚信《深圳青年》会坚持到最后，我们绝不会让深圳成为一个没有杂志的城市。

杂志社走到今天，令我非常感动的一点在于，里面的人心灵依旧纯净，我们的信念还在。当年，王京生同志把刚刚拉到的赞助分出大半给离职的骨干时，年轻的我还不能理解，但现在回忆起来却印象深刻——这不是一个简单的"厚道"可以形容的品质。他有一句名言："不要忘了我们有高贵的血统。"这句话奠定了我们杂志社基本的价值观，后来者一直继承至今。杂志社人最多时，曾创下"25个不同籍贯"的纪录，来自大江南北，包括遥远的新疆、西藏的同事都聚在了深圳。虽然他们后来离职了，但所有人都觉得在《深圳青年》杂志社工作是一段美好的经历，只要有社庆聚会，都非常高兴地回来参加。

从1988年8月8日算起，我已经扎根深圳26年了。这26年间，我在《深圳青年》做过编辑部主任、记者部主任、广告部经理等等，除了发行工作没有直接参与外，与杂志相关的所有工作我都做过。它从无到有，从艰难摸索中前行到扛起建设深圳文化、传播深圳精神的大旗，这一路成长我都见证了。这26年间，我也从风华正茂的青年过渡到从容淡然的中年。我把人生最好的年华献给了深圳这片热土，也献给了《深圳青年》这块文化阵地。

我来深圳，没有得到很多钱，也没当过什么官，但得到了我最看重的东西——心灵的自由。我追寻着"创业精神"，自始至终都在做自己喜欢的事情。我知道，这不仅是我一个人的感受，更是我们这一批曾为《深圳青年》奉献过青春的人的共同感受。

在我们这一代，一个中规中矩的深圳人或多或少都会有一些"创业精神"。尽管现在我们已不再年轻，但我希望《深圳青年》继续为下一代年轻人承担一份历史责任，把曾经成就深圳、鼓舞青年的那种不安于现状、乐于打拼的"创业精神"传承下去。

祝日升

我打心底把深圳当作自己的城市

祝日升，1988年来深，中国第一代劳务工，在深务工期间收藏大量打工票据、物件，并将其中的精品捐献给宝安劳务工历史博物馆。

一

20世纪80年代，我从安徽转车到武昌南下，那时候武昌没有直达广州的火车，我就买了去湛江的车票，想"打个弯"来深圳。

从老家出来，我的目标就是深圳。

相比于80年代初就奔赴深圳经济特区的人，我晚了好几年，1988下半年才动身。一是因为年纪小，我1971年12月出生，刚到深圳时还没满17岁。二是和大背景有关，我是安徽农村的，父辈对于进城是不敢想的，因为那时户籍管得很严，城市生活柴米油盐都是凭户口凭票证供应的，没有票证，进城了也没办法生存。1984年国务院发了一个《关于农民进入集镇落户问题的通知》，这扇对我们关闭的"大门"终于开了一条缝：自带口粮就可以进城了。

来深圳前，我已经独自在老家熬了3年：父亲得癌症去世了，姐姐也死了，母亲出家了，我只能自己种田养活自己、供自己读书，身上还背着父亲治病欠的1000多块钱债务。要还债、要生活，读到初中时实在熬不下去了，我必须出去打工。

想到要来深圳，原因其实很多，在老家时我看了一个小品，说深圳是中国的经济发动机，这个比喻震撼了我；而且深圳不冷，在这里一年四季都可以打工，如果去了北方，一年最多只能干10个月。当时，在老家附近打工的同乡当中，很多都没有赚到钱，我不想走他们的老路。

离乡出门前，我把家里能卖的东西都卖了，不能卖的就送人，只剩空荡荡一个家。想到姐姐去世那会儿，是这家出10块，那家出5块，亲戚们凑了一笔钱，才把姐姐抬出去的，我就下定决心一定要赚钱。踏出家门、把大门锁上的时候，我和自己说："一定要赚到够盖房子的钱才回来，否则就在外面混一辈子，再也不回来！"

我老家在安徽宿松县凉亭镇三德村，上路后从家里到武昌花了一天时间，在武昌买不到来广东的火车票，就在那里睡了一晚，才买到第二天的票。当时没有直达深圳的车，到广州的票也买不到，我就坐火车到湛江，那时候火车的速度很慢，从武昌到湛江花了两天两夜，到湛江又睡了一晚，前后一共用了4天才到深圳。出门时我兜里只有50块钱，光车票就花了40多块，所以在南头关下车时，我已经身无分文。

一到深圳，舒服的天气让我几乎忘了一路劳累。我记得那是秋天，刚刚过完国庆节，老家的天气已经有点凉了，但深圳还是很暖和，像春天一样舒服。冥冥之中，我感觉这就是我寻梦的地方。

当时的火车票，我都收藏起来了，因为我从家里出来时已经一无所有，来深圳就是要改变命运，往后的日子只会一天比一天好。所以我要收藏一些东西，来见证自己的变化。不仅如此，20年来的火车票、工资单我都一直保存着。40多万元的工资收入加上我在家乡的投资所得，基本也有上百万的资产了，看到这些票据我经常会说："20年的火车票成就了我百万的梦想"。

二

到了深圳，我发现这里并没有遍地黄金，也不是华丽的都市，很多地方还是荒山、菜地和农田。那时"二线关"还在，我没有身份证，所以办不了"边防证"，无法进入南头关，只能选择在宝安关外打工。找工作也不容易，我不会讲白话，没有技术，也没有工作经验。进工厂做工需要50块的进厂押金，我没有钱又不认识人，无事可做晃荡了一个星期，每天都吃不饱。

为了活命，我参加了一个工程队，在松岗、沙井、西乡一带抬石头、挖水沟、挑沙浆，什么苦力活我都抢着干。最开始，我们是背水泥，背一吨两块钱。太阳出山，我们就要起来干活，干的都是工地上最累的活儿，但我心里却很高兴，因为在老家，全家干活一天才两块钱，来这里一天一下就有10多块钱，也没有拖欠过我的工资，我觉得自己运气特别好。

到工地之后，老板帮我办了暂住证，从此离开工地一步都要带上这个东西，而且每年都得重新办一次。一旦出门被治安队查到没有证、抓起来，是要最少罚款50块钱的，没有钱就只能送去宝安的收容所。我的运气比较好，因为皮肤很白，像城里人，办了20年的暂住证也没有被查过。

我们工地上有许多年轻小伙子，每个人第一次在外面过年时，都会用本来买回乡车票的钱买一套衣服。1989年，我第一次在外面过年,就和朋友去买新衣服。那时西乡还没有服装店,都是临时搭棚摆摊,我们十几个小伙子一人买了一套西装,算优惠价,100多块一套。第一次穿上西装和皮鞋,心情很好,格外精神。

第二年,我们到深圳老机场前合照,大家都穿得很时髦。戴手表,穿针织衫,还有人带了吉他。那时候我们的收入已经算不错了,一个月300元左右,加上我特别能吃苦,从1988年开始熬了整整3年没回过家,到1991年已经攒下了1万多块钱。我觉得这个数够建房子了,于是就回家了一趟。

直到1993年,我才第一次穿过"二线关",去了趟西丽,算是第一次进市区。20年前的深圳和现在完全不同,楼房都很矮,才七八层,上了10层就算很高了。那时市里已经有了上海宾馆,但是还没有世界之窗。回想起来,这个地方变化实在太大了。

1992年,我在工地出了一次事故,差点把命丢了,我就非常想换份更有安全感的工作。那时候深圳刮台风,我是装修工人,起风时正站在脚手架上给大楼外墙贴马赛克。20多年前的脚手架和现在不一样,那是用竹子搭起来的排架,大风一吹摇摇晃晃。出事的时候我刚好贴到最高层——第7层那里,排架摇得我腿发软,一不小心失去重心就摔下来了!那可是7楼啊!还好落到2层和3层交界的地方时,衣服被突出来的竹架挂住了,这才捡回一条命!事后,我心里就只想到父亲——觉得特别对不起他,那时我已经是家里唯一的人了,我要是出了意外,家里就没人了。所以这个活是不能干了,我了解了一下行情,就转去学当时最吃香的五金模具。

20世纪90年代初,深圳冒出各种工厂,到处都在招工,年轻人只要能吃苦,都有机会进工厂。1992年底,我跳槽进了一家精密零件厂。进厂之后,我的生活迎来了两个重大的转折点。第一个转折点发生在不久之后的1994年。

1992年做模具的人并不多，厂里的内地师傅比较少，我们都是跟着香港和上海的师傅学习，上海的师傅大多年长，只能说有模具的基础，最精密的技术还是香港师傅教的。师傅们在我心里都高高在上，我进厂的身份是"补师"，就是补充的师傅，我把自己当学徒。那时候，有同事说食堂的饭不好吃，晚上又睡不好，发牢骚的人很多，但我的心态跟他们不一样——我觉得自己是个"幸运者"，是很珍惜这个工作机会的。我从冲压工、修模工做起，每天工作12个小时以上，一个月工作400个小时是正常的量，最多我能做420个小时。我们厂是24小时两班倒，很多同事不愿意上夜班，我愿意上，上了整整半年的夜班，为什么呢？因为夜班比白班管得松，白天每个师傅都在自己的位子上，没位子给你做了；上夜班不同，各种机器我都可以开起来学，拼命练习。夜班更适合我。

那时，我跟了一位很关键的师傅，我当时工资是四五百块钱一个月，他是2000多的底薪，可见掌握技术对厂里很重要。他做模具的时候，我就在旁边看，有点"偷学"的味道，多看几次就对精密模床有了大概的了解。1994年，这个师傅离职了，想自己去创业。他的核心技术"流失"对公司发展非常不利，整个公司都很着急。我就说我可以试着做精密模床，老板大概给了我一个月的时间练习、琢磨，最终我吃透了技术，顶上了师傅原来的位置，成了公司的核心人才。可以大言不惭地说，那时公司没有我的话，很可能就要瘫痪了。

现在回想，能实现这样的提升，主要有两个原因：第一是我热爱这份工作，渴望学习更好的技术；第二是我舍得吃苦，其实模床工作对身体有伤害，平时车间里灰尘很大，我们有得肺病的风险。但我那时候天不怕地不怕，只要能学到技术、拿到高工资就很好了。

深圳口述史 | 下 卷 | 祝日升

1989年，祝日升穿着新买的西装拍下照片。

在深圳为摩天高楼清洗外墙的外来务工人员钟家财,正要从楼顶下到墙面作业,相片摄于1997年。

深圳口述史 | 下 卷 | 祝日升

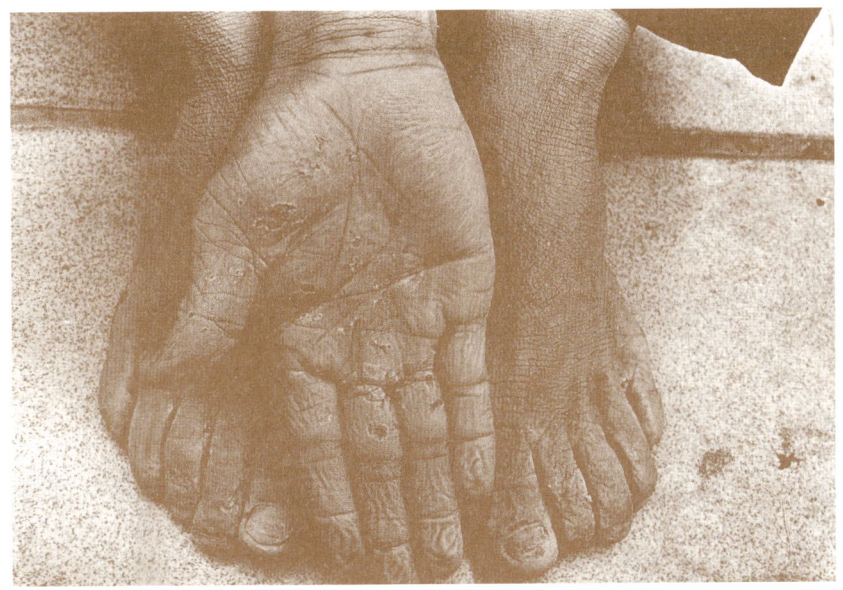

洗墙工钟家财的手和脚，相片摄于1997年。

20世纪90年代,深圳沙井,10余平方米10张木床的10户人家叠床架屋。

深圳口述史 | 下 卷 | 祝日升

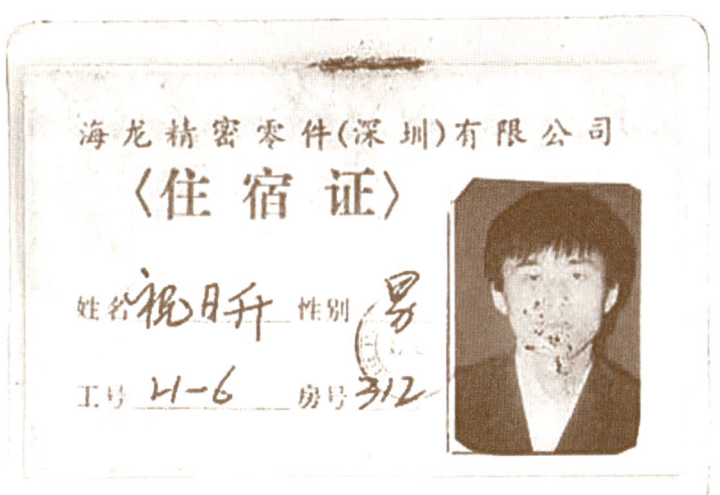

祝日升收藏的住宿证。

1988年，祝日升在深圳宝安西乡打工时使用的箱子。

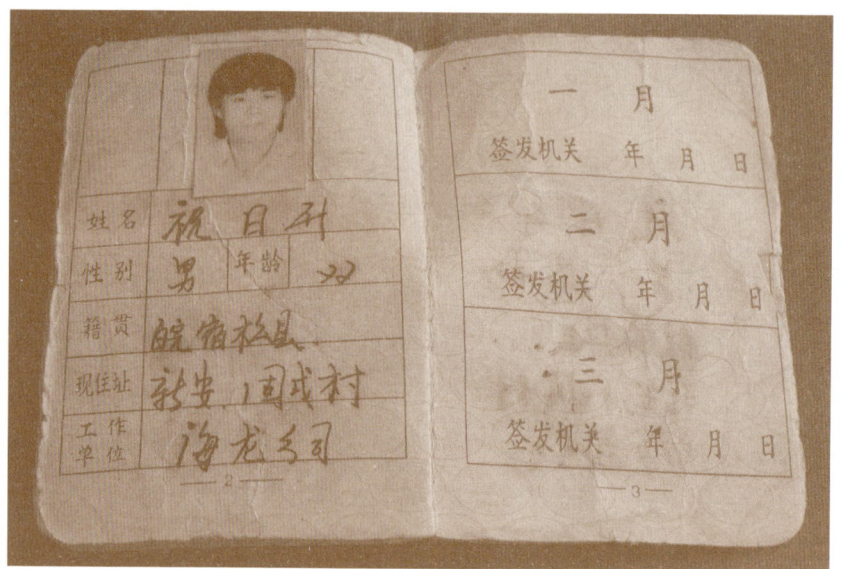

在深圳工作了20年的祝日升,办了20年暂住证。

一年后，我从公司的底层提升为骨干，收入也因此上去了。1994年4月我的月工资才500元，5月份就加到1000元了。每次发工资，大家都要排队来领，我们工资不用袋子装，而是直接把钱给到你手上。我第一次涨工资自己还不知道，厚厚一叠钱拿到手时，手掌直冒汗，数了一下发现有1280多块钱，当时从没见过这么厚的钱。周围那些厂里的老人家、女孩子都看着我。

当年11月份，我又加了500。到1995年，每个月就能拿到2000块钱，跻身"高薪阶层"了。这可以说是我人生的第一个转折点。第二个转折点是1997年。那年春节，我结婚了，老丈人是我们乡党委书记——经过多年努力，我慢慢从家乡的底层爬到了中层。

三

和老婆结婚、成为乡党委书记女婿的故事，要从我在家乡的投资开始说起。

我们农村出来的人，因为小时候太苦了，所以对财富的重视度远远超过在城市里长大的人。我年轻时，把赚钱的任务和计划看得很重，其中有一个计划是"五年投资一次房地产"。出来25年，我也完成了五次"五年计划"。

早在1991年中秋，20岁的我就带着打工的收入回到老家，做了件让乡亲们瞠目结舌的事：还了父亲的欠账，拆掉了旧房子——父亲和姐姐都是在那个房子里去的，那儿不能住了——在旁边盖起了一座三层的红砖大瓦房。这在我们那个年代是大新闻，当时十里八乡，很多老人都拄着拐杖去看热闹。人们翻来覆去说得最多的就是那句话："20岁哦，20岁建一栋房子！"在村里一排排的土坯房中，我这栋红砖房格外醒目。

农村的孩子知道农村的苦，所以我想搬离农村，最起码要在县城里有个家，将来小孩能在县城读书。1995年"五一"期间，我又回到老家，先是花了一万八在县城郊区买了一块地皮，地皮位于将要开发的工贸区。又向工厂主管和同事借了两万块钱，盖了一座三层楼房。我们祝家村有100多户人家，我是第一个在县城盖房子的，那时候我才24岁，老乡们都很羡慕。

刚开始我的想法很单纯，只觉得自己如果在县城有个地方住，就是"城里人"了，对商铺的利润没想到那么多。令我感到意外的是，这座房子成了我的"第一桶金"：在之后的10年里，县城的地价上涨了10倍，当年1.8万元买的地，变成了18万元；加上盖的360平方米的3层小楼，这处房产的价值已经超过了30万元。

慢慢地我在家乡也有了一些名气，但当我真正去我们乡党委书记家相亲时，还是有些不敢相信。这位书记一直被我视为上层人物，我刚开始一直纳闷，就问媒人："干部家庭会看中我？是不是女方有什么不好的地方？"但后来我了解到，他们家人特别欣赏我这种拼搏的精神，他们看得起我，不会觉得我是个孤儿，反而发自内心地佩服我能自立自强。于是，我去相亲的时候，有意空手去，什么都不带，但他们家里人却拿我们乡里最高的规格来招待我，酒菜都是最好的，我老丈人还敬了我10杯酒。

1997年正月，我结婚了。一个孤儿成了家乡上层人物的女婿，这是我被老家认可的最佳证明。定亲没花什么钱，结婚的时候我包1万块钱给他们，然后他们又用那1万块钱买了家具，等于说我把妻子娶回家，一分钱没花。我能有这样的福气，很大程度是因为深圳，所以老婆怀第一个孩子时，我和她说，如果生了一个女孩，就取名叫"深深"，如果生了男孩就叫"鹏城"，都是要表达我对深圳的感恩之情。后来,老婆给我生了一个8斤重的白胖小子,我们就直接取名叫"祝鹏城"。

也是这一年,我开始用自己的收入去帮助老家其他人,做了一些慈善的事。我们邻村有三个贫困生,都考取了大学,但家里交不起学费,每次开学我就帮他们一把,他们的学费差多少我就凑多少,全部给交齐。我自己没考大学,知道那种痛苦,所以只想帮他们,从没想过让他们还。这件于我而言的小事却彻底改变了他们的命运,现在他们三个人都大学毕业了,不单一早把借款还清了,在我投资遇到困难的时候,还反过来帮助了我。

四

20多年来,我持续收藏着既与自己打工生涯有关,也与深圳有关的物品,暂住证、火车票、工资条、信件、照片、电话卡、汇款收据、各类票证、图书报纸等等,各类文史资料我都保存着,藏品数量能有上万件。它们几乎涵盖了深圳发展的每一个脚步、每一个方面。我打心底把自己当作深圳的居民,把深圳当作自己的城市。但是,这些东西留在我手上只能给我的子孙看,所以我分几次把它们捐献给深圳市博物馆和宝安劳务工历史博物馆,希望后来的深圳人都能看到,发挥出它们最大的价值。

2006年开始,有媒体报道我捐赠藏品的事,也采访了我。后来我成为深圳特区第一代劳务工代表、"十一届深圳十大杰出青年"正式候选人,又被评为"深圳十大观念践行者"。2007年,我获得深圳第三届国际文博会免费展位,展出了自己多年的藏品。当年10月,我写的自传《感恩:深圳宝安明星劳务工祝日升的成长纪实》第一部出版。慢慢地,走在街上会有人认识我,说我是"打工明星"。

2008年，我工作了十几年的工厂运作艰难，换了一个新加坡的总经理，当年国庆节之后，包括我在内的一批老员工突然就收到了要求离职的通知。在厂里工作了这么长时间，我对它已经有了感情，早就不是为了赚钱、拿高薪而留下，而是想一同见证公司的发展。我记得不到半年前，我们工模部发生了火灾，我拿着灭火器去救火，公司还给了我奖励。没想到这么快竟被辞退，很让人心灰意冷。

庆幸的是，深圳是一个总给人以希望的地方。在失业1个月后，我有机会进入一家文化公司工作。当时文化公司的老总看到媒体对我的报道，也读了《感恩》，说读得他泪流满面。刚好他认识很多深圳文学圈的人，就叫我加入，一起做出版。2008年，在全球金融危机、到处大裁员的情况下，我从一个只有初中文化水平的技术工，成为了文化公司高管，不得不感恩。到了新公司，我坐在空调房里用电脑，和从前的"蓝领"生活完全不同。更不同的是工资，一个月有一万多，是从前的三四倍，我想都不敢想，好几晚睡不着觉。

我在这家文化公司干到2012年底，之后因为公司出现问题，就离开了。现在我主要做人物的专访和传记，还做了一本商会杂志，一年中大概有三四个月待在深圳，多数时间在南京和杭州，没有固定的办公地点，比较自由。

五

2004年以前，我对深圳的感觉还仅仅是"来赚钱"，虽然很感恩，但我并不想在这里落地生根，因为对这里还有很多地方不满意，比如治安乱和就业流动性大。

2000年之前，我们在深圳出门都要防打劫。我们公司的生产经理，被自己厂里出去的员工打劫了好几次，还让人打得鼻青脸肿。我有一回跟着老板的姐姐还有几个同事去晨跑，老板的姐姐戴了一条大项链，结果几个人冲上来把她的项链抢了，然后立刻窜到了山上去。当时大白天有人打劫已经是司空见惯。在这里就业的流动性也大，随时都有可能被解雇。以前厂里的人都怕自己工资高，因为工资一高，很可能有被老板炒掉的危险。早年一手把工厂撑起来的那批上海老人家，忽然有一天就被炒了，老板对他们说："老人家，你回家养老吧！"

2004年以后，深圳的治安逐渐好转，进关的边境令也取消了，条件变得越来越好。那年，我也因为看到一档节目，第一次想留在深圳，将这里当作自己的归宿。这个节目叫做《漂泊的灵魂》，是中央电视台播的，我看完觉得，打工者就是漂泊的灵魂，生命中充满了不确定因素，特别是翅膀还没有长硬、还不能主宰命运的普通打工者，像浮萍一样，漂到一个地方，落脚了，但风一吹，肯定又把你吹跑了。当时我在老家已经投资了三处房产，如果要买深圳的房子，不是买不起，但是我却错过了最早一批"买房得户口"的机会，一直也没有拿到深圳户口，心里不禁觉得自己方向把握错了，投资产生了失误。

此后很长一段时间，我都因为没有深圳的户口而感到遗憾。这里给了我所拥有的一切，我对它的感情有百分之九十九是感恩，但还有百分之一，就是没能成为真正"深圳人"的遗憾。因为户口问题，我和妻子11年分居，只有1年相处在一起，孩子到10来岁还是留守儿童。户口是一座城市对我们的认可，它能保证我的孩子可以在这里上学。希望孩子在身边、有书读，是所有普通务工者都迫切需要的。孩子上中学时，我想过为了陪他们放弃深圳，回老家。那时心中相当悲凉——对于深圳，我自己已经深深爱上了这里，如果哪天要回去，我肯定是流着眼泪回去的，一千万个不舍得。这20年来，我天天都很快乐，我真的很想把这种快乐延续下去。

但近些年，可能因为年龄大了，对许多事情都看淡了。从前有这个目标、那个目标，但到了40岁却觉得一切顺其自然、不要强求最好。现在我依旧是农村户口，老婆孩子是县城户口，我也觉得不错。自己对深圳的感情反而更深厚，甚至觉得比老家更亲切。深圳有很多老师、领导、同行和朋友，彼此之间虽然没有像家里的亲邻那么亲密熟悉，可只要有共同的爱好、追求，就容易走得很近。我也努力尽一个市民的义务，比如义务献血十多次，社会大事小事都捐款捐物等等。

我当这里是我的家，也一定是我叶落归根之处，将来我会在这儿养老。孩子大学毕业后我也建议他来深圳发展。

回头想想，17岁的时候选择来深圳，认为这里比别的地方好，只是单纯地想着一年四季都可以打工。其实，一年四季打工，就是一天天、一年年在这里，然后习惯这里，离不开这里。深圳帮助我梦想成真，我的好几个梦都在这里圆了，而且圆得很漂亮：百万财富之梦、文学之梦、收藏之梦，还有幸福家庭之梦。

岁月留影

IMAGES

1982年春天的一个早晨，从东北南下深圳的基建工程兵穿着棉衣棉裤、背着背包、提着行李、排着队走向位于原深圳火车北站的集合点。

1984年，刚刚脱下军装的深圳基建工程兵战士露天进行"军转工"职工技术晋级考试。

1984年，在建筑工地上的基建工程兵。正是他们亲手缔造了"三天一层楼"的"深圳速度"。

An Oral History of Shenzhen | Volume II | Images

1984年，一位基建兵转业的吊车指挥员正在市一建红岭大厦施工工地上指挥着。此时，深圳的建设正热火朝天。

在深建设的基建工程兵优秀代表之一的任正非（右一），在部队时就是科研的尖兵。脱下军装转业之后，在深圳组建了华为集团，逐步成长为世界级的企业家，为在深圳经济特区转业的两万基建工程兵争得了荣誉。

深圳经济特区初创时的艰苦是常人难以想象的，因为饮用水短缺，在深圳建设的基建工程兵们常常渴了只能喝沟中水。

1983年,深圳宝安首批"万元户"。

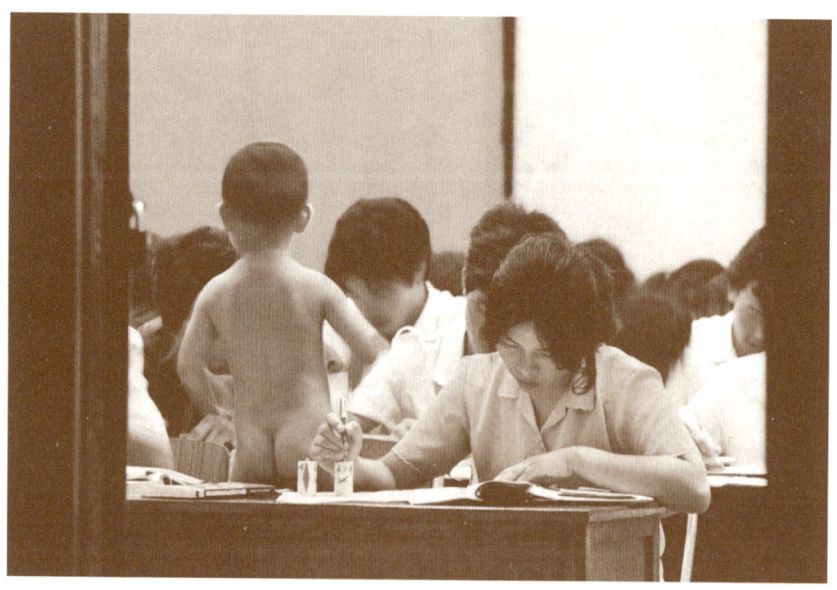

1984年夏天,深圳市总工会的职工夜校里,一位母亲带着儿子前来学习。20世纪80年代的深圳建设者积极进取,抓紧一切时间为自己"充电"。

1990年,在深圳罗湖街头打电话的男子脸上洋溢着笑容。那个年代,人们往往带着梦想和希望奔赴这座城市。

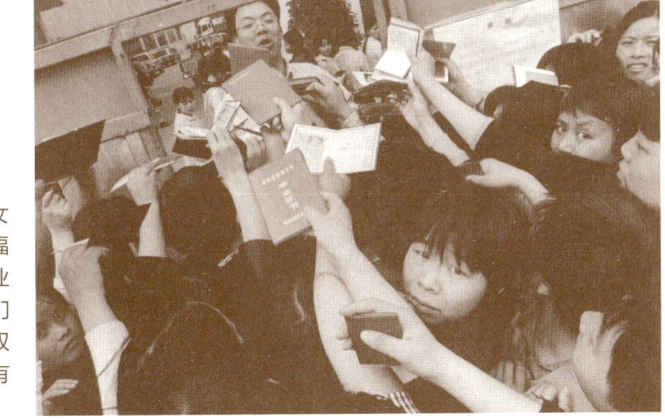

1990年,外来女工聚集在深圳市福田区一家招工企业的门口应聘。她们渴望凭借自己的双手在这座城市占有一席之地。

1982年,深圳国贸大厦工地的农民工。他头戴安全帽,肩扛十字镐,袒胸露怀。一条万能的潮州大围巾,包着一个吃饭、喝水、洗脸三用的盆子(盆里还插着一双筷子)。这是深圳早期建设者的真实写照。深圳的脏活、累活、苦活、重活,大抵都是这些农民工在干。

1980~1992

深圳口述史 | 下 卷 | 岁月留影

1989年6月,下班的女工们吃饭打冲锋。深圳蛇口凯达玩具厂有2000名女工,午餐时间抢在前面的,得以午休片刻;落在后面的,放下饭碗就得开工。

20世纪90年代初,深圳工厂里流水线上的女工疲惫地揉着眼睛,稍作休息。

20世纪90年代初深圳一家港资工厂的饭堂,上千工人需要站着吃饭,以节省时间。

1994年9月,深圳福田区一家工厂里加班的青年工人。

20世纪90年代初,在深圳城中村出租屋外露宿的外来工。

20世纪80年代,深圳银行网点少,居民存钱需排长队。

20世纪70年代末80年代初,深圳一些指定商店需使用外汇券。

深圳口述史 | 下 卷 | 岁月留影

20世纪90年代初，深圳东门街头来往的人群。

1990年10月8日，内地第一家麦当劳餐厅在深圳东门开业，店内店外人头攒动。

郭小慧

服务是协会的"立命之本"

郭小慧，1989年来深，深圳外商投资企业协会创办者之一。现任该协会执行会长。

一

我从小成长在一个军人家庭，13岁进入北京舞蹈学校（后为北京舞蹈学院），学了9年舞蹈，后来分配到海政文工团担任演员和舞蹈队的分队长。那时候推广样板戏，我在芭蕾舞剧《红色娘子军》中饰演连长，《白毛女》中饰演喜儿。

30岁时，考虑到舞蹈演员的艺术生命是受限制的，就想转换人生角色。我幸运地转行进入海军油料研究所，并先后到北京大学和中国人民大学档案系进修，经考试成为国家专利局颁发证书的海军第一位女性专利代理人，此后辗转多次，来深圳之前任海军人才交流中心副主任。

1989年到深圳之前，我爱人在军队是师职干部，我是正团级干部，生活条件比较好，待遇也很高。

在一个变革的大动荡时代，表面看似乎平静稳定，实则波涛汹涌。

一天，我在一位伯伯家里做客，遇到了深圳市的一位领导，他介绍了深圳经济特区建设的情况，问我："深圳需要大量的人才，尤其是起点高、视野宽、有素质、有魄力，并有部队经历的人才，特别是高素质的女性。最近我们正准备成立深圳外商投资企业协会，你有没有兴趣？"

我心动了，真的心动了，在场的另一位海军战友——时任海军装备部政治部主任的王丹亚也心动了。

此时，我已有二十多年的军旅生涯，军舰、海港、蓝色军营与我日夜相伴，使我难以割舍；而神奇的经济特区、改革开放的大潮、自我价值的尽情体现、经济特区发展对国家未来的重要性等等，又敲击着我不安于现状的心。

我的想法得到了爱人的支持："一个人去闯势单力薄，倘若丹亚也想去，两个人搭档去闯，可能会有一加一大于二的几率。"相对于逆境中的被动奋起，顺境中的主动再修炼更需要勇气，几经商量，两份转业报告先后呈报上去了。

在20世纪80年代末，像我们这样的师团干部，大校、上校军衔，二三十年军龄，本可以做个终身的职业军人，主动要求转业的实属罕见。并且还要把档案放到全国人才流动中心，只身到深圳，既不是去当官，又不是为发财，而是去办一个毫无保障的什么"外商协会"，周围人的大惑不解是正常的。就连不少朋友都纳闷，四十出头，正是前程无量的年龄，放着军队的"铁饭碗"不端，非要去捡那个"泥饭碗"，去自讨苦吃到底是为什么？还得再说一句，在这人生转折的关键时刻，是爱人的支持给了我义无反顾的力量。

1995年，外商企业代表向深圳外商协会赠予锦旗，感激协会"排忧解难，鼎力支持"。

在海军部队工作时期的郭小慧（中）。

20世纪90年代,深圳外商协会早期创业团队合影。

二

王丹亚是和我一同南下深圳的。

刚来深圳,面临着一连串问题。按计划经济时的老样子办个协会,不是自己的初衷,也不符合市场经济的要求;若创办一个有别于传统的全新的协会,就要承担风险,因为那是别人没有走过的路。

口头决心好下,实际问题就难办了:协会怎么搞起来?在哪里办公?经费怎样筹集?工作人员从何而来?谁给发工资?吃住问题怎么解决……

我们提出了把协会定位于走民间化道路,这在当时是一个大胆的创新,别人打破了脑袋也想往政府里钻,我们却要与政府脱钩,周围几乎都是惊讶狐疑的目光。

深圳市的几位主要领导都支持了我们的大胆设想和勇敢创新,协会要最大限度地与政府脱钩,置身市场,自我发展,自主运作,行为自律。一个有别于全国其他省市的外商投资企业协会、完全民间化的独特机制与运作模式在深圳诞生了。没有政府编制,没有每年的行政拨款,没有任何政府授权的特殊职能,而是借鉴国际化商会的会员大会、理事会的运作模式,探索着走进了市场。

这样的定性决定了协会"既无权,又无钱"的特点,未来它将靠什么创业?靠什么发展?未来看似困难重重,千头万绪。

我当时说"服务是协会的'立命之本',这是协会最初几位创办者的共识",所以,协会从创办之初就确立了"以服务为宗旨"的方向,逐步树立起了大服务的思路。凡是外商投资企业的事,只要不违反国家政策,协会都要管。协会不仅要服务企业,还要服务政府,服务社会,因为三者的根本利益是一致的。

在炎热的深圳,我们戴着草帽,踩着单车,穿梭在大街小巷,关内关外，深入企业，宣传政策，悉心调研，维权解难，承担起协会的日常运作。没人能想到，这些租住在农民房里、以招待所为办公室、整天顶风冒雨的人，曾是中国海军总部机关的优秀军官。

改革开放之初，一些外商到深圳后，建了很多桑拿企业，这在之前是国家政策允许的。后来有人反映桑拿浴藏污纳垢，1989年，公安部发出全国禁止桑拿浴的通知，所有桑拿业一律停办，深圳桑拿业的外资企业也受波及。

投资桑拿业的外商，看着刚刚装修好的门面被封了，心中极度不平。政府批准开业的，工商、税务、公安、消防、卫生层层审批都合格，企业守法经营，怎么忽然就给封了呢？外商极度不解。那时候，国家还是计划经济时代，国家政策说不行，就要停，没有办法，所以外商就都找到我们协会。

为此我们专门对桑拿浴问题进行了调研，撰写了一期《外商反映》上报给深圳市政府及中央有关部门，提出桑拿业整顿应该讲政策，把正规、守法的桑拿业与从事色情的黄色窝点区别开来。如果不准桑拿行业继续在我国开业经营，政府也应该对已经注册登记批准的桑拿企业适当给予补偿。

后来在中央召开的经济特区工作会议上，中央领导同志专门就这个问题询问深圳市领导，当时市领导也非常实事求是，并最终拿出了解决办法：允许桑拿浴转为卡拉OK继续经营。

所以，那时候一大批卡拉OK店应运而生，这也是当时全国的第一批卡拉OK。

三

1993年下半年，中国股市还在破冰期，深圳已经有几家公司先期上市，但国内各界对股票上市还有不同认识。有人提出，国有企业上市会不会带来国有资产流失？而深圳市准备推出的这批企业，正处在发展之中，急需上市融资。尽管深圳市上报了第二批上市试点企业名单，中央却暂停了此事。焦急中的企业找政府、找协会，希望加快推行试点，深圳市政府主要领导几次进京争取，但均未果而归。

地方政府几次争取都未能解决的事，别人再去争取其难度是非常大的。我觉得尽管中国股市刚刚起步，尚不规范和成熟，但企业到社会上融资，却是一个解决资金瓶颈、促使企业高速发展的好办法。其中的13家合资企业为什么不能先行试点呢？加之目前三资企业发展前景摆在面前，只是缺少资金，新项目、新流水线无法启动，倘若这13家大型合资企业上市融资成功，一定会带动深圳经济再上一个台阶。

当年11月，我们组织了一个22人的代表团，穿梭于中央各部委之间，不断地座谈、研讨、游说、答疑、建议，让外商介绍国外股市融资如何促进经济发展，并且提出如果怕国有资产流失，可以让合资企业先行试点上市。

半个多月高效的工作打消了一些部门的疑虑，一个半月后，国家批准深圳24家合资企业作为试点先行上市，包括当今深圳主板的深大通、深科技、深中华。

事后，时任深圳市委书记李灏见到我时说：外商协会给深圳立了大功！

在后续的十几年里，外商协会相继向国务院及相关部门建言献策，帮助企业解决了发展中遇到的各类问题，得到了政府及企业的高度肯定。

四

2002年，噩耗突如其来，我的拍档王丹亚患癌症病逝了。在海军部队时，他在装备部，我在后勤部，常常是有困难我们两个一起上。他的突然离世像一下子塌掉了半边天，整个担子我都要挑起来。

压力骤然增大，我就想要不要退缩回北京，因为当时我还有退路。

但最终还是没有回头，因为已经在身上压了十多年的担子和责任让我割舍不下。况且已经经营了那么久，协会发展也颇有起色，那么多企业把这里当成家，如果真的要放弃的话，那放弃的不仅仅是我自己，同时还有2000多家外资企业。

令我欣慰的是，爱人这时义无反顾地从北京过来帮助我，儿子也来到广州当兵，在我最艰难的时候，他们的出现再次给了我力量与支撑。

后来，我受邀作为中国体制改革研究会特约专家，并于2007年在世界女议员大会上发表演讲，主题为中国妇女和NGO组织在国际经济贸易当中的地位和作用。那时作为唯一一位受邀的亚洲代表与希拉里、布莱尔夫人以及一些女总统、女总理同台演讲，我从心底感到非常骄傲和自豪。

深圳外商投资企业协会能有今天，能帮深圳的外资企业解决这么多问题，除了离不开团队的努力，也离不开深圳大环境的支持。

政府和企业关系非常紧密，深圳市政府开门办公，我可以任何时候去找市领导。因为深圳是外向型主导经济结构，出口连续多年都是全国第一，所以从事外资工作是很受重视的。

我还记得当年，时任市长李子彬曾对我说，"当企业遇到困难，任何时候你都可以来找我，如果我不在，只要你把文件塞到我办公室门缝里,我都会及时处理的。"

现在回想,如果我不来深圳,仍留在部队里,生活有保障,同时也会按部就班地升职提薪,现在肯定也是军队退休干部了。但是,深圳给了我另一种更具挑战性的生活。

经历过那么多的坎坷与掌声后,我越发觉得,能够代表一个群体去发挥作用,这样的生命会很有意义,很有价值。

孙 湧

哪怕一切从零开始

孙湧，1989年来深，深圳职业技术学院计算机工程学院院长，兼任深圳南山区政协副主席、深圳市软件行业协会副会长。

一

25年前，我作为一名硕士毕业生，放弃在国家重点扶持科研院所工作机会，只身南下深圳，希望伴随这座城市的发展，追求自己的人生。

那是1989年，我从中科院沈阳自动化研究所研究生毕业。1988年的经济危机让当年的就业形势变得严峻——全所19名研究生，只留下5人，而我就是其中一个。但我家在合肥，沈阳的气候饮食等各方面我都不太习惯。所以尽管研究所工作前景非常不错，我还是下决心离开沈阳。

那么要去哪儿？我并不愿意回老家合肥，不希望自己像哥哥姐姐那样在父母荫蔽下"啃老"。当时有一些同学在深圳打拼，他们告诉我："深圳是一个非常开放、极具改革创新意识、朝气蓬勃的城市，有很多发展机会。"于是，我打算去深圳找工作。当时需要有本科和研究生阶段的各科成绩单，还要在户籍所在地办理深圳边防通行证才能来深圳，这些都离不开研究所的支持。但在得知我想离开后，研究所并不配合，拒绝提供我任何个人能力佐证材料。1989年春节，我返回合肥家中过年，见到了本科中国科技大学的老师，经过他的帮忙，我拿到自己本科成绩单的复印件，办成了一张前往深圳的边防证。

和所有外来求职的学子一样，想在深圳立足必须先找到饭碗。所以一到深圳，晚上我就在中科大师兄的集体宿舍里打地铺，白天则沿着深南中路在统建楼、电子大厦等处"扫楼"，一家一家地问，不断自我介绍，寻找工作机会。功夫不负有心人，我终于在10多天后找到了接收单位——赛格集团的一家下属软件企业。我带着深圳赛格集团的研究生预接收函返回沈阳。

幸好我的导师非常善解人意，他见我在没有成绩单的情况下就拿到了单位的预接收函，知道我铁了心要走，便非常大度地帮我做通了研究所的工作，同意放我离开。我成为所里第一个拒绝留所安排、"破门而出"的研究生。

研究所把同意派遣我到深圳工作的整套申报资料，通过挂号邮寄来了深圳。谁知过了1个月，我才被告知材料没有寄到。由于再用挂号补寄材料已经来不及了，我赶紧去研究所重新准备一套申报材料，跑到沈阳火车站爬上一列南去北京的火车。

我是上车补票到的北京，也没敢出站，又继续爬火车到了广州。到广州后，我又面临上次办的边防证已经失效、无法进入深圳经济特区递送材料的困境。幸运的是，我认识了一位安徽驻广州办事处的老乡，我通过他办了一个"假工作证"，上面贴的是我的相片，而名字却是老乡的。我拿着这张工作证和老乡的边防证顺利来到深圳，直奔公司人事部交上材料。我心情非常愉悦——作为一个放弃分配自谋出路的学生，我就这样艰辛地在深圳找到了第一份工作，开始了崭新的生活。

来深圳的头五年，我是在企业写程序代码度过的。由于公司规模不大，整整一年，我吃住都在上步工业区的招待所，生活条件比较艰苦。

过去我在中科大无线电技术专业学习，从事图像处理技术研究，后来在沈阳自动化研究所，学的是机器人视觉技术，这些都是当时非常时髦和高精尖的东西。来深圳后，我发现根本找不到与机器人相关的工作，无奈之下我只好被动接受一份与自己专业比较接近的软件编程工作，在软件企业给香港客户开发商业系统。

我在企业磨砺了5年，这段经历让我意识到一个重要问题，即高校和企业的差异性非常明显。企业所倡导的行之有效的东西，往往是最基本、最普遍的，而这些恰恰容易让我们这些"天之骄子"大学生不屑一顾。高校看重尖端领域的研究突破，这些技术是否推动了产业、有没有转化成经济效益，则不是高校关注的问题。但企业不同，企业很现实，它需要更多有实用技术的人支撑产业发展。所以，高校人才培养和企业现实需求相距甚远，很影响学生顺利就业。

思想转变的过程非常痛苦，但也颇有成效。我来深圳之前从来没有做过商业编程，为了尽快进入角色，我不断琢磨别人编写的程序，不懂的地方就主动请教，将姿态放得很低。后来在深职院工作之后，我也跟我的学生们说，不要怕别人看不起自己，要敢于提问，因为不问就永远不懂。带着这种迎难而上的精神，我的工作能力和水平很快得到了大家的肯定，我开始承担软件报表生成器的开发重任。

1992年，邓小平南方谈话发表后，深圳市委市政府决定筹办深圳高等职业技术学院,这是国内首家职业技术学院。1994年9月,我在《深圳特区报》看到一条新闻,内容是高职院举行开学典礼,欢迎大家来西丽吃荔枝。这则新闻深深吸引了我,我当即决定辞职,我希望能够亲身参与这所学校的创业历程。

来学校求职时需要先接受考试。我的考题是用一个月的时间开发一个工具,开发出来就留下,否则就走人。我花了一个月完美解决了这个问题,开发出这个名为"计算机水平测试自动判卷系统"的工具,顺利入职。这个工具后来在1992年拿到了深圳市科技进步三等奖。

来到学校后,我的试用工资一个月才750元,可早前在企业时每个月已有2000多元,落差非常大。当时女儿刚半岁,妻子又在休产假,收入颇微,我们在蛇口湾厦村租了一套农民房,每月光房租就要1500块,生活开销让我倍感压力。但我咬咬牙坚持住了,因为深职院的办学理念和办学思路,与我说的"痛苦的转变"是吻合的,企业需要能支持企业发展、满足产业分工的高质量人才,深职院恰好要在这一方向上做出努力。我希望能在新兴的变革与发展之中追求自己的人生理想。

最初,学校在泥岗路附近租了四间房,后来搬来了西丽湖校区。1994年10月21日,我第一次踏进深职院西丽湖校区,那时学校条件非常艰苦,只有两栋宿舍和一间学生食堂。食堂一楼为师生提供餐饮,二楼、三楼隔成教室,A栋学生宿舍既是老师办公室,也是部分单身老师的宿舍,B栋则是学生宿舍,住着260名同学。为了节约经费,我和同事利用暑假休息时间,自己建设学生实训环境,如通过购买电脑散件组装整机。这种顽强创业、艰苦奋斗的精神在深职院里一直传承着。后来,当学校经费紧张,有老师甚至拿出自己的奖金来购买设备，努力钻研创造业绩。

如今，每年都有几千人来学校参观，不少人会说："深职院之所以发展得这么好，是因为你们学校太有钱了，你们的经验我们学不了。"这时，我就会说："如果你们参观下来只是觉得深职院因为有钱才取得今天的成绩，那真是误解了、白来了。我们值得分享的恰恰是这种艰苦创业、敢为天下先的精神。每个学校都有自己的特色，我们这份蕴含深圳特色的创业精神独一无二。"

二

我很庆幸当初选择了高职教育。20多年来，职业教育在深圳乃至全国都有了很大的发展，得到了国家的充分肯定。我记得2005年，时任国务院总理温家宝专程来深职院调研，他充分肯定了深职院的办学特色和办学成果，以及深圳市委市政府创办深职院的创新举措。

但在建校之初，高职教育对产业的贡献还没有像现在这样被社会各界所认可，加上学校办学条件非常有限，更多的时候要靠自己埋头苦干，克服困难。深职院在职业教育发展中做出的一个重大突破，是联合了国内外顶尖的企业，共同办学，培养学生的产业化技术能力。这其中又以与跨国企业的合作最有难度。

市场中，跨国企业凭借其垄断地位，使得企业产品标准成为事实上的国际技术标准。高职学生只要精通这些产业主流技术，就能与本科院校学生同台竞技，谋求就业优势，并获得良好职业生涯起步。

2001年，我参加深圳市委组织部第四批干部境外培训，在完成澳大利亚布里斯班市的专题调研和格里菲斯大学进修之后，我轮岗到计算机系工作，分管实训室建设和校企合作。那个时候，跨国企业还无法理解职业教育对企业自身发展的价值和意义，不知道什么是中国的职业技术学院，以为只是非正式的社会培训机构。在寻求外企支持时，他们根本不愿搭理，甚至给我们脸色看。同时，外企部门架构非常复杂，职务等级森严，一般人很难找对人推开校企合作之门。因此，我们想建立校企战略合作关系异常困难。

当时，计算机系恰好获得150万元教育部专项实训室建设经费，可以用来购买学生实训设备。当时，我瞄准了思科、甲骨文等企业，想与他们建立校企合作关系。在设备供货商的帮助下，我和思科、甲骨文公司的有关负责人见了面，向他们阐述了深职院的专业人才培养改革思路，明确希望他们同意深职院加入思科网络技术学院和甲骨文学术教育计划，从而使我们能够像清华等10多所重点大学那样，获得思科和甲骨文在课程教学资源和师资队伍培训等方面的有力支持。

经过一番交涉，2002年初，我们成为第一家加入思科网络技术学院和甲骨文学术教育计划的高职院校，思科和甲骨文也分别成为深职院计算机系计算机网络技术专业和软件技术专业的办学载体和支撑平台。

尽管当时华为公司数通产品的市场率还无法与思科相抗衡，但我十分看好华为这个民族品牌的成长特质，希望同时构建占市场主流的思科和获得国家支持的华为的实训环境。因为我已经把所有的经费都砸在思科技术实训环境上，在没有见到建设成效的情况下，不可能再申请经费去购买华为设备，我只好把精力放在说服华为捐赠设备上。2002年开始，我主动找华为的销售人员，畅谈校企合作以及对于双方的好处，希望对方能说服其领导见我。就这样，我一级一级往上谈，一直谈到2004年，与独立后的华三公司直接沟通。最后，华三分管销售的执行副总裁吴敬传女士拍板，向深职院网络专业捐赠了80万元华三网络设备，以及给予相关教学资源和师资培训的支持，并成立首家

1995年,深圳市行知职业技术学校。

20世纪90年代,孙湧在深圳职业技术学院工作时的办公环境(试用期)。

20世纪90年代,孙湧(左一)与同事利用暑假时间购买电脑零件组装整机。

20世纪90年代初,孙湧(左)和友人在深圳振兴招待所合影。

华三网络学院。

在2007年国家示范校建设之前,我们计算机系的教学软硬件实训平台有30%~40%都是企业捐赠。有人说:"有了市财政的支持,深职院要办大事从不缺钱,为什么你还要找企业捐赠?"我说:"因为我坚信从销售人员手上购买设备,无法建立真正有效的校企合作。企业只要同意捐赠,就会关心学校的使用体验,就会长期给予办学所必需的免费教学资源和师资培训。只有这样,才能真正建立校企战略合作。"

学校要快速发展,不能单靠自己,必须要站在巨人的肩膀上努力寻求产业、行业、政府的支持,这符合深圳一贯倡导的"拿来主义",也是刘洪一校长提出的深职院"政校行企四方联动,产学研用立体推进"办学理念的体现。

这些企业与我们的成功合作拓展了其设备在校园中的销售渠道,如今学校实验室已经成为企业的一个重要销售对象,如果没有我们开出先河,企业向学校营销的成本也将异常之高。更重要的是,正因为我们的成功办学,思科、甲骨文等外企发现高职教育对于企业实现人才垄断、技术垄断乃至市场垄断的战略意义,纷纷投入更多资源,热情支持高职院校专业建设。

三

目前深职院80%的学生是本地人,省内招生要440分以上,而深圳户籍学生只要330分。这导致生源素质不高,为我们的专业教学改革带来了诸多困难。

2001年,深职院开设计算机网络技术专业。当时的7名专业教师都不是网络科班出身,没人掌握网络主流技术,更谈不上有多少实际工程经验，专业起步困难重重。于是，我们主动寻求拥有产业主流技术的思科、华三的支持，并彻底解决校企合作排他性竞争条款，强化专业师资和学生技能培训，提升学生冲刺企业顶级认证的自信心。

2004年，首届3名网络专业毕业生率先实现在校大专生通过CCIE认证[①]零突破。此前，从没有一个在校大学生考取CCIE认证，这件事曾在整个行业引起了轰动，电视台为此特别做过一期节目。

目前，国内考取CCIE认证的工程师还不到6000人。刚开始，没人认为大专学生能顺利通过CCIE认证，但现在，我们每年约有15%的网络专业毕业生，合计220多人批量通过CCIE认证，占全国总数的5%。这些孩子的人生也发生了翻天覆地的变化，他们毕业后在企业都是高薪群体，年薪50万～70万元的人我能数出许多来。

2012年，我们又实现了6名计算机信息管理专业学生通过OCM认证[②]零突破，短短两年已有2名专业教师和15名在校学生顺利通过OCM认证。目前国内仅有400多人通过OCM认证，通过难度很高。

就在上个月，我们再次实现1名专业教师和两名软件专业学生通过RHCA认证[③]，这又是一次零突破。RHCA是红帽子公司推出的LINUX操作系统领域最高级别认证，目前国内仅有200多人获此证书。

学校年年都会带队参加蓝桥杯全国软件大赛，我们与包括北京大学、华南理工大学、北京科技大学在内的500多支大学代表队同台竞技，2011年我们获得第七，2013年获得第八，今年我们拿到了唯一一个特等奖！多年连续获奖说明我们的成绩并非偶然得来，而是有稳定的水平保障。

通过企业战略合作以及师生努力攻关，原本高不可攀的CCIE、OCM、RHCA等行业顶级认证一一被我们的学生批量攻克，国内外比赛我们也屡获殊荣，从而赢得了国内高职院校同行的钦佩。

现在，我都会和通过顶级认证的同学说："你求职时，可以理直气壮地告诉面试者，你是个高职院校大专生。拥有专业技能的大专生已经成为你的优势，而不是劣势。毕竟大专生只能说明高中没有学好，在深职院学习3年获得行业顶级证书，充分说明你能吃苦耐劳，克服困难，挑战自我，能力已经超越大多数本科学生的专业技能。未来你去市场就业，老板选择你的几率将大大提升。"因此，我们的学生也都很努力。

在技术日新月异发展的今天，想持续走在发展前沿，并将最新的技术教授给学生们，我们学校的各位老师也付出了巨大的努力，学生取得的进步他们功不可没。相对于职业学校，普通高校实则对本科生的就业重视不足。因为越是好的学校，越倾向于将资源投入到科研——即老师与研究生身上，留给本科生的则非常有限。举一个简单的例子，在科技产业领域，理论是不变的，但技术差不多每半年就有一次更新。高校教师在授课时就有两种选择：一种是教不变的理论，另一种是每半年更新一次，教最新的技术。普通教师显然更倾向于选择前者，因为时间成本有限，老师在备课上花费的时间少，就有更多富余的时间来做自己的研究。而对于本科生而言，就业看的就是技术，但高校却变相地忽视了这一点。

我们的老师则保持着与时俱进，钻研最新的行业技术问题，克服种种困难提高自我，并且花费时间和金钱的成本亲自参考认证考试。他们年纪都不大，平均40岁左右，却非常可爱、非常敬业，为学生的进步承受巨大的压力。

四

作为一名知识分子，我希望用自己的微薄之力，推动社会向前健康发展。在我以民主党派成员身份进入市区两级政协之后，就更加关注周围的一切。

2009年，我撰写《关于构建以企业为主体、以高校为支撑的技术创新体系》建议的动机，就是我发现高校和企业存在关注点和利益考核机制的巨大差异。如何在高校和企业之间形成良好的互动机制，促进高校成果的转化，推动产业进步，就成了一个关键问题。我撰写的这份提案作为致公党广东省委会提交2010年省政协全会的集体提案，并案为汪洋书记亲自督办的重点提案。又比如，我2010年撰写的《建议政府科研经费要"雪中送炭"，扶持初创企业，培育新兴产业发展》建议，就获得市委书记和市长的重要批示，市科工贸信委还就此专门回复并进行落实。2010年至今，我撰写的事关科技、教育、环保、金融的14份建议，也分别得到市领导的批示，并在之后的政府决策中以小步快跑的方式，着力推动社会点点进步。

因为政协成员都是兼职，所以我们的工作没有直接的物质回报。而履行参政、议政、民主监督等义务却要花费大量的时间与精力，驱动我们孜孜不倦工作的，正是心中对这座城市的热情与责任感。

有时我也会问自己："当初为什么选择来深圳？"当时我之所以没有去广州找工作，是因为我觉得深圳更具包容性。一个地方越是发达，排外性往往越强。尽管当时的深圳经济还没有现在发达，但已展现出开放、包容和向上的特区精神，这种精神深深吸引了我，在深圳我不会觉得自己是个外地人。

我已经在深圳生活了25年，在深职院工作了20年。20年职业生涯中，我亲历了深职院创业初期的艰辛，见证了学校每一阶段的发展历程。如今深职院已桃李满深圳，众多学生与我们一起拼搏，成为了行业精英和顶尖技术高手。我的青春献给了深圳，献给了深职院。我也在深职院这个舞台上实现了自己的人生价值。我对深职院、对市区两级政协和统战部,对深圳这座城市,充满了深深的感恩之情。我也深刻体会到:深圳是一个充满激情的城市,只要肯努力、付出和奋斗,就可能得到走向成功的机会,获得丰厚的回报。

如果人生穿越,给我一次重新来过的机会,我仍然会义无反顾地选择深圳,哪怕是再次经历各种艰难困苦,一切从零开始。

注释:

① "CCIE"是"Cisco Certified Internetwork Expert"的缩写,CCIE认证,即思科网络专家认证。

② "OCM"是"Oracle Certified Master"的缩写,OCM认证资质是Oracle认证的最高级别。

③ "RHCA"是"Red Hat Certified Architect"的缩写,即红帽认证架构师。

余小琼

我的青春就是在大梅沙

余小琼，1989年来深，在深圳盐田服装厂打工至今。

一

来深圳之前，我在老家四川崇州的一个镇上经营一家裁缝铺，帮人做衣服，收一两块钱的加工费。店里生意很一般，一年到头都是赚多少花多少，存不下什么钱。当时我已经结婚了，生了女儿。丈夫常往甘肃、西藏打工，也没有挣到多少钱。

1989年的一天，铺子开门后有一位对面医院的病号来找我闲聊，他在对面医院看病，偶尔会来铺里坐坐说说话。他告诉我，深圳一家新建的服装加工公司在崇州招聘，它通过四川的劳动服务公司想招一批懂服装生产的工人，他女儿也是做衣服的，已经报名了。当时我对深圳完全没有概念，还问了他一句："深圳在哪里？"他也说不晓得。那时是四五月份，正是生意的淡季，我就想："管他呢，先去报名看看。"

去那儿报了名立马考试,"考场"有七八台缝纫机,每一台上都放了一块布,我们得按规定做出一件东西,监考要看你的手法熟不熟悉,考上了就打钩要你,没有考上就打叉。我考完站起来,看到他直接打了个钩,就知道行了。当时有100多人报名,最终算上我一共选了33个人,全是女工。

报名的时候我没告诉我老公,等到要交身份证办边防证的时候,他才知道,说不给我办。他反对我来深圳,理由也很简单:我一个人去,他不放心。来深圳之前我从没出过远门,加上当时大家思想都比较保守,又发现这次招了30多个人都是女工,就有人怀疑,招工是不是骗人去干一些"不干净"的事。直到我来深圳工作了一年,春节回老家,还是有邻居会说闲话。我就和家人说:"你们别管别人怎么说,只要你们愿意相信我就行了。"

我当时想,招工是政府的公司出面招的,又不是只有我一个人去,应该不会有问题。所以,老公不同意我走的那两天,我就老在家找茬,一会儿说缝纫机不好用了,一会儿说熨斗坏了。为了留住我,他偷偷把家里养的两头猪卖掉一头,给我买了一台新的缝纫机。这下又被我抓住把柄了,因为那个年代猪是家庭的重要财产,我说:"你连卖猪这么大的事情都不和我商量,那我更得走了!"我还说:"凭什么都是你们男人出去打工,这次也该轮到我们女人走出去了吧?"

经过我的"死缠烂打",他最终还是同意了,而且把家里的另一头猪卖掉,给我换来300多块钱,当时路费37.5元钱。他说:"如果你去了那边,真的像别人说的那样是骗局,你至少有路费回来。"我出来时还把家里的那一套剪刀尺子带上了,想着真要是受骗了我可以摆个摊给人家做衣服,自己挣回家的车费,后来这套剪刀尺子给同事借去,搞丢了,我特别心疼。

我妈倒是一直非常支持我出去。我娘家附近有个人曾经在深圳打工，她就跑过去问人家情况。她认为我可以出来，还说可以帮我带女儿，我心里非常感动。

最后我们30多个人，加上在阆中招的60多个人，一共一百多个人就出发来深圳了。

二

我记得特别清楚，我是1989年5月27日出来的。早上9点，我们在劳动部门集中，从崇州出发去成都转火车。当时我女儿去了幼儿园，老公不愿意送我，只有我妈妈来送我。幸亏我女儿没来，不然我可能就走不了了。当时，上车走了好远，我还看到我妈妈泪流满面地站在后面。因为签了3年合同，我们以为3年都回不来了。所以她表面虽然支持我走，但内心还是很舍不得的。

这次出发，省劳动服务公司还派了两个人护送我们。那是我第一次坐火车，第一天还很兴奋，第二天开始困，昏昏欲睡。经过3天3夜，总算到了广州，深圳的公司直接派了几辆大巴车，把我们接到要工作的服装公司。大巴走到盐田的时候，我的心开始有点凉了，因为整个路况变得特别差，车颠簸得很厉害，我们的行李都被抛起来了。到了大梅沙我们要工作的地方下车的时候，眼前是一片荒草地，没有什么人，只有孤零零的6栋楼房。脚下都是泥浆路、碎石路，很难走，后来一个月内就磨破了我一双高跟鞋。看到深圳这么荒凉，我守着自己的行李大哭了一场，也有其他几个女孩子哭了。到工厂之后就开始分宿舍，一间宿舍住20个人，上下铺全住满，大家各自忙着自己的事情，也就没想太多。到了第三天，我们进到车间，看到一排排崭新的、明亮的机器，心里才算有点安慰。

别看现在的大梅沙这么繁华，我们刚来的时候，基本没什么人的，工厂也只有我们一家。我来之前没有见过海，很兴奋，但是不敢一个人去海边。刚开始工作没有加班的时候，我们七八个人一起约着去散步，到海边走一圈再回来。哪怕条件再艰苦，看到大海那么宽广，心里也会舒服一些。来大梅沙大概两年多后，我们附近开了一家做牛仔服的工厂，有1000多名打工仔，旁边还有个玩具厂，总算不那么冷清了。但因为这些厂涉及污染，后来市里重新规划大梅沙的时候，他们就搬迁了。

在我的印象中，大梅沙是从1995年前后才开始热闹起来。现在的奥特莱斯购物村这一块，还有东部华侨城这一带，当年要么是鱼塘、虾塘，要么是荒草丛生，尤其是梅沙街道办旁边的那个喜来登大酒店，其实就是把当年的臭水沟填平之后建设的。当年我们还会从那个沟里直接下海游泳。后来从挖人工湖开始，这附近变化就越来越大。

在厂里我主要做衣服的领子和袖子，因为技术难度相对高一些，所以工资也要比一般的工序要高。那时候上班还是很辛苦的，每天早上8点钟上班，晚上还要加班，7点吃过晚饭就得去车间。有时候货期紧，要做到十一二点，赶货的时候甚至要到凌晨两三点。困了就闭着眼睛眯一会儿，然后赶紧起来去洗手间用冷水洗一下眼睛，又出来工作。当时，心里都是想着做完手头的这两件衣服能够拿到多少钱，不会想辛不辛苦，因为出来是要赚钱的，这就是我来深圳的目的。我要赶紧把这3年合同做满，多赚一点钱，让女儿和家里的生活过得更好一些，辛苦点儿倒不怕。

我们厂里包吃包住，前3个月是试用期，每个月180块钱，外加5块钱的医药费，我挺开心的，尤其是后来转正之后，根据工作量发工资，多的时候可以拿到几百块钱。发了第一个月185块钱工资之后，

20世纪90年代，深圳劳动力市场，求职者临时拍张证件照。

20世纪90年代，深圳宝安工业区的打工妹在宿舍吃午餐。

1994年，梅沙职工俱乐部成立，余小琼（右）当司仪。

1992年春，余小琼（第二排左一）和同事在车间合影。

1993年,余小琼在深圳大梅沙海边。

我就把这些钱夹在本子里压好。一方面是我舍不得花，另一方面工厂周围也没什么商店，想花钱都花不出去。所以3个月后，我就积攒了500块钱寄给了家里。当时寄钱还要去盐田找邮政局，大梅沙没有，汇款填单这些我不会，所以每次都约着几个人一起去。想着家里要是收到这500块钱，应该不会后悔让我来这里。后来家里人还来信向我汇报这些钱是怎么用的。第一次收到家里来信的时候，他们往信封里装了一张女儿的照片。我当时打开信一看到照片，就大哭了一场。以后每次收到家里的信，我都会很心酸，想着：孩子才4岁多一点，没有妈妈在身边挺凄凉的。所以1990年春节我就回了老家一趟，主要心里放不下女儿。

1991年11月，公司还需要人，我就把我老公叫过来一起工作了，孩子由我妈照顾。我老公也是做裁缝的，技术比我要好，我的技术就是跟着他的爸爸妈妈学的，他算是我的大师兄，而且他自己也很想来。来了公司之后，因为他技术特别好，一些别人不会或者不愿意费心思去想的事情，他愿意去做、去想，比如衣服要怎样做才能更简单，更省事，所以很快他就成为我们车间的主管。老公来之后感觉这里还不错，正好公司也需要人，而他的妹妹、妹夫也都会裁剪，与其在家里闲着，不如来深圳赚点钱，所以第二年春天，他就叫他的妹妹、妹夫一起到公司打工了。后来我家乡又陆陆续续来了很多人。

三

我和我老公一起在厂里生活了将近两年，到了1993年9月底，他突然就倒下了。因为太劳累了，导致心脏病突发，但是当时没有"过劳死"这个概念。其实他身体一直很好，来深圳两年甚至都没有感冒过。我记得是那年的9月26日，他是负责结算工资的，当时赶着结算

10月份发的工资，所以他要经常加班。那几天我还在排练，我们公司要去罗湖参加一个国庆表演活动，就选了我和另外3个人去展示我们公司的服装。我们排练了很久，正要上台表演的时候得知他出事了。

把他火葬了之后，我带着骨灰回家。回去的时候，我还在想，来深圳这么多年了，现在连最亲的人也失去了，如果能在家多陪陪父母亲人也挺好的。但是，在家待了没多久，我感觉到自己老是在家里，老人看到我又想起我老公，心里可能更难受，干脆还是回到深圳好一些，虽然是个伤心地，但是也生活习惯了。而且妹妹和妹夫也劝我："嫂子，你还是回来深圳吧。"我考虑到还要养女儿，就在1994年7月带着女儿一起回到了深圳工作。女儿在公司领导和当地书记的帮助下，顺利进入梅沙小学读书，直到高中毕业。

1995年，我记得应该是母亲节前后，我把我妈从四川接到深圳玩了一段时间。她年纪大了，坐火车太折腾，我就给她买了机票。买机票的时候，我是挑了打折的，花了370块钱，相当于我半个月的工资。当时如果不是淡季，我的工资大概有七八百块钱，我们老总有时候还跟我们开玩笑，说我们的工资比老家四川省的省长还高。

我想自己在外打工这么多年，一直没有时间好好陪妈妈，我女儿又留在家里很长时间，让妈妈帮忙带，觉得她很辛苦，就买了个金戒指送给她做母亲节礼物。收到我的礼物，我妈妈非常开心，回到家之后，经常很自豪地向左邻右舍说："这是我女儿在中英街给我买的金戒指，我去深圳还是坐飞机去的哦。"崇州老家的人提到我常说，这孩子很好，很孝顺。我妈有时候还会想："还是女儿好，如果是儿子他能这样吗？"

那时候，我真的挺满足的，虽然工作辛苦，但是到月底能够拿到那么多钱，能让家里人过得好，心里就不那么难过了。

慢慢的，随着时间的推移，我们一起来的同事有的离开了，有的人回家做了小本生意，有的人做了家庭主妇。现在我们还经常联系，每次我回家都发短信通知她们："余大姐回来了。"因为我是我们一起来的人中年龄最大的，那时我26岁，其他人都是25岁以下，当时都没有结婚。见面之后，大家常常会一起聊刚出来打工时的生活。我经常和她们开玩笑："你们现在再回到大梅沙就找不到路了，变化太大了，我可以给你们当导游。"相对于她们这些早早回老家的，我觉得我的生活很精彩。差不多5年前，我给我女儿发短信叫她回家，她的同学都说："你老妈还会发短信，很时髦啊。"我女儿也觉得特自豪。

我有一个朋友在西藏工作，今年回家我们互相留电话号码，我说："你把我QQ号码记着，免得老是打电话浪费电话费。"但是，她说她不会用。我在老家的同学朋友，大部分人别说微信、QQ，就是短信都不会发，手机功能只是接电话。而我可以用QQ种地、偷菜，这是我来深圳学到的乐趣。

我很喜欢深圳这座城市，在这里我可以和很多新潮的年轻人接触，学会很多东西，也接触到新的观念。我的那些与我年龄相仿的朋友，基本上都要帮下一代带孩子，但是我就不一样，我要有自己的生活。我女儿出嫁后住在成都，想让我回去帮她带孩子，我说："No，如果我回去帮你带孩子就把我的自由给限制了。"就我自己的想法而言，我希望能够在深圳过得更好一些。所以我也劝我女儿赶紧回深圳上班，这边的环境相对还是很好的，空气也好。

我女儿从跟我来深圳后，就一直在深圳读书，虽然我的工资不高，但是娘俩能够在一起，有一个家就够了。我妹妹他们就是因为没有条件把孩子带过来，最后都回去了。比较遗憾的就是，女儿没有回家乡高考，所以没有读大学。我对她说："那你就先回公司打工，深圳条件好，晚上有很多课可以上，虽然没有读大学，但是知识可以自己学。"我跟我们公司的老总推荐了一下，她就先到我们公司上班。后来她白天上班，晚上上课学习，自己很上进，2012年就拿到了本科学历，我也觉得安慰了。

四

在深圳，我学到了很多知识，让我对未来有了新的盼头。比如我的朋友曾经邀请我一起创业，做服装生意，因为做服装这么多年，我懂得服装生产一整套先进的流程和技术。但是后来我想，女儿长大懂事了，自己的生活可以自己去把握，我感觉很轻松，就不愿意再考虑太多创业的事。不久前我妹妹又劝我说："你有技术，我们在家有门面，可以一起把加工做起来。"我说："那你在家考察一下吧，如果行的话，我可以回去一起帮忙。"将来也有可能真的去做自己的生意，总是还有新的希望存在。

如果当初不来深圳，我可能还继续开着我的小裁缝铺，有可能规模会扩大一些，到现在，我的小外孙肯定要交给我带了，我就会和我的其他朋友一样，过着家庭主妇的生活。所以，来深圳这么多年，我一点都不后悔。如果要说有什么遗憾，那就是我在这里失去了最亲的人。

算一算，我来深圳已经20多年了，刚来时想3年合同要干多久啊？现在回想起来都多少个3年了。这些年没有什么太大的成就，只是我把女儿养大了、嫁出去了，自己也做外婆了。我在这边有自己的工作，能给自己、给家人买些东西……其实，这些都是非常平常的事情，但是，在这个过程中，我学到了很多知识，见识到了很多在家乡想象不到的东西,我很满足。现在已经到了退休的年龄,但公司又返聘我回去,也算对我的认可。而且我想在这儿继续把社保交完,不让孩子在养老方面为我担心。

人家问我为什么还在深圳,我其实也是舍不得这里。我总是说:"我的青春就是在大梅沙,我来大梅沙的时候26岁,而且一待就是25年。"我想,即便我回了家,在垂老之年,我也要回到深圳,在大梅沙走上一圈。

高 树

来深圳不是偶然，当律师也不是偶然

高树，1990年来深，现任深圳市律师协会会长、广东华商律师事务所主任。

一

来深圳之前我在中南政法学院读研究生，即将面临毕业。我读研究生期间当过团支部书记，还做过校刊副主编，所以文笔不错。另外我也乐于写论文，主要是关于法学方面的，研究生期间发表了10多篇论文，其中两篇还有点影响，被当时好几家报纸和刊物转载。

1983年我考大学的时候，人们对法律还不是很有概念，我对法律的认识也很模糊，就是感觉学法律应该会有前途，就读了安徽大学法律系。我在大学成绩不算拔尖，但那时特别热衷社会活动，除了担任班干部，还在一个一千多人的大社团里担任秘书长，并做了《大学生与社会》杂志的主编。我很喜欢写诗，读书时期写了很多。大学期间我是年级里第一批入党的，在学校算有点影响，不经意到了大四，感觉还应该多读点书，于是花了很短一段时间猛攻考研，运气不错，

1988年考上了中南政法学院的研究生。

那个时候研究生找工作大都是南下,我却一头扎到了北京,住在中国人民大学一位老师那里。冬天大雪纷飞,我开始满世界跑单位。费了不少周折,当时有一个大学和两个部有意接收我。这时候刚好有一个很巧的机缘。那天我要去中央党校,去之前翻了一下《红旗》杂志——现在叫《求是》——看到上面有一篇探讨深圳干部制度改革的文章,说深圳推行干部制度改革,向社会公开选聘干部,它将以一个更加开放的姿态做全国的窗口。这种事情当时只出现在改革开放的深圳,这一下子就吸引了我。

之前我对深圳也有一点了解,因为我经常关注《深圳法制报》,还投过两篇稿,一篇是关于法治从理论倡导到实践走向的评述,另一篇是关于行政诉讼"民告官"的困境与出路。没想到两篇文章都先后刊登了,还分别用了大大的一版。另外我还关注《深圳青年》,这本杂志当年很有影响,观点新颖又贴近年轻人的上进心态,我经常看。当时学校还有一位老师到深圳做了律师,大家都在说在深圳做律师是一件非常了不起的事。

到底是去北京还是去深圳?我犹豫纠结了很久,有一回还和人大的一位博士生探讨过,他就说:"我感觉你适合南方,不适合北方。"按照五行的说法,我是火命,火命适合在南方生活,木生火嘛,北方的"木"哪有南方多?想来想去,我觉得人还是要服从自己的内心,相比之下,还是南方这片陌生而神奇的土地更让自己期待,那就去深圳吧。我想着,作为一个年轻人,或许能在深圳看到我希望见到的一些东西,我将来或许能够有机会在深圳做些什么。于是我就大胆地写了一封自荐信,加上我的相关材料一起寄给了深圳市人事局。

1990年，初到深圳的高树在荔枝公园留影。

1993年,华商律师事务所成立之初的六名合伙人,左三为高树。

1994年5月,华商律师事务所经证监会和司法部批准,取得证券法律业务资格,事务所成员合影留念。前排右一为高树。

坦白说，当时我感觉希望不太大，因为1990年，深圳接收毕业生入编数量减少。但是出乎我意料，我的信发出去一个星期左右，深圳市人事局就给我回复了。当时人事局的一位领导给我打电话，说："我们觉得你条件不错。为了接收你，我们甚至都超编了。"他问我愿不愿意到《深圳特区报》工作。我一听，立马表示不愿意，我说我想当律师。

其实1990年快要毕业分配的时候，我就开始思考我的未来了。就我的实际情况而言，我从政的条件是很好的，刚满18岁就入党了，那个时候大学生能入党的很少。但是当时我朦朦胧胧觉得像国外的律师那样生活也挺好的，有自由，经济条件也不错，与我的专业又对口，于是，我决定了要做律师。

听到我说不愿意，那位领导很尊重我，说："那我们研究一下。"后来我就被分到深圳市司法局律师管理处。

二

1990年7月1日，我从武汉坐火车辗转到深圳火车站。下车那一刻，我感觉深圳的天空很明亮，一路都是高楼，特别繁华。可是繁华只有那一段儿，车停在红岭路司法局，我往前边看了看，感觉城市好像到头了。当时我就想：这深圳是不是小了点，能不能承载我的梦想啊？

我在司法局律师管理处主要从事律师业务培训、牌证发放以及文书写作的工作，和律师事务所以及律师接触得比较多。这期间我也写作并发表了一些关于律师行政管理和业务方面的文章。当时我关注的重点是律师专业化发展趋势。那时候深圳有几家市属国办律师事务所和几家区属律师事务所，律师人数不过百人，但很有生机，在律所改革、专业分工、新型业务拓展等方面都创造了多个全国第一。

就在来深圳的第一年,我参加了律师资格考试,那个时候律管处干部可持兼职律师牌,我的牌号是119,也就是说,我是深圳第119名律师。一开始,我以为可以持牌办一些案件,但实际上,我没什么时间,只和别的律师合办过几个小案件。

刚到司法局时,我和领导谈过,表示我是想当律师的,领导让我先干一年再说。一年过后,领导又说:"党培养你这么多年不容易,你文笔这么好,还需要你给我们写文件呢!服从安排吧。"到第3年我又找领导,领导说:"你可以分房了,还走吗?"我说:"走。"于是1993年初,我到了当时的深圳国际商务律师事务所成了一名专职律师。

刚到事务所的时候,我挺心满意足的,但也有困惑;既有轻松自由的一面,也有非常艰难的时候。那时的律师不像现在有指导老师,我去了是没人来"带"的,况且从前我在司法局里算是"领导",来到事务所似乎也不好再拜师。虽是国办所,但因为我刚去,没有案源分配给我,没有工资,而收入又完全得靠办案提成。第一次参加集体会议的时候,我说我来说两句吧,结果他们说我资历不够,还轮不到我发言。

现实摆在眼前,我只好自己去找案源,一点一点积累办案经验。刚开始一个多月一直都没有案件办,我心里很着急。一个多月后,机会来了。一个合作建房纠纷案的当事人找到我,标的3000多万元,我居然顺利接了下来。这是一个仲裁案,之前没有接触过仲裁案的我有点紧张,但因为准备很充分,从开庭到拿到裁决,不到3个月,最后胜诉了。拿到裁决书的那一刻,我内心涌动着一种从未有过的欣喜。

接下来当事人又给我介绍了几宗案件,没想到半年下来,我的业绩居然排到了所里的前三,这是一个很不错的成绩。从那时开始,所里开会发言就有我的份了。

但是,我在国际商务律师事务所的时间并不长。1993年,我之所以急着到事务所里,还有一个重要原因,就是1992年,深圳开始酝酿律师制度改革,我在律管处参与了这项工作的筹划,知道律师业将面临重大改革,我想这也会是我人生中的一个重大转折。

到事务所后不久,深圳果然争取到了在全国率先设立合伙制律师所的政策,每个律师都面临重新选择:留在国办所,或者出去创办合伙所。我刚到所里,各方面条件都不是很成熟,而且刚来就要走有点不好意思。但我又想着,无论如何得出去闯闯,于是就和所里几个同事商量,建议和另一个国办所的几位律师一起申办合伙所,等办下来后我就过去。

1993年10月,全国首批12家合伙制律师事务所在深圳成立,我们筹划申办的华商律师事务所即在其中。正好这时,我在深圳国际商务律师事务所申请分配的微利房下来了。分房在当时是件大事,但我想这与我的事业比,或许算不了什么。于是我找到国际商务律师事务所领导,说:"感谢你们对我的关照,但我还是要去办合伙所,我来所里贡献不大,我在所里的律师费提成的部分就留所里吧,分给我的房可以转分给留在所里的人。"领导说:"房你可以带走,就是你要认真想好,我们是希望你留下来的。"我说:"能让我出去我就已经很感谢了,房子还是留下吧。"就这样,我到了刚刚成立不久的华商所。

华商所从成立到现在已有20年了。前10年里我开始是一般的合伙人,后来担任副主任。后面的10年主要是办案,业绩在所里始终排前一二名,其中有几个还是有影响的大案。华商所第二个10年,即2003

年开始，我担任华商所的主任。我管理华商所的理念比较朴素，我们特别提倡专业的社会参与，比如在2004年，我们接受省司法厅和省律师协会的委托，对"律师法"第四章"律师的权利和义务"进行修订起草。当时我带领25名律师，经过几个月的努力，翻译和借鉴了100多个国家的律师法文本，完成了对这一章20万字的修改意见稿，其中大部分内容被全国人大修法时采纳。

三

深圳律师和深圳这座城市一同成长、一同发展，并且在许多方面都走在全国前列。30年经历了3个发展阶段，前10年即1993年之前，虽是初生和成型的国办所阶段，但发展理念是全新的，例如专业细分超前，这与深圳是一座改革之城有很大的关系。当时全国很多地方都在向深圳学习。中间10年即1993年到2003年，合伙制律所改革开花结果，创全国律师体制改革之先。后10年即2003年到2013年，深圳律师则在行业民主制度改革方面开了全国之先河。

2003年之前，深圳律师协会与其他地方律师协会一样，会长由司法局领导担任，协会相当于一个行政性组织。2003年深圳筹划律师协会公推直选，从理事到会长、副会长全部由执业律师担任，候选人在律师代表大会上发表竞选演说，然后由代表投票进行差额选举。这在当时的律师界是一件石破天惊的事，深圳律师行业民主制度就在期许和争议当中拉开了改革的序幕。

我有幸参与了这一改革的策划和筹备工作，过程虽然充满争议，阻力很大，但作为一套行业民主改革的制度和方案，最终还是落地了。那天，深圳召开了民主选举产生律协班子的律师代表大会，深圳由此产生了中国律师行业第一位民选会长。我也有机会站在了竞选的演讲台上，并成为了那一届的律协副会长，负责管理公共关系、宣传等事项。这是我一生的荣耀，因为我亲身经历并见证了一场发生在身边的民主改革。

当时，全国律师都在看深圳，许多地方也在学习深圳，直到今天为止，全国有的地方也还没能够全面推行这一民主改革，但深圳首倡的这一改革对我国律师行业发展的意义是历史性的。

也可能改革一下子走得太远，走得太快了，对于律师协会怎样通过建立民主自律制度带领全行业往前走，坦率说，我们一直都在探索当中。但从总体上看，律师协会引领行业发展的作用和功能在不断地凸显，律师协会的制度建设也呈日趋完善之势，比如深圳律协首设监事会、纪律听证查处以及律师行业警示和职业道德守则等等，深圳律师行业民主自律呈体系化发展。

在我担任两届律师工会主席期间，律师工会会员由1000多人发展到近4000人，律师工会与律师协会不一样，律师行政辅助人员也可以参加，每年都由各所自愿入会。律师工会主要任务是开展工会会员维权抚恤以及各种群众性文体活动，每年要举办一场为期半年、参赛会员达七八百人的律师运动会，这在全国是仅有的。

从2005年开始，我担任了第四届、第五届深圳市政协委员（第四届政协社会法制与民族宗教委员会副主任）。在学生时代，我就对法治充满憧憬，那时还加入了关于"法治"与"人治"的讨论，为此还发表了对于"法治"的评述。来深圳后，我更加关注"法治"这个课题。我认为深圳是一个很好的法治实践之地。在20多年的律师执业过程中，我对法治理论和实践进行了认真的观察和思考，从职业的角度，我认为律师作为法律人，其执业活动就是兑现法治价值、开阔法治视野。

担任政协委员以来，我主要关注和推动的就是深圳法治建设。比如在政府规划中应加强法治建设内容的建言、对政府法治建设指标体系的相关建议、深圳经济特区立法权在新时期的转型、依法构建基层社区、依法治理违章建筑、依法维稳等等，前后30多宗提案均围绕法治主题。市政府"十一五"发展规划发布之前，我就发现规划里关于法治的内容很少。当时深圳市发改委在征求意见，我就专门写了一个如何推进深圳法治建设，如何加强法治建设的建议。后来我写的《关于建设法治深圳的相关建议》被市政府纳入"十一五"发展规划。我的提案也涉及医疗、教育、治安等领域的法制建设，其实许多社会问题的根源是法律问题，法制建设是社会治理转型的重要方面，如何持续推动以法律解决社会问题，也是一个创新社会应该思考的课题。

四

从1993年正式成为一名专职律师至今，我接手并办理的案件超过了500宗，接触并打过交道的当事人数以千计，案件也有赢有输。但我每接一宗案件，心里都会想：我接到的是一份特殊的信任，我应该尽全力去担起这份信任。

回望来深圳的20多年，我想我还是一个幸运的人，幸运地接受了中国刚刚起步的法学教育，走到改革开放前沿的深圳，成为一名职业律师，又走到律师体制改革的前沿，亲身参与推动行业民主改革。

但是我也不是没有迷茫的时候，尤其是刚刚从国际商务律师事务所出来的那一年，没有房也没有钱，我突然意识到自己在深圳三四年了，居然还是什么都没有。看着身边的人都有了稳定的生活，当时真的非常困惑。有时候我就在想，我这样做到底对不对，怀疑之后，我相信自己的选择是正确的。但是一踏入现实生活，我又质疑自己，生活这么艰难，也不一定是对的吧？很长一段时间后，我才慢慢释然。接手越来越多的案件之后，我也有过煎熬，那是当我遇到那些证据、法律都站在我这边，却依旧打输了的案例——这个时候输了怎么对得起当事人？又怎么对得起法律？但结局有时就是不如常理所料，它不是法律的问题、不是能力的问题，而是人为的问题。我困惑过、无奈过，这可能是一代法律人的无奈吧。

近一段时间，律师行业进入快速发展时期，如今深圳律师已经突破8000人。我们华商所也从成立之初的10多人，发展到现在拥有300多名员工，其中有200多人是专职律师。律师是"吃千家饭的"，我们面对的行业丰富，涉及面广，举例来说，一位律师可以涉及10个行业的业务，有10个不同背景的当事人，按照深圳目前的律师数来算，我们就有80000位当事人，辐射面非常广。

我来深圳不是一个偶然，当律师也不是一个偶然。作为一个法律学习者、一个法律人、一个律师、一个律所的主任、律师协会会长，或许每个角色、每个阶段对于工作重点都会有所不同，但可以肯定的是，融这几个角色于一体的我，对于深圳这份情结，对于律师职业的忠诚，对于法治事业的追求会始终如一。如果我没来深圳，或许会在理论方面有所建树，但深圳让我在不断创新的同时更加务实，无论是市场建设还是专业建设，我都身体力行积极参与，尤其是1993年之后的这20年，我有自信说自己对行业发展有所推动。如果历史重新来一遍，我还会选择深圳之路、律师之路、法治之路。

程一木

我最怕的就是辜负这个时代

程一木，1991年来深，现任深圳市电子商会执行会长、华强北电子市场联合党委书记、深圳市政协委员。

一

来深圳前，我在北京转户口，盖章的工作人员说："想清楚了没有，我这图章盖下去，你这北京户口就没有了啊！"我说："盖吧。""啪"一下，我的北京户口没有了；也是这"啪"的一下，我跟深圳、跟深圳电子行业20多年的交集正式开始了。

深圳的好在我来之前已有耳闻，20世纪80年代前期，我北京所在的单位来深圳蛇口投资组建公司，单位的年轻人一批一批轮换派到深圳工作，深圳早就成为我们工作生活中一个日常的话题。1988年11月底，我第一次到深圳出差，在蛇口招商局门前看到一大片草坪。此时的北京早已万物凋敝，面对着冬日阳光下这片生机勃勃的青草，我心中不由地怦然一动："深圳真好。"

后来，为了提交一份《珠江三角洲电子工业发展情况报告》，我和同事在广州、东莞、深圳、珠海、中山、佛山走了一圈，调研了半个多月。这次经历让我对珠三角电子行业有了比较全面系统的了解，同时我和深圳的赛格、华强、康佳、华发、长城等一大批著名电子企业进行了直接的接触。当时赛格集团的董事长马福元说："小程，来深圳吧。年轻人待在机关里多没意思，深圳多好啊，这么火热！"我再次心动。

1991年，我应赛格集团的邀请，从北京调来深圳。来之前，我是一名国家机关公务员。1983年，我从安徽大学毕业后，被直接分配到国家电子工业部雷达工业管理局，后来担任局团委书记。

我在北京待了近10年，除了在电子工业部、机械电子工业部工作外，还曾先后到四川和西藏支教过一次。1988年，我从西藏回来，正赶上机械和电子两个部委合并组建机械电子工业部，我执意改行，放弃了在党务部门的升迁机会，转到业务部门政策法规司，从事机械电子行业产业政策研究工作。

20世纪80年代末90年代初，电子工业部系统已经有很多干部来深圳工作。但同时期因为其他的因缘际会，也有同事去了海南，有些同事鼓动我："咱们去海南吧，正好电子工业部也在海南建了公司。"

说实话，当时我在去海南还是来深圳之间徘徊了很久。考虑到深圳更有发展，最后我还是决定南下深圳。1990年，深圳赛格集团给我发了聘函，但我真正来公司报到是1991年4月，1992年才把户口从北京转出来。

二

刚来深圳时，华强北这一带还叫做"上步工业区"，当时深南路上的华强北公交站名叫"电子厂"。站在华强路口向北望去，全是厂房，非常安静，只能偶尔见到一两辆货柜车来拉货。唯一热闹的就是1988年开业的赛格电子市场，一到晌午，华强北路上到处都是穿着各色工作服的年轻打工仔打工妹。因为是工业区，出租车也不太进来，我曾经在华强北马路边半个小时打不到车。

2002年，我离开了赛格。这期间，我从赛格信息公司，到赛格本部人事部，再到赛格日立公司，先后搞过报纸和经营，干过集团人事部副部长、合资企业董事会秘书兼办公室主任。特别是在赛格日立，可以说，这段经历让我真正了解了电子制造业，了解了现代企业管理。

2000年，中国加入世界贸易组织（WTO）。在当时的WTO谈判中，经常都是我国政府直接出面与别国的行业组织进行对话。这就导致一旦面临冲突，我们没有充分的退路和回旋的余地。而造成这种局面的原因，是我们的行业协会大多存在职能缺失的问题。时任国务院总理朱镕基就曾多次强调，我们不仅应该有自己的行业协会，而且还要向美国、日本学习，真正发挥行业协会的作用。在这个背景下，我的老领导、原赛格集团董事长王殿甫找到我，想共同把深圳电子商会做起来。2002年12月，我们召开了第一次会员大会。2003年1月，深圳市电子商会正式成立，王殿甫任会长，我担任秘书长。

商会成立初期，经费紧张，条件较差，很多时候需要我们倒贴自己的资源。我把自己的电脑、打印机、办公桌椅都搬到商会，还常常"私车公用"。我那时已经40多岁，一月才拿几千块钱工资，之所以愿意去干，是因为我明白这件事的价值。

三

商会成立不久，我们就提出了"民间化、市场化、规范化、国际化"的指导理念。

我的"民间化"意识在商会成立之初就形成了。当时，国内很多协会都挂靠在政府部门。电子商会一成立，我就说："民间化是行业组织的必然趋势。"2003年，我作为深圳市审批制度改革和商协会改革领导小组聘任的专家组成员之一，全程参与了那次改革。那次改革形成了《深圳市民间商会管理条例》，当时我坚持要拿掉"民间"两个字，因为我觉得商会天然是民间组织。虽然这个《条例》最终因观念太超前而流产，但自从这次改革后，行业组织的民间化就在深圳提上日程了。到了2004年、2005年，深圳就开始大力推行行业组织民间化。市委组织部也发文件，要求政府机关领导不能兼任行业组织领导职务。

当时分管经济的副市长王穗明给我们开会时说："我们要改变行业协会是政府和企业之间的桥梁和纽带这个说法。其实行业协会不是像桥梁一样站在中间的，它应该是背靠企业面向政府，永远站在企业的立场，是企业的代言人，代表企业和政府对话。"我认为穗明副市长这个观点非常准确，行业组织不应该是政府的传声筒。从这一点上说，深圳市电子商会始终强调自己是民间商会，这个定位是正确的。

此外，我们还强调协会的规范化，必须严格按照规章制度办事。当时很多协会还没有设监事会，主管部门也没有做硬性要求。但是我当秘书长时，就主动提出要成立商会监事会，因为我认为，作为一个规范化的组织必须要有监事会，我们协会成立几年一直都非常严谨和规范，该开理事会就开理事会，该开监事会就开监事会。

为了实现商会的"国际化"，我们也做了不少工作。2005年，深圳市电子商会作为发起人之一，在香港举办了第一届"亚洲电子论坛"（AEF），当时前来参加的有香港、台湾地区以及日本、韩国、越南等国的电子行业组织。此后每年举办一届，各成员轮流做东道

1992年，程一木（后排左六）在赛格信息公司工作时与同事合影。

1997年，程一木（前排右二）在华强公司第1000万支彩管诞生的庆祝典礼上。

主。渐渐地，随着论坛国际影响力的扩大，澳大利亚、新加坡、马来西亚、泰国、以色列等越来越多国家的电子行业组织加入进来。

四

深圳市电子商会高度关注深圳电子行业市场体系建设，电子商会成立之初，我们就组建了一个电子市场专业委员会，目的是把各个电子专业市场组织起来，互相交流。后又参与了全国电子专业市场第一个行业标准《电子信息产品交易市场资质规范》的制定及后期的应用推广。2006年，我们完成深圳福田区政府课题《打造华强北"中国电子第一街"策略研究报告》，系统地提出了关于华强北转型升级的十大策略。

其中有一条是建议成立华强北街道办，因为华强北地方虽然不大，但经济总量大，原来都是由华强北管委会负责管理，它是区政府的派出机构，只是个协调机构，没有行政、执法职能。为了华强北能长期持续繁荣发展，应该成立街道办，增强管理力度。

我们还建议发布华强北电子市场价格指数。我曾去一家做数码产品的企业调研，他们需要大量采购液晶面板，企业老板对我说，买多买少都怕，买多了怕降价，买少了怕涨价。当时我就想，如果有一个机制能够预测产品的价格趋势，为采购决策提供参考就好了。华强北是全国规模最大的电子市场，有条件发布价格指数。建议提出后，福田区政府给予了极大支持，投入了前期资金进行开发。商会组织会员企业组成以华强集团为主体的指数运营公司，在2007年高交会上发布了华强北电子市场价格指数。这是中国第一个权威的、目前还是国内影响最大的价格指数，发改委、商务部、工信部、国务院信息局也都向我们要价格指数数据，作为第一手资料参考。

2008年，仅仅用了5年时间，深圳电子商会就荣获深圳第一批5A级组织称号。当时全市协会一共有四五百家，而入选的只有9家。应该说，我们的工作得到了行业和主管部门的高度认可。

如今，商会已经发展了11年。虽然我们取得了一定成绩，产生了一定影响，但跟其他做得好的协会相比，或者跟自己的要求相比，我们还有很大差距。电子商会一直有一个问题没有得到很好的解决，就是业务模式问题。现在，深圳市电子商会在形成行业持续影响力的品牌业务方面还很薄弱，这是商会下一步工作的重点。

在担任深圳电子商会秘书长的5年时间，我有过一些关于深圳电子行业发展的研究成果，比如关于深圳军工电子产业发展策略研究、深圳电子信息产业自主创新体系研究、华强北电子市场转型升级研究、沙井电子物流园区规划方案等等。那几年，深圳老牌电子企业华强集团经过改制，正计划在全国发展投资项目，集团领导就希望我参与进来。2008年1月，我离开电子商会，加盟华强集团，主要负责对外投资项目前期工作。

五

深圳电子信息产业有两个重要特点。第一个是产业规模大，产品门类齐全。2013年深圳电子产业规模达到了12400多亿，这在全国是遥遥领先的。第二个是以华强北电子市场为代表的市场体系十分完善。华强北现有28个电子专业市场，有上千亿规模的交易量。不同于北京中关村主要是终端产品交易市场，华强北是一个全产业链的综合电子市场，从元器件到应用电子产品，各个门类应有尽有，是世界上最大的元器件集散地。

一提到电子市场，人们的直观认识就是卖电子产品的。华强北绝不仅仅如此，它的功能非常强大，除了产品交易之外，还有产品展示、信息交流、技术引进、研发创意、新技术新产品发布、资金融通、物流配送、企业孵化等多种功能。我们看华强北，不仅要看到交易市场，还要看到写字楼里的公司，它们中的大多数都是和电子产业相关的设计公司、贸易公司、供应链服务公司等等。所以说，华强北是电子信息产业多种生产要素高度集中的地方，是一个电子信息产业的服务基地。在我看来，华强北是深圳电子信息产业配套环境的重要组成部分，是深圳电子信息产业自主创新体系重要环节。可以说，深圳这么多大大小小的电子企业，在创业过程中都和华强北有着密不可分的关系。比如腾讯最早的办公室就在华强北，神州电脑的创立者吴海军也是在华强北起家的。

华强北还有一批很有特点的创业者：潮州帮群体。很多潮州农村的孩子，没有受过高等教育，十五六岁就来到华强北给亲戚站柜台。摸到门道以后就自己开一个小柜台，然后逐步有了自己的工厂、自己的研发设计、自己的品牌。很多亿万富翁现在才30多岁，但已经在华强北摸爬滚打了20多年。华强北是个草根企业家的孵化器，他们不像高新区的海归，可以享受种种政策扶持和补贴，他们完全靠自己在市场里打拼。我很欣赏这种草根精神，华强北是个具有无穷魅力的地方。

我经常听到其他城市来招商的领导说："你们能不能把华强北搬到我们这里来？我们政府可以给土地、给政策。"其实，华强北是唯一的，不可复制的。因为华强北不是政府规划出来的，是深圳改革开放30多年各个恰到好处的时空要素造就的：华强北是在改革开放的大背景下，深圳良好的市场经济体制下，依托深圳及珠三角庞大的电子制造业而产生的，也是在深圳和香港无缝对接的密切经济联系下产生的，当然也包括政府的大力支持。

华强北现在存在诸多问题，包括经常为人诟病的假冒、山寨问题，交通物流问题，城市更新规划的产业定位问题，以及电子商务崛起对实体市场的冲击等等，所有这些问题都应该在发展中去解决。因此，我认为华强北对深圳有着特殊的意义，它是深圳的一个缩影。我们在进行城市产业规划和城市更新的过程中，一定要充分认识华强北对于深圳乃至于全国电子信息产业的特殊意义，特别珍视华强北这张城市名片。

六

时光荏苒，我在这片土地上已经生活了23年，而这个"南国"小城也变成一座国际化大都市。我经历了深圳的巨大变化，见证了深圳电子信息产业的高速发展，目击了华强北经过20多年的演变，成长为"中国电子第一街"。深圳让我从一名普通国家机关公务员，变成一个伟大时代的见证者和参与者，它给了我很多未曾预料的体验和经历。

记得我还在三里河老机械部办公楼工作时，我有个老同事对我说，他从中专毕业到一机部（机械部前身）机关，在大楼那条长长的走廊里来来回回走了30多年。我不想过在一条走廊里也走30年的日子，如今回首，我当过公务员，干过国企、外企、民企，当过记者、教师、公司老总，干过房地产行业、电子商务行业，干过行业协会，我的人生很丰富。我很感谢深圳，这座城市给了我很多人生体验。

我们这一批人赶上了改革开放的大潮。我1979年夏天高中毕业进大学，恰逢党的十一届三中全会刚刚开过，中国改革开放的帷幕刚刚拉开。到如今，我已经工作了30多年，亲身经历了中国改革开放的全过程，这是波澜壮阔的时代，我们生逢其时。

深圳是我国市场化程度最高的城市，电子信息产业是深圳支柱产业，深圳市电子商会作为一个行业组织，要干的事情太多，我一直很有压力，但也有动力。我最怕的就是辜负这个时代，辜负深圳。

容志行

来深圳，这步我是走对了

容志行，1991年来深，现任中国足球协会副主席。1972年被选入国家队，曾连续三年被评为全国最佳运动员。时有"志行风格"的赞誉，源自他在赛场上高超的技术和对对手充分尊重的良好赛风，被认为具有高尚的体育道德。退役后曾担任深圳市体委主任等职务。

一

我来深圳是1991年。年初"两会"期间，时任广东省体育运动委员会（下文简称"体委"）主任魏振兰来到广州二沙岛体育训练基地（我们一般叫它的老名字"二沙头"），当时我任广东省体育运动技术学院的党委书记，老魏见到我就说："志行志行，来来来，有个事跟你说一说。深圳市体委①主任老马要退了，去年组织部就找我聊过这个事，希望省里能够派人到深圳。今年开"两会"的时候，深圳有个市领导又跟我谈过这个事。我觉得志行你很适合，你是运动员出身，又做了几年党委副书记、书记，抓竞技体育可是有一套，而深圳恰恰是竞技体育的发展比较滞后。你去正好可以锻炼自己，是不是考虑一下去深圳？"

我当时说"不行不行"，以为老魏是跟我开玩笑呢，说完也就过去了。回到体工队，我跟我的拍档、时任体工队大队长的陈冠湖说起刚发生的这件事。陈冠湖说魏振兰也找他谈过，他说自己年龄大了不合适，鼓励我来深圳试试。之后我又遇见了时任省体委副主任董良田，也跟他说了魏振兰找我的事。董良田也叫我考虑考虑，不要一口回绝。于是我和老魏说："行，我争取两个礼拜以内答复你。"

为了更了解深圳，我用这两个礼拜的时间亲自跑来"考察"，找朋友和同行聊天，尽量多地认识深圳体育氛围。结果我发现深圳的竞技体育确实比较滞后，但这座城市也有发展竞技体育的潜力，具体原因有二：

第一，深圳是座移民城市，绝少出现"近亲繁殖"的后代。从遗传学角度看，血统离得远的人结合，生出的孩子往往比较健康、聪明，最适合加入竞技体育队伍。

第二，作为经济特区，1991年的深圳虽然经济总量不及省会广州，但它在10多年间从一个穷乡僻壤的小渔村发展成地区生产总值达几百亿的都市，潜力惊人，有强大的经济基础。而发展体育，经济实力是重要的保障，按照深圳经济发展的势头，体育事业的确能做到大幅发展。

有以上两个条件，我对深圳充满了信心。于是我爽快地答复老魏说："行，我就过去，锻炼自己，迎接挑战！"就这么来了。

调到深圳体委，我的目标非常明确，就是抓竞技体育。深圳既然是经济特区，它就不应该只有经济飞速发展，包括体育在内的精神文明建设也应该跟上速度，不能落后。入职后，我将在二沙头训练省队的方法带来深圳：凡是大队领导如书记、队长、副队长，主管什么队，你就必须早上到队里去，看队员们训练。基本上每天早上6点前，我就到了训练场监督队员训练，等他们出完操，就在操场上吃个早餐，再回机关处理公务。如果忙起来顾不上吃饭，只能在工作间隙泡碗方便面胡乱应付一下，但他们每天的训练我一定会到场。

这样每天去看队员们训练其实很有必要，首先它在无形中起到对大家的关注与支持的作用，说得俗气一点也有"盯住你训练，不让你偷懒"的意思。另外，下了基层才能了解基层的问题与需求，比如当年体校硬件条件不好，一旦赶上刮风下雨，水漫宿舍，队员的拖鞋都浮起来了；夏天宿舍没有空调，队员光着膀子、吹着风扇还是热得睡不着觉……我亲自去现场看了才有最直观的感受，了解到问题的严重性，回去马上召集了体校所在的体育馆等单位，要求他们解决房屋遮雨、空调安装等问题。不久之后，这些事情都一一得到落实，队员们平时生活好、休息好，才能专心训练，成绩提高得也快。

日复一日的相处，也使我和队员们积累下深厚的感情。当时他们都是年龄很小的运动员，只有十来岁，我将他们当作自己的儿女来关心对待，平时常常叮嘱他们好好照顾自己，刮风下雨都要专门去看望他们。

二

1995年，国家先后颁布了被称为"一法两纲"的一系列法规文件，"一法"就是《体育法》，"两纲"即《全民健身计划纲要》与《奥运争光计划纲要》，并在北京召开了全国体委主任会议，将法规精神落实到了各个地区。会议提出的奥运争光计划直接与竞技体育发展相关，我们回到深圳之后马上召开了深圳体委会议，与包括体工队、体校、竞赛处在内的有关部门一起讨论，最终提出这样一个目标：深圳体育人努力在6~8年内实现奥运金牌零的突破。奥运金牌是多少深圳体育人的梦想啊！奥运会四年一届，我们想利用跨两届奥运会的时间，培养出一个奥运冠军来，圆这个金牌梦。

确立目标后，我们根据深圳本身的项目特长选择了重点培养的优势项目，包括体操、乒乓球、举重等等，共有五到六个。为了提高训练成绩，我想尽办法，女子举重我们专门调来了那时很有名望的冠军当教练，乒乓球我们在南山区有一个项目，也培养了一些很优秀的苗子，有的小运动员后来成长起来，上调国家队了。

经过连续几年的重点建设，深圳竞技体育的成绩突飞猛进：1982年深圳在全省比赛中总分排名倒数第二，后来就进步到全省第四，发展到1998年则稳居全省第二——广州总是排在我们前面。广州的竞技体育水平一直都是全省最高，没有谁能跟广州竞争。当时我们深圳体育人很有干劲，还想努力点，看看能不能跟广州拼一下。有一年省运会，5个球类运动项目——足球、篮球、排球、羽毛球、乒乓球，算团体分。我们说看看这5个项目里面能不能有一个突破的，能超过广州的，我们争取哪怕一个项目团体分超过广州也行，结果最后还是不行，一个也超不了。我就跟广州的同行开玩笑说，体育比赛的排序和我们的车牌号一样，广州是"粤A"，我们深圳是"粤B"。我们超不过广州，别的城市也超不过深圳，从那时起，我们就在全省21个地级市里排第二，一直到现在。不过在具体的小项目上，我们有好多已经可以赢广州，在省里拿第一了。虽然没有成为广东第一，但因为我们的努力，深圳的竞技体育一度也给广州带来了竞争压力。

2000年悉尼奥运会，三名深圳职业运动员代表国家队参加了比赛，其中一位是体操运动员肖俊峰，他是一个很有天赋的体操运动员，1997年就曾代表中国队参加体操世锦赛夺得团体冠军，他的优势项目是跳马和自由体操，十分擅长跳马高难度动作"前手翻接前空翻

1986年，深圳体育馆外观。

20世纪80年代，容志行（右）在中国国家男子足球队。

1986年10月，第八届亚洲乒乓球锦标赛在深圳体育馆开幕，共有来自29个国家和地区的乒乓球队参加。

1993年8月1日,"飞利浦杯"中国足球挑战赛在深圳举行,这是中国队与荷兰埃因霍温队比赛时的一个镜头。

两周转体1080"。悉尼奥运会中国男子体操队的水平非常高，队伍里包括了李小鹏、杨威等体操名将，肖俊峰是替补队员，他上场后成功做出高难度动作，可谓一鸣惊人，帮助中国"男团"顺利摘下当届金牌，这也是深圳运动员在奥运会历史上拿下的首枚金牌！当年我也在悉尼现场，所有人都忘我地为健儿们、为祖国喝彩。我们曾为深圳许下的"奥运金牌零的突破"的梦想终于实现！后来，俊峰的代表动作被世界体联命名为"肖俊峰跳"，至今仍是世界高难度动作，被称为"世界跳马的教科书"。

三

虽然在深圳抓了这么多不同的运动项目，但我最热爱的还是足球运动。我欣赏鼎盛时期的巴西、阿根廷流派，当年我的偶像是球王贝利，他不仅球艺精湛，为巴西国家队拿下过三届世界杯冠军，同时体育道德也非常高尚。对于深圳足球，我全程见证了它职业化、俱乐部化的成长演变。

1992年6月，中国足协在北京西郊红山口召开了具有划时代意义的"红山口会议"，定下中国足球未来"要走职业化道路的改革方向"，这个方向对深圳足球而言其实十分有利。在我来深圳之前，我们还没有职业的足球俱乐部，足球队和其他运动队一样都归体工队管。而单靠深圳培养本土的运动员是非常困难的，因为"足球从娃娃抓起"，对足球运动员的培养短则七八年，长的需要10多年。深圳是座移民城市，来这儿的都是志在打工、创业的青年一辈，他们的后一代还没有成长起来。所以，没有"职业化"，深圳发展不了足球；有了职业化，我们便可以通过引进运动员来壮大足球队伍。

职业俱乐部具体怎么搞，我们要一步步摸索。根据"红山口会议"对足球职业化的发展定位，我们深圳市体育发展中心成立了深足筹建小组，经过多方面的讨论比对，我们最后决定搞一家会员制的足球俱乐部。会员从哪里来呢？我带着我们筹建小组的工作人员四处找人，为了筹集启动资金，光是香港我们就跑了无数次。在我们的努力奔走下，很多企业、个人都很支持成立这个俱乐部，很多人拿出自己的钱来支持我们搞深圳足球。1993年11月15日，市政府办公厅向市体育发展中心发文，批复同意深圳足球俱乐部成立。

俱乐部主任由我兼任，常务副主任是深圳体工队的曾国强。我们是国内第一家会员制俱乐部，当时共有12名团体常任会员，100名团体会员，300名个人会员，团体常任会员是俱乐部执委会委员。交纳会费的标准是常任会员每年30万元以上，团体会员每年3万元以上，个人会员每人1万元。我还记得我去香港找一家叫做中建集团的公司，他们答应一年给我们100万元，连续给3年。后来不知道出了什么情况，只给了两年，第三年没给。但不管怎么样，还是很感谢社会各界对我们这个俱乐部的关照。

在大家的支持下，深圳足球俱乐部于1994年1月26日正式挂牌组建，这是我们广东省最早成立的职业足球俱乐部之一。我们的球员都是从全国各地挑选过来的，球队首任主教练是胡之刚，在全体队员的努力下，深圳队在成立当年就夺得了乙级联赛冠军，次年升入甲B联赛并获得当年冠军，1996年球队再次升级，进入当时中国足球顶级联赛甲A联赛。两年跳三步，深圳队创造了中国足坛一支球队从成立到进入顶级联赛的最快纪录，在足球圈内也创下了"深圳速度"。

我为深圳足球一举获得"开门红"感到无比骄傲。但是，想要做好俱乐部的长远经营工作并不容易，不久我们就遇到了资金周转的问题。1996年底，球队因战绩不佳重新降入甲B，我们也受困于经营难题之中。为此我专门请示了主管我们的时任深圳市委副书记李容根，他回复我说："行，我看看。"后来，他找到深圳平安保险集团，请他们接手，我们以3800万元的价格将俱乐部转让，由深圳平安全资收购。这笔钱放在体委，但不是我们的钱，而是会员们的钱。我们把这笔钱用来做会员的后续工作。比如你当初入会出了100万元，我们不仅把这100万元返还给你，还再给你35万元利息。最后剩余一点钱，我们拿来开展足球运动。

返还会费这件事办得非常漂亮，那么多会员单位、个人会员，没有一个对我们有一点点意见，他们都说这事情体委办得好，足协办得好。有人说："早知道这样我就多投一点钱进去了。"这是玩笑话，他们本来投钱进来就没有图什么回报，是真心支持我们搞俱乐部的。

自此，俱乐部冠名为深圳平安足球俱乐部，并重整士气，积极备战，当年便获得甲B联赛亚军，重新得到甲A联赛晋级资格，并从此一直留在顶级联赛中。曾经的广东足球也非常辉煌，职业联赛发展初期，广东的甲级球队最多时有6支，深圳就有两支，后来深圳平安队还拿了中超冠军。回想起来，我们也算为深圳足球起了个好头。

足球俱乐部被深圳平安收购之后，我就不再直接参与球队的管理，虽然乐得清闲，但心里始终还是记挂着深圳足球事业。退休后，我时常收到邀请，去参加一些俱乐部或足球学校的活动，和年轻一辈交流，也算是发挥余热，做一些力所能及的事。

四

我来深圳这23年，至少算是做了两件事：一是抓竞技体育，二是发展深圳足球。从零起点或低起点一路走上来,深圳的体育健儿们的确取得了成绩,而这与深圳市领导对体育事业的关心、支持是分不开的。无论是实现奥运争光计划时,前后几任市长持续的无条件支持、无条件解决困难,还是足球俱乐部周转不济,副市长牵线解决收购难题,我们与市委市政府领导的沟通总是无比顺畅,他们的态度简单而有力——"你放开干,有什么困难尽管说!"有他们做坚实后盾,即使再苦再累我们也要把事情做好。

深圳社会各界人士对我们也是大力支持的。以足球俱乐部为例,我们的会员很多是自己出钱资助球队,有些甚至是外地球迷,专门来深圳入会。我们不在乎大家给的费用是多是少,关键是大家都有一片热心帮助深圳足球。

深圳体育的发展与来自领导和社会的支持密不可分,此外我们团队内部也一直齐心协力,把劲往一处使,冲击名次、奖牌,大家干起来既开心,又有成效。

我在深圳体委当了十二年零两个月的主任,2003年8月开始退居二线,2008年正式退休。有些事情,我在任时没有做到的,后来也实现了。比如当初我们准备搞个船艇俱乐部,就是开展水上运动。可是经过了三四年,找了好几个单位,最终都没办成。我退休后过了几年,有人给我打电话说:"报告您一个好消息,船艇俱乐部成立了。"我听了很开心,我想之前我们做的工作没有白做,打下了好的基础,现在水到渠成,也是一件好事。

退休后,我时常和"棋友"们在围棋盘上"过招"。业余时间,围棋应该算是我的第一爱好,几十年来都是如此。从前工作太累时我就下几盘,换换脑筋,一下子就心旷神怡起来。我在全国各地都以棋会友,结识了很多围棋爱好者,他们喜欢跟我下棋,因为我没有"锦标主义",谁赢棋都行。

现在回想,我非常感谢过去领导对我的重视,将我调来深圳,给我为深圳市、广东省乃至全国体育发展做出贡献的机会与平台,我没有辜负他们对我的期望。几十年过去,深圳依旧是一座汇聚了年轻人的城市,充满朝气。它主攻"高精尖"产业,为国民经济的发展、国家实现现代化起到了巨大的推动作用,未来潜力无穷。我觉得自己来深圳这步是走对了。

注释:

① 深圳市体委:深圳市体委于1979年成立,1982年改为体育发展中心,1986年恢复市体委,1992年再次更名为体育发展中心。

孙振东

发展自我是残疾人最大的人权

孙振东，1991年受南京市教育局委派、推荐来深，深圳元平特殊教育学校创校校长，现任深圳市特殊教育研究会会长。

一

来深圳之前，我在江苏南京工作，曾任南京特殊教育师范学校（简称南京特师）副校长。南京特师是当时国家教委唯一直属的培养特殊教育师资的学校，由国家教委跟联合国儿童基金会合办，我很愿意去尝试富有挑战性的工作。

其实早在去南京特师工作之前，我就与特殊教育结缘。1988年初，我在南京市教育局工作时，曾陪同局长到盲人学校现场办公。发现这些孩子大多无精打采，我很纳闷，细问才知道，孩子完成义务教育后就没有地方去了，感觉没有前途，所以很沮丧。这时候我便意识到，我们的特殊教育是存在问题的，对这些盲、聋、哑等特殊孩子而言，只学习文化知识是远远不够的，我们的教育要帮助他们日后自食其力、融入社会。

所以我到南京特师以后，很快开始着手教育改革，把职业教育引进课程体系，培养特殊教育师范生的职业教育素养，以便日后对残疾学生进行职业教育和培训。这种改革在当时虽然引起了很大的争议和不解，但得到了国家教委的充分肯定。

1990年8月，南京教育局局长来深圳考察，当时深圳主管教育的副市长林祖基和深圳教委主要负责人廖槎武向他提出，南京能否抽调一些专业人才来深圳从事基础教育事业，包括特殊教育事业。南京教育局局长当场表示："好！我们先派人帮助深圳创办特殊教育学校。"

南京教育局局长回南京的第四天，就专门为此事召开了一次会议，商议由谁担当此任最合适。因为我曾在1989年受邀参加过深圳教育战略研究的研讨会，与深圳颇有渊源，所以最终局领导一致推荐我来负责。几天之后，我便接到局长打来的电话，我说我乐意服从组织安排。

1991年3月18日，我和南京市教育局组织处同时接到深圳市教委的电报，要求我于4月10日前到深圳市教委报到。4月8日，我到达深圳，由此我踏上了深圳特殊教育之旅。

刚到深圳，市残联便要求我们在罗湖南国影院广场搞一个推介会，展示宣传正在筹建中的特殊教育学校。1991年之前，深圳一家特殊教育学校都没有。1989年的深圳教育战略规划曾为建设特殊教育学校立项，并取名为"深圳市培能学校"，还在市教委设置了筹建办公室。我来之后，就作为校长筹备学校各项工作。推介会当天来了很多家长，我感受到他们对特殊教育的急切期待——孩子一年年长大却没有合适的学校帮助他们康复、学习，对成长实在不利。家长们都很心焦。

为了让孩子们能尽快有学上，我们的筹备工作更加紧锣密鼓地向前推进。在考察了国内一系列特殊教育学校之后，我立刻对深圳特殊教育学校做出了整体规划：首先是事业规划，从学前教育到义务教育，再到高中阶段教育以及职业大专教育；其次是构建"教育、康复、就业一体化"的办学模式；最后就是要规划与前两个规划相适应的校舍设施系统。这些规划得到了市规划部门的批准。

其实在我来深圳之前，深圳市计划局已经下达了办学计划，当时计划建筑面积是8000平方米，预计招收20个教学班，250名学生。我认为这个办学计划不可能建成一流的特教学校，而且与改革开放的窗口城市深圳的发展状况也完全不相符，必须调整。

于是我就重新向教育局报告了整体建筑实施构想，提出"一强二高三顾"的思路。"一强"是学校的教室、设施要有较强的适用性，有利于对各类残疾学生进行全面素质教育；"二高"是教育的起点要高和学校的设计标准要高，比如我们除教学大楼外，还有康复楼、有专门从事职业教育的大楼，有安排毕业生劳动就业的综合大楼；"三顾"即要照顾残疾人的特点，要顾及未来学校的发展，并且建设规划要顾及今后的管理，比如要有无障碍设施、要有"留白"等。汇报结束后，教育局局长和我说："你讲得非常好，我们就按这个办！深圳就是要'先一步、高一层、优一等'！"

为了使"教育、康复、就业一体化"的办学模式更加直观地呈现，后来我又绘制了《深圳特殊教育学校办学体系图景》，直接挂在了办公室的墙上。

二

但是，初创学校无论从哪一方面来说，都绝非易事。从1991年12

月我们借用校舍摸索办班，到1994年9月校舍部分完工，学校正式开学，我们经历了一段艰难却温馨的"在路上"教学岁月。

早年，市教委领导的计划是等特殊教育学校建成了再招生，这样比较从容。但深圳特教一片空白，如果早期不通过办特教班取得经验、锻炼队伍，学校建成后或许也会感到吃力。加之学生家长特别急切，经过讨论，1991年12月，在学校用地未定、校舍未建的情况下，我们临时选择了南华职业中学，找了几间办公室，稍微改造了一下，招了第一批48个孩子开设了特教班，既填补了深圳特殊教育事业的空白，又为未来学校成规模的教学打下基础。

因为条件限制，也发生过一些令我现在想想都有些后怕的事情：当时我们借用的南华职业中学内有四五个单位，门卫不能照顾到所有进出人员。在一个雷电交加、大雨滂沱的中午，学校一个智障的学生，吃完饭背上背包走出校门上了一辆中巴车"回家"了。

班主任回到教室，才发现有学生失踪了。我接到报告后，立刻组织教职工到可能的车站去打听，还请电台、电视台、派出所等机构帮忙寻找。直到第二天中午，走失同学的爸爸的单位传来消息，说警方在东莞虎门发现那名学生，通过他书包里的联系方式联系了孩子的爸爸。事后，这位班主任老师找我辞职，考虑到南华职业中学的客观条件，以及这位老师勇于担当责任的勇气和态度，我鼓励她继续安心工作。

1992年4月，时任市委常委、副市长林祖基来学校视察，看到了我们的《深圳特殊教育学校办学体系图景》后，认为我们办学很有思路，非常满意。不久他去香港公干的时候遇到熊谷组（香港）有限公司副董事长、董事总经理于元平先生，便请他支持深圳特殊教育，于先生也有支持意向。不久，在林祖基副市长等人的斡旋下，于元平明确表示将捐赠1000万元，其中800万元给我们学校，200万元给市教育基金。

资金问题解决了，接下来便是用地问题。当时学校选址在龙岗布吉，规划的区域内有一个广西羊场。那时候，广西羊场一直没有搬迁，无奈之下我就给时任市长郑良玉写了报告，希望尽快解决特殊教育学校的用地问题。后来在林祖基的推动下，羊场搬到坂田，有了实质性的进展。

终于，在社会各方的支持下，1992年7月2日，学校于布吉莲花山下举行动工典礼，厉有为、林祖基等市领导以及于元平先生本人都出席了动工典礼。原先学校定名为"深圳市培能学校"，为了彰扬于元平先生热心公益、乐善好施的义举，市教委研究决定同意了我的建议，把"深圳市培能学校"更名为"深圳元平特殊教育学校"，次年1月5日，学校正式更名。最终学校的占地面积扩大到现在的7.2万平方米，建筑面积1.5万平方米，首期办学规模确定为30个教学班，400名学生。校内的各栋大楼都是我亲自取的名："立人楼"，寓意人要立得正；"琢玉楼"就是要把学生琢磨成美玉；"开蒙楼"即为学生启蒙。这些名称包含了我们对学生和学校的期望。

1993年7月，学校开始全面招生，南华职业中学借来的教室不够用了，而校舍尚未完工。这段时间我们辗转了长城大厦、皇岗幼儿园等地，搬了3次家。1994年学校部分行政楼建成，我们便决定立刻搬入。说是建成，其实只是主体建筑完工，包括水、电都没有，交通也不方便。之所以急着搬过来，还有一个原因——为了省钱。租住其他学校校舍，我们都要付租金。搬回来后，我们决定：自己能做的，坚决不买；自己能干的，坚持不外请；能买便宜的，坚持到"源头"采购。

1994年5月1日我们搬入学校,没有自来水用,我便组织人打井、建蓄水池,自给自足。9月1日学校正式开学后,我们的教职员工利用休息日、假期为教学楼、运动场、学生宿舍楼制作安全网、护栏涂刷防锈漆;学校劳动就业综合楼22间标准客房,以及100多间教工宿舍的部分装修及家具、食堂的就餐台等,都是我们自己完成的。从1994年5月到1997年12月,我们节约经费超过百万元。

当时在我们学校流传着"八小"的故事,包括小汽车、小食堂、小理发店、小超市等等。因为学校离市区比较远,也没有什么生活设施,为方便师生,我们自己办了小理发店、小超市。因为没有公共交通工具,周末有老师要去东门等地购买生活用品,我们只好找辆小汽车负责接送。

学校的老师数量也逐渐增多。特教班刚办起来时,除我以外只有三位老师,两个是我带的学生,另一位是新疆老师。我倾向于招一些来自农村、家庭困难的年轻人做老师,想法其实很简单,他们来到深圳工作,可以很快改善家里的经济状况。我们学校里的其他职工,比如生活管理员,也大多是来自湖南、四川、湖北的农民,他们背井离乡出来打工很不容易,所以我跟同事在能力范围内会尽力帮他们,比如学校实行包吃包住,安排福利保障等等。1998年我退休前夕,学校在编人员有160个,现在已经增加到300多人了。

不出几年,学校良好的师德、师风就赢得了学生家长、各级领导和社会各方的肯定和鼓励。1996年4月,深圳市教育局党委作出"向深圳元平特殊教育学校学习"的决定,号召全市教育系统向我们学校学习。1996年9月3日,市委市政府做出授予元平特殊教育学校"深圳市奉献爱心、育残成才模范学校"称号的决定,要求全市各界特别是教育部门,结合自身实际,积极开展向元平特殊教育学校学习的活动。

1995年元平特校校舍落成时，于元平来学校参加仪式并与学生交流。

1997年12月，元平特校首届智障毕业生与校办产业元平饭店签订就业合同。

2000年，孙振东（讲台中）在英国曼彻斯特大学向参加"2000年国际特殊教育学术研讨会"的代表介绍深圳特殊教育学校的发展和经验。

2000年12月2日，元平特校中国特奥培训基地揭牌仪式。

2002年,元平特校成立十周年庆典暨学校体育馆奠基典礼。

三

长期以来，内地残疾儿童学校都是分设盲校、聋校，或者所谓"培智"、"启智"学校等。之所以未将多类残疾儿童融合在同一所学校内教育，是因为他们身心情况各异，学校的教学内容和教学方式也完全不同。但从专业角度看，各类残疾儿童教育的本质都是康复与教育，并没有太大区别。

因此，从1991年创校伊始，我们就率先在全国实践了"全纳教育"、"融合教育"的理念，即从我们招收第一批48个孩子的时候，就开始全面接纳盲、聋、哑，以及脑瘫、自闭症、唐氏综合征等多重残疾少年儿童入学。这种将各类残疾儿童置于一校教育和管理的创新方式，在很多国内顶尖专家看来都是不可能的。面对质疑，我当时并不争论，因为我的从业背景不同——相比于一直从事特教工作的人，我有丰富的普通教育工作经验（14年中学教育、3年高等专科教育、3年教育行政和4年师范教育），在我看来，残疾人要融入社会，首先要实现残疾人彼此之间的融合。况且，如果不办成综合性的特殊教育学校，深圳要再办盲、聋哑、智障几所学校，势必分散资源。

而事实上，从1993年我们学校正式改名为"特殊教育学校"之初，这个名称就得到了国家教委的肯定，并在全国推广。逐渐的，"综合"、"融合"这一教育理念得到了大家的认可，我的同行朋友来学校参观后觉得非常佩服，从前他们觉得不可能实现的事我们竟然做到了。如今，办综合性特殊教育学校已经成为全国办特校的普遍模式。2012年，国务院要求义务教育范围拓宽，除了盲、聋、智障"三类残疾儿童"，还要把自闭症、脑瘫等类型的残疾孩子也纳入义务教育范畴——我们在1991年就纳入了，所以在这一方面，我们足足领先了全国20年。

通过"全纳教育"等教学理念实施教学后，元平特校学生的智力和潜能得到一定开发，尤其是审美、体质和竞技水平提升很快。1996年5月，学校两名聋生李子敬和陈兆鸣，考入长春大学特殊教育学院装潢艺术设计专业。1992年，元平特校在聋教育班开设电脑课程。1996年，两名聋生被深圳国际机场华联售票处录用，成为全国首批通过电脑售飞机票的聋人售票员。

在特殊教育中，体育康复是非常重要的一个部分。无论对于精神还是体质，体育锻炼本身就具有康复功能。所以我一直致力于在学校建成完备的体育康复体系，既要修盖场馆，又要招聘优秀教师；在社会福利基金的资助下，我们建成了体育馆和运动场；通过引进来自四川高校的一位体育组组长，带动全校体育工作的发展。仅1998年至2001年，学校在全国、省、市和香港特奥会上共获得金牌62枚、银牌41枚、铜牌28枚。我曾多次带队去香港参加特奥会——只要我带队，香港都欢迎，我们就体育教育做了非常多的交流，结下了深厚友谊。

2000年1月，在元平特校举行的广东省第二届特殊教育学校运动会上，学校获得金牌总数和团体总分双第一。2000年12月2日，深圳元平特殊教育学校成了中国第一个特奥培训基地。2001年4月，学校聋生周建芬又在全国聋人运动会上获得女子跳远金牌、400米铜牌和体育道德风尚奖，并入选由15名聋人组成的国家队，于当年7月在意大利举行的第19届世界聋人运动会上获女子跳远铜牌，为中国残疾人体育事业做出了贡献。

教育、康复、就业，是残疾人事业的是三个核心要素。残疾人就业是世界性难题，而有残疾的孩子对未来是否充满希望，其中一个关键要素就是能否自立，所以，为孩子提供就业条件是特殊教育最核心的任务。1991年的5月19日，《中华人民共和国残疾人保障法》颁布，当中明确规定特殊教育应当开展职业教育。当年年底,我们学校就创新提出并实践"教育、康复、就业一体化"的办学模式,简单地说就是"提高综合素质—培养就业能力—发展校办产业—促进残疾人就业"。实施这一模式,是一个综合的系统工程,它需要三大重要的基本条件:在通过教育康复提高综合素质的基础上,开设适合不同残疾学生学习的职业教育项目,建设相应的实习训练场所,建立集中安排以智障学生就业为重点的基地。

1997年12月,我们学校建设的建筑面积为2600平方米的劳动就业综合楼落成。随之,包括元平宾馆、饭店、超市、邮电代办所等项目的社会福利企业深圳市康平实业有限公司注册成立。校办企业为学生的实习、就业提供了巨大便利,例如塑钢门窗的生产制造岗位适合聋人学生,学校职业大楼的所有门窗便是我们的毕业生在校办塑钢门窗厂里生产的。

事实上,在盲人、聋哑人与智障学生这三类特校主要的学生类型中,盲人与聋人遇到的就业问题相对更易解决,我们的工作重点因此放在最困难的、有智力障碍的学生身上。我们更多培养他们学习宾馆客房服务或基本的办公室事务,以打扫、装订、打印/复印为主,他们也可以学习洗碗,从事餐饮行业。

我校校办企业也特别为有智力障碍的毕业生打开了一扇就业之门。在劳动就业综合楼落成的同时,学校隆重举行了"首届弱智毕业生就业签约暨劳动就业大楼落成仪式",仪式上我代表康平实业有限公司和首届8名智障毕业生签订了就业2年的协议书。根据协议,他们通过劳动,每月可以从公司得到不少于1000元的收入。

此后,1998年5月和1999年9月,先后又有1名聋哑毕业生、1名肢残毕业生、15名智障毕业生在校办产业就业。到2009年5月,共有120

多名毕业生在校办企业就业，其中，两个智障生、肢残生在校办企业工作了10年多。

实践证明，这一就业模式是深受残疾学生和家长欢迎的，我们同情、理解、关爱孩子们，并提供相对优渥的工资，孩子的家长都非常愿意他们留下。社会上的企业之中，当然有许多是关爱残疾人的，但也不能否认部分企业拒绝接收残疾员工，存在一定的歧视现象。要彻底解决残疾人就业的问题，仍然任重而道远。

1996年5月，中国残联主席邓朴方到我们学校视察，对元平特校办学模式和特色非常肯定。2001年4月，时任教育部副部长王湛在第三次全国特殊教育工作会议上讲话，对元平特校扶持校办产业、安排毕业生就业的探索做了推广。同年，"以促进就业为导向"的特殊教育事业上升为国家政策。我们"教育、康复、就业一体化"的办学路子可以说为中国的特殊教育发展做出了历史性的贡献。

现在，元平特校的名号越来越响，教育部领导曾对各省相关工作者说："如果你想办好特殊教育，就应该到深圳元平学校去看看。"全国也有越来越多的特殊教育学校实践深圳这一办学模式。1997年3月26日，国家教委副主任、国家总督学柳斌来我们学校视察之后评价说："这个学校是全国特殊教育学校的榜样，不仅在东南亚是一流的，可能在世界上也是一流的。"香港的特殊教育机构也借鉴了我们的办学模式。2010年10月，深圳市特殊教育研究会组织内地特殊教育学校校长参观考察香港匡智会松岭综合职业训练中心，当时中心院长黄绍基指着中心大门口一间由香港赛马会资助的宾馆说："这是学习深圳元平特殊教育学校的一个成果。"

四

回望来深之初，我就是想建一所世界一流的特殊教育学校，为推动中国特殊教育发展做贡献。我在元平特校工作了11年，2002年正式退休，我认为我来深圳的目标基本实现了。并且，我们通过"教育、康复、就业一体化"办学模式，向社会证明了深圳不只是"做生意、做买卖、发大财"的地方，还是文化之窗、人文之窗，以及人道主义关怀之窗。我为自己感到幸运，为深圳感到光荣。

深圳特殊教育的发展实际上是政府保障、学校办学与社会关爱，三股力量整合在一起发挥了作用，这一综合方式为中国特殊教育提供了宝贵的经验。1999年10月，我组织发起成立了全国唯一（到目前为止仍是）具有独立法人资格的市一级特殊教育领域的社会组织"深圳市特殊教育研究会"。15年来，研究会在深圳、香港、澳门乃至全国特殊教育学校范围内积极开展特殊教育研究活动，产生了十分积极的影响。

现在随着深圳人口越来越多，特殊儿童的数量也与日俱增，学校的师资与教学设施很快便无法满足需求，所以深圳第二所公办特殊教育学校也将投入建设。我对未来的特教事业，也有几点希望：

第一是必须"以就业为导向"，加强职业教育，与产业紧密联系在一起，促进残疾人就业。所谓"前校后厂"，这是特教职业教育的必经之路。

第二是发挥深圳高等职业技术学院优势，创造条件，举办残疾人高等职业教育，满足残疾人接受高等教育需要。对于普通教育而言，从学前教育到大专教育是"一条龙"式的教学体系，特殊教育也应该逐步完善自身的教育体系，为更多孩子创造融入社会的可能性。我在退休前未能完成这一想法，这可能是我在深圳的唯一一点遗憾，但深圳完全有将这一目标付诸实践的能力。

第三是积极为重度智障等残疾人举办集教育、康复、娱乐、劳作、辅助性就业于一体的终身养护机构。在残疾儿童中，有一些相对难以安排就业的，比如脑瘫、自闭症的孩子，在他们成长到18岁之后，国家应当将他们安排至类似养护中心的机构，产生的费用由国家、机构与家长共同承担。特殊教育向两头延伸可以解决相关家庭所承受的巨大压力，这也是我们事业发展中的重要一环。

我们特教工作者面对的虽然是残疾人，但他们每个人都有长处。有位肢残的孩子，只要一朗诵必让台下的人流泪，有些智障学生感激他们的老师，到现在好远看到我都会喊我。残疾人照样可以实现自己的价值，照样可以为人民、为国家服务。接受教育、发展自我是他们最大的人权。

陈志列

就算背后挨了一棒子,也不回头看

陈志列,1992年正式来深,现任研祥集团董事局主席、金砖国家工商理事会中方理事等职。

一

我来深圳时,恰逢小平同志南方谈话。在"春天的故事"影响之下,深圳创业浪潮涌动。

我的祖籍是江苏无锡,但从小在沈阳长大。1990年,我从西北工业大学计算机系硕士毕业,被分配到北京航空部的设计院。不久,设计院在深圳成立了一个窗口单位,我被派到这边负责工业控制计算机的工作。那时深圳在我们的概念里还是一座比较边远的城市,领导便对我说:"你去深圳经济特区锻炼锻炼,回来我们提拔你。"1991年底,我第一次来深圳考察,从下榻的酒店走到街上,看到有女孩穿超短裙,冬天还有花开,叶子还是绿的;而这时北方人正穿着厚厚的羽绒服,万物萧条。从小没在南方生活过的我感到很惊喜:"深圳真是一个没有冬天的城市。"

那时深圳很小,出了上海宾馆就是农村,环境比较艰苦。考察完了之后,我回北京过年。第二年开春,新婚燕尔的我临行前向领导恳求道:"如果我在那边不适应,千万要把我捞回来啊!"

我是1992年3月3日正式到达深圳的。很快,小平南方谈话的消息传遍了神州大地,在小平同志的肯定与鼓励下,深圳掀起了海内外投资创业的高潮,高楼如雨后春笋冒出来,面貌焕然一新。有一天,我和五个老朋友、老同学吃饭,他们每人给我递了一张名片,我一看,上面全印着我不知道的公司名称,而朋友们的头衔都是"董事长兼总经理"——都创业了。他们鼓励我说:"老陈你也创业吧。"

我感到深圳的创业氛围是股强大的历史潮流,于是没有犹豫,决定下海。但在那个年代,国家机关干部来深圳后就下海创业并不多见,我的父母和岳父岳母都反对我扔掉这个"铁饭碗",而且我当时拿的是双份工资,加"特区补助"每个月有2500块,在当年是一笔不小的数目。我们单位此前也没有先例,同事们很诧异,领导也劝我说:"创业的风险实在太大了。"但在历史的洪流面前,在那种创业激情四射的氛围里面,我情不自禁、义无反顾地投身其中。

1993年,我找了其他四个朋友搭档组成团队。他们四人都是我在西安念研究生时认识的朋友,志同道合,一起来干老本行——工业控制计算机。实际上它在国外也是新兴事物,最早于1987年诞生于美国。我在1987年读研究生时,用的都是斯坦福大学的原版英文教材,因为来不及翻译。那时我们这一专业全国才3万名研究生,记得校长跟我们说:"你们是科研的'国家队'。"也就是水平最高的一帮人,我们也对自己的技术充满信心。

1990年,外资企业生产的工业控制计算机开始进入中国市场,当时需求特别大,但内行人一看就知道定价过高。我们心里颇为不平:

"我们也懂技术，凭什么任由外国人摆布？"于是决定加入竞争队伍。

现在回头看，真是初生牛犊不怕虎。那时候我家里的存折上只有500块钱，我们几个人东拼西凑了3万块做启动资金，在南光大厦租了28平方米的办公室。怕别人说我们公司小，不愿意和我们合作，我就用一块玻璃把房间一分为二，买不起磨砂玻璃，我就用磨砂纸贴着，让别人看不到里面的格局。办公室太小，只能放下3个座位，有两个人平时要在外面的沙发上办公，有客户来了，他们就得让出沙发，去走廊呆着。有些时候，大家也为这种寒碜感到信心不足，我就给他们打气说："这可是我们'研究生的发祥地'啊！"还专门把这七个字填在工商局注册公司的表格上，想用作公司的名称。当时服务窗口的业务员说："七个字太长了，干脆就叫'研祥'吧！"他们科长附和道："你如果叫'研祥'，目前没有公司和你的重名，公司申请能一次通过。"我听了当场拍板，就它了！公司的名字由此而来。

我们起家的方式跟大多数电子类公司一样，是给外资的工业控制计算机做代理。最初代理的是美国IBM公司，他们"大块头"计算机的系统差不多有一个人高，里面密密麻麻地装满了元件和线圈，要卖四十几万。当时的国营大工厂是我们的主要客户，在引入计算机控制前，工厂里的锅炉需要人工填煤，煤量可控性差，如果半夜值班的工人打个盹，锅炉就容易烧干熄火，耽误生产。而钢板厚度低至几毫米的轧钢技术，人工更是无法操作，必须靠机器实现。一旦计算机系统介入操控，情况就完全不同了：锅炉可以在系统控制下，根据炉内温度，定量地喷撒煤粉；又薄又均匀的钢板也可以批量轧出。

使用我们代理的机器后，这些工厂不仅提高了效率、节约了原料，还降低了意外事件的发生几率，他们非常满意，我们的利润也由此滚滚而来。两年之内，我们就赚到了整整3000万元的收入。

二

当时国内坐上代理这艘顺风船的不止我们一家，但我们却是第一家下定决心"逆流而上"，做自己的品牌与产品的公司。想法其实很简单，就是不服气——我们明明也有实力开发出优秀的产品，但现在市场上大家只认可美国、德国或是日本的技术，我们想让大家知道，中国人在这个行业也能做得不错。

1995年，拿着原始积累的"第一桶金"，我们五个合伙人用一顿饭的时间达成了共识：做自己的产品！那个时候大家都是30岁出头，五个"光棍"在深圳，没什么好商量的，做什么决策都很快，也都有些不计后果。现在想想，如果这个团队是在北京干的话，做一个决定肯定要征求亲朋好友的意见，哪有这么干脆。但实际上，我们几个都是书生出身，什么经验都没有，当时也找不到外包的广告公司，连广告词都得自己想……这是一条前途未卜的道路，但我们还是咬牙上了，就是因为想给中国人争一口气。

研发是个无底洞，到底要投入多少，我们心里也没数。在1995年一年之间，我们把原有的3000多万元收益全部砸了进去，开厂、购买设备、研发产品、拓展市场等全面铺开。公司的代理生意也在继续做，后来，我们又陆陆续续把做代理新赚来的钱都投了进去。现在我都很佩服自己那时候的豪迈与勇气，心里只想着"我们是从零开始的，大不了全部亏掉，一切重新来过"。另外，深圳是移民城市，谁也不认识谁，这样容易产生宽容失败的氛围，因为大家远离了熟人圈子，通讯也不方便，就算做事失败了，春节回到家可以继续跟家长、同学"吹牛"说我干得不错，第二年回来再接再厉；但要是在打小熟悉的地方，一旦你的公司有个风吹草动，舆论早就传遍了，你连挽回的机会都没有。所以，从全球范围来看，也确实是移民国家和地区更容易培养出强大的创新或创业能力。

公司资金需求大，但在那个时代我们却无法向银行贷款。当时，VC和PE是闻所未闻，天使投资更是天方夜谭，我们全靠自己，钱花完了也不去想结果，因为不敢想，怕动摇，只是一心做研发。很快，第一台国内自主研发的工业控制计算机在我们手上诞生了。后来越做越大，产品线越拉越长，应用的范围越来越广，但每年年底还是见不到钱，因为都投进去花光了。现在有些大学生和我交流时说，自己创业很艰难，我就说你们已经太幸福，有一份商业计划书就可以筹到钱——我们那时只能靠自己，至少在资金层面上比你们难太多了。

1997年，我们在车公庙工业园买了厂房，那儿现在改名叫"天安数码城"。有了抵押，我们从深圳发展银行贷了第一笔150万元的贷款。

当年给我贷款的行长姓仇，我领着他先来公司办公楼，然后又去西丽的工厂查看，前前后后走了4个小时，汗流浃背。回到车公庙，仇行长和我说的第一句话就是："陈总，你一下午讲的内容我一句都没听懂。但这个钱我贷给你了。"我立马蒙了，问他："我就问您一句，您没听懂为什么还贷给我？"

他解释说："第一，下午你陪我去了办公室和工厂，但现场没有一个员工抬头看我们，都在干活，这说明大家业务量充足，并且你们待遇不错，你对他们很好；第二，我看了你的营业执照，1993年到现在已经5年了，你们中途没有更换过营业执照。作为一家私企，5年没关门说明你肯定赚钱了——你的赚钱能力强。所以，我们银行同意贷款给你。"

我听了特别感激他。但这好不容易贷来的150万元我们很快就花完了，再去找仇行长时，他告诉我必须先还了前一笔款项，经过资信评估之后，第二年才能再申请。

正当我为紧巴巴的钱袋子发愁之际，机会来了。1998年，我的一位同学从北京来深圳参加一场名为"高新技术与资本市场"的研讨会，让我陪同他一起去参加。我看到这个名字，心里狐疑："高新技术我懂，但资本市场是个啥玩意？"

在研讨会上，与会的经济学家、大学教授、证监会的官员以及香港嘉宾轮流高谈阔论。一开始我听得一头雾水，但后来我听懂了："发展高新技术，光用自己的钱是不够花的，还得学会在资本市场融资，那就是上市。"这场研讨会让我感觉醍醐灌顶，我越听越着迷，明白我们很可能会有另一种干法，另一条"出路"。

当上市的计划还只是我心里一幅草图时，1999年10月，首届高交会开幕了。它除了是一个技术产品的展览会，还是高新技术与资本市场的"联姻会"。当时深圳第一家创业科技投资公司（俗称"创新投"）刚成立，在高交会前几个月，"创新投"找到我们，说政府要投资高科技企业，但只做小股东。首批签约的有6家公司，研祥是其中之一，这是首届高交会的头条新闻。

"创新投"按照我们公司的估值，给我们投了2000万，占12%的股份，这也意味着政府间接承认研祥的市值为2个亿。对于注册资本不到100万元的我们而言，那简直是天文数字，无疑给我们注入了一支强心剂，我们的底气大增。

2003年，经过评估，我们认为公司各方面条件相对成熟，开始筹备上市事宜。当时由于在国内A股市场IPO花费的时间比较长，按照政策法规，我们选择在港交所刚设立不久的创业板H股上市。我们拿出

1993年,陈志列(中)与研祥第一批创业员工合影。

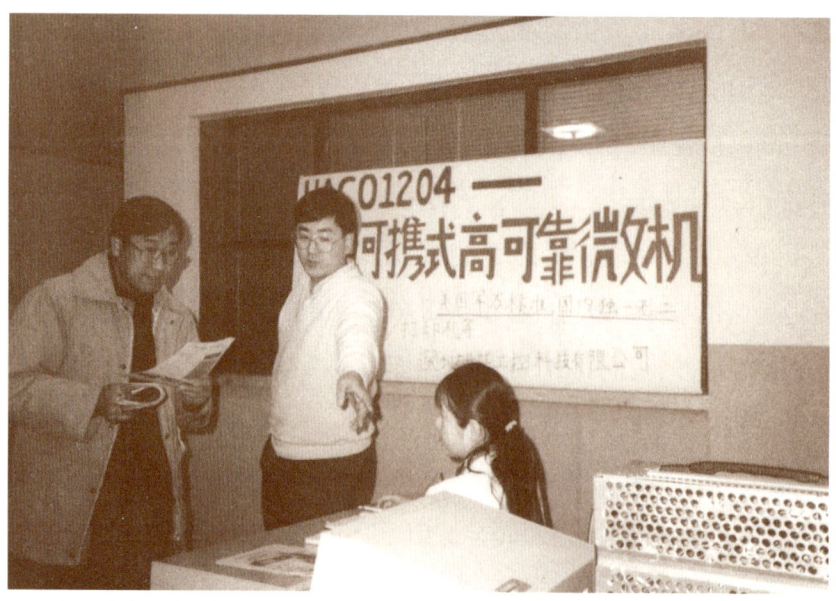

1994年,陈志列(中)与员工讨论产品应用方案。

25%的股权融了一个多亿，后来又转到了香港的主板。我们是国内第6家登陆H股的民营企业，也是目前本行业唯一一家H股上市公司。说来我们真的非常幸运：创业板在香港也是一个新生事物，那些年几乎所有的"新生事物"，包括小平南方谈话后的创业潮、高交会的第一笔投资，以及刚刚起步的香港创业板，我们都赶上了。

此前，新加坡证券交易所来找过我们，当时国内也有一些企业去美国纳斯达克上市。但对于我们而言，香港实在是太方便了——香港的券商、律师和会计师可以当天来回，我们去香港也有同城的感觉，单单是路演这一块就节省了不少时间和精力。而且我听得懂粤语，跟香港的分析师沟通起来也很顺畅。但是这两年，我们也产生过转回内地股票市场的想法，因为香港的证券分析师更加熟悉的是地产和金融行业，而近些年内地的分析师对高新产业的了解已经相当深入，并且，许多在内地上市的高科技企业，其市盈率已经达到我们的十几倍，这对我们确实有极大的鼓舞和诱惑。

上市正是研祥发展的重大转折点，它一方面解决了原本融资速度赶不上公司发展的问题。另一方面，在上市前，我们去参与项目的招投标，都要准备一沓厚厚的资料；在上市后，比如我们去投北京一个地铁线的标，只要说是香港上市公司以及股票代码是多少，在资质审查这一块就不再需要提交一堆冗杂的材料，很快就通过初审环节。

一直以来，无论是我们出口产品的物流货柜还是我们坐国际航班到海外拓展业务，从深圳去香港这个国际空、海港，都非常方便快捷。因此，借力深圳毗邻香港的地缘优势，研祥的发展步入了快车道。

三

随着多年的发展，研祥成为了国内最大的特种计算机（即工业控制计算机与军用计算机的统称）自主研发和制造企业，目前跻身全球前三甲。除了人们平时随处可见的民用与办公用计算机，特种计算机可谓同样无处不在——它广泛应用于铁路、公路和楼宇的电子监控、ATM提款机、POSE机、加油站等，与人们的生活密切相关；但又无从可见，作为核心部件，它被放置在设备的内部，我们是"嵌入式"的，跟英特尔一样，是"Inside"，用行话来说就是"隐形冠军"。2008年，前外经贸部副部长、时任博鳌亚洲论坛秘书长龙永图来研祥考察，他一看就明白了，说："你们做的就是一个大型关键设备里面的大脑、心脏和血液。血液就是软件，大脑和心脏就是硬件。"龙永图的话在相当长的一段时间里成为我们公司的广告语和产品目录的开篇语。

研祥的最早一批客户是外地大型国企，他们在大的机械生产线和供暖锅炉上使用我们研发的工业控制计算机。深圳不是大型制造业国企的聚集地，但在智能化和信息化领域，比如深圳地铁1号线、广深高速都是最先应用了研祥的产品，后来广州地铁、上海地铁以及沪宁高速等工程都相继使用。

我对研祥的产品覆盖率一直很有信心。有一年，时任深圳市政协主席李德成带领深圳市政协代表团去河南访问，我随团一起去。路上李德成问我："志列啊，你的产品河南这边有用的吗？"我说有啊，加油站就有。他就跟我认真了，当时车正在开往开封的高速公路上，李德成就说："我要去洗手间，咱找个加油站停一下，顺道看看设备是不是他的！"因为我们的产品覆盖率是70%到90%，所以路上我心里还是有一点忐忑，找到加油站停下后，李德成问："志列，你设备在哪呢？"我跑到加油柜前一把将柜子打开，大家围上去一看，赫然见到"研祥"两个字。我想这可是名副其实的了，想造假现装都来不及,就对主席说:"主席你看,这就是研祥。"

研祥的确是用实力和服务说话,正因为客户使用效果都不错,售后服务也有保障,在其他公开的全球招标中,我们才有机会频频中标。事后,我们总结:因为深圳较早开始城市自动化方面的摸索,在智慧城市的建设方面也走在全国前列,这让我们的产品有了一个很好的率先应用平台,有助于我们将产品推向全国甚至进军海外市场。

目前研祥已有超过600项发明专利和近千项非专利核心技术,100%都是自主知识产权,对自主知识产权和专利的坚持,实际上在竞争中,尤其是在海外与国际性大企业的竞争中对我们起到了有效的保护作用,使我们免于产权官司的纠纷。

研祥的产品现在基本覆盖了全球,全世界有超过100个国家在应用"研祥Inside"的产品。一个有趣的现象是,我在外出考察或学习时发现,很多国家的用户并不会记得"研祥"这个名字,但他们知道这个东西是中国深圳做的,知道深圳是一个出产高科技产品的地方,我们的产品实际上都留下了深深的"深圳创造"烙印。

更令我们骄傲的是,从"神五"到"神十"系列飞船以及潜到世界上最深海沟的"蛟龙"号潜水器,都在用研祥的计算机控制系统,它们正带着"深圳创造"的烙印上天入海,走得更远。

随着传统产业向信息化、数字化、智能化、自动化方向转型升级进程的加快,未来智慧城市的大量涌现以及中国信息安全的需求发展,我可以预见研祥在国内市场的空间将越来越广阔。这让我们很振奋,也倍感肩上的责任重大。

四

有时我会自嘲:"我是正规的'土鳖',创业前没有在海外留学过。"但研祥的经验证明，"土鳖"做高科技也能做到领域内全国第一、全球老三，也能主导国家标准的制定，把握世界级的话语权，同时我们还在往前追赶。

2008年，时任国务院总理温家宝来研祥视察时说："科技创新，只有第一，没有第二。"他一语中的——做高科技，只有抢"头啖汤"，才有自主定价权和话语权，然后把利润赚回来投入研发，形成良性循环。慢了半拍都不行，落后就可能挨打。

自我们在国内率先迈入特种计算机的世界竞技场开始，就处于混战的状态，一开始就与外国人对打，他们是老手，我们是年轻人，没有任何的关税保护，有时候背后吃了一记闷棍，都不知道是谁打的。一路就是这么打出来的，今天硝烟散去，"老大"是我。之所以能一直坚持到今天，我认为最根本的原因是我们骨子里属于中国人的顽强信念。华夏大地上的这个民族，这两百年虽然落后了，但是认为自己"行"、希望证明自己比他人强的想法其实埋藏在血液里，代代相传，从没断过。直到今天，这个"证明"仍旧在过程之中，但我认为可能再过个二三十年，会有更多人认可中国人确实优秀，中华民族是世界上一支优秀的民族。

而我们能实现突围，甚至能在2008年的金融危机时逆市飘红，另一个重要的保障就是深圳——正如我曾向时任总理温家宝汇报的：没有改革开放就没有深圳，没有深圳就没有研祥。

深圳除了具有改革开放、毗邻香港以及作为移民城市等天时、地利、人和的因素外，更重要的是历届市委市政府一直不遗余力地发展高科技产业。1995年的一天，由市科技局牵头，包括统计局、财政局以及税务局等7个局评选了"深圳民办科技企业30强"，当时华为排名第2，研祥排名27，这是我们获得的第一块奖牌，那时候我们才开始自主研发不久，无疑受到了巨大的鼓舞。而"民办科技企业"这一称谓正是深圳的独创。

在其他城市还在费尽心思地吸引外资投资时，深圳很早就开始扶持本土的民营科技企业，顶住压力把"三来一补"往外迁，为发展高科技产业腾出空间。在产业转型升级方面，深圳堪称全国楷模。而且深圳是"小政府、大社会"，政府非常克制，对企业的管理分寸拿捏得非常老道，从制度上鼓励和保障创新。

现在，创业的成本和我们那时相比或许提高了一些，但我依旧认为深圳是一片适合创业、创新的热土，它能够为民营高科技企业做大、做强提供最好的环境——直到今天依然如此。

五

我记得我在1998年去拉斯维加斯参加电子展时，外国人问我从哪里来，我脱口而出说"我来自深圳"，对方一脸茫然，不知深圳在何处，我只好说："香港旁边就是深圳。"如今，深圳作为一个副省级城市，在海外的知名度越来越高，越来越被认可，我心里也因此有了几分得意。

从创业初期的南光大厦，到车公庙工业区，再到现在公司所处的高新科技园，研祥总部在深圳的三次搬迁也见证了这座城市的变化。2004年，研祥在高新科技园的大厦动工建设，2006年竣工，大楼共有70多米高，因为那会儿有个直升机场设在不远处，楼房建设有高度限制，否则我还想建得更高些。2007年2月7日，我们从车公庙开了无数辆车把东西全部搬过来，正式落户科技园。我站在楼上远眺时，发现这一片区几乎只有我们一栋高楼，周围都是平地。现在周围早就盖上了各式高楼大厦，我们却变成了最矮那栋。公司门口这条高新中四道以前并不存在，是我们搬来后市政配套建设才把它修了出来。

在我眼里，深圳是全国IT产业链配套最好的城市之一，在别的地方，我的事业不可能发展得那么快。今天我们的唯一一家工厂，也是全球行业内最大的工厂就扎根在深圳。近些年来，有些地方开出很优厚的条件，希望研祥把总部迁移过去，或是将工厂搬过去——这也是深圳其他的一些民营企业家会面临的诱惑。但是，再优厚的条件都不及产业链重要，它无可复制。况且，我们是从深圳成长起来并走向全球的，所有公司骨干、高管都集中在深圳总部，要将他们全部转移去另一个城市，必须面对他们家庭是否随迁等非常现实的问题，要转移真的不太可能。

深圳是一个有强大向心力和凝聚力的城市，所以深圳经济才会这么发达。仅南山区一个区，本土上市公司的数量，按照省级的排名，都能位列全国第11位。未来，我看好深圳的发展，我正在准备一项希望扩大深圳面积的提案，计划明年在全国"两会"上提出。我也参与了这座城市的许多慈善项目，例如扶持生活贫困的老党员、老红军，在深圳光彩事业促进会担任副会长等，为城市弱势群体奉献一份力量。

我刚创业的时候一根白头发都没有，但做我们这行业总要面对挑战与变化，最初那段时间我一年就只休息大年三十到初二这3天，剩下全都在工作。年三十的"春晚"我也没法看，因为回到家吃完饺子我就上床睡觉——实在太累了。这些年的成绩背后，痛哭流涕、捶胸顿足的时候有很多，碰到太多过不去的事情最后还是过去了。我在一个对话节目里这样形容过自己："像我这种走到今天、还有心情接着往下走的人，一定是脑背后挨了一棒子也不会回头看是谁打的。"我们挨了无数棒，如果都回过头去计较你为啥打我、我必须打回来，那也不必往前走了。岁月给了我一头华发，也赠予了我一副好心态。

我今年51岁，在深圳待了整整23年。这里是我这一辈子待过时间最长的地方。现在每年我都有一半的时间在世界各地飞，但只有当飞机降落在深圳时，我的心底才会有个声音说："回家了。"尽管我不是一个土生土长的广东人，甚至都不算一个南方人，但深圳就是有千千万万像我这样的人，从全国各地而来，在这里创业并不断壮大事业，并对这里产生了家一样的依恋。

2010年9月，我被评选为"深圳经济特区30年30位杰出人物"之一，在颁奖晚会上我是这么说的："我在深圳创业只有15年，今天深圳经济特区成立30周年给了我这个荣誉，所以我还欠深圳15年，下个15年我会继续努力，继续为深圳做贡献。"

蒋开儒

我想给那位老人写一首歌

蒋开儒，1979年第一次到深圳，1992年后定居深圳，作词人，主要作品有《春天的故事》《走进新时代》《中国梦》等，曾任职于深圳罗湖区文联。

一

1992年，我从黑龙江省穆棱县文联主席及政协副主席的岗位上提前退下。3月末，我偶然在《人民日报》上看到长篇通讯《东方风来满眼春》，这篇文章引起了我十足的好奇。文中描绘的深圳，有纵横交错的宽阔马路、耸入云端的成片高楼、创下"三天一层楼"纪录的国贸中心大厦，还有全球第四个能生产激光视、唱盘的工厂……

我不禁自问：这是我曾经见过的那个深圳吗？

我上一次，也是第一次来深圳是在1979年。那次，我从黑龙江前往香港探亲，途经深圳，由于去香港心切，深圳留在我脑海中的印象便是下车后，直入眼帘的一片水田。我在深圳住了一晚，次日白天，便一个人从深圳招待所出发，沿着田埂、走着磕磕绊绊的砂石路过了海关，去了香港。

一到香港，眼前的景象全变了。过去，我常听人说，香港用的是资本主义那一套，腐朽没落，人民生活在水深火热之中。但当我亲历香港时，脑海中固有的种种印象开始分崩离析，展现在我面前的香港水蓝、山青、空气好。车子越往里开，楼房越加高大，我就那样趴在车窗上望着蓝蓝的天空，心里想着："香港咋这么香啊！"

但香港的人对我而言是完全陌生的。在火车上，我看到所有的眼睛都是戒备的、所有的穿戴都是高贵的，相比之下，我显得相当寒酸。我就想，下车之后要去哪里找我的亲情啊？没想到一出站便听到一声清脆的女高音喊："表哥！"我循声望去，映入眼帘的全是头上曲卷蓬勃、脸上浓妆艳抹、身上秀丽单薄、脖子上星光闪烁的时尚姑娘，一时没把"女高音"从人群中找出来。这时，她又喊了一声——表哥！我这才认出来，那就是我的表妹，还是小时候的小模样，只是悄悄地长了30岁。

她跑了过来，左手拎着我的旅行袋，右手挽着我的胳膊朝前走。我问她："怎么一下车就听见你喊表哥呢？"表妹说："也不知道怎么回事，一看见表哥我心里就亲。"当时，我只觉得泪珠子在眼眶打转，都说香港这个地方人情薄如纸，可一到香港，表妹就送给了我一份珍贵的礼物：浓厚的、带有人性之美的亲情。

这回我在香港住了50天，见到了久违的亲人们。香港把我从原先长期的阶级斗争"什么阶级说什么话"的拘谨状态里带了出来，让我感动于亲情的温馨。所以，从第一天起我就把感动写成歌词，50天写了38首，一回北方就向《北京文学》《香港文学》和《音乐生活》等刊物投稿。

《北京文学》是我在北大荒时"主攻"的杂志，但投了十几年从来没有发表过一篇。没想到这次一投就发表了！其他杂志也都发表了我的歌词，好几首歌词一字没改。我就思考，20年来我写的诗歌、小说、散文、戏剧都没有这38首歌词这么感人，为什么？后来我发现，这次探亲帮助我找到一种新的表达方式——歌词语言，它直接与我最深层次的情感抒发结合，是对我而言最好的表达。我觉得我终于找到了自己，后来我写主旋律的歌也是用这种方法，虽然主旋律歌曲需要表现爱国情怀、表达观念，但其中一个最核心的，依旧是我们自己的情感。

此次南下，也为我后来移居深圳埋下了伏笔。

1992年春天，《东方风来满眼春》这篇报道一下调动起我的好奇心——在我印象中，只香港有高楼大厦。那样高大的楼房，我再没在别的地方见过。而深圳现在竟然也有了？我把文章反复细读，内心激动，当晚便决定，我要去深圳看看！那年我已经57岁了，当了10年政协副主席，但银行的存款只够三个孩子念书，所以老伴为我借来了2000块钱做路费。5月初，我从黑龙江出发，这些好不容易凑齐的钱，我没敢放裤兜，除了买票，其余通通被我提前缝在内裤里。我就那样，坐在硬座车位上，颠颠簸簸，过了白天，经历黑夜，听着火车广播里邓丽君甜美的歌声一路南下。

我很明确，此次南行，我要来寻找一个答案——13年过去了，深圳究竟变成什么样了？

70多个小时后，我在13年前的同一个位置下了车。我急于寻找关于深圳的回忆，下车却发现，一切与记忆有关的痕迹都消失了。有那么几秒钟，我甚至怀疑，自己是不是重又到了香港——13年前的水田不见了，取而代之的是摩天大楼。我再仔细一看，车站上方分明写着"深圳"二字——邓小平题的字。这才确认，这里就是深圳。

二

1992年看到深圳的巨大变化时，我的第一反应是很想、很想感谢小平。这其中的缘由还得从我的家庭说起。

我的父亲是黄埔军校第四期的学生，我算是国民党的后代。新中国成立前，家里的亲人四散，去美国的有，去台湾的有，去香港的也有。1958年3月，23岁的我从部队转业到北大荒，因为家庭成分，在长期的阶级斗争里，我都是被批斗的对象。庆幸的是，北大荒的人无比善良，处处保护着我，我有机会一直坚持写作，这是非常难得的。但我对各方亲人的思念却只能收在心里——那个时代，身份如我者想出国探亲，还是天方夜谭。

那时，我在宣传队里写文章、写节目，紧跟党的最高指示，中央领导说了什么，我当晚就可以根据讲话写出作品，所以我总是在第一时间获得最新消息。1979年，当我看到十一届三中全会的工作报告一发表，我就感觉春天来了：有一句话年年讲，天天讲，现在不讲了——"以阶级斗争为纲"；有一句话从来没有讲过，现在讲起来了——"以经济建设为中心"。

这一年，我写申请去香港探亲，居然成功批了下来，我在香港见到亲人们时心中就在想，如果不是小平策划、做改革开放的"总设计师"的话，我绝不会有机会到海外去跟亲人见面。而当深圳的改变出现在我面前，我想到这十几年来的社会主义发展，不禁感叹，这件事情在历史上太伟大了：1979年的深圳是一片水田，1992年却是一片摩天楼，我们在深圳找到一条新路，一条名叫"社会主义市场经济"的路。而引起这个变化的，恰恰又是小平。

我立刻产生了一个最简单、最直接的想法——我要报答小平。从小，母亲就教育我要知恩必报，怎么报？我想给老人家写一首歌，这便是我走出站台时的第一感觉。但写歌并不容易，我仅仅是有了一种冲动，却还需要理解深圳、消化深圳，之后才能写出作品。所以，我立刻推翻了出发前"过来看一眼就回去"的计划，决定要留在深圳。

半个月后，我收到老伴给我寄来的第一封信。信中，她向我打听，经济特区的人是什么样的？

回信时，我一不留神就给她写了个顺口溜——"特区的女人怕热，特区的男人怕冷。三伏天的男人们西装革履，高贵锁衣领。三九天的女人们，袒胸露背，华丽飘短裙。不讲谦虚讲自信，不排辈分排股份。不找市长找市场，不拜灶王拜财神。不求安稳求创新，不惜汗水惜光阴。光阴就是时间，时间就是金钱，效率就是生命。"

抵深后不久，我就通过朋友介绍，在蓝天国际经济交流中心企业家艺术团上班了，负责写东西。随着对深圳的了解逐渐深入，我接触到的新观念也越来越多。

我的老板是复旦大学经济学的博导，对改革开放很有研究，他一系列的新观念给了我很大的影响。最初找工作时，我没有文凭，只带了一张"全国歌词大赛第一名"的奖状，老板只说了一句"没文凭有水平也行"，就把我留下了。

还有一回我去银行取钱，看到一位姑娘，身边放着黑色塑料袋，她把存折递进去，取出了5万块钱，就那么一擦擦地往塑料袋里放，毫无戒备——这要在我们那旮旯可叫"万元户"呢，但人家根本没当回事，没有什么警戒、没有什么感觉，提着包就走了。我想，这就是深圳，这一场景也造就了《春天的故事》里那句"奇迹般聚起座座金山"。

刚到深圳的半个月里，我的日记写的都是各类新观念，我就像海绵一样吸收着。深圳给我最大的财富就是观念。当然，这期间亦不乏新旧观念的冲撞与磨合，但就连在磨合中受到挫折，我都感觉快乐。

初到深圳，我住在公司的701宿舍，那是一间三房一厅的宿舍，与我住在一起的，还有一位作曲家及一位主持人。有天傍晚，我们正在宿舍休息，突然听到楼下有人喊"701，拿饮料！"一听有饮料，大家心里都高兴，便拔腿往楼下跑。

我跑在最前面，他们两人都是入编了的，我是新来的，总想着要表现出些积极性来。一下楼，我就看到了汽车旁的四箱饮料，我一下抱了两箱，转身就往回走。还没上楼，就听见司机师傅在后面冲我喊："两人份的啊！"我一听，明白了：没我的，入编的才有饮料喝。

但当时，我已经放不下了，只好一口气抱着两箱饮料上了七楼，往他俩的房间各放了一箱，转身回自己房间去了。

关上房门，我有些憋气，想想过去，在北大荒，我好歹也是文联主席、政协副主席和侨联主席。那时，我开会当主席，喝酒坐上席，给别人演讲时，掌声经久不息。一到深圳，什么都没有了。

这时，我听见了敲门声。开门一看，作曲家给我送来5罐饮料。我把它们推了出去，赌气告诉他，我们北大荒不喝这玩意儿，我们喝的是泉子水。

情绪憋闷着也不是办法，我铺开稿纸，想通过写作把它宣泄出来。下面这首诗就是这么来的："既要往前走，就别为丢失脚印心碎；既要奔明天，就别为告别昨天流泪；这世界不问你当年勇，只问今天你是谁；是金鹿你就跑，是海燕你就飞；海阔天空，想怎么飞就怎么飞！"

我释怀了：深圳这些高楼大厦我还没能为它们添砖加瓦，我现在要饮料是没理由的。我必须对深圳做出贡献，到时候给我的可就不只是饮料了——我激励着自己，于是磨难也变成了快乐。

三

从我来深圳起,我在北大荒的亲友们最常问我老伴的话便是——"蒋主席什么时候回来?"我23岁到北大荒,在那里待了34年,心中其实非常依恋。因此,也没有人想到我会留在深圳。

老实说,最初我也没有太大把握。一到深圳,我不想其他事,就是不断地创作,想把所有影响我的新观念都变成歌词,所以那时几乎所有可以发表歌的地方,报社、电台、电视台还有公司,都用过我的歌。而且随着接触的深入,我越来越喜欢深圳,喜欢这个城市里的年轻人——年轻人爱谈"明天",我恰是一个不愿看"昨天"的人,便觉得这座城市特别适合我。

深圳的年轻人还与北方的年轻人不同,他们不依赖父辈和亲友,他们依赖的是机遇。我也在日复一日认真写歌的过程中邂逅了我的机遇。

《春天的故事》这首歌词,就是我在1992年12月16日,一口气写出来的。

那段时间,我到南海边走了一遭,回头一看,蓦然发现,深圳就是一个圈:圈外叫关外,圈内叫经济特区;圈外搞计划,圈里搞市场。过去,我以为这个"圈"是用铁丝网做的,后来我理解了,这是用邓小平理论做的。

有了这样的想法,"1979年,那是一个春天,有一位老人在中国的南海边画了一个圈"这句话自然而然地出现了。有了它,我便觉得,《春天的故事》已经完成了,后面都是技巧,灵感来了,技巧自然会为灵感服务。

隔天清早,我就将它寄了出去。

1993年1月7日上午,我照例前往蓝天国际经济交流中心上班,门口保安把我叫住了,"蒋开儒!你看报上那个'蒋开儒'是不是跟你同名呐?"年轻的保安举着一张《深圳特区报》向我招手。

我一接报纸,眼泪就下来了——一眼便瞧见那上面刊登着我在半个月前寄出的《春天的故事》,歌词用的是楷体,歌名是套红的,还镶了一个花边,特别突出、特别豪华的一个版面。半个月就发稿,对我来说简直是无法想象的快。直到十几年后,央视采访我,找到了当年的编辑,我才有机会和他好好聊聊。他告诉我那时每天收到的稿子大概是一尺厚,他就在这一尺厚的稿子里发现了我这篇,"对小平南方谈话做了最简洁、最中肯,也是最辉煌的一个表达"。我打心底感谢他:"全靠你发表了这篇歌词,要是这篇歌词没发表,可能就没有这首歌了。"

从歌词发表到完成作曲花了一年半时间,这段时间我不断修改歌词,目的是不断刺激作曲家,帮他获得更多音乐灵感。那时,我前后给作曲家王佑贵送了3次歌词。前两次给他,他觉得挺好,但这些词句长的长、短的短,写法既非民歌,也非美声,不符合习惯上的创作方法,便一直搁着。

第三次,我花了5毛钱到复印店把歌词放大,然后与他相约上午9点在一处工棚会面。他拿着那张4开大的放大版歌词,依然不知如何作曲,便用他的湖南腔开始朗诵:"1979年,那是一个春天……"一经方言修饰,这词句有了更多韵味,我一听,赶紧说:"对对对,就是这个感觉!"便迅速将一摞稿纸往他怀里塞,告诉他:"就这样!赶快记!赶快记!"

记着记着,王佑贵又觉得歌词中的"春风"和"春雨"还不够劲,我便又加上了"春雷"和"春辉"两个意象。我喜欢"春"这个心灵意象,大概是因为经历过人生的寒冬,我对"春"有一种特殊的

1998年春,蒋开儒在家中创作歌词。

1998年,蒋开儒在深圳荔枝公园邓小平画像前。

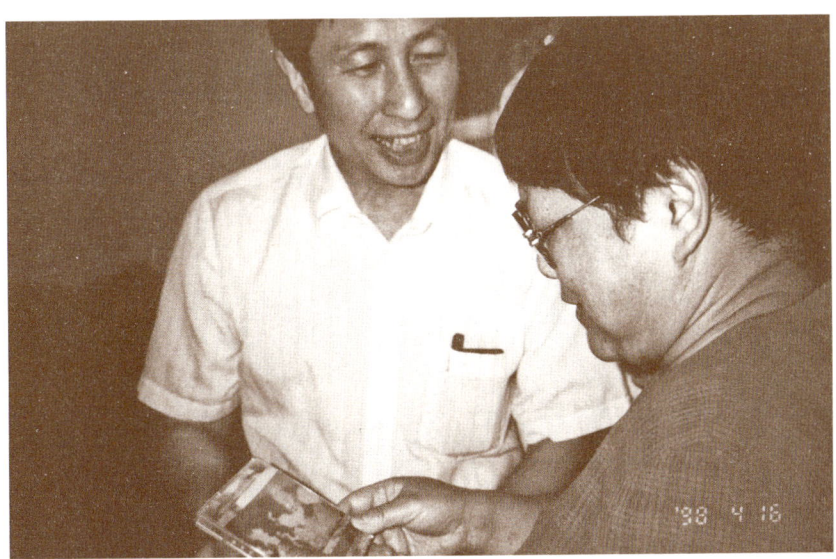

1998年4月,邓小平的女儿邓林(右)来深圳,评价蒋开儒(左)的歌给邓小平的历史定位很准确。

2002年1月23日，在深圳莲花山邓小平塑像下，蒋开儒（右一）见到了邓小平的弟弟邓垦（左一）、妹妹邓先群（左二）。

情感。

到上午11点半,整首歌的词曲便搞定了。那天是6月25号,我印象深刻,因为7月1号有一个"青春歌曲大赛",稿子一完成我就送去了市音协参赛。第一次听到这首歌被唱出来就是在这次比赛,最终《春天的故事》获得了金奖第一名。我就感觉,广东首先承认了它,特别激动。

而这首歌真正"火了",应该是董文华演唱它之后。

1994年冬天,董文华在一个军民联欢晚会上第一次演唱了《春天的故事》,歌词中,"有一位老人"被改成了"有一位伟人","在中国的南海边画了一个圈"改成了"在中国的南海边建设特区一片"。3天后的春节联欢晚会上,董文华再次演唱了这首歌曲,我一听,歌词改回来了。当时我写"老人"这个称呼时,是觉得小平特别像我们家里面的人,把家家户户管得很好,又非常亲切。听到原本的歌词在春节联欢晚会上唱出,我心情舒畅,特别在家里喝了点小酒。后来才听别人说,之所以改回来是因为老人家喜欢原版。

春晚过后,这首歌红了起来。有一次我外出,一上大巴就听到广播里一段发生在幼儿园里的对话。老师问:"小朋友,你知道吗?深圳在哪里?"小朋友们就回答:"知道,深圳就是邓爷爷画的一个圈。""圈"作为歌的标志,不单大人接受了,孩子也接受了,这说明歌和人民有着紧密联系,我心里非常得意。

还有一次,牡丹江电视台记者到深圳采访我,我们在邓小平巨幅画像那里拍完片子,找了辆的士,一上车司机就问我:"你是不是写《春天的故事》的那个蒋老师?"还没等我回答,那位记者就说:"正是。"司机师傅说:"我车上有你的歌。"刚说完,他一按车上的播放器,《春天的故事》便响起了。他告诉我,只要外地人来深圳，他便会放这首歌，旋律一响起，话多了，人也亲了。

1997年2月19日，小平同志去世，我心里悲痛。那段时间，我每每路过邓小平巨幅画像边，便会看到不计其数的花圈，一个接一个齐整地摆放。警察就在那边上站着，花圈一直摆到马路上了，他们也不敢动。只有在夜里，才会对它们进行清理。但第二天一到，花圈又摆满了。

2002年1月23日，在莲花山山顶邓小平塑像下，我与邓小平的弟弟邓垦、妹妹邓先群见面了，邓先群一见到我，就冲我喊："哇，春天的故事！"邓垦也说："你四季如春呐。"因为当时，他们都穿着冬装，而我穿着短袖。

看到他们这么和气，我也就放松了，我告诉他们，我有一个问题，想了千万遍，也没有问过，也不知道上哪里问。邓垦就说："有什么问题呢？有啥问题你就问吧。"

我问他们："小平听没听过《春天的故事》？"他告诉我，"听过，很喜欢听、很喜欢看，但他一句话也没有说。"

这下我就满足了，小平喜欢它，通过这首歌知道了大家对他的感谢和爱戴，这就够了。后来，邓垦又告诉我，邓小平对所有关于他的评论都不做声。我想，这就是伟人吧。

四

其实，邓小平刚去世时，我是有担忧的。

那时，我正在给罗湖区文化局写一组关于香港回归的歌，一位领导问我："邓小平都走了，《春天的故事》还能唱多久？"这句话，我听出了话外之意——小平走了，他的方针和政策还能不能延续下去？

很长一段时间内，我都特别关注社会各界有关小平的消息。1997年5月29日，江泽民在中央党校发表题为《高举邓小平理论伟大旗帜，进一步深化改革开放》的重要讲话，我心里的石头才落了地。

那天，我心里高兴，就在日记本上写下三句话——"我们唱着东方红，当家做主站起来；我们讲着春天的故事，改革开放富起来；继往开来的领路人，带领我们走进新时代。"这三句话后来被我写进香港回归组歌的最后一首，那时候，它叫《中国有幸》，意思是中国何其有幸，拥有一代代英明的领袖，带领我们向前走。在组歌中，这一首我酝酿的时间最长，大概写了5个多月。因为我想写一首献给党的歌，没有中国共产党的领导就没有香港的回归，但是我希望这首歌不仅党内能唱，党外也能唱；不仅国内能唱，国外也能唱。所以难度自然上去了。

后来，这首歌被改为《走进新时代》。我自己个性中的几种不同特点，都体现在这首歌的创作中。我是广西桂林人，桂林给了我一种柔情的性格，而北大荒却给了我另一种豪情，我自然而然地把柔情和豪情融合在了一起。《走进新时代》里写"总想对你表白"，那个感觉就是柔美的，"让我告诉世界，中国的命运自己主宰；让我告诉未来，中国进行着接力赛"则是北方式的豪迈。

后来这首歌真的如我所愿，唱到了国际上。2005年，《走进新时代》走进美国，一个美国朋友跟我说，他很喜欢这首"阳光歌曲"，专门买了三张碟，一张放在车里，一张放在家里，一张送到朋友手里。歌手张也在建党90周年的时候接受中央电视台的采访，电视台的同志问她："在国内你唱《走进新时代》，在国外唱不唱？"张也说："唱，但我往往只能唱第一段，唱到第二段几乎全场观众都会起立，一边鼓掌一边跟着我合唱，还有人抹眼泪。"

无论是《春天的故事》还是《走进新时代》都是时代性很强的歌，但主旋律歌曲其实只是我创作中的一小部分，我大部分写的还是老百姓的生活，只不过主旋律歌曲影响相对大一些。无论什么主题，我写歌都是要找到感觉，用最直接的感受去表现老百姓的生活。早前有位外国新闻编辑和我说："你实际参加了两次中国政局的大讨论，第一次是有关要不要改革开放，你发表了《春天的故事》；第二次是有关要不要继续往前走，你发表了《走进新时代》。你代表政界的两次发言，都对了。"我说根本没有想那么多，我只是表达了老百姓的愿望，而老百姓的追求迟早会被中央肯定的。

最近，我在写"中国梦"主题的歌词。十八大召开的前一天，在北大"百年讲坛"演讲"中国梦"时，我首先朗诵了这段词："中国人，爱做梦，千年美梦一脉相通；梦桃源，梦大同，梦一个天下为公；梦回归，梦嫦娥，梦一个小康繁荣！"

之后有一个学者就问我，你为什么选择了这六个点来写"中国梦"？我说，"梦桃源"是追求自由、平等、公正、和谐；"梦大同"是使老有所终、壮有所用、幼有所长、残有所养；"梦回归"包含宝岛回归，也包含信仰回归；"梦嫦娥"，"嫦娥飞天"是科学发展的尖端标志；"梦一个天下为公"指"一切为了人民"是共产党的宗旨；"梦一个小康繁荣"是共产党一百年的奋斗目标。

他说你想得真全。但其实我并不是想好了才写的，词由心生，心里面有了这些观念，手下才会写出这些词。

五

从初抵深圳至今，我个人的生活也有了很大变化。刚来深圳时只有我一个人，那时候我的小儿子还在念高中，我便不断写信给老伴，把接触到的新思想都告诉她，后来孩子上了大学，老伴也过来了。1998年，我和老伴的户口调进深圳，成为真正意义上的深圳人。按理说，我们是在北方退休的，户口是调不进来的，但这就是深圳，只要你做出贡献，深圳自然会尊重你、接纳你。这时，我所收获的，就不只是两箱饮料那么简单了。

2010年9月，我被评选为"深圳经济特区30年30位杰出人物"之一。榜单中的大部分人都是当年以高层人士的身份被调进深圳的，而我是闯进来的，深圳承认了我。颁奖那天，30位人物坐在一起，当中有那年为深圳创造两千多亿产值的人物——他们创造了让全世界人民惊讶的科学技术和物质财富。而我是文化界的代表，和他们坐在一起的时候，我感觉大家都平起平坐，这其实说明，深圳对精神文明和物质文明一样看重，这座城市和谐、包容、平等、自由。

早在《春天的故事》中，我便用"春"这个词描述过深圳。我喜欢春天，特别是在心灵感受层面，这个季节充满内在力量，一切处在生长发育之中，一切追求着光明。春天的状态是最好的。而这座城市始终处在春天之中。深圳最大的特点是"敢为天下先"，无论在物质上还是精神上，它都不断创新，不断升华。相比于20世纪90年代，当下深圳的发展走到了新的历史阶段，它更应该继续发扬创新的精神，我相信我们都可以把"春天"留住。

林万泉

没想到我这一生真与水结下不解之缘

林万泉，1992年来深，深圳市治理深圳河办公室第一任主任。

一

我是上海人，父母都是知识分子，可说是书香门第之家。抗战以前，父亲学农业、办农场，母亲学丝绸，进入丝绸学院成为督导长、教育长，他们像很多知识分子一样，梦想通过工业、农业来救国。后来，抗日战争爆发，日本帝国主义的侵略使得我们弃家而逃，一路逃到福建南平。这就是为什么我们家的孩子，有的叫"平"，有的叫"京"的原因——大家都是在逃难历程中，抵达不同地点时诞生的。

我出生在浙江龙泉，那时是1945年，抗战刚刚胜利，母亲正走在返乡的路上。因此，母亲给我起名叫"泉"，却没想到我这一生真的会与水结下不解之缘。

高中毕业，我考进当时的武汉水利电力大学。其实水利并不是我的第一志愿，我当时报考的是清华的现代物理专业，但政审没通过，只给我录取到最后一个志愿。我心里沮丧，但母亲却教育我："没有做不出成绩的岗位，只有做不出成绩的个人。"这句话让我受用一生，从此我全身心地投入到水利领域的研究和实践中，这辈子都不曾转行。算到现在，我已经在这个领域工作了50多年。

1968年毕业时，国家号召我们到生产的第一线去，接受工人阶级再教育，与工农群众相结合，奉献自己的青春。所以我自愿报名，到贵州参加长江支流上的乌江渡水电站建设。当年，23岁的我风华正茂，和全国各地300多名大学毕业生一起，想在乌江渡开天辟壤。从此，天是我们的被，地是我们的床，路是我们来开，房是我们建，大坝也是我们兴造。

我们激情燃烧着要大干一场，却不想就在我到乌江渡的第7天，暴雨导致山洪暴发和泥石流，冲毁了我们的工棚，也夺去了我两个同学的生命。

那是1968年10月初秋的深夜，我和同学们住在乌江岸边峡谷口旁临时搭建的工棚里。入秋的天气比较凉爽，迷迷糊糊的睡梦中，突然电闪雷鸣，我听到"轰隆"的巨响声由远到近。几乎是一瞬间，一块巨石击穿了我们用树枝和茅草搭起的工棚，像子弹一样把一个熟睡的同学打进了滚滚的江水中。惊魂未定，又眼看着汹涌而下的泥石流迅速地冲走了另外一个同学。我和其他同学穿着短裤单衫，在黑暗中仓皇逃出……

那晚风雨飘摇之中，我们用卷起来的草席，蘸着柴油点起火把，寻找被冲散的同学，有些女孩子害怕得号啕大哭。在此后的7年间，我遇到无数次这种生死一线的险境。有一次，我站在80多米高的大坝外侧浇灌混凝土，往下一看就是悬崖。当时系在我身上的安全绳的另一侧固定在一根柱子上，没想到柱子上突然有颗螺丝松了，柱子迅速往外倾斜。眼看着我就要命丧悬崖，突然间，一位叫莫兰馨的工人迅速冲过来抱住这根柱子，其他人见状都赶来，一个抱着一个往里面拉，我才化险为夷。

最令我难忘的是大坝截流。水流非常湍急，扔一块石头就被马上冲走，那个年代，可没有现在各种机械装备，全靠人力。我们必须在这3米宽的地方搭建一个桥梁才能完成整个抛石的过程。当时只找到一根5米长的圆木，从截流缺口的一侧，逐渐伸向对岸。但是，独木还不足以成桥，可再也找不到同样长度的木头了。这时有一位工人，让人把这根圆木两头按着，他自己用肩膀扛着一根3米长的圆木，走在这根独木上，一步步地走到中间，最后把圆木架在两岸。要知道，一旦稍有差池，失足掉下去将粉身碎骨。

在乌江渡的7年里，一同奋斗的大学生和工人兄弟不断有人殉职。当我离开乌江渡时，身后有两百多座坟墓。面对他们的舍生忘死，说不掉眼泪那是假的！但这就是我们的成长过程，我经常告诉自己，为了建设祖国的水利事业已经牺牲了那么多的人，再难我也要把这条路走下去，不能临阵退缩。我们就是这样一步步在软弱中得到锤炼，从而走向勇敢，走向坚强。

这段深刻的经历让我后来的几十年生涯中，变得非常执著。之后，当我治理深圳河、遇到无数阻力的时候，我曾经公开地讲过："如果为了深圳河的治理成功，需要我跳进深圳河的话，我愿意！而且现在就可以跳下去！"

二

1975年，我被调离乌江渡，来到水利部长江水利委员会，参与长江干流第一坝——葛洲坝水利枢纽建设工程的科学试验和研究工作。那一年，周恩来总理有一个批示——资本主义国家走了一条先污染、后治理的道路，这充分证明了他们的腐朽和没落。我们作为社会主义国家，一定不能走资本主义国家的老路，一定要走一条预防和治理相结合的社会主义新路。我一听这话，激动得不得了，因为那时候我们正在研究葛洲坝中华鲟的保护问题。就是那番话，使得我从一个单纯的水利工作者开始向水利与水环境保护相结合的方向去转变。

1977年到1979年，我到清华读研究生班。1981年，我又到日本做访问学者，研究的领域是城市防洪和水环境保护。当时我在东京，看到几千里外广岛的降雨实况和数据分析、核证和转载，我清楚地意识到，日本的技术已经大大地走在了前面，我那时候特别希望能把掌握到的先进理念和技术带回国来好好地应用。

1985年12月开始，我进入水利部委员会的总会机关，参与三峡水利枢纽的国际论证，前后共参论了8年时间。这期间和世界级专家们进行的交流与合作，奠定了我对环境保护广泛、全面的科学了解，我学习到环保应当遵循的准则和具体的实施规范。这为我后来参与深圳河的治理打下了坚实的基础。

其实我很早就听说过深圳，因为我这一辈子都是在跟着党的号召和方针指引去奋斗。20世纪80年代，深圳经济特区刚刚开始改革开放时，我就预感到：它将会成为我们国家的一个重要窗口，会有一种新的发展模式。我期待能亲身体验这种创新，便寻找机会南下。但我申请来深真可谓一波三折，非常不易。

1984年，全国公开招聘厅局级干部，我首次报名应聘了深圳的职位，经过多轮考核，成为最终的四位候选人之一。但后来原单位不肯放我走，便没有去成。

1985年初，深圳市委组织部派人到武汉招聘干部，我又报名了。但是当我去面试的那一天，到了面试地点推门进去，竟然看到一男一女两人在里面亲热。我当时的思想观念对此还比较难以接受，脸一红，扭头就走了。

这样一晃又到了1991年底。那时候我已经在水利部长江水利委员会的科技合作处担任高级工程师和处长，但我内心渴望着能挣脱僵化的计划经济式的指令性的工作环境，投身到改革的浪潮当中。所以，1992年1月，我给时任深圳市副市长李广镇写了一封信。在信中，我附上了自己的简历，告诉他我干过什么样的大工程，在国际级的科技刊物上发表了什么论文，以及在国际会议上发表了多少文章，还是1990年新出版的《现代英汉水利水电科技词典》的常务副主编。我在信中问道："我这样一个人，你们要吗？"那时候我相信，深圳这个正在迅猛发展的新城市，一定需要我。

后来李广镇副市长看到我的信，就批了几个字：此人是人才。这封信被转到相关部门，但他们的回复是：光有理论，没有实践经验，不要。但事实上，我曾长期在水利第一线搞工程建设，早已养成亲力亲为、理论联系实际的工作习惯。所幸的是，很快邓小平就第二次南方谈话了，深圳达到一个人才需求高潮。1992年7月，我终被调到深圳，此时，距离我第一次到深圳应聘已经过去8年。

一开始到深圳，我虽然是高级工程师，但没有处长职位，拿的还是科长级别的工资。几个月后，深圳市政府和港英政府要恢复谈判，就治理深圳河的问题再次磋商。那时需要一个人来负责日常谈判工作，要求懂专业、懂英文、有外事和领导工作经验等。衡量来衡量去，只有一个人符合条件，就是我。

专业上，真正曾经搞过重大工程环境影响评估的，当时深圳几乎只有我一人；出国访学期间，我的英文应用能力得到提高；长期与世界银行，以及美国、加拿大、意大利、日本等国合作，又令我外事经验丰富；领导工作经验自不必多说。

组织上便问我："你愿不愿意到这个岗位（深圳市治理深圳河办公室主任）去？"

这时候也有人劝我："深港两方政府在1982年到1990年曾进行了长达8年的谈判，一直悬而未决，后来又搁置了两年。这是一个没有希望的岗位。"但是我认定了，治河、治水是我责职所在，况且这一领域不同种类的"三大工程"实践——乌江渡水电站建设、葛洲坝水利枢纽的泥沙问题研究和三峡水利枢纽工程的国际论证——我都经历过了，时代赋予我这样的机遇，我应当勇于承担面前最新的挑战。

于是，1992年11月，我来到深圳市治理深圳河办公室。

三

为什么要联合治理深圳河？这要从深圳河的地理环境说起。

这条河以"深圳"命名，说明它又深又宽。最初，深圳河作为香港租界和中国内地的界河，曾经以河的北岸为分界线，从北岸开始的土地是属于中国政府的，而整条河的管辖权是属于港英政府的。新中国成立后，两方政府又设定以河的中线为界，一方一半进行管辖。

由于河流是蜿蜒曲折地流淌，它的主流线时刻从左岸到右岸，又从右岸到左岸，所以当治理一侧的时候，就会对另外一侧产生影响。一边治理好了，就有可能把洪涝灾害转移到对岸。所以，世界历史上甚至出现过因为河流治理而发生武装冲突。

在深圳河的南岸，香港沿河设置了政治隔离带，深圳河对港英政府来说只是一条界河，所以不在乎任何洪涝灾害。但深圳河对北岸的深圳格外重要，它是经济特区内排洪防涝的主要通道。繁荣的深圳经济特区中心地带沿河拓展，火车站、国贸、富临大酒店、地王大厦等重要标志性建筑都离深圳河特别近。深圳河还是当时水上运输的重要通道，是深圳经济特区建筑材料的命脉。那时候深圳河的洪水泛滥严重制约着深圳经济特区的改革开放以及经济发展。

为什么那时候的深圳会饱受洪涝灾害的困扰？因为随着深圳的日益城市化，越来越多的土地被硬底化，雨水无法直接渗入地下，而且当时的地下排水系统也不甚完善，所以地表水会汇集成很大的急流，大量雨水汇集到马路上，洪水泛滥就成了家常便饭。1985年、1986年之后，经济特区里的主要城区几乎每年都会发洪水。

1993年，深圳发生两次有代表性洪涝灾害。一个是"6·16"暴雨。当年6月16日，尼泊尔国王夫妇到深圳访问。他们住在罗湖火车站旁边的富临大酒店——这是当时我们引以为豪的五星级大酒店，有电梯上下，所有房间都安装了空调。他们到的时候晴空万里，一切美好，繁忙的社会正在有序发展；但很快风云突变，暴雨袭来，整个罗湖火车站片区在短短半小时内汪洋一片。泛滥的洪水涌进富临大酒店的地下室，淹没了配电房，导致整个富临大酒店停电，空调不再运作，房间里顷刻变得很闷。被困在酒店里的国王夫妇，很快就待不下去了，想着赶紧逃命，却发现电梯也不能运作了，只能一层层地往下走。走到大堂时，发现眼前一片"泽国"。这对深圳来说，是个多么尴尬的事啊！还有接下来的"9·26"洪涝灾害，深圳损失了14个亿，在20年前，这是一笔不可估量的大损失。

治理深圳河水就成了当时市委市政府领导的第一要务。但即便关于深圳河治理的谈判在1992年恢复了，依旧遭遇了极大的阻力。这是因为，港英政府提出恢复谈判的条件是，首先做治理深圳河的环境影

治理前的深圳河，导致深圳河宣泄不畅的两个最大的回肠处，现已截弯取直。

深圳与香港参与治理深圳河谈判的工作人员合影(上图摄于1993年,下图摄于2004年)。

1995年10月,治理深圳河二期工程准备开工,右五为林万泉。

响评价。当时，水利战线了解这项工作的技术人员不多，更缺少这样的经验。而我已经做过葛洲坝水利枢纽保护水生物的试验研究，并参与了三峡水利枢纽的国际可行性论证，算是磨过枪、打过仗了。这个特殊而敏感的职位不禁令我回忆起当年乌江渡水电站截流时，需要有一个人走过独木桥，架起一个通道，我一直记得那个工人，他做了那名"战士"，我觉得我应该跟他一样，在组织需要的第一线上，起到一个定乾坤的"战士"作用。背后有深圳市委市政府的授权和极大的支持，我相信自己挑得起这个担子。

1992年12月，市委市政府指示，一定要拿下环境影响评价的任务。一开始估计需要24个月，但时任市委书记说了，无论如何要提前半年，赶在汛期前开始治理，让深圳提前一年不受灾。没想到最后，我们仅用了18个月时间，就顺利地、高水平地完成了深圳市委市政府交给的任务。

当时我们和港英政府是轮流到深圳或者香港谈判。谈判的过程真是一波三折。港英政府官员中，尤其是一些外籍官员，百般刁难，纠缠于很多细节。他们常挂在嘴边的话是："要保护动物和水生物的生存权。"我则针锋相对地提出："要动物、水生物的生存权，更要人的生存权和发展权，两者必须兼顾。你们每年看着深圳遭遇洪涝灾害，难道没想过帮助一下灾害中的人吗？"

1993年9月26日，港英政府官员来深圳，当天本来是晴天，但我事先查了天气预报，说下午有大雨。在当日的谈判桌上，港英政府环保署的英国籍官员还在坚持一定要解决深圳河罗湖口岸那一带有很多鸟比如70多只白肩雕的问题，要求在施工建设过程当中不会影响它们的生存。

眼看着谈判又陷入了僵局，外面开始下大暴雨。我用了事先准备的一计——吃午饭的时候拖多了1个小时。等到下午4点钟会议结束，罗湖火车站到国贸和桂园路那一片，发生洪涝灾害，交通已经切断了。我说："你们趁着雨停了，赶紧回香港去吧。"

然后我特地找来一辆面包车，跟驾驶员和助手说："你们要若无其事地一直开到熄火的地方。"驾驶员就把车一直开到了桂园路，发动机被水淹没，熄火了。助手用大哥大打给我："要不要让他们下车？"我说再等一等，到时让他们自己走去火车站。结果港英官员等到5点多，等不住了，说："再不去火车站，回到香港就完全天黑看不见路了。"这时候，他们在电影大厦那里下车了，刚开始水只是到膝盖处，走过建设路时，已经齐腰了，再往火车站走，已经到胸部了，而且这时水中漂来不少脏东西，还有粪便。他们哪里受过这样的罪？一时间进退维艰。我让助手赶紧想办法，最后给他们叫了那种三轮的平板车，让车夫拉着他们慢慢走，等他们回到香港已经是凌晨2点。而且他们在火车上时，大家都不知道他们是什么人，看到他们满身脏污、臭味熏天，都对他们侧目而视，他们没地方坐，狼狈不堪。

第二天，我打电话去慰问，说："昨天辛苦了，真对不起。是不是以后不来深圳谈判了，我们到香港去？"昨天还在坚持生物多样性的官员们改变了态度，说："林先生讲得很对，生存权和发展权是必须的，没有的话也谈不上对生物多样性的保护。只有有了更好的发展才能更好地保护，这就是我们讲的发展和保护的关系。"

至此，深圳河环境影响评价工作的谈判正式破冰。大势的发展，迫使港英政府为接下来的治理一路亮起绿灯。

四

1994年9月份，双方政府达成了第6次工作小组的提案，政府授权给"深圳市治理深圳河办公室",即由深圳市人民政府和港英政府共同授权给深圳市治理深圳河办公室来贯彻执行这个治理深圳河建设工程。

正式开工后,深圳河的治理遇到了一个难题——因为河道是弯弯曲曲的,常在转弯的地方抬高水位,导致水流壅塞,治理深圳河就必须裁弯取直,让洪水能尽快到下游的位置去。但这又会涉及土地权的问题——裁弯取直之后,原本在河北岸的土地,就到了南岸去,其中最大的一块还有一平方公里。所以外交部的领导说,我们不能丢掉这块土地。

作为一个水利工作者,我就想了两个办法:第一,我们这里有土地过去,人家也有土地过来啊,我们土地兑换不就行了吗?第二,可以把土地所有权和管辖权分开,比如在皇岗口岸那里裁掉了一平方公里到南岸,我们就说那块地是深圳市人民政府的,只是放在你们那边管辖和升值,我们过去要办过境证,但这块地的所有权归根到底是我们深圳的。后来打报告到了外交部和港澳办、新华社去的时候,大家都觉得这个办法很好,就这样把这个问题解决了。

土地权的问题解决了,守边问题又紧跟着浮现——在地上搞工程,那由谁来守边境,是由港英政府的保安机构还是由我们的武警部队呢?这是一个关乎尊严的问题。后来我们就根据实际情况,提议交给双方共同委托的"深圳市治理深圳河办公室"来管,由治理深圳河的保安队来执行。但很快就有了质疑声:"如果以后搞工程,有人偷渡怎么办?谁来负起这政治责任?"后来我们说,可以找专业的人员当保安,虽然他们不是武警,但大部分是武警退役的,我们有能力做好安保工作。

解决了治理深圳河环境影响评价工作后,最困难的问题来了——

工程建设由谁来做？1994年5月，深港两地政府共同批准，按照国际惯例，运用"菲迪克条款"方式，进行公开招标。这也是我和团队第一次在全世界进行公开招标。"菲迪克条款"的特点是全面、系统、细致、清晰，一丝不苟。因此，"治理深圳河工程招标文件"异常地详尽，有中英文两个版本，仅中文就有30万字，所有文字和图表加起来有3大本，规范性堪称中国第一例。

为翻译英文版招标文件，我们早早做好准备工作。1994年初，我们把办公室10余台计算机全部联成局域网，鼓励年轻大学生练习中译英的能力。经日夜奋战，我们3个月就翻译出了英文稿。港英政府有关方面都大吃一惊。

至此，我们进入了治理深圳河工程的建设阶段，双方政府共同任命工程主任，我被任命为深圳河治理工程办公室的第一任主任（1992～1996），代表双方政府。后来第二、三、四任基本上延续了第一任的模式。建设过程中我们夜以继日地赶工，就是为了让深圳的老百姓尽早免受洪涝灾害。1995年9月30日下午快5点，深圳河上空突然间"隆隆"地飞来4架直升机，原来是时任香港总督彭定康和首位华人布政司陈方安生乘直升机过来视察了，他们本来想马上就是中国国庆节了，工人们想必已经放假了，没想到来了一看，大吃一惊：几万个工人和往常一样，奋战在河畔。

那时候河道裁弯取直，原来的弯道保留，会挖出大约200万吨的稀泥。有方案提出，运到蛇口去填海，但这样的话，深南大道和滨海大道上每天就会有大量运泥车穿梭，会有源源不断的噪音、拥堵和尘土，市民肯定会很反感。当时，我们请了大量专家进行讨论，最后我会商香港方，大胆拍板决定：用当时世界上最先进的一个技术——大面积真空预压的方式把稀泥里面的水抽出来，提高泥土的密度，增大泥土强度，这样就不用把泥土挖走了。我们是国内运用这种技术的第一例，当时有人来考察，说没见过这么干净、高效的水利工地。后来我们又创立了环境监督小组，做了河道生态修复的事情，这次港英政府彻底心服口服了，说："没想到中国内地的官员如此重视环保，而且如此有效地保护环境。"

受在深圳河治理工程工作的影响，1998年，我提出要以立法的形式来规范河流的水量与水质的同步治理，深圳市人大常委会1999年在修订《深圳经济特区河道管理条例》的立法里面，正式提出：河流整治必须要与城市的规划、绿化、环境保护、水污染治理同时执行，这后来成为一个法律规定，也首开了国内的先河。

治理深圳河的谈判从1982年开始，1994年深港双方达成合作展开工程建设，2000年后，深圳基本已经不再受深圳河洪涝灾害的影响，到了2012年这一工程全部完工。这些年，大家再没听说过罗湖、福田被淹的消息了。

五

我在深圳市治理深圳河办公室中真正只做了一任主任，但2012年，香港特区政府和深圳市政府联合颁予了我"深港联合治理深圳河三十年"特别贡献奖，那时我已经退休很多年了。深圳市人民政府给予我的评价，大概是："组织严格、科学合理、按照国际惯例，体现公平、公正、公开、竞争、择优原则。"香港政府的廉政公署给我的评语则是："无可挑剔。"

在深圳，我真不把自己当个官，我来这里本来也不是为了当官。在武汉时，我已经是处长了，还分到了4房2厅的带电梯的大房子。但在来到深圳最初的两年半里，我们一家三口都是挤在8平方米的房子里,想多放张床都不行,儿子就只能睡地上。直到他高考那年,邻居看不下去了,让我儿子到他家的一个空房间里借住了一段时间。最后儿子顺利考上了清华、保送北大,拿到两张录取通知书,我就和他说:"儿子,你算是给我争了一口气,要不然我会内疚一辈子!"

那时候我一心扑在深圳河的治理上,开始的交通工具就是自行车,被偷一辆,就再买一辆。记得工程刚开始的时候,我骑车去与红树林保护单位负责人沟通,说看我的治河工程影响到多少红树林,挖一亩我赔十亩,给他们种回来。那个负责人高兴坏了,说:"从来只有挖掉我的红树林,没有以一赔十的。"

等我从红树林出来的时候,单车轮陷入了泥坑里,弄得我满身是泥。这时候有人跑过来跟我说:"怎么都联系不上你,香港政府打电话来要沟通一个问题,张鸿义副市长到处在找你。"回去后,我被张副市长狠狠地骂了一顿,他骂着骂着,突然发现:我居然没有大哥大,而且也没有汽车。我说:"你都没给我批,我哪里有?"张副市长立即给我配了一个486的计算机和一辆汽车,还有一个大哥大的手机,我的工作环境这才开始改善。

如果说来深工作后有什么遗憾,可能就是无法参评教授级高工——有规定说副局级以上的政府官员不能评教授级高工。当年我刚来深圳时,深圳市水务局全局只有五个高级工程师,我是其中一个。但现在另外四个都是教授级高工了,只有我不是,心中还是会失落。但深圳是一个鼓励创新的城市,这种失落在我退休以后得到了补偿。

卸任深圳市治理深圳河办公室主任后,我调到市水务局负责水资源处和法规处工作;其后在市政协担任常委、市政协提案委副主任和罗湖区政协副主席。在这些岗位上,我也始终铭记母亲那句"没有做不出成绩的岗位,只有做不出成绩的个人",严格要求自己。后来有数据统计，我曾在一年间提了70多个建议、提案，并且我是唯一一个做10年市政协委员，5次获得市政协委员优秀提案一等奖的。一般来说，一等奖每年只评一个。

2008年我已经退休了，当时市委常委、组织部部长王穗明请我们这批退休干部吃饭，问起我退休后的打算，我说："我不知道退休之后干什么。"她说："每个人有自己的特长，你再好好想想。"我就说："我刚刚拿到一个国家颁发的污水处理的发明专利。"她说："好啊，你把这个转化为生产力嘛。"我说我一生清贫，没有钱办公司。她安慰我："不担心，我帮你联系一些人，让你的发明变成对社会发展有推动的生产力。"在她的帮助下，我筹得了启动基金。2009年，我64岁的时候再创业，做起了污水处理工程，至今获得国家6项发明专利，2011年的时候还获得了深圳市的市民环保奖。

今年我69岁了，但是公司才刚刚步入正轨，我充其量就是一高龄的创业家，每天早起晚归，我全身心都投入到事业当中。看到我天天这么忙，我太太常常埋怨我太贪心了，她说："孩子、孙子都非常健康地成长，你都这么大年纪了，你还想要什么梦想呢？"我说："我希望自己的企业在市场上能够经受住考验，能够成为年轻人的一个天地，希望成为深圳污水治理领域的'里程碑'。"

如果我当年继续留在武汉、留在三峡，也许我会变成一个很平庸的官员，虽然有理想、有抱负，但不会每时每刻发散着光辉。我觉得自己就像是无数滴海水中的一滴水，但是因为在深圳，我这一滴大海中的水跳了出来，从而受到了太阳的照耀，显得格外灿烂，格外有生命力。

如果没有来到深圳，那主导深圳河治理这种功在当代、利在千秋的事情，我想都不敢想。因为在三峡工程，我就是小小的一颗螺丝钉。但幸运眷顾了我,让我走上了这样一个岗位,承担起历史的责任。在治理深圳河工程中,我把我毕生所学都用上了,实现了很多想法,例如治理河流与环境保护相结合,它是这辈子最令我感到自豪的事之一。我却始终不敢忘记,所有的成绩都来自于国家、来自于时代,我只是做了一点具体的工作。

  我有幸和这座我热爱的、时刻生机蓬勃的城市共同成长,共同保持追求梦想的无限创造力。除了深圳,又还有哪里会如此重视我这种退休之后才去创业的人呢?我曾在大沙河公园亲手种下一棵树,我想这下我有归宿了,这棵树不会因为我的离开而停止生长,我会把我所有可以滋养土地的东西都给它,让它更茁壮地成长。它将是我未来的见证,我还要继续寻梦。

许武城

"玉"成深圳

许武城，台商，1992年起正式在深圳开办翡翠雕刻工厂。现任三联水晶玉石文化产业协会常务副会长。

一

我15岁开始学习珊瑚雕刻，后来因为台湾要保护珊瑚，我转为学习翡翠雕刻。在20世纪80年代，台湾主要发展高科技产业和服务业，很多年轻人不愿意学传统手艺，因为雕刻讲究慢工出细活，要沉得下心，耐得住寂寞。而且，台湾的孩子在学校受教育时间相对较长，到了20岁就要去当兵，而学习翡翠雕刻的最佳年龄是在十六七岁，这时孩子的双手比较灵活。如果错过学习的黄金时期，学起来就比较困难，所以这一行人才一直比较匮乏。

1988年10月，我和哥哥、弟弟从台湾第一次来深圳，当时很多地方在大兴土木，但施工方式比台湾落后很多。比如修深惠路时，一大群人拿着锄头、铲子、簸箕挖泥、运泥。我好奇地问工人们："你们怎么不用挖土机呢？"他们打量了我一眼，说："开什么玩笑？大陆

10多亿人,什么都用挖土机,那我们这些人就不用吃饭了。"

他们说的有道理,这也间接说明了深圳劳动力的充足。而劳动力不足,恰恰正是制约我们在台湾发展翡翠雕刻的主要原因。于是我就想,在大陆开工厂,工人肯定很好找。所以,我们把目光转移到大陆。考虑到香港做翡翠雕刻做得很好,配套设施又充足,而深圳毗邻香港,也便于我回台湾探亲,所以我决定到深圳发展。

1992年,我和台湾一位搭档来到深圳,在罗湖桂园路那边创办了一家翡翠雕刻工厂。如我们所愿,大陆的劳动力充足,我们很快就招到了一批工人,有的在福建莆田做过玉雕,有在广东肇庆做过砚台,有的在河南南阳做过独山玉,有的在辽宁鞍山做过岫玉。他们有一定的雕刻基础,但大多数没有雕刻翡翠的经验,招回来后,我们对他们进行了再培训。

因为工厂在火车站附近,比较靠近繁华的闹市区。一年多后,我感觉工人静不下心来,流动性比较大。我们这一行属于艺术创造,需要一个较为安静的环境,所以我想搬迁工厂。经朋友介绍,我们来到了布吉的三联村。那时的三联村是一个老村落,没有多少房子,比较安静。直到1997年,一些小山被推平后,建起了越来越多的房子,这里才开始越来越现代化。而且,从三联村到市区也比较方便,再加上消费水平相对比较低,适合拖家带口的工人生活。对我而言,三联村简直是不二的选择。

1993年,我们成为最早来到三联村办厂的玉器商。我主管技术,拍档负责对外的业务。我们的工厂在三联村斜坡那边,和大芬村的画工们做邻居,很多翡翠雕刻的师傅和画工相互认识。

不过三联村的模式跟大芬油画村完全不一样。玉石是直接取材于大自然,因此很难镌刻出一模一样的两件作品,很难像"大芬油画村第一人"黄江那样接到数量较大的单子,我们以来料加工为主,在发展的早期,我们都是帮台湾、香港市场加工。在业内,我们工厂在深圳算是做得最大的,每个月要消耗1200公斤原材料,所生产的货品100%回销给台湾,而那时,台湾至少有70%的玉石产品来自三联村。

二

台湾市场的"蛋糕"分得差不多之后,我们又开始转型,帮深圳水贝或佛山的平洲加工玉石,最后慢慢淡出了台湾市场。

2005年以前,我们工厂都是挂靠在一个香港朋友的公司名下,他们在深圳有营业执照。因为我们这个行业看不到很大的实际规模,大部分资金都压在原材料里。要在大陆通过审批的话,需要一定的规模和资金,而我们暂时满足不了这样的条件。公司设在住宅区,每个月的固定开销双方平摊。

在20世纪90年代,村里、消防以及工商部门经常来我们这里执法,问"为什么要在住宅区开工厂",甚至有时候不由分说就没收机器和货品,这时候就得拿钱去解决,这也导致我们没有办法安心做事。在很长的一段时间里,因为被制度"卡住"了,我到处找人也办不了证,只好处于"地下生存"的状态,一些人才也外流到四会、揭阳那些玉雕基地去了。

尽管磕磕碰碰,但我也没有想过离开三联村。1998年,我花了80多万在三联村买地建了一栋7层楼的房子,每层120平方米,成为第一个在三联村买地建房的玉器商。其间经过将近10年的发展,在三联村办厂的人越来越多。到21世纪初,三联村的水晶玉器市场得到了迅猛的发展,从最初我们一家厂发展到上百家,从业人员也从开始的100多人变成了几千人,形成了比较完整的集原料供应、成品加工、批发零售为一体的产业经营链，年产值超亿元。

2004年左右，布吉街道办的领导主动找上我们，希望我们能统计做翡翠雕刻的人数，组织成立一个协会。虽然我自己很想配合政府做这件事，但有部分商家心存疑虑，怕把姓名、地址和电话等信息交给政府，政府就根据这些信息来没收我们的设备等，所以写出来的名单都是假的。

政府见状，一再保证是真心想扶持我们。我们就临时组织了一个协会，成员有10个商家，我是其中一个。后来的种种事实证明，在政府的扶持下，三联村的水晶玉石产业发展势头越来越好。2006年3月，三联水晶玉石文化产业协会正式成立，从原有的99名会员发展至今已超过500人。

在2005年之前，三联的水晶玉石市场是自然形成的，比较散乱。当年11月，政府投资了数千万元进行环境改造，统一规划，建成了一条规范且美观大方的水晶玉石街，很多台湾地区、香港、福建、广东揭阳的老板纷纷来这边租铺面做生意。

加上协会的协调，原来从事玉石雕刻的"地下作坊"光明正大地走上了台面，各项证件也办齐了，最重要的是，大家能够安心在这里工作，人才外流的现象得以缓解。

三

2006年，龙岗把发展三联水晶玉石文化产业列入"十一五"规划发展纲要，发展目标是"建设设计平台、加工制造中心、交易中心、都市旅游文化产业基地"。

2007年9月，三联水晶玉石文化村经过一年的建设后正式落成，整个文化村长约200至350米，宽逾10米，展场面积达到5000平方米。

2007年,经过规划重整的深圳布吉三联水晶玉石文化村以崭新面貌迎客。

在经过规划重整后的布吉三联水晶玉石文化村街道上，摆放着用于展示的缅甸玉石毛料。

同年，三联水晶玉石文化村成为了第三届文博会分会场。文博会期间，还举行了国家珠宝玉石质量监督检验中心三联咨询服务站揭牌仪式、海内外水晶玉石优秀作品和"中国龙"系列精品玉雕作品展、三联水晶玉石雕刻工艺展示、首届深圳三联水晶玉石毛料展等活动，三联水晶玉石文化村开始名声远扬。

自此，三联水晶玉石文化村成为龙岗区继大芬油画村之后又一个文化产业基地品牌，还成为龙岗区着力打造的南岭旅游、大芬油画、三联水晶玉石、坂田印刷、李朗珠宝等文化产业的"五朵金花"之一。

我创作的作品"松鹤延年"还获得了2008年文博会"中国工艺美术文化创意奖"金奖。文博会结束后，每个周末都有很多客人慕名而来，这也直接带动了我们的生意。我最高的纪录是1个月卖了二十七八件摆件，价格从几万到几十万不等。这在以往是不可能的事，在文博会之前，我们基本是纯粹做加工，销售渠道大多是靠老客户拿货。

2005年至2010年是三联村发展的高峰期。2010年过后，因为原材料炒作过热，生意受到了一定的影响。2014年形势又得到了好转，我看到后面巷子的铺面基本快满了，新增加的珠宝店也多出了很多家。

或许是因为经历了"文革"，玉器雕刻人才遭遇了断层。我初到深圳时发现大陆师傅雕出来的东西，与台湾的相比水平低很多。所以，我就跟我的拍档半开玩笑说："我们要来振兴中华的玉器文化。"于是，我们把工厂取名为"兴华玉雕厂"。

那时候，广东和香港的翡翠雕刻行业沿用"流水线"做法。比如，今天要用翡翠雕刻一个人物，就让一个工人专门打粗坯，另外一个人做头部，还有一个人做身子，不会让一个人从头到尾做完。师傅教徒弟，也是教一部分技术，不会教整套。他们认为把全套技术教给徒弟，徒弟学会了就会跑掉。说白了，就是"教会徒弟，饿死师傅"。我是做技术出身的，很反对这种"流水线"方式，我觉得我们不能误人子弟，家长把孩子交给我们，我们有责任教会他们。

1992年下半年，我拜托第一批工人从各自的家乡介绍了一些十六七岁的少年，来厂里学习技术，学期为3年。早期的工具都是从香港、台湾运过来的，这边很多小孩都不会用，我手把手一点点教他们，从最基础的开始，每天早上教一段时间，中午、下午又各教一段时间。晚上下班之前，再去检验他们的成果，有不足之处，马上矫正。这批弟子大约有20人，他们出师后，又由他们去教徒弟。

我对招人没有很多要求，我常常跟徒弟讲勤能补拙。如果你觉得自己笨一点，就多花些心思去学画画、雕刻。当然，大部分徒弟的工艺很好，被专门机构评为大师的都有好几个。

前段时间，一位姓郑的徒弟在肇庆四会开了一个翡翠会所，生意做得比较大。从我们厂出来的徒弟，在业内都有举足轻重的地位。专业人士也认同我们工厂的地位，说我们是"人才培训中心"。如今，全国几大玉器基地都有我的徒弟。平洲玉雕行业有个玉器雕刻的精英会，好几个有技术有创意、小有名气的会员都是我的徒弟。

把人培养起来以后，很多同行会来我们厂"挖角"。为了应对这种情况，我就和工人们达成了一个默契——我借资金或设备给他们独立门户，做小型加工厂，他们帮我们公司生产翡翠成品。高峰期时，帮我干活的小型加工厂有30多家，加上自己厂里的员工，差不多有300多人。所以说，三联村玉器加工厂数量激增至如今的数百家，其中有一部分是脱胎于我这第一家。

四

刚来深圳时，治安比较差，各种条件都比较艰苦，有台湾的朋友跟我开玩笑："你在大陆怎么求生存？"我说，最重要的是保持运动和身心健康，带领周围工人、朋友致富，实现共同富裕，而不是个人独富，这样才是最安全的。

20多年来，我见证了三联村从布吉街道最穷的村变得越来越富庶，也见证了水晶玉石产业经过政府的引导，从地下加工成为"阳光产业"。

深圳是国内一线城市，消费能力也比较强，而且政府比较扶持文化产业。以三联村来说，前有水贝，后有宝福珠宝园，这样的形势，对于我们来说，其实是一种压力，但也是一种动力。如果没有外界的刺激，我们肯定过得比较懒散，而不是现在的居安思危。

三联村的优势在于我们不仅做销售，还是生产基地。从2005年起，我们的市场开始转向内地，题材也不再局限传统做法，越来越追求创意。我对这个地方还是很看好的，所以一直坚守在三联，很多朋友让我去其他地方发展，我都不想离开。

虽然跟揭阳、四会及平洲相比，三联水晶玉石文化村的规模排在后面，但它的位置优势是独一无二的，潜力很大。最重要的是从香港进出很方便，海运空运的材料进来内地都是经过深圳，如果能够把握住这个方向，未来前景肯定很好。

我从事翡翠雕刻行业超过40年，虽然没有赚到大钱，生意做得也不是很大，但令人开心的是，我从事的一直都是我喜欢的行业，工作起来很顺畅。加上看到教出这么多弟子，交了这么多好朋友，看到他们出了这么多成果，我还是很开心的。受到我的影响，我的3个孩子也都在大陆从事与珠宝有关的工作。

我认为深圳是一个充满希望的城市，我相信，在深圳这座充满活力的城市中，中国几千年的玉石文化与现代创新理念会不断碰撞、交融，让这个行业前景无量，否则我也不会把家里的年轻一代都带过来。

高自民

在正确的方向上冒险

高自民，1993年起定居深圳，曾任深圳市西部电力有限公司董事总经理、广深沙角B电力有限公司副董事长兼总经理、深圳市能源环保有限公司董事长、深圳能源集团董事长及党委书记等职。

一

1993年，我30岁，人生在此时转变了跑道：从北京来到深圳，从中国社科院从事经济研究的学者，变成了能源行业的新兵。

我15岁上大学，21岁以青年学者的身份参加莫干山会议，彼时涉足宏观经济研究已十余年，《中国青年报》还曾报道过我从事经济研究工作的一些事迹。由于做研究的关系，我对深圳这个改革的前沿窗口比较关注，1990年到1993年，当时中国社科院承担了国家中长期能源发展政策研究的重大课题，我参与了课题研究，其间曾多次到深圳调研。

深圳是国内最早探索自主办电的城市。传统的电力体制是电厂、电网不分，由电力部统筹，深圳的电力供应纳入整个广东电网统一解决。深圳经济特区成立初期，只有华能南方公司一家在深圳筹办发电厂。而此时,深圳经济快速发展,年平均增长率达42%,电力需求猛增。电力短缺成为制约深圳社会经济发展的"瓶颈"。

我在深圳调研期间,一到晚上,由于全市拉闸限电,整个经济特区明一片、暗一片,当时工厂"开三停四"(一个星期有电3天停电4天)甚至"开二停五"是家常便饭。老百姓家里常需备蜡烛,企业必备柴油发电机。曾有几十名外商联名向市里、中央写信:再不保证电力供应,就把企业迁离深圳。

缺电之痛让深圳决心扭转被动局面。1990年,深圳市政府成立了能源办公室,统筹规划协调全市能源电力管理;为了加快电力发展,深圳向中央提出自主办电以满足电力供应,1991年6月15日,深圳市能源总公司(下文简称"深能源")成立,与市政府能源办公室合署办公。

深能源成立后,在市委市政府的鼎力支持下,在全市积极推行"多家办电、集资办电",迅速抢建了包括南山热电、月亮湾电厂在内的11座应急燃油电厂,同时面向国内外市场进行筹资,抓紧承接深圳经济特区内的第一座大型燃煤电厂——妈湾电厂的筹建工作。

妈湾港区背山面海,陆域狭窄,电厂有三分之二的厂区是潮间带开山填海形成的。从1990年4月开始劈山填海,到1991年底已基本完成耗资1.5亿元的开山填海工程,造地44万平方米。1992年1月1日,电厂主体厂房开工,一期工程安装两台30万千瓦燃煤机组,成为深圳大型骨干电厂建设的开端。

这便是我来深圳之前的电力发展情况。1993年,深圳市能源总公司时任总经理到北京招揽人才,提出"要一些宏观经济研究方面的人才",国家能源预测研究课题组的有关领导推荐了我,说"这个年轻人不错"。经济学泰斗、中国社科院老领导马洪同志也非常关心深圳的发展,鼓励我到深圳去。

我觉得深圳的发展形势很吸引人,便心动了,跟家里人商量,太太很支持我,表示和我一起到深圳,说:"你到哪里,咱们的家就安在哪里。"我们把两岁的女儿送回秦皇岛老家托付给老人,转过头就匆匆上了火车。一路上我和太太心里舍不得孩子,几乎哭了一路。尽管如此,我们还是义无反顾地来到这座使人内心充满希望的城市——深圳。我来到深圳能源入职后,刚好赶上总经理秘书岗位空缺,我就从秘书做起。现在想来这是很好的安排,因为跟着老总能很快熟悉公司的人员、项目情况,为后来的工作打下良好基础。但当时一些老同事并不理解,有人还和我开玩笑说:"你可真逗,放着北京好好的研究工作不做,到深圳做秘书去了。"

我刚到深圳,就赶上了深圳与省电力主管部门谈电网移交问题。按照当时国家的规定,妈湾电力公司斥资建设的输变电线路配套工程完成后,产权要无偿移交给省电力主管部门。

妈湾电力公司输变电线路的建成,大大改善了深圳电网原来仅有的东至西一条骨干线的薄弱结构。但同时,难题也摆在了面前:如果按照国家规定无偿移交,这就意味着建设电厂要承担巨大的电网建设费用。具体有多巨大?我记得工程基本完成后,六台机组的投资约是6.8亿元,这在当年是个天文数字,如果全数由电力公司承担,那么自主办电实际很难维持下去。但是如果不移交产权,就有违背政策的风险,发出来的电让不让上网就是个未知数。

深圳市就此事和省电力主管部门进行了持续数月的谈判,直到8月初,妈湾电厂1号机通过了72小时整套启动调试,具备了上网条件,但谈判结果却一直悬而未决。最后一次是在五洲宾馆由时任深圳市市委书记厉有为坐镇谈判,那天晚上我也在场,我清楚地记得当时深圳市有关单位的领导和省电力局领导分坐会议桌的左右,"兵分两阵"面对面地谈。深圳市一直坚持必须有偿移交,投资费用可从深圳售电电价中分10年或更长的时间来回收,但省电力主管部门以"不符合政策"坚持自己的立场,双方针锋相对,谈得非常艰难。会议从下午一直持续到半夜12点多都没有达成共识,谈判陷入了僵局。

眼看着这边的机组在持续运转,那边就是不能上网,深圳又缺电,当时就必须有一个谈判结果。深圳方面经过现场商讨,厉有为市长拍板:停机——考虑到机组的安全性,不能长时间不带负荷运转,深圳方面决定直接停机谈判。停机是大事,是大家都不愿意看到的,这出乎对方的意料,他们感到了莫大的压力,因为谁都难以承担停机带来的重大责任和风险,大家都不再说话。第二天,省里的领导就回去了,但在接下来的一周,大家的心都悬在这儿。

选择停机有风险,但是却起到了决定性的作用:在停机之后约一周的时间里,由电力部出面协调、省政府研究决定,最终接受了深圳的方案——分10年期有偿移交,按照输变电线路投资的正常本息,从电价中分期返还给妈湾电力公司。自此,深圳开创了全国电网有偿移交的先河,为自主办电及电力市场化改革奠定了基础。从此自主办电变得有利可图,各地的积极性都被调动起来,纷纷加入了自主办电的队伍。

1993年8月20日,当妈湾电厂1号机组仅用了不到20个月的时间就并网发电,将光明送往千家万户。时任国务院副总理邹家华在一份报告上批示:"应该通报表扬!"这给了我们很大的鼓舞。

实际上,依靠原先计划经济的方法来解决电力短缺,已经不再现实,其根本原因是体制内的办电方式制约了大家办电的积极性。按理说,电力如此短缺,应该大有市场,但是当时是国家统一为供电定价，供电收益只有一个成本价，自然难以实现飞跃性发展。早在1989年，深圳市政府为了调动多方办电的积极性，在全国率先放开电力价格。但是直到1993年妈湾电厂投运，电价怎么定还没有一个具体的说法，实行的还是临时电价，基本是在亏本。

当时深圳市政府决定由市物价局牵头，与市能源办、能源总公司和政府有关部门一道，开展电力价格改革的专题研究，我有幸参加了这方面的研究工作。经过近一年的调研，深圳市政府明确了电力价格改革的方案，即按照市场经济规律办事，按照"成本+还贷+企业合理利润"的原则核定电价，实行电厂分类电价，一厂一价，电力投资的合理利润按照不低于一般工业项目投资的平均回报率确定，使电力在深圳真正成为商品，体现出了作为一个商品的市场价值。这在现在看来是再平常不过的事，但在当时来说价格改革是非常敏感的，关系到千家万户，改不好是要承担责任的。正因为如此，深圳的电价改革开创了全国的先河，充分调动了中外投资者到深圳办电的积极性。可以说，没有深圳的电价改革就没有后来深圳的电力发展。

深圳的发电电价理顺了，但由于深圳市有供电"中间层"的存在，终端电价居高不下，深圳一度成为全国用电价格最贵的城市，从而制约了深圳的社会经济发展。供电"中间层"的存在是当时深圳严重缺电情况下的一个后遗症。由于配电电网建设跟不上，许多工业区及居民小区自己建起了不少配电中心或小配电公司，许多配电公司在设施配置上还普遍存在着"大马拉小车"的现象。这些配电中心由于成本结构不合理，其售电价在电网售电价基础上层层加码。当时深圳的人均工资才几百块，工商业用户甚至老百姓承受的实际电价却高达每度电一块钱以上，比政策规定的电价高得多，为此用户怨声载道。如此高的终端用户电价，也制约了电力上网电价的改革。

从1997年开始,深圳下决心解决用电"中间层"的问题。在深圳市委市政府的支持下,深圳供电局和深圳能源集团一道,经过认真的调研,提出了由供电局收购"中间层"小配电公司,降低终端用户电价,改革电网售电电价,实行最高限价,加强电网统一管理的一揽子方案,彻底解决了深圳电价结构不合理的问题。这个改革过程是艰难的,因为"中间层"的收益方式已经形成,但对"中间层"进行收购、统一管理的意义重大,甚至可说与深圳自主办电有着同等重要的地位,因为只有在价格上有了突破,电力才能发展为一个可投资的行业,有了持续发展的动力和保障。

至此,深圳真正实现了电力市场化的大跨步。从1980年代初开始的电力能源创业起步时期也告一段落。综合说来这一"起步时期"可以分成三个阶段:

第一阶段在深圳经济特区建立之初,当时依旧是相对保守的理念,认为广东电网足以保障深圳的电力需求,所以并没有分隔出来作为独立的电力发展问题对待。

第二阶段大约从1987年开始,深圳的高速发展完全超出预期,特别是小平同志第二次南方谈话之后,来深人才数量迅猛增加,高新产业的发展奠定了深圳成为"新新城市"的基础。此时就凸显了电力发展的重要性,因为"经济发展,电力先行",当时深圳已经是供电短缺,所以这一阶段本地政府主要是在国家政策层面上为深圳争取更多可能,鼓励办电积极性,为电力创业打下基础。因此也出现了许多"先干了再说"的案例,大家心里想着"体制性的问题总能解决",于是先大力搞发展,同时再和原计划经济体制"拉锯"。

到了1995年至1997年前后,发展基本进入第三阶段。这一时期深圳的电价体制、电力发展改革在制度层面、政策层面与规划层面都已

1989年,大亚湾核电站核岛建设施工场景。

2001年,高自民(左一)在建设工地。

2001年6月,深圳西部电厂5号、6号机组续建工程浇注第一罐混凝土,时任深圳市副市长王穗明(前排右一)启动混凝土泵车按钮。

经基本研究清楚，旧时代的"障碍"得以逐渐扫除，我们对未来电力的发展方向开始胸有成竹，因此真正实现了电力向市场化的迈进。

二

深圳电力项目的国际合作是从沙角B电厂开始的。20世纪80年代初，香港实业家胡应湘向时任市委书记梁湘提出，既然深圳严重缺电，又缺办电资金，可以借鉴国际上的BOT（建设—运营—移交）模式，建设两台35万千瓦大型火力发电机组。

电厂一开始选址在深圳赤湾，后来考虑给深圳留下未来的发展空间，选址从赤湾改为东莞虎门沙角。1985年，深圳市与港方正式签订电厂建设BOT合同并开工建设。1987年电厂投入运营，约70%的电量供应深圳，30%的电量送往广东其他城市。1997年，电厂按BOT合同规定进入移交期，市政府专门成立了由时任副市长郭荣俊担任组长的接收工作领导小组，我也具体参与了沙角B电厂的接收工作。

当时沙角B电厂是进入移交期的世界首例BOT项目，没有先例可循，移交过程比较曲折，有来自投资方、电网等多方面不同意见。投资方认为10年期的总供电量没有兑现，提出要推迟移交；而电网方面则认为沙角B电厂电价外汇补偿全省都做了贡献，不能独立移交给深圳，应当移交给省电网公司。情况错综复杂。电厂在早期谈判过程中也没有认真考虑未来移交问题，移交标准在合同中没有详细规定，为此，我们开展了为期一年多的谈判调研工作，为了这项工作在省政府召开相关会议不下10次，谈判过程同样非常艰难。1998年省政府常务会议决定按实事求是的原则，以广东省和深圳市负担沙角B电厂10年用汇差价的不同比例，进行股权分配，最后计算出深圳获约三分之二的股权，省电网获约三分之一。

会议同时要求按"高标准"接收沙角B电厂，但是，合同中查来查去，有关电厂移交的原则规定就是八个字——"安全、稳定、高效、满发"。这八个字并不是一个具体的技术标准，怎么移交，没有先例可循，能不能接收一个设备健康状况良好的电厂，困难很多，责任重大。为此，深圳能源集团专门成立了电厂移交接收谈判小组，关键是要拿出一个具体的技术谈判标准，落实这八个字。我也是小组成员之一，而且是组里年纪最轻的那个。落实标准是一件需要较真的事情，对方态度强硬，我们也必须啃下这块"硬骨头"，不能退让。当时我已经在西部电力有限公司担任总经理，对电厂全局的把控让我意识到大电厂的移交决不能出错，一旦有问题，将对电网架构乃至整个社会产生巨大影响。同时，我是学者出身，带着"学者精神"做企业，总想认认真真把核心问题搞清楚。因此，我请到香港SGS CSTC标准技术服务公司和西安热工研究院，参考国际标准对电厂进行了全面考察、研究、分析，力求制定出按期高质量移交的标准。最后谈判阶段，港方派出了沙角B电厂英籍第一任厂长为首的谈判组，他们见我这么年轻，中午休息时私下里还说："让这样一个小伙子来和我们谈，是不是不重视？"会上，对方坚持现有电厂符合移交标准，但当我们拿出全套研究数据、坚持按我方提出的技术标准移交时，对方惊呆了，根本没有想到我们如此认真、专业，霎时间对我们刮目相看。

最后，沙角B电厂按标准成功实现移交。可能是因为我全程参与了移交谈判，集团选派我兼任接收后沙角B电厂的第一任总经理。沙角B电厂至今保持安全、稳定、环保运行的良好业绩。当年曾与我谈判的港方代表事后主动联系了深能源，希望参与我们的项目，他们亲眼见到我们的水准，觉得"和深能源合作肯定没问题"。

1997年，西部电厂2×30万千瓦燃煤机组投运后，深圳由"电荒"变成了电力相对富余。当时国家判断，深圳产能出现了过剩，提出暂停上马电厂工程。那时深圳的人口还只有几百万，我们做了产业以及社会经济等方面的研究，以城市发展和经济增长速度来判断，认为深圳电力状况只能算是阶段性的缓和，广东及深圳未来几年还是会缺电，而且电力的缺口还比较大。如果电力项目不能适度超前建设，深圳又会面临新一轮电力短缺的局面。

当时市里成立了西部电厂二期续建项目（2×30万千瓦燃煤机组）工程建设专项领导小组，由时任市委常委、副市长王穗明担任组长。我当时是西部电力公司的总经理，全程参与了这项工作。领导小组经过认真研究，由市政府作出决定：根据深圳社会经济发展对电力的需求，结合深圳电力现状，无论国家近期内批不批项目，西部电厂二期项目都必须超前筹备，加快建设。

为此，市里上下联动，四处奔走呼吁、搞调研、写报告……由市领导亲自出面，一边向国务院有关领导和国家有关部门汇报，极力争取国家支持；一边按我市预定的开工建设目标，紧锣密鼓地开展主机订货、工程准备等各项筹建工作，力争在缺电高峰到来前项目能够投运。这在当时国家几乎不批电力项目的形势下，要承受很大的责任和压力。

国家计委主管领导来广东或深圳调研，本来没有能源调研的主题，市里就见缝插针地抓住机会汇报电力建设项目，领导一时也不好表态，但只要国家计委的有关领导来深圳调研，我们就会事先了解行程安排，争取机会汇报，慢慢获得了主管领导的理解。

我们终于等到了机会。2001年1月，时任国家计委主任曾培炎来深圳调研，市政府特意安排考察西部电厂配套脱硫项目。当了解到

4号机组作为全国第一例海水脱硫示范项目，取得良好的环保成效，他很高兴。于是我们借机向他做了西部二期续建工程的专题汇报。听完汇报后，曾培炎主任当即提出，二期续建项目能不能做到首台机组15个月投产、整体项目环保设施同步投运、电厂控制系统国产化？这三条要求非常高，每一条的分量都不轻，在国内都没有先例，机组投产最快的纪录是18个月——这个纪录都是我们深圳自己创造的，15个月对电厂建设工作来说压力非常大。或许是因为年轻，有活力、没负担，当时只是集团副总的我思考之后，在现场就表态说："15个月没问题！"事后我再回想，这么短的建设时间，我究竟怎么敢答应的？但当时顾不上那么多，我们做了这么多年的研究，对项目还是有相当的自信，认为可以做到，而且所有人努力许久，好不容易有个机会，成败在此一举，怎么能不争一争？

我表态之后，市领导、工程建设专项领导小组的穗明组长和集团董事长都没有责怪我，反而认为挺好，要铆足劲完成工程。西部二期续建工程在承担如此重任的情况下开工建设，从2001年6月8日开工到2002年9月12日一次并网，15个月的时间我们算好每个工程节点，克服重重困难，圆满实现了建设目标。电厂一投运就赶上了新一轮缺电的形势，机组创造了年运行小时最高的纪录。

随着深圳社会经济的快速发展，2005年我们又开工建设了东部电厂3×39万千瓦清洁天然气电厂，进一步增强了深圳的电力供给。

三

20世纪90年代末，许多城市的"垃圾围城"问题引起了国务院领导的重视，时任国务院总理朱镕基在深圳视察期间，提出深圳能不能在垃圾焚烧发电方面先行探索，走出一条垃圾处理无害化、资源化的路子。市委市政府高度重视，将这一任务交给了能源集团。我们也敏锐地感觉到：垃圾处理是关系到城市健康发展和人居生活环境刻不容缓的大问题，垃圾焚烧发电及其产业化也极具市场发展潜力。为此，1999年7月，集团成立了垃圾焚烧发电项目筹建办，2000年8月正式成立深圳能源环保公司（下文简称"深能环保"），专门从事垃圾焚烧发电业务，由我兼任环保公司第一任董事长。

既然决定做垃圾焚烧发电，那就要按照高标准来做。由于当时高标准洁净化的垃圾焚烧发电项目在国内尚无可借鉴的模式，我们筹建办于是组建了一个高素质、高学历的班子——里面三分之二都是博士——花了整整两年时间，对相关技术、设备、建设管理和市场发展进行了全面的研究，并专门成立了能源环保研究所，先把中国的垃圾"能不能烧"以及"能不能烧好"等问题研究清楚。"能不能烧"说的是垃圾焚烧发电这条路在中国适不适合、走不走得通，只要研究出"能烧"，有热量就能发电。"能不能烧好"是考察做垃圾发电厂能不能满足城市发展对环境的要求，这是更具前瞻性的能源使用指标。在做前期研究的两年时间里，我们受到的质疑很大：成立公司不做投资，反而搞研究，花了两年的钱，这搞什么名堂？但大家承受着压力，坚持细致全面地开展工作。在把欧美的技术路线研究了一个遍之后，我们发现欧盟国家的技术比较适合中国，但无法照搬，因为欧洲垃圾分类好、热值高；而中国生活垃圾热值低、水分高、成分复杂。最后我们决定：引进比利时西格斯公司的垃圾焚烧技术，在消化吸收的基础上进行技术创新，形成适合中国垃圾特点的焚烧发电技术。

经过市政府审批，南山、宝安两个垃圾电厂项目提上日程。南山垃圾发电厂原定2001年1月破土动工，但临开工之际，更换厂址的消息传来。原因是，厂址离大学城太近，人们担心环境问题。这使得全国第一家采取国际高标准建设的南山垃圾发电厂比原计划推迟了两年。面对项目延迟的挫折，我们没有气馁，坚信我们选择的技术路线是最环保的，而环保事业的春天就在前方。经过不懈努力，2002年8月，能源环保公司自行设计、具有自主创新技术、达到国际一流标准的盐田垃圾发电项目正式开工建设，同年10月南山垃圾发电项目开工建设；2003年12月，南山、盐田垃圾发电厂建成投产。2004年2月宝安垃圾发电厂一期开工建设，2005年12月建成投产；2012年12月二期项目建成投产，成为国内规模最大、标准最高、技术最先进的垃圾发电厂。回想一路走来听到的质疑声，此时我心里得到安慰，更多的是自豪。

然而，这条环保之路并非一帆风顺。2004到2006年，由于垃圾处理费配套政策迟迟未能落实，市里一直以临时核定的垃圾处理费作为支付标准，而且当时国家收紧信贷政策，深能环保一度陷入了资金困境，到2006年累计亏损达9000多万元。此时，有人建议我们将深能环保公司出售。我们将公司面临的困难给政府打了紧急报告，很快就得到了批复：请能源公司坚持住，政府一定会研究解决。2006年年底，垃圾处理费解决办法落实了，由城管部门监管按照保本微利原则向盐田、南山垃圾发电厂支付垃圾处理补贴费，我们在守望中迎来了曙光。

目前，我们建成的南山垃圾发电厂是引进国外先进技术的国家示范项目，盐田垃圾发电厂成为消化吸收引进技术后建成的首个国产化设备示范项目，宝安垃圾发电厂创造了连续安全运行402天的世界最高纪录。这三个厂日处理城市生活垃圾达5450吨，约为全市每天产生生活垃圾总量的一半，每吨垃圾发电量超过300度，排放指标优于欧盟标准，做到"全国最好、世界一流"。深能环保也开始为其他地区、城市提供垃圾焚烧发电方面的服务，北京、武汉、郑州、西安、桂林等城市都不同程度地使用我们的技术或方案，其中北京朝阳区的项目是由深圳政府牵头投资的，朝阳区相关负责人打趣说道："你们就等于在天安门广场立了一个'小旗杆'，给自己做了一次极好的宣传。"

在此基础上，我们还在不断继续开发，让前沿技术的发展做到与时俱进、国际领先。近年来，公司投入近4亿元研发费用，在高标准垃圾焚烧与高浓度废水处理上取得了突破性进展，未经处理的垃圾渗滤液以前是直接排入河流，如果渗滤液出现问题将对深圳市民乃至周边地区所有居民使用的水源造成损害，产生巨大的联动性影响。我们的技术突破在于将垃圾渗滤液净化后结晶成盐，屯售给盐化工企业，不但使资源能再循环利用，同时也实现了污水零排放并大量减少空气污染。现在我们拥有了15项国家发明专利和实用新型专利，组建了深圳市"城市废弃物能源再生公共技术服务平台"和"环境污染物检测联合实验室"，使能源环保技术在世界处于领先地位。其中，"垃圾焚烧发电技术"获得由联合国工业发展组织等主办的全球可再生能源领域最具投资价值的领先技术"蓝天奖"，"倾斜往复式阶梯炉排垃圾焚烧炉及发电技术装备国产化"项目被国家列为"国家资源节约与环境保护重大示范工程"。在高精尖技术的支持下，深圳环境产业逐渐成为当下的朝阳产业，我感觉我们这个方向是走对了。

2005年，电力部老领导、中国工程院院士钱正英视察南山垃圾处理厂时，感慨道："20年前我到欧美国家考察，看到国外先进清洁的垃圾焚烧电厂，就想着我们国家什么时候也能做成这样一个电厂就好了，没想到在深圳实现了，而且环保排放完全不亚于欧美的标准。"

目前，住建部制定的关于垃圾焚烧发电的18个标准，我们主编了

5个、参编了6个。国内600吨以下的垃圾焚烧炉排炉，我们研究所做到了自主设计，实现了完全的国产化。我们预计在未来10年，环保产业将与集团电力产业并驾齐驱。

四

成就任何一件事都不容易，更何况是一整个产业，深圳的电力发展历程可以说是整个深圳经济特区创业史的一个缩影。就电力负荷而言，1980年是1万千瓦，1990年是70万千瓦，到今天已经是1543万千瓦；从电力建设来看，深圳在1980年还是一个无电源点的城市，到今天电力装机容量已经达到1278万千瓦；从一个严重缺电的城市，变成了一个人均用电量和人均装机容量最高的城市，也是电力供给保障能力最强的城市，可以说是一个奇迹。

而深圳能源集团不仅为解决深圳电力短缺作出了贡献，圆了深圳人的"电力梦"，并走向了全国各地，还走出了国门。如在西非加纳投资建设的天然气电厂占到了该国15%的电力供应，帮助加纳人努力实现"电力自主梦"，成为得到国家认可的中非合作典范工程。2008年我带队去加纳洽谈合作，当地政府官员用最高礼仪迎接我们；成功达成合作之后，深圳几乎变成了加纳的"友好城市"——过去我们去那边，入关检查非常严格，现在一听你是深圳来的，马上免检让你进入。除此之外，深能环保已经开始影响更发达的欧洲地区，例如我们正在与俄罗斯圣彼得堡的企业洽谈合作，与德国、荷兰等国讨论未来的技术联合开发。

在我看来，改革就是在对的方向上冒险，并且从不认为"不可以"做到。而所有改革创新的保证是一种担当精神，是对责任的有力承担。深圳在能源发展上能做那么多的超前探索，得益于深圳经济特区尊重市场规律、敢于打破传统方式的创新精神；得益于一批艰苦奋斗、努力拼搏的电力建设者；也得益于许多敢于担当的各级领导，这些领导富有远见卓识，敢闯敢试，他们身上体现了一脉相传的特区精神。

就我个人而言，我最年轻、最有活力的青春时光都是在深圳度过的，20多年来经历了许多挑战和磨炼。谁都不是从最开始就知道事情应该怎么做、自己应该如何成长的，庆幸的是我与深圳能源电力事业一同进步、发展，为它收获的成功感到深深欣慰，这是我人生中最宝贵的财富。如果问我，人生中哪段时光最美好？我会毫不犹豫地说：在深圳！

温介平

头发都白了，我还是要来深圳

温介平，1993年来深，曾任宝安区总工会主席，开创"宝安工会工作模式"，向全国推广。

一

似乎是命中注定了我与深圳有不解之缘。1980年、1982年、1983年，我曾经3次被深圳看中，想把我从原来所在的汕头地区调来深圳工作，但是汕头一直不放，我也就一直没走。直到1993年，我已经近知天命之年，才最终成行。我这个人比较喜欢做别人没有做过的事情，加上深圳是一个包容性很强的城市，我就服从组织部安排，终于调任深圳。

1993年1月1日，宝安区正式挂牌成立。本来我是被安排去民政部门工作的，但是宝安新设区，要成立区一级工会，正好缺一个工会主席，区委领导讨论人选的时候，反复看了我的简历，认为我比较合适。

1993年4月底，我正式到宝安上班。当时筹建宝安工会的领导班子只有一个人,我到位之后他就走了。那时工会的办公场地非常简陋,只有现在新安公园旁边的一栋三层小楼。到龙华都是泥巴路,车也很难开,有时候,一不小心车轮就会陷下去,大家都得下来推车,要走两三个小时才能到达目的地。

当时整个宝安除了区镇村所属企业之外,还有2000多家外商企业和私营企业,劳务工和外来人员已经达到46万,所以建立工会的工作量非常大。而放眼全区,工会除了硬件条件不好外,机关队伍素质也参差不齐,全区9个镇1个街道,除了观澜镇有工会在运作,其他镇工会都不健全,村一级工会网络更不用提了。我上任之后,通过到各镇、街道、企业等调研,广泛征求工会干部意见,以求改变工会现状。

通过调研发现,工人的生产生活条件非常差,有的工人每个月只有两三百块钱工资。吃的都是青菜白饭,住的都是简易搭建的宿舍,万一起火就会产生严重后果。他们还经常一加班就是四五个小时,每天工作10多个小时,加班费也很低,老板给多少算多少。但是工人顾及不了那么多,只要每个月能够多挣一些钱,加多少班都可以。

当时我想,这些工人的权益谁来维护?就算成立工会了,这样的企业工会归谁管?街道肯定是不可能的,因为每个镇(街道)少的有两三百家工厂,多的有五六百家,再加上村镇(街道)本身的工作,根本管不上那么多。这样就要采取区管镇、镇管村、村管企业的三级管理模式。

多方走访调研之后,我们提出大胆的思路:一年打基础,两年建网络,三年出成效。计划用3年时间,建立起从村到镇,再到区里的三级工会网络体系,尤其是在镇、村的网络一定要建起来。

1994年6月,宝安区召开了第一次工会代表大会,在大会上,我

1996年6月,温介平(右一)向前来考察工作的时任全国总工会书记处书记李永海(右二)介绍深圳宝安工会工作。

1998年7月，温介平（左二）一行在企业食堂检查员工伙食。

1999年11月,温介平(站立者右二)与深圳宝安西乡镇总工会代表在企业检查安全生产。

们第一次正式提出要村村建工会，三年实现全覆盖。

说时容易做时难，当时人们普遍认为，企业来宝安投资是为赚钱的，建立工会就是维护工人合法权益的，工人生活、待遇的提高，就意味着企业利润下降。有人说："我们在村里建工会肯定会被骂死，因为村里建工会会把企业赶跑的。"

当时很多国家和地区在宝安投资，例如日本和台湾地区，他们企业的老板就说："为什么我们要千里迢迢来中国投资？就是因为中国没有工会。我们在国外被工会搞怕了，工会三天两头组织罢工，把我们的生产都搞砸了。"很多村子都担心，他们花大精力请来的投资企业，可能会因为工会进来而被吓跑。因此我们每次下村去，村里、企业甚至是有些镇都不欢迎我们。

二

为了加强镇一级对工会的领导，我们与组织部联合发文，要求镇（街道）工会主席，由当地负责党群工作的副书记来当。这些党群书记，大都是建设宝安的老功臣，有一定威信。这样一来，镇一级工会的工作就相对比较容易开展，成效也非常显著。

此外我们还采取抓典型的方法建工会。镇一级的工会，我们就以观澜镇为典型，村一级的工会就以福永的和平村、沙井的黄埔工业联合总公司为典型。观澜工会本身条件不错，镇一级工会比较有作为。他们首先把村一级的工会建立起来，再重点在几家不同的外商企业、民营企业成立工会。

我们提出，在企业成立工会的步伐不能太急，只要成立了就要发挥"三个一"组建工程的作用——成熟一个，发展一个，巩固提高发挥作用一个。工会的宗旨是维护工人的合法权益，我们根据外商和民营企业的实际情况，也提出要切实维护企业的具体利益。

到1995年，我们就在全区9个镇1个街道，118个行政村全部建立起工会。这个体系就是后来得到全国总工会肯定，并在全国推广的"宝安工会工作模式"。

工会建立起来之后，我们的工作就是服务工人和企业。过去一些企业对工人生产生活关心得比较少，典型的就是生产安全问题，比如模具厂，经常发生工人手指、手臂受伤的情况。所以我们就要求企业改进工艺流程，保障工人安全。

还有一些问题，企业本身解决不了，我们就发动员工，给企业提合理化建议。例如，在员工中开展劳动竞赛，这样生产工艺、生产效率都提高了。然后我们向企业建议，能否对一些优秀员工给予奖励。每个月一个车间选出几个优秀员工，每个优秀员工奖励200元左右。那时候一个月的工资也就五六百元，这200元的吸引力还是很大的。

除了劳动管理之外，另一个工作就是宿舍管理。我们组织员工在每一栋宿舍的不同楼层，开展像部队一样的自我管理：被子要叠好，室内卫生要打扫干净，每一层的冲凉房由每一层的员工轮流管理。然后，每个月评选出每层楼哪个房间做得最好，作为先进的典型，老板奖励500元。这样原本需要好几个保洁人员负责的卫生，现在只需要一个人倒垃圾和打扫公共通道的卫生。企业人力成本大大降低，管理也更有效，所以企业也愿意这样做。

在工人方面，我们也考虑到维护工人的合法权益，尤其是在发生工伤事故之后。有一次一个青年的两个手指被机器压断了，那时候《劳动法》规定的赔偿很低，他评了伤残等级之后，按照法律也就只能赔偿2万多块钱。我们考虑到，这样一个小青年，断了两根手指，以后工作、生活都会不方便，就找老板反复协商，最后把赔偿额度增加到5万多元。

1998年,在沙井曾发生过一起因为仓库电线短路引起的火灾,造成十几个人死亡,其中有一个来自甘肃的21岁青年。我们通知了他的家人之后,他的父亲和堂兄弟走了很多天还没到,我们以为他们是找不到工厂。等他们到了之后才知道,他们天不亮从家里出发,要步行一天走到公社等汽车,第二天坐上汽车再走半天才能到火车站……

这个青年家里有4个老人,还有一个小妹妹,生活非常艰难。最后我们找企业协商,给了他们20多万元的赔偿。老人家非常感动,后来他回去时想要把钱直接带回去,我们担心不安全,就通过邮局汇过去。他们当时还不懂在邮局汇钱,很担忧地问我,回去之后钱会不会被邮政局克扣。

20世纪90年代类似的劳资纠纷很多,全区每年有9000多宗各类劳资纠纷案件,这其中哪怕有10%的案件闹到区里来,我们都解决不完。幸亏基层工会的工作面很宽、很得力,我在工会工作的10多年里,从来都是就地解决问题。

鉴于工会的工作对企业、对工人都非常有好处,我们的工会迅速获得了企业和工人的认可。1995年12月23日,随着沙井最后一个村工会的建立,我们建立了覆盖全区的工会工作网络。

后来还有一个日本的企业主叫义藤,曾经在日本做过工会工作,他发现他们在中国的企业,从员工宿舍到食堂,再到车间,工会管理得井井有条,非常敬佩。他在中国工作3年要回国之前,专程请我喝咖啡。他说:"中国的工会确实是为企业着想同时又受工人欢迎的工会,既教育工人,维护工人权益,又帮助推进企业生产。"

三

1995年1月23日，时任全国总工会调研室主任李永海在蛇口视察工作，听说宝安工会工作做得不错，于是来到宝安，要我们汇报思路。听到我们的"三级网络模式"后，他当即为我们题词："希望宝安工会成为全国的一面旗帜。"他认为，在村镇私营企业、外资企业都建立工会，这是一个突破，希望我们继续探索。

1995年底，宝安实现118个村全覆盖工会组织后，仅在1996年一年，就组建企业工会1600多家。这个数字在全国都是少有的，这一基层工会的大发展，还引起了全国总工会的重视。为此，1996年，全国总工会、广东省总工会、深圳市总工会成立一个联合调查组，来到宝安做调研。他们亲自到工厂去，找职工谈，找老板谈。调研了一个半月，调查组认为宝安总工会的做法非常典型。

1996年8月，调查组专门写了一个《全新的区、镇、村经济发展公司三级工会网络体系——关于深圳宝安区新经济组织工会工作模式的调查报告》，上报给全国总工会书记处。在报告中调查组表示："（宝安工会工作模式）对全国蓬勃发展的2200多万家乡镇企业和新经济组织发达地区有较强的典型示范作用。"

时任全国总工会主席尉健行看到报告之后非常高兴，在上面批示："宝安的经验很好。他们在创建新经济组织工会的领导体制和开展工会其他工作的经验都值得研究和借鉴。"

之后报告被报送给时任中共中央政治局常委、书记处书记胡锦涛，他批示："深圳市宝安区工会工作的经验很好。赞成认真加以总结，组织探讨，以推动在新经济组织中，尤其是在中外合资企业中组建工会的步伐，促进工会在维护职工合法权益和搞好企业生产经营中发挥不可替代的作用。"1997年3月17日，全国总工会办公厅印发了胡锦涛和尉健行的批示。

四

1997年，全国总工会认为需要开一个现场会，推广这个在工会历史上解决了工会领导体制、组织形式、运作机制等三方面问题的典型。1997年4月，全国省一级工会、地市级工会250多人在宝安召开"宝安工会工作模式"的研讨会。推广之后，宝安总工会的压力也很大，首先宝安总工会要继续前进、完善机制；而且全国的工会都来宝安调研，我每一年要接待100多批调研队伍。

2001年修改《工会法》的时候，我们的经验还为之提供了依据。一直以来，是否需要在镇、街道建立工会，都是争论非常大的问题。原有的《工会法》要求工会建立到区一级就可以了，但是宝安的经验证明，工会建立到镇一级非常有必要。为此，2000年，全国人大特意派了队伍到宝安征求意见，最后全国人大认为工会建立到镇一级，还是需要写进《工会法》的。这是宝安总工会的实践取得的经验。

我来深圳这么多年，在工会主席任上做了10年，服务了很多在深圳艰苦奋斗的兄弟姐妹。从工会主席任上退休后，我又受命做宝安关心下一代工作委员会主任，带着一支老队伍，服务我们的下一代。我这个人没有当大官的欲望，能在任上扎扎实实做一些事情，我就很知足了。

郑卫宁

如果没来深圳，我的人生将真正残疾

郑卫宁，1993年来深，先天重症血友病致残，现为残友集团董事长。

一

我是一名天生的血友病患者，需要定期输血维生。小时候我的身体状态很不好，无法去上幼儿园，只能天天坐在地板的草垫上。加之因为输血，家里需要支付昂贵的费用，我经常会觉得自己是个负担。

那时，生活里唯一的快乐是读书。我一天学没上过，并不识字，就是反复地看家里有的书，大体猜想它们的意思。我看民间故事，看《青春之歌》，最喜欢的是高尔基的"三部曲"。阅读让我对美好生活心生向往，我记得在高尔基的书中读到过一句话——小鸟的美在羽毛，人的美在心灵。当时这句话给我很大的触动，因为我突然发现，这个世界上还有人和我一样漂泊、失学，但他仍可以变得伟大，我便不再觉得那么孤独。

有时我会感叹，世上每个人都可以有梦想，但是残疾人没有；如果非要说梦,那么残疾人唯一的梦想便是自食其力,养活自己,不要成为家庭的负担。所以18岁之前,我总希望自己能上班赚钱。19岁,我进到老家武汉的一间小工厂上班,成为一名磨床工人。在工厂的6年时间对我来说特别宝贵,一个残疾人能有机会和其他年轻人一样,去尝试就业,体验社会最底层的工人如何成长、自立,真的非常难得。更让人感激的是,在那个阶段,我结识了我的太太,后来我在深圳创立"残友",她给我的支持特别大。

作为一个体力上弱于正常人的人,我必须在知识上比别人强。所以年轻时,我特别希望自己成为一个博学的人,上知天文下知地理,而且能帮助别人,于是我不停地读书。太太和我都没有参加过高考,我们当时一起读电大,我自己学习完了还会辅导她考试,后来她拿到了武汉中南财经政法大学的本科证书。改革开放之后,我开始经商,希望能赚更多钱给亲人用。从小到大,父母家人还有后来我的爱人为我的病付出了太多,我只想好好报答他们,让他们过上好日子。

在武汉,我跟朋友合开了一个做饲料添加剂的小公司,也做过各种其他的尝试。在商品经济当中,我感觉到了人跟人的区别。之前大家都是工人,拿一样的工资;后来我发现,每个人的个性与知识背景不同,而我的特点竟然对经商很有用。比如我乐意学习最新的东西,在武汉是最早一批去股市里开户的。

因为做个体户,我经常请朋友从南方进货,比如从广州进手表、太阳镜和衣服回来卖。有几次我也亲自来到深圳沙头角进货,深圳给我留下了三个非常深刻的印象:

第一个是人少。1988年春节前,我和太太、女儿到荔枝公园散步,整个公园里就我们仨。

第二件事发生在股市里。我以近600元的总价买了100股深发展,要离开深圳时，我把它卖了，赚了3000多块钱，并用2700元给孩子买了个任天堂的游戏机。那时候，3000块钱是笔大数目，2700元的游戏机也是很奢侈的。

最后一个印象是深圳特别小。那时，莲花二村就算郊区了。

但我能感觉到深圳自由和民主的氛围。在内地，大家讲究家庭成分和社会关系；但在深圳，英雄不问出处。在蛇口，袁庚创办的沙龙里，青年企业家们的发言特别让人振奋，他们从治理企业谈到了兼济天下的胸怀和理想。当时我从来没有想过，自己有一天会定居深圳。我见到许多创业者白天在豪华的办公室里上班，夜里回去，便居住在简陋的房子里，心里明白这是一个需要拼搏才能生存下来的城市。而我自己的身体状况想要在这里生存，将会非常之难。

之所以想到深圳来，是因为我的姐姐在这里，我从她那儿得知，深圳是当时全国唯一一个志愿献血的城市。献血者献完了会在血包上签上姓名，接收者输血时用的是同一个人的血。"在深圳输血有安全保障，不会互相感染。"我这样想着，1993年便来了深圳。

二

刚来深圳，我就感到极度的不适应。作为主流社会的脱离者，过去我在内地运用熟练的社交规则和技能，一下子失效了。

深圳是移民城市，人的自我保护欲很强。刚到深圳不久，有一次，我坐着轮椅在马路上想找人问路，但不管我怎么问，就是没人理我。我后来明白了，所有人都把我当成了乞丐。当时这件事情给我很大冲击，我觉得这座城市毫无人情味。每天和邻居一起等电梯，我想问候他，第一次邻居可能敷衍一下，但第二次，邻居就躲得远远的，看到我走了，他再出门。自己老家也有很多朋友在这打工，但如果你想约他们出来聊聊天、诉诉苦，谁都没有时间。大家都是人到中年来了深圳，内地的家需要养，事业需要前进，所有人都认准拼命赚钱的道理，谁也不想被人打扰。

我于是强烈地想要回武汉。但我回不去了，太太从内地国企将主任一职辞掉，陪我来深圳，好不容易找到工作，坚决不肯走。女儿也考上了这里的重点中学，她住在学校，也不愿意回去。

到了1996年，我母亲去世，我便患上了抑郁症。

过去，太太上班，女儿上学，只有母亲与我朝夕相伴。我为母亲量血压照料她吃药，她给我做饭吃，两人有种相依为命的默契。她突然去世后，家中剩下我这个自认毫无价值的人，每天读书、看报、看电视、睡觉，同时还要不断输血，给家里带来巨大的经济负担。我的生活仿佛又回到了13岁以前无法站立的日子，这种状态很可怕，我们残疾人称之为"闲愁最苦"——夜里睡不好，白天没精神，不高兴的事情，电影般不停地在脑海里闪现。最严重的时候，我不敢上高楼，因为站在高楼上我就想往下跳。我也曾买过两次安眠药，留下遗书想结束生命，但都活了下来。

创立"残友"公司几乎是当时破釜沉舟的决定：我必须做出选择，要么继续在冷漠的人际关系中"冻死"；要么创业。深圳是一座鼓励创新、包容失败的城市，是创业的热土。而我创业的直接契机则是深圳1999年举办的第一届高交会。高交会期间，太太看我心情不好，就推着我去现场参观，权当散心。

当天，诺基亚的一位副总裁在现场做了演讲。他说："没有互联网的时候，人们在知识的海洋上漂泊，有了互联网之后，知识的海洋就从每个人的身边流过。"这句话一下子打动了我，我突然意识到：过去残疾人因身体不便无法上学或去图书馆学习的那种远离知识、没有力量的状态可能会因为互联网的普及而结束，一个被压抑了千年的边缘群体——残疾人，将有机会借助互联网真正地融入主流社会，过上有尊严的生活。

因为高交会上的这句话，我开始探索残疾人在互联网行业发展的可能性。我家在1997年就有了电脑，那时我在炒股上有所投资，证券公司就送给我一台，所以自己也算国内比较早开始上网的人。有了设备，就要招人。我联系了深圳义工联，从他们那里招募了4个平时比较活跃的残疾人，又从武汉请了一位老师来教大家计算机。刚来的残疾人没一个懂电脑，我发问："全深圳的残疾人竟然没有一个懂电脑的吗？"他们就告诉我，有个人叫刘勇，过去在打字社里打字，一分钟能打200个字，后来打字社倒闭了，他就在滨河的一家麻将馆里给人家打扫卫生。

我琢磨着，难得有这么熟悉电脑的残疾人，应该叫过来，便去找他。一进麻将馆，我就看到了刘勇。他的身高还不到一米三，正弯着身子，在麻将馆里倒开水，我跟他说明了来意，他就从放拖把和杂物的角落里找出一台装着DOS系统的电脑，打开来，用他那双变了形的手打字给我看，他打起字来"哗哗哗"地响，那一串串字就像是一口气被他通通推到电脑屏幕上似的，果然是1分钟200个字。

我便将我的设想跟他说明：你来学习互联网的话，我们吃住都在一起，如果能做起来，我们就专门成立公司，让残疾人能通过这个平台融入主流社会，实现自己的价值。他听了二话不说，放下所有东西跟我走了。刚到我家，他就给家里打了个电话，说："妈，我现在在一个大哥的家里学电脑，我就不回去了。"之后整整15天，他都没回家，每天趴在电脑面前，这期间竟然做出了网站。他不会写稿，做的网站没有内容，把栏目打开，页面下方就有一个小人在挖土，底下写着:"正在建设中。"

尽管网站里所有的栏目都是正在建设中,但是当你看到一个架构完整的网站出现在屏幕上,依然会感到震惊。我们开始在网上四处张贴广告招揽生意。很快华强北有个人过来,让刘勇按800元的规格制作一个网页。那人趁我不在的时候,让刘勇将制作好的网页传给他,说是第二天给钱,但却再也没有出现过。

这是我们的第一单生意,刘勇特别懊恼,一直念叨着:"怎么会有这样的人呢?居然骗残疾人。"我就告诉他:"这就是商业社会,创业初期遇到骗子对我们来说是件好事。我们现在被骗800块,将来做8000、80000、800000的生意就不会被骗。"

刘勇问我:"大哥,真会有那么一天吗?"

我就回答:"会有的。"

现在,刘勇随便签一单合同,金额都在几十万元以上。1999年,他拿下深圳网页制作的冠军。2000年3月份,又拿了广东省的冠军。那年5月,我陪他到杭州参赛,他拿了全国第二名;8月份,他去欧洲的布拉格比赛,在那里获得世界网页制作第五名。还有一位李虹,他是广东的编程冠军、中国的编程亚军,又在印度新德里世界编程比赛中获得了第五名。

他们俩的成绩给了我一剂强心针——起初,我担心残疾人没有能力为社会提供可以在市场上进行交易的商品。但现在他们证明了自己拥有超于常人的能力。这并不是因为残疾人聪明,而是因为残疾人有相对充足的时间,还有充分的耐心。

"残友"发展18年来,没有领过政府补助,没有拿过社会贷款,从五六个人发展到全国34家公司,5000个人,这说明市场肯定了我们。从2007年到现在,我们也得到了来自深圳甚至来自世界各地的

1999年创业初期,郑卫宁(右一)的"残友"只有五个人。

1999年,"残友"创业初期,办公地点就在郑卫宁(左二)的家中。

2008年8月,奥运火炬在深圳传递,郑卫宁成为第43棒火炬手。

人的帮助。埃森哲的总裁，每个月坐飞机来深圳，自己花钱住酒店，花两天时间给我们讲软件技术；我们经常有技术问题解决不了，便给神州数码、腾讯等公司打电话，他们立刻找到相关的专业人员现场帮我们解决，还将解决方法教给我们。一路走过来，我们感恩所有同行者，给了我们无数"正能量"。

"残友"的员工们也都积极发展，实现自己的价值。20年前我坐轮椅出门会被当成乞丐，但现在，我们那些在轮椅上的员工常常回来告诉我，路边的陌生人见到他们就问："你会不会做软件啊？"因为深圳已经有1300多个会做软件的残疾人了。最初我的5人团队里，有4位现在都是"残友"高层，另一位身体不好在家休息。刚刚说起的刘勇响应援疆，现在是喀什"残友"的董事长，为少数民族的和睦做出了巨大努力，前天刚刚获得了全国的"五四青年奖"。深圳建市这么多年，只有两枚全国"五四青年奖奖章"，他拿到了第三枚。

三

2014年4月底，我在哈佛大学世界经济论坛演讲时说："互联网经济产生了一种无体力劳动。它使残疾人这个庞大的群体有机会融入主流社会，有尊严地生存。残疾人坐在屏幕前就是优质的人力资源。"这场演讲在哈佛引起了轰动。我想，在互联网经济的前提下，全世界的残疾人都可以团结起来，用自己的行动改变命运。

我这一生最大的抉择不仅仅是建立公司。在这个团队中，我把自己的个人理想，包括对管理制度的探索，乃至对社会公正的理想都倾注了进来。2009年，中央支持我们成立郑卫宁基金会，我们企业挣了钱就捐给基金会，基金会拿到钱，就向社会组织购买服务，关爱残疾员工，这就形成了一个良性的循环。无论我在哪里，我背后一百多个人的社工团队始终在管理这个庞大的集团,从海南的天涯海角到西北边陲的喀什,都井井有条,因为我们已经标准化、制度化了。

目前,"残友"让残疾人聚集在一起工作,建立了完善的内部系统,为残疾人开拓了新的工作模式。但我也希望未来有一天,残疾人能够回到自己的家人身边,白天工作,晚上回家,融入主流的社群生活,从长远来看这才是健康的方式。但凭我一己之力是无法实现的,因为这是公民意识建设的课题,是社会的课题。台湾"文化部部长"龙应台在北大演讲时说,一个城市的伟大,不在于楼多高,路多宽,而在于市民如何对待他们身边的弱势群体。这一点上,我们还有漫长的路要走。举个例子,比如我坐着轮椅,在香港的任一栋大厦里进电梯,周围的人无论自己进不进得去都会让轮椅先进;但在内地,大家会自己先进,等所有人进去后,如果它幸运地没有超载,轮椅才能进去。残疾人融入社会的问题需要长期的文化建设,不是贴一张规定就可以的。

未来,我理想中的"残友"应该是一个残疾人的就业咨询平台和提供解决方案的平台。全世界有残疾人的地方,就应该有"残友"。它的作用是分析当地产业环境,与当地公司或工厂沟通,创造适合残疾人发挥自我价值的岗位,让残疾人有尊严地就业,这就是"残友"的作用。

在我看来,"深圳梦"和他们说的"美国梦"一样,就是每个人对自我价值的追求。从前在内地思想封闭,包括我在内的大多数人都无法认清自我价值是什么;而来了深圳,这里社会多元性更强,人们更容易发现自我价值,了解自己想追求的究竟是什么。无论是"残友"的发展还是我自己的发展都得益于深圳。如果不是因为深圳,我的人生将真正地残疾。

李连和

要么不干，要干就必须拿出成绩

李连和，1994年调至深圳，曾任深圳市科技局局长、党组书记，市科协主席，市政协副主席等职。

一

我正式来深圳之前，已经是湖北省科技干部局的局长、党组书记以及科协副主席、党组书记，曾先后两次到过深圳。第一次是在1989年，由湖北省省长带队前来深圳考察。第二次是1992年，我在珠海出差，时任深圳市委书记厉有为邀请我到深圳来看看，还亲自到蛇口接我。那时候，深圳的科技基础、实力、底蕴都远远赶不上武汉，除了是"文化沙漠"外，还是"科技沙漠"。

可是，这里改革的气候很吸引我——没有多少口号，政府办公楼很简陋，但大家都在埋头实干。这之前，我已经在科技发展的路上"闯"了些年，做过一些科技体制改革的尝试，但都未成形。而深圳与内地不同的经济环境让我又有了信心，我强烈地感受到，在这儿可以按照自己的想法做成一些大事。

回去之后，我就下定决心来深圳。但湖北省却不轻易放我走，因为从参与创办东湖科技园和襄樊科技园开始，我是湖北高科技产业的首批"拓荒牛"之一。为了到深圳，我好几次去找湖北省的领导谈我的想法，最终才得以成行。

1994年6月，我正式到了深圳。我先是在中国科技开发院干了一年。1995年8月，我担任深圳市科技局局长。虽然在行政级别上是降了，但我并不在乎，因为我的注意力都放在了科技的产业化、国际化上。

当时的深圳，基本上还是以"三来一补"的加工型企业为主，虽然已经有了一些科技型的企业萌芽，但也只是零零星星，不成气候，主要集中在科技工业园里面。而深圳的科技园虽然是全国最早的三大科技园之一，但发展速度已经被另两家远远甩在后面。从1985年创立到1995年的10年间，园区产业的主要方向偏离到了房地产开发上，对此我非常不赞同，曾经直接和他们说："这么大量搞房地产还要这'科技园'干什么？"我坚决主张科技园要回归正业，做高科技产业。

当时科技园的面积仅3.2平方公里。在市里的支持下，我们将深南西路以南、沙河西路以西的大片区域和松坪山划为科技园区，面积扩大为11.5平方公里，实行统一领导、统一政策、统一管理、统一开发的"四统一"，并更名为深圳高新技术产业开发区。

帮助科技园重整定位之后，我便集中精力、一门心思伏在我来深圳最大的目标——科技产业体制改革之上。

当时，全国的科技成果每年有数万项，但能真正转化的很少，原因在于没有好的转化机制和体制。内地很多城市把目光盯在大专院校和科技研究所，可这恰恰是深圳的软肋——本土的高校和研究所少得可怜。所以我们的注意力主要放在两方面：

第一，实行"拿来主义"，不分市内市外、省内省外、国内国外，不分所有制，只要是高科技企业，又是深圳支持的产业重点，我们就可以将你的成果引进，在深圳实现产业化。当时包括深圳本土企业在内的大小企业数量并不少，我们都敞开大门欢迎，就看你实力强不强。

第二，首开全国先河地把企业作为科研、科技开发的主体。当时我们是这么想的：传统的学院派"科学家"其实并不完全了解市场，他们的第一要务是科研，第二是教学，技术产业化并非其首要责任。而企业却完全不同——企业连着市场，最了解市场的需求，还可以反过来通过市场促进科研，所以做科技成果的转化，最合适的就是找企业。但我们能力有限，不能眉毛胡子一把抓，于是先选定了IT、生物工程以及新材料等三大领域作为发展重点，在这个大的体制改革背景下，采取了一系列的措施，比如为企业设立扶持政策和研发基金，建立工程研发中心等等。

我们最早是在做新材料的比亚迪试水。1995年，我们在坪地的山沟里找到王传福时，他手下只有20多个工人在做档次一般的镍镉电池。经过考察，我们认为比亚迪的商业思路很清晰，有技术基础，很有潜力，因此我们决定既从政策上支持，也在精神上鼓励：不仅一次性投入300万元，还在1996年把全市第一家市一级的新能源材料研发中心落户在比亚迪。对于当时的民营企业而言，这种扶持不仅是大手笔，而且还是第一个"吃螃蟹"之举。

有了研发中心，比亚迪开始扩大科研队伍，自主研发大量的项目，后来它的高性能电池的研发在全国遥遥领先，电动车技术也走在世界前列，如今给国家纳税都不知道多少个300万了。除了利税，因为比亚迪的崛起,手机电池从每块1000多元降到几十块钱,老百姓都用得起手机了;国家重视环保新能源的运用,电动汽车在深圳获得示范推广,现在深圳已经是全球电动汽车最多的城市之一了。

从比亚迪开始,我们一开始是每年在企业建6个市级研发中心,后来步子越走越快,到现在变成了一年几十个,目前深圳已经有数百个工程中心,创造了大量的专利。现在的深圳,超过90%的发明专利、经费与科研人员都在企业,我们当年这个重大的改革之举带来了根本性的变化。

而单靠政策,科技体制改革是难以走远的。在深圳获得的巨大成绩背后,是通过立法的形式确保科技体制改革,为生生不息、源源不断的科技发明保驾护航。我们鼓励企业去当研发的主力军,在市场上打头阵、硬碰硬地厮杀。但如果没有法律的保护,一旦被侵权、被山寨,所有心血很可能付诸东流。于是,我们四处拜访相关立法机构,并最终获得市人大的支持。1995年底,全国第一个《企业技术秘密保护条例》诞生在深圳,市人大决议通过后,自1996年1月1日起施行。

1997年,深圳颁布了《关于进一步扶持高新技术产业发展的若干规定》,推出22条得力措施;1999年,在《中共中央国务院关于加强技术创新、发展高科技、实现产业化的决定》颁布不久,深圳对原来的"22条"进行修订,出台了新的"22条"。

这两个"22条"都提出保护企业知识产权,减税让利,藏富于企业,它们对深圳的高新产业而言是一道长久的保护屏障。"22条"的颁布在全国引起了巨大的轰动。此后,借鉴深圳的做法,北京的"35条"、上海的"18条"、武汉的"36条"纷纷出台。我记得在深圳经济特区建立30周年的庆祝大会上,马化腾第一个上台发言,就谈到腾讯是在第一届高交会上诞生的,得益于"22条"的鼓励和支持。

1998年，筹备首届高交会期间，李连和（左三）一行在西班牙马德里宣传高交会，右四为时任深圳市市长李子彬，右五为马德里市长。

首届高交会上,时任科技部部长朱丽兰视察高交会。

2005年,高交会临时场馆即将被拆掉,李连和(左四)跟同事在场馆前合影留念。

实际上，无论是《企业技术秘密保护条例》，还是两个"22条"，从我们科技部门开始研究、提议，到最后被拍板通过，基本都是一路绿灯。我们定"22条"的时候，征求了16个部门的意见。如果这个部门砍一条，那个部门砍一条，最后只能剩下务虚的"科技兴市"了。但没想到的是，各个部门都非常支持，最后"22条"全部保留了下来。

二

我刚到深圳时，面临科技企业少、技术底子薄等状况，心想：在宏观的政策全面覆盖的前提下，必须要找重点目标突破，树立骨干和有带动作用的"领头羊"。在新能源方面，是比亚迪；在生物技术产业，是北大科兴；而在IT领域，我们选择了华为、中兴和长城等企业。

20世纪90年代初，国内的程控交换机制造商的排名是"巨大中华"，即巨龙、大唐、中兴、华为。四家之中排名最末的华为当时还处于起步阶段，不仅缺钱，还因为是民营企业，本来就矮国企一截，在进军国际市场的路上举步维艰，遭到打压，还饱受非议，甚至有人说"华为是假的"。在重重的压力下，任正非有时候也很焦虑。尽管如此，我当时认为，按照华为发展的势头，绝对会冲到国内第一。我曾和任正非说过，你就是一艘"小快艇"，现在果不其然，华为已然发展为一艘"巨舰"了。

但当年的漫漫发展路走得并不容易。那时我们成立了"民营科技企业办公室"，经常去企业上门做服务，为他们分忧解难。当年政府能资助的钱也不多，主要是靠贷款，但银行的门槛高，我就带着包括比亚迪、华为在内的民营企业到一个个银行"讨饭"。华为坂田基地奠基那天，下着大雨，我赶到时，发现就我一个政府官员前来参加剪彩锹土。当时华为的副总裁说："请不到其他领导，都说没空，就您一个人来了。"后来华为成为行业巨头后，我还经常和大家开玩笑，说："我才是华为唯一的'奠基人'啊！"

有一年华为开联欢晚会，请我去讲话，我说："看晚会是要看节目的，不如我表演个节目吧。"于是我现场即兴朗诵了一首自己写的诗——《参观国际电信展有感》，给现场几千华为员工打气鼓劲，表演完了之后，掌声如雷，员工们激动地给我唱了《团结就是力量》等好几首大合唱。任正非很感动，说深受鼓舞，希望我帮忙写一首《华为之歌》……

现在和包括任正非在内的一些民营企业家闲聊时，他们都很感念当年的氛围，说："当年你们是追着上门给我们做服务的啊。"的确如此，我们民营科技企业办公室不仅指导企业发展，也将他们当作孩子一样支持、爱护，这些企业甚至称我们是"娘家人"，大家的感情异常深厚。

企业发展最重要的三要素是人财物，其中人才排第一位。对科技企业而言，人才更有着决定性的作用。20世纪90年代，我带着很多企业去找项目、找人才，跑遍了国内一流的高等院校和科研机构，其中先后五次去西安，才把我国著名的光电专家牛憨笨院士请到深圳来。

从1996年到1999年，我每年都跑硅谷，靠着"三寸不烂之舌"，去给留学生宣讲。普通的宣讲会往往介绍自己国家或城市某个产业的硬件如何好，或是城市对外交通如何方便，但类似这样的内容听多很容易乏。我就另辟蹊径，专讲深圳领先全国的创新环境、优惠政策和理念。举例来说，如果你做电子产品，在深圳有5000家企业能给你做配套，从你下订单到把实物送到手，最多3天时间，成本低、效率高,你来不来?况且深圳有明文法规保护知识产权,这对外国人才尤其有吸引力。所以我们的宣讲效果都非常不错,有一次在斯坦福演讲,我宣布了三次散会大家还不走。

这样一请,就请回来几百个留学生。他们当中不仅有直接进企业的,还有自主创业的。我们给他们提供地方和种子资金,一直跟进他们的发展。有一名姓谢的年轻人,带了核磁共振的项目回来做,第三年就超过了当时中科院旗下的安科公司,第四年被西门子收购。西门子公司有惯例,收购任何企业不保留名称,但却破例把他公司的名字保留了。还有本斯的张滨,朗科的邓国顺,都是海归,干得都非常好。大家都感觉:美国是一个移民国家,而深圳是一个移民城市,没有一点排外,创新的文化也非常浓郁,这里不仅鼓励创新,还包容失败。这个特质非常重要,其他资源都容易枯竭,唯有创新文化生生不息。古语说:"胜者为王,败者为寇。"但这并不适合现代市场——如果一家家科技公司一旦失败就消失了,市场上仅留存一家独大,又如何实现创新?因此,华为的一个理念很好:"胜者举杯相庆,败者拼死相救。"我觉得它特别贴切地形容了深圳的价值观:你做得好,我向你学习;你做得不好,我不鄙视你,我还要帮助你。很多人光看到了深圳表面的"残酷",但只有当你扎进这座城市,才能发现它的魅力、它的好。

众所周知,科技产业有"三高":高投入、高风险、高附加值。充足的资本对科技产业化而言,无疑如虎添翼。一般的民营企业都没有多少固定资产,单靠知识产权是无法作为抵押去向银行贷款的,最有效的融资途径就是去找风险投资。我认定了风投在深圳的科技产业中可以得到落实,那几年便常常带着深圳的企业家去跑银行、交易所,单单是纳斯达克的总部都去了好多次,因为风投进来了以后必须要有出口——纳斯达克的创业板。有人开玩笑说，从没有看到过哪个搞科技的负责人，像我这样操碎了金融的心。

受纳斯达克创业板推动硅谷发展的启发，从1996年起，我和深交所一起，开始为设立国内证券市场的创业板四处奔走。最初，各个单位对创业板的态度相当保守，认为短期内难以实现。但我是个铁了心九头牛也拉不回来的人，于是不留余力，年年搞调研，遍遍做工作。后来我们把方案递交到了科技部，终于得到了认可，本来预计2000年左右有望推出创业板，没想到赶上IT泡沫，方案一度搁浅。2003年，我当选全国人大代表，每次"两会"，我的"第一案"都是提有关创业板的提案。经过我们10多年的不懈努力，2009年10月23日，创业板在深交所正式启动，此时我才真正了却这桩心事。

与此同时，为了缓解高科技企业资金缺乏的问题，深圳创下3个全国"第一"——成立了第一家技术产权交易所、第一家高新技术企业担保公司（俗称"高新投"）、第一家全国创业投资公司（俗称"创新投"），为成千上万的高新技术企业提供融资担保服务。

三

1998年的4月份，我跟随时任市委书记张高丽、市长李子彬到厦门、上海、大连等3个城市学习考察。那时候大连正在搞"国际服装节"，张高丽书记就提出，把办了10年的"荔枝节"改为办"科技节"吧。返回深圳后，经过商议，"科技节"被具体化为"深圳高新技术成果交易会"，并决定于次年举办。张高丽书记向时任广东省委书记李长春汇报，李长春书记对我们寄予厚望，希望我们办成像广交会那样的盛会。

高交会筹备组成立后，我被任命为副组长兼办公室主任、秘书长。我明白自己得当具体的操盘手，当时感觉压力如山。对我来说，深圳是一个要么不干，要干就必须拿出成绩的地方——我们是改革开放的"排头兵"，不领先，算什么排头兵？我当即下定决心：深圳既然要办，就要办成全国性的大展，一举摘掉"科技沙漠"的帽子！

既然要做全国大展，我们自然希望把国家有关部委拉来一起做主办单位。我先到了科技部。一直以来科技部对深圳都是大力支持，我一个总"夹着尾巴做人"的人，他们竟然也开玩笑，说我可以在科技部"横着走"。这次，时任部长朱丽兰却回复说，找科技部当主办单位的省市很多，科技部的态度是只支持不主办。我们并没有放弃，后来我继续向她汇报，说深圳高交会坚持高新技术与风险投资相结合、落幕与不落幕交易会相结合、高新技术成果交易与高新技术产品展示和交易相结合等三大原则。而我们计划引入风险投资，更是前无古人后无来者的首创之举。

听闻高交会意在打造一个服务的大平台，能够引进项目、资本和人才，朱部长非常称赞。她说最打动她的地方正是我们将科技成果与风险投资结合，起码要引进上千家投资公司、证券交易所入会，为科技成果产业化提供极其完备的结构与服务。"你们高交会思路果然不一样！"会上，朱部长当即表示愿意成为主办单位。我们立刻带着这个好消息走访了工信部、外经贸部以及中科院等好几家单位，没想到在一天之内全数获得了他们的首肯，答应成为高交会的主办单位，这可真是"深圳速度"啊！有了这些部门的加盟，高交会理所当然就是全国性的了。我们后来讨论的时候，觉得要大胆一点，把"国际"二字也加上了，全称定为"中国国际高新技术成果交易会"。

在高交会之前，深圳几乎没有人办过大型的科技展览，我在湖北曾办过一次全国规模的发明展，积累了一些经验。展览行业的艰苦是

"干过的都知道，没干过的都不知道"，首届高交会的筹备同样是几经波折。

直到1999年1月，首届高交会的开幕日期才选定在同年的10月份。但此时，我们还没有找到一块可以建设场馆的地皮。确立临时场馆的选址后，经过一个月的招标、一个月的设计，在短短的7个月时间内，我们把临时场馆搭建了起来。期间，在7月份时刮了3次台风，我的心都吊到了嗓子眼，担心万一吹坏了，还剩一个月的时间无法完全返工。所以台风来了，人家是往家里跑，我们是往工地跑。后来场馆建成后，观众反响说很漂亮，还有市民去那里取景照相，这是我当年根本没想到的——当年只希望不要被批评得太厉害就行了。

为了把世界顶尖的风险投资机构引入高交会，我亲自带队频繁到国内外推介，顺势为高交会进行广泛宣传。纽约交易所，伦敦交易所，东京、香港、新加坡等地的交易所我们都拜访了一遍，而且是多次上门。跑到后来我双脚都水肿了，只能穿着拖鞋去见外宾。之所以拼了全力做风投机构的工作，一方面是为科技企业服务，那个年代招商引资很不容易，我们帮大家布置好平台，只等大家来挑选、合作，其实是非常实在的一种创新；另一方面，也是希望能吸引更多更优秀的企业参展交流——我已经为大家做好了邀请工作，企业只要前来就能"用"上，他们还会不来参展吗？

因为科技局的人手很有限，场馆建设、招商以及接待，我基本上一肩挑。有些时候，忙到每天只能睡一个小时，整个人昏昏沉沉的，我的头曾在工地上磕破了3次。累倒了，打完吊瓶又马上到工地去，正常的饭点更是顾不上，那时有位服务高交会的司机跟着我一起跑，我从早上起床忙到下午5点一口饭都没吃，他也跟着我饿，最后直接累到坐在车里哭，说："我累得不行了！"就是这么一路拼过来的。

那年我的母亲病危正在抢救，我都没有时间去医院看望，直至她老人家去世，我都未能在病床前尽孝，只能忍住悲痛留在一线工作。当时就像打仗一样，心里只有一个想法：一定要把这个"山头"拿下。

经过整整483天日以继夜的筹备，1999年10月5日，时任国务院总理朱镕基发表致辞，他代表国家宣布每年一届的"中国国际高新技术成果交易会"正式开幕。朱总理很少参与大型展览，但却为我们致辞，实在叫人激动万分。

开幕之前我们担心全新的展会推出后，大家不熟悉，没有人来。但开幕后展馆天天爆满，我们又开始担心参加的人太多，我们招架不了。尽管如此，展会也还是不收费用，大家只要凭票就能免费参加。

后来经过统计，历时6天的1999年首届高交会有41个国家和地区组团前来参加，数千家高科技企业参展，成交了1459个高科技项目，成交金额将近65亿美元，总参观人数超过30万人，可谓一炮而红。依托高交会，全国最大的技术交易市场应运而生，参与者并非只是前来捧场、"看看"而已，他们在这里能够获得投资，实现成果产业化，有实实在在的收益。许多全国著名、很少参加展会的大型企业对高交会也是热情高涨，这是因为他们过去需要跑遍全球"攻城略地"去拜访的客户和投资商，现在全部通过高交会来到"家门口"了，不仅能面对面洽谈，甚至能将对方直接请到公司总部参观，他们对高交会都报以深深感激。与此同时，深圳的会展经济、酒店产业、培训行业也都得到了全面的拉动。

四

我在科技局当了8年的局长，可以用"八年抗战"来形容——面对的是一个日新月异的领域，没有办法一劳永逸，始终劳心劳力。但我赶上了好时期——深圳全力支持高科技发展，始终上下一心实现科技成果产业化和国际化。

回首那8年，我常说："高科技实现产业化和国际化之路，干小了等于白干，干慢了等于自杀。"而深圳的科技产业化之路，恰恰"动手早、出手快、下手重"，原来是片一穷二白的"科技沙漠"，为了发展几乎是被逼得"快鱼吃慢鱼"，十八般武艺全部用上。如今，深圳的发明专利数量已位居全国第一。从零到第一，深圳只用短短的20余年，曾有外宾形容这是世界"第七大奇迹"，"比长城还壮观"，因为"长城可以慢慢建，建上千百年，但深圳却只花了20多年"。

科技产业的发展对深圳的贡献，不仅仅是计算每平方米面积的产值那么简单，它更是一种对各行各业精神上的鼓舞：我们从"科技沙漠"一跃成为全国领先，这无疑为每个产业都带来了希望，其作用更大于产值上的直接贡献。

就个人而言，我在深圳实现了很多想法，特别是将科技与金融相结合。我更有幸作为组委会领导小组副组长兼办公室主任前后操办了6届高交会，见证了它成为深圳的一张闪亮的名片。

我为高交会写下过一首名叫《拥抱未来》的会歌，在我看来，科技不就是在"做梦"吗？千万个梦幻重叠着未来，千万个理想改变了世界，这是人类共同的追求、世界进步的纽带。现在我们都在说中国梦，我说我早就开始"做梦了"。我对深圳科技的未来也有更大的梦想——早在20年前，我就提出了深圳应当朝着"湾区经济"发展。深圳作为"大湾区"的核心，背靠珠三角乃至全中国，面向整个环太平洋地区，完全有潜力朝着国际一流的纽约湾区、东京湾区的水准靠近。

当年我带着探索突破的想法来深圳，这些年虽然有时很艰辛，但想做的事情基本都完成了，如今深圳高科技产业化、国际化的浪潮一浪高过一浪，科技领域的上市企业非常多，我感到此前所有的付出都是值得的。有时一些企业老板来看望我，开玩笑地叫我"教父"，我听了觉得既亲切，又有些不好意思。从前的下属的确也喜欢跟着我工作，说"累了还高兴"，因为我会放手让他们干，尊重他们的新思想新办法。

如果我当初没有来深圳，在内地升迁的可能性会更大，但一生的写照或许就是"开会"二字——把别人喊来开会，被别人叫去开会，从零开始又从零结束，那就没多大意思了。

谭继华
我用车轮丈量这座城市

谭继华，1997年来深，深圳五星级的哥，爱心车队发起人。

一

我们湖南株洲攸县人到深圳开出租车，从1993年左右就开始了。每逢过年，那些的哥们回乡，就把深圳的消息也带了回去。那时，我正在一家乡镇企业做会计，每个月领420元工资，这些钱刚够填饱我们一家人的肚子。听的哥们说，在深圳开出租车，每个月能赚五六千块钱，这让我很震撼。

他们的确是带着大把钱回来的，在深圳赚了10万、20万，便回乡干事业。我认识一位叫蒋秋茂的攸县人，他在深圳开了6年出租车，最后带着200多万元回来，他用那笔钱承包下我们县城的一家酒厂。200万元——这在当时的攸县简直是个天文数字，这件事情轰动了整个县城。之后，差不多是1995年，攸县人便潮水般地涌向深圳做的哥。当时，深圳40%到60%的的哥都是攸县人。那年我32岁，刚好赶上市里8位驾照考官来县里，我便抓住这个机会考驾照，想着万一日后有机会到深圳就可以派上用场。那批驾照考试一共培训了130多位驾驶员，后来这些人基本上都到深圳来了。

我之所以想来深圳，都是为生活所迫，最主要一点，是我准备让两个孩子一路读上大学。我有两个女儿，当时县城里的思想还比较落后，觉得女孩读完大学最终也是嫁给别人家，在这上面花钱不值。但是我的观念不同，只要她们有能力考上，就应该读下去。读书需要费用，光凭我的工资根本不够。另外，我还得赡养父母、给家里盖房子，这都需要钱。于是，在1997年我终于动身来了深圳，也和老乡们一样开的士。那时候，深圳在我和其他攸县的哥心中不过是个工作赚钱的地方，我有明确的目标——在深圳攒够5万块钱就立刻回去。

当时交通不便利，从老家过来要坐两天两夜的大巴。来到深圳，我和许多老乡的哥一样租住在皇岗村，和我一起住在100多平方米房子里的共有3户人家，我们每户住1间房。当时房租加水电费大概是2100块一个月，由3户人家平摊。我老婆和我一起过来的，但小孩却留在了老家，她们要不住在我父母家，要不住在外婆家。这样，我在深圳算是有了个落脚之处，但并没有家的感觉。

很长一段时间里，我对这座城市都有疏离感。父母孩子都在老家，每年最期待的事，就是干完一年、春节放假赶紧回家。而眼前城市里的一切，无疑是新鲜却陌生的。从小县城到大城市，深圳的路面、城市环境和交通状况都是过去我们在攸县见所未见的。想在这里开的士，必须掌握地理、交通各方面的知识、考取从业资格证，有了资格证才能去包车。真正开车上路后，又必须熟路，否则赚不到钱。为了尽快适应这座城市和的哥身份，白天，我踩着一双布鞋走街串巷熟悉地名，站在街角路口观察交警如何指挥交通。夜里下班后，就喊上熟悉的老乡带着我开车探路。我记得那时最好的路是深南大道，最繁华的区域是罗湖国贸一带，到了晚上霓虹灯很亮眼。那时地王大厦已经建好了，想想老家县城里最高的楼也只有四五层，觉得根本没法比。

经过努力，我考取了资格证，接着便要凑钱包车。当时深圳的的士市场还比较混乱，承包价最低要16万，高的能达到22万，这笔钱要一次性投进去，合同签5年，所以的哥的压力都挺大的。我租车的钱是从几个姐姐那里凑来的，加上自己的2万块，终于租下一辆车。

那时候，的哥们最愿意跑的区是福田和罗湖。关外路况差、距离远，大家普遍都不愿意去。但也有例外，由于当时市场不规范，少有的哥载客时愿意打表，遇到客人要去远一些的地方，的哥往往自行喊价，也有客人上车就主动提出不打表、讲价的，价钱满意，的哥就愿意去。那时去龙岗有时收180元，有时要200元，这个数目超出了现在打表行驶的极限，但在当时，通往关外的高速路还没建成，路不好走，费用收得多也可以理解。随意喊价导致在过去很长一段时间内，的哥们都喜欢往关外跑。

1997年那会儿，打车还是一件比较奢侈的事，客人上车后一般都要花二三十块，这个价位普通人消费不起，我们自己家人来深圳，如果不是有特别原因都不敢打车。乘车的客人相对来说香港人最多，占到30%～40%，其次是深圳的生意人。有时我会希望上车来的是香港客人，因为他们不会斤斤计较一两块钱。那时他们付钱给的还是港币，现在已经不能这样了。

在深圳，人们强调节奏感，回报与效率紧紧相连，开了一段时间的士之后，我发现只要不违法、勤快，就真能赚到钱。我周围的的哥们赚钱十分拼命，加上日常工作制度还不规范，一天工作11个小时以上是常有的事。就算生病，只要不算太严重，也都不敢休息。那时我每天一大早带着妻子做的饭就上路了，到了中午12点左右，看到附近没有客人，就赶紧停车，坐在大树下吃几口，看到有客人远远来了，立马将饭盒盖上，把客人带到目的地，再趁机扒几口饭。我节约下来的时间都用在赚钱上，时间就是金钱啊。

这样的情况大概过了一两年，的士行业改革，管理更加人性化，才渐渐增加了调休的硬性规定。到现在，大家使用司机卡，时间到了就必须停下来，许多老司机每月至少能休四五天。司机的观念也发生了很大的变化，以前是为了赚钱而赚钱，现在赚钱是为了把身体调节好，之后去更好地生活。在皇岗村广场，下班时，还会看到很多的哥聚在一起打羽毛球、乒乓球。

这在过去，几乎是不可想象的。特别是深圳的的哥来自五湖四海，大家都喜欢和老乡交流相处，开车时就把这座城市拒于出租车门之外，拒于我们手头小小的对讲机之外。我的对讲机那头是说着攸县方言的老乡，可能在攸县时，彼此的故乡隔了几十公里，从未见过面，但到了深圳，乡情一下浓厚起来，天天联络感情，到了饭点喊对方吃饭，遇到道路上的不熟悉，或是难缠的客人，还能彼此搭把手。但现在，我逐渐意识到，乡情有好的一面，但也有一定的"副作用"——因为乡情，我们拒绝与这座城市交流。

到2009年，深圳的士行业引进了GPS系统，涵盖了更多功能，像叫车、对讲、定位。大家讨论的话题也慢慢发生了变化，现在已经少有人像过去那样，天天讨论如何赚更多钱，而是围绕着交通执法问题进行探讨，互相提醒驾车要小心，要讲法规，消除各种隐患。

二

2001年，我在原出租车公司的合同到期了，手头的存款也早已突

1998年,谭继华(前排右一)和司机兄弟们在深圳高新技术产业园区合影。

2004年,谭继华(右一)被评选为"深圳市出租小汽车五星级驾驶员",参加汉都公司的"授星大会"。

2012年,谭继华被评选为"感动鹏城十大最美的哥的姐"之一。

破原定的5万元目标直奔10万元了,但我看到家里因为自己开车,经济情况上的好转,加上孩子们陆续上了中学,读书依旧需要钱,便想着不如继续在深圳干一阵子。

此时,我原来所在公司的出租车被汉都公司承包了。汉都是刚从珠海来深圳的,当时公司里有120辆车,一位司机一辆,算一算差不多有一半以上是攸县的哥。公司新老总一到岗,听说许多的哥认为承包车的费用太高,便立刻派我和领导一起去攸县了解的哥们的家庭状况。领导们到了攸县一看,当即决定给贫困家庭的员工3万至4万元补贴。逢年过节,汉都还给员工发放各种补贴和奖励,这在当时算是个创举。一直以来,汉都把员工当自己家人一样对待,不像之前市面上的公司只管收租、只要钱,企业希望能从源头上留住人才,推动整个行业的发展。这样的理念也影响了我们,鼓励我们加强对社会的服务意识。

2001年7月1日前夕,我在广播上听到建党80周年的专题节目,突然冒出一个想法:明天一天免费载客吧!作为一名党员,我能来到这个改革开放的前沿城市,打拼3年就有了10多万元存款,让家人过上好的生活,都得益于党的好政策。我开了3年车,才免费服务一天,也算用自己小小的技能回报社会了。

7月1日当天,我接了20单活,总共免了大概560元,客人们都帮我在本子上签了名,我想着以后不开车了,还可以留个念想。印象最深刻的是一位70多岁的老同志,知道下车的时候不用钱,他连连感谢我说:"我是退休的老党员,从来没听说过深圳还有免费出租车可以坐,真是太感谢了。"下班回到公司,领导还夸我:"当时我们招你果然没看错。"

自从2001年7月1日这天免费服务之后,我就逐渐萌发了"今后多多少少都要用自己开车的能力服务大众"的想法。既然在深圳工作了，就要做个有道德的深圳人。所以后来成立党员爱心车队时，一切都是水到渠成的。早在2003年，我们几个的哥就聚在一起，说可以组建一个爱心车队，未必一定是党员，只要有爱心的都可以加入。最初提议时，有意向加入的是9个人，后来领导相当重视，说你们可以发展壮大，影响面更广些。到了2004年，由深圳广电集团交通频道牵头，来自不同出租车公司的20多位的哥正式组成了党员爱心车队，并于2004年7月1日早上在莲花山举行了"共产党员示范车队"授牌仪式。当时我们强调的理念就是通过党员队伍的组建，带动整个行业的爱心服务，一步步把这件事做好、做扎实了。

起初，我们的车队队牌是纸质的，红底白字，就放在驾驶室玻璃的右侧。后来换成铁皮做的，挂在车前保险杠上。我们这20多个人刚开始还有些害怕亮出这一身份，难免有人起疑："我们到这里都是来赚钱的，你搞这个牌子是什么意思啊？"交警看着也新鲜，还来询问过，因为一般保险杠上只能挂牌照，不可以挂其他牌，后来特批了我们共产党员示范车可以挂队牌。

现在，随着城市的发展，的哥收入的增加，路上各种爱心车队的牌子越来越多，已经从最初的20多块，发展到1000多块了。有时在路上看见这些牌子，无论是哪个车队的我都感觉很开心，心里有一种情分。深圳组建爱心车队之后，全国其他城市也陆续出现爱心车队，这么看深圳又是走在全国前列的。

同样是在2004年，因为客运管理局推行星级驾驶员考核制度，深圳的士行业有了很大的变化。我第一批就报名参加了考试，报名后发现星级驾驶员考核有一套完整的程序，需要驾驶员参与培训，再去考笔试和面试。考试对英语口语也有要求，我们当时要考10个英文地名,全部正确读出来就能通过。我英文没有什么基础,正好我的侄子和他老婆也在深圳,侄子老婆是高中毕业的,我就请她教我读,她念、我听,然后我念、她再听,就把深圳英文地名给学会了。第一批参加五星级驾驶员考试的有700多人,最后只录取100个,我就是其中的一个。考过后,五颗星打进了我的司机卡里,客人们都知道,五星级驾驶员服务态度好,不会拒载,也不会绕路。

的士行业推行星级驾驶员考核制度是开始强调服务的重要标志。我记得在这之后不久,有一次我搭载一位女客人,她刚上车我就问她:"小姐,您好,您到哪里?"她一下子蒙了,下车的时候我又跟她说:"小姐,您好,谢谢。"她要多给我20块钱,我也蒙了,她说:"你不知道呀,我在深圳这么多年了,从来没有一个驾驶员还跟我说'您好',怎么回事呀?发生变化啦?发生天大的变化啦?"我就告诉她:"我们的服务理念发生变化了。"从此以后,我们的哥常常在载客时与客人聊聊天,如果看到客人情绪不好,也会劝导对方,养成了察言观色的习惯。

20世纪90年代末刚来深圳时,我和许多人一样,觉得这座城市人情冷漠,客人上车报出地点后基本不与司机交流。那时候我也害怕交流,刚从老家过来,总担心自己不会说话,怕说多了引起别人反感。但这种"冷漠感"最终要靠自己克服,你首先不能把自己当外地人,要与客人互相理解、安慰,尤其在客人心情不好的时候,如果你这样做了,他会很感激你。

三

在深圳的发展并不总是顺利的,上面这一切发生之前,深圳的的士行业、包括我本人都度过了一段较为艰难的时期。

2003年"非典"暴发，广东疫情严重。那年，我正带着在深圳攒下的钱回老家盖房子，便委托一位机动司机暂时替代我的岗位。5月的一天，他突然给我打电话，语气很急："你赶紧过来，我不干了。"我问他："怎么了？"他告诉我："'非典'来了，客人都没了。"

我一听，心里凉了一大截，停下手头正在搭建的房子，立刻赶回深圳。当时攸县在深圳的的哥们都不能回老家，回去就得隔离，但我想都没想就回深圳了，因为我的车子还在这，老婆在这，合同也没到期，我必须回深圳。况且，2003年我大一点的孩子高考，考取了华中农业大学，老二2005年也要高考，如果考取，两个人加在一起一年最少要支出五六万元。如果我在这个时候回去攸县工作，一个月只能赚到几百块钱，完全不够。在深圳，情况再糟，客人再少，一个月也能赚3000元。总之，我想着熬过今年，明年再看。

刚回深圳，我就发现全深圳人都在忙着囤积盐、醋和板蓝根，我也有些害怕，便也买了这些物品放在车里，而且上路始终戴着口罩。那时的生意只有往日的30%到40%。每天上路，我都提心吊胆的，既担心感冒，又希望能多赚点钱，但凡遇到咳嗽的客人，便紧张得不得了，害怕被传染。

当时部分的哥因为没有生意、的士停运，跑去滋事。我心里记着"党员"两个字，从没有乱来过。我和我的副班说，现在我们能赚钱就赚钱，总的来说还是有客源的。人得知道自己该做的事，在正确的道路上努力，可能赚的比以前少，但不会犯错误。

到了9月份，情况终于开始好转。但不久之后，地铁即将开通的消息传来，的哥们再度垂头丧气，大家断定："地铁开通肯定会冲击的士行业，赶紧别干了。"两次风波加起来，攸县的哥有三分之一回了家。如今,那些回乡的的哥们多少有些后悔,说:"还是你们有眼光,当时我们回家,亏了好多。"事实证明,地铁开通后,客源反而多了起来,尽管交通方式越来越丰富,但深圳人口也出现了爆发式增长,选择打车的人非常多。

这些年,深圳一直在持续发展,我用车轮丈量这座城市的时候经常觉得,这里变化太快了。有一次,我带一位客人去平湖,我们沿着布吉路走,走到原先洪湖立交的位置,突然发现面前的一切好陌生,兜来兜去找不到路,后来我才发现,原来清平高速建成了,只要从一处路口下去就可以直接到达目的地。而这与我上一次到这个地方,不过隔了几个月时间。

当然,我印象最深的还是滨海大道。初来深圳时,它尚未建成,我亲眼看着它一天天建起来的:路面越来越宽,路两旁的灯也越来越亮,夜里开车更加方便了。以前我沿滨海大道开车去蛇口,到了香蜜湖立交就得转到西南路,再从那边兜过去,需要花费大量时间。但现在,不到半小时就能开到,只要过去的一半时间。这是"深圳速度"的另一种诠释——随着城市的发展,我们可以用更快的时间抵达目的地。

我们出租车行业也变得越来越人性化、越来越规范。承包车的费用在政府的介入下,从最低16万元降到了9万元,并且有规定说5年合同到期后一定退还。行业和公司对租车人的收费也有了统一标准,不再存在"收多收少公司定"的情况了。而且现在所有的哥"来了深圳就是深圳人",要求必须买保险,这解决了大家的"后顾之忧"。

现在,又有了一个新的政策改革,深圳市出租汽车协会建立了承包信息系统,把所有驾驶员信息和车辆信息都数据化、网络化,让租车信息变得更加公开透明,公司和的哥租起车来也都更加方便。举例来说，如果一位的哥有承包的士的意向，系统可以帮他筛选信息，有合适的就立刻通知；如果一间公司希望招司机，可以列出自己的要求，如果有的哥符合条件就能联络到。这一改革让所有的士承包都通过深圳市出租汽车协会来运作，杜绝了可能出现的乱收费现象，的哥们的压力普遍比从前小了很多。

但是，无论一切怎么变化，我们免费搭载乘客的爱心行动都在继续进行着。有数据统计出党员爱心车队的奉献时间已超过了9000小时。2005年开始，我们免费送高考考生去考场。送完后，我其实没有特别的感觉，但一到放榜，家长给我发信息说"谢谢你谭师傅！我小孩考了哪里哪里的大学……"时，我心里就觉得非常值得。2013年开始，我们也送中考考生。将近10年下来，免费搭乘的乘客心态可能也有一些变化，最早几年是非常感激，但最近几年却越来越觉得你是应该免费送的。尽管如此，我还是会坚持去做这件事，因为它在本质上、大方向上是好的，考虑太多细节得失实在没有意思。

2013年2月，我接到一位安徽盲人的求助，与他相约次日白天去宝安汽车站接他。隔天上午7点多我便出门了，赶到宝安汽车站时，发现他一个人脏兮兮地站在那儿，脸上因为长期曝晒，像是揭掉厚厚一层皮一样，黑黑的看不清。他带着两个大大的行李箱，背上还背着一个包袱，包袱里全装着发臭的衣服，地上还有一包东西，我问他："这是什么？"他说："这是睡袋，蚊子太多了，爬进去就可以睡了。"一看这场景，我大概猜到是怎么回事，便替他将行李放到车上，带他去他想去的电子厂。

一路上，我问他："你一个盲人怎么到深圳来的？"他便娓娓道出他的故事来，他叫老陈，1963年生，安徽人。看重深圳电子器械价格便宜，便到深圳为他的盲友们买盲人键盘，用来筹办公益网站。他常到深圳进货，只是过去总有妻子陪着。他的妻子去年过世了，这次他只能独自来。

我问他："为什么不把货直接寄过去呢？"他说："运费太贵了。"我又问他："车费不贵吗？"他说："不贵啊，我是走过来的。"

我不敢相信，一个盲人怎么从安徽走到深圳？他大概猜到我的心思，问我："你不相信吧？我把所有东西都装在睡袋里，一路沿着铁路走过来，走累了就睡在睡袋里。"他告诉我，自己沿着铁轨走了整整一个月，胸前背着个盲人专用的导航机，类似收音机，每走过一个地方，它都会发出提示说已经到了什么位置。他就这样一路走过来，走一段路可能找人讨些食物。

车子开到电子厂，他将身上仅有的900块钱全掏了出来，让我帮他进货。电子厂得知他的遭遇，非常感动，多送了他两个键盘。离开深圳，我又替他买了车票，并将身上仅有的钱都给他了。在车站候车的时候，他拿着剩下的40块钱向我盘算，下了火车后，每天花多少块能回到家。我看着他带着全部的家当，还有进货的键盘，当时就流泪了——这个人太可怜了，他这样子算钱，算得我真心酸呐！

等到我送走老陈，回到家时已经是下午2点了。大概一周后，老陈给我发来短信："老谭，谢谢你，我已经到家了。"

我一直记得老陈，他这么艰辛地为盲友买键盘、做公益网站，他的公益梦想和我们爱心车队似乎找到了对接口，而我可以做的就是尽我所能去帮助他。

四

1997年，我从老家攸县跟随着的哥大潮涌向深圳的时候，只觉得自己是一个开车的，整个城市只有我的车厢那么大。不知不觉中，脚下的车轮带着我转过了17年，转过了深圳这座城市的每一个角落。现在，我早已不再像过去那样，想着熬过这阵子就离开深圳，和深圳这17年结下的情缘没法脱离，这里的环境、人文、地理和气候我也十分熟悉，心理上已经认同自己是个深圳人，觉得与这座城市融为一体了。

我在孩子们上大学时就问过她们，毕业了准备去哪座城市？当时我们都觉得深圳节奏快、压力大，结果谁知道大学毕业后，她们和我说，爸爸，我们还是在深圳工作吧！我也支持，一是觉得她们在深圳有发展空间，二是想感恩回报这里——没有深圳这片土地我就赚不到她们的学费，没有学费她们也读不了大学，所以毕业后来深圳做贡献也是理所应当的。

当初，来深圳这个决定彻底改变了我的人生，在这里我不仅提高了经济收入，还学会了做人，也学习了很多新的知识。现在，孩子们也在深圳工作，我们一家人生活在一起，其乐融融，这些是早年的自己根本想不到的。

有时我回到攸县，看到大家在那里仍然过着重复的生活，大人天亮干活，天黑休息，孩子们读书读到18岁，如果没有能力了便不上学了，在老家帮忙做些杂事。我总觉得人要有长远的眼光，于是常常劝他们出去走一走，不要总盯着自己的小世界。

在兴起来深圳开的士的风潮前，攸县的发展主要是靠农业和煤炭。这20多年来，在的哥的带动下，攸县也慢慢发生了变化：攸县人与深圳的关系日益紧密，的哥们的家人也开始走出家门来深圳谋生，攸县人在深圳从事修理、商业、饮食等各个行业。大家赚了钱后又将钱寄回攸县，在那里消费，从而推动了当地的经济发展。现在，10个攸县的哥里，有7个都在老家买了房子，不是在县城就是在株洲市。攸县县政府也给了大家更多的优惠政策，担保可以为的哥们提供贷款，以便于的哥们承包车辆。我们甚至在深圳成立了流动党委，将攸县人的能量集中在一起，再在深圳的各行各业发挥出来。

  我是开的士的，我的车轮不停地转，人也不停地变化。我记得刚过来的时候，总为了抢客斤斤计较。有一回我空着车在一个四通八达的路口看到一位客人，我想这肯定是我的客，就赶紧踩油门开过去。结果不知道从哪个小道里扑来了一辆车，撞上了。人没事，但客人没拉到，我心里是又生气又委屈。后来我慢慢理解了，想要在深圳生活、做好自己的工作，就必须遵纪守法，落实到开车上就是要遵守交通秩序。按秩序走，即使客被别人拉走了也不要紧。多走一两公里，前面或许就有客人在等着你。

周鼎 方苞 刘波
李定 罗昌仁 邹尔康

先行者说

六位深圳改革的"先行者"陈述他们眼中深圳1978年到1984年的风云往事。

一

周鼎，1981年从广东省国防工业办公室副主任任上调到深圳，曾任深圳市委副书记、副市长，人大筹备组组长，新华社澳门分社社长、第七届全国政协委员等。

深圳经济特区初创时期，这里大部分都是荒山野岭，我们想要外引内联，必须要搞基础建设，做好"三通一平"，给外商和内联企业创造好的投资环境。

由于当时要先有项目才能拿到资金，如此一来就有了矛盾：没有外引内联的项目，就拿不到建设的资金；没有资金搞基建，就没法外引内联。怎么办？后来经中央批准，我们采取了向银行贷款的方式，冲破了计划经济的束缚。贷款办特区这一具有开创性的举措，在我看来，正是国家从计划经济迈向市场经济的逐步探索中，契合改革逻辑的一环，前因后果要从中央为什么要办经济特区开始追溯。

十一届三中全会后，小平同志出来全面主持工作，党的中心工作转移到了经济建设。中央为此召开经济工作会议进行研讨，时任广东省委书记习仲勋和主管省计委工作的王全国参加了会议。会上，习仲勋同志提出，"文革"前，香港副食品、农产品和生活用品都由内地供应，但"文革"期间，内地出口中断了，香港改为向日本、泰国等进口。由此造成内地外汇紧张，习仲勋同志提议："首先要把港澳的外汇争取过来，要搞生产。"经中央同意，在广东省宝安县的基础上，成立深圳市，时任省计委副主任张勋甫来当市委书记，开始搞农副产品供应香港来创汇。

此后，中央又召开经济工作会议，确定让福建和广东先行一步，对外开放。在此基础上，为进一步解放思想，小平同志提出了成立经济特区。1980年8月，深圳经济特区正式建立，第一任书记是吴南生同志，以他为核心的第一届市委班子核心工作是解放思想、对外开放，将经济工作搞上去，首先搞个对外的港口加工区。

为加深改革，由计划经济逐步向市场经济靠拢，当时中央给经济特区定了向"四个窗口"（技术、知识、管理和对外政策）迈进的方向。

第一届班子8个月就拉开了改革开放序幕，建设经济特区的重任交到了以梁湘同志为首的第二届班子的肩上。我是第二届班子成员之一，1981年来深圳，一来就是"管钱"。当时，中央除了给经济特区一系列政策外，还给了1.5亿元贷款，但只是杯水车薪。为此，我们向中央请示解决之道，在中央的支持下，我们通过贷款的形式，引入资金进行生产建设，通过税收和出口赚取利润来还贷款，再投入生产……如此循环反复，经济特区建设资金就有了"造血"机能。

当时向银行贷款也不容易。我把各大银行行长请到深圳商议，当中有行长问我："贷款用什么方法还？"我说："愿意长期贷款的，我就长期偿还；愿意短期贷款的，我就短期内偿还。"其实我是想了一个办法：以半年期为例，上半年向浙江贷款，快到期了，我就向江苏贷款还浙江的，等江苏的贷款快到期了，我再向上海借款还江苏的……

靠贷款滚动起资金后，当时深圳经济特区的面积是327平方公里，其中中心区56平方公里的基建工程遍地开花。由于原来宝安县建设人才缺乏，我们又想了一个办法：以前计划经济，中央有些部委的人才并没有充分利用，我们去跑了包括铁道部、化工部、纺织部等数十个部委，请他们派工程队到深圳承办工程。在各部委支持下，这些施工队伍纷纷南下，我们有了40万人的建设大军，开始了热火朝天的城市建设。

我们是共产党员，以改革开放为分水线，前30年是计划经济，后30年是市场经济。前30年经历了时代的跌宕起伏，风雨不断，应该总结这个经验教训；到了后30多年，改革开放充分迸发了经济发展的生命力，靠着中央的改革开放政策，靠着广大的人民群众，做成了好多轰轰烈烈的事。如果没有好的政策，是无法想象能有今天的。至今深圳的9任市委班子都干得非常漂亮，在今后深化改革的方向上，要继续发挥人的积极性，要继续敢于承担，把深圳往新的发展方向推进。

二

方苞，1973年开始任中共惠阳地委副书记兼宝安县委书记，1979年至1983年任中共深圳市委书记（保留深圳市委"第一书记"架构期间）、副书记，同时兼任市政法委主任和宝安县委书记，1984年后调往珠海以及广东省里工作。

深圳建市后，我分管政法、"三农"工作。当时，群众非法偷渡到香港谋生等现象屡禁不止，一直是困扰着宝安县的一个"老大难"问题。建市第一年，曾出现一天两三万人偷渡，归根到底是因为"穷"。推进农村改革，使农民尽快富起来，遏制偷渡风，为经济特区建设创造良好环境，成为当务之急。其效果之好、影响之深远，是人们始料未及的。

改革，从农村的管理体制开始。在1978年，宝安已经有些公社试行包产到户，却受到外界的质疑、责难。我到坪山公社调研一周，向市委汇报、统一认识。虽然当时上级文件是不准包产到户的，但市委还是支持农村干部群众这种敢闯的精神。到了1980年，包产到户已经遍及全市，农民的积极性大大提高，大批劳动力从"吃大锅饭"的公社管理体制下解放了出来。

1978年夏天，习仲勋同志视察宝安后，我们在莲塘村香港新界的插花地上，与香港五丰行合作办起第一个年产10万只活鸡的示范鸡场，并以此作为培训境内养鸡场人员的实习基地。到了1981年，深圳市内新建的规模达5万只以上的养鸡场达27个，活鸡出口量从1978年前的4万至6万只增长到114万只，1984年达600万只，到1989年达1800万只，约占香港市场的1/3。出口一只活鸡，农民有2元利润，农民年均收入增加了几倍。同时，我们还引进外资挖塘养鱼、租地种菜；1981年，又放开"三鸟"、塘鱼及果菜的外贸收购价格，以促进种养业的发展。深圳农村从包产到户、分散经营、自给为主的模式率先向种植业生产规模化、产业化、商品化、现代化的方向迈进。

为了更好地利用经济特区优惠政策的辐射作用，1980年和1981年，我们先后起草《深圳市农村实行特殊政策、灵活措施若干规定》和《关于恢复宝安县建制几项政策措施》，经市委审核同意公布实

20世纪70年代末80年代初,深圳物资相对紧缺,买菜难、购物难。图为当时某单位的医生利用假日把从外地运来的花生油分卖给同事。

20世纪80年代初的深圳深南大道,全程不过2.6公里。

1981年,工人在深圳通新岭建造居民小区。

20世纪80年代初,深圳经济特区不少工厂开始引进来料加工业务。图为1982年,深圳某工厂工人在加工塑料花和丝花。

1982年,在高温烈日下工作的深圳筑路工人。

1983年,深圳人民北路北段老街。不远处的高楼大厦正在兴建。

行。这两个文件规定，"社队兴办的农工商联合企业免征所得税三年"，"鼓励特区与县、社联合办厂（场）办企业"，特区政府"引进外资、'三来一补'企业尽量放在宝安县去办"，"特区内的企业也尽量采取发外加工，设立分厂，委托承包等形式，将部分加工生产任务交给县、社企业经营"，宝安农村上述企业可"享受特区企业同等待遇"以及"县成立进出口服务公司，直接办理本县地方外汇进口业务"，外资"三来一补"项目由县审批等等，这些优惠政策措施，有力地推进了农村工业化、城镇化的进程。

1979年，宝安县引进"三来一补"企业170多家，利用外资1500万美元，工缴费达1000万人民币；在内联企业方面，到1986年，全县与国内20多个省联合办工业达100家，至1990年已达302家，总投资9亿多元，年均递增62.27%。

由于深圳的农村率先实行了改革开放，1981年，不少社、队已经出现了万元户，全市农村从中看到了希望，农民已经不偷渡香港了，原来偷渡香港的村民回来定居的也逐渐增多。到了20世纪80年代中期，深圳农村村民的一般收入还超过了香港一般居民，困扰我们几十年的偷渡问题得到了圆满解决。

深圳为什么能创造全国的奇迹，主要是"五个结合"：第一是敢闯精神和求实精神相结合，既敢闯敢干，又实事求是；第二是借鉴外国经验与重视本地实践的结合；第三是领导与群众的结合；第四是对外开放和对内开放的结合，就是"外引内联"相结合；第五是国家利益与群众利益相结合。过去，"五个结合"能创造奇迹；我相信今后坚持"五个结合"，也能创造奇迹。

三

刘波，1981年从广东省委组织部副部长任上调入深圳，曾任深圳市委常委、市纪委书记、市政协副主席等职。

深圳经济特区初创时期，人才奇缺。那时人事制度尚未改革，外调干部是件很困难的事。按照规定，调进干部单是一级级地办理调动手续就需要半年以上，而深圳经济特区刚开始建设又急需大量的人手。再加上新生的城市，到处还很荒凉，干部一看都不愿意来。就算我已经有了十余年的组织部工作经验，一样在招人的难题前屡屡碰壁。

记得1981年，我刚来深圳不久，时任市委书记梁湘让我去广州调300多名干部过来。我想着自己在省里已经当了那么多年的组织部副部长，这事"小菜一碟"，就拍着胸口说："没有问题。"第二天我就去了广州，出乎我意料的是，他们一听是深圳，就嘀咕说："太荒凉了，不去。"没有办法，我就去找我熟悉的、优秀的人，没想到他们避之唯恐不及。那些被我点到名的人，都说我是"衰人"。折腾了近两个月，才招来了20多个人，差了好大一截。回到深圳，梁湘眼看到处要大干快上又没有人，心急如焚之下，说我这个组织部长干了一辈子还招不到人，简直就是"窝囊废"。

我一辈子都受表扬的，从没挨过这么重的批评，但自知理亏不敢吭声，只能积极想办法解决这个燃眉之急。经过反复商量，我与组织人事部门的同事研讨出了一套方案——向外公开招聘干部。

但此事需要中央组织部"开绿灯"。1981年底，我遵照梁湘的嘱咐，带队前往北京向中组部汇报，得到了中组部领导的大力支持，批准我到12个城市去招聘。那一年春节我是在北京过的，得知消息后高兴地跳起来，马上给梁湘打电话，他也很兴奋，说："解决了招人的大难题啊。"1982年初，中组部正式下了文件：只要个人自愿报名，深圳的招聘组也想要，当地组织部就要通知原来的单位放行。那一次，我们顺利在北京招聘了一批优秀的骨干人才。

其实，此时距离上次在省里招聘的时间并不是很长，深圳经济特区还是一样的荒凉，为什么这一下又有人自愿报名了呢？因为我们在商议引进人才优惠政策时，想到了一个具有诱惑力的条件：干部来了特区就有房子住，比如高级工程师或处级干部住三房一厅，工程师或科级干部住两房一厅。虽然房子还没有，但由于当时住房很紧张，那些知识分子一听有房子住，眼睛都亮了。但承诺好的房子怎么解决？当时我去找主管基建的罗昌仁同志，告诉他如果没有房子的话，招来的人恐怕都留不住了，他满口答应帮我解决。后来干部们来了之后果然都有房子住。我觉得很神奇，好像他变魔术一样把房子变出来了。他说是周鼎同志找来了资金，才把房子建起来的。

就算有了政策有了房子，招人也不是一帆风顺。毕竟人才是每个地方的宝贝，把别人单位的优秀人才挖走了，就像挖掉了人家的心头肉。所以我去好些地方招聘，还没自报家门，我的名声早已传到了各地组织部那里了，人家知道是"刘波来了"，都躲着我。这也难不倒我，我一方面上街贴招聘启事，一边又登报招聘，还积极跟当地人事部门示好。后来报名的人还是很多的。1983年，我们在上海招聘时，得知著名艺术家祝希娟有意到特区发展，我赶紧亲自上门去拜访，她反复考虑后，毅然表示愿意到特区来出一份力。祝希娟到深圳的事情很快就被媒体报道出来了，结果在全国引起了轰动，来报名的人纷至沓来，"招人难"的局面一下子就扭转了，我心里乐开了花。

到了1985年，我已为特区招到了57000名人才，招聘工作总算告了一段落。其后，我们又马不停蹄地开始组织人事制度改革和劳动工资制度改革。跟招聘制度改革一样，我们又开始了另外一个领域的探索。

从年纪轻轻在省委组织部工作开始，我当了大半辈子的组织部长，只懂一件事——管人。回想我在深圳的那段招人的经历，我非常感慨，当时确实是敢干，冲破了那些僵化的条条框框，虽然个中也有辛酸。当年的领导班子很团结、很实干，几年时间就把深圳经济特区风生水起地搞了起来，而且说到就做到，这在中国是个"奇迹"。我这一辈子工作最愉快的时光，也是在那段日子。

四

李定，1976年从广州来到宝安，曾在深圳经济特区建立前担任深圳口岸党委书记兼宝安县委副书记。在深圳经济特区建立早期曾担任财贸办主任，后曾担任深圳市政府秘书长、深圳市政协副主席等职务。

20世纪80年代初，吃饭凭粮票，买肉凭肉票。1980年以前，深圳的物资供应是按原来宝安县的2万人的供应指标，但实行改革开放才两三年的时间，深圳的人口已经猛然膨胀到了30万人。为了解决粮、肉的供需严重失衡，我们发挥敢闯敢试的精神，经过两年多的努力，于1984年底全部敞开供应，放开价格，率先终结了在国内已经流行了30余年的粮票、肉票等各种票证，这是特区在早期探索经济制度改革的重要成果之一。

特区初创期，几十万人来深创业，很多人面临"吃饭难"的问题——第一个月带粮票，第二个月让亲戚从内地给寄粮票，第三个月粮票接不上就吃不上饭了。

1982年，泮溪酒家经理来找我，说内地很多来深圳办事的人没粮票，有钱吃不上饭，是带着抱怨声离开深圳的——"没粮票吃不上饭，叫什么特区啊？"因此，他跟我商量说："可不可以高价买点议价粮，做饭供应给没有粮票的客人？"我当时答复说："你可以少量地试一下。"例如一碗米饭，有粮票的5分钱，没有粮票的5毛钱。经试验，有很多人吃"高价饭"。不久后，深圳不少饭店开始供应高价饭，结果深圳的高价粮也卖光了。我向时任副市长周溪舞汇报此事，他很高兴地说："可以继续扩大这种做法。要是没有高价粮，我们可以一起去江西、湖南、湖北等地的外贸驻深办，问能不能在当地买些粮食。"问了之后，各地驻深办的人为难地说："粮食倒是有，但国家统购统销，管得严，运不出来。"

后来，有不少人悄悄做起了粮食生意，到农村高价收粮，运到深圳赚钱。议价粮虽然价格高，但是质量好，吃的人也越来越多，于是拿着粮票购粮的人越来越少，粮票开始逐步取消。

我记得从1982年起，省里为了解决深圳人"吃肉难"的问题，给深圳成倍增加了指标，但还是赶不上人口增长的速度——深圳的肉食人均供应量只有"国家标准"的十分之一。当时市委市政府十分着急，我们只好派人去内地采购生猪，以弥补市场的供应不足。高价买来的肉按牌价卖出，差价由食品公司补贴。但时间一长，食品公司也无法承担巨额补贴，市财政也无力承受，只好决定试验议价肉、牌价肉并存销售。但又出现新问题：议价肉要贵两倍，但凭肉票买牌价肉要排长队，有工作有肉票的人没时间排队，于是有闲散人员收购肉票买了牌价肉再到市场上按议价销售，套取政府补贴。一时间，群众的意见很大。

为此，我召集财办开会研究，提出了肉价并轨的中价肉试验方案，即取消牌价肉供应，把牌价肉转为议价肉的利润补贴议价肉，适当降低议价肉价格，使两种价格并轨，市场只供应议价肉。一开始，我们只是在南塘市场试验，试了一段时间后，发现效果不错，市民比较接受，于是全市开始逐渐推行中价肉方案。经过两年的实践，市政府总结此次成功的经验，1984年，全市正式宣布取消肉票。而在全国，直到1992年才正式发文全面取消粮票和肉票。

我认为深圳最成功的经验，就是率先走上了市场经济的道路。我们所做的每一项改革，都付出了极大的心血，甚至有些改革还冒着"被撤职"的风险，但是特区的"拓荒牛"是实干派——坚持不懈地办好每一件事，无愧于时代的托付。

五

罗昌仁，1980年从广东省建设委员会主任任上调入深圳，成为以吴南生兼任第一书记的市委班子的其中一名书记，分管城市建设工作。1981年深圳提为副省级市后，任主管基建的常委、副市长。

深圳是完全按照规划蓝图建设的城市，2000年，深圳被评为"国际花园城市"，就证明它的规划是成功的。深圳如今已经是一个拥有上千万人口的超大型城市，其中约半数的人口居住在我们当年规划开发的区域内。之所以在同一个地方，跟当年相比已经具有了将近200倍的增容量，得益于"留有余地"的超前规划。

1983年春天，为了吸取国际城市规划的先进经验，梁湘同志带着周溪舞、邹尔康、我和郭秉豪到新加坡考察。当时新加坡625平方公里的土地上，居住着250万人口，是世界著名的"花园城市"。令我们感到惊讶的是，作为一个小岛国，从机场通向市区的大道旁均有40至60米的绿化带，这体现了一个城市绿化的决心和气魄。让我们很受启发。回到深圳后，梁湘提出：要搞花园城市，大道两旁要留出30米的绿化带。我当时马上就把这一设想纳入了深圳市的规划当中，当时我们还聘请了国内外知名的规划建筑专家，他们有的在深圳市规划委员会担任委员，大家一起参与深圳城市的规划工作。

在我主管基建的任期内（直到1986年），周鼎和我先后主持过3次规划委员会，使深圳的规划能够与时俱进，不断地扩充完善。

深圳经济特区东西长约50公里，南北平均宽7公里，北依山脊为界，南临香港与海湾。当时，我们就根据特区地形的条件，将特区内规划成为带形组团多中心的城市格局，形成了南头（包括蛇口）片区，华侨城、福田（包括中心区）片区，罗湖片区（包括福田、红岭路以西至华富路地段），莲塘片区和盐田片区（包括沙头角镇内外）等5个大小不等的组团，之间留有大面积的绿化带。除此之外，特区内的街道和住宅小区都有规定的绿化面积，再加上众多公园和高尔夫球场等大面积的绿地，形成了绿色的带块网，深圳当之无愧为"花园城市"。

特区建立之初，我们就意识到未来发展会很快，所以规划的主要街道都有50至60米宽，一般的也达25到30米。当时还没多少汽车行驶，我们还被批评"修那么宽的路是浪费"。但也正是这个超前规划，为未来打造了良好的投资环境。我记得20世纪80年代初，核电站曾打算选址在小梅沙，而机场最初曾考虑选址在南山，后来几经努力，机场选在了宝安的黄田，核电站最终被推荐到了大亚湾，为深圳沿着东西两翼的发展建设腾出了空间。另外，当时特区的中心区曾经有30多平方公里土地已经划拨给了港商。1985年，经市里同意，由深圳市经济特区发展公司收回已经划拨的土地，并且市委决定这块重要的发展地段暂时不开发，留给后人以作更好的规划与发展。

我记得1982年，当谷牧同志视察深圳时，确定深圳市人口为80万人。以一个边陲小镇区区两万多的人口,发展为80万,已经是一个难以想象的扩张限度了。不过我们当时是按照"留有余地"的规划,对于包括用水在内的各项重要指标都是按照120万的人口来确定的。幸亏有当年留有充分余地的规划,以后特区的迅猛发展,才不至于捉襟见肘和处于为难境地,为后来建设的迎头赶上创造了一定的喘息空间。

我来深圳的那一年已经57岁了,有幸参与举世瞩目的深圳经济特区建设。我在主管基建的位子上一共待了6年,那是我一生所做的工作当中最繁重又比较愉快的一段。在小平同志号召深圳经济特区要"杀出一条血路"时,我不过做了一名坚定的"尖兵"。我们不过是先行者,为深圳经济特区建设拉开了序幕而已。现在特区的发展蒸蒸日上,前景辉煌,希望后人加倍努力,创造更加美好的明天。

六

邹尔康,1981年从中共广州市荔湾区委书记任上调入深圳,先后任深圳市委秘书长、市委常委、副市长,1988年起先后任海南省副省长、海南省政协副主席。

1978年十一届三中全会后,开始转变经济体制,这对于新中国而言具有划时代的意义。很快,小平同志又提出了先搞"试验田",成立经济特区的设想。1980年,深圳经济特区率先成立,一场伟大的试验拉开了序幕。那时深圳是"一穷二白",在中央只给政策不给钱的情况下,只能"杀出一条血路来"。但成功的关键是在1984年,小平亲自到深圳来视察那一年。来之前,他就说:"办经济特区是我的主张,是中央的决定。究竟对不对,我要去看一看。"当时我们也盼着"改革开放的总设计师"小平同志能亲眼来看看他的"作品"。1984

年1月24日，终于把小平给盼来了。在他视察深圳时，梁湘、周鼎和我全程陪同在左右。

在行程当中，我们登上了国商大厦。我记得小平在这座当时深圳最高层的建筑俯瞰整个经济特区热火朝天的建设场景以及远眺对面的香港时，曾陷入了深思。看到渔民村的变化，小平特别高兴，边走边看时，梁湘、周鼎等同志见缝插针地向他汇报，可是他光是看和听，就是不发言，也不表态。临行去珠海前，他只是说了："你们说的这些事，我都放在脑子里了。"

小平走后，市委感觉小平对深圳应该还是满意的，一路兴致都很好。到了1月29日，我们得知小平在离开珠海前，写了"珠海经济特区好"的题词。这一来，我们困惑了："小平同志在深圳不吭声，去了珠海说'珠海经济特区好'，那深圳经济特区是好还是不好呢？"当晚，市委连夜紧急召开了常委会议，认为：小平同志给珠海题词了，我们替珠海高兴，但能不能也给深圳题词呢，表扬也好，批评也好，至少给深圳之行的观感留下意见。

梁湘同志决定派人到广州，请小平同志题词。派谁去呢？小平住在深圳迎宾馆时，是接待处处长张荣全程为他服务的，张荣对各方面的情况和人都很熟悉，自然是最佳人选了。我们当时的想法是：派张荣代表市委向小平同志反映这个恳求，先去"打前站"；如果小平同志要深圳市的领导去，那梁湘、周鼎再过去。张荣去之前，我们还草拟了几个题词的内容，比如"深圳特区好"、"大鹏展翅"等等。没想到张荣去了广州后，两天都没有结果，我们在深圳望眼欲穿。

2月1日，正是农历大年三十，张荣后来回来描述了那具有重大历史意义的一幕：当天上午，小平同志看到张荣还在，然后就问："你怎么还没走？"张荣说："您还没写题词，我怎么回去向市委交代?"小平就吩咐工作人员把纸铺开,很快就挥毫写下:"深圳的发展和经验证明,我们建立经济特区的政策是正确的。"并把落款的时间写为"1984年1月26日",也就是他离开深圳的那一天,这充分证明小平同志一直在心里酝酿此事,早已是胸有成竹。

那一天,我早早就守在市委的电话机旁,忐忑地等待张荣的电话。那个上午过得特别漫长,每一分钟都像在煎熬,我既期盼又紧张。到了10点多,电话铃声突然响了起来,我迫不及待地拿了起来,张荣兴奋的声音从那头传来:"小平同志刚刚为深圳题词了!"我一开始还以为是按照我们草拟的其中一个内容,他念了3遍,我逐字逐句记下小平题词的内容,真是欣喜若狂、激动万分:"这是对特区最大的支持和肯定啊!"

当即,市委决定在《深圳特区报》上刊发小平的题词。第二天见报后,国内外为之轰动。此后全国各地纷纷派代表来深圳考察,全国改革开放的步伐开始越迈越大,国家从计划经济逐渐转向市场经济。可以说,如果没有小平同志一锤定音,就没有深圳经济特区如日中天的迅猛发展,全国改革开放进程也不可能那么快。

深圳数十年的发展表明,从新中国成立到经济特区成立前,以及从经济特区成立后到今天,60多年间就是天壤之别的两个深圳。曾经一度,因为我们的经济制度过于保守,人民的生活很贫苦,很多人都往香港跑;改革开放后,解放思想释放了发展的活力,经济特区发展起来了,人又从香港往深圳回流了。这"一来一回"实际上就是代表了"落后"与"先进",而促使前者向后者转化的,就是改革开放。

后 记

《深圳口述史》传承深圳精神,记载梦的故事。她的出版,凝聚了众多团队和个人的心力。

在本书编纂出版过程中,深圳市政协党组高度重视,有力领导这项工作的开展。市政协上下同心协力,认真组织实施。《深圳口述史》的编写出版,得到了每个口述者的积极响应和全力配合,他们把口述历史当作己任,精心准备,认真回顾,真情倾诉。从2014年3月开始,《深圳晚报》社组成得力采访团队,以认真、专业、严谨的态度,不辞劳苦奋战在采访第一线,历时8个多月,刊载了100期口述史专刊,深受广大读者的喜爱。深圳市越众文化传播有限公司积极统筹协调,组织文章撰写、图书编排。深圳出版发行集团及海天出版社对本书的编辑出版提出了许多好建议,并精心组织了出版发行工作。在此,一一表示感谢。

需要说明的是,本书在编辑过程中,涉及对某些历史事件和人物的评价,我们依照尊重口述者观点和原意表达的原则,不作删改。再,就是书里人物故事是以每个人到深圳奋斗的时间排序的。

编 者

2014年12月5日

《深圳口述史》图书制作团队

项目执行： 深圳市越众文化传播有限公司
总 监 制： 南兆旭
采编统筹： 郭 倩
文字统筹： 黄晓天
图片统筹： 丁雯婕
设计总监： 李尚斌
排　　版： 王秀玲　何万峰
媒体支持： 《深圳晚报》

图片提供： 陈远忠　江式高　杨洪祥
　　　　　　 余海波　张新民　周顺斌
　　　　　　 Leroy W. Demery Jr.